La Maison des Jours Heureux

Danielle Steel

La Maison des Jours Heureux

Libre Expression

Presses de la Cité

Titre original :

Thurston House

Traduction française d'Isabelle Marrast

Maquette de la couverture : France Lafond
Illustration de la couverture : Martin Dulac

Édition originale en langue anglaise
© 1983 by Benitreto Productions, Ltd.
Tous droits réservés, y compris le droit de reproduction
en tout ou partie
© Presses de la Cité 1987 pour la traduction française

© Éditions Libre Expression, 1987
244, rue Saint-Jacques, bureau 200, Montréal, H2Y 1L9

Dépôt légal :
3e trimestre 1987

ISBN 2-89111-321-7

Données de catalogage avant publication (Canada)

Steel, Danielle
    La maison des jours heureux
    Traduction de : Thurston House.
    ISBN 2-89111-321-7
    I. Titre.

PS3569.T43T5814 1987   813'.54   C87-096159-4

LA MAISON

Qui a dormi ici
   Avant mon arrivée,
      qui a vécu
dans cette pièce,
   à quoi ressemblait-elle,
      était-elle
         semblable?
Y avait-il une fillette
      ou deux,
un petit garçon,
était-ce une maison pleine
   de jouets,
      de bonheur,
         de rêves...
ou était-ce seulement
   un endroit solitaire
      aux chambres vides
et aux pièces silencieuses,
      tout n'était-il
         que ténèbres,
et la maison
   était-elle impatiente
      d'être aimée?

Y avait-il une jeune fille
   qui dansait
      et chantait,
une sonnerie
   pour annoncer le dîner
et quelqu'un
   s'est-il jamais tenu
      à l'endroit même
         où je me trouve à présent?
Est-ce que je connais
   son nom,
      ai-je vu son visage...
   Cet endroit
      a-t-il toujours été
         aussi douillet
      y a-t-il eu
            de la joie
            de la tristesse,
peut-être un chien
   un chat,
      un cheval
         une souris,
qui a vécu ici,
   qui connaît cette
      maison,
me connaissent-ils
   ont-ils chanté
      un requiem,
   je sens leur présence
      je sais leurs
         larmes,
   je les aime aussi,
      la maison, neuve d'abord,
   a été la leur
      puis différente ensuite,
         et cependant, elle demeure
   semblable,
         comme elle l'était
            et comme elle le sera
éternellement,
            et à présent
         cette maison
               est la mienne.

LIVRE I

JEREMIAH ARBUCKLE THURSTON

CHAPITRE PREMIER

L E SOLEIL DESCENDAIT
lentement derrière les collines encadrant d'un vert luxuriant la
splendeur de Napa Valley. Jeremiah contemplait les coulées de
soleil zébrant le ciel, suivies d'une brume légère mauve pâle,
mais ses pensées étaient à mille lieues de là. C'était un homme
grand, carré, qui se tenait bien droit, aux bras puissants et au
sourire avenant. A quarante-trois ans, il grisonnait, mais ses
mains avaient conservé la force qu'elles possédaient lorsqu'il
travaillait dans la première mine qu'il avait achetée à Napa
Valley en 1860. Jalonnant sa concession lui-même, il avait
été le premier à découvrir du mercure, à l'âge de dix-sept
ans. Pendant des années, il s'était entièrement consacré à la
mine, comme son père avant lui ; ce dernier avait quitté l'Est en
1850, au moment de la ruée vers l'or, et six mois après, les
poches déjà pleines d'or, il faisait venir sa femme et son fils.
Mais Jeremiah était arrivé seul car sa mère était morte en
chemin. Son père et lui travaillèrent côte à côte les dix années
qui suivirent, extrayant de l'or puis de l'argent quand l'or se fit
plus rare. A dix-neuf ans, Jeremiah perdit son père, qui lui
laissait une fortune bien plus importante qu'il n'eût pu l'imaginer ; Richard Thurston avait économisé sou à sou et Jeremiah
se retrouva l'homme quasiment le plus riche de toute la
Californie.

Mais cela ne changea rien pour lui. Il continua à travailler
dans les mines aux côtés des ouvriers qu'il embauchait, acheta
d'autres concessions qu'il fit prospérer et de la terre qu'il se mit
à cultiver. Ses hommes disaient qu'il avait un don pour trouver
l'or et que tout lui réussissait, comme ces mines de mercure

qu'il implanta à Napa lorsque les mines d'argent s'épuisèrent. Il sut opérer la transition en douceur, en homme avisé, avant que les autres aient compris ce qu'il était en train de faire. Mais pour lui, l'amour de la terre prévalait. Laissant errer son regard aussi loin qu'il le pouvait sur les collines, les arbres et les prairies grasses de la vallée, il faisait rouler dans ses doigts la riche terre brune et la conservait amoureusement dans sa main... Il aimait sa chaleur, son contact et tout ce qu'elle représentait pour lui. Il avait également acheté des vignes dont il tirait un petit vin agréable. Il aimait tout ce que la terre produisait, pommes, noix, raisins, minerai... Cette vallée, où il avait passé trente-cinq ans de sa vie, lui importait plus que tout et c'était là qu'il voulait être enterré. Même s'il avait beaucoup voyagé, cette vallée d'où il contemplait chaque soir le soleil couchant par-delà les collines était le seul endroit où il désirait vivre.

Et pourtant, ce jour-là, ses pensées suivaient un autre cours. La veille, à Atlanta, on lui avait proposé une transaction qui portait sur un millier de barils de mercure et dont le prix lui convenait mais cette affaire lui inspirait sans raison apparente une sensation étrange. La transaction semblait saine et Jeremiah faisait enquêter sa banque sur le consortium. Mais Orville Beauchamp, qui se trouvait à la tête du groupe, lui avait donné l'impression, par le style de sa lettre, d'un homme extraordinairement impatient, volontaire, présomptueux. Il paraissait stupide de marquer tant de réticences envers la prose fleurie de cet homme ; cependant... c'était presque un sixième sens.

– Jeremiah!

Il sourit au son familier de la voix d'Hannah, qui travaillait pour lui depuis près de vingt ans. Elle était arrivée après la mort de son mari, au moment même où la fiancée de Jeremiah venait d'être emportée par une épidémie de grippe, et elle s'était présentée un jour devant lui, à la mine, l'œil furibond, vêtue d'une robe de veuve et piquant le sol du bout de son ombrelle.

– Votre maison est dans un état déplorable, Jeremiah Thurston.

Il l'avait regardée, ahuri, se demandant qui diable elle pouvait être. Par la suite, il découvrit qu'elle était la tante d'un ancien employé à lui et qu'elle souhaitait maintenant entrer à son service. Le père de Jeremiah avait construit une bicoque aux confins de leurs terres, en 1852, dont Jeremiah s'était contenté du vivant de son père. Mais peu après, il avait acquis nombre d'autres terres, les annexant à celles que son père avait initialement achetées à Napa Valley. A vingt-cinq ans, il commença à songer à prendre femme. Il voulait des enfants, quelqu'un pour l'attendre le soir quand il rentrait et gaspiller un peu l'argent qu'il ne parvenait même pas à dépenser... une jolie fille au regard doux, aux mains délicates, un visage qu'il pourrait aimer, un corps qui lui tiendrait chaud la nuit. Grâce à des amis, il rencontra justement cette jeune personne. Il lui demanda de l'épouser dans les deux mois qui suivirent et se mit à construire pour elle une très belle maison, située au beau milieu de ses terres, là où la vue s'étendait aussi loin que les yeux le permettaient, sous quatre arbres énormes qui se rejoignaient pour composer une immense arche naturelle qui donnait de la fraîcheur en été. C'était presque un palais, du moins de l'avis des autochtones. Le rez-de-chaussée comprenait deux jolis salons, une salle à manger lambrissée, une cuisine agréable avec une cheminée assez grande pour que Jeremiah puisse s'y tenir debout. En haut, se trouvaient un charmant petit salon de réception, l'immense appartement des maîtres et un solarium pour sa femme; enfin, au deuxième étage, six chambres pour la grande famille qu'ils auraient, car il n'était pas question de devoir réaménager la maison quand les enfants viendraient. Jennie avait beaucoup apprécié la maison – les hautes fenêtres aux vitres teintées et le piano à queue dont elle jouerait pour lui le soir.

Excepté qu'elle ne le put jamais. Elle fut emportée par l'épidémie de grippe qui s'abattit sur la vallée à l'automne 1868, et elle mourut trois jours après être tombée malade. Pour la première fois de sa vie, la chance de Jeremiah l'avait abandonné et il pleura Jennie comme une mère l'aurait fait sur son enfant. Jennie avait à peine dix-sept ans, elle aurait été une femme parfaite pour lui. Il erra un temps dans la maison, puis, de désespoir, la ferma et regagna la bicoque où il avait vécu auparavant. Mais, à cause du manque de confort, il réintégra au printemps suivant la maison qu'il avait pensé partager avec Jennie... Jennie... Il ne pouvait supporter d'errer dans ces pièces qu'il lui avait destinées.

Au début, il avait souvent rendu visite aux parents de la jeune femme, mais il lui était pénible de lire dans leurs yeux sa propre détresse ou de surprendre le regard avide de sa sœur aînée, moins jolie qu'elle. Peu à peu, il condamna les pièces qui ne lui servaient pas et ne monta plus, ou presque, au premier et au deuxième. Il prit l'habitude de vivre au rez-de-chaussée et s'arrangea pour que les deux pièces qu'il habitait ressemblent à sa vieille cabane. Il transforma l'un des salons en chambre à coucher et ne se donna jamais la peine de meubler les autres pièces. Le piano à queue, dont Jennie n'avait fait qu'effleurer les touches, ne servit plus. Il prenait ses repas dans la grande cuisine, où il recevait de temps à autre les employés qui venaient le voir. Ils appréciaient ces haltes chez lui, car il n'était ni hautain ni distant. Il n'avait pas oublié qu'il était né dans une petite maison misérable où l'on gelait tout l'hiver en se demandant s'il y aurait de quoi manger. S'il était riche, c'était grâce à son travail acharné et à celui de son père.

Par la suite, il n'éprouva plus l'envie de se marier. En fait, si attirante qu'une fille puisse être, il ne la trouvait jamais aussi douce que Jennie, ni aussi gaie... Pendant des années, il avait continué à entendre ses rires, ses explosions de joie lorsqu'il lui montrait la progression des travaux. Cette maison, qu'il avait construite à la gloire de leur amour, avait perdu toute signification après cette mort. Il laissa la peinture s'écailler, l'eau tomber par les gouttières dans les chambres inoccupées, salit toute la batterie de cuisine jusqu'à ce qu'il ne reste rien de propre, et le bruit courut que la pièce où il vivait ressemblait à une écurie. Jusqu'à l'arrivée d'Hannah. Ce fut elle qui changea tout et nettoya la maison de fond en comble.

– Regardez cette maison, mon garçon!

Elle lui avait lancé un regard réprobateur et incrédule lorsqu'il l'avait ramenée de la mine. Il ne savait pas très bien que faire d'elle, mais elle s'était mis en tête de travailler pour lui. Il avait ri de son air outragé. Lui qui n'avait eu personne pour le materner, depuis bientôt vingt ans, trouvait amusant, à vingt-six ans, d'avoir tout à coup une femme à son service. Elle avait commencé dès le lendemain et, en rentrant chez lui, le soir, il avait trouvé tout le rez-de-chaussée immaculé, presque trop à son goût. Alors, pour tenter de reconstituer son antre, il avait jeté des papiers par terre, laissé tomber la cendre de son cigare sur le tapis et renversé un verre de vin. Au matin, dès son arrivée, Hannah était restée atterrée.

– Je vais vous enchaîner au puits si vous ne vous tenez pas bien, mon garçon, et sortez-moi ce cigare de la bouche, vous avez des cendres plein votre habit.

Elle lui avait ôté le cigare des lèvres et l'avait jeté dans le restant de vin, laissant Jeremiah bouche bée.

Le désordre et la saleté que Jeremiah laissait derrière lui donnaient à Hannah un constant surcroît de travail, mais aussi l'impression d'être nécessaire, pour la première fois depuis des années; quant à Jeremiah, il se sentait aimé pour la première fois depuis longtemps. Lorsque Noël arriva, ils étaient devenus inséparables. Hannah venait tous les matins, sans prendre un seul jour de repos.

– Avez vous perdu la tête? Et le fouillis que je retrouverais si je m'absentais rien que deux jours! Non, Monsieur, vous ne m'éloignerez pas de cette maison un seul jour, ni même une heure, vous entendez?

Elle n'était pas commode avec lui, mais il trouvait toujours son repas chaud lorsqu'il rentrait, ses draps étaient impeccables et sa maison, parfaitement tenue. Même les pièces qu'il n'utilisait pas étaient rigoureusement nettoyées, et lorsqu'il ramenait une douzaine d'hommes de la mine pour discuter de nouveaux plans d'extension, ou pour boire simplement le vin qu'il produisait, elle ne s'en plaignait jamais, même s'ils s'enivraient et devenaient grossiers. Avec le temps, Jeremiah commença à la taquiner sans relâche à propos de sa dévotion pour lui, mais, au fond, il l'aimait plus que quiconque, excepté Jennie... à laquelle Hannah, dans sa sagesse, ne faisait jamais allusion. Mais, quand il eut trente ans, elle se mit à le harceler pour qu'il trouve une épouse.

– Je suis trop vieux, Hannah, et personne ne fait aussi bien la cuisine que toi.

Ce à quoi elle se hâtait de répondre :

– Foutaises!

Elle soutenait qu'il fallait à Jeremiah une femme qu'il aimerait et qui lui donnerait des enfants, mais il craignait, s'il se laissait aller de nouveau à tomber amoureux, de perdre l'objet de son amour, comme il avait perdu Jennie, et il ne voulait plus échafauder de rêves. La blessure que lui avait laissée la mort de Jennie était enfin guérie et Jeremiah se trouvait bien comme il était.

– Et quand vous mourrez, Jeremiah? A qui léguerez-vous tout ça à ce moment-là?

– Mais à toi, Hannah. A qui d'autre?

– Il vous faut une femme et des enfants...

Il possédait les plus importantes mines de l'État, des terres qu'il aimait, des vignes dont il était content, une femme avec laquelle il dormait tous les samedis soir, et Hannah pour lui tenir sa maison. Il appréciait les hommes qui travaillaient pour lui, il avait des amis à San Francisco qu'il voyait de temps à autre et, quand il voulait se divertir, il partait en voyage dans l'Est : il était même allé plusieurs fois en Europe.

Demain, il irait voir Mary Ellen en quittant la mine, comme à son habitude. Il partirait vers midi, après avoir fermé lui-même le coffre, et se rendrait à cheval jusqu'à Calistoga, où il entrerait dans la petite maison. Pendant des années, il avait veillé à ne pas se faire voir, mais il ne se cachait plus et Mary Ellen ne prêtait plus attention aux racontars. Il s'étirerait devant la cheminée, regarderait les reflets cuivrés de ses cheveux, ou bien il s'assiérait avec elle sur la balancelle derrière la maison en contemplant le vieil orme, caché par la haie. Il la prendrait dans ses bras et...

— Jeremiah!

La voix d'Hannah interrompit sa rêverie. Le soleil s'était perdu derrière la colline et une fraîcheur soudaine envahissait l'air.

— Bonté divine, mon garçon! Vous n'entendez pas quand j'appelle?

Il sourit à la vieille femme qui le traitait toujours comme s'il avait cinq ans alors qu'il en avait quarante-trois.

— Pardon, je pensais à autre chose... à quelqu'un...

— Ce qu'il y a d'embêtant avec vous, c'est que vous ne pensez à rien, n'écoutez rien, n'entendez rien...

— Je deviens peut-être sourd. Tu n'y avais jamais pensé? J'ai presque l'âge.

— Peut-être bien, répliqua-t-elle en lui lançant une œillade meurtrière.

Elle avait toujours aimé la bagarre mais cela faisait partie de son charme.

— Il y a de gros ennuis aux mines Harte. Vous le saviez? demanda-t-elle, le visage soudain grave.

— Non. Qu'est-il arrivé? Le feu?

C'était leur plus grande terreur à tous, car le feu, qu'ils côtoyaient de si près, pouvait provoquer une explosion, les ruiner et supprimer d'innombrables vies humaines. Hannah secoua la tête.

— Ils ne sont pas encore sûrs mais ils pensent que c'est la grippe. C'est peut-être autre chose. En tout cas, c'est comme une traînée de poudre.

La vieille femme redoutait de devoir le lui dire, car cela lui rappelait Jennie, même si c'était de l'histoire ancienne. Elle poursuivit d'une voix douce :

— John Harte a perdu sa femme aujourd'hui... et sa petite fille... et ils disent que le petit garçon est également très malade, il ne passera pas la nuit...

Le visage de Jeremiah s'assombrit et il se détourna. Il alluma un cigare, regarda silencieusement la nuit puis se retourna vers Hannah.

– Ils ont fermé la mine aujourd'hui, ajouta-t-elle.

Les mines Harte étaient les deuxièmes, par leur importance, après celles de Jeremiah.

– C'est triste, la femme et la petite fille, répondit-il d'une voix sourde.

– Ils ont perdu sept hommes cette semaine. On dit qu'il y en a trente de touchés.

Jeremiah se trouvait avec le père de Jennie au moment de sa mort. Ils s'étaient assis dans le salon, tandis que l'âme de Jennie s'envolait, et ils s'étaient regardés, impuissants, désespérés. Le cœur de Jeremiah se serra à l'évocation de ce souvenir, et il n'osa pas imaginer la douleur de perdre un enfant.

Il n'aimait pas John Harte, mais il l'admirait beaucoup. Harte s'était battu pour fonder une mine convenable, ce qui n'avait pas été facile avec les mines Thurston dans le voisinage, d'autant que son terrain avait été beaucoup plus difficile à forer que celui de Jeremiah. Harte avait ouvert sa mine quatre ans auparavant, à vingt-deux ans, et s'était lancé avec ses hommes dans une aventure qui dépassait l'imagination. Il n'était pas toujours tendre, et Jeremiah s'était laissé dire, par des hommes qui l'avaient quitté pour venir travailler chez lui, qu'il était irascible et prompt à la bagarre. Mais il avait un cœur d'or et Jeremiah admirait sa droiture et son honnêteté. Il était allé le voir une ou deux fois et n'avait pas tardé à déceler les erreurs que le jeune homme allait commettre, mais Harte n'avait pas voulu l'écouter, refusant d'office tout ce qui venait de Jeremiah. Il était décidé à tout faire par lui-même et sûr d'y parvenir avec le temps. Jeremiah souffrait pour lui, à présent, en songeant au destin qui l'accablait, et regardait Hannah sans savoir que faire. John Harte et lui n'avaient jamais sympathisé, Harte préférant le considérer comme un rival et le tenir à distance et Jeremiah respectant son attitude.

– Ne vous méprenez pas, Thurston. Je ne suis pas votre ami et je ne souhaite pas le devenir. Je veux rayer vos mines de la carte. J'agirai au grand jour, loyalement et, si je peux, je les ferai fermer dans un an ou deux. Et vous verrez que tout le monde, d'ici jusqu'à New York, se fournira chez moi.

Jeremiah avait souri à ces paroles brutales. Il y avait assez de place pour eux deux, bien que John Harte refusât de l'admettre. Il avait subi deux incendies et une grave inondation ; une fois, sur un coup de tête, Jeremiah lui avait proposé de tout lui acheter, à quoi John Harte avait rétorqué qu'il allait lui aplatir la figure et qu'il comptait jusqu'à dix pour qu'il déguerpisse. Mais cela n'avait rien à voir avec la situation présente. Jeremiah prit sa décision et marcha à grandes enjambées vers son cheval. Hannah s'en doutait, car Jeremiah était ainsi fait que chacun pouvait trouver une place dans son cœur, même John Harte, en dépit de sa brutalité.

– Ne m'attends pas pour dîner.

Ces mots étaient inutiles : Hannah resterait debout toute la nuit s'il le fallait.

– Rentre et repose-toi.

– Occupez-vous de vos affaires, Jeremiah Thurston... Attendez une minute!

Ils devaient être tous trop affolés là-bas pour penser à manger. Elle courut à la cuisine et enveloppa du poulet frit dans une serviette qu'elle déposa avec des fruits et un morceau de gâteau dans une sacoche que Jeremiah emporterait.

– Tu les tueras à coup sûr si c'est toi qui as cuisiné ça.

Elle sourit.

– N'oubliez pas de manger, vous aussi, et faites attention à ne pas trop côtoyer les gens. Ne buvez rien et ne prenez aucune de leur nourriture.

– Oui, maman!

Puis il fit tourner son cheval et galopa vers les collines, absorbé dans ses pensées.

En moins de vingt minutes, Jeremiah atteignit le complexe industriel qui entourait les mines de Harte, et il s'étonna de voir combien il s'était étendu, ces derniers mois, depuis sa dernière visite. Mais ce soir-là, il régnait un silence angoissant et personne ne se trouvait dehors; toutes les cabanes, surtout celles sur les collines, étaient illuminées, ainsi que la maison du maître, devant laquelle attendaient des hommes en rang venus présenter leurs condoléances à John Harte.

Jeremiah attacha son cheval à un arbre proche de la maison, emporta la sacoche que lui avait donnée Hannah et prit place dans la file d'attente. On le reconnut très vite et un murmure parcourut la file... Thurston... Thurston... Il serra la main de quelques hommes qu'il connaissait, et il fallut attendre un certain temps avant que John Harte fasse son apparition sur le porche, le visage ravagé par la douleur. Un courant de sympathie presque palpable courut dans la foule. Il les dévisagea, reconnaissant chacun d'entre eux et leur faisant un signe lorsqu'il rencontrait leur regard, puis il découvrit Jeremiah, au bout de la file, qui, le voyant approcher, lui tendit la main. Et on lisait dans ses yeux qu'il comprenait la douleur de cet homme. Les autres reculèrent pour les laisser seuls et Jeremiah serra la main tendue.

– Je suis navré pour votre femme, John... J'ai... j'ai perdu moi aussi quelqu'un à qui je tenais beaucoup, il y a longtemps... L'épidémie de 68...

Il bafouillait, mais John Harte savait que Jeremiah le comprenait. Il leva vers lui des yeux brillants de larmes. C'était un bel homme, presque aussi grand que Jeremiah. Il avait des cheveux très noirs, des yeux d'anthracite, de grandes et belles mains, et, d'une certaine façon, les deux hommes se ressemblaient, malgré leur différence d'âge.

– Merci d'être venu, dit-il d'une voix sourde et hachée.

Deux grosses larmes coulèrent sur ses joues. Jeremiah ressentit, comme en écho, la douleur qu'il avait éprouvée autrefois.

– Puis-je faire quelque chose?

Il se souvint des provisions qu'il avait apportées; peut-être seraient-elles utiles à quelqu'un.

John le regarda au fond des yeux.

– J'ai perdu sept hommes aujourd'hui, et Matilda... et Jane... Barnabé est... Le médecin a dit qu'il ne passerait pas la nuit... Et trois de mes hommes ont perdu leurs femmes... cinq enfants... Vous ne devriez même pas être là.

Il réalisa tout à coup le risque que Jeremiah avait couru en venant et n'en fut que plus touché.

– J'ai vécu la même chose jadis, et je voulais voir si je pouvais faire quoi que ce soit pour vous.

Il remarqua que John était d'une pâleur mortelle.

– Je crois que ça vous ferait du bien de boire quelque chose.

Il tira une flasque en argent de la sacoche et la lui tendit.

John hésita d'abord puis accepta et lui désigna la porte de sa maison

– Voulez-vous entrer?

Il se demanda s'il avait peur, ce qui était plausible, mais Jeremiah acquiesça.

– Bien sûr. Je vous ai apporté un peu à manger, au cas où vous pourriez avaler quelque chose.

John le regarda, à la fois surpris et touché, d'autant que la dernière fois que Jeremiah lui avait offert son aide, il

l'avait presque jeté dehors. Mais cette catastrophe n'avait rien
à voir avec un incendie ou une inondation. John se laissa
tomber sur le divan de la salle de séjour et, après avoir bu
une grande gorgée, rendit sa flasque à Jeremiah, le regard
absent.

— Je n'arrive pas à réaliser qu'ils ne sont plus là... la nuit
dernière... La nuit dernière... Jane est descendue me dire
bonsoir malgré sa fièvre... Et ce matin Matilda a dit... Matilda a
dit...

Il ne put contenir davantage ses larmes, qui se mirent à
couler tandis que Jeremiah le soutenait par les épaules. Il n'y
avait rien à faire, sinon rester auprès de lui.

— Comment continuer sans elles? Comment... Mattie... et ma
petite fille... et si Barnabé... Thurston, j'en mourrai. Je ne peux
pas vivre sans eux.

Jeremiah se mit à prier silencieusement pour que Harte ne
perde pas son petit garçon, mais il savait que l'enfant avait peu
de chances.

— Vous êtes encore jeune, John, vous avez toute la vie devant
vous. Cela peut paraître terrible de vous dire ça ce soir, mais
vous vous remarierez peut-être et aurez d'autres enfants. Pour
l'instant, vous vivez l'épisode le plus affreux de votre vie, mais
vous survivrez, il le faut, et vous y parviendrez.

Il lui tendit la flasque et John en but une autre gorgée, en
hochant la tête, tandis que les larmes roulaient sur ses
joues.

Moins d'une heure plus tard, le médecin vint le chercher.
John se leva d'un bond, comme s'il avait reçu une balle.

— Barnabé?

— Il vous réclame.

Le praticien se garda bien d'ajouter un mot, mais ses yeux
croisèrent ceux de Jeremiah, tandis que John montait l'escalier
quatre à quatre; et, pour répondre à la question qu'il lut dans le
regard de Jeremiah, il se contenta de secouer la tête. Jeremiah
comprit immédiatement, en entendant retentir un terrible
gémissement depuis la chambre d'en haut. D'un pas assuré, il
gravit les marches, ouvrit doucement la porte et parvint à
prendre le petit garçon que Harte tenait, agenouillé, dans ses
bras, puis il le coucha sur le lit et lui ferma les yeux. Il tira
John Harte hors de la chambre, tandis qu'il bégayait de
chagrin le prénom de son enfant, puis l'obligea à boire de
l'alcool et resta avec lui jusqu'au lendemain matin. Lorsque le
frère de John arriva, avec d'autres amis, Jeremiah rentra chez

lui sans hâte, éprouvé par la douleur de cet homme. Harte avait exactement le même âge que lui-même lorsque Jennie était morte et il se demandait comment il allait réagir, mais le peu qu'il connaissait de John Harte lui faisait penser qu'il s'en sortirait.

Lorsqu'il descendit de cheval, le soleil était déjà haut dans le ciel. Il contempla les collines qu'il aimait, tout en s'étonnant que la destinée puisse disposer de la vie et de la mort si aisément... Avec quelle célérité disparaissaient les cadeaux les plus doux de la vie... Il lui semblait entendre le rire de Jennie tandis qu'il entrait chez lui. Il vit Hannah endormie sur une chaise de la cuisine mais passa devant elle sans un mot pour rejoindre le salon qu'il n'utilisait jamais, et s'assit au piano qu'il avait acheté jadis pour cette jeune fille aux yeux rieurs et aux dansantes boucles blondes. Comme elle était jolie! Il se demanda comment se serait déroulée leur vie, combien d'enfants ils auraient eus; c'était la première fois depuis longtemps qu'il s'autorisait à y songer. Il repensa à John Harte et à ses deux enfants disparus. John Harte avait besoin d'une nouvelle femme pour lui réchauffer le cœur et de nouveaux enfants pour remplacer ceux qui étaient morts.

Et pourtant, c'était justement ce que lui-même n'avait pas fait. Il était resté seul ces dix-huit dernières années et il était trop tard pour changer une situation qui lui convenait d'ailleurs parfaitement. Cependant, tout en regardant les touches du piano jaunies par le temps, dont personne ne jouait plus jamais, il se demanda s'il aurait dû faire ce qu'il avait recommandé à John Harte; aurait-il dû se marier avec quelqu'un d'autre? Faire une douzaine d'enfants qui auraient rempli sa maison vide? Mais aucune femme ne l'avait séduit au point qu'il veuille l'épouser. Non, il n'engendrerait pas d'enfant. Mais, à cette pensée, il sentit son cœur se serrer... avoir un enfant... quel bonheur... une fille... un garçon... et puis, tout à coup, il se souvint que John Harte venait d'en perdre deux et l'angoisse l'envahit. Non. Il ne supporterait pas une autre mort. Il avait perdu Jennie, c'était déjà suffisant.

— Qu'est-il arrivé?

Surpris par la voix d'Hannah, qui se tenait dans la pièce vide, il s'arrêta de pianoter, fatigué, déprimé; la nuit avait été longue et sinistre.

— Le petit garçon de Harte est mort.

Il tressaillit de douleur en revoyant la scène et, comme Hannah s'était mise à pleurer, il s'approcha d'elle, passa un bras autour de ses épaules et sortit avec elle de la pièce.

– Rentre et dors un peu.

Elle le regarda en reniflant, tout en essuyant ses larmes.

– Vous devriez faire de même.

Mais elle le connaissait bien.

– J'ai du travail à la mine.

– C'est samedi.

– Les papiers sur mon bureau n'en savent rien.

Il sourit d'un air las; il n'était pas question pour lui d'aller se coucher et de dormir. Il aurait été hanté par la vision de Barnabé Harte et de son père, fou de chagrin.

– Je ne travaillerai pas trop tard.

Cela aussi, Hannah le savait. C'était samedi et il allait à Calistoga tous les samedis pour voir Mary Ellen Browne. Seulement, aujourd'hui, tout avait changé. Il se versa une tasse de café et regarda sa vieille amie. Une foule de pensées tournaient dans sa tête depuis la nuit précédente.

– Je lui ai dit qu'il devrait se remarier et avoir d'autres enfants. Tu crois que j'ai eu tort?

Hannah secoua la tête.

– Ça fait dix-huit ans que vous auriez dû faire la même chose.

– J'y pensais justement.

Il contempla les collines par la fenêtre. Comme il aimait voir la vallée et qu'il n'avait aucun vis-à-vis, il lui avait toujours interdit de poser des rideaux.

– Il n'est pas trop tard, dit-elle d'une voix vieillie et attristée.

Elle se désolait pour lui, car c'était un homme seul, qu'il le veuille ou non, et elle espérait que John Harte ne choisirait pas le même destin. Cela lui semblait anormal, et si elle n'avait pas eu d'enfants elle-même, la destinée seule en était responsable.

– Vous êtes encore assez jeune pour vous marier, Jeremiah.

Il se mit à rire.

– Non, plus maintenant. D'ailleurs, je ne me suis jamais vraiment vu épouser Mary Ellen. Et il n'y a eu personne d'autre depuis des années.

– Pourquoi donc n'avez-vous jamais voulu d'elle?

– Ce n'est pas le genre de fille qu'on épouse, Hannah. Et je ne dis pas ça pour la déprécier. Au début, elle ne voulait vraiment pas mais, plus tard, elle aurait peut-être accepté. Elle voulait être libre et c'est une drôle de petite bonne femme qui tient à son indépendance et a toujours voulu élever seule ses enfants. Je pense qu'elle avait peur qu'on dise qu'elle m'épousait pour mon argent et qu'elle essayait de m'avoir... Au lieu de ça, les gens l'ont traitée de prostituée, mais le plus amusant, c'est que je crois qu'elle n'y a jamais fait attention. Elle a toujours dit que tant qu'elle savait, elle, qu'elle était honnête et qu'elle n'avait qu'un seul homme dans sa vie, elle se fichait pas mal de ce qu'on pouvait dire. Je lui ai demandé une fois de m'épouser mais elle a repoussé mon offre. C'était au moment où ces affreuses commères de Calistoga lui en faisaient voir de toutes les couleurs, et j'ai toujours pensé que sa mère avait orchestré tout ce raffût pour me forcer la main, elle en était bien capable. Mary Ellen m'a envoyé au diable. Elle disait qu'une bande de vieilles harpies n'allait pas la forcer à se marier. Et puis je pense qu'elle était encore à moitié amoureuse de son poivrot de mari, à cette époque-là. Il l'avait quittée depuis deux ans, mais elle espérait toujours qu'il reviendrait. Je le sentais quand elle en parlait. Je suis content qu'il ne soit jamais revenu; elle a été bonne pour moi.

Lui aussi l'avait été pour elle. Il lui avait meublé sa maison, l'avait aidée à élever ses enfants, quand elle voulait bien accepter ses cadeaux. Ils se connaissaient depuis près de sept ans, et le mari était mort deux ans plus tôt. Ils avaient organisé leurs rencontres; Jeremiah arrivait à Calistoga tous les samedis soir et restait chez elle. Les enfants étaient confiés à la mère de Mary Ellen tant qu'il était là, mais ils prenaient moins de précautions pour dissimuler leur liaison que par le passé. Tout le monde savait maintenant qu'elle était la petite amie de Thurston. Pendant un temps, on l'avait appelée « la putain à Thurston », mais, comme Jeremiah s'en était occupé personnellement à une ou deux reprises, plus personne n'avait osé.

Mary Ellen, cette jolie rousse piquante, aux jambes longues et à la poitrine généreuse, était exactement le genre de femme qui excite la jalousie des autres. Elle remontait avec trop de bonne grâce ses jupes trop longues devant n'importe quel cow-boy lorsqu'elle enjambait un trottoir. C'est ce qui avait d'abord attiré Jeremiah et elle ne l'avait pas déçu. Elle était en vérité si belle qu'il était très vite revenu la voir, et puis il avait découvert qu'elle était généreuse, honnête et serviable. Elle aimait ses enfants plus que tout au monde. Depuis le départ de son mari, elle avait travaillé comme serveuse, danseuse, comme femme de chambre à l'hôtel, et elle avait continué même après sa liaison avec Jeremiah. Elle répétait qu'elle ne voulait rien recevoir de lui. Plusieurs fois, Jeremiah avait essayé de la chasser de ses pensées, mais il ne pouvait résister à sa tendresse, à sa chaleur, à son corps qui l'attirait toujours davantage. Dans les premiers temps, il vint la voir plusieurs fois par semaine, mais la présence de ses enfants compliquait leurs rencontres. Ils décidèrent dès la fin de la première année de se voir uniquement le week-end. Il était difficile de croire que six années s'étaient déjà écoulées, surtout lorsqu'il apercevait les enfants. Mary Ellen avait maintenant trente-deux ans, elle était toujours aussi belle, mais il ne se voyait pas l'épouser, même s'il appréciait son honnêteté, sa franchise et son courage.

– Est-ce que vous l'épouseriez maintenant?

– Je ne sais pas. Je suis vraiment trop vieux pour songer à ce genre de choses, tu ne crois pas?

Bien que ce ne fût pas une vraie question, Hannah s'empressa de répondre :

– Non, je ne le crois pas et je pense que vous devriez y songer avant qu'il soit trop tard, Jeremiah Thurston.

Dans son for intérieur, elle ne voyait pas en Mary Ellen la solution au problème. Non qu'elle ne l'aimât pas, mais elle la connaissait depuis toujours et la trouvait souvent écervelée. Hannah avait d'ailleurs été une des premières à lui reprocher de s'afficher avec Jeremiah. Mais c'était une bonne fille, on ne pouvait que l'aimer. Néanmoins, elle avait trente-deux ans et Jeremiah avait besoin d'une femme jeune qui lui donnerait des enfants. Mary Ellen en avait déjà trois, et elle avait failli mourir à la naissance du dernier; en avoir un autre serait de la folie.

– J'aimerais voir un enfant dans cette maison, avant de mourir, Jeremiah.

– Moi aussi, mais je crois que ça n'arrivera ni à toi ni à moi.

– Ne vous butez pas. Vous avez le temps. Si vous cherchez bien, vous trouverez la femme qu'il vous faut.

Ses paroles lui rappelèrent Jennie et il secoua la tête, tant pour la chasser de son esprit que pour répondre à Hannah.

– Je suis trop vieux pour épouser une jeune fille. J'ai presque quarante-quatre ans.

– Eh bien, vous donnez l'impression d'en avoir quatre-vingt-dix.

Elle renifla de dégoût et il se mit à rire en passant la main sur sa barbe naissante.

– Il me semble presque les avoir, certains jours. Je me demande comment Mary Ellen ne me ferme pas la porte au nez quand elle me voit arriver.

– Elle aurait dû le faire il y a des années, Jeremiah, mais vous savez ce que je pense. Vous avez été fous de commencer cette liaison et cela vous a coûté assez cher à tous les deux.

C'était la première fois qu'elle se montrait si catégorique.

– A tous les deux? s'étonna-t-il.

– Elle a failli se faire chasser de la ville et vous, vous avez laissé passer l'occasion d'épouser une femme qui vous aurait donné des enfants.

– Eh bien, je le lui dirai.

Hannah grommela tout en attrapant son châle sur le dossier de la chaise. Jeremiah allait se raser et prendre un bain avant de se rendre à la mine, mais il avait besoin d'une autre tasse de café bien fort, car la nuit avait été longue, très longue.

– A propos, Hannah, John te remercie pour tes provisions. Je l'ai fait manger ce matin.

– Est-ce qu'il a dormi un peu?

Jeremiah secoua la tête. Comment aurait-il pu?

– Et je suis sûre que vous n'avez pas dormi non plus.

– Ça ira. Je dormirai ce soir.

Avec un sourire narquois, elle lui lança sur le pas de la porte :

– Ça ne va pas faire l'affaire de Mary Ellen, hein?

Il se mit à rire et la vieille femme referma le battant derrière elle.

CHAPITRE II

L E SAMEDI, TOUTE ACTI-
vité cessait à la mine et il y régnait un silence impressionnant, à
la grande joie de Jeremiah. On était en mars. Les deux gardiens
buvaient leur café lorsque Jeremiah descendit de cheval et se
dirigea à grands pas vers son bureau. Les documents qu'il était
venu étudier l'attendaient : des contrats pour le mercure qu'ils
extrayaient et les plans de quatre cabanes supplémentaires
destinées à loger ses ouvriers. Les mines de Thurston ressemblaient déjà à une petite ville ; elles comprenaient sept bâtiments
pour les hommes et des cabanes en retrait pour ceux qui avaient
amené leur famille avec eux. La vie était rude pour eux tous,
mais Jeremiah, comprenant leur désir de rester ensemble, avait
pris la décision de faire construire ces cabanes bien des années
auparavant, ce dont les hommes lui étaient reconnaissants. Les
plans qu'il examinait à présent augmenteraient le nombre de
logements ; le complexe industriel croissait à pas de géant, tout
comme la production minière.

Il était satisfait des contrats qu'il avait sous les yeux, surtout
celui d'Orville Beauchamp, d'Atlanta, qui portait sur neuf cents
barils de mercure et se montait à quelque cinquante mille
dollars. Beauchamp, à son tour, fournirait ainsi presque tout le
Sud. C'était un homme d'affaires avisé, son contrat le montrait
bien. Il représentait un groupe de sept hommes dont il était
apparemment le porte-parole. Le marché était si important que
Jeremiah partirait dans une semaine pour Atlanta afin de rencontrer le consortium et de conclure définitivement l'affaire.

A midi, Jeremiah consulta sa montre, se leva et s'étira. Il
avait encore beaucoup à faire, mais la nuit avait été si rude

qu'il se sentit tout à coup exténué et impatient de voir Mary Ellen; il avait besoin de sa chaleur et de sa douceur. Il avait songé mille fois à John Harte et à sa famille décimée, et la commisération qu'il éprouvait pour lui l'accablait de tout son poids. Comme l'envie de voir Mary Ellen se faisait de plus en plus pressante, au fur et à mesure que la matinée avançait, il quitta la mine peu après midi et se dirigea vers l'endroit où il avait attaché Big Joe.

– Bonjour, monsieur Thurston, lui cria l'un des gardiens en agitant la main.

Plus loin, sur la colline, Jeremiah distingua un groupe d'enfants en train de jouer, derrière les cabanes des mineurs. Cela lui rappela l'épidémie de grippe qui s'était abattue sur les mines de Harte et il fit des vœux pour que ses mineurs en soient préservés.

– Bonjour, Tom.

Cinq cents hommes travaillaient à présent pour lui dans trois mines, et il les connaissait presque tous par leur nom. Il passait la plupart de son temps à la première mine, sans oublier de visiter régulièrement les deux autres, qui étaient aux mains d'excellents contremaîtres. Mais à la moindre apparition d'un quelconque problème, Jeremiah accourait immédiatement sur les lieux, quelquefois pour plusieurs jours en cas d'accident ou d'inondation, ce qui arrivait tous les hivers.

– On dirait que le printemps est arrivé.

– Oui, c'est bien vrai.

Jeremiah sourit. Il avait plu durant deux bons mois et les inondations avaient été catastrophiques dans les mines. Ils avaient perdu onze hommes dans une mine, sept dans l'autre et trois dans celle-ci. L'hiver rigoureux avait disparu et Jeremiah, tout en chevauchant vers Calistoga, sentait la chaleur des rayons du soleil sur son dos. Il pressa son cheval, qui parcourut à toute vitesse les huit derniers kilomètres.

Comme il descendait la grand-rue de Calistoga, il aperçut des groupes de femmes qui se promenaient nonchalamment, protégées par des ombrelles de dentelle. Il était facile de repérer celles qui étaient venues de San Francisco pour prendre les eaux : leurs vêtements bien coupés contrastaient avec les tenues bien plus modestes des femmes du pays. La tournure de leur jupe était plus prononcée, les plumes de leurs chapeaux plus fournies et la qualité de leurs soieries les faisait remarquer dans la petite ville endormie de Calistoga. Jeremiah leur souriait toujours et elles ne tardaient pas à le remarquer lorsqu'il passait près d'elle sur son étalon blanc qui contrastait avec sa chevelure de jais.

Quand il était d'humeur particulièrement badine, il ôtait son chapeau et saluait poliment, les yeux pétillant de malice. Ce jour-là, il remarqua une femme particulièrement jolie, aux cheveux roux, qui était vêtue d'une robe de soie verte. La vision de cette chevelure fauve lui remit à l'esprit le but de sa visite ; il pressa son cheval et atteignit rapidement la petite maison bien propre de Mary Ellen, qui se trouvait dans le quartier le moins élégant de la ville.

Là, l'odeur de soufre qui venait de la station thermale était plus forte, mais Mary Ellen, tout comme Jeremiah, y était habituée depuis longtemps. Après avoir attaché son cheval derrière la maison, Jeremiah, qui n'avait plus qu'une seule idée en tête, monta rapidement l'escalier du perron. Il ouvrit la porte sans cérémonie, avec un léger battement de cœur. Tout sentiment mis à part, une chose était certaine : Mary Ellen avait sur lui le même pouvoir magique qu'au premier jour de leur rencontre. Lorsqu'elle était à côté de lui, il se sentait tout à coup haletant, en proie à un désir ardent qu'il avait rarement ressenti pour d'autres femmes. Et pourtant, dès qu'il était loin d'elle, elle cessait immédiatement de lui manquer. Mais il suffisait qu'il sente sa présence dans la pièce à côté pour être submergé de désir.

– Mary Ellen ?

Il poussa la porte du petit salon où elle l'attendait parfois. Dès qu'elle avait emmené ses enfants chez sa mère, elle retournait chez elle prendre un bain, friser ses cheveux et revêtir ses plus beaux atours pour Jeremiah. Leurs rencontres étaient imprégnées d'une atmosphère de lune de miel, parce qu'ils ne se voyaient qu'une fois par semaine et quelquefois moins s'il arrivait un accident à la mine ou si Jeremiah partait en voyage. Elle haïssait ses absences. Chaque nuit, chaque matin, chaque jour, elle attendait le week-end qu'ils passeraient ensemble. Plus les années passaient, plus elle se sentait attachée à lui. Mais elle était certaine qu'il ne l'avait pas remarqué. L'attirance physique qu'il éprouvait pour elle était trop forte pour qu'il se rende compte qu'elle perdait chaque jour un peu plus son indépendance. Il aimait venir à Calistoga pour la voir et se sentait bien dans la petite maison mais il ne l'avait jamais invitée à Sainte Helena, où elle n'était allée qu'une seule fois. « Tu es sûre qu'il n'est pas marié ? » lui avait souvent demandé sa mère, au début, alors que tout le monde savait qu'il n'en était rien et que « décidément, il ne s'y déciderait jamais », comme l'avait grommelé sa mère après les premières années de leur liaison. Maintenant, elle ne disait plus rien, se contentant de garder ses petits-enfants; l'aînée avait quatorze ans, le cadet douze, et la dernière neuf.

Jeremiah l'appela de nouveau; ce n'était pas dans ses habitudes de ne pas l'attendre en bas. Il monta lentement jusqu'aux trois petites chambres qu'elle occupait avec ses enfants et qui, réunies, n'atteignaient même pas la dimension d'une des pièces de la maison de Jeremiah. Mais il y avait longtemps que Jeremiah avait cessé d'en éprouver de la culpabilité; Mary Ellen mettait une certaine fierté à se suffire à elle-même et elle n'était pas malheureuse dans cette maison qu'elle aimait. Elle ne se serait pas sentie aussi bien chez lui; sa maison à elle était plus chaleureuse alors que celle de Jeremiah était restée silencieuse, sans vie, presque inhabitée, depuis le jour où il l'avait fait construire.

Jeremiah crut sentir un parfum de rose tandis qu'il frappait à la porte de sa chambre. Il entendit la voix familière lui répondre en hésitant. Dans un moment d'affolement, il s'était demandé si, pour la première fois depuis sept ans, elle aurait pu s'absenter. Mais elle était là et il avait besoin d'elle. Il frappa doucement, tout à coup hésitant et timide.

– Mary Ellen?

Sa voix lui parvint, douce et tendre, presque comme une caresse :

– Entre... Je suis là...

Elle allait dire « dans ma chambre », mais elle n'eut pas besoin de poursuivre car il entra, et il lui sembla qu'il emplissait la pièce par sa seule présence; son sang se figea dans ses veines et elle le regarda. Sa peau était aussi blanche que les roses à côté de son lit et ses cheveux prenaient des reflets cuivrés dans le soleil qui entrait à flots par les fenêtres. Mary Ellen était sur le point de passer une robe de dentelle par-dessus son corset noué par des rubans roses qui couraient le long de la dentelle et fermaient ses pantalons aux genoux; elle ressemblait à une jeune fille. Elle se mit brusquement à rougir en se détournant et en luttant avec sa robe. D'ordinaire, la jeune femme était prête lorsqu'il arrivait, mais elle s'était attardée plus qu'elle ne le pensait à couper des roses pour orner sa chambre.

– Je suis presque... J'ai juste... Oh, mon Dieu, je n'y arrive pas!

Elle était toute innocence tandis qu'elle bataillait avec les enchevêtrements de dentelle. Jeremiah se dirigea vers elle pour l'aider à enfiler sa robe, mas il se ravisa tout à coup et se retrouva en train de tirer la robe dans le sens opposé et de la jeter sur le lit avant d'attirer Mary Ellen et de presser ses lèvres sur les siennes. Il s'apercevait chaque semaine, quand il arrivait, à quel point il était affamé d'elle, s'abreuvant de la douceur de sa chair et du parfum de rose qui s'exhalait de sa chevelure et de son corps.

Les enfants, le travail, les ennuis, tout était oublié lorsqu'elle reposait dans ses bras, semaine après semaine, année après année, plongeant son regard dans ces yeux qu'elle aimait et qui ne comprirent jamais combien elle le chérissait. Mais elle le connaissait : il avait besoin de sa solitude, de sa liberté, de ses vignes et de ses mines; il n'aurait pas voulu d'une vie routinière avec la même femme et trois enfants qui n'étaient pas de lui. Jeremiah était trop occupé, trop investi dans un empire qu'il avait construit et continuait d'édifier. Elle le respectait pour ce qu'il était et l'aimait assez pour ne pas lui demander ce qu'il ne pouvait lui donner. La jeune femme prenait uniquement ce qu'il lui offrait : une nuit par semaine, dans une sorte d'abandon qu'ils n'auraient jamais partagé s'ils avaient vécu ensemble, ce qui magnifiait encore davantage leur passion. Elle se demandait si la situation n'aurait pas été différente si elle avait pu avoir un enfant de lui, mais il valait mieux ne pas y songer; le médecin avait dit que ce serait trop dangereux pour elle. Jeremiah, d'ailleurs, ne semblait pas en vouloir, du moins ne lui en avait-il jamais parlé, et même s'il se montrait toujours gentil avec ses enfants, lorsqu'il lui arrivait de les voir, il était évident que ce n'était pas à eux qu'il pensait quand il venait chez elle. C'était ce qu'il contemplait maintenant qui emplissait son âme et submergeait ses sens, cette chair parfumée, aussi délicate que de la soie, et ces yeux d'un vert d'émeraude qui brûlaient dans les siens. Il la posa délicatement sur le lit et commença à délacer le corset rose qui se détacha de son corps avec une facilité surprenante sous ses doigts experts, puis fit glisser les pantalons le long de ses jambes souples et élancées jusqu'à ce qu'elle se retrouve nue et rayonnante devant lui. Voilà pourquoi il venait... pour la dévorer avec ses yeux, sa langue, ses mains, jusqu'à ce qu'elle se blottisse haletante et suffocante sous lui, brûlant du désir qu'il la prenne. Et aujourd'hui, il la voulait encore plus que les autres jours; c'était comme s'il ne pouvait se rassasier d'elle, ni respirer assez profondément l'arôme entêtant de ses cheveux, de sa chair, de son parfum. Il essayait de repousser le souvenir de sa fiancée morte, de la nuit douloureuse qu'il avait passée avec John Harte. Elle perçut qu'il avait eu une semaine difficile, sans en connaître la raison, et, comme toujours, elle tenta de lui donner encore plus d'elle-même pour combler le vide qu'elle sentait instinctivement en lui. Mary Ellen n'était pas femme à exprimer clairement ses impressions, mais elle possédait un flair infaillible, presque animal, pour tout ce qui le touchait.

Elle reposait, ensommeillée et rassasiée entre ses bras, et lui caressait doucement la barbe en le regardant.
– Tu vas bien, Jeremiah?
Il s'amusa de voir qu'elle le connaissait si bien.
– Maintenant, oui... grâce à toi... Tu es si bonne pour moi, Mary Ellen...
– Tu as eu des ennuis?
Il hésita un moment. Ce qu'il éprouvait au sujet de la nuit précédente lui semblait étrangement mêlé à ses sentiments pour Jennie.
– J'ai passé une nuit difficile, j'étais avec John Harte...
Elle se redressa sur son coude, surprise.
– Je ne pensais pas que vous vous parliez.
– Je suis allé là-bas la nuit dernière. Il a perdu sa femme et sa fille... et son fils après mon arrivée.
Une larme roula sur sa joue; Mary Ellen l'essuya délicatement et prit Jeremiah dans ses bras. Il était si grand, si fort, si viril et pourtant si doux et si tendre! Elle l'aima encore davantage pour cette larme et pour celles qui suivirent, tandis qu'elle le tenait enlacé
– Il était si jeune...
Sanglotant sur l'enfant dont il avait fermé les yeux, il serra Mary Ellen contre lui, ne sachant comment contenir son émotion. C'était comme un trop-plein qui montait du plus profond de lui-même.
– Le pauvre homme les a perdus tous les trois en une seule journée...
Ses larmes se tarirent un peu et il s'assit sur le lit en regardant Mary Ellen.
– C'est gentil de ta part d'être allé chez lui, Jeremiah. Tu n'étais pas obligé de le faire.
– Je savais ce qu'il ressentait.

Elle était au courant pour Jennie car Hannah le lui avait raconté. Hannah connaissait Mary Ellen depuis qu'elle était enfant et elles se rencontraient souvent au marché de Calistoga. Mais Jeremiah ne lui avait jamais parlé personnellement de Jennie.

– Quelque chose de semblable m'est arrivé autrefois.
– Je sais, répondit-elle d'une voix douce.
– Je me doutais que tu étais au courant... Pauvre garçon, ça va être très dur pour lui.
– Il s'en sortira.
– Tu le connais?
– Je l'ai vu en ville mais nous ne nous sommes jamais adressé la parole. J'ai entendu dire qu'il était têtu comme une mule et plus que désagréable. Ce genre d'homme ne craque pas, quoi qu'il arrive.
– Je ne pense pas qu'il soit vraiment comme ça. Je crois qu'il est seulement très jeune, très énergique, et qu'il veut ce qu'il veut, quand il le veut. Je ne voudrais pas travailler pour lui mais j'admire ce qu'il a fait.

Mary Ellen haussa les épaules. John Harte ne l'intéressait pas.

– Moi, je t'admire..
– Je ne sais pas pourquoi. Je suis la vieille mule dont tu parlais à l'instant.
– Mais tu es ma mule et je t'aime.

Elle adorait lui parler ainsi, aussi bien pour se rassurer elle-même que pour le plaisir de le lui dire. Il ne lui avait jamais appartenu tout à fait mais une fois par semaine elle avait le droit de le croire et elle s'en contentait. Maintenant que Jake était mort, elle aurait épousé Jeremiah avec joie, mais elle savait qu'il ne lui proposerait plus le mariage. Elle avait été bien sotte de ne pas insister au début, mais elle pensait alors que Jake allait revenir... cet ivrogne invétéré...

– A quoi pensais-tu, Mary Ellen? Tu avais l'air en colère.

Sa perspicacité la fit rire. Elle en avait l'habitude.

– A rien d'important.
– Tu es fâché contre moi?

Elle s'empressa de protester en lui souriant tendrement. Il lui donnait rarement l'occasion de se mettre en colère. Pour Jake, c'était une autre histoire. Une crapule. Elle avait gaspillé quinze ans de sa vie pour lui, dont cinq à attendre son retour, alors qu'il vivait avec une femme dans l'Ohio, ce qu'elle avait découvert après sa mort parce que la fille était venue la voir. Il avait même eu deux petits garçons avec elle. Alors Mary Ellen avait mesuré sa propre bêtise.

– Je ne suis jamais en colère contre toi, idiot! D'ailleurs, tu ne m'en donnes jamais l'occasion.

Il n'y avait qu'aujourd'hui, la semaine prochaine et sept années de samedis qui s'étiraient derrière eux. Cela n'irritait pas Mary Ellen mais la rendait triste de temps en temps.

– Je vais bientôt partir en voyage.

– Pour où, cette fois?

– Le Sud. Atlanta.

Il allait souvent à New York, et une fois, l'an passé, il s'était rendu à Charleston, en Caroline du Sud, mais il ne l'avait jamais invitée à l'accompagner. Les affaires étaient les affaires et Mary Ellen n'avait rien à y voir.

– Je ne serai pas parti longtemps. Le temps de faire l'aller et retour, plus quelques jours pour régler mes affaires. Peut-être quinze jours en tout.

Il l'embrassa dans le cou.

– Est-ce que je te manquerai?

– D'après toi? demanda-t-elle d'une voix assourdie par le désir, et ils glissèrent dans le lit.

– Je crois que je suis fou de partir, voilà mon avis...

Et il le lui prouva en la faisant plusieurs fois crier de plaisir dans ses bras cette nuit-là.

Le lendemain, tandis que Mary Ellen lui faisait cuire des œufs avec des saucisses, un petit steak et du pain de maïs sur le vieux fourneau, Jeremiah se sentait un autre homme. Il avait proposé de lui acheter une nouvelle cuisinière l'hiver précédent, mais elle avait soutenu qu'elle n'en avait pas besoin. La cupidité ne faisait simplement pas partie de son caractère, au grand chagrin de sa mère. Celle-ci lui rappelait souvent que Jeremiah était l'un des hommes les plus riches de l'État et qu'elle était la plus grande imbécile que la terre ait jamais portée.

Mary Ellen ne se jugeait pas à plaindre : elle était libre d'agir à sa guise puisque Jeremiah ne lui demandait jamais de comptes quand il n'était pas avec elle. Elle ne voyait personne d'autre depuis des années, mais parce qu'elle en avait ainsi décidé. Si quelqu'un s'était présenté pour lui faire des propositions honnêtes, elle aurait très bien pu ne pas le repousser. Jeremiah veillait à ne rien exiger d'elle.

– Quand pars-tu pour l'Est?

Elle mangeait une galette de maïs tout en fixant son visage. Il avait de magnifiques yeux bleus. Quand il la regardait, elle sentait son âme fondre comme neige au soleil.

– Dans quelques jours.

Il sourit, ragaillardi. Il avait bien dormi, même après l'avoir aimée tout son soûl.

– Je te préviendrai dès que je serai rentré.

– Prends garde de ne pas rencontrer la fille de tes rêves à Atlanta!

– Comment cela pourrait-il arriver?

Il souleva sa tasse et se mit à rire. Elle sourit de plaisir.

– On ne sait jamais.

– Ne sois pas stupide.

Il se pencha vers elle pour lui embrasser le bout du nez, mais le mouvement qu'elle fit vers lui découvrit la naissance de ses seins qui l'attirèrent. Elle portait un déshabillé de satin rose qu'il lui avait rapporté de son dernier voyage en Europe, lorsqu'il avait visité les vignobles français. Il y glissa la main et sentit la chaleur de ses seins sous ses doigts. Un frisson le parcourut, auquel il ne put résister; il posa sa tasse et contourna la table.

– Que disais-tu, Mary Ellen...?

Sa voix n'était plus qu'un souffle rauque. Il la prit dans ses bras et monta l'escalier.

– Je disais : ne va pas...

Il écrasa ses lèvres sur les siennes et, après l'avoir déposée sur le lit, lui ôta son déshabillé. La douceur de cette chair semblait se fondre dans celle du déshabillé de soie. Le plaisir les submergea jusqu'au crépuscule.

Jeremiah repartit enfin pour Sainte Helena, fatigué, heureux et rassasié. Mary Ellen Browne l'avait comblé et les chagrins de l'autre nuit étaient bien oubliés. Il se sentit à peine la force de se déshabiller, respirant les senteurs de ce parfum qui imprégnait encore sa chair, et il s'endormit avec le sourire en songeant à elle.

CHAPITRE III

– TÂCHEZ DE BIEN VOUS conduire pendant votre voyage.

Hannah lui jeta un regard furibond et pointa sur lui un doigt vengeur, comme s'il était un petit garçon, ce qui le fit rire aux éclats.

– C'est exactement ce que Mary Ellen m'a dit.

– Peut-être parce qu'on vous connaît trop bien.

– Bon, bon, je serai sage!

Il lui pinça la joue, mais le cœur n'y était pas. La semaine avait été dure pour lui et Hannah le savait. Il avait assisté aux funérailles de la femme de John Harte et de ses deux enfants. Quelques cas de l'épidémie de grippe si redoutée s'étaient déclarés dans les mines Thurston; personne jusqu'à présent n'en était mort, mais Jeremiah forçait chacun de ses mineurs à consulter le médecin au moindre signe avant-coureur.

Il aurait aimé remettre son voyage dans l'Est, mais ce n'était pas possible; Orville Beauchamp avait répondu au télégramme de Jeremiah que, s'il voulait traiter l'affaire, il devait venir sans tarder. Jeremiah avait failli l'envoyer au diable, songeant à passer le marché à John Harte, mais Harte n'était pas en état de traiter des affaires et de partir seul pour l'Est; aussi Jeremiah s'était-il résigné à prendre le train pour Atlanta. Mais il ne se sentait guère enthousiasmé. Cet homme de Georgie continuait à l'intriguer, en dehors du marché, qui lui paraissait parfaitement sain.

Il se pencha pour embrasser Hannah, jeta un regard circulaire sur la cuisine si confortable, prit son sac d'une main et sa vieille serviette de cuir noir dans l'autre, tenant entre les dents son cigare dont la fumée lui faisait cligner les yeux. Son grand chapeau noir, enfoncé jusqu'aux yeux, lui donnait un air presque diabolique tandis qu'il gagnait à pas pressés l'attelage qui l'attendait. Il y jeta ses bagages, sauta à côté du jeune garçon assis à la place du cocher et lui prit les rênes.

— Bonjour, monsieur.

— Bonjour, mon garçon.

Il tira une grosse bouffée de cigare et toucha les chevaux du bout de son fouet. Un instant plus tard, ils étaient en route, roulant à bonne allure. Jeremiah gardait le silence, son esprit déjà accaparé par le marché qu'il allait conclure. L'adolescent l'observait, fasciné, notant les yeux plissés, les ridules qui les entouraient, les sourcils froncés par la concentration, le chapeau élégant, les larges épaules, les mains énormes et la tenue impeccable. Le jeune garçon pensait que M. Thurston était trop propre pour avoir été mineur, même si l'on disait qu'il travaillait lui aussi dans les mines. Comment imaginer cet homme si robuste, si puissant, se coulant dans une galerie de mine?

Ils avaient déjà parcouru la moitié du chemin lorsque Jeremiah se tourna vers lui en souriant.

— Quel âge as-tu, mon garçon?

— Quatorze ans.

L'adolescent était aux anges de se trouver à côté de lui et il savourait l'odeur de son cigare, qui lui paraissait symboliser la puissance virile.

— Enfin, quatorze ans en mai.

— Tu travailles dur à la mine?

— Oui, monsieur.

Sa voix tremblait légèrement, mais Jeremiah n'y prêtait pas attention, repensant à sa propre vie quand il avait quatorze ans.

— Je travaillais dans les mines au même âge. C'est dur pour un garçon, et pour tout le monde, en fait. Est-ce que ça te plaît?

L'adolescent prit son temps, puis se décida à avouer la vérité. Il avait confiance en cet homme si imposant, qui fumait le cigare et respirait la bonté.

— Non, monsieur, ça ne me plaît pas. C'est un sale boulot. Je veux faire autre chose quand je serai grand.

— Quoi donc, par exemple?

— Un métier propre, comme de travailler dans une banque.

Mon père dit que ce n'est pas un métier d'homme, mais je pense que ça me plairait. Je suis doué pour les chiffres. Je les additionne plus vite que les gens ne les écrivent.

Jeremiah se força à garder l'air sérieux, mais son regard était amusé. La ferveur de ce garçon le touchait.

— Est-ce que tu voudrais m'aider quelquefois, le samedi matin?

— Vous aider? Oh, oui, monsieur!

— Je vais à la mine le samedi matin jusqu'à midi, parce que c'est calme. Quand je serai revenu, viens me voir un samedi matin. Tu pourrais m'aider pour les pièces comptables. Je ne vais pas aussi vite que toi dans les additions.

Jeremiah se mit à rire et les yeux noirs du jeune garçon s'agrandirent.

— Ça te dit?

— C'est merveilleux!... Merveilleux!

Il ne put s'empêcher de bondir de joie sur son siège, puis se contint en se souvenant qu'il devait faire preuve d'un comportement plus adulte. Cela aussi amusa Jeremiah. Ce garçon lui plaisait. En fait, il aimait les enfants, qui le lui rendaient bien. Tandis qu'il pressait les chevaux, il se surprit à penser aux enfants de Mary Ellen. Ils étaient gentils et elle les élevait bien. C'était une lourde charge pour elle, il en était conscient, mais elle n'avait jamais voulu de son aide. Il ne les voyait que de temps en temps pour un occasionnel pique-nique le dimanche après-midi et il n'était pas là quand ils tombaient malades, quand ils faisaient des sottises à l'école, quand elle les soignait, quand elle les corrigeait, quand elle les câlinait. Il les voyait seulement dans leurs habits du dimanche, et pas très souvent. Il se demandait s'il ne l'avait pas déçue en ne l'aidant pas davantage pour ses enfants, mais elle n'attendait que ce qu'elle avait, son corps mêlé dans le sien pour deux jours de plaisir dans la petite maison de Calistoga. Jeremiah, tout à coup, comme s'il avait l'impression que l'adolescent pouvait lire dans ses pensées, se tourna vers lui.

— Tu aimes les filles, toi, mon garçon?

Il ne connaissait pas son nom et ne voulait pas le lui demander. Inutile de le savoir puisque son père était l'un de ses plus fidèles mineurs, un homme qui avait neuf autres enfants, dont la plupart étaient des filles. Celui-ci était le plus jeune et travaillait à la mine avec ses deux frères.

A la question de Jeremiah, il haussa les épaules.

– La plupart d'entre elles sont bêtes. J'ai sept sœurs, presque toutes complètement stupides.

Jeremiah se mit à rire.

– Toutes les femmes ne sont pas stupides. Crois-moi, mon garçon, il y a beaucoup moins d'idiotes qu'on n'aimerait le penser. Beaucoup moins!

Il éclata encore de rire et tira sur son cigare. Hannah, Mary Ellen ou la plupart des femmes qu'il connaissait n'avaient rien de stupide. Elles étaient précisément assez intelligentes pour dissimuler leur subtilité. Et il aimait cela dans une femme, une faiblesse et une simplicité apparentes qui cachaient une très grande finesse d'esprit. D'un seul coup il se rendit compte que c'était peut-être pour cette raison qu'il n'avait pas voulu épouser Mary Ellen. Elle ne jouait aucune comédie; elle était franche et directe, aimante et sensuelle à souhait, mais sans mystère. Il savait exactement où il allait, sans surprise... avec elle, pas d'ambiguïté, pas de découvertes, pas d'épines sur cette rose. Les années passant, il paraissait apprécier davantage la complexité et se demandait si cela n'était pas un signe de vieillissement. Cette pensée l'amusa et il regarda le jeune garçon avec un sourire entendu.

– Il n'y a rien de plus beau qu'une jolie femme, mon garçon. Sauf peut-être une colline couverte de prairies et de fleurs sauvages.

Il en contemplait justement une, et son cœur se serra tandis qu'il la dépassait. Il laisserait un peu de lui, de sa vie, de son âme, jusqu'à ce qu'il revienne ici.

– Tu aimes cette terre, mon garçon?

De peur de n'avoir pas compris, l'adolescent décida de jouer de prudence. Il avait montré assez de toupet pour la matinée.

– Oui.

Mais Jeremiah sut, en entendant ce « oui » sans expression, que le jeune garçon n'avait pas compris ce qu'il voulait dire. La terre... le sol... Il se rappelait encore le frisson qui le parcourait lorsque au même âge il ramassait une poignée de terre et la serrait dans ses mains... « Elle est à toi, mon fils, à toi, toute cette terre, prends-en toujours soin. » La voix de son père résonnait dans ses oreilles. Le petit morceau de terre qu'il possédait au début, il l'avait agrandi peu à peu et il était maintenant propriétaire d'un vaste domaine dans une vallée qu'il aimait. Cet amour de la terre était inné, il grandissait en soi, on ne pouvait l'acquérir par la suite. Jeremiah s'étonnait que tous les hommes n'éprouvent pas ce même amour, sans parler des femmes qui, elles, paraissaient totalement insensibles à cette passion pour « un tas de poussière », comme le lui avait dit l'une d'entre elles. Ils ne comprendraient jamais, tout comme ce garçon assis à côté de lui. Mais Jeremiah ne lui en voulait pas; un jour, il irait probablement travailler dans une banque et trouverait son bonheur en manipulant des papiers et en alignant des chiffres pour le reste de sa vie. Il n'y avait aucun mal à ça. Mais si Jeremiah avait pu choisir, il aurait cultivé ses terres toute sa vie, arpenté ses vignes, travaillé dans ses mines pour rentrer la nuit, complètement épuisé, mais heureux jusqu'au plus profond de lui; l'aspect commercial de toute entreprise l'intéressait beaucoup moins que la beauté de la nature et le travail de la terre.

Il était presque midi quand ils arrivèrent à Napa, longeant d'abord les fermes des faubourgs puis empruntant les rues de la ville, bordées de belles maisons confortables, entourées de jardins parfaitement entretenus, et qui ressemblaient fort à celle de Jeremiah à Sainte Helena. La seule différence était que la maison de Jeremiah semblait délaissée et inoccupée; une maison de célibataire, en quelque sorte, et cela se voyait, même de l'extérieur, malgré la présence d'Hannah. Son influence se remarquait seulement à la cuisine, qu'elle avait rendue très accueillante, et dans le jardin potager. Ici, à Napa, on trouvait au contraire des maisons entretenues par des mères de famille qui veillaient à ce que les rideaux de dentelle soient toujours immaculés, les jardins couverts de fleurs et les chambres du haut remplies d'enfants. Jeremiah se plaisait à admirer ces belles demeures. Il avait beaucoup de relations à Napa, mais il menait une existence plus rurale; le centre de ses préoccupations était les affaires, et non la vie mondaine, qui avait bien plus d'importance ici.

Il s'arrêta à la banque avant de prendre le bateau, afin de retirer l'argent nécessaire à son voyage jusqu'à Atlanta, et ressortit quelques instants plus tard, satisfait, tout en regardant l'heure à son gousset. Ils allaient devoir se presser pour attraper le bateau; aussi le jeune garçon prit-il un plaisir particulier à faire galoper les chevaux tandis que Jeremiah compulsait des papiers. Ils arrivèrent au bateau à temps, Jeremiah sauta de la carriole puis empoigna ses bagages. Il sourit au jeune garçon et lui dit :

– Je te verrai le premier samedi après mon retour. Viens le matin à neuf heures.

Il se souvint tout à coup de son prénom : Danny.

– A bientôt, donc, Dan, et prends soin de toi pendant mon absence.

Jeremiah pensa aussitôt à Barnabé Harte et sa gorge se serra.

Après avoir gagné sa cabine réservée sur le bateau pour San Francisco, il s'assit et tira de sa serviette une épaisse liasse de papiers : il avait bien assez de travail pour s'occuper durant les cinq heures de traversée. Le *Zinfandel* était un très beau bateau. Danny regarda tourner avec admiration la roue à aubes, tandis qu'il quittait le port.

A l'heure du dîner, Jeremiah quitta sa cabine et choisit une table libre. Une femme qui voyageait avec une nurse et quatre enfants l'observa plusieurs fois avec insistance depuis sa place, à l'autre bout de la pièce, et finalement, voyant qu'il ne semblait pas la remarquer, lui décocha un regard hautain lorsqu'elle quitta la salle à manger, dépitée de n'avoir produit aucun effet sur ce beau géant. Il resta quelque temps sur le pont à fumer un cigare et contempla les lumières de la ville tandis que le bateau accostait dans le port de San Francisco. Ses pensées le ramenaient sans cesse vers Mary Ellen, avec plus de force que d'habitude et, à sa grande surprise, il se sentit très seul, ce soir-là, quand le *Zinfandel* mouilla dans le port et qu'il monta dans la voiture du *Palace Hotel* où il réservait toujours la même suite. De temps en temps, il se rendait dans une maison de mauvaise réputation dont il appréciait particulièrement la patronne, mais, ce soir-là, il resta dans sa chambre et contempla la ville tout en songeant à sa vie passée. Il était resté mélancolique depuis la nuit passée avec John Harte et ici, où il aurait dû se sentir le cœur si léger, à mille lieues de Napa, de sa beauté et de ses malheurs, il ne parvenait pas à faire le vide.

L'hôtel était récent et confortable. Incapable de trouver le sommeil, Jeremiah sortit faire un tour dans le hall, où il croisa des gens en grande toilette, des femmes étincelantes de bijoux, qui semblaient revenir de dîners en ville, de représentations théâtrales ou de soirées. Il régnait presque une atmosphère de vacances. Jeremiah sortit pour une courte promenade avant de regagner l'hôtel. Toute la journée du lendemain serait consacrée à des rendez-vous, avant son départ en train le soir même, et il redoutait déjà cette impression d'étouffement qui l'habiterait pendant son voyage jusqu'à Atlanta, d'autant qu'il s'ennuyait ferme dans les trains.

Tandis que le sommeil le gagnait, il se demanda avec un sourire sensuel pourquoi il n'avait jamais pensé à amener Mary Ellen, mais cette idée était complètement absurde... elle ne faisait pas partie de cette vie-là... aucune femme, d'ailleurs... Et y avait-il une place pour qui que ce soit dans sa vie d'homme d'affaires... et même dans sa vie privée? Il s'endormit sans avoir trouvé de réponse; le lendemain matin, la question lui était sortie de l'esprit. Il éprouva seulement une vague sensation de malaise tandis qu'il sonnait le valet de chambre pour commander son petit déjeuner; on le lui apporta sur un énorme plateau d'argent, une demi-heure plus tard, en même temps que le manteau qu'il avait donné à repasser la veille et ses chaussures impeccablement cirées. Jeremiah savait qu'il ne trouverait pas d'hôtel équivalent à Atlanta, ce qui, du reste, ne le dérangeait pas vraiment. Ce qu'il redoutait, c'étaient les six interminables jours de trajet jusqu'en Georgie.

Comme il ne restait plus de compartiment libre, il avait dû réserver une voiture entière pour son usage personnel. Un petit coin repas avait été installé à une extrémité, ainsi qu'un genre de bureau où il pourrait travailler, plus un lit escamotable. Il se sentait toujours comme un animal pris au piège lorsqu'il voyageait par le train; en outre, la cuisine des gares se révélait presque immangeable. La situation présentait tout de même un avantage : personne ne viendrait le déranger et il pourrait travailler durant tout le trajet.

Jeremiah était déjà las de son voyage lorsque le train atteignit la gare d'Elko, dans le Nevada, le surlendemain de son départ. Il entrait au buffet pour y consommer l'habituelle friture lorsqu'il remarqua une femme extrêmement jolie. Elle devait avoir dans les trente-cinq ans, elle était petite et mince, avec des cheveux aussi noirs que les siens, d'immenses yeux presque violets et une peau laiteuse. Il remarqua qu'elle était très bien habillée, son ensemble de velours ne pouvant venir que de Paris. Il ne la quitta pas des yeux durant tout le repas et ne put s'empêcher de lui adresser la parole au moment où ils quittaient en même temps le restaurant, soucieux de ne pas manquer le train. Elle sourit puis rougit lorsqu'il lui ouvrit la porte en sortant, ce qu'il trouva charmant.

– Assommant, ce voyage, n'est-ce pas? lui dit-il tandis qu'ils se hâtaient sur le quai.

– Plus qu'affreux, en effet, répondit-elle en riant, et il devina qu'elle était anglaise.

Elle portait un gros saphir noir, merveilleusement taillé, à la main gauche, mais il ne lui vit pas d'alliance, ce qui l'intrigua assez pour le pousser à parcourir le train, cet après-midi-là, où il la retrouva dans le compartiment salon, en train de lire tout en buvant une tasse de thé. Elle le regarda, surprise, tandis qu'il lui souriait, tout à coup intimidé. Il ne savait trop comment engager la conversation, mais il avait été incapable de la chasser de son esprit, ce qui lui était inhabituel. A son côté, il sentait à nouveau le magnétisme et le charme qui émanaient d'elle. Elle lui désigna brusquement un siège vide en face du sien.

– Voulez-vous vous asseoir?
– Je ne vous dérange pas?
– Pas du tout.

Il s'assit donc et ils firent connaissance. Elle s'appelait Amelia Goodheart et il apprit bientôt qu'elle était veuve depuis cinq ans. Elle rendait visite à sa fille, qui habitait dans le Sud et qui venait de lui donner un deuxième petit-enfant; le premier était né quelques semaines auparavant à San Francisco. Amelia Goodheart habitait New York.

– Vous êtes tous très dispersés.

Il ne pouvait détacher le regard de son sourire et de ses yeux.

– Beaucoup trop dispersés à mon goût, hélas! Mes deux filles aînées se sont mariées l'année dernière, mais mes trois autres enfants vivent encore avec moi.

Elle avait quarante ans et c'était une des plus jolies femmes que Jeremiah eût rencontrées. Les yeux rivés aux siens, il ne pouvait se résoudre à prendre congé et, lorsqu'il se leva enfin, c'était l'heure du dîner. Tout à coup, il l'invita au restaurant, dès qu'ils auraient atteint la prochaine gare. Ils quittèrent ensemble le train et il se sentit remué jusqu'au plus profond de l'âme tandis qu'elle marchait à côté de lui. C'était le genre de femmes qu'on a envie de protéger, de préserver de tout mal et en même temps de montrer, en disant : « Regardez bien, elle est à moi! » Elle donnait l'impression de ne pouvoir survivre une heure toute seule, mais elle était drôle, chaleureuse et très perspicace. Il se sentait presque redevenu un écolier, tandis qu'ils discutaient, prêt à se prosterner à ses genoux. Il l'invita dans son wagon particulier pour prendre une tasse de thé. Elle lui parla de son mari, en termes chaleureux et tendres, et lui avoua qu'elle avait été totalement dépendante de lui mais qu'elle avait fini par se forcer à sortir seule dans le monde et, dans le cas présent, à aller rendre visite à ses filles aînées. Elle donnait l'impression d'apprécier énormément ce grand voyage qu'elle effectuait seule pour la première fois, et même de regretter de ne pas l'avoir fait plus tôt. Les petits inconvénients ne semblaient pas la gêner, et Jeremiah, qui ne cessait d'admirer sa beauté, nota qu'elle avait très bon caractère. C'était la première fois depuis des années qu'une femme parvenait à lui faire oublier Mary Ellen. Et pourtant, comme elles étaient différentes! L'une si simple, si dévouée, si forte, l'autre plus délicate, plus complexe, plus élégante, et, à sa manière, probablement même plus forte que Mary Ellen. Toutes deux l'attiraient, mais c'était Amelia, pour l'instant, qui retenait son attention. Elle avait quelque chose de vulnérable dans les yeux et il éprouva brusquement le désir de la serrer dans ses bras, mais il n'osa pas. Ils parlèrent de l'Europe, lui de Napa, de ses vins, de son enfance, de son travail, et elle de ses enfants. Il aurait voulu rester auprès d'elle, lui parler toute la nuit mais, vers minuit, il la vit réprimer un bâillement. Ils étaient ensemble depuis presque huit heures : Jeremiah répugnait pourtant à la raccompagner jusqu'à sa voiture.

– Est-ce que tout ira bien? lui demanda-t-il d'un air sérieux qui la fit sourire.

– Je le pense.

Puis elle ajouta avec un charmant sourire :

– J'ai passé des moments très agréables avec vous. Je vous en remercie.

Elle lui serra la main et il respira à nouveau son parfum, qui flottait encore dans son wagon, lorsqu'il y retourna. C'était une odeur exotique et poivrée, pleine de fraîcheur et en même temps très sensuelle, tout à fait à son image, et il eut l'illusion qu'elle se trouvait encore à ses côtés.

La nuit s'écoula lentement pour Jeremiah, qui ne cessait de songer à cette femme élégante, endormie quelque part dans le train. Dès le premier arrêt, il descendit avec anxiété, espérant la voir marcher sur le quai, dans l'air frais du matin, mais il n'aperçut que quelques bonnes promenant des petits chiens et un ou deux hommes en train de se dégourdir les jambes. Il regagna sa voiture, aussi déçu qu'un petit garçon, et finalement, à midi, il parcourut tout le train et la découvrit en train de lire son livre tout en buvant encore une tasse de thé.

– Vous êtes là!

Il avait presque le ton de quelqu'un qui vient de retrouver

son enfant égaré. Elle le regarda avec un grand sourire.
- Vous m'aviez perdue?
L'expression de ses yeux le ravit et il lui rendit son sourire.
- J'ai bien cru que oui. Je vous ai cherchée toute la matinée.
- J'étais pourtant là.
Impatient de se retrouver auprès d'elle, il l'emmena vite dans sa voiture. Elle n'eut pas un instant d'hésitation et Jeremiah se demanda tout à coup s'il ne la mettait pas dans une situation qui pouvait lui paraître ambiguë. Il était seul, après tout, et comment savoir qui se trouvait dans le train... Il pensait rarement à ce genre de choses mais il ne voulait pas mettre Amelia dans l'embarras.
- Ne soyez pas stupide, Jeremiah, je ne suis plus une toute jeune fille.
Comme il voulait protester, elle l'arrêta en riant d'un geste de main élégant et il remarqua qu'elle portait aujourd'hui une magnifique émeraude. Il s'étonna qu'elle n'ait pas peur de porter ses bijoux dans le train, mais Amelia ne semblait ressentir aucune inquiétude. Elle avait mieux à faire qu'à se soucier du qu'en dira-t-on ou des voleurs de bijoux.
Au bout de deux jours, Jeremiah était éperdu d'admiration pour elle. Il était presque désespéré de ne pas l'avoir rencontrée des années auparavant, et le lui dit. Touchée, elle l'enveloppa d'un regard caressant.
- Quelle jolie chose vous me dites là...
- Je pense ce que je dis. Je n'ai jamais rencontré quelqu'un comme vous jusqu'à présent. Je ne connais personne qui ait autant de cœur que vous. Votre mari avait bien de la chance.
- C'est moi qui en ai eu.
Sa voix était aussi douce qu'une brise d'été et Jeremiah tendit la main vers elle. Ils étaient assis en silence, le paysage défilant à côté d'eux, et se regardaient les yeux dans les yeux, seuls au monde.
- Vous n'avez jamais voulu vous remarier?
- Pas vraiment. Je suis bien comme je suis. J'ai les enfants pour me rendre heureuse, m'occuper, me combler... et puis ma maison... mes amis...
- Ce n'est pas suffisant.
Ils échangèrent un autre sourire, très long, et il lui caressa à nouveau les doigts. Elle avait de très belles mains et il ne

s'étonnait pas que son mari lui ait offert tant de magnifiques bagues; elles lui allaient aussi bien que les vêtements coûteux qu'elle portait. Tout en la regardant, il s'imagina tout à coup marié avec elle; mais il avait du mal à se la représenter à Napa, l'attendant chaque soir...

– A quoi pensiez-vous, là, tout de suite?

Elle aimait la profondeur de son regard.

– Je pensais à Napa... à mes mines... je vous imaginais là-bas...

Elle parut surprise, puis se mit à sourire.

– Je suppose que ce serait une vie très intéressante, n'est-ce pas? Certainement très différente de New York... Y a-t-il des Indiens là où vous vivez?

Il se mit à rire.

– Pas comme vous l'entendez. Oui, il y en a quelques-uns, mais ils sont tous domptés et comme tout le monde.

– Ils ne hululent plus, ne crient plus à tue-tête en jetant des haches de guerre?

Elle prit un air déçu et il se remit à rire en secouant la tête.

– Non, c'est fini, tout ça.

– Comme c'est décevant, Jeremiah!

– Nous avons d'autres moyens de nous distraire.

– Lesquels?

Ses nuits passées à Calistoga lui vinrent immédiatement à l'esprit, mais il se força à penser à autre chose.

– San Francisco est seulement à sept ou huit heures de là.

– Vous y allez souvent?

Il hocha la tête.

– Honnêtement, non. Je me lève à cinq heures, prends mon petit déjeuner à six, je pars pour la mine ensuite et je ne rentre qu'au coucher du soleil, et quelquefois bien plus tard. Je travaille le samedi matin – il n'hésita qu'une fraction de seconde – et le dimanche je ronge mon frein en attendant de repartir pour la mine.

– Cette vie me paraît terriblement solitaire, mon ami. Pourquoi ne vous êtes-vous jamais marié, Jeremiah?

– Par manque de temps, je suppose. J'ai failli, il y a presque vingt ans.

Il lui sourit, l'air indifférent, et ajouta :

– Ce n'était pas écrit, voilà tout.

– Quelle sottise! On ne doit pas vieillir dans la solitude.

C'était pourtant ainsi que vivait Amelia, jusqu'à présent.

– C'est donc la seule raison? Se marier pour ne pas être seul, quand on vieillit?

– Bien sûr que non! Il y a la camaraderie, l'amitié. Et puis l'amour... Quelqu'un avec qui rire, parler, partager les peines et les soucis, quelqu'un qu'on ait envie de gâter, de chérir, pour qui on rentre en courant, pour qui on se jetterait au feu...

Amelia songea un instant à sa fille, si aimante pour son mari et son petit garçon. Elle fixa à nouveau Jeremiah.

– Je ne pense pas que vous puissiez comprendre ce dont je vous parle, mais vous aurez manqué bien des choses. Mes enfants sont la plus grande joie de ma vie et il n'est pas trop tard pour que vous en ayez. Ne soyez pas absurde, Jeremiah. Je suis sûre que des centaines de femmes n'attendent que ça. Prenez-en une, épousez-la et faites une ribambelle d'enfants avant qu'il soit trop tard. Pensez un peu à vous...

Il s'amusait de l'insistance avec laquelle elle lui parlait, mais ce qu'elle disait le touchait profondément.

Il se radossa contre le siège de velours gris foncé.

– Vous m'obligez presque à reconsidérer ma vie. Vous devriez peut-être me sauver malgré moi et m'épouser dans la prochaine ville. Comment réagiraient vos enfants à cette nouvelle?

– Ils penseraient que je suis devenue folle, et, pour une fois, ils auraient raison.

– Vous croyez?

– Absolument.

– Pensez-vous vraiment que ce serait une folie... vous et moi...?

Elle se sentit parcourue d'un frisson étrange; le regard de Jeremiah était grave et elle ne voulait pas se jouer de lui. Ils n'étaient que des relations de voyage et, même si elle s'était aperçue qu'il la troublait, elle n'avait tout de même pas perdu la tête. Elle avait sa vie, sa maison à New York, trois enfants encore à élever, deux filles mariées et deux gendres auxquels elle se devait.

– Jeremiah, ne me taquinez pas sur un sujet aussi grave.

Sa voix était aussi douce que de la soie et aussi tendre qu'un baiser sur la joue d'un enfant.

– Je vous apprécie déjà beaucoup trop, et je veux rester votre amie, même après que nous aurons quitté ce train.

– Moi aussi. Épousez-moi.

C'était la chose la plus extravagante qu'il ait jamais dite ou faite, et il le savait parfaitement.

– Je ne peux pas.

Elle pâlit, rougit puis pâlit à nouveau.

– Et pourquoi?

Il était sérieux et cela rendait la situation encore plus difficile. Elle fut presque effrayée par son regard.

– Pour l'amour du ciel, j'ai trois enfants à élever.

C'était une piètre excuse, mais elle ne trouva rien d'autre à dire.

– Et alors? Nous pouvons les emmener à Sainte Helena. Il y a bien d'autres personnes qui y élèvent leurs enfants. C'est un endroit très respectable, malgré les Indiens! Nous leur construirons leur propre école.

– Jeremiah! Arrêtez!

Elle bondit tout à coup sur ses pieds.

– Cessez de me dire ces absurdités. Je vous aime bien, vous êtes l'un des hommes les plus intéressants et les plus honnêtes qu'il m'ait été donné de connaître, mais nous venons tout juste de nous rencontrer, nous ne sommes que des étrangers l'un pour l'autre. Vous ne savez pas si je bois, si je joue, si je triche, si je bats mes enfants; je suis peut-être à moitié folle... j'ai peut-être tué mon mari...

Il perçut une lueur d'amusement dans ses yeux et lui tendit la main, qu'elle prit et caressa de ses lèvres.

– Mon très cher, ne me taquinez pas ainsi. Je vais avoir quarante et un ans le mois prochain, Jeremiah, je suis trop vieille pour jouer à ça. J'ai épousé mon mari à dix-sept ans et nous avons vécu heureux pendant dix-huit ans, mais je ne suis plus une jeune fille et je n'aurai plus d'enfant... je suis une grand-mère à présent... Ce serait presque de la folie de vous suivre en Californie, non pas que l'idée me déplaise, je trouve ça merveilleusement amusant, mais parce que nous sommes ici, en ce moment... dans quelques jours, vous serez à Atlanta et moi à Savannah, en train de découvrir mon deuxième petit-fils. Nous devons être raisonnables, vous et moi, sinon l'un de nous va souffrir et je ne voudrais surtout pas que ce soit vous. Vous savez ce que je vous souhaite? Une belle jeune fille pour épouse, une douzaine d'enfants et un amour comme celui que j'ai connu pendant vingt ans. J'ai eu le mien, mais vous n'avez pas eu le vôtre et j'espère que vous le trouverez bientôt.

Ses yeux s'emplirent de larmes et elle se détourna. Il fit un pas vers elle et, sans dire un seul mot, il l'enlaça et la pressa contre lui, ses lèvres cherchant les siennes. Elle ne se défendit pas et l'embrassa avec toute la ferveur et la passion qu'elle contenait depuis si longtemps, tout comme Jeremiah. Ils étaient tous deux haletants lorsqu'ils se rassirent.

– Vous êtes complètement fou, Jeremiah.

Mais elle ne semblait pas s'en inquiéter et elle lui sourit.

– Non, je suis tout ce que vous voudrez, mais pas cela. Vous êtes la femme la plus extraordinaire que j'aie jamais rencontrée, j'espère que vous le savez. Il ne s'agit pas d'une toquade, d'un coup de tête. En quarante-trois ans de vie, je n'ai demandé qu'à deux femmes de m'épouser et je le ferais à la prochaine gare, si vous le vouliez. Et vous savez la suite? Eh bien, nous serions heureux pour le restant de notre vie. J'en ai la certitude, comme celle d'être assis en ce moment à côté de vous.

Et le plus amusant était qu'elle ressentait la même chose.

– Peut-être, ou peut-être pas. Mais je pense qu'il serait plus sage de ne pas essayer.

– Pourquoi?

– Peut-être parce que je ne suis pas aussi courageuse que vous. Je préfère vous garder comme ami.

Il n'était pas très enclin à la croire après le baiser qu'ils avaient échangé. Pour détendre un peu l'atmosphère, il se leva et se dirigea vers un coffre de noyer où se trouvaient une douzaine de bouteilles de son meilleur vin.

– Voudriez-vous boire avec moi? J'ai emmené quelques bouteilles de ma propre récolte.

– Avec grand plaisir, Jeremiah.

Il déboucha la bouteille et servit deux verres d'un bon vin rouge, qu'il respira longuement avant de tendre l'un des deux à Amelia, satisfait.

– Personne ne vous verra boire ici.

Elle n'aurait pu le faire nulle part ailleurs dans le train, mais elle se sentit tout à coup rassérénée en buvant une gorgée de ce vin dont la finesse et le bouquet l'émerveillèrent. Une fois encore, elle sentit combien Jeremiah la fascinait et elle le regarda tristement en posant son verre.

– Comme j'aimerais vous aimer moins...

– Et moi, comme je voudrais que vous m'aimiez plus!

Ils se mirent à rire et descendirent à l'arrêt suivant pour partager un rapide repas avant de regagner le train. Ils achetèrent une énorme corbeille de fruits qu'ils dégustèrent accompagnés de fromage et de vin, jusque tard dans la nuit, tout en discutant de la condition humaine ; ils étaient un peu soûls, riaient de tout et c'est à ce moment qu'ils s'aperçurent qu'ils étaient devenus amis pour la vie. Ils ne se quittèrent pas les jours suivants. Lorsqu'ils atteignirent Atlanta, Jeremiah eut la certitude de ne pas être seulement amoureux d'elle ; il en était fou, tout en sachant en même temps qu'elle n'accepterait jamais de l'épouser et tout en comprenant ses raisons ; au tréfonds de son âme, le souvenir de son mari subsistait, peut-être pour toujours. Elle soutenait sans relâche qu'il avait besoin d'une jeune femme qui lui donne des enfants. Jeremiah lui avait raconté ce qui était arrivé à John Harte, et il lui avait avoué qu'il n'était pas certain de vouloir prendre ce risque.

– Je ne pourrais pas supporter de perdre un enfant. J'ai perdu une femme que j'aimais, Amelia, et c'est déjà suffisant...

Il était tard cette nuit-là, ils avaient déjà bien entamé leur deuxième bouteille de vin. Amelia secoua la tête.

– Vous ne pouvez pas vivre avec cette crainte. Il faut prendre des risques, et vous le savez...

– Pas avec son cœur...

Le visage de Barnabé lui revint en mémoire et il ferma les yeux.

– Je ne pourrais pas le supporter, acheva-t-il.

Elle l'agrippa par le bras.

– Il le faut. Ne laissez pas passer cette chance. Vous avez encore toute la vie devant vous... faites-le... pour l'amour de Dieu, ne baissez pas les bras, je ne vous laisserai pas faire. Trouvez la femme qu'il vous faut, cherchez-la si c'est nécessaire, mais obtenez ce que vous désirez, ce dont vous avez besoin... ce que vous méritez...

– Et qu'est-ce que c'est ?

– Une fille pleine de feu... de passion... avec l'amour dans ses veines, une fille si pleine de vie qu'il vous faudra la ficeler pour la capturer.

Jeremiah se mit à rire.

– Comme vous, en somme ! Aurais-je dû vous faire subir ce traitement ?

– Vaut mieux pas, Jeremiah Thurston ! Mais vous savez très bien ce que je veux dire : une petite boule de feu pour vous tenir chaud, vous rendre heureux et vous amuser.

– J'ai l'impression que cela me créera une foule d'ennuis.

Mais il devait admettre, d'une certaine manière, que l'idée le séduisait.

– Et où trouver une telle femme?

– Là où elle est. Et cherchez bien, s'il le faut. A moins qu'elle ne vous tombe dans les bras.

– Cela ne s'est pas encore produit, du moins jusqu'à ce voyage.

Il lui fit un clin d'œil entendu et Amelia se mit à rire. Elle avait failli se laisser aller à tomber amoureuse de lui, mais elle ne pouvait pas.

– N'oubliez pas ce que j'ai dit! lui répéta-t-elle alors que le voyage tirait à sa fin.

Le train arrivait en gare d'Atlanta et les bagages de Jeremiah étaient prêts. Il avait laissé des instructions pour qu'Amelia puisse s'installer dans sa voiture privée, elle et sa servante. Savannah était à quelques heures de là, mais Amelia n'y songeait pas; elle ne pensait qu'à lui.

– Bon Dieu, pourquoi ne pas m'épouser? questionna-t-il, le visage empreint de douleur et de passion. Vous êtes folle.

– Je sais, répondit-elle tandis que des larmes apparurent brusquement dans ses yeux, mais vous méritez mieux que moi.

– Je ne connais personne qui vous égale.

Elle secoua la tête et les larmes roulèrent doucement sur ses joues tandis qu'elle souriait.

– Je vous aime, mon très cher ami.

Elle le prit dans ses bras et Jeremiah l'étreignit jusqu'à ce que le train s'immobilise. Il se recula alors pour la regarder encore.

– Je vous aime aussi. Prenez bien soin de vous, ma très chère. J'irai vous voir bientôt à New York.

Elle acquiesça et lui fit signe tandis qu'il descendait. Jeremiah s'arrêta sur le quai, agitant la main alors que le train s'éloignait. Il se mit à réfléchir sur le destin qui l'avait mise sur sa route et la lui avait reprise. Le pire était que, si elle s'était laissé faire, il l'aurait épousée sur-le-champ. Étrange; il avait suffi de quelques jours, de quelques heures pour qu'il soit amoureux fou d'Amelia, alors qu'avec Mary Ellen Browne il se contentait d'une vie faite de samedis. Il songea que cela méritait réflexion, tandis qu'il se rendait à son hôtel tout en regardant défiler les curiosités de la ville.

CHAPITRE IV

L E *KIMBALL HOUSE*, QUI dominait l'horizon d'Atlanta, était empreint d'élégance. Une nuée de grooms se précipita au-devant de Jeremiah pour l'aider et le faire entrer dans le hall richement décoré où des hordes de serviteurs semblaient surgir de toutes parts. Le décor évoquait une salle de bal plutôt qu'un hall d'hôtel. Par comparaison, la splendeur du *Palace Hôtel* y perdait, quoique Jeremiah continuât à préférer son confort familier. Le *Kimball* faisait un excellent second. Jeremiah récupéra ses bagages dans sa suite, et il venait juste de se servir un verre lorsqu'il entendit frapper à la porte; le laquais de M. Beauchamp se tenait sur le seuil. De race noire, la stature impressionnante, vêtu d'une véritable livrée, il tendit à Jeremiah une enveloppe fermée par un grand sceau doré après s'être assuré de son identité.

– De la part de M. Beauchamp, missié.

– Merci.

Jeremiah retira rapidement la carte et apprit qu'il était attendu pour dîner à huit heures, le soir même. Heure française, se dit-il, tout en remerciant le domestique et en lui demandant d'assurer son maître de sa présence. Le laquais acquiesça d'un air sévère, resplendissant dans sa livrée, puis disparut. Jeremiah, songeur, se mit à faire les cent pas; la chambre était décorée avec raffinement, avec des tissus précieux et des meubles d'époque, mais elle lui paraissait bien vide à présent. On frappa discrètement à la porte et une femme de chambre noire apparut avec un plateau d'argent, lui apportant un autre punch à la menthe et une assiette de gâteaux qui sortaient du four. D'habitude, après ce long voyage en train, rien n'aurait pu lui faire plus plaisir, mais seule Amelia occupait ses pensées.

Elle arriverait dans quelques heures à Savannah et serait accaparée par sa fille. Tout ce que souhaitait Jeremiah, c'était la prendre encore dans ses bras, et cette idée le troubla pendant qu'il buvait une nouvelle gorgée de punch.

Il se dirigea vers la terrasse pour contempler la ville, qui s'était beaucoup développée durant ces vingt dernières années, après la guerre, une ville en pleine expansion, mais qui, à beaucoup d'égards, était restée la même qu'avant, et Jeremiah savait que les gens du Sud ne supportaient toujours pas d'avoir été englobés de force dans l'Union des États-Unis. Ils tenaient à leurs traditions et restaient amers d'avoir perdu. Il se demanda tout à coup à quoi pouvaient bien ressembler Beauchamp et ses amis. Il les savait plus qu'aisés, mais il soupçonnait Beauchamp d'être un de ces nouveaux riches aimant le tape-à-l'œil; la livrée incrustée d'or du laquais et l'énorme sceau en or le laissaient facilement présager.

Jeremiah prit un bain avant le dîner et essaya de s'assoupir un peu, étendu sur son grand lit à baldaquin, mais il songeait sans cesse à cette petite femme aux cheveux noirs et aux grands yeux sombres, presque aussi foncés que les perles de jais qu'elle portait le soir où il l'avait rencontrée. Comment se faisait-il qu'il puisse se souvenir de chaque détail de sa robe? Cela ne lui était jamais arrivé auparavant. Mais elle était si élégante, si belle, si sensuelle qu'il la désirait désespérément; une boule se forma dans sa gorge, qu'il essaya en vain de chasser en avalant un autre punch. Rien ne pouvait le distraire d'Amelia.

Il se demanda comment il allait pouvoir négocier son contrat s'il continuait ainsi à ne penser qu'à elle. Heureusement, cette soirée ne constituait qu'une courtoise entrée en matière et on ne le forcerait pas à parler argent avant le lendemain, les gens du Sud étant trop bien élevés pour mélanger affaires et distractions. Un dîner paisible afin de donner à un barbare habitant de l'Ouest un aperçu de l'hospitalité du Sud. Jeremiah sourit à cette idée tout en passant sa jaquette et il regarda dans la glace son costume blanc qui contrastait avec sa peau bronzée, ses cheveux noirs, de la même couleur que ceux d'Amelia... Amelia... Amelia... Il n'aurait jamais dû quitter le train, se répétait-il tout en traversant le hall pour rejoindre l'attelage qu'Orville Beauchamp lui avait fait envoyer.

La voiture descendit d'un bon train Peachtree Street, une avenue large et splendide, vers le quartier résidentiel, et s'arrêta devant la maison des Beauchamp, à l'extrémité de la rue. C'était une demeure relativement neuve et que Jeremiah trouva belle sans trop d'ostentation. Il regretta tout à coup qu'Amelia n'ait pu l'accompagner; ils seraient ensuite revenus à l'hôtel, s'amusant à discuter des toilettes des invités et de leurs points faibles tout en savourant son vin de Napa. Et c'est à Amelia qu'il songeait tout en serrant la main d'Elizabeth Beauchamp, la femme d'Orville, certainement jolie dans sa jeunesse mais irrémédiablement fanée : une blonde fade, au teint pâle et aux yeux larmoyants. Elle donnait l'impression d'une extrême fragilité, comme si elle ne devait pas passer la semaine, et il n'était même pas sûr qu'elle en fût alarmée. D'une petite voix plaintive et triste, elle parlait constamment d'avant la guerre et de la vie sur la plantation de « Papa ». Orville ne paraissait pas écouter un mot de ce qu'elle disait; au contraire, il la coupait de temps en temps d'un ton sec : « Cela suffit, Elizabeth, nos invités n'ont aucune envie de connaître ta vie sur la plantation de ton père. C'est du passé, maintenant. » Elle semblait prendre ces remarques en plein visage et s'enfonçait alors en silence dans ses souvenirs. Orville, lui, était d'une tout autre naissance, manifestement moins aristocratique que sa femme. Il avait un côté bourru, des yeux qu'il plissait sans cesse comme s'il songeait à quelque chose d'important, et il était clair que ce qui lui importait le plus, c'étaient les affaires. Ses cheveux étaient aussi noirs que ceux de Jeremiah et son teint aussi basané. Il expliqua que ses grands-parents venaient du sud de la France et qu'il avaient d'abord résidé à La Nouvelle-Orléans avant de s'installer en Georgie. Il avouait volontiers qu'ils n'avaient pas un sou vaillant à leur arrivée, pas plus que son propre père, quelque trente ans plus tard. C'était Orville qui le premier avait bâti la fortune de la famille, en tirant parti de l'industrialisation du Sud pendant et après la guerre. Il avait construit de ses mains un petit empire dont il reconnaissait qu'il n'était pas encore aussi puissant qu'il l'aurait souhaité, mais qui le deviendrait un jour, grâce à l'aide de son fils Hubert, qui portait le prénom du grand-père d'Orville.

Mais Jeremiah eut l'impression qu'Hubert ne se montrait pas aussi brillant que son père. Il avait le ton geignard de sa mère et semblait plus préoccupé de dépenser l'argent de son père que d'en gagner. Il parla d'une écurie de chevaux de course qu'il avait achetée dans le Kentucky et de la maison close qu'il préférait à La Nouvelle-Orléans. Tout concourait à rendre la soirée assommante pour Jeremiah. Deux des membres du consortium étaient présents : des hommes plus âgés, aux opinions tranchées, flanqués d'épouses inintéressantes qui passèrent la plus grande partie de la soirée à bavarder à voix basse. Jeremiah s'aperçut qu'elles ne conversaient pas ou très peu avec Elizabeth Beauchamp, qui semblait les ignorer souverainement. Il était facile de deviner qu'elle les jugeait bien inférieures à elle, eu égard à la vie d'aristocrate qu'elle menait jadis sur la plantation de « Papa ».

Ce que Jeremiah remarqua aussi, au cours de la soirée, c'est que la famille Beauchamp était singulièrement obsédée par la fortune de chacun, en en cherchant toujours le montant et les origines. Elizabeth avait perdu tout ce qui aurait pu lui revenir pendant la guerre. Son père s'était suicidé après la destruction de sa plantation et sa mère était morte de chagrin peu après, peut-être plus à cause de la fortune perdue, pensa Jeremiah, qu'en raison de la disparition de son mari.

Les Beauchamp avaient apparemment une fille qu'Orville décrivait comme un « parfait joyau » mais, étant donné ce qu'il avait vu, Jeremiah en doutait. Elle assistait à un grand bal quelque part, cette nuit-là, « avec tous les garçons d'Atlanta sans doute suspendus à ses jupes », ajouta le père avec fierté, avant de conclure : « Ils le peuvent, car la robe qu'elle porte m'a coûté une fortune. » Jeremiah s'efforça de sourire à ces mots, las de les voir tout ramener à l'argent. Son seul désir, à mesure que la soirée s'écoulait, était de pouvoir se trouver à Savannah avec Amelia, en train de découvrir son petit-fils pour la première fois. Quelle scène charmante et quel bonheur de se retrouver aux côtés d'Amelia, de respirer son parfum, de baiser ses lèvres et de passer des heures à contempler ses yeux! L'image d'Amelia amena un sourire sur ses lèvres qu'Elizabeth Beauchamp pensa lui être destiné, et elle lui tapota doucement la main avant de se lever pour conduire les dames dans une autre pièce, tandis que les hommes fumaient leur cigare et buvaient du brandy. Ce fut seulement alors que la transaction qui l'avait amené à Atlanta fut évoquée et il fut presque heureux de parler affaires après l'ennui pesant de cette soirée.

Soulagé de voir partir les premiers invités peu après onze heures, Jeremiah prit congé en prétextant la grande fatigue du voyage et son désir de regagner l'hôtel pour s'y reposer avant d'entamer les négociations le lendemain matin. La voiture de Beauchamp le ramena à son hôtel et, une demi-heure plus tard, il contemplait la ville sur la terrasse de sa chambre. Il se remémorait les heures partagées avec Amelia et cela lui paraissait presque un rêve. Les Beauchamp étaient déjà oubliés; il ne pensait plus qu'à elle.

– Bonne nuit, cher amour, murmura-t-il en rentrant dans sa chambre, songeant à ce qu'elle lui avait dit...

« Mariez-vous, Jeremiah... ayez des enfants. » Mais il ne voulait pas d'enfant pour l'instant; c'était elle qu'il désirait. « Je vous aime », lui avait-elle dit... fortes paroles venant d'une femme forte... Son âme et son cœur emplis d'elle, il s'endormit peu à peu dans le beau lit à baldaquin, désespérément seul.

CHAPITRE V

LES TRANSACTIONS DE Jeremiah avec le consortium d'Orville Beauchamp se révélèrent extrêmement satisfaisantes. Moins d'une semaine après son arrivée à Atlanta, le marché était conclu. Neuf cents barils de mercure allaient être expédiés et répartis entre les membres du consortium, pour partir vers des usines d'armement et les mines de tout le Sud. Jeremiah avait gagné un peu plus de cinquante mille dollars dans l'affaire. Il était enchanté des conditions, de même qu'Orville Beauchamp, qui s'était octroyé une commission royale pour avoir mené à bien le marché. En réalité, il avait sous-traité et revendu sa part de mercure, car, au contraire des autres, ce mercure n'était pas destiné à ses propres usines. Beauchamp était davantage un intermédiaire doublé d'un brasseur d'affaires qui aimait les gros bénéfices et les contrats rondement menés. Une fois l'affaire conclue, il tendit la main à Jeremiah.

— Je pense qu'il nous faut fêter ça ce soir, mon ami.

Dès le début des négociations, ils avaient cessé d'entretenir des relations mondaines. Jeremiah avait dîné chaque soir à son hôtel et les Beauchamp ne l'avaient plus invité. Les sept associés et leurs épouses, ainsi que Jeremiah, furent alors invités à dîner.

— Lizbeth sera tellement ravie, insista-t-il avec un air radieux, ce que Jeremiah avait du mal à imaginer, surtout si l'on pensait qu'elle devrait recevoir quinze relations de son mari à dîner.

Mais c'était le problème d'Orville, pas le sien. Jeremiah était fatigué après cette longue semaine, désireux de rentrer chez lui. Il n'avait pu trouver de correspondance satisfaisante pour le train, durant les trois jours à venir, et il se trouvait coincé à Atlanta pendant la fin de la semaine sans avoir rien à y faire.

Une ou deux fois, il s'était amusé à l'idée d'aller à Savannah pendant ces deux jours d'attente, mais il ne voulait pas mettre Amelia dans l'embarras. Elle était en visite chez sa fille et l'irruption d'un homme inconnu aurait été difficile à expliquer. Il était donc contraint de tuer le temps à Atlanta, en espérant ne plus revoir, ou très peu, Orville Beauchamp après cette soirée.

La voiture vint le chercher à huit heures. On lui avait demandé cette fois de venir en habit de soirée. Beauchamp ne voulait pas faire les choses à moitié. Jeremiah dut admettre en arrivant chez eux que le spectacle était superbe ; des centaines de bougies scintillaient dans les chandeliers et les appliques, on avait disposé d'immenses bouquets de fleurs, orchidées, azalées, jasmins et d'autres encore aux senteurs lourdes, que Jeremiah n'avait jamais vues mais qui remplissaient l'air d'un parfum entêtant, tandis qu'arrivaient les invités, richement parés.

– Vous paraissez bien vous porter ce soir, madame Beauchamp.

Il sut immédiatement qu'il avait eu tort de lui parler ainsi. « Se bien porter » était une expression bannie de l'existence d'Elizabeth Beauchamp, qui semblait se complaire dans sa santé précaire et sa pâleur.

– Merci, monsieur Thurston, prononça-t-elle d'une voix mourante, et ses yeux se tournèrent vers les convives qui arrivaient.

Jeremiah se mêla à eux et entama la conversation avec l'un des hommes avec qui il avait eu affaire toute la semaine ; Hubert les rejoignit quelques minutes plus tard, ressassant une histoire de cheval qu'il voulait aller voir dans le Tennessee. Jeremiah erra parmi les invités, bavardant avec les hommes, se faisant présenter à leurs femmes, et par la suite à une jolie blonde qu'Hubert avait conviée et qui était la réplique plus gaie, plus dynamique et bien plus jolie de sa mère. Orville parut la trouver tout à fait à son goût, tandis qu'on se préparait à passer à table. C'est là qu'il remarqua un vide parmi les convives et il interpella sa femme.

– Où est Camille ?

Sa femme parut quelque peu gênée et Hubert se mit à rire, avant de répondre à son père :

– Certainement dehors avec l'un de ses admirateurs!

Ni le rire ni la réponse n'étaient teintés d'une quelconque affection fraternelle. Sa mère le rappela immédiatement à l'ordre. Puis elle se tourna vers son mari.

– Elle était en haut, en train de s'habiller, lorsque nous sommes descendus.

Orville fronça les sourcils et parla doucement à sa femme, apparemment mécontent de la remarque d'Hubert. Camille lui était plus précieuse que la prunelle de ses yeux, ce qui n'était un secret pour personne.

– Dis-lui, Lizbeth, que nous allons passer à table.

– Je ne suis pas sûre qu'elle soit habillée...

Elizabeth détestait affronter sa fille et lui donner des ordres, même s'ils ne venaient pas d'elle. Camille faisait toujours ce qui lui plaisait; il n'y aurait pas d'exception ce soir.

– Dis-lui simplement que nous l'attendons.

Les invités ne parurent pas mécontents de pouvoir reprendre un autre punch. Elizabeth Beauchamp, après avoir disparu en haut des escaliers, revint quelques instants plus tard, soulagée, en chuchotant à l'oreille de son mari. Orville acquiesça et parut satisfait de la réponse, tandis que Jeremiah, indifférent, flânait en attrapant des bribes de conversation. Il finit par franchir les portes-fenêtres et respira l'air embaumé du printemps avant de rentrer du jardin.

Il s'immobilisa tout à coup, fasciné : une petite jeune fille délicate, à la chevelure noire et à la peau si blanche qu'elle ressemblait à une reine des neiges, se tenait un peu plus loin. Ses yeux étaient aussi bleus qu'un ciel d'été et elle portait une robe de taffetas bleu pâle avec un collier de pierres précieuses de la même teinte, qui ne faisaient que rehausser l'éclat et la couleur de ses yeux. C'était la créature la plus éblouissante que Jeremiah ait jamais rencontrée; le plus surprenant, c'est qu'elle était un parfait mélange de ses parents, avec la chevelure noire de son père, la peau laiteuse et les yeux bleus de sa mère; ces deux être parfaitement ordinaires avaient engendré cette délicate déesse, cette apparition qui flottait parmi eux, qui dansait plus qu'elle ne marchait, distribuant des baisers, flirtant et riant. Jeremiah s'aperçut brusquement que son cœur s'était mis à battre à grands coups tandis qu'il l'observait. Elle était à couper le souffle. Il fut frappé d'une certaine ressemblance avec Amelia... les mêmes cheveux noirs, le même teint laiteux... Elle aurait pu être la jeune fille qu'Amelia avait été. Mais pour l'instant, son esprit était polarisé sur Camille, qui papillonnait parmi les invités, les faisant rire, aguichant les hommes, taquinant les femmes, en tenant son père par le bras avec adoration.

– Vous serez donc toujours une enfant impossible! lui dit une femme, non sans venin.

Jeremiah, qui l'avait entendue, songea qu'elle avait certainement raison. Il était également facile de voir qu'elle mettait sa mère sur les nerfs et que son frère la détestait. Malgré tout, Jeremiah s'amusa à la regarder se pavaner ainsi, tout en se disant qu'elle avait dû se comporter de cette façon depuis le premier jour où elle avait marché. Enfin, il était également évident que son père l'adorait.

– Monsieur Thurston.

Orville Beauchamp prononça ces mots comme s'il allait lui remettre une décoration.

– Puis-je vous présenter ma fille? Camille, voici monsieur Thurston, de Californie, ajouta-t-il, radieux.

– Enchanté, mademoiselle Beauchamp.

Jeremiah lui saisit la main avec grâce et contempla ses yeux étincelants. C'était assurément une vilaine petite fille, mais auréolée de charme, tel un lutin espiègle ou une princesse féerique, légèrement maléfique. Il n'avait jamais vu de créature d'une beauté si dévastatrice. Après s'être interrogé sur son âge, il décida qu'elle ne devait pas dépasser dix-sept ans. Elle les avait effectivement depuis le mois de décembre, et depuis, sa vie n'avait été qu'une succession de soirées et de bals. Son précepteur avait été congédié au premier de l'an, à sa plus grande joie.

– Bonsoir, monsieur Thurston.

Elle lui adressa une gracieuse révérence, tout en sachant parfaitement qu'elle lui donnait ainsi l'occasion d'apprécier la beauté de ses jeunes seins fermes. Camille ne faisait jamais rien sans l'avoir mûrement réfléchi. Elle avait de l'esprit, de la prudence et une certaine rouerie vis-à-vis de son entourage.

Comme on annonçait le dîner, immédiatement après son arrivée, Jeremiah se dirigea vers la salle à manger en donnant le bras à Elizabeth Beauchamp, avec l'impression que le ciel venait de lui tomber sur la tête. Il fut surpris et ravi de se retrouver assis entre Camille et une autre femme. Celle-ci ayant engagé la conversation avec le convive qui se trouvait à sa droite, Jeremiah n'avait plus que Camille avec laquelle discuter. Il la trouva aussi brillante, aussi amusante et aussi aguichante qu'il l'avait jugée au premier abord, mais il s'étonna de découvrir qu'elle n'était pas que cela; elle semblait posséder un extraordinaire instinct pratique et un très grand sens des affaires. Elle lui posa bon nombre de questions intelligentes sur sa récente transaction et il fut surpris de constater à quel point elle était au courant des affaires de son père, qui semblait l'informer de tout. Si Jeremiah avait eu une fille, il n'aurait certainement pas eu ce genre de conversation avec elle.

– Vous a-t-il appris tout ça?

Jeremiah aurait cru Orville plutôt désireux d'éduquer son fils Hubert, même si, à l'évidence, celui-ci n'avait pas la curiosité de sa sœur en la matière.

– Un peu, répondit-elle, visiblement satisfaite qu'il apprécie son grand savoir. Rien qu'un peu, j'ai beaucoup écouté.

Elle lui sourit avec un air d'innocence feinte qui l'amusa.

– Vous avez fait plus qu'écouter, jeune demoiselle. Vous avez trié vos idées et vous êtes arrivée à de très intéressantes conclusions.

Elle avait dit une ou deux choses qui lui avaient paru particulièrement perspicaces, lui qui pourtant, d'habitude, n'aimait pas parler affaires avec des femmes, encore moins lorsqu'elles étaient très jeunes; la plupart d'entre elles auraient ri bêtement ou l'auraient regardé avec des yeux ronds s'il avait eu avec elles le dixième de la conversation qu'il tenait en ce moment.

– Les affaires que traitent les hommes m'intéressent, dit-elle simplement, comme si elle venait de lui annoncer qu'elle aimait le chocolat chaud au petit déjeuner.

– Pourquoi? La majorité des femmes trouvent ça très ennuyeux.

– Pas moi. Ça me plaît. Ça m'intérese de savoir comment on fait pour gagner de l'argent.

C'était un aveu choquant et Jeremiah en fut trop surpris pour répondre aussitôt.

– Et pourquoi cet intérêt, Camille?

Qu'est-ce qui se cachait derrière ce regard bleu étincelant et ces jolies boucles noires? Certainement pas les pensées habituelles d'une jeune fille de dix-sept ans. Elle avait des opinions incroyablement tranchées, ce qu'il estimait très rafraîchissant. Il n'y avait ni faux-semblant ni dissimulation en elle; elle disait ce qu'elle pensait, même si c'était cru.

– Je crois que l'argent est important, monsieur Thurston, dit-elle avec une adorable nonchalance. Et il rend les gens importants. Quand ils n'en ont plus, ils cessent de l'être.

– Ce n'est pas toujours vrai.

– Si, toujours. Regardez mon grand-père maternel. Après avoir perdu son argent et sa plantation, il n'était plus rien et il le savait, alors il s'est suicidé, monsieur Thurston. Mon père, il a de l'argent donc il est important, et s'il en avait davantage, il le serait encore plus. Vous, vous êtes un homme très important. Mon père le dit. Et vous devez avoir énormément d'argent.

A l'entendre, il devait en posséder des lessiveuses, de la cave au grenier. Il se mit à rire, à la fois amusé et gêné.

– Je possède plus de terre que d'argent.

– C'est la même chose. Pour certains, c'est la terre, pour d'autres, le bétail... c'est chaque fois différent selon les endroits mais ça revient au même.

Il savait ce qu'elle voulait dire, mais il se demandait si elle mesurait ses propos. Si oui, c'était presque effrayant. Comment pouvait-elle en savoir autant sur les affaires, l'argent et la puissance?

– Je crois que c'est de la puissance que vous parlez. Cette sorte de pouvoir que les gens acquièrent lorsqu'ils réussissent ou qu'ils sont importants.

C'était très perspicace, à dix-sept ans, et qui plus est pour une fille, d'avoir saisi cela. Elle demeura pensive durant un instant, puis approuva.

– Je crois que vous avez raison et c'est ce que je veux dire. J'aime le pouvoir. J'aime ce qu'il fait faire aux gens, comment ils se comportent, comment ils pensent.

Elle regarda sa mère puis à nouveau Jeremiah.

– Je hais les faibles, reprit-elle. Je pense que mon grand-père devait être un faible pour s'être ainsi donné la mort.

– C'était une époque affreuse pour le Sud, Camille, rétorqua Jeremiah à voix basse pour que son hôtesse ne les entende pas. Le changement a été radical pour beaucoup de gens et certains n'ont pas pu y survivre.

– Mon père, si. C'est là qu'il a gagné tout son argent, dit-elle, non sans orgueil.

La plupart des gens auraient évité de faire allusion à ce sujet, et encore plus de s'en vanter. Mais, l'abandonnant aussi vite qu'elle l'avait abordé, elle tourna vers Jeremiah ses yeux d'un bleu d'azur et lui demanda avec un sourire qui aurait fait fondre l'homme le plus endurci :

– A quoi ressemble la Californie?

Amusé par sa vivacité, il se mit à lui parler de Napa Valley.

La jeune fille écouta poliment au début, puis s'ennuya ferme, n'éprouvant pas de passion pour la campagne; elle s'intéressa beaucoup plus à ce qu'il lui raconta de San Francisco. Elle lui parla de son récent voyage à New York, ville fascinante selon elle, et ajouta que, si elle n'était pas encore mariée à dix-huit ans, son père l'emmènerait en Europe, car un de ses cousins éloignés vivait encore en France. Mais ce que Camille voulait absolument voir, c'était Paris. Elle jacassait comme une petite fille, et Jeremiah se surprit à ne plus écouter un mot de ce qu'elle disait, sous le charme de sa délicate beauté. Et il avait l'impression d'entendre les paroles d'Amelia, dans le train... trouvez une jeune fille... mariez-vous... ayez des enfants. C'était le genre de fille qui faisait tourner la tête des hommes. Mais il était venu à Atlanta pour affaires, pas pour trouver une femme. Il allait revenir à sa vie normale et saine, à Napa Valley, avec les cinq cents employés de ses trois mines, sa gouvernante, sa maison, Mary Ellen... Et tout à coup, comme dans une hallucination, il crut presque voir Camille en train de danser parmi eux. C'était de la folie de songer à cela. Il se força, non sans un grand effort de volonté, à revenir à l'instant présent.

Ils bavardèrent durant tout le repas et lorsqu'un petit orchestre se mit à jouer dans le grand salon, après le dîner, Jeremiah invita poliment à danser Elizabeth Beauchamp qui déclina l'offre, mais ajouta qu'il aimerait peut-être danser avec sa fille. Camille se tenant près d'eux, il ne put que lui offrir son bras, bien qu'il se sentît un peu ridicule de danser avec une fille de cet âge, mais heureux aussi et en même temps gêné de constater qu'il était éperdument attiré par elle. Il dut lutter contre la puissance de son charme, tournoyant avec elle, rivé à ses yeux de saphir clair.

— Aimez-vous autant danser que parler d'affaires?

— Oh, oui. J'adore danser.

Elle s'exprimait comme si la conversation précédente n'avait jamais eu lieu, comme si elle n'avait jamais aimé que la danse. Il eut envie de rire et de la traiter de petite coquine.

— Vous êtes un merveilleux danseur, monsieur Thurston.

C'était un don chez lui, qu'il appréciait, mais cette flatterie appuyée le fit rire tandis qu'ils dansaient dans les bras l'un de l'autre. Il ne s'était pas senti aussi heureux depuis des années et il n'était pas certain d'en comprendre la raison. Il mesura avec terreur à quel point elle lui plaisait.

— Merci, mademoiselle Beauchamp.

Elle saisit l'étincelle de ses yeux et se mit à rire à son tour, s'arrangeant pour se donner un air à la fois sensuel et espiègle ; il dut une fois de plus lutter contre ses propres instincts. Soudain, tout le reste était oublié, Amelia, Mary Ellen, il ne pouvait songer qu'à cette créature éblouissante qu'il tenait dans ses bras et ce fut presque un soulagement lorsque la danse prit fin. Comme la dernière valse se terminait, il s'aperçut tout à coup de la chaleur ambiante, de l'éclat des bougies, du parfum entêtant des fleurs et du scintillement de ses yeux lorsqu'elle le regardait. Elle semblait si délicate qu'elle lui rappelait l'une de ces ravissantes fleurs du Sud qui décoraient la pièce en larges bouquets. Il voulait lui dire combien elle était belle, mais il n'osait pas. Elle n'avait que dix-sept ans. Tout en la ramenant auprès de sa mère, il songea avec effroi qu'il avait plus du double de son âge.

Jeremiah prit congé peu après, ne retenant sa main qu'un court instant, tandis que, les yeux plongés dans les siens, elle lui parlait d'une voix douce qui le remua jusqu'au plus profond de lui.

— Vous reverrai-je avant que vous partiez ? demanda-t-elle d'un ton un peu plaintif qui le fit sourire.

Voilà donc ce qu'il avait gagné à ce voyage : se laisser séduire par une jeune fille et tomber en son pouvoir.

— Je ne sais pas, vraiment. Je vais quitter Atlanta dans quelques jours.

— Qu'allez-vous faire en attendant ? lui demanda-t-elle avec le regard franc d'une petite fille. Papa a dit que vous aviez terminé vos transactions.

— C'est vrai, mais il n'y a pas de train pour San Francisco avant lundi.

— Oh !

Elle battit joyeusement des mains et le regarda avec un sourire épanoui.

— Alors vous aurez le temps de jouer, reprit-elle.

Il éclata de rire et se permit de lui donner un baiser sur la joue.

— Bonne nuit, petite fille, je suis trop vieux pour jouer.

Et vraiment trop vieux pour jouer avec elle. Sans ajouter un mot, il grimpa dans la voiture après avoir serré la main de son hôte. Durant le trajet, il repensa à la soirée et à l'enjôleuse Camille. Elle se conduisait scandaleusement mal, mais avec ses grands yeux bleus et son esprit vif, elle pouvait obtenir tout ce qu'elle désirait et ne s'en privait pas. Son père avait beau l'adorer, elle devait aussi lui donner du fil à retordre. Son cœur se serra étrangement en songeant à elle et la tête lui tourna presque, au souvenir des valses dansées dans ses bras. Convoiter une si jeune fille lui paraissait immoral ; il se força donc à la chasser de son esprit et tenta de la remplacer par Amelia, puis par Mary Ellen, mais aucune d'elles ne put ôter Camille de ses pensées. De guerre lasse, il s'appuya sur son siège, le souffle coupé, et aurait-elle été assise auprès de lui, petite fille ou pas, il l'aurait pressée contre lui. Il y avait quelque chose en elle de si exotique, de si séduisant, de tellement sensuel, qu'il en perdait presque la tête, et il sentit une peur inexplicable l'envahir. Soudain, il fut pressé de quitter Atlanta et de rentrer en Californie. Parce que, s'il restait... il était impossible de dire ce qui pourrait arriver...

CHAPITRE VI

L E LENDEMAIN MATIN, la journée s'annonçait chaude et ensoleillée, fleurant bon le printemps. Jeremiah se leva lentement de son lit, enfila sa robe de chambre et se promena sur sa terrasse privée. Il avait décidé de s'attaquer à une liasse de papiers, répandus à cet effet sur son bureau, mais ses pensées le ramenaient constamment à l'exquise jeune fille qu'il avait rencontrée la veille au soir, ce qui le mit en fureur contre lui-même. Le pire de tout était qu'il avait encore deux jours et demi à attendre avant de reprendre le train pour la Californie.

Il appuya sur la sonnette de sa chambre et un garçon vint prendre la commande du petit déjeuner. Mais une fois posé devant lui le plateau pourtant chargé de mets appétissants, la faim lui passa et, obsédé par l'image de Camille, il donna un coup de poing sur la table au moment même où l'on frappait à nouveau à sa porte. Surpris, il ouvrit, et trouva le laquais de Beauchamp sur le seuil.

— Oui? demanda-t-il, gêné d'avoir frappé sur la table, même si le laquais n'avait pu l'entendre.

— Un pli pour vous, missié.

L'homme lui tendit en souriant une enveloppe. Jeremiah hésita une fraction de seconde, puis la prit. Le domestique attendit la réponse, comme on le lui avait demandé.

« C'est une journée idéale pour se promener dans le parc, disait le billet. Voudriez-vous vous joindre à nous pour l'après-midi? Nous déjeunerons à la maison puis nous irons tous ensemble dans le parc. Vous ne courrez aucun danger, et peut-être pourriez-vous rester dîner aussi. »

C'était vraiment une petite fille effrontée, et il resta d'abord indécis, peu certain qu'Orville Beauchamp voie d'un bon œil son associé batifoler dans le parc avec sa fille de dix-sept ans. Et puis le fait de s'inviter à tous les repas lui paraissait quelque peu déplacé. Pourtant, il avait envie de la voir. Il relut le pli, le cœur chaviré, puis il se retourna, le jeta sur la table et attrapa un stylo et une feuille de papier. Il ne savait pas s'adresser aux filles si jeunes ; il n'était pas accoutumé à les courtiser, quoiqu'il n'y eût plus rien d'enfantin chez Camille Beauchamp. A tous points de vue, elle était déjà une femme, belle et très désirable.

« Si votre mère est d'accord, chère mademoiselle Beauchamp, écrivit-il, j'accepte avec grand plaisir de déjeuner et de me promener dans le parc avec votre famille et vos amis, et je demeure votre serviteur empressé. Jeremiah Thurston. »

Elle ne savait pas combien ces mots étaient sincères, et lui non plus, jusqu'à ce qu'il la revoie et sente son cœur lui manquer. Elle portait une simple robe de dentelle blanche et ses beaux cheveux noirs dansaient dans son dos en longues boucles gracieuses retenues par un ruban de satin bleu pâle. Tandis qu'ils flânaient dans le parc, avant le déjeuner, elle lui apparut plus que jamais comme une enfant exquise, et en même temps une jeune femme à la beauté redoutable.

— Je suis heureuse que vous vous soyez décidé à venir aujourd'hui, monsieur Thurston. Vous devez vous ennuyer terriblement à l'hôtel.

— Oui, c'est vrai.

Il faisait attention à ce qu'il disait. Camille, elle, n'engendrait pas l'ennui mais il s'apercevait qu'elle dégageait une sorte de menace latente. Tout son charme était dangereux. Pour la première fois de sa vie, il se sentait capable d'une folie débridée. Il avait envie de la saisir, de la serrer dans ses bras, de jeter son ombrelle par terre et de passer les mains dans ses cheveux. Il se détourna, comme pour échapper à ses propres pensées et rompre le charme, en se demandant si la frustration récente qu'Amelia lui avait infligée ne lui faisait pas désirer Camille encore davantage.

— Vous ne vous sentez pas bien ?

Ayant remarqué son expression douloureuse, qui parut l'affecter, elle posa une main délicate sur son bras.

— Il fait si chaud ici, dans le Sud, peut-être n'êtes-vous pas habitué...

Sa voix se perdit. Jeremiah se tourna pour la regarder. Comme elle était innocente! Il se sentait presque défaillir de désir et la force de ses sentiments le bouleversait profondément. Camille était à peine sortie de l'enfance, après tout, mais bien qu'il ne cessât de se le répéter, il ne parvenait pas à s'en convaincre.

– Non, pas du tout, je me sens très bien, et votre jardin est si joli.

Il contempla les massifs de fleurs pour ne pas la regarder et éclata soudain de rire, jugeant absurde pour un homme de son âge d'être si épris d'une jeune fille, si belle soit-elle. Il la dévisagea alors et poursuivit, pour se sentir un peu soulagé :

– Vous savez, mademoiselle Beauchamp, vous m'avez quasiment tourné la tête.

Elle se mit à rire, ravie.

– Vraiment? Un monsieur de votre âge, pourtant...

C'était exactement la chose à dire : ils en rirent ensemble tandis qu'il lui prenait le bras pour rejoindre la salle à manger. Ils discutèrent du temps et de soirées auxquelles elle avait récemment assisté. Camille se plaignait des jeunes gens d'Atlanta, qui lui paraissaient terriblement bêtes.

– Ils ne sont pas..., commença-t-elle, les sourcils froncés, cherchant ses mots. Ils ne sont pas... importants, comme vous ou papa.

– Ils seront peut-être un jour plus importants que nous.

– Oui, concéda-t-elle, mais en attendant, ils sont assommants.

– Comme vous êtes méchante, chère mademoiselle!

Même quand elle se montrait impossible, enfant gâtée, il la trouvait délicieuse et drôle.

– Les gens gentils m'ennuient aussi.

Elle lui décocha un clin d'œil et il éclata de rire.

– Ma mère est toujours gentille, ajouta-t-elle en pouffant, et il la menaça du doigt.

– Vous n'avez pas honte? La bonté est une qualité merveilleuse chez une femme.

– Alors, je ne suis pas très sûre d'avoir envie d'en être une plus tard, monsieur Thurston.

– Comme c'est choquant!

Jeremiah ne s'était jamais autant amusé depuis des années. Il prit place à côté d'elle pour le déjeuner. Orville Beauchamp semblait particulièrement satisfait de voir Thurston si diverti par sa fille. Il n'avait pas semblé s'étonner de revoir Jeremiah parmi eux. Camille lui avait expliqué rapidement qu'elle avait invité M. Thurston pour le déjeuner et la promenade dans le parc. Tout ce qu'elle faisait semblait rencontrer l'approbation de son père, alors que sa mère, en revanche, paraissait constamment sur les nerfs, vivant dans la crainte mortelle d'un terrible coup du sort. Thurston n'avait jamais rencontré une femme aussi déséquilibrée, si diamétralement opposée à sa fille, heureuse et épanouie, à l'aise en toutes circonstances.

– Ma fille se conduit-elle bien, monsieur Thurston?

Beauchamp l'interpellait depuis l'autre bout de la table.

– Plus que bien, monsieur Beauchamp, je suis ravi.

Camille paraissait l'être, elle aussi, et fixait Jeremiah, les yeux brillants. Elle prit une attitude plus réservée durant le reste du déjeuner et ce n'est qu'une fois dans le parc qu'elle le remit dans l'embarras.

– Vous pensez que je suis trop jeune pour être prise au sérieux, n'est-ce pas?

Elle le regarda fixement tout en penchant la tête de côté, tandis qu'ils se promenaient dans le parc; il fit semblant de ne pas comprendre.

– Que voulez-vous dire, Camille?

– Vous le savez très bien.

– Je vous prends tout à fait au sérieux, vous êtes une jeune fille intelligente.

– Mais vous me considérez comme une enfant.

Elle aurait cessé de se montrer contrariée si elle avait perçu le trouble de Jeremiah.

– Vous êtes une enfant tout à fait charmante, Camille.

Son sourire était ardent mais moins que le regard de Camille. Elle le considéra, furieuse, cette fois.

– Je ne suis pas une enfant. J'ai dix-sept ans.

Elle avait dit cela comme si elle en avait eu quatre-vingt-treize, mais il se garda de rire.

– J'ai quarante-trois ans. Je pourrais facilement être votre père, Camille. Il n'y a pas de honte à être un enfant. Vous vieillirez bien assez vite et vous regretterez votre jeunesse.

– Mais je ne suis pas une enfant. Et vous n'êtes pas mon père.

– J'aimerais bien, dit-il d'une voix douce, mais les yeux de Camille lancèrent des éclairs.

– Non, ce n'est pas vrai. C'est un mensonge. J'ai vu comment vous me regardiez lorsque nous dansions hier soir. Mais aujourd'hui, vous ne voulez me considérer que comme la petite fille d'Orville Beauchamp. Eh bien, je ne suis pas une enfant. Je suis plus femme que vous ne le croyez.

A ces mots, elle pressa son corps contre le sien et lui baisa les lèvres. Il en fut si abasourdi qu'il faillit d'abord se reculer, puis, voyant que cela lui était impossible, et sans réfléchir davantage, il laissa le désir l'envahir, l'étreignant et l'embrassant avec toute la passion qu'il éprouvait pour elle. Quand il détacha ses lèvres des siennes, il fut consterné, oubliant même que c'était elle qui l'avait embrassé la première.

– Camille... Mademoiselle Thurston... je dois m'excuser...

– Ne soyez pas stupide... c'est moi qui vous ai embrassé...

Elle n'avait aucunement perdu son sang-froid, et comme les autres promeneurs tournaient le coin de l'allée, elle lui prit calmement le bras.

– Nous devrions continuer à marcher pour que les autres ne remarquent rien...

Il se laissa emmener sans réagir puis éclata de rire : rien de semblable ne lui était arrivé auparavant.

– Comment avez-vous osé faire une chose pareille!

– Vous êtes choqué?

Elle semblait très légèrement ennuyée, mais surtout satisfaite, et il eut envie de la secouer jusqu'à ce qu'elle crie, avant de la serrer dans ses bras... Il s'efforça de continuer à l'écouter.

– Vous savez, je n'ai jamais fait ça avant.

– J'espère bien que non. Les gens commenceraient à jaser.

Il riait à présent. Se faire embrasser par une fille de dix-sept ans! Et pire que ça... lui rendre son baiser... C'était exactement comme dans un rêve.

– Allez-vous le dire? lui demanda-t-elle avec curiosité.

– Qu'arriverait-il d'après vous si je le faisais, Camille? On vous enchaînerait à votre lit pendant une semaine... peut-être un an... votre père m'enduirait de poix et de plumes et me chasserait de la ville.

Elle riait de plaisir, imaginant la scène.

– Je suis heureux que cette perspective vous plaise autant. Ce n'est pas de cette façon que j'ai l'habitude de quitter une ville.

– Alors, ne partez pas.

– Je crains d'y être obligé. J'ai mes affaires en Californie.

Elle parut comprendre ses raisons, mais son regard se fit triste.

– J'aurais aimé que vous ne partiez pas. Il n'y a personne comme vous ici.

– Je suis sûr que si. Vous devez être entourée de très beaux jeunes gens qui mendient le privilège de vous voir.

– Je vous l'ai dit, ils sont tous stupides et ennuyeux. Vous savez, je n'avais jamais rencontré quelqu'un comme vous.

– C'est très gentil, Camille.

Il aurait pu lui répondre la même chose mais il ne voulait pas l'encourager.

– J'espère que nous nous rencontrerons à nouveau, ajouta-t-il.

– Vous dites ça uniquement par politesse.

Elle parut tout à coup sur le point de fondre en larmes et ils s'arrêtèrent de marcher.

– Je déteste vivre ici, acheva-t-elle.

– A Atlanta? Pourquoi?

Camille regarda par-delà les arbres du parc, sachant combien sa jeunesse était différente de celle de sa mère. Elle avait dû en entendre là-dessus depuis sa naissance.

– Ce serait différent si nous vivions à Charleston ou à Savannah, mais... Altanta est une ville à part. Tout y est laid et neuf. Les gens d'ici sont moins distingués que les autres habitants du Sud et, lorsqu'on quitte Atlanta pour aller ailleurs, les gens ne sont pas aussi gentils avec nous. C'est comme ma mère... elle sait faire la différence, elle nous le répète tout le temps. Comme si papa n'était pas assez bon pour elle. Et elle pense que je suis comme lui. Et pour Hubert, c'est encore pire. J'ai horreur de vivre ici. Ils sont tous comme ça. Ils acceptent maman... mais ils chuchotent sur papa, sur Hubert et moi... Ça ne se fait pas dans le Nord, et j'en ai assez d'être ici. Vous avez beau avoir des parents riches, il passent leur temps à se poser des questions sur vous, qui était votre grand-père, d'où vient votre argent... regardez maman, elle n'a pas un centime à son nom, mais ils continuent à penser qu'elle est bien, et nous, non...

Elle fixa Jeremiah, les yeux enflammés. Il saisissait parfaitement ce qu'elle voulait dire, mais c'était un sujet difficile à aborder avec elle; il s'étonnait qu'elle en ait parlé, et avec tant de candeur. C'était vraiment une jeune fille stupéfiante, à qui rien ne faisait peur, pas même l'étreinte et les baisers d'un homme.

– Dans quelques années, Camille, personne n'y fera plus attention. L'acceptation vient avec le temps, et peut-être que...

la fortune de votre père est encore trop récente. Mais ils oublieront petit à petit. Attendez d'avoir des enfants; tout ce qu'ils se rappelleront, c'est qui était votre grand-père et combien vous avez toujours été élégante.

– Je m'en fiche. Je partirai d'ici un jour et j'irai dans le Nord.

– Les choses ne sont pas tellement différentes là-bas. Les gens de Chicago et de New York sont snobs et même quelquefois ceux de San Francisco, bien que ce soit un peu différent, parce que tout le monde s'y est installé depuis peu.

– C'est pire dans le Sud. J'en suis persuadée. J'aimerais vivre en Californie avec vous.

L'aveu le choqua, et il se demanda si elle allait l'assaillir à nouveau, ce qui lui aurait à peine déplu.

– Camille, tenez-vous bien.

Il lui parlait d'un ton sévère, pour la première fois, mais cela aussi lui plaisait.

– Pourquoi n'êtes-vous pas encore marié? Vous avez une femme en Californie?

La situation empirait. Rien ne semblait arrêter la jeune fille.

– Que voulez-vous dire par là? demanda-t-il, gêné, en détournant le regard.

– Je veux parler d'une maîtresse. Mon père en a une à La Nouvelle-Orléans. Tout le monde le sait. Et vous?

Jeremiah sursauta et lui répondit en la regardant intensément :

– Camille, ça ne se fait pas de dire ça.

– Mais c'est la vérité. Ma mère aussi est au courant. Et vous, alors, vous en avez une?

– Non.

Il chassa Mary Ellen de son esprit; cette enfant n'avait aucun droit de savoir cela.

– Qu'est-ce que vous savez sur ce genre de choses?

La trouvant trop avertie pour son âge, il fut contrarié tout à coup, mais la façon dont elle passa la main sous son bras, tandis qu'ils revenaient sur leurs pas, lui réchauffa à nouveau le cœur.

– Vous êtes une vraie petite teigne, vous savez, et si vous étiez ma fille ou ma femme comme vous dites si bien, je vous battrais tous les jours.

– Non, vous ne le feriez pas, rétorqua-t-elle en partant d'un

rire musical. Vous m'aimeriez à la folie parce qu'on s'amuserait beaucoup.

— Vraiment? Et qu'est-ce qui vous rend si sûre de vous? Je
vous ferais récurer les planchers, arracher les mauvaises
herbes et travailler dans les mines...

Il entrait dans son jeu, une fois de plus. Mais que faire
d'autre? Elle était tellement irrésistible...

— Non, vous ne le feriez pas. Nous aurions une bonne.

— Bien sûr que non. Je vous traiterais comme une squaw.

Lorsqu'ils quittèrent le parc, il se retrouva trop près d'elle,
attentif à la délicatesse de son parfum, au bruissement de ses
jupes, à la chaleur de son bras menu, au cou gracieux, aux
oreilles minuscules... il sentit une vague de désir le submerger
et s'écarta d'elle. Mais quel effet lui faisait donc cette fille?
Lorsqu'elle le regarda, Camille avait quelque chose de diabolique en elle.

— Je vous aime beaucoup, vous savez.

L'après-midi touchait à sa fin et la lumière du jour était aussi
douce que sa peau.

— Moi aussi, je vous aime bien, Camille.

Il crut voir une larme dans ses yeux, ce qui le surprit.

— Nous reverrons-nous?

— Je l'espère. Un jour ou l'autre.

Ils ne se dirent pratiquement plus rien et regagnèrent la
maison bras dessus bras dessous. Une fois rentré à son hôtel,
Jeremiah sentit un vide en lui et toute la nuit, en se tournant et
se retournant dans son lit, il s'efforça de la chasser de son
esprit. Mais il fut encore plus ennuyé de constater combien il
se sentit soulagé le lendemain, lorsqu'il reçut un billet d'Orville
Beauchamp le priant de dîner chez lui. Quand il revit Camille,
il se rendit compte à quel point elle lui avait désespérément
manqué, même si cela lui sembla ridicule. Elle semblait
soulagée de le revoir, comme si elle avait eu peur de l'avoir
perdu, et leurs yeux ne cessèrent de se rencontrer durant tout
le repas. Beauchamp le remarqua et son fils parut s'en amuser.
Lorsque Orville et Jeremiah se retrouvèrent enfin seuls, Orville Beauchamp regarda son invité droit dans les yeux. Il ne fit
aucun préambule et Jeremiah se sentit frappé en pleine
poitrine lorsqu'il prononça le prénom de Camille.

— Thurston, Camille est tout pour moi.

Il se sentit rougir comme un jeune homme.

— Je le comprends aisément. C'est une jeune fille adorable.

Mon Dieu, qu'avait-il fait? Orville savait-il qu'ils s'étaient embrassés? Jeremiah se sentait tel un enfant fugueur, prêt à recevoir un terrible châtiment. Il attendit nerveusement la suite.

– La question que je veux vous poser est celle-ci : jusqu'à quel point sa beauté vous touche-t-elle?

Jeremiah accusa presque ouvertement le coup. Mais il méritait bien ce qui lui arrivait; il n'avait pas le droit de flirter avec une jeune fille de cet âge, même si, bizarrement, Beauchamp ne semblait pas contrarié.

– Je ne suis pas sûr de bien vous comprendre.

– Vous m'avez parfaitement compris. Ma fille vous paraît-elle séduisante?

– Très séduisante, bien sûr, monsieur. Mais je dois vous faire des excuses si je vous ai offensé, vous et Mme Beauchamp, de quelque façon que ce soit... Je... je n'ai vraiment aucune excuse...

– Bah! Les hommes qui tournent autour d'elle se conduisent tous comme des idiots. Vieux, jeunes, ils deviennent à moitié fous lorsqu'elle pose ses yeux bleus sur eux, et elle est tout à fait consciente de ses propres pouvoirs, Thurston, ne vous méprenez pas. Je ne me plaignais pas d'un quelconque affront, je vous posais une question directe, d'homme à homme. Mais peut-être devrais-je m'expliquer d'abord. Elle est ce que je chéris le plus en ce monde. Si je devais me défaire de tout ce que je possède, mes affaires, ma fortune, ma maison, ma femme, et sauver une seule chose, ce serait Camille. Elle est vraiment ce à quoi je tiens le plus. Je veux lui faire quitter le Sud. Ce n'est pas un endroit pour une fille intelligente; ils sont tous fous ici, dégénérés, tyranniques et ruinés, et ceux qui ont de l'argent, comme moi, ne sont pas le genre d'hommes que je veux pour elle. Ils sont stupides, rustres et grossiers, et plus de la moitié d'entre eux ne lui arrivent pas à la cheville. C'est une fille exceptionnelle, sur bien des points, la synthèse parfaite de deux mondes, mais justement à cause de cela, elle n'a pas sa place ici. Les hommes comme son grand-père sont des mauviettes, des geignards, des sans-le-sou, les autres ne valent pas grand-chose. Pas un seul n'est digne d'elle, Thurston. Pas plus à Atlanta, à Charleston, à Savannah ou à Richmond qu'ailleurs dans le Sud. Je pensais l'emmener à Paris, l'an prochain, la lancer dans l'aristocratie. En fait, je lui ai promis ce voyage depuis longtemps, mais lorsque vous êtes entré dans cette maison, la semaine dernière... Thurston, il m'est venu une idée singulière.

Jeremiah sentit son corps se glacer. Sa vie allait changer complètement, il le savait.

— Vous êtes l'homme qu'il lui faut, reprit Orville, et elle me semble très éprise de vous.

Jeremiah songea immédiatement au baiser dont elle avait pris l'initiative, la veille, et qui était loin de l'avoir dégoûté.

— Vous êtes un homme droit, je l'ai entendu dire de tous côtés, et vous me plaisez. J'écoute toujours mon intuition et mon intuition me dit que vous êtes l'homme qu'il lui faut. Ce n'est pas donné à tout le monde de savoir s'y prendre avec elle.

Jeremiah, sous le choc, se contenta de rire en fixant son hôte.

— Alors, qu'en dites-vous? Vous plairait-il d'épouser ma fille?

C'était la question la plus abrupte qu'on lui ait jamais posée, comme s'il s'agissait d'acheter du bétail, des terres ou une maison, mais il eut pourtant le désir insensé de dire oui. Il dut reprendre sa respiration et reposer son verre avant de répondre à son hôte; et le silence, pesant, s'établit entre les deux hommes.

— Je ne sais pas très bien par où commencer ou que vous dire, Beauchamp. C'est une fille exceptionnelle, cela ne fait aucun doute et je suis profondément flatté par tout ce que vous venez de dire. Il est facile de voir combien vous tenez à cette enfant et elle mérite grandement les sentiments que vous éprouvez pour elle.

Le cœur de Jeremiah, qui semblait s'être arrêté depuis le moment où il avait posé les yeux sur elle, se remit à battre.

— Mais, je dois vous dire, ajouta-t-il, que j'ai presque trois fois son âge.

— Vous exagérez...

— J'ai quarante-trois ans. Elle en a dix-sept. Je crains qu'une telle différence d'âge ne lui déplaise. De plus, je vis à quatre mille kilomètres d'ici, dans un endroit beaucoup moins raffiné. Vous m'avez parlé de la présenter à l'aristocratie française... Je suis un mineur, monsieur... Je mène une vie simple, dans une maison vide, à dix-sept kilomètres de la ville la plus proche. Ce n'est pas vraiment excitant pour une jeune fille.

— Si c'est la seule chose qui vous arrête, vous pourriez vivre en ville. A San Francisco. Il n'y a aucune raison pour que vous ne puissiez pas mener vos affaires là-bas. Vos mines tournent toutes seules à présent. Vous ne seriez pas ici, autrement. Vous pourriez lui construire une maison en ville et elle s'habituerait progressivement à votre vie campagnarde. Cela lui ferait même du bien. Je me dis quelquefois que sa vie est trop frivole ici, quoiqu'il me faille confesser que j'en suis en partie responsable. Je n'aime pas qu'elle s'ennuie, alors nous l'emmenons très souvent à des bals. Mais votre style de vie pourrait lui faire du bien. Mais là n'est pas la question. L'essentiel est de savoir si vous pensez pouvoir l'aimer.

Jeremiah se sentit proche de son dernier soupir.

– Je n'aurais jamais imaginé m'entendre dire ça, monsieur, mais je crois pouvoir répondre que je l'aime déjà. A dire vrai, je ne comprends pas ce que j'éprouve pour elle, mais j'ai combattu ce sentiment depuis notre première rencontre, ne serait-ce que par respect pour vous. Elle n'est encore qu'une très jeune fille, presque une enfant, et je suis beaucoup trop vieux pour envisager cela. Je mène une vie simple et tranquille, comme je vous l'ai dit, et il y a longtemps que j'ai renoncé à ce genre de rêve...

Et pourtant il avait rencontré Amelia dans le train et son âme en avait été touchée; avant cela, il avait vu le fils de John Harte mourir dans ses bras... Tout à coup, pour la première fois en vingt ans, il désira quelque chose qu'il n'avait jamais eu auparavant, une femme qu'il aimerait, un enfant de son sang... Rentrer à la maison chaque soir pour y retrouver Hannah et passer ses samedis avec Mary Ellen ne lui suffisait plus... Camille lui apparut comme dans un rêve, personnifiant tout ce qu'il n'avait pas eu, ni seulement imaginé.

– Il m'est arrivé quelque chose la semaine dernière (il ne put en dire plus) et j'ai besoin de temps pour y réfléchir.

– Elle est trop jeune pour l'instant, de toute façon, et je ne veux pas que vous lui disiez quoi que ce soit.

– Je n'en avais aucunement l'intention. Moi aussi, j'ai besoin de réfléchir. Je voudrais voir ce qui va arriver lorsque je vais retrouver ma vie quotidienne, ma maison vide et mes mines. Je ne sais pas ce qu'elle représente pour moi. En cet instant, je vous demanderais sa main tout de suite, mais je veux être sûr que je suis dans le vrai, pour nous deux. Je reviendrai dans six mois pour vous demander sa main, si ce projet me paraît encore sensé. Sinon, je vous le ferai savoir avant. Je reviendrai à Atlanta, si vous le permettez toujours, je lui demanderai de m'épouser, et je l'emmènerai avec moi six mois après.

– Pourquoi tant de délai? Pourquoi ne pas l'emmener avec vous dans six mois si vous vous décidez?

– Je veux lui faire construire une belle maison en ville, si elle accepte de m'épouser. Je lui dois bien cela, au moins. Soyez assuré, Beauchamp, que si j'épouse votre fille elle n'aura à se plaindre de rien.

L'expression de son regard donnait encore plus d'intensité à ses propos et Beauchamp acquiesça.

– Je n'en doute pas et c'est pour cette raison que je vous ai parlé franchement. Je suis persuadé que vous êtes sa providence.

– Je l'espère bien.

Les yeux de Jeremiah brillaient étrangement. Il avait l'impression d'avoir traité la plus importante affaire de sa vie; les bidons de mercure lui paraissaient dérisoires. Mais Camille... avec elle, le rêve devenait réalité et il savait déjà qu'il reviendrait dans six mois. Lorsqu'il regagna la salle à manger, il contempla la jeune fille avec des yeux différents.

– Que vous a dit mon père? lui murmura-t-elle. Quelqu'un nous a vus nous embrasser?

Elle ne semblait pas y attacher beaucoup d'importance, ce qui amusa Jeremiah. C'était lui à présent qui avait envie de la prendre dans ses bras et de lui planter un baiser sur les lèvres.

– Oui, chuchota-t-il pour la taquiner. Il vous envoie dans un couvent où vous serez gardée par des nonnes jusqu'à votre vingt-cinquième anniversaire.

– Oh, ça m'étonnerait! Il ne ferait jamais une chose pareille. Je lui manquerais trop!

Jeremiah mesura à nouveau le sacrifice que ferait Beauchamp s'il épousait sa fille et l'emmenait avec lui, mais Orville avait raison dans un sens, c'était mieux pour elle. Le Sud ne l'accepterait jamais vraiment, elle le savait; le sang de Beauchamp coulait dans ses veines et il faudrait un siècle au moins pour qu'on le lui pardonne. Son frère semblait s'en moquer, mais Camille, à l'évidence, en souffrait. Même sa mère se conduisait sans cesse comme si la maison était maudite et ne jurait que par Savannah.

Jeremiah se sentait étrangement décontracté pour un homme qui vient d'engager son destin, ou presque.

– Nous discutions d'une autre affaire, en réalité. Il se pourrait que je revienne à Atlanta dans six mois pour en parler avec lui.

Camille parut intriguée.

– Encore du mercure? Je pensais que le consortium en avait acheté suffisamment pour cette année.

L'étendue de ses connaissances et son intelligence le surprenaient toujours.

– C'est beaucoup plus compliqué que ça. Je vous expliquerai une autre fois. Il se fait tard. Il faudrait que je rentre à mon hôtel pour m'assurer que mes bagages sont prêts. Je m'en vais demain, mon petit.

Il se sentit tout à coup étrangement possessif vis-à-vis d'elle, mais, comme il ne voulait pas le laisser voir, il se détourna et s'adressa à la mère de Camille, qui s'éloigna sans lui prêter attention.

La jeune fille le regarda avec de grands yeux tristes.

– Si j'ai le temps, avant votre retour, je vous écrirai peut-être.

– Cela me plairait beaucoup.

Elle le contempla avec une expression étrange, comme si elle savait...

– Papa m'a dit qu'il m'emmènerait en France cette année, peut-être ne serai-je pas là quand vous reviendrez...

Mais il savait qu'elle serait là, à moins qu'il ne laisse Beauchamp la vendre à quelque comte ou duc de second ordre. Cette pensée le révolta, tout à coup; elle n'était pas un objet à vendre, c'était une femme, un être humain... une enfant... plus que jamais, il ressentit la nécessité de prendre son temps pour savoir si elle serait heureuse avec lui. Il avait besoin de contempler les collines à travers les fenêtres de sa chambre en essayant de l'imaginer à ses côtés.

– La Californie est si loin..., dit-elle d'une petite voix triste.

Il lui pressa la main.

– Je reviendrai.

Cette promesse qu'il faisait autant pour elle que pour lui, il ignorait s'il la tiendrait. Sa vie ne serait plus la même, mais il n'était pas certain de vouloir ce changement. Il contempla l'adorable jeune fille qui se tenait près de lui et prononça les seules paroles qu'elle souhaitait entendre :

– Je vous aime, Camille... Souvenez-vous-en...

Il lui baisa ensuite délicatement la main, puis la joue, et, après avoir échangé une poignée de main ferme et un regard entendu avec Orville Beauchamp, il prit congé.

CHAPITRE VII

J EREMIAH, QUI ARRIVA À
Napa un samedi, par une belle matinée ensoleillée, avait prévu
de louer une voiture attelée pour l'amener jusqu'à Sainte
Helena. Il avait télégraphié qu'il serait de retour à son bureau
le lundi matin et il disposait donc de tout son week-end pour
ranger ses papiers et son courrier et aller voir ses vignes. Une
fois sur le quai, il regarda alentour et aspira profondément l'air
familier; les collines, dans le lointain, lui semblaient encore
plus vertes que lorsqu'il avait quitté Napa, trois semaines
auparavant. Tout à coup, alors qu'il se tenait immobile, il
aperçut le garçon qui l'avait conduit à l'aller, celui à qui il avait
promis du travail, le jeune Danny Richfield.

– Hé, monsieur Thurston!

L'adolescent lui fit signe du haut de son siège et Jeremiah
s'approcha en souriant; c'était agréable d'être accueilli, même
par un garçon qu'il connaissait à peine. En chargeant ses
bagages, il réalisa avec stupeur que celui-ci n'avait que quelques années de moins que Camille.

– Qu'est-ce que tu fais là, mon garçon?

– Mon père m'a dit que vous rentriez aujourd'hui, alors je
lui ai demandé si je pouvais me servir de la carriole pour venir
vous chercher.

Jeremiah sauta sur le siège et se mit au courant des dernières
nouvelles. Pendant tout le trajet, qui dura deux heures et
demie, il ne cessa de contempler le paysage, heureux; il tombait amoureux de Napa Valley chaque fois qu'il la voyait.

– Vous semblez content d'être rentré, monsieur.

– C'est vrai. Il n'y a pas un coin au monde semblable à cette vallée. Ne te fais pas d'illusion : même si ça te démange d'aller voir ailleurs un jour, tu ne trouveras jamais un endroit comme celui-ci.

Le jeune homme ne semblait pas convaincu; ce n'était pas ici qu'il envisageait de travailler dans une banque mais à San Francisco ou Saint Louis... Chicago... New York... Boston...

— Vous avez passé un bon séjour?

— Très bon.

Une fois de plus, tout en regardant le jeune garçon, Jeremiah sentit ses pensées s'envoler vers Camille. Comment allait-elle? Où était-elle en ce moment? Se plairait-elle ici? Ces questions qu'il s'était répétées durant tout le voyage le harcelaient encore plus maintenant qu'il était de retour. Brusquement, il considérait chaque chose à travers le regard de Camille, essayant d'imaginer ses réactions quand elle arriverait pour la première fois.

Lorsque la carriole s'arrêta doucement devant sa maison, il resta assis un long moment et regarda autour. Que penserait-elle de tout ceci? D'une certaine façon, il lui était difficile de l'imaginer là, et il avait négligé tant de choses depuis des années... planter des massifs de fleurs, mettre des rideaux, tous ces détails dont Hannah avait renoncé à lui parler depuis longtemps lui semblaient maintenant importants. Mais il anticipait déjà; il était revenu chez lui pour mettre ses sentiments à l'épreuve, non pour transformer son univers selon les désirs de Camille. Il avait déjà pris sa décision, mais il restait cependant quelque chose à régler. Après avoir remercié l'adolescent, il marcha tranquillement jusque chez lui. Il savait parfaitement quel jour on était; il voulait aller aux mines, mais ensuite... il lui fallait être honnête... mais vis-à-vis de qui? De Camille... ou de Mary Ellen Browne? Il avait l'impression que sa tête allait éclater.

Il aperçut tout à coup Hannah qui le regardait arriver.

— Eh bien, vous n'avez pas l'air trop mal en point.

— Tu m'as surpris, je ne t'avais pas vue. Rien d'extraordinaire pendant mon absence?

— Non, rien à signaler. Et pour vous, mon garçon?

Il se mit à rire; à ses yeux, il était encore un petit garçon et le resterait éternellement.

— Je suis content d'être rentré.

Hannah le fixait avec attention.

— Dans quelle histoire vous êtes-vous fourré? Vous avez une mine de coupable Vous avez des ennuis?

– En quelque sorte.

– Comment ça, « en quelque sorte » ?

– Voyons, eh bien, j'ai conclu un marché très important.

– Je m'en fiche complètement. Je ne parle pas de ça, vous le savez bien. Que s'est-il passé d'autre ?

– J'ai rencontré une personne très charmante.

Il vit ses yeux fatigués s'illuminer.

– Charmante jusqu'à quel point, Jeremiah ? Vous avez été obligé de payer, ou était-elle gratuite ?

Il éclata de rire et elle sourit.

– Tu m'as posé une question très impolie pour une dame, répondit-il pour la taquiner.

– Je ne suis pas une dame. Maintenant, dites-moi tout.

– Non, je ne l'ai pas « payée ». Elle a dix-sept ans et c'est la fille de cet homme avec qui j'ai conclu le marché.

– Vous courez après les petites filles, maintenant, Jeremiah ? Vous ne trouvez pas que c'est un peu jeune pour vous ?

Il fronça les sourcils : Hannah avait raison et c'était précisément ce qu'il redoutait. Elle avait touché juste sans le faire exprès. Il se leva et essaya de chasser Camille de son esprit.

– C'est ce que je crains. et je le leur ai dit, à elle et à son père, avant de partir.

Hannah, voyant son visage se rembrunir, l'attrapa par le bras au moment où il allait la quitter.

– Ne vous sauvez pas comme ça, idiot. Je ne vous ai jamais demandé de courir après une vieillerie comme moi. Peut-être que dix-sept ans, ce n'est pas si jeune que ça, après tout. Dites-moi comment elle est. Allons, Jeremiah. Parlez-moi de cette jeune fille que vous avez rencontrée... Elle vous plaît beaucoup, n'est-ce pas ?

Elle croisa son regard et en eut presque le souffle coupé ; elle n'avait jamais vu autant d'amour dans les yeux d'un homme.

– Voyons, Jeremiah, c'est sérieux, n'est-ce pas ?

– Ça se pourrait bien, je ne sais pas... Il faut que j'y réfléchisse. Je ne suis même pas sûr qu'elle puisse être heureuse ici. Elle est habituée à une vie très différente dans le Sud.

– Pourtant, elle aura sacrément de la chance si vous décidez de l'amener ici, rétorqua-t-elle d'un ton bourru qui le fit sourire.

– C'est moi qui aurai de la chance. C'est une jeune fille exceptionnelle, plus intelligente que bien des hommes que je connais, et plus jolie que toutes les femmes que j'ai vues dans ma vie. Que demander de plus?

— Est-ce qu'elle est bonne?

Cette question étrange le mit mal à l'aise... bonne... il n'en savait trop rien. Jenny était bonne, bien élevée, affectueuse, aimante, gentille... Mary Ellen avait une conduite irréprochable, mais Camille? Bonne?... Elle était intelligente, amusante, sensuelle, passionnée, désirable...

— Je suis sûr qu'elle l'est.

Mais Hannah avait maintenant autre chose en tête :

— Qu'est-ce que vous allez faire pour Mary Ellen?

— Je ne sais pas encore. Je n'ai cessé d'y penser pendant le voyage de retour.

— Avez-vous vraiment pris une décision pour cette fille? J'ai bien l'impression que oui.

— Je ne sais pas. J'ai besoin de temps, de temps pour réfléchir...

Ce qui voulait dire qu'il devait prendre ses distances avec tout le monde. Jeremiah savait ce qu'il avait à faire mais il défaillait à la pensée de lui dire la vérité. Il se souvenait de ses paroles, la dernière fois : « Tâche de ne pas trouver la fille de tes rêves à Atlanta... » « Ne sois pas stupide, lui avait-il dit, ne sois pas stupide... » Et pourtant il l'avait trouvée. Comment avait-il pu faire une chose pareille, après toutes ces années? Voilà que tout à coup il était prêt à bouleverser sa vie, alors qu'il n'y avait jamais songé, surtout pas pour Mary Ellen. Il ne lui avait donné qu'une seule nuit par semaine et à présent il voulait offrir sa vie entière à cette scandaleuse enfant... mais il ressentit pour elle un sentiment qu'il n'avait jamais éprouvé auparavant. Une passion qui marquait son âme au fer rouge. Il aurait fait deux cent mille kilomètres à pied pour elle, il l'aurait portée à travers le désert, il se serait arraché le cœur et il le lui aurait mis dans la main. Il vit tout à coup qu'Hannah l'observait.

— Vous avez l'air malade.

— Je crois que je le suis. Que faut-il faire dans ce cas-là?

— Retourner la voir si vous êtes si accroché mais, avant, vous avez quelque chose à faire.

Il se détourna et contempla la vallée. Comment imaginer quelqu'un de malheureux dans un endroit si beau?

— Tu as vu John Harte?

— Non, j'ai entendu dire qu'il ne voulait voir personne. Il s'est enfermé chez lui et n'a pas dessoûlé pendant plus d'une semaine, et maintenant il travaille dans ses mines, aux côtés de ses hommes. Il en a perdu presque la moitié pendant l'épidémie. Vous savez, nous en avons perdu deux, nous aussi, mais ça n'a pas été plus loin. On dit que John Harte est devenu un vrai sauvage. Il travaille nuit et jour, rudoie tout le monde et s'enivre dès qu'il quitte la mine. Je crois qu'il lui faudra du temps pour s'en remettre.

Jeremiah se souvint à nouveau de sa fiancée et se sentit pris de panique en songeant à Camille. Si elle tombait malade quand il serait en voyage et qu'il la retrouve morte à son retour? Une vague de terreur l'envahit et Hannah, voyant son visage soudain ravagé, hocha la tête en disant :

– Vous êtes sacrément atteint, mon garçon.

– Je sais, répondit-il avec difficulté.

– J'espère qu'elle en vaut la peine, parce qu'elle va gagner un homme bien. Et je crois que Mary Ellen est sur le point de perdre le meilleur homme qu'elle ait jamais eu.

– Tais-toi. Tais-toi, bon Dieu...

Peut-être avait-il tort de tout terminer maintenant, mais cela aurait été pire de continuer et de finir par épouser Camille... Il pouvait laisser le choix à Mary Ellen, bien sûr, mais ce ne serait guère élégant vis-à-vis d'elle. Il poussa un profond soupir et se leva. Il voulait prendre un bain et se changer avant d'aller à la mine. Puis il faudrait affronter Mary Ellen. Comme la vie était étrange; il l'avait quittée avec regret seulement quelques semaines auparavant, et voilà qu'il allait lui dire adieu.

Il regarda Hannah et reprit en souriant :

– Peut-être qu'en fin de compte tout ira pour le mieux.

– Je l'espère pour vous.

Il quitta la pièce et, une demi-heure plus tard, il chevauchait vers la mine.

CHAPITRE VIII

Lorsque JEREMIAH attacha son cheval autour de l'arbre, derrière la maison de Mary Ellen, il eut l'impression qu'aucun des enfants n'était là. Il fit le tour jusqu'à la porte d'entrée et frappa; Mary Ellen s'empressa d'ouvrir dès qu'elle le reconnut. Elle portait une jolie robe de coton rose, ses cheveux cuivrés brillaient, et avant même qu'il ait pu dire un mot, elle avait déjà passé les bras autour de son cou et l'embrassait ardemment. Il la retint un peu pendant un instant, puis, sentant le courant familier de la passion l'envahir, il la pressa contre lui, goûtant le plaisir de sentir son corps contre le sien, comme chaque fois. Il se reprit pourtant, se détacha d'elle et la suivit dans le salon en évitant de la regarder.

– Tu vas bien, Mary Ellen?

– Tu m'as manqué.

Ses yeux cherchaient son visage et elle semblait désespérément heureuse de le voir. Ils s'assirent dans la petite pièce où ils venaient rarement et Mary Ellen se sentit un peu mal à l'aise, car elle avait l'impression de recevoir un inconnu. Une certaine gêne s'installait à chaque retour de Jeremiah mais elle savait qu'une fois qu'ils seraient au lit les sentiments familiers reviendraient et que la vie reprendrait son cours.

– Je suis contente que tu sois rentré, Jeremiah.

A ces mots, le cœur de Jeremiah se serra; il se sentait triste, plein de regrets, coupable. Il vit ses yeux implorants et tressaillit. Tout à coup des images de Camille jaillirent dans sa tête et il entendit à nouveau les paroles d'Amelia... « Mariez-vous... » Et elle avait raison, mais que devenait Mary Ellen dans tout cela?

— Moi aussi, je suis content d'être rentré. (Il ne trouvait rien d'autre à dire.) Les enfants vont bien?

— Très bien. Je les ai emmenés chez ma mère. J'avais entendu dire que tu rentrais ce soir.

Il avait l'impression d'être un vrai goujat. Que dire? Il y a une jeune fille de dix-sept ans à Atlanta...

— Tu as l'air fatigué, Jeremiah. Tu veux manger quelque chose?

Elle n'ajouta pas « avant d'aller au lit » mais cela allait de soi.

— Non, non, ça va... Et toi, tu vas bien?

— Très bien.

Puis elle glissa la main sous sa chemise, l'embrassa doucement dans le cou et répéta seulement :

— Tu m'as manqué.

— Toi aussi.

Il la prit dans ses bras et la tint serrée contre lui comme pour apaiser la douleur qu'il allait lui infliger; puis, tout à coup, il douta. Pourquoi le lui dire? Mais il le fallait et il lui semblait presque qu'elle le savait elle aussi.

— Mary Ellen, il faut que nous parlions.

Il se dégagea doucement.

— Pas maintenant, Jeremiah.

Elle paraissait inquiète et il sentit son cœur battre à grands coups.

— Si, il le faut... J'ai... j'ai des choses à te dire...

La jeune femme ouvrait de grands yeux tristes et interrogateurs. Elle connaissait la suite, elle en était certaine.

— Pourquoi? Je n'ai pas besoin de savoir. Tu es rentré.

— Oui, mais...

Tout à coup, elle le regarda, véritablement apeurée, cette fois. Était-ce plus grave qu'un simple écart de conduite durant son voyage? Elle eut le pressentiment qu'il allait bouleverser sa vie. Elle l'avait senti avant son départ, redouté. Comme chaque fois.

— Jeremiah... Qu'est-ce qui est arrivé?

— Je ne suis sûr de rien.

— Il y a quelqu'un d'autre? demanda-t-elle d'une voix hachée.

Ses yeux tristes lui fendaient le cœur. Comment le lui dire?

— Je crois que oui, Mary Ellen. Je ne sais pas vraiment. Je ne suis sûr de rien. Ces trois dernières semaines ont complètement changé ma vie.

Elle s'appuya contre le siège du petit canapé, en essayant de paraître calme.

— De qui s'agit-il?

— Elle est très jeune. Bien trop jeune. Presque une enfant. Et je ne sais même pas ce que j'éprouve pour elle...

Sa voix se perdit. Mary Ellen, reprenant le dessus, se pencha vers lui, sa main dans la sienne.

— Alors, qu'est-ce que ça peut faire? Tu n'es pas obligé de m'en parler.

— Si, justement, car il peut y avoir des conséquences. J'ai dit à son père que j'avais besoin de six mois pour réfléchir. Ensuite, je repartirai peut-être...

— Définitivement?

Mary Ellen paraissait abasourdie. Elle ne comprenait pas. Il secoua la tête.

— Non. Pour elle.

Mary Ellen chancela comme si on l'avait frappée.

— Tu l'épouserais?

— C'est possible.

Il y eut un long moment de silence, puis Mary Ellen le regarda tristement.

— Jeremiah, pourquoi on ne s'est jamais mariés?

— Parce que ça n'a jamais été le bon moment, ni pour l'un ni pour l'autre, je suppose. Je ne sais pas. C'était si bien comme ça!

Il soupira de fatigue; il se sentait tout à coup épuisé.

— Je ne suis peut-être pas fait pour le mariage et c'est ce à quoi il faut que je réfléchisse.

— C'est à cause des enfants? Tu en veux?

— Peut-être bien. J'avais cessé d'y penser depuis longtemps, mais dernièrement... Mary Ellen... je ne sais vraiment pas.

— Je pourrais essayer encore, tu sais.

Cela le toucha profondément. Il lui prit la main.

— Ce serait de la folie. Tu m'as dit que tu avais failli mourir la dernière fois.

— Peut-être que ce serait différent cette fois-ci, dit-elle sans trop de conviction.

— Tu n'es plus si jeune et tu as déjà trois beaux enfants.

— Mais qui ne sont pas de toi. Je pourrais essayer, Jeremiah, je...

— Je sais que tu le ferais.

Puis, parce qu'il ne savait quoi dire d'autre, il la fit taire par un baiser et elle se pressa contre lui, jusqu'à ce qu'ils se retrouvent haletants dans la petite pièce confinée. Ce fut finalement Jeremiah qui se détacha d'elle.

– Mary Ellen... ne...

– Et pourquoi pas? Pourquoi pas... Je t'aime, tu ne le sais pas?

Sa voix avait une expression passionnée qui le désarma. Il l'aimait lui aussi, il éprouvait pour elle une amitié et une compassion vieilles de sept ans. Mais il n'avait jamais voulu l'épouser, vivre avec elle, être avec elle... Il la tint serrée contre lui, la laissant pleurer.

– Mary Ellen, s'il te plaît...

– S'il te plaît quoi? Adieu? C'est ce que tu es venu me dire, n'est-ce pas? Mais c'est de la folie, tu ne connais même pas cette jeune fille... cette... enfant!... Et voilà que tu veux y réfléchir pendant six mois. Si tu as besoin d'y réfléchir, c'est que tu te trompes.

Elle luttait pour sa vie, mais elle était plus véhémente qu'accablée. Jeremiah se leva, contempla son visage ravagé, tandis qu'elle se mettait à sangloter, et il la reprit dans ses bras. Il avait tout dit. Il monta lentement l'escalier et la déposa sur son lit en lui caressant les cheveux et en l'apaisant comme un petit enfant.

– Mary Ellen, je t'en prie... Tout ira bien, tu verras.

Mais elle se contenta de le regarder, désemparée. Pour elle, rien ne serait plus pareil. Elle voyait déjà s'étirer sans fin toutes les nuits des samedis à venir. Et que diraient les gens? Lui battraient-ils froid? Elle se rétracta en imaginant sa mère... « Je te l'avais bien dit qu'il ferait ça, espèce de putain... » Elle n'était plus que cela, à présent, la putain du samedi soir de Jeremiah Thurston. Toutes ces années de quasi-respectabilité, et voilà qu'il s'en allait. Elle se reprocha de ne pas se l'être attaché des années auparavant tout en sachant qu'elle ne s'y était jamais décidée; ils étaient trop satisfaits de leur situation telle qu'elle était.

Il s'assit près d'elle sur l'unique chaise de la chambre tandis qu'elle continuait à sangloter, étendue sur le lit, puis elle le regarda enfin, avec ses grands yeux verts emplis de chagrin.

– Je ne voulais pas ça se finisse comme ça.

– Moi non plus, et j'aurais pu ne rien te dire ce soir, mais j'aurais été malhonnête envers toi. Je ne voulais pas te l'annoncer dans six mois, et j'ai vraiment besoin de réfléchir.

– A propos de quoi...? Comment est-elle? ajouta-t-elle avec un court sanglot.

– Je ne sais pas très bien. Elle est très jeune, pleine de vie.

Puis il mentit pour la rasséréner :

– Elle n'est pas aussi jolie que toi.

Mary Ellen sourit. Il avait toujours été si gentil...

– Je ne suis pas sûre de pouvoir te croire.

– Mais c'est vrai. Tu es très belle et tu auras d'autres hommes après moi. Tu as droit à mieux qu'une nuit par semaine, Mary Ellen. Il y a longtemps que j'y pense. C'était égoïste de ma part.

– Ça m'était égal.

Elle se remit peu à peu à pleurer et il souffrait tellement de la voir sangloter ainsi qu'il l'embrassa sur les yeux et but l'eau de ses larmes avec ses lèvres. Elle l'entoura de ses bras en se blottissant contre lui et, cette fois, il fut incapable de lui résister. Il l'étreignit et le désir le submergea, comme toujours. Ce soir-là, alors qu'il allait s'endormir la tête contre la sienne, elle eut un petit sourire et l'embrassa sur la joue tout en éteignant la lumière.

CHAPITRE IX

– JEREMIAH!

Lorsque Mary Ellen se réveilla le lendemain matin, il n'était plus là; elle bondit du lit, effrayée.

– Jeremiah!

Elle se précipita dans l'escalier, sa chemise de nuit de satin rose flottant derrière elle. Apercevant sa silhouette, il se retourna pour la regarder dans l'embrasure de la porte.

– Bonjour, Mary Ellen.

Il préparait le petit déjeuner, l'air absorbé.

– J'ai fait du café pour qu'il soit prêt quand tu te lèverais, reprit-il.

Elle acquiesça, à nouveau inquiète. La nuit précédente, elle était certaine qu'il avait changé d'avis et voilà que brusquement, elle n'était plus sûre de rien. Elle demanda d'une petite voix :

– Nous allons à la messe?

Ils y allaient quelquefois. Mais à présent, plus rien n'était comme avant. Il opina lentement, but une gorgée de café et reposa le bol sur la table.

– Oui, nous y allons. Et ensuite je rentre à la maison.

Ils savaient tous deux que c'était pour la dernière fois, mais elle n'avait pas encore renoncé.

– Jeremiah... Tu n'as qu'à ne rien changer. Je comprends. C'est bien de ta part de m'avoir tout dit hier soir... sur... sur elle...

Elle manqua s'étrangler sur le mot, mais elle ne voulait pas perdre cet homme.

– C'était la seule chose à faire.

Il semblait s'être durci. Il savait qu'il allait lui faire du mal, mais il ne voyait pas d'autre moyen et sa détermination alarmait Mary Ellen.

— Tu m'es chère et je ne pouvais te cacher ce que j'avais en tête.

— Mais tu n'es sûr de rien, gémit-elle, et Jeremiah sentit sa mâchoire se contracter.

— Tu veux attendre que je le sois? Dormir avec moi jusqu'à ma nuit de noces? C'est ça que tu veux? Laisse-moi faire ce qui est convenable, pour l'amour du ciel, c'est déjà assez dur comme ça.

— Et si tu ne l'épouses pas, en fin de compte?

— Je ne sais pas. Ne me demande pas ça. Si je ne l'épouse pas, tu crois vraiment que tu voudras à nouveau de moi? Tu me haïras après ça.

— Je n'y arriverai jamais. Tu as toujours été honnête avec moi durant toutes ces années.

Ses paroles augmentèrent son malaise et lorsqu'il se retourna vers elle, ses yeux étaient humides. Il s'approcha brusquement d'elle et la prit dans ses bras.

— Je suis désolé, Mary Ellen. Je ne voulais pas que ça se termine comme ça. Je ne l'ai jamais pensé.

— Moi non plus.

Elle lui sourit à travers ses larmes et au lieu d'aller à l'église, ils retournèrent dans sa chambre où ils firent l'amour jusqu'à l'après-midi. Une fois à cheval, Jeremiah la contempla, dans sa robe rose, sur le perron.

— Prends soin de toi, ma chérie.

Des larmes coulaient lentement sur son visage.

— Reviens... je serai là...

Incapable de parler, elle agita la main. Après l'avoir regardée une dernière fois, il repartit chez lui au galop, sans elle, sans Camille, sans personne. Seul. Comme il l'avait toujours été.

CHAPITRE X

Cette année-là, l'été fut particulièrement beau et chaud à Napa Valley. Les barils de mercure partirent pour le Sud, selon ce qui avait été convenu au printemps, les mines continuèrent à prospérer et les raisins mûrirent. Jeremiah devenait chaque jour plus inquiet. Il eut plusieurs fois la tentation d'aller voir Mary Ellen à Calistoga car il se sentait encore plus seul le samedi soir, mais il résista. Alors il se rendit à plusieurs reprises dans une maison close qu'il connaissait à San Francisco. Mais personne ne pouvait venir à bout de son tourment. Hannah le regardait aller et venir, presque muet, soulagé uniquement lorsqu'il trouvait une lettre de Camille dans la boîte aux lettres.

Camille lui écrivait depuis son retour des lettres amusantes où elle parlait des gens qu'elle rencontrait, des bals auxquels elle assistait, des réceptions que donnaient ses parents, de ses voyages à Savannah, à Charleston et à La Nouvelle-Orléans, et d'une fille désespérément laide qu'Hubert avait rencontrée et qu'il poursuivait parce que son père avait les meilleures écuries de tout le Sud. Ses lettres étaient denses, spirituelles, sensibles. Il s'amusait à suivre les arabesques de son stylo. Elles se terminaient toujours par de petites allusions destinées à le tenir en haleine, à lui donner espoir... à le faire revenir. Mais il n'y avait plus trace de passion et elle lui laissait entendre qu'il lui faudrait la persuader lorsqu'il reviendrait. Au mois d'août, n'y tenant plus, il réserva sa place dans le train. Quatre mois seulement s'étaient écoulés, mais il était décidé. Hannah le comprit aussi lorsqu'il quitta Sainte Helena. Elle continuait à plaindre Mary Ellen, qui était inconsolable, mais elle était heureuse que Jeremiah ramène une jeune femme dans cette maison qui ne tarderait pas à résonner des cris des enfants et des rires de la jeune épousée.

Jeremiah avait prévenu Orville Beauchamp de son arrivée, mais il lui avait demandé de n'en rien dire à Camille. Il voulait lui faire la surprise, pour voir quelle serait sa réaction. Quatre mois, cela représente beaucoup dans la vie d'une jeune fille, et elle pouvait très bien avoir changé d'avis. Cette pensée l'obséda durant le voyage. Cette fois-là, Amelia n'était pas dans le train. Il ne parla pratiquement à personne. Lorsqu'il arriva, nerveux et exténué, il vit la voiture de Beauchamp qui l'attendait pour le conduire à l'hôtel.

Il s'installa dans une très belle suite et envoya une carte aux Beauchamp. La réponse ne se fit pas attendre. On lui demandait de bien vouloir assister au dîner et Orville Beauchamp l'assurait que Camille n'était pas au courant de son arrivée. Jeremiah imagina avec amusement sa surprise lorsqu'elle le verrait. C'était pourtant si étrange qu'une vague de peur le submergea au même instant. Lorsqu'il monta dans le carrosse des Beauchamp, ce soir-là, à huit heures, il avait les mains moites et son cœur se mit à bondir lorsqu'il aperçut la maison.

Il fut introduit dans un petit salon, somptueusement décoré, où il attendit. Orville Beauchamp ne tarda pas à entrer et lui serra la main jusqu'à la rompre. Il avait compris, en recevant le câble, que la venue de Jeremiah était porteuse de bonnes nouvelles.

– Comment va?... Content que vous soyez là!

Il ne cachait pas son excitation joyeuse. Jeremiah espérait que sa fille se montrerait aussi enthousiaste.

– Très bien, merci.

– Je ne pensais pas vous voir avant deux mois.

Ses yeux étaient interrogateurs. Jeremiah sourit.

– Je ne pouvais pas attendre encore deux mois, monsieur Beauchamp, répondit-il d'une voix douce.

Le petit homme brun eut un sourire resplendissant.

– Je pensais que cela se passerait ainsi... je l'espérais...

– Comment va-t-elle? Elle ne sait toujours pas que je suis ici?

– Non. Mais vous êtes venu au bon moment. Elizabeth est en Caroline du Sud chez des amis et Hubert est en train d'acheter un de ses satanés chevaux. Nous sommes seuls, Camille et moi, et il ne se passe pas grand-chose en ville; tout le monde part durant les mois d'été. Camille est un peu maussade cette année, elle attend le courrier avec impatience et parle de vous à tous ses amis.

Il se garda de dire à Jeremiah qu'elle l'appelait « l'homme le plus riche de l'Ouest, l'ami de mon père ». Il n'avait pas besoin de le savoir.

— Elle peut changer d'avis lorsqu'elle me reverra.

— Et pourquoi donc?

— C'est courant chez les jeunes filles, vous le savez bien.

Jeremiah sourit, mais Beauchamp se mit à rire.

— Pas Camille. Cette enfant a toujours su ce qu'elle voulait depuis qu'elle est née. Têtue comme une mule, et obstinée. Je suppose que je ne devrais pas vous dire ça, mais vous vous entendrez très bien tous les deux. C'est une fille adorable, Thurston, elle fera une bonne épouse.

Ses yeux se plissèrent en regardant Jeremiah.

— C'est bien toujours votre idée?

— Absolument. Et vous, monsieur, vous n'avez pas changé d'avis?

— Bien au contraire. Je crois que vous êtes faits l'un pour l'autre.

Il leva son verre et Jeremiah sourit. Maintenant, il ne restait plus qu'à convaincre Camille.

Dix minutes s'écoulèrent avant qu'elle entre dans le salon. La porte s'ouvrit brusquement et elle apparut, vêtue de soie jaune pâle, un collier de topazes et de perles dansant à son cou, ses cheveux épars en une cascade de boucles brunes, une rose jaune accrochée à son oreille. Elle regarda son père, n'accordant qu'un regard distrait à l'autre homme. Il faisait très chaud et elle était restée étendue dans sa chambre plusieurs heures. Tout à coup elle le vit et s'arrêta. Il l'entendit respirer plus vite, et soudain elle courut à travers la pièce et se jeta dans ses bras, enfouissant sa tête contre sa poitrine. Lorsqu'elle recula, elle avait les larmes aux yeux et un grand sourire sur les lèvres. Elle ressemblait plus que jamais à une merveilleuse petite fille. Son cœur s'envola vers elle et se mit à battre plus vite. Il n'avait jamais éprouvé une telle sensation durant toute sa vie et il la regardait, le souffle coupé.

— Vous êtes revenu! s'écria-t-elle joyeusement.

Son père se mit à rire. C'était un spectacle adorable que cet homme si grand et cette jeune fille si délicate, qui paraissaient si amoureux l'un de l'autre et dont la différence d'âge ne choquait en rien. Il y avait tant de joie dans les yeux de Camille, tant de bonheur dans ceux de Jeremiah, et ils avaient tant de mal à cacher leur passion...

— Bien sûr que je suis revenu, Camille. Je te l'avais dit!

— Mais vous revenez si tôt!

Elle dansait autour de lui avec allégresse et battait des mains. La rose qu'elle avait dans les cheveux tomba à ses pieds. Elle la ramassa, fit une profonde révérence et la lui tendit, avec un petit air affecté. Il se mit à rire, ravi et soulagé. Il voyait dans ses yeux qu'elle tenait toujours à lui.

— Tu es plus taquine que jamais, Camille. Dois-je repartir et revenir plus tard, si c'est trop tôt?

Il prit sa main dans la sienne, tandis qu'elle le scrutait droit dans les yeux.

— Essayez un peu! Je ne vous laisserai pas repartir. Et si vous le faites, j'irai en France avec papa et j'épouserai un duc ou un prince.

— Voilà une charmante menace!

Mais il ne semblait pas très inquiet.

— Il faudra pourtant que je reparte, tu sais.

— Quand? demanda-t-elle d'un ton plaintif.

Son père sourit. Les attentions d'un homme plus âgé la flattaient et Thurston appréciait l'attrait qu'il exerçait sur une jeune fille. Mais il y avait davantage : quelque chose qui brûlait entre eux, presque trop éclatant pour qu'on y touche.

— Ne parlons pas encore de mon départ, petite. J'arrive tout juste.

— Pourquoi ne pas nous avoir prévenus de votre arrivée?

Elle fit mine de bouder. Le dîner fut annoncé et ils se dirigèrent lentement vers la salle à manger.

— Mais je l'ai fait.

Il regarda Beauchamp en souriant. Elle donna une tape sur le bras de son père, du bout de son éventail, en signe de reproche.

— Vous êtes incorrigible, papa. Vous ne m'en avez rien dit!

— J'ai pensé qu'il serait plus agréable de te faire la surprise.

Et il n'avait pas eu tort. Elle eut un sourire resplendissant.

— Depuis quand êtes-vous là, Jeremiah?

Elle le considéra d'un air impérieux, savourant son pouvoir. Elle savait parfaitement qu'il avait traversé le pays pour elle et que c'était un homme très important. Son père lui avait dit et redit et elle l'avait clamé devant tous ses amis. Cela comptait beaucoup pour elle.

Il avait pris ses dispositions à la mine pour rester absent un mois. Il ne pouvait partir plus longtemps, mais cela lui donnait deux semaines auprès de Camille et, si elle acceptait, il rentrerait chez lui pour s'organiser. Il y aurait beaucoup à faire. Hannah n'avait pu cacher sa nervosité lorsqu'il était parti. Il lui avait promis de lui écrire et de lui dire la réponse de Camille. Mais il ne pensait plus à Hannah maintenant. Il n'était occupé que de la jolie jeune fille qui se tenait près de lui. Elle était encore plus belle qu'au printemps, elle semblait avoir mûri. Elle lui posa mille questions sur ses mines et se plaignit de ses lettres trop courtes.

— C'est que je n'ai pas écrit à beaucoup de jeunes filles, répondit-il en souriant.

Peu après, son père la força à les laisser seuls. Le maître d'hôtel leur apporta du café et des cigares. Beauchamp se tourna vers son futur gendre.

— Allez-vous vous déclarer ce soir?

— Avec votre permission, monsieur.

— Vous savez que vous l'avez.

Jeremiah eut un petit soupir en allumant son cigare.

— J'aimerais savoir à quoi m'en tenir avec elle.

— Vous avez des doutes?

— Un peu. Ce n'est peut-être qu'un jeu pour elle et elle ne se doute pas que je vais demander sa main... Une fille de son âge pourrait prendre peur.

— Pas Camille.

Il faisait toujours la même réponse, comme si elle était différente de toutes les autres, mais Jeremiah n'en était pas si sûr.

— Voulez-vous qu'on annonce les fiançailles tout de suite?

— Oui, avant mon départ. Et je pourrai réaliser mes projets dès mon retour en Californie.

— Quels sont ces projets?

Beauchamp l'observa avec intérêt, se demandant ce qu'il réservait à sa fille.

— Ce dont nous avons déjà parlé.

Jeremiah restait prudent. Après tout, elle n'avait pas encore accepté, mais il avait déjà beaucoup réfléchi. Beauchamp avait raison; elle serait malheureuse si elle restait trop longtemps à Napa et lui-même pourrait très bien faire des allées et venues pour surveiller les mines. Il lui construirait une maison à San Francisco où ils passeraient les mois d'hiver, comme cela se faisait. Il exposa son idée à Beauchamp, qui parut satisfait.

— Et quand la maison sera construite, c'est-à-dire dans cinq ou six mois, je reviendrai pour le mariage et je la ramènerai avec moi en Californie. Qu'en pensez-vous?

— C'est parfait. Elle aura dix-huit ans en décembre. Dans quatre mois, donc... Vous pensez que la maison sera finie?

— C'est un peu court, mais c'est possible. Je pensais plutôt à février ou mars, mais... je préférerais décembre, moi aussi.

Il se sentait très seul maintenant qu'il n'y avait plus Mary Ellen.

— Je ferai mon possible.

Beauchamp se rendit compte qu'il était temps que Thurston puisse parler à Camille. Il se leva et quitta la pièce en lui laissant le soin de chercher Camille, que Jeremiah trouva dans le jardin, assise sur sa balançoire favorite.

— Vous avez été horriblement longs, tous les deux. Êtes-vous soûls?

Il se mit à rire.

— Pas tant que ça.

— Je trouve tellement stupide que les femmes soient obligées de quitter la pièce! De quoi parlez-vous donc?

— De pas grand-chose. Des affaires, des mines, d'un peu de tout...

— Et de quoi avez-vous parlé ce soir?

Elle le dévisagea tout en se balançant doucement. Il plongea son regard dans le sien et dit d'une voix chaude et douce :

— Nous avons parlé de toi.

Il sentit son cœur s'emballer. La balançoire s'arrêta.

— Qu'avez-vous dit?

Sa voix n'était qu'un murmure.

— Que j'aimerais t'épouser.

Ils restèrent un instant sans parler. Elle le regardait de ses grands yeux d'enfant.

— C'est vrai?

Elle lui sourit et il sentit son cœur s'arrêter.

— Vous plaisantez.

Il reprit gravement :

— Non, Camille, je ne plaisante pas. Je suis venu à Atlanta pour te voir et pour te demander de m'épouser.

Il l'entendait respirer plus vite. Tout à coup, leurs lèvres se joignirent et la force de cette étreinte lui coupa la respiration. Puis il se mit à la bercer dans ses bras et lui dit doucement :

— Je t'aime énormément, Camille, je veux t'emmener en Californie avec moi.

— Maintenant?

Elle semblait abasourdie. Il lui sourit.

— Pas tout de suite. Dans quelques mois, lorsque j'aurai fait construire une maison pour toi et que tu auras eu tes dix-huit ans.

Il se tenait devant elle et lui caressait la joue. Puis il s'agenouilla à ses pieds, la serrant contre lui.

— Je t'aime, Camille... de tout mon cœur... plus que tu ne le sauras jamais.

Leurs yeux se rencontrèrent. Elle frissonnait en l'écoutant parler.

— Veux-tu m'épouser?

Elle acquiesça, pour une fois à court de paroles; elle avait espéré cet instant, mais comme un rêve lointain. Elle jeta les bras autour de son cou.

— Comment sera la maison?

La question, un peu incongrue, le fit sourire.

— Comme tu la voudras, ma chérie. Mais tu ne m'as pas encore répondu. Veux-tu m'épouser, Camille?

— Oui!

Elle poussa un cri de joie et se blottit à nouveau contre lui. Puis elle se dégagea, l'air soudain contrariée.

— Est-ce qu'il faudra que j'aie des enfants si je suis votre femme?

Il balbutia, tant la question l'embarrassa. Elle devait parler de cela avec sa mère, non pas avec lui. Il se souvint combien elle était jeune, même si elle semblait très mûre parfois.

— Eh bien, je pense que nous pourrions avoir un enfant ou deux.

Il se sentait presque fautif. Elle n'était elle-même qu'une enfant, après tout.

— Est-ce que ça t'ennuie beaucoup?

C'était une des choses qu'il désirait le plus. Ces quatre

derniers mois, il n'avait pas cessé de songer à leurs enfants.

— Une amie de ma mère est morte l'an dernier en accouchant.

C'était si saugrenu que Jeremiah se sentit encore plus mal à l'aise. Il ne voulait plus parler de ce sujet avec elle.

— Cela n'arrive pas chez les jeunes filles, Camille.

Il savait pourtant que c'était faux.

— Je ne pense pas qu'il faille te faire du souci à ce sujet. Tout se passe naturellement entre l'homme et la femme...

Elle l'interrompit, nullement impressionnée.

— Ma mère dit que c'est le prix que paient les femmes à cause du péché originel. Mais ce n'est pas juste que seules les femmes paient. Je ne veux pas grossir et...

— Camille!

Ce qu'elle disait l'atteignait profondément.

— Chérie... je t'en prie... ne t'inquiète pas.

Il la prit dans ses bras et elle oublia ce que lui avait dit sa mère. Ils se mirent à parler de la maison qu'il allait lui faire bâtir, de leur mariage lorsqu'elle aurait eu ses dix-huit ans... ils annonceraient leurs fiançailles dès le retour de sa mère... et son père donnerait une réception en leur honneur. Camille, quant à elle, songeait aussi à des choses beaucoup plus importantes pour elle. Lorsqu'elle se coucha, ce soir-là, elle était si excitée qu'elle ne put s'endormir. Ils avaient cherché son père pour lui annoncer la bonne nouvelle. Il avait serré la main de Jeremiah et embrassé Camille sur la joue. Lorsqu'il se retira dans sa chambre, ce soir-là, il était plus qu'heureux. Sa fille allait être très riche, très heureuse et comblée. Et cela le remplissait de joie. Il se félicitait plus que jamais d'avoir fait part de son idée à Jeremiah, au printemps.

Quant à Jeremiah, il ne pouvait songer qu'à la délicieuse et délicate beauté brune qu'il tiendrait bientôt dans ses bras. Et il ne pouvait dominer son impatience. Il était seul, depuis ces derniers mois, il n'avait pas revu Mary Ellen. Il n'avait pas eu non plus de nouvelles d'Amelia; il lui avait pourtant écrit à New York, un mois ou deux auparavant, en lui parlant de Camille. Mais il avait suffisamment de préoccupations maintenant... sa femme... et l'extraordinaire maison qu'il ferait construire pour elle.

Pour ce qu'elle lui avait dit au sujet des enfants, il n'était pas inquiet. Il était naturel qu'une jeune fille montre de l'appréhension. Sa mère lui parlerait sans aucun doute

avant sa nuit de noces et le problème se résoudrait de
lui-même. A cette pensée, il se dit, tout en glissant dans le
sommeil, qu'à cette même époque, dans un an, elle donnerait naissance à un enfant, peut-être avant, qui sait... Il
s'endormit un sourire sur les lèvres et rêva de Camille et
des enfants qu'ils auraient. Ils les voyaient jouer à Napa,
tandis que Camille et lui se promenaient sur la pelouse...

CHAPITRE XI

Elizabeth Beauchamp rentra à Atlanta à la hâte, dès qu'elle eut reçu la lettre d'Orville lui annonçant la nouvelle. Hubert, qu'il fut plus difficile de dénicher, revint aussi. Tout se passa très rapidement. Bien que beaucoup de gens ne fussent pas encore rentrés, plus de deux cents personnes assistèrent à la réception. Camille n'avait jamais été si adorable, dans sa ravissante robe d'organdi brodé, parsemée de minuscules perles fines et de petites pierres précieuses. Elle ressemblait à une princesse de conte de fées, avec sa peau laiteuse et ses cheveux de jais, et se tenait aux côtés de Jeremiah en arborant un sourire éblouissant et un diamant de douze carats, sa bague de fiançailles.

– Mon Dieu, mais elle est presque aussi grosse qu'un œuf! s'était écriée sa mère en la voyant, tandis que Camille dansait de joie dans la pièce.

– Tu es une coquine, avait dit son père en riant.

Sa mère avait ajouté :

– Et tu vas être si riche, Camille!

Elle avait lancé un regard chargé de reproche à Orville, qui ne prit pas la peine de lui répondre, trop occupé du bonheur de sa fille.

– Je sais. Et Jeremiah va me construire une maison magnifique, avec le confort moderne et tout ce que je désire!

– Tu vas être très gâtée, Camille.

– Je sais.

Seule la perspective d'avoir un enfant venait un peu troubler son bonheur, mais elle se disait que ce ne serait peut-être pas un trop gros prix à payer. Elle en parlerait à sa mère et lui demanderait s'il n'y avait pas quelque chose à faire pour repousser l'échéance. Elle avait entendu des femmes en discuter, mais elle préférait attendre. Il lui restait du temps avant sa nuit de noces.

— Sais-tu la chance que tu as?

— Oui, répondit-elle en courant rejoindre Jeremiah qui l'attendait en bas.

Depuis quinze jours, celui-ci avait l'impression de vivre dans un rêve. Ce n'étaient que réceptions, pique-niques, cadeaux, félicitations à l'annonce de ses fiançailles, baisers volés et douces étreintes. Il se fit violence pour ne pas ramener Camille avec lui et son cœur se fendit lorsqu'il fut obligé de lui dire au revoir. Mais il avait beaucoup à faire : acheter un terrain, faire construire une maison pour sa femme. Il passa tout le voyage du retour, dans le train, à faire des croquis de la future demeure, et il s'arrêta trois jours à San Francisco avant de rentrer à Napa. Il examina toutes les parcelles et les terrains en vente et se rendit chez plusieurs architectes pour qu'ils commencent à dessiner des plans. Le matin de son départ, il trouva exactement ce qu'il voulait : un terrain immense, situé sur la bordure méridionale de Nob Hill, d'où l'on voyait toute la ville. En plissant les yeux, il imaginait déjà la maison dont il rêvait, plus belle que toutes celles qu'il avait pu voir. Lorsqu'il se rendit chez l'architecte, un peu plus tard dans la matinée, et qu'il lui fit part de ses projets, il se mit à rire quand ce dernier lui assura qu'il aurait ce qu'il désirait dans deux ans.

— Pas tout à fait, lui répondit Jeremiah en souriant.

L'architecte le regarda avec stupéfaction et Jeremiah poursuivit :

— J'avais pensé à un délai un peu moins long.

— Un an? demanda l'homme en blêmissant.

Le sourire de Jeremiah s'élargit. On voyait bien qu'il ne connaissait pas Jeremiah Thurston... et Camille Beauchamp. Nul doute qu'elle se comporterait comme lui en pareille situation, lorsqu'elle aurait mûri et qu'elle serait Mme Thurston.

— Je prévoyais plutôt entre quatre et cinq mois.

— Vous ne parlez pas sérieusement?

— Absolument.

A ce mot, il s'assit derrière le bureau et lui fit un chèque d'un montant astronomique. Jeremiah était confiant; c'était le meilleur cabinet d'architectes de toute la ville, ses banquiers le lui avaient chaudement recommandé. Il tendit le chèque à l'architecte en lui expliquant qu'un autre chèque, d'un montant équivalent, lui serait remis dès l'achèvement des travaux, dans quatre mois, au plus tard, cinq. Une telle somme résolvait en grande partie le problème de temps. Avec tout cet argent devant eux, les architectes pourraient faire appel à une foule d'ouvriers. Lorsque Jeremiah prit le bateau pour Napa, au crépuscule, il se félicita de sa journée. L'architecte viendrait lui-même dans une semaine pour lui montrer les plans et, si tout allait bien, les travaux commenceraient quelques jours plus tard.

Jeremiah ne voulait pas perdre un instant; il entendait que la maison soit prête lorsqu'il ramènerait sa femme. Il avait déjà décidé qu'ils passeraient leur lune de miel à New York, après leur mariage en décembre, avant de partir pour Napa et de s'installer dans leur magnifique maison, à San Francisco. Ils y vivraient durant les mois d'hiver, et dès l'arrivée du printemps, résideraient à Napa jusqu'à la fin de l'été. Une existence parfaite, selon Jeremiah.

Les plans que lui apporta l'architecte, la semaine suivante, lui parurent correspondre à l'ampleur de son projet. L'architecte avait parfaitement saisi; il avait affaire à un homme dans la quarantaine, qui se mariait pour la première fois, et dont la future femme, une jeune fille de dix-sept ans, avait enflammé son cœur, ses rêves et son âme.

C'était une maison digne d'une princesse, où grandiraient des enfants et qui abriterait une douzaine de générations. Un véritable palais, avec un dôme en vitrail, au centre de la maison, s'élevant au-dessus de la grande salle, et quatre tourelles. La façade, sobre d'aspect, était ornée de colonnes, et tout autour s'étendaient des champs à perte de vue et des jardins entretenus avec soin. Il y avait aussi un très joli portail, par où entreraient les équipages, et une haute clôture autour du domaine. Cela ressemblait plus à une propriété de campagne qu'à une demeure citadine, ce qui plaisait énormément à Jeremiah, enthousiasmé par l'idée du dôme. Les vitraux renverraient une lumière colorée et vive qui imiterait les rayons du soleil, même les jours maussades. Il voulait tout particulièrement faire ce cadeau à Camille, désireux qu'il était de lui offrir une vie radieuse comme le soleil. Les plans étaient parfaits à tout point de vue. L'architecture combinait agréablement le style rococo et le style victorien.

Après le départ de l'architecte, Jeremiah s'assit à son bureau avec un grand sourire de contentement. Il lui tardait que

Camille voie la maison : il l'imaginait déjà, se promenant dans les jardins élégants ou bien flânant dans leurs somptueux appartements qui comprenaient une immense chambre à coucher, un boudoir, un cabinet de toilette et un petit salon pour elle, et pour lui un bureau entièrement lambrissé. Une nursery était prévue au même étage, ainsi qu'un salon et la chambre de la nurse. A l'étage supérieur se trouvaient six chambres à coucher, spacieuses et aérées, destinées à leurs futurs enfants. Qui pouvait savoir combien ils en auraient? Au rez-de-chaussée, l'architecte avait imaginé le plus grand salon qu'il ait jamais conçu, suivi d'un autre, plus petit, d'une immense bibliothèque, d'une salle à manger et d'une salle de bal. Les cuisines seraient les plus modernes de toute la ville, les logements des serviteurs vastes et agréables et les écuries provoqueraient sans nul doute l'envie d'Hubert. Il y aurait tout ce qu'il pouvait désirer dans la maison, depuis les pièces lambrissées et les lustres de cristal, jusqu'aux escaliers larges et aux tapis somptueux. L'architecte promit à Jeremiah que son équipe allait se mettre à la recherche de tous ces trésors et qu'il ferait appel dès maintenant à des ébénistes et à des menuisiers, avant même que la maison soit achevée.

Jeremiah prit l'habitude d'aller en ville une fois par semaine pour surveiller l'état des travaux et suivre leur progression. C'était un projet monstrueux et Jeremiah se demandait sans cesse si tout serait fini à temps, surtout lorsqu'il recevait les lettres de Camille, lui parlant des préparatifs du mariage. L'étoffe de la robe avait été achetée à La Nouvelle-Orléans et tissée à Paris, mais elle ne lui en dirait pas plus. Simplement, elle était de plus en plus impatiente et se montrait aussi excitée par son trousseau que lui par la maison, dont il lui parlait très peu. Il lui avait seulement dit qu'ils habiteraient sans doute San Francisco, en se gardant d'ajouter qu'il lui faisait construire la demeure la plus spacieuse et la plus belle de toute la ville et que chaque jour des attroupements se formaient à l'entrée du domaine, où s'affairaient des centaines d'hommes acharnés à respecter les délais imposés. Il avait même envoyé en renfort plusieurs de ses mineurs et il offrait des sommes considérables à ceux qui acceptaient de venir le week-end prêter main-forte aux ouvriers.

En même temps, il avait entrepris de remettre à neuf la maison de Sainte Helena. Il n'avait jamais remarqué auparavant l'état piteux de sa chambre, identique depuis dix-neuf ans, et il trouva tout à coup sa maison nue et vide. Il fit des achats avec frénésie, tant à Napa qu'à San Francisco, et demanda à Hannah de mettre des rideaux dans chaque pièce. Si Camille venait à Napa, il lui fallait une maison agréable. C'était une jeune fille qui avait besoin d'un environnement gai, aéré et coquet. Il aménagea les jardins, fit repeindre la façade et, à la fin du mois d'octobre, la maison était méconnaissable. Il fut surpris lui-même de la trouver tout à coup si jolie. Seule Hannah semblait ne pas apprécier tous ces changements et grognait sans cesse, jusqu'au jour où elle cessa de parler et s'enferma dans un mutisme complet que Jeremiah ne put supporter très longtemps. Un soir, après une journée chargée, il finit par l'obliger à s'asseoir, apporta deux tasses de café et alluma un cigare, malgré ses perpétuelles protestations.

— Et maintenant, nous allons parler, tous les deux. Je sais que tu n'apprécies pas mes nouveaux projets et que je houspille tout le monde depuis deux mois mais ça va être magnifique et Camille sera enchantée. Tu l'aimeras, tu verras, c'est une enfant irrésistible.

Il s'interrompit, songeant avec un sourire à la lettre qu'il avait reçue d'elle, le matin même.

— ... Et il me semble que tu m'as assez harcelé pour que je me décide à me marier. Eh bien, c'est fait. Alors, pourquoi es-tu si en colère contre moi?

Elle avait refusé plusieurs fois de l'accompagner à San Francisco pour aller voir les travaux.

— Tu ne peux pas être jalouse d'une jeune fille de dix-sept ans. Il y a de la place dans ma vie pour vous deux. Je lui ai déjà parlé de toi et elle est très heureuse de te connaître bientôt, Hannah... Qu'est-ce qui ne va pas? Tu ne te sens pas bien, ou est-ce seulement parce que je fais construire une maison loin de Napa?

Elle sourit. Il y avait un peu de vrai dans ce qu'il disait.

— Je vous l'ai déjà dit. Vous n'avez pas besoin d'une autre maison. Vous faites déjà de cette fille une enfant gâtée, avant même son arrivée.

— Tu as raison. Elle va devenir le trésor d'un vieil homme.

— Elle a beaucoup de chance.

C'étaient les premiers mots gentils qu'elle lui adressait depuis un mois, et Jeremiah se sentit soulagé. Elle lui avait donné du souci et il craignait aussi qu'elle se montre aussi désagréable avec Camille qu'avec lui. Sa jeune et frêle épouse, tout juste arrivée du Sud, n'aurait pas compris un accueil glacial.

– C'est moi qui ai beaucoup de chance, Hannah.

Ils se regardèrent dans les yeux et la vieille femme vit qu'il était heureux. Il songea avec amusement que sa vie avait bien changé en l'espace de six mois.

– J'ai vraiment de quoi me réjouir, tu sais, dit-il avec sincérité.

Il croisa le regard triste d'Hannah.

– Qu'est-ce qui ne va pas?

Elle devait lui révéler la vérité. Malgré sa promesse. Ses yeux se remplirent de larmes.

– Je ne sais comment vous le dire, Jeremiah.

– Qu'est-ce qui se passe?

La peur le gagna et il se souvint tout à coup de la terreur qui s'était emparée de lui lorsqu'on lui avait annoncé la mort de Jennie. Il éprouvait le même sentiment d'abattement.

– C'est Mary Ellen.

Son cœur s'arrêta et il eut un mauvais pressentiment.

– Elle est malade?

Hannah secoua doucement la tête.

– Elle va avoir un enfant... votre enfant...

Avec l'impression qu'on lui donnait un coup de poing, il se mit à respirer avec difficulté.

– Oh non... mais elle ne pouvait pas... elle risquait de...

– Je lui ai dit qu'elle était folle lorsque je l'ai vue à Calistoga. Elle a failli mourir en mettant au monde le dernier et elle n'est plus toute jeune. Elle m'a fait jurer de ne rien vous dire, Jeremiah.

Bouleversé, il fit de rapides calculs. Cela avait dû arriver en avril, peut-être la dernière fois qu'il l'avait vue. Et il avait le sentiment étrange qu'elle avait voulu qu'il en soit ainsi. Pourquoi...? Sans dire un mot, Hannah le vit donner un grand coup de poing sur la table, se lever et se diriger vers la porte de la cuisine.

– Qu'allez-vous faire?

– Je vais au moins aller lui parler. Elle est complètement cinglée et tu l'es encore bien plus si tu croyais que je n'allais pas réagir.

Il ne supportait pas son orgueil têtu et stupide. Elle avait été sa complice pendant sept ans et le moins qu'il pouvait faire, c'était de l'aider maintenant. Mais il ne pouvait rien de plus pour elle. Cela ne changeait pas le fait qu'il allait se marier.

Il sortit, sella Big Joe et chevaucha jusqu'à Calistoga, mû par

la vengeance. Il arriva dans un nuage de poussière qui effraya
les enfants, ébahis. L'aîné lui cria :

– Maman n'est pas là.

Il revint vers la porte d'entrée, renfrogné. Il voyait bien qu'il
n'y avait personne à l'intérieur.

– Où est-elle?

– Elle travaille à la station thermale et elle ne sera pas là
avant longtemps.

Comme il n'était pas d'humeur à attendre, il partit tout de
suite vers la station. Sacrée bonne femme! Tout le monde, en
ville, devait savoir qu'elle était enceinte de lui. Tout en
approchant, il ne cessait de se maudire d'être resté avec elle ce
fameux soir. Il n'en avait jamais eu l'intention, mais elle était
désespérée, et il l'avait désirée une fois de plus. Mais c'était
stupide... stupide... Et si Camille apprenait un jour qu'il avait
un enfant illégitime? Il ne pouvait s'empêcher d'y penser, mais
Mary Ellen le préoccupait encore plus.

Il la trouva derrière un comptoir qui la dissimulait complètement, en train de noter soigneusement les rendez-vous des
prochains clients. Au moins, ce n'était pas un travail trop
fatigant pour une femme enceinte. Elle sursauta lorsqu'elle le
vit et fit mine de reculer, mais il l'attapa et l'agrippa par le bras.

– Je veux que tu viennes avec moi tout de suite, lui dit-il, les
yeux étincelant de rage.

Au même instant, il fut obligé de s'avouer combien il était
heureux de la revoir. Elle ne lui avait jamais paru aussi jolie,
surtout maintenant que la peur la gagnait.

– Jeremiah, arrête... je...

Elle craignait une scène et ne voulait pas qu'il la voie debout.
Elle paraissait si désemparée qu'un employé s'approcha, prêt à
se battre avec Jeremiah.

– Besoin d'aide, Mary Ellen? demanda-t-il, les poings en
avant.

Elle s'empressa de décliner cette offre et son regard implorant supplia Jeremiah de s'en aller.

– S'il te plaît... il vaut mieux... je ne veux pas...

– Je me fiche de ce que tu veux! Je te porterai moi-même s'il
le faut. Lève-toi et sors avec moi dans la rue ou je t'y amènerai
de force.

Elle rougit violemment, regarda désespérément autour
d'elle puis finit par attraper un châle qui se trouvait sur le
dossier de sa chaise et dont elle s'enveloppa maladroitement,
avant de suivre Jeremiah dans la rue.

L'homme qui avait voulu la protéger avait accepté de la remplacer durant son absence. Elle lui avait promis de ne pas être longue.

— Jeremiah... je t'en prie...

Il lui avait fait traverser la rue et l'entraînait vers un bosquet où se trouvait un banc.

— Je ne veux pas...

Il la força à s'asseoir et lui fit face.

— Ce que tu veux n'a aucune importance. Pourquoi ne m'avoir rien dit?

— Dit quoi?

Elle pâlit.

— Je ne sais pas ce que tu veux dire.

Mais sa pâleur et la frayeur qui s'était emparée d'elle la trahissaient.

— Tu sais très bien de quoi je parle.

Il se mit à fixer ostensiblement son ventre et écarta délicatement le châle. Il n'y avait aucun doute. Elle était enceinte de six mois.

— Comment as-tu pu me le cacher, Mary Ellen?

Elle se mit à pleurer doucement et se tamponna les yeux avec un mouchoir de dentelle qu'il lui avait donné longtemps auparavant, ce qui augmenta son trouble.

— Hannah te l'a dit... Elle m'avait pourtant promis...

Elle éclata en sanglots. Il s'assit à son côté et l'enlaça, sans se soucier qu'on puisse le voir. Il n'avait jamais eu honte de Mary Ellen. Simplement, il n'avait jamais voulu l'épouser, et il n'avait pas changé d'avis.

— Mary Ellen, qu'as-tu fait? Tu es folle!

— Je voulais au moins avoir un enfant de toi, puisque je ne t'avais plus. Je voulais...

Ses sanglots redoublèrent, l'empêchant de continuer.

— C'est très dangereux pour toi. Et tu le savais bien.

Peut-être avait-elle pensé qu'il l'épouserait en apprenant la nouvelle. Mais elle se récria aussitôt en lui expliquant qu'elle désirait un enfant de lui, rien de plus, ce qui le rendit furieux.

— Je ne veux plus entendre ces sottises, Mary Ellen. Tu m'as trop répété ces idioties et il y a longtemps que j'aurais dû cesser de les écouter. Tu vas t'arrêter te travailler immédiatement. Au diable ton orgueil! Je m'occuperai de toi et de cet enfant financièrement, puisque je n'ai aucun autre moyen. Et si ça ne te plaît pas, c'est pareil. Je le fais pour mon enfant. C'est compris?

La dureté de ses paroles la faisait presque trembler.

— J'ai trois autres enfants à élever, Jeremiah, répondit-elle avec une fierté tranquille, et je n'ai jamais manqué à mes devoirs.

— Ne reviens plus sur ce sujet, je t'en prie.

Il se rassit, plein d'inquiétude. L'argent ne résolvait pas tout.

— As-tu vu le médecin, Mary Ellen?

Elle acquiesça et chercha son regard. Il était visible qu'elle l'aimait toujours, et lui-même était obligé de cacher le trouble qui le gagnait. Il devait songer à Camille maintenant. Dans deux mois, ils seraient mariés... avant même la naissance de cet enfant. Tout aurait pu être différent si Mary Ellen avait été enceinte plus tôt.

— Qu'a dit le médecin?

— Que tout irait bien, répondit-elle d'une voix douce.

Jeremiah ressentit tout à coup un tel sentiment de culpabilité que son cœur se serra.

— J'aimerais le croire.

— C'est vrai, tu sais. N'ai-je pas survécu pour les trois autres?

— Bien sûr, mais tu étais plus jeune. Quelle folie tu as faite!

— Non, ce n'est pas une folie.

Elle le regardait avec défiance et il était clair qu'elle ne regrettait rien. Jeremiah s'emporta à nouveau.

— Mais qu'est-ce qui t'est passé par la tête, bon Dieu?

— C'est tout ce qui me reste, Jeremiah...

Elle parlait d'une voix douce et triste qui lui déchira le cœur.

— Tu es parti et tu ne reviendras jamais, je le sais. Tu vas te marier avec cette fille, n'est-ce pas?

Il acquiesça, soucieux, ce qui renforça sa détermination.

— Alors, j'ai bien fait.

— Mais tu risques ta vie.

— Je fais ce que je veux de ma vie.

Mary Ellen se leva et il se dit qu'elle n'avait jamais été aussi belle. Elle avait de l'orgueil et du cran, elle avait agi selon sa seule volonté... ce n'était pas comme Camille... mais il savait que Camille avait encore plus de personnalité que cette femme. Il ne regrettait pas son choix; simplement il regrettait que Mary Ellen ait pris une telle décision. Cela n'allait pas faciliter les choses, même pour l'enfant. Tôt ou tard, la nouvelle se saurait et Camille l'apprendrait, peut-être même leurs enfants. Napa était une ville trop petite pour que ce genre d'indiscrétion ne se sache pas, et il craignait plus que tout de blesser sa femme. Et si elle apprenait la naissance de ce bâtard un mois après leur mariage? Il appréhendait déjà la douleur qu'il lui infligerait.

— J'aurais préféré que tu ne fasses pas ça, Mary Ellen.

— Je suis désolée que tu le prennes ainsi, Jeremiah.

Elle baissa la tête et il eut envie de l'embrasser.

— J'ai toujours cru que tu voulais un enfant.

— Mais pas comme ça. Pas de cette façon-là.

— Je n'en ai pas d'autre, Jeremiah. J'espère que tu seras heureux avec ta femme.

Elle n'en pensait pas un mot, bien sûr. Elle savait aussi qu'il était en train de remettre à neuf sa maison de Napa et qu'il faisait construire un véritable palais pour sa femme, en ville. Tout le monde le savait à deux cents kilomètres à la ronde.

— Qu'est-ce que tu vas faire, maintenant?

— Ce que j'ai toujours fait jusqu'à aujourd'hui. J'ai un travail décent qui ne me fatigue pas trop et lorsque l'enfant sera né, les filles m'aideront à m'en occuper quand j'irai travailler.

— Tu resteras à la maison avec tes enfants. Je vais m'en occuper, Mary Ellen.

Il irait à la banque de Napa, le lendemain, trouverait des arrangements. Cela faisait longtemps qu'il aurait dû s'en occuper, d'ailleurs, mais il n'était pas trop tard.

— Je ne veux pas, Jeremiah.

— Je ne te demande pas ton avis. Toi non plus, tu ne me l'as pas demandé. Maintenant, c'est moi qui prends les décisions.

Elle était secrètement déçue qu'il n'attache pas plus d'importance à la naissance de son enfant. Mais elle savait qu'il était préoccupé par bien d'autres choses, et qu'il songeait à d'autres enfants que les siens... En fait, elle se rendait compte de son erreur, mais se refusait obstinément à l'admettre.

— Je veux que tu arrêtes de travailler.

Il la regardait presque paternellement.

— Il n'en est pas question.

— Ou tu donnes ton congé, ou je le ferai moi-même. Ta vie va changer. C'est clair? Tu vas rester chez toi avec tes enfants et le mien, et préserver ainsi ce qui te reste de bon sens et de santé. S'il t'arrive malheur, lors de l'accouchement, as-tu pensé à tes autres enfants? Que leur arrivera-t-il?

Les yeux de Mary Ellen s'embuèrent, et il regretta la véhémence de ses paroles.

– Je suis désolé... je ne voulais pas... C'est une situation difficile pour nous tous. Alors essayons de faire au mieux. D'accord?

Elle plongea son regard dans le sien puis approuva lentement. Elle voulait lui dire qu'elle l'aimait toujours, mais c'était impossible, d'autant qu'elle allait être obligée de regagner son bureau. Son corset, qu'elle serrait trop fort pour que personne ne remarque son état, lui donnait mal au cœur.

– Je pourrais m'arrêter un peu, Jeremiah. Jusqu'à la naissance de l'enfant, par exemple...

– Non.

Il lui caressa le bras.

– Laisse-moi m'en occuper.

Il lui enverrait son banquier, comme il l'avait déjà fait. Elle protesterait, mais il lui ferait entendre raison et elle toucherait une pension tous les mois qui lui permettrait de vivre confortablement, elle et ses quatre enfants, aussi longtemps que ce serait nécessaire.

Jeremiah se leva et raccompagna Mary Ellen jusqu'au bureau, où l'attendait le jeune homme qui la remplaçait, et il se demanda tout à coup si celui-ci avait voulu la défendre par simple désir de la protéger. Il ne doutait pas que cet enfant fût le sien, parce qu'il avait confiance en elle et qu'il savait qu'il n'y avait eu personne d'autre. Et si c'était le cas maintenant, il pensait qu'elle avait le droit à un peu de bonheur elle aussi. Lui avait bien Camille, après tout.

– Tu vas arrêter de travailler, n'est-ce pas?

Elle opina et le regarda droit dans les yeux.

– Est-ce que tu reviendras me voir, Jeremiah?

Ses paroles lui déchiraient le cœur, mais quelque chose lui disait de ne pas accepter.

– Je ne sais pas. Je crois qu'il vaut mieux pas, dans l'intérêt de tout le monde.

– Même pour voir le bébé?

Ses yeux se remplirent de larmes à nouveau, et il eut l'impression d'être le plus grand monstre de la terre.

– Je viendrai à ce moment-là. Mais je veux que tu me fasses signe avant, si jamais tu as besoin de quelque chose.

Il n'avait pas peur qu'elle profite de la situation. Elle ne l'avait jamais fait auparavant et, dans un moment où d'autres femmes se seraient agrippées à lui, elle avait su garder toute sa dignité.

– Je vais partir... après le 1ᵉʳ décembre.

Il se mariait à Atlanta le 24, et il avait promis à Camille d'arriver deux semaines avant, pour assister à toutes les réceptions. Et voilà que cette femme allait accoucher de son enfant à Calistoga. Comme la vie était étrange, se répéta-t-il en rentrant chez lui. Et ce qui était encore plus étrange, c'est qu'il serait peut-être père de deux enfants dès l'année prochaine. Il y songeait en souriant, tout en attachant Big Joe dans les écuries... Deux enfants... un de Mary Ellen... et un de Camille.

Etant donné tous les événements importants qui se passaient dans sa vie, la lettre d'Amelia Goodheart, qu'il trouva sur la table de la cuisine, ne le surprit même pas. C'était la première fois qu'elle lui faisait signe depuis qu'ils s'étaient quittés dans le train. Elle lui écrivait pour lui dire qu'elle avait bien reçu sa lettre et qu'elle se réjouissait de sa rencontre avec cette jeune personne d'Atlanta, même si elle était obligée d'admettre, avec un sourire qu'il voyait presque, qu'elle était un peu jalouse. Mais elle ajoutait qu'il avait bien agi et qu'elle espérait rencontrer sa femme, si jamais ils venaient un jour à New York. Elle ajoutait aussi que sa fille qui vivait à San Francisco attendait un autre enfant et qu'elle irait très certainement la voir l'année suivante. Cette lettre lui fit chaud au cœur. La vie était pleine d'imprévus : des femmes si différentes, des enfants, des idylles dans des trains, et lui qui dans neuf semaines allait épouser cette jeune fille frêle et délicate, à la peau laiteuse et aux beaux cheveux noirs, taquine, espiègle. Et tout à coup, seul dans sa paisible cuisine face au dîner qu'Hannah lui avait préparé, il se mit à frissonner en songeant à celle qu'il allait épouser à Atlanta.

CHAPITRE XII

Lorsque JEREMIAH PAR-
tit pour Atlanta, le 2 décembre, les travaux de la maison de
Nob Hill avaient progressé au-delà de ses espérances. Il devait
rentrer à San Francisco vers le 15 janvier et il était certain que
la maison serait complètement achevée. Ils avaient déjà posé
une petite plaque de cuivre sur le mur extérieur où étaient
gravées les lettres de THURSTON HOUSE. Camille ne savait
pour ainsi dire rien à son sujet. Jeremiah avait gardé le secret
mais il était sûr qu'elle adorerait la maison. On avait construit
les tourelles, planté les arbres et aménagé les jardins. Les
lambris de bois précieux avaient été posés et les lustres étaient
en place. Le sol était recouvert d'un marbre qu'on avait fait
venir du Colorado. Il y aurait tout le confort moderne et les
tissus, les meubles, les cristaux étaient inestimables.

L'endroit, encore inhabité, ressemblait plutôt à un musée, ce
qui fit rire Jeremiah, lorsqu'il vint jeter un dernier coup d'œil
avant de prendre le train pour Atlanta. Il allait falloir faire
beaucoup d'enfants pour la peupler. Cette fois-là, le trajet
jusqu'à Atlanta lui parut interminable tant il était impatient
d'arriver. Il amenait avec lui le plus beau collier de perles
qu'ait jamais vendu Tiffany's à New York, ainsi qu'une paire de
boucles d'oreilles en perles et diamants assorties, et un magnifique bracelet. Il s'était fait envoyer des croquis et les bijoux
étaient arrivés juste avant son départ. Il apportait aussi une très
jolie broche en rubis pour Mme Beauchamp, et une extraordinaire bague en saphir qu'il offrirait à Camille durant leur lune
de miel, à New York. Il avait aussi écrit à Amelia, à laquelle il
espérait pouvoir rendre visite pour lui présenter Camille, à New

York. Elle s'était mise à lui écrire régulièrement, et il appréciait sa correspondance presque autant que les heures qu'ils avaient passées ensemble dans le train. Il avait en fin de compte suivi les conseils d'Amelia et il était si fier de sa future femme qu'il lui tardait de la présenter à tout le monde.

Assis dans le train, il songea de nouveau à Amelia. Cela faisait un peu moins d'un an qu'il l'avait vue pour la première et la dernière fois, mais il se souvenait encore de sa beauté saisissante et raffinée qui n'était pas sans lui rappeler un peu Camille. L'image de la jeune fille s'empara de son esprit et il vit ses bras gracieux, son visage délicat, ses doigts effilés, ses chevilles fines, sa chevelure flamboyante. Il n'aspirait plus qu'à la prendre dans ses bras, à l'embrasser et à l'entendre rire.

Camille l'attendait à la gare d'Atlanta; elle se plaignit du train qui avait quatre heures de retard. Elle n'avait pourtant rien perdu de sa gaieté et se jeta dans ses bras avec un cri joyeux, en l'embrassant et en éclatant de rire. Elle portait une cape en velours vert foncé, une capuche assortie et un manchon bordés d'hermine, ainsi qu'une robe de taffetas vert qu'elle avait finalement enlevée de son trousseau, parce qu'elle voulait la porter à la gare. Il dut se faire violence pour ne pas la serrer trop fort contre lui durant le trajet jusqu'à la maison des Beauchamp. Il fit connaissance de toute la famille et but du champagne avant de se rendre à son hôtel, où il séjournerait les deux semaines précédant son mariage.

Durant les quinze jours qui suivirent, ce ne fut qu'une course incessante entre les réceptions, les dîners, les déjeuners et les fêtes en tout genre. Les Beauchamp donnèrent eux aussi une sorte de grand dîner d'adieu auquel furent conviés les plus proches amis de Camille. Tout le monde les félicita. Jeremiah se disait qu'il n'avait jamais vu autant de jolies jeunes filles réunies, mais sa fiancée était de loin la plus belle de toutes. Elle tournoya dans ses bras sur la piste et dansa jusqu'à l'aube, sans le moindre signe de fatigue, de plus en plus excitée par la perspective du lendemain.

Jeremiah dit un jour en riant à son futur beau-père :

– Je commence à me demander si je vais tenir la distance avec elle! J'avais oublié ce qu'était la jeunesse.

– Cela vous aidera à rester jeune, Thurston.

– Je l'espère.

Il n'avait jamais été aussi heureux et songeait déjà à leur voyage à New York et à leur arrivée à San Francisco, lorsqu'il lui montrerait la maison qu'il avait fait construire pour elle. Il avait dû s'assurer que les travaux suivaient leur cours durant son absence, et malgré quelques détails auxquels on remédierait plus tard, l'effet était déjà spectaculaire.

Il avait parlé de la maison à Orville dès son arrivée; le père de Camille parut très heureux de ce que Jeremiah avait fait pour sa fille. Il pensait que cela était dû à Camille, qui, de son côté, appréciait les cadeaux somptueux de son fiancé, tout comme Mme Beauchamp. « C'est vraiment un gentleman... et si gentil... » Elle incarnait plus que jamais le comportement du vieux Sud, alors que Camille proclamait haut et fort combien elle aimait les cadeaux insensés de Jeremiah et les montrait à tous ses amis. « Douze carats », répétait-elle en exhibant sa bague de diamant. Elle avait immédiatement fait profiter tout le monde du collier de perles orientales, dont chacune mesurait près de trois centimètres de diamètre. « Ça a dû lui coûter une fortune », ajouta-t-elle un jour. Sa mère la gronda aussitôt, son père se contenta de sourire et Jeremiah garda le silence. Il commençait à s'habituer aux manières des Beauchamp, sachant que la vraie nature de Camille était différente.

Le mariage fut célébré à six heures du soir, la veille de Noël, dans la cathédrale Saint Luke, par le révérend Charles Beckwith, un cousin de l'évêque. Une centaine d'amis assistèrent à la cérémonie et plus de cent autres furent invités à la réception que donna Jeremiah, à l'hôtel où il était descendu. Ils pourraient s'échapper plus facilement tous les deux et gagner la suite où les bagages de Camille attendaient déjà. Ils y passeraient la nuit et déjeuneraient chez ses parents avant de prendre le train pour New York, en fin d'après-midi.

Lorsque Camille et Jeremiah montèrent dans leur chambre, ils étaient exténués. La journée avait été longue, très longue, sans compter les quinze jours précédents, où les réceptions s'étaient succédé. Il y avait même eu un repas de Noël, en avance d'un jour. Et maintenant, il regardait sa frêle épouse, affalée sur le canapé de velours rose, dans la chambre, sa magnifique robe de mariée étalée autour d'elle comme une corolle, et plus il la contemplait, plus il se disait combien elle comptait pour lui. Il avait attendu près de la moitié de sa vie avant de la rencontrer et il ne regrettait plus rien. Elle valait grandement les chagrins, les déceptions, les années de solitude qu'il avait vécus, et même la douleur qu'il avait dû infliger à Mary Ellen. Il adorait Camille, qui ferait une parfaite épouse, avec son éclat, sa flamme, ses manières ostensiblement tendres et sa passion.

Mais, pour le moment, la fatigue qui se lisait sur ses traits avait pris le pas sur la passion. Ces deux semaines de festivités avaient donné du souci à Jeremiah, qui avait craint, plus d'une fois, que Camille ne tombe malade. Elle avait l'air d'une petite fille exténuée.

– Tu te sens bien, mon amour?

Il s'agenouilla et baisa le creux de sa main. Elle lui sourit.

– Je suis tellement fatiguée que je ne peux même plus bouger.

– Ce n'est pas étonnant. Tu veux que j'appelle la femme de chambre?

Elle le regarda, et ce qu'il vit dans ses yeux lui plut. Ces derniers temps, il avait été un peu peiné de l'entendre parler sans cesse du prix exorbitant de la robe de mariée que lui avait achetée son père et de l'énorme diamant que Jeremiah lui avait offert en guise de bague de fiançailles. Mais à présent, ce qu'il lisait dans ses yeux le touchait au plus profond de lui : il y voyait l'amour, la joie et la confiance.

Son intérêt pour l'argent n'était dû qu'à l'éducation de son père; après un mois ou deux à Napa Valley, elle goûterait des joies plus simples et elle aimerait les raisins de sa vigne, les fleurs que Hannah faisait pousser pour elle dans le jardin, les enfants qu'ils auraient... et même si la maison de San Francisco était un véritable palais, le plus important était l'amour avec lequel il l'avait fait édifier. C'était un monument à la gloire de leur amour, ce que Jeremiah ne manquerait pas de lui dire lorsqu'elle verrait la maison. Pour la première fois de sa vie, il se sentait pleinement heureux, et lorsqu'il regardait sa ravissante épouse, étendue si tranquillement dans sa robe de mariée, il avait l'impression que son cœur allait éclater de bonheur.

– Eh bien, madame Thurston... Quel effet cela vous fait-il de vous entendre appeler ainsi?

Il lui baisa l'intérieur du poignet et elle lui sourit avec volupté, soudain troublée, trop fatiguée pour bouger; elle aimait le sentir près d'elle et lorsqu'elle le regardait, le désir s'emparait d'elle. Elle n'avait jamais imaginé qu'elle pourrait éprouver un tel sentiment pour un homme, et certainement pas un homme de l'âge de Jeremiah Thurston. Elle avait toujours cru secrètement qu'elle épouserait un jeune homme très brillant, ou alors un de ces comtes français dont son père lui parlait... ou encore un riche banquier au regard voilé par la fumée de cigarette... mais Jeremiah était plus beau que tous les rêves qu'elle s'était forgés et elle aimait cette virilité un peu abrupte qui émanait de lui et qui, à présent, lui faisait un peu peur. Malgré ce que lui avait dit sa cousine, elle ne parvenait pas à croire que ce qu'il allait lui faire serait désagréable. Elle voyait dans ses yeux qu'il la désirait avec la même ardeur que lors de leur première rencontre. Elle avait toujours aimé le taquiner et susciter ce désir. Ce soir-là, elle fit de même, l'embrassant dans le cou, lui mordillant l'oreille, puis pressant ses lèvres sur les siennes.

Alors, sans dire un mot, il commença à la déshabiller tout en l'embrassant. Après lui avoir ôté le lourd collier de perles, il se mit à défaire la myriade de petits boutons de satin qui fermaient le devant de sa robe, découvrant, sur la chair blanche, le jupon de satin et le corset de dentelle.

Il agissait avec habileté, libérant son jeune corps ravissant des vêtements qui l'emprisonnaient et elle se retrouva devant lui, paisible, sans autre ornement que sa nudité. Il ne lui restait que ses bas de soie blancs, qu'il lui enleva l'un après l'autre. Puis il se débarrassa rapidement de ses vêtements, s'émerveillant de la voir si peu intimidée, si candide, si courageuse... Il se mit à la couvrir de baisers et à la caresser, lui procurant une sensation de plaisir qu'elle n'avait jamais espéré éprouver... Sa cousine avait eu tort... elle y songea l'espace d'un éclair tandis qu'elle se mettait à gémir... c'était exactement comme elle l'avait rêvé... et même lorsqu'il l'étendit sur le lit et lui écarta les jambes, la caressant avant de la pénétrer avec toute la force de son désir enfin satisfait, elle se mit à gémir non de douleur mais de plaisir... Elle connut une délicieuse agonie qui lui procura une jouissance si pleine, si pure et si merveilleuse qu'il pensa éclater en sanglots dans ses bras. Il resta immobile, abandonné, la tête sur son sein.

Il la regarda, sombrant dans le sommeil, et il fut heureux de l'entendre ronronner de plaisir à côté de lui. La douleur qu'elle redoutait avait été brève et il s'était montré si habile qu'elle s'en était à peine aperçue. Il lui murmura douce- ment : « Maintenant, Camille, tu es mienne. » Elle lui sourit puis se coula contre lui. Lorsqu'il la prit une nouvelle fois, elle cria de plaisir avant de s'endormir enfin comblée dans ses bras.

Ce n'est que quelques heures plus tard qu'elle se réveilla, lui demandant de l'aimer encore... et ce fut lui, cette fois, qui gémit de plaisir, envoûté par ses caresses, subjugué par son charme. Il y avait une magie en elle qu'il n'avait jamais devinée auparavant, et chaque fois qu'ils firent l'amour ce matin-là, il mesura encore et encore la justesse de son choix et l'immense chance qu'il avait.

Il fut presque obligé de la tirer hors du lit pour aller déjeuner chez ses parents, le lendemain. Elle ne cessa de le taquiner, riant sans cesse, mettant tout en œuvre pour exciter son désir, qu'elle satisfit une fois qu'ils furent dans le train. Durant tout le voyage, ils oublièrent tout de la réalité, unis dans la même extase. À la gare centrale de New York Jeremiah reprit ses esprits, et le bonheur se lisait sur son visage tandis qu'on les conduisait au *Cambridge Hotel*, où Jeremiah avait l'habitude de descendre. Par moments, il se disait qu'il mourrait un jour de plaisir dans ses bras, mais il ne s'en souciait pas. Y avait-il meilleure façon de mourir qu'en faisant passionnément l'amour avec Camille? Elle était la femme de ses rêves et il se sentait enfin comblé.

CHAPITRE XIII

ILS ARRIVÈRENT À NEW York le lendemain de Noël et Camille, les yeux étincelants, applaudit de joie lorsqu'elle vit le sol recouvert de neige. Il faisait froid et elle portait une toque de zibeline et un manchon assorti que Jeremiah lui avait offerts pour Noël. Elle ressemblait à une princesse russe. Jeremiah la contemplait avec bonheur tout en l'aidant à descendre du train. Elle adorait tous les cadeaux superbes dont il la comblait et songeait souvent combien elle avait eu de la chance de quitter Atlanta, d'autant que Jeremiah n'avait presque rien à envier à l'un de ces princes ou de ces comtes auquel son père avait promis de la marier depuis si longtemps. Il lui tardait de voir le domaine qu'il possédait à Napa Valley et qu'elle imaginait plus vaste qu'une plantation.

Ils se rendirent au *Cambridge Hotel*, dans la 33ᵉ Rue, que Jeremiah aimait pour son intimité, son accueil chaleureux, ses suites si élégantes; il appréciait Walmsby, le réceptionniste, qui avait toujours des histoires amusantes à raconter. Camille précéda Jeremiah jusqu'à leur suite, comme si elle connaissait le chemin et venait là depuis des années, ce qui le fit beaucoup rire. Une fois arrivé, il la souleva dans ses bras et la laissa tomber sur le lit, tout habillée.

– Tu es vraiment une petite effrontée, Camille Thurston.

Camille, qui n'était toujours pas habituée à son nouveau nom, se mit à rire mais ne répliqua pas. Quant à Jeremiah, amusé lui aussi, il ne lui dit pas combien il avait été choqué de sa froideur envers son vieil ami, le réceptionniste. Elle avait joué à la grande dame et le pauvre Walmsby avait paru mortifié lorsqu'elle s'était refusée à serrer la main qu'il lui tendait.

– Quelle impolitesse! avait-elle dit tout fort en s'éloignant. Pour qui se prend-il?

– Pour mon ami, avait répondu Jeremiah dans un murmure.

Mais elle l'embrassa avec tant de fougue dès qu'ils furent seuls que Jeremiah oublia Walmsby. En s'habillant pour le dîner, il songea en souriant à la maison de San Francisco. Chaque fois qu'elle lui posait des questions, il coupait court, lui disant seulement que la maison était décente et qu'elle pourrait y apporter des changements quand elle arriverait.

Pour l'instant, Camille songeait beaucoup plus à ce qu'ils allaient faire à New York. Ils allèrent plusieurs fois au théâtre, assistèrent à un opéra et dînèrent dans de grands restaurants. Jeremiah avait aussi accepté l'invitation d'Amelia. Il était impatient de lui présenter Camille et de la revoir enfin. Son attirance pour elle s'était très vite transformée en une amitié véritable au fil de leur correspondance régulière. Elle avait tant insisté pour qu'ils viennent dîner qu'il avait accepté avec joie. Ce n'est qu'en chemin qu'il commença à s'inquiéter. Camille était irritable, exigeante, et elle s'était montrée impolie avec la femme de chambre. Tout cela le mettait mal à l'aise.

Pour aller chez Amelia, Camille avait mis un manteau de velours noir et ses zibelines. L'énorme bague de diamant scintillait à sa main gauche et le saphir qu'il venait de lui offrir étincelait à son autre main. Sous le manteau de velours, qui venait de Paris, elle portait une robe de velours blanche, incrustée et bordée d'hermine. C'était un modèle magnifique que son père avait payé à prix d'or, comme il s'était plu à l'expliquer à Jeremiah avant leur départ d'Atlanta.

– Tu ressembles à une petite reine, lui avait-il dit lorsqu'ils avaient quitté l'hôtel.

Il avait pris sa main gantée dans la sienne et essayait de lui décrire Amelia.

– C'est une femme vraiment à part... Intelligente... avec beaucoup de classe... belle...

Il songeait de nouveau à leur petit flirt anodin, dans le train, et son cœur se gonflait de joie en pensant à elle. C'était une femme adorable qui, il le savait déjà, ferait un excellent accueil à Camille.

Mais Camille, justement, se montra désagréable dès qu'ils arrivèrent chez Amelia... Tout semblait l'irriter chez elle : son excellente éducation, son bon goût, son élégance parfaite et même sa gentillesse.

Amelia avait tant de grâce et de charme qu'en la voyant on avait tout de suite envie de l'embrasser. Et Jeremiah lui-même avait oublié combien elle était adorable. Tout en elle évoquait l'éclat translucide et étincelant du diamant le plus pur : ses yeux brillants, ses traits fins, sa démarche, ses bijoux précieux et discrets, ses robes ravissantes, toutes faites à Paris. Jeremiah ne l'avait vue que dans un train, où elle n'était pas à son avantage, et cependant leur amitié était née à ce moment-là, une amitié à laquelle il ne renoncerait jamais, se répétait-il en la regardant parcourir avec grâce les pièces de la splendide maison que Bernard Goodheart lui avait laissée et où se pressaient des laquais en livrée. Jeremiah admirait les lustres magnifiques aux flammes vacillantes, les plus beaux qu'il ait vus, les sols recouverts de marbre en forme de fleurs, la décoration française, mis à part la salle à manger et la bibliothèque, du plus pur style anglais. La maison était aussi belle qu'un musée, et en son centre étincelait cette femme éclatante. Camille, à présent, ne pouvait plus cacher la jalousie qui la dévorait en observant Amelia et ses manières gracieuses.

– Camille, tiens-toi bien, lui commanda Jeremiah dans un murmure, à un moment où Amelia était allée chercher une autre bouteille de champagne, après le dîner. Qu'est-ce qui ne va pas, ce soir ? Tu ne te sens pas bien ?

– C'est une catin ! répliqua-t-elle violemment, dans un murmure parfaitement audible, et si tu ne vois pas qu'elle te court après, c'est que tu es aveugle !

Jeremiah aurait été ému par cette crise de jalousie si Camille ne s'était montrée aussi grossière avec son amie, mais elle fut de plus en plus pénible ce soir-là, relevant durement tout ce que disait Amelia. Celle-ci, quant à elle, ne se départit pas de son calme, telle une mère extrêmement adroite qui a l'habitude d'élever des enfants difficiles. Mais Camille n'était plus une enfant.

Sur le chemin du retour, Jeremiah laissa éclater sa colère.

– Comment peux-tu te conduire de cette façon ? C'est une honte ! Je ne savais plus où me mettre.

Il la gronda comme une petite fille et voulut la retenir au moment où elle entra en courant dans l'hôtel et claqua la porte de leur suite assez fort pour réveiller les clients.

– Qu'est-ce qui t'arrive, Camille ?

Elle était comme folle; et elle s'était déjà montrée impolie avec beaucoup de monde, ces derniers jours. Il ne l'avait jamais vue se comporter ainsi auparavant, mais il est vrai qu'il la connaissait peu de toute façon. Il était bien décidé, en tout cas, à venir à bout de ce trait de caractère.

— Je me conduirai exactement comme je l'entends, Jeremiah! lui cria-t-elle.

— Il n'en est pas question. Et tu vas me faire le plaisir de t'excuser auprès de mon amie. Tu vas lui écrire une lettre que je lui ferai porter demain. Tu m'as compris?

— Ce que je comprends, c'est que tu es fou, Jeremiah Thurston! Je ne ferai jamais ça.

Il lui agrippa le bras et la força à s'asseoir sur une chaise.

— Je ne crois pas que tu m'aies bien compris, Camille. J'attends que tu écrives une lettre d'excuses à Amelia.

— Pourquoi? C'est ta maîtresse?

— Quoi?

Il la regarda, interloqué, comme si elle était folle. Amelia était bien trop respectable pour être la maîtresse de quelqu'un. Et il lui avait presque demandé de l'épouser, lors de leur rencontre. Il faillit le dire à Camille mais pensa que cela ne ferait qu'envenimer les choses.

— Camille, tu t'es montrée très impolie, et tu es ma femme maintenant. Tu n'es pas une enfant gâtée qui fait ce qui lui chante. Est-ce clair?

Elle se redressa de toute sa hauteur et regarda son mari droit dans les yeux.

— *Je suis* Mme Jeremiah Thurston de San Francisco et mon mari est l'un des hommes les plus riches de la Californie... et même de tout le pays...

Elle le fixa avec une expression qui l'horrifia.

— ... Et je peux faire absolument tout ce qui me plaît. Est-ce que c'est clair, *ça?*

Jeremiah avait l'impression de découvrir une autre femme.

— Cette conduite, Camille, ne te vaudra que le mépris et la haine de tout le monde. Je te conseillerais plutôt d'apprendre à devenir plus modeste avant que nous arrivions en Californie. Je vis dans une simple maison à Napa Valley, j'ai des vignes et je suis mineur. Voilà ce que je suis. Et tu es ma femme. Et si tu penses que c'est une raison pour mépriser nos amis, nos voisins ou les gens qui travaillent pour nous, eh bien, tu commets une grossière erreur.

Tout à coup, elle se mit à rire. Elle avait ce qu'elle voulait. Elle l'aimait, mais elle aimait aussi sa richesse et sa position, qu'elle partageait dorénavant. Et personne ne la regarderait plus de haut à cause de son père. Sa mère, une aristocrate, n'avait jamais réussi à effacer les origines modestes de son père. Mais elle, elle avait fait beaucoup mieux. Par son mariage, elle échappait à ce milieu et, de plus, elle pouvait se permettre d'avoir de l'argent, beaucoup plus même qu'elle n'en avait jamais eu et qu'elle ne rêvait d'en avoir à Atlanta. Elle savait ce que les gens murmuraient en les voyant. Son père le lui avait dit. Jeremiah était l'un des hommes les plus puissants et les plus importants de tout le pays.

– Ne me dis pas que tu n'es qu'un simple mineur, Jeremiah. Tu sais, tout comme moi, que ce n'est pas le mot qui convient. Tu es beaucoup plus que cela, et moi aussi.

On avait peine à croire qu'elle n'avait que dix-huit ans. Elle paraissait tout à coup beaucoup plus mûre.

– Et qu'arrivera-t-il si je perds tout ce que je possède, Camille? Hein, qu'arrivera-t-il? Qui es-tu donc si tu accordes tant d'importance à tout cela? Tu n'es rien.

– Je suis bien sûre que tu ne perdras rien.

– Camille, quand j'étais petit à New York, nous avions à peine de quoi manger, et puis tout à coup mon père a trouvé de l'or en Californie. C'était le rêve de tout le monde à cette époque-là, comme aujourd'hui encore, je suppose. Et j'ai eu de la chance moi aussi. Mais rien de plus. Le hasard. La chance. Et aussi beaucoup de travail. Mais cela peut s'arrêter aussi facilement que c'est venu et il faudra que tu restes, quoi qu'il arrive. J'ai épousé une merveilleuse petite fille d'Atlanta; et je t'aime... Ce n'est pas une raison pour changer, maintenant que tu es mariée avec moi. Ce n'est pas bien. Surtout pour toi. Tu n'as pas besoin d'agir comme tu le fais.

– Et pourquoi donc? Les gens ne se sont pas gênés avec moi. Même ma mère.

Ses yeux s'emplirent de larmes. Elle poursuivit avec une sorte de défi :

– Elle agissait toujours comme si je n'étais pas assez bien, à cause de mon père, de ce qu'il était... Elle le considérait comme moins que rien. Et pourtant, elle l'a épousé et même s'il n'avait rien au début, il s'en est sorti, il a été bon pour elle et il est devenu assez riche pour la faire vivre, après le suicide de son père. Mais les gens nous ont toujours dénigrés, Hubert et moi. Hubert s'en fiche, moi pas. Et je ne le supporterai plus jamais,

Jeremiah. Amelia est comme eux; c'est une aristocrate, une vraie. Je les connais. J'en ai vu beaucoup dans tout le Sud. Ils sont absolument charmants en apparence et ils vous dénigrent derrière votre dos.

Jeremiah était troublé. Il trouvait injuste l'accusation qu'elle portait contre Amelia mais, du même coup, il mesurait soudain la douleur de Camille. Il ne s'en était pas douté auparavant mais maintenant il imaginait tous les affronts qu'elle avait subis en grandissant. Il comprenait pourquoi Orville insistait pour lui faire quitter le Sud. C'était primordial pour Camille et pour lui.

— Mais Amelia ne t'a rien dit, chérie.

— Elle aurait pu!

Elle pleurait. Jeremiah s'approcha et la prit dans ses bras.

— Je ne laisserai jamais personne te traiter comme ça, mon amour, tu m'entends, personne.

Il se félicitait de lui avoir fait construire une maison à San Francisco. Peut-être cela lui donnerait-il confiance en elle.

— Je te promets que personne ne te traitera mal en Californie. Et je suis sûr qu'Amelia ne l'aurait pas fait. Tu aurais dû lui donner une chance.

Il la tenait serrée contre lui, comme une enfant effrayée.

— Peut-être la prochaine fois.

Il la mit au lit, la blottit contre lui, comme pour la consoler et le lendemain matin, elle n'écrivit pas la lettre qu'il lui avait demandée. Il n'insista pas, de peur de la peiner. Il envoya à Amelia une énorme composition de lilas blanc, introuvable en cette période de plein hiver. Il savait que cela lui ferait plaisir et qu'elle comprendrait.

Jeremiah et Camille passèrent le reste de leur séjour à faire les magasins et à acheter de jolies babioles pour Camille, des tableaux pour leur nouvelle maison, un collier de perles noires, et un autre, de diamants et d'émeraudes, qu'elle avait déclaré lui être indispensable pour continuer à vivre. Ils remplirent des malles et des malles de robes, de plumes et de dentelles « au cas où je ne trouverais pas ce que je veux en Californie », répétait-elle.

— Mon Dieu, mais ce n'est pas l'Afrique! C'est la Californie!

Cela l'amusait de la voir acheter, et il la laissait faire. Lorsqu'ils entrèrent dans leur wagon privé pour repartir en Californie, les malles et les paquets de Camille qui contenaient tous ses trésors occupaient la moitié de la place.

— Tu crois que nous avons acheté suffisamment de choses?

lui demanda-t-il en souriant, tandis qu'il quittait la gare centrale.

Il avait réussi à parler à Amelia une fois avant leur départ et elle lui avait dit de ne pas s'inquiéter de la conduite de Camille.

– Elle est jeune. Donnez-lui une chance de devenir une bonne épouse, Jeremiah.

Ce qu'il était décidé à faire. Durant le voyage, ils passèrent le plus clair de leur temps à faire l'amour. Pour une jeune fille du Sud qui avait certainement reçu une éducation très rigide, il trouvait qu'elle avait une façon merveilleuse de s'abandonner dans ces moments-là. Il ne s'était jamais senti aussi heureux avec une femme, d'autant qu'elle excella vite dans l'art de lui procurer les jouissances qu'il préférait.

Lorsqu'ils arrivèrent enfin, Jeremiah eut du mal à contenir son excitation. Il mourait d'envie de lui montrer la maison... leur maison... Thurston House... dans toute sa splendeur. Mais il continuait à feindre.

– Non, ce n'est pas très grand, mais ça suffira pour nous deux et le premier enfant.

« Les dix premiers! se disait-il en riant intérieurement. Attendons qu'elle l'ait vue! »

Il l'aida à descendre du wagon où ils étaient restés une semaine et la guida jusqu'à un équipage qui les attendait. C'était une voiture neuve, bordée de noir et tirée par quatre chevaux à la robe de jais, qu'il avait achetée pour Camille, juste avant son départ pour Atlanta.

– Quelle jolie voiture, Jeremiah!

Elle se mit à rire, impressionnée, en battant des mains. Elle monta et s'installa en lui jetant un regard d'adoration. Un second équipage, orné tout comme l'autre des initiales « J.A.T. », Jeremiah Arbuckle Thurston, transportait les bagages.

– Est-ce que la maison est loin d'ici?

Elle regardait tout autour de la gare, avec un manque évident d'enthousiasme qui le fit rire.

– Assez loin, bout de chou. Tu ne croyais tout de même pas que j'avais fait construire notre maison ici?

Elle se mit à rire. Jeremiah s'installa à ses côtés et ils traversèrent San Francisco. En chemin, il lui montra quelques points de repère, le *Palace Hotel*, où il avait séjourné tant de fois avant d'avoir sa nouvelle maison, l'église Saint Patrick, l'église de la Trinité, Union Square, l'Hôtel des Monnaies, et

Twin Peaks dans le lointain. Lorsqu'ils commencèrent enfin à gravir Nob Hill, il lui montra la maison de Mark Hopkin, celle des Tobin, des Crocker et celle des Huntington Colton, qu'ils croisèrent en se rendant à Thurston House. Elle fut très impressionnée, surtout par la maison des Crocker et celle des Flood. Elle n'en avait pas vu d'aussi belles à Atlanta et à Savannah.

— C'est même encore plus joli que New York.

Elle battit des mains. San Francisco n'était pas si mal, après tout. Cela la surprenait agréablement et la rendait impatiente de voir leur maison, même s'il l'avait prévenue qu'elle était petite.

Ils venaient de passer par un immense portail et se trouvaient à présent dans un parc.

— Est-ce que la maison est ici?

Elle était intriguée. Elle ne voyait que des arbres et rien d'autre. Peut-être lui faisait-il faire une petite promenade avant de rentrer? Tout à coup elle vit une immense maison, avec quatre tourelles et une sorte de dôme.

— A qui est cette maison?

C'était la plus vaste demeure qu'elle ait jamais vue.

— Cela ressemble à un hôtel ou à un musée.

— Ce n'est ni l'un ni l'autre.

Jeremiah avait l'air très sérieux lorsque la voiture s'arrêta. Elle ne le connaissait pas assez pour percevoir la malice de son regard.

— C'est, je crois, la plus grande maison de la ville. Je voulais te la montrer avant que nous rentrions.

— A qui est cette maison, Jeremiah? demanda-t-elle timidement, dans un souffle. Ils doivent être très riches, dit-elle avec respect.

Il se mit à rire.

— Tu veux visiter l'intérieur?

— Tu crois que c'est possible?

Elle hésitait, mais sa curiosité était éveillée.

— Je ne suis pas habillée comme il convient pour faire une visite.

Elle portait un ensemble de tweed, une cape de fourrure et un des jolis chapeaux qu'il lui avait achetés à New York.

— Tu me plais comme ça. Et puis, nous sommes à San Francisco, pas à New York. Moi, je trouve que tu es très élégante.

Sans attendre sa réponse, il frappa à la porte d'entrée avec le gros heurtoir en bronze et presque aussitôt, un laquais en livrée ouvrit la porte et regarda Jeremiah. Tout le monde avait été prévenu de leur arrivée, et même si le maître avait un comportement étrange, il n'était pas question d'en faire la remarque.

Sans rien dire, il entra en entraînant Camille derrière lui, qui s'exclama aussitôt. Ils s'arrêtèrent juste au-dessous de l'énorme coupole de verre. Camille s'extasiait, immobile, fascinée, dans la lumière irisée qui se reflétait sur le sol de marbre.

— Oh, Jeremiah!... C'est tellement joli...

Il la regardait, heureux de la voir si émerveillée.

— Tu veux voir le reste?

— Ne faudrait-il pas dire que nous sommes là?

Il n'était pas possible que l'on soit si peu cérémonieux à San Francisco. Cela devait être différent du Sud. Ses parents auraient été horrifiés de trouver des gens en train de flâner chez eux, mais il est vrai qu'ils ne vivaient pas dans un palais. Même l'amie de Jeremiah à New York avait une maison beaucoup moins grande que celle-ci, ce qui la rendit soudain heureuse.

— Jeremiah...

Les laquais ne semblaient pas faire attention à lui. Il l'attira doucement vers le grand escalier.

— Il faut que tu voies l'étage, Camille. Ce sont les plus belles pièces que tu aies jamais vues.

— Mais, Jeremiah, écoute...

C'était affreux. Que diraient-ils lorsqu'ils les verraient? Sans répondre, il l'entraîna dans ce qui semblait être la chambre à coucher des maîtres, entièrement tendue et habillée de soie rose, en une profusion invraisemblable, avec deux beaux tableaux français de chaque côté du lit, et un autre au-dessus de la cheminée, en face du lit. Il l'emmena ensuite dans un minuscule boudoir décoré d'un papier peint à la main, venu directement de Paris, puis lui montra un cabinet de toilette, rempli de miroirs, et la plus belle salle de bains de marbre rose qu'elle eût jamais vue. A côté, s'en trouvait une autre, en marbre vert foncé, qui devait sans doute être celle du maître, suivie d'un bureau lambrissé. Ils regagnèrent enfin la chambre. Elle était si subjuguée par la beauté des pièces qu'elle ne se souciait même plus de son embarras. C'est un peu comme lorsqu'on se met à manger les chocolats que votre hôte vous a offerts, avant de s'éclipser un instant, et qu'on ne peut s'empêcher de les dévorer jusqu'au dernier, avant même son retour. Un cauchemar et un rêve tout à la fois. Camille regardait Jeremiah, totalement fascinée.

— Qui habite ici?

Elle était déjà sûre qu'elle n'oublierait jamais leur nom, qu'elle garderait en elle la maison, les pièces ravissantes, les riches étoffes, les objets précieux.

— Qui sont-ils? Comment ont-ils amassé tant d'argent?

— Grâce aux mines, lui murmura-t-il.

— Alors, il doit y avoir des mines fabuleuses par ici.

— Assez, répondit-il en souriant.

— Comment s'appellent-ils?

Ils continuaient à parler tout bas.

— Thurston, murmura-t-il simplement.

Elle hocha la tête, puis s'immobilisa.

— Thurston? Ils sont de ta famille?

— Plus ou moins.

— Ma femme habite ici.

— Ta quoi?

Elle parut horrifiée. Quel genre de plaisanterie était-ce? Leur avait-il joué un vilain tour, à tous? Il vit dans ses yeux tout ce qui se passait dans sa tête et la tourna doucement devant l'un des grands miroirs, pointant son doigt vers la glace, et lui dit en souriant :

— Cette femme, petite idiote. Est-ce que tu la connais?

Elle lui fit face et le regarda, abasourdie.

— Est-ce que tu veux dire, Jeremiah, que c'est *ta* maison?

— *Notre* maison, ma chérie.

Il la prit dans ses bras, ressentant d'un seul coup tout le bonheur du monde.

— Je l'ai construite pour toi. Il y a certainement encore quelques petits détails à revoir mais nous nous en occuperons ensemble.

Elle resta un moment dans ses bras, puis se dégagea et se mit à pousser des cris de joie et à rire.

— Tu m'as eue! Jeremiah, tu m'as eue! Je pensais bien que tu étais fou de m'entraîner dans la maison de quelqu'un d'autre!

— Mais tu étais consentante! se moqua-t-il.

— C'est la plus belle maison que j'aie vue et je ne partirai pas avant d'avoir vu le reste...

— Eh bien, je vais te faire visiter, et tu n'auras jamais à partir, ma chérie, puisque cette maison est la tienne, du sol au plafond.

Les laquais souriaient en les voyant et les serviteurs s'étaient rassemblés pour admirer leur nouvelle maîtresse. Jeremiah les avait engagés avant son départ pour Atlanta et les reconnaissait à peine. Tout était si nouveau ici! Il lui montra les cuisines et les offices, la nursery, les chambres d'enfants à l'étage, la vue que l'on avait depuis chaque fenêtre et la discrète plaque sur la porte d'entrée où était inscrit « THURSTON HOUSE ». A la fin de la visite, Camille se laissa tomber sur leur immense lit à baldaquin, le visage radieux.

— Nulle part je n'ai vu de maison aussi belle, Jeremiah. Nulle part.

— Elle est à toi, ma chérie. Profites-en!

— J'y compte bien!

Elle voyait déjà les réceptions brillantes qu'elle allait donner et mourait d'envie d'inaugurer la salle de bal.

— Attends que j'écrive à papa!

Jeremiah savait que c'était là le plus grand des éloges. Son père était un dieu aux yeux de Camille, mais Jeremiah avait rapidement joui du même privilège. Maintenant, il l'avait vraiment impressionnée. Même l'énorme diamant n'avait pas eu cet effet.

— Cela a dû te coûter une fortune, Jeremiah! Tu dois être encore plus riche que ne le supposait papa!

Ce qui ne semblait pas du tout l'attrister.

Comblé de son enthousiasme pour la maison, il resta dans le vague lorsqu'elle lui demanda combien tout cela avait coûté, mais il ne put cacher sa déception lorsqu'il l'amena à Napa. Comparée à l'élégance et au confort de leur maison de Nob Hill, la maison de Sainte Helena, qu'il avait pourtant arrangée, la laissa froide. Elle se plaignit d'être éloignée d'une ville qu'elle trouvait en outre sans intérêt, et regretta qu'il faille une journée entière pour aller à San Francisco. Enfin la maison de Napa lui parut triste. Elle avait entendu dire qu'il l'avait fait construire pour une femme qui était morte, et cela aussi lui était désagréable. Elle voulait retourner à Thurston House et sortir ses nouvelles robes. Tout de suite! Et le fait qu'il ait vécu là pendant vingt ans ne l'intéressait nullement, sans parler de la vallée à laquelle elle ne trouvait aucune magie. Elle ne l'interrogeait que sur les mines et sur l'argent qu'il gagnait. A ses questions, il ne faisait que des réponses évasives. Cela l'ennuyait de parler d'argent à ce point, et il avait trop de travail pour pouvoir passer beaucoup de temps avec elle. Il avait besoin d'un mois à Napa pour reprendre les choses en main. Camille détesta chaque moment de leur séjour.

Il était en train de mettre au point un système qui lui permettrait de vivre à San Francisco la plupart du temps, comme il l'avait promis au père de Camille. Mais il faudrait pour cela améliorer les communications entre Thurston House et les mines. Il avait déjà promis à Camille qu'il séjournerait cette année à San Francisco, de février à juin.

Elle avait alors accepté de passer l'été à Napa. C'était un compromis qu'il voulait voir réussir, mais il y avait aussi d'autres compromis qu'il aurait aimé voir aboutir. Pour le moment, Hannah et Camille ne s'entendaient pas ; le deuxième soir, en revenant des mines, Jeremiah se demanda laquelle des femmes l'attendrait sur le seuil, à son retour ; elles n'auraient pas supporté une nouvelle confrontation. Camille trouvait Hannah négligée et impudente, bien trop familière, surtout, puisqu'elle avait osé appeler Camille « fillette » au lieu de « Madame Thurston ». Le pire de tout, c'est qu'il lui était même arrivé de la traiter de gosse, et de sale gosse en plus. Hannah, folle de rage, apprit à Jeremiah que la petite teigne lui avait bel et bien envoyé un objet à la figure, qu'elle exhibait comme pour prouver sa bonne foi. Camille lui avait apparemment jeté un petit carton à chapeau, et la vieille servante avait réussi à l'éviter.

Sa femme avait exigé le renvoi de la vieille femme dès le lendemain matin.

— Elle est si vieille, Camille, que ce ne serait vraiment pas bien de la mettre à la porte.

— Eh bien, je le ferai moi-même.

Son accent du Sud ressortait ; elle n'avait jamais semblé aussi déterminée.

Il se rendit compte qu'il devait tenir bon s'il voulait rester maître du conflit qui les opposait.

— Non, tu ne le feras pas. Hannah reste. Il faut que tu t'habitues à elle, Camille. Elle fait partie de ma vie à Napa.

— Oui, mais c'était avant que tu m'épouses.

— C'est vrai. Et je ne peux pas tout remettre en question ce soir. J'ai arrangé la maison exprès pour toi. Elle était un peu à l'abandon avant. Écoute, j'engagerai d'autres domestiques si tu le désires, mais Hannah reste.

— Et si je repartais à San Francisco ? demanda-t-elle, l'air hautain.

Il l'attrapa sans aucun effort et la pressa contre lui.

— Eh bien, je te ramènerais, et je te donnerais une bonne fessée.

Elle ne put s'empêcher de sourire, et il l'embrassa.

– Là, c'est mieux. Voilà la femme que j'aime, souriante et douce, et non pas en train de jeter des cartons à chapeaux à la tête d'une vieille femme.

– Elle m'avait traitée de teigne!

Camille se renfrogna mais elle était si jolie qu'une vague de désir le submergea.

– Il fallait que tu en sois une pour lui envoyer ça à la figure! Conduis-toi bien, Camille. Les gens d'ici sont braves. Ils sont simples, je le sais, et je sais aussi que tu t'ennuies terriblement, mais si tu es bonne avec eux, ils te seront dévoués pour la vie.

Il songeait à Mary Ellen, qui s'était toujours montrée loyale envers lui durant toutes ces années, et il se demandait si elle avait accouché.

Camille se leva, irritée, et fit le tour de la pièce.

– Je préférerais retourner en ville. Je veux donner un bal.

Elle ressemblait à une petite fille impatiente qui désire son cadeau d'anniversaire, à tout prix.

– Tout viendra en son temps, ma chérie. Sois patiente. J'ai du travail ici. Tu ne voudrais pas être à San Francisco sans moi, n'est-ce pas?

Elle secoua la tête, mais elle semblait mécontente. Il l'embrassa et elle ne pensa plus à rien d'autre qu'à ses lèvres sur les siennes. Il lui fit l'amour, et le renvoi d'Hannah fut oublié. Jusqu'au lendemain matin, où elle tenta de revenir sur le sujet. Jeremiah coupa court. Il lui conseilla d'aller faire une longue promenade et lui promit de revenir pour le déjeuner. Camille ne parut pas enchantée de cette perspective, mais elle n'avait pas le choix. Il partit quelques instants plus tard, la laissant seule avec Hannah, qui lui dit à peine deux mots jusqu'au retour de Jeremiah. Ce n'est qu'à ce moment-là que la vieille femme se mit à bavarder sans arrêt, lui posant des questions au sujet de la mine et lui racontant des anecdotes sur des gens de la ville que Camille ne connaissait pas. Ces conversations l'ennuyaient, autant que cette fichue vallée. Elle voulait rentrer à San Francisco, et elle le répéta encore à Jeremiah au moment où il sellait Big Joe et était sur le point de retourner à la mine.

Il secoua la tête et lui parla sans ménagement.

– Nous sommes là jusqu'à la fin du mois. Il faut t'y faire, Camille. C'est l'autre versant de notre vie. Nous ne vivons pas seulement à Thurston House. Nous avons une vie ici aussi. Je te l'ai déjà dit. Je suis un mineur.

– Non. Tu es l'homme le plus riche de Californie. Retournons à San Francisco et profitons de la vie.

Ce qu'elle disait le chagrinait. Il tenta de lui faire entendre raison, mais sans résultat.

– J'avais espéré que tu aimerais Napa Valley, Camille. C'est important pour moi.

– Eh bien, je trouve que c'est laid, ennuyeux et stupide. Et je déteste cette vieille femme, et elle me déteste.

– Alors lis un livre. Je t'emmènerai à la bibliothèque de Napa, samedi.

Cela voulait dire qu'il sacrifiait sa visite à Danny, mais Camille était plus importante dans l'immédiat. Il fallait qu'elle s'adapte à la vie qu'il menait à Napa. Il ne pouvait rester à San Francisco tout le temps et il voulait qu'elle soit à ses côtés.

Mais les choses tournèrent de telle façon qu'il ne passa son samedi matin ni avec Camille ni avec Danny. Le vendredi après-midi, il y eut une inondation dans une des mines, ce qui arrivait tous les hivers. Ils avaient déjà perdu sept hommes et durent lutter de toutes leurs forces pour en sauver trente autres. Jeremiah était tout en bas avec les équipes de secours, couvert de boue, luttant désespérément pour libérer les ouvriers des cavités auxquelles ils se cramponnaient, cernés de toutes parts, respirant à peine, attendant d'être dégagés. Lorsqu'elle eut des nouvelles et que Jeremiah ne rentra pas, Hannah expliqua à Camille combien la situation était angoissante. Elle savait qu'il ne serait pas de retour avant d'avoir libéré tous les hommes, morts ou vifs, et qu'il irait voir les veuves avant de rejoindre sa propre femme. Camille fut très attristée par l'accident, et elle comprit en le voyant arriver lentement sur son cheval, l'air épuisé, le lendemain midi, combien la nuit avait dû être éprouvante.

– Nous avons perdu quatorze hommes.

Ce furent ses premiers mots.

Les yeux de Camille se remplirent de larmes, comme si elle partageait le chagrin de toutes ces femmes.

– Je suis désolée.

Les larmes de Camille le touchaient tout autant que les pleurs des veuves qu'il venait de quitter.

Parmi les morts se trouvait le père de Danny et Jeremiah ressentait profondément cette perte. Il l'avait annoncé lui-même au jeune garçon et l'avait pris dans ses bras, tandis qu'il sanglotait. Il serait l'un des porteurs à l'enterrement, le lundi suivant. C'était difficile d'expliquer tout cela à Camille. Cela faisait partie de sa vie à lui, mais elle était jeune et peu habituée à ce genre de réalités. La seule chose concrète à ses yeux était la beauté de la maison qu'il lui avait fait construire. Mais il y avait beaucoup, beaucoup plus important que cela, elle le découvrait peu à peu.

Hannah alla lui faire couler un bain chaud et Camille lui apporta une tasse du bouillon qu'Hannah avait préparé. Elle n'avait quant à elle aucun talent culinaire et aucune envie d'en acquérir. Tandis qu'elle versait la soupe, Hannah se retrouva seule avec Jeremiah dans la salle de bains. Elle le regarda longuement puis secoua la tête.

— Je sais que ce n'est pas le moment de vous le dire...

Elle n'hésita qu'une fraction de seconde.

— Mary Ellen est en couches depuis deux jours. Je l'ai su hier matin, mais je n'ai pas eu l'occasion de vous le dire. Et j'ai appris au marché ce matin qu'elle n'avait toujours pas accouché.

Ils savaient tous les deux ce que cela signifiait. Elle pouvait mourir.

— Je ne sais pas si vous voulez vous en occuper.

Il n'y avait pas de reproche dans sa voix. C'était un simple état de fait.

— Mais j'ai pensé que je devais vous le dire.

— Merci, Hannah.

Il baissa la voix lorsque Camille entra avec le bol de soupe et son regard glissa vers elle. Camille eut l'intuition immédiate que Hannah lui avait dit un secret, et crut à tort qu'il la concernait.

— Qu'est-ce qu'elle te disait? lui demanda-t-elle lorsque la vieille femme eut quitté la pièce.

— Une histoire d'ici. Un de mes hommes a besoin d'aide. Je vais sortir dès que j'aurai fini de me laver.

— Mais tu as besoin de repos!

Elle était interloquée. Il était si fatigué qu'il était comme engourdi. Il avait travaillé toute la nuit dans la boue froide et humide pour sauver des hommes.

— Je me reposerai plus tard, Camille. Est-ce que tu peux m'apporter un peu plus de soupe? Et une tasse de café?

En revenant, elle le trouva assis sur la baignoire. Il but d'un trait la soupe et le café, puis se leva. Ses années de travail à la mine l'avaient conservé. A quarante-quatre ans, son corps n'avait rien perdu de sa robustesse. Elle le contempla avec admiration.

— Tu es beau, Jeremiah.

Il lui sourit.

— Toi aussi, mon trésor.

Il se rhabilla rapidement, prêt à partir. En le regardant, un sentiment de malaise l'envahit.

— Pourquoi pars-tu maintenant?

— Il le faut. Je n'en ai pas pour longtemps.

— Où vas-tu?

— A Calistoga.

Il soutint son regard sans ciller, tremblant au fond de lui. Il allait assister à la naissance de son enfant, ou tout au moins il serait là-bas si Mary Ellen mourait, en admettant qu'elle soit encore en vie.

— Je peux venir?

— Non, pas cette fois, Camille.

— Mais je veux.

— Je n'ai pas le temps de me lancer dans une discussion. Nous en reparlerons plus tard.

Avant même qu'elle ait pu répliquer, il galopait déjà à toute allure à travers les collines et elle se demanda où il pouvait bien être parti.

CHAPITRE XIV

LE GRAND CHEVAL BLANC galopait lourdement à travers la vallée, pressé par Jeremiah, qui songeait sans cesse aux hommes qu'il avait perdus, la nuit précédente. Une ou deux fois, il faillit s'endormir, mais Big Joe semblait savoir où ils allaient. Jeremiah attacha son cheval à un arbre, s'approcha de la petite maison blanche, silencieuse, frappa puis entra. Tout d'abord, il n'entendit aucun bruit et il se demanda tout à coup si Mary Ellen n'était pas allée accoucher chez sa mère, mais un terrible gémissement lui parvint soudain du premier étage. Il s'arrêta, puis monta doucement l'escalier. Il ne savait trop que faire, ni même pourquoi il était venu; il savait seulement qu'il devait être là. Elle luttait pour donner la vie à un enfant qui était le sien.

Il resta devant la porte de la chambre un long moment jusqu'à ce que les plaintes aient cessé, puis distingua un petit cri et la voix d'un homme qui parlait doucement. Jeremiah, gêné, sentait la fatigue gagner tout son corps et trouvait insensé d'être venu. Mais il frappa quand même. Il se dit qu'il pourrait toujours courir chercher un médecin, s'il n'y avait rien d'autre à faire. Mais ce fut le médecin qui lui ouvrit. Il avait les manches retroussées, les yeux hagards et la chemise maculée de sang.

— Je suis désolé... Je me demandais si...

De plus en plus gêné, il jugeait criminel d'avoir laissé cette femme accoucher seule.

— Comment va-t-elle?

Il ne s'était pas présenté, mais c'était inutile. Le médecin le connaissait. Tout le monde dans le pays connaissait Jeremiah

Thurston. Le médecin ferma doucement la porte derrière lui et se rendit dans le vestibule pour parler à Jeremiah.

— Pas bien. Elle est en travail depuis la nuit de mercredi et le bébé ne sort pas. Elle fait des efforts surhumains et elle s'épuise complètement.

Jeremiah eut peur de lui demander si elle pouvait mourir. Il connaissait déjà la réponse.

— Voulez-vous entrer?

Il n'y avait pas de jugement dans son regard. Il pensait que cela serait bon pour Mary Ellen. Elle souffrait tellement et depuis si longtemps qu'elle ne se soucierait même pas de savoir qui pouvait la voir dans cet état. Et puis, il s'agissait de l'enfant de Jeremiah.

Jeremiah hésita. Ce n'était pas dans les coutumes d'être présent à un accouchement, mais le médecin ne semblait pas trouver cela choquant.

— Elle ne m'en tiendra pas rigueur?

— Il y a des chances pour qu'elle ne vous reconnaisse même pas. Elle n'a plus ses esprits.

Puis il hésita et scruta les yeux de Jeremiah.

— Vous pourrez le supporter? Vous avez déjà assisté à ce genre de chose?

Jeremiah secoua la tête.

— Uniquement pour du bétail.

Le vieil homme opina. Cela irait. En silence, il entra, suivi de Jeremiah. Une odeur douceâtre et lourde flottait dans la pièce, une odeur de corps, d'eau de rose et de draps humides. Aucune fenêtre n'était ouverte.

Elle était étendue sur le lit, recouverte de deux couvertures, et autour d'elle se trouvaient des draps maculés de sang. On aurait pu croire que quelqu'un avait été tué dans ce lit. Il vit son ventre, toujours proéminent, malgré les efforts qu'elle faisait depuis trois jours. Ses jambes pendaient comme celles d'une poupée désarticulée et elle tremblait de tout son corps. Soudain, alors qu'il la contemplait, elle fut secouée de ce qu'il pensa être une convulsion. Elle poussa un petit gémissement qui s'amplifia peu à peu et se débattit sur le lit, les yeux hagards, cherchant sa respiration. Elle adressa des paroles incohérentes au médecin, qui courut vers elle. Il était facile de voir qu'elle était à peine consciente; tandis qu'elle criait, un flot de sang coula entre ses jambes. Le médecin plongea ses mains dans ses entrailles, mais ne sentit rien. Il les retira et s'essuya à une serviette tachée de sang. Elle poussait des cris déchirants.

Jeremiah s'approcha doucement du lit et contempla le visage ravagé. S'il n'avait su que c'était elle, il ne l'aurait pas reconnue.

Le praticien s'adressa à Jeremiah à voix basse; elle semblait s'assoupir entre les contractions.

– Elle perd beaucoup de sang. Elle a une hémorragie interne, vous l'avez vu, mais je ne parviens pas à l'arrêter. Et le bébé se présente mal. Il essaie désespérément de sortir son épaule, et cela ne nous mènera à rien.

Il lut dans les yeux de Jeremiah la question qu'il se posait.

– Nous pouvons les perdre tous les deux.

Il jeta un coup d'œil à la femme éreintée qui gisait sur le lit.

– ... Et elle à coup sûr, si on ne la délivre pas. Elle est à bout.

– Et l'enfant?

C'était son enfant après tout, mais seule Mary Ellen lui importait. C'était comme s'il ne l'avait jamais quittée, comme si Camille n'avait jamais existé.

– Si je pouvais le tourner, je parviendrais à le sortir, mais, tout seul, c'est impossible.

Il regarda Jeremiah.

– Pouvez-vous la tenir?

Il acquiesça, effrayé à l'idée de lui faire encore plus mal. Elle s'était réveillée, prise d'une autre contraction. Elle leva les yeux et sembla voir Jeremiah, mais il était évident qu'elle croyait rêver.

– Tout va bien.

Il lui sourit avec douceur et caressa son visage tout en s'agenouillant sur le sol.

– Je suis là. Ça va aller mieux.

Il avait vu tant de morts dans les dernières vingt-quatre heures qu'il ne voulait plus en voir d'autres. Les cris, le sang qui coulait et les contractions répétées lui faisaient craindre le pire.

– Je ne peux pas. Je ne peux plus...

Elle cherchait de l'air. Sans réfléchir, il la prit aux épaules et la soutint, mais tout à coup sa tête roula sur son bras. Elle s'était évanouie et son teint était devenu plus pâle encore. Le médecin lui prit le pouls puis regarda Jeremiah.

– Je vais essayer de le tourner et de le sortir à la prochaine contraction. Tenez-la et empêchez-la de bouger.

Jeremiah suivit les ordres et ne cessa de parler à voix basse à Mary Ellen, mais ses cris étaient si aigus qu'elle ne pouvait l'entendre. Elle s'évanouit à nouveau avant que le médecin ait pu finir. Jeremiah sentit une goutte de sueur perler sur son front. En jetant un coup d'œil à sa montre, il se rendit compte qu'il était déjà là depuis quatre heures.

– Elle n'en peut plus, docteur.

– Je sais.

Le médecin attendit une nouvelle contraction. Il avait préparé une serviette sale dont il se servirait pour tirer le bébé dès qu'il l'aurait retourné. Tout à coup, une nouvelle contraction la réveilla. Ses yeux étaient révulsés. Jeremiah la tint fermement tandis que le praticien tentait de retourner le bébé. Jeremiah savait qu'il n'oublierait jamais les cris qu'elle poussait. Il fallut quatre autres tentatives avant que le médecin parvienne à tourner le bébé comme il le désirait, et une cinquième pour pouvoir plonger entre les jambes avec la serviette.

Tout à coup, le médecin poussa un grognement féroce. Jeremiah, le front couvert de sueur, sentit un changement dans le corps de Mary Ellen. Elle s'écroula dans ses bras, blafarde. Sa respiration était si faible et si irrégulière qu'il se demanda si elle était encore en vie. Mais en se tournant brusquement vers le médecin, il vit. Le bébé était enfin sorti de ses entrailles et gisait, mort, entre ses jambes. Elle avait une nouvelle hémorragie. C'était un spectacle affreux. Le médecin coupa le cordon ombilical en silence et enroula le bébé dans une serviette propre. Puis il tenta d'arrêter l'hémorragie. Jeremiah ressentit une impression de défaite lorsqu'il réalisa que son premier enfant était mort-né, mais il ne songeait plus qu'à la mère, qui était en train de mourir dans ses bras sans qu'il puisse rien y faire. Le médecin effectua d'autres tentatives désespérées puis la recouvrit de deux couvertures. Il s'approcha de Jeremiah et lui tapota l'épaule.

– Je suis désolé pour le bébé.

– Moi aussi.

Sa voix était rauque.

– Est-ce qu'elle va aller mieux?

Il regardait le médecin d'un air suppliant. Celui-ci ne semblait pas convaincu.

– Je ne peux rien de plus. Je vais rester auprès d'elle mais je ne vous promets rien.

Jeremiah s'installa près du lit pour la veiller. Elle ne donna signe de vie que la nuit venue. Elle se mit à gémir et à tourner la tête de tous côtés. Mais elle n'ouvrit les yeux qu'au matin.

— Mary Ellen...

Il murmurait son nom. Le médecin dormait dans un coin de la pièce.

— Mary Ellen...

Elle se tourna vers lui et le regarda, troublée.

— Tu es vraiment là ? Je croyais que c'était un rêve...

Il vit dans ses yeux la question qu'il redoutait tant.

— Jeremiah ? L'enfant...?

Mais elle comprit d'elle-même. Elle se détourna et se mit à pleurer. Il lui prit la main et lui caressa les cheveux.

— Nous t'avons sauvée, Mary Ellen...

Lui aussi pleurait, à présent : il avait tellement eu peur qu'elle ne meure.... Il voulut lui dire combien il regrettait lui aussi la mort de l'enfant mais sa gorge se serra et il n'y parvint pas.

— Qu'est-ce que c'était ?

Elle vit qu'il pleurait.

— Un garçon.

Elle opina, ferma les yeux puis s'endormit. Lorsqu'elle se réveilla, le médecin se déclara satisfait de son état. Il reviendrait la voir dans l'après-midi. Dans le couloir, il dit à Jeremiah que si elle ne perdait plus de sang elle s'en sortirait et qu'il pensait quant à lui qu'elle survivrait.

— C'est une fille très résistante. Mais je lui ai dit il y a des années de ne plus recommencer. C'était insensé. Un accident, je suppose. Je vais vous envoyer ma femme pour rester auprès d'elle si vous devez rentrer chez vous.

Il ne voulait pas être indiscret, mais il avait appris qu'il avait une jeune femme à Sainte Helena.

— Merci, ce serait très gentil. Je suis resté debout toute la nuit à cause des inondations dans les mines.

Le vieux médecin acquiesça. Il éprouvait du respect pour cet homme qui lui avait été d'un grand secours cette nuit.

Il tendit la main à Jeremiah.

— Je suis désolé pour le bébé, répéta-t-il.

— Dieu merci, nous l'avons sauvée.

Le praticien sourit, touché de sa ferveur. Jeremiah Thurston n'était pas le seul de la vallée à avoir à la fois une maîtresse et une épouse qui lui donnent chacune des enfants.

— Je vais vous envoyer ma femme dans un petit moment.

Lorsqu'elle arriva, Jeremiah prit congé de Mary Ellen.

– Je reviendrai demain. Repose-toi et fais ce que le docteur te dit.

Il eut une idée.

– Je vais t'envoyer Hannah. Elle restera aussi longtemps que tu auras besoin d'elle.

Mary Ellen sourit faiblement et prit la grande main chaude dans la sienne.

– Merci d'avoir été là, Jeremiah... Je serais morte sans toi.

Il ne lui dit pas qu'elle avait failli mourir malgré sa présence.

– Sois sage, maintenant.

Elle ferma les yeux et s'endormit avant qu'il ait quitté la pièce. En regagnant Sainte Helena, il sentit son épuisement. Lorsqu'il s'arrêta devant la maison, il donnait l'impression d'avoir été battu et traîné dans un fossé. Hannah sortit, désireuse d'avoir des nouvelles avant l'arrivée de Camille.

Elle l'interrogea du regard et lui, pour les mêmes raisons, s'empressa de lui parler. Sa voix était sourde et enrouée.

– Mary Ellen va bien, mais l'enfant est mort à la naissance.

Il poursuivit, après un profond soupir :

– Nous avons failli la perdre. Je lui ai dit que tu viendrais aujourd'hui et que tu resterais avec elle aussi longtemps qu'elle en aurait besoin.

Il se demanda soudain s'il ne s'était pas trop avancé, mais la vieille femme acquiesça.

– Je suis heureuse de le faire. Je vais préparer mes affaires tout de suite.

Puis elle ajouta, le regard interrogateur :

– Comment va-t-elle?

Il secoua la tête, les yeux encore pleins la scène de la nuit passée.

– Ça a été affreux, Hannah. La pire chose que j'aie vue. Je ne comprends pas pourquoi les femmes s'évertuent à vouloir des enfants.

– Ce n'est pas le cas de toutes.

Elle regarda de manière entendue par-dessus son épaule, puis ajouta pour l'encourager :

– Ce n'est pas toujours comme ça, mon garçon. Elle savait que ça se passerait mal. C'était pareil pour le dernier. Le docteur l'avait prévenue.

Il y avait un peu de reproche dans sa voix mais beaucoup de sympathie aussi, surtout pour Jeremiah.

– Vous étiez avec elle?

Il acquiesça et elle le considéra avec un respect accru.

– Vous êtes un homme bien, Jeremiah Thurston.

A ce moment-là, Camille sortit. Elle avait l'air exaspérée.

– Où étais-tu toute la nuit, Jeremiah?

Elle ne se souciait pas de la présence d'Hannah, qui écoutait.

– Avec un de mes hommes qui a été blessé dans les mines.

Cela expliquait le sang sur sa manche et sa barbe de plusieurs jours.

– Je suis désolé de n'être pas rentré, ma chérie.

Maussade, elle tourna les talons et rentra en claquant la porte.

– Voilà ce que j'aime, commenta la vieille femme avec acidité, une femme compréhensive...

Elle tapota le bras de Jeremiah puis rentra préparer ses affaires.

– Je pars tout à l'heure, Jeremiah. Ne vous faites aucun souci. Reposez-vous. J'ai laissé de la soupe et du ragoût sur le fourneau pour vous.

– Merci, Hannah.

Il entra rapidement dans la cuisine et se versa un bol de soupe avant de rejoindre sa femme dans leur chambre.

– Où étais-tu?

– Je te l'ai dit.

– Je ne te crois pas, Jeremiah.

Elle paraissait si belle et si immaculée dans sa robe de voile rose pâle qu'il se sentit encore plus éreinté et encore plus sale.

– Je ne pense pas que tu aies tellement le choix, Camille. Je te l'ai dit. J'étais avec un de mes hommes.

– Pourquoi?

– Parce qu'il a failli mourir, voilà pourquoi, lui jeta-t-il d'un ton sec.

Il s'installa à la table qui se trouvait devant la cheminée avec son bol de soupe. Mais elle faisait les cent pas dans la pièce, toujours en colère.

– Tu aurais pu me faire savoir que tu ne rentrais pas.

– Excuse-moi.

Il la regarda droit dans les yeux.

– Il n'y avait personne pour porter le message.

La réponse sembla la satisfaire et elle s'éloigna mais il était intrigué qu'elle ait une si vive intuition qu'il lui mentait. Elle était bien plus intelligente qu'elle ne le supposait, mais il ne pouvait pas lui dire. Il se contentait de continuer à boire sa soupe, impressionné tout à coup par la finesse de son esprit.

— Je suppose que tu vas te coucher, maintenant.

Un peu moins en colère, elle s'assit dans un rocking-chair près de lui.

— J'aimerais aller à l'église après m'être lavé.

— A l'église? s'écria-t-elle.

Elle détestait aller à l'église, depuis toujours. Sa mère, en revanche, adorait y aller, mais Camille n'avait jamais eu beaucoup d'estime pour elle.

— Tu n'y vas jamais!

— Si, quelquefois.

S'il n'avait été aussi épuisé, la réaction de Camille l'aurait amusé.

— Nous venons de perdre quatorze hommes dans les mines, Camille. Tu n'es pas obligée de venir, mais ce serait mieux, tout de même.

Il était visible qu'elle était contrariée.

— Quand rentrons-nous en ville?

— Dès que possible.

Il se leva et se dirigea vers elle.

— Je ferai de mon mieux pour te ramener bientôt à San Francisco, bout de chou, je te le promets.

Cette perspective l'adoucit suffisamment pour qu'elle change de robe et l'accompagne à l'église une heure plus tard. Au retour, Jeremiah dormit jusqu'au dîner, se réveilla seulement pour avaler un autre bol de soupe et se rendormit jusqu'au lendemain matin. Il devait se lever pour assister à l'enterrement des hommes qui étaient morts à la mine. Cette fois, Camille ne l'accompagna pas. Elle resta à la maison et se plaignit ensuite de l'absence d'Hannah. Il lui expliqua qu'elle soignait une amie malade.

— Pourquoi ne me l'a-t-elle pas dit?

Camille fulminait.

— Je suis la maîtresse de cette maison. Elle travaille d'abord pour moi.

Jeremiah n'apprécia pas le ton de sa remarque mais il ne voulut pas augmenter sa colère.

— Elle me l'a dit dimanche matin, lorsque je suis rentré.

– Et tu l'as laissée partir?

Elle était livide.

– Oui. J'étais sûre que tu comprendrais.

Il tenta de l'embarrasser en gardant le silence, mais en vain.

– Elle reviendra dans quelques jours.

En fait, elle s'absenta presque une semaine. A son retour, elle apprit à Jeremiah que Mary Ellen n'allait toujours pas bien mais qu'elle était à nouveau sur pied. Jeremiah lui avait envoyé un mot quelques jours auparavant, où il l'assurait que la mort de son enfant ne changeait rien. Il ne supprimerait pas la pension qu'elle recevait déjà depuis plusieurs mois et il avait informé sa banque que cette rente serait permanente. Il espérait, ajoutait-il, qu'elle ne retournerait pas travailler. Elle pourrait rester chez elle, s'occuper de ses enfants et recouvrer la santé. Elle avait voulu lui envoyer un mot pour le remercier, mais n'osa pas le faire, de peur qu'il ne tombe entre les mains de Camille. Hannah le remercia à sa place.

– Tu es sûre qu'elle va mieux, Hannah?

– Elle est encore faible comme un chaton, mais elle reprend des forces.

– Certainement grâce à ta bonne cuisine.

Il remercia la vieille femme d'un sourire et lui dit que Camille avait été déprimée durant son absence.

– Est-ce qu'elle vous a fait la cuisine?

– Nous nous sommes débrouillés.

Il lui apprit alors qu'ils repartaient pour San Francisco dans quelques jours. Ce départ prochain ne plaisait pas à Hannah.

– Je vais me sentir seule ici, Jeremiah.

– Je sais. Mais je ferai des allées et venues pour surveiller les mines.

– Ce sera pénible pour vous.

Cela paraissait tout à fait normal à sa femme. Il ne pouvait lui avoir construit un palais en ville et la condamner à vivre dans cette campagne qu'elle semblait détester.

– Ça ira très bien. Nous reviendrons pour les mois d'été, probablement de juin à septembre ou octobre.

Si cela n'avait dépendu que de lui, il serait rentré dès le mois de mars et serait resté jusqu'en novembre.

– Si tu as besoin de quoi que ce soit entre-temps, fais-moi signe.

– Je le ferai, Jeremiah.

– Qu'est-ce que c'est que ça? demanda une petite voix acerbe, derrière leur dos.

Ils furent pris de court et Jeremiah se demanda depuis combien de temps elle les écoutait sans rien dire.

– Est-ce que vous avez bien dit « Jeremiah »?

Hannah, tout comme Jeremiah, ne parvenait pas à comprendre ce qu'elle voulait dire.

– Je vous serais reconnaissante d'appeler désormais mon mari « Monsieur Thurston ». Il n'est ni votre « garçon » ni votre « ami ». Il est *mon* mari et *votre* employeur et son nom est *Monsieur* Thurston.

Elle se comportait à nouveau comme une fille du Sud et son ton était particulièrement méchant. Jeremiah, furieux contre elle, ne répondit rien devant Hannah mais suivit sa femme dans l'escalier et ferma la porte de leur chambre à toute volée.

– Qu'est-ce que tu cherches exactement, Camille? Je ne vois pas la nécessité d'une telle sortie et tu t'es montrée très mal élevée avec cette vieille femme qui est si bonne.

Camille s'étonna à son tour; elle l'avait rarement vu en colère.

– Je ne le tolérerai pas, et je veux que tu en sois bien consciente.

– Tolérer quoi? J'exige le respect de la part de nos domestiques et cette vieille femme agit comme si elle était ta mère. Eh bien, elle ne l'est pas. C'est une horrible vieille femme avec une langue de vipère et sans aucun savoir-vivre. Je la fouetterai si je l'entends encore t'appeler Jeremiah.

Elle ressemblait à un petit démon. Il eut soudain envie de la frapper, mais il se contenta de lui attraper le bras et de la traîner au milieu de la pièce.

– La fouetter? Tu dis bien la fouetter? Nous ne sommes pas dans le Sud, Camille, et l'esclavage est aboli. Si tu lèves la main sur elle, ou si tu lui réponds mal encore une fois, c'est toi que je fouetterai, tiens-toi-le pour dit. Maintenant, descends et excuse-toi tout de suite.

– Quoi? s'écria-t-elle, interloquée.

– Hannah est à mon service depuis plus de vingt ans. Elle est bonne et dévouée, et je ne vais pas la laisser se faire injurier par une salle gosse d'Atlanta. Tu vas me faire le plaisir de t'excuser ou je te donne une raclée.

Il parlait sérieusement, mais commençait déjà à se calmer. Sa femme, en revanche, avait les yeux brillants de colère et de larmes.

– Comment oses-tu, Jeremiah Thurston! Comment oses-tu! Je ne ferai rien de tel! Présenter des excuses, moi, à cette moins-que-rien...

Cette fois, c'en était trop. Il s'avança et la gifla. Tandis qu'elle cherchait sa respiration et reculait en chancelant, il l'attrapa d'une main et la poussa contre la cheminée.

– Si mon père était là, il te fouetterait jusqu'à ce que mort s'ensuive, poursuivit-elle à voix basse, d'un ton fielleux.

Jeremiah sentit à ce moment-là que les choses allaient trop loin.

– Ça suffit, Camille. Tu as été grossière avec une domestique qui m'est toute dévouée et je ne le tolérerai pas. Mais assez parlé de coups de fouet et de menaces. Tiens-toi bien à partir de maintenant et rien de tout cela n'arrivera.

– Bien me tenir? Bien me tenir? Va te faire fiche, Jeremiah Thurston. Va te faire fiche, va te faire fiche et *va te faire fiche*!

Elle sortit de la pièce à grands pas et claqua la porte. Elle ne lui adressa plus la parole jusqu'à leur retour à San Francisco, affichant une politesse glacée et distante. Ce n'est que devant la porte d'entrée de leur magnifique maison de Nob Hill, qui la laissa à nouveau sans voix durant un instant, qu'elle se jeta dans les bras de son mari. Elle était si heureuse d'être revenue qu'elle en oublia sa mauvaise humeur. Jeremiah se mit à rire de plaisir et la porta jusque dans leur chambre, où ils firent l'amour.

– Eh bien, tu as survécu à ton mois à Napa, mon petit oiseau chéri.

Il était encore attristé de son désintérêt pour la vallée qu'il aimait tant.

– Maintenant, il nous faut un enfant.

La mort de l'enfant de Mary Ellen l'avait marqué et il n'avait qu'une envie : en avoir un autre rapidement, qui serait de Camille, sa femme. Il remerciait Dieu qu'elle soit jeune et en bonne santé. Elle n'aurait certainement pas un accouchement aussi pénible que celui de Mary Ellen. Ils étaient mariés depuis deux mois, à présent.

– Ma mère dit que cela prend du temps, quelquefois, Jeremiah.

N'y pense pas.

Elle ne voulait pas d'enfant pour le moment. Elle avait dix-huit ans, une maison magnifique, et entendait donner beaucoup de réceptions. Elle n'avait nulle envie de grossir, d'être nauséeuse et de devoir rester chez elle à s'ennuyer.

Durant tout le printemps, elle consacra son temps à se faire une place dans la société mondaine de San Francisco et le désir de Jeremiah ne fut pas exaucé. Camille, quant à elle, n'avait jamais été aussi radieuse de sa vie. Elle avait accédé au rang qu'elle avait tant convoité; ils donnaient des réceptions et des bals et assistaient à des opéras et à des concerts. Elle offrit un merveilleux pique-nique dans leurs immenses jardins au mois de mai, et acquit rapidement la réputation d'être l'hôtesse la plus brillante de toute la ville.

Camille était enchantée de la vie qu'ils menaient; Jeremiah, un tout petit peu moins. Il se rendait à Napa aussi souvent qu'il le pouvait et, la plupart du temps, il revenait épuisé. Elle se moquait de lui lorsqu'il s'endormait durant l'un de leurs somptueux dîners et insistait pour qu'ils sortent tous les soirs, lorsqu'il était en ville. Quand il n'était pas là, elle sortait sans lui. C'était un tourbillon constant de mondanités. C'est pourquoi elle crut prendre le deuil lorsqu'il lui rappela qu'ils repartaient pour Napa le 1er juin.

— Mais je veux donner un bal cet été, Jeremiah, gémit-elle tristement. Nous ne pouvons pas partir en juillet?

— Non, c'est impossible. Il faut que j'aille voir les mines, Camille, ou bien il n'y aura plus rien pour payer tes réceptions.

Il ne faisait que plaisanter, car il était toujours l'homme le plus riche de Californie et n'avait aucun souci financier. Mais il tenait à passer plus de temps dans les mines et il aimait, l'été venant, se retrouver au milieu de ses vignes. Enfin, il en avait assez de la vie citadine. Ils étaient à San Francisco depuis février et il avait hâte de rentrer chez lui, dans la vallée. Il l'avait dit à Hannah lorsqu'il était resté passer la nuit, la semaine précédente.

— Pas encore d'enfant, Jeremiah?

Elle avait accepté de se soumettre et l'appelait « Monsieur Thurston » en présence de Camille mais, lorsqu'ils étaient seuls, elle continuait à l'appeler par son prénom.

— Non, pas encore.

Cela aussi le décevait. Il espérait que lorsqu'elle aurait quitté la ville et ses réceptions incessantes, elle serait enceinte.

— Bon, vous savez que ça ne vient pas de vous. Peut-être qu'elle ne peut pas avoir d'enfant.

— J'en doute. Nous ne sommes mariés que depuis cinq mois et demi, Hannah. Donne-lui le temps. Un bol d'air de Sainte

Helena et elle se retrouvera enceinte en l'espace d'un mois.

Il songea tout à coup à Mary Ellen et son front se plissa.

– Comment va-t-elle?

Il ne l'avait pas revue depuis la nuit où l'enfant était mort. Mais il ne le voulait pas, de toute façon. Cela n'aurait pas été honnête vis-à-vis de Camille, trop intuitive, en outre, pour qu'il puisse lui mentir souvent.

– Elle va mieux. Elle a mis du temps à se remettre mais maintenant elle est en bonne santé.

Hannah décida de lui dire aussi le reste. Il avait le droit de savoir, après tout; on ne pouvait pas lui reprocher de n'avoir pas fait ce qu'il fallait. Jacob Stone, de la banque, avait parlé à tout le monde de la générosité de Jeremiah.

– Elle fréquente un homme qui travaille à la source. Il a l'air assez bien, il travaille dur, mais je ne pense pas qu'elle soit folle de lui.

– J'espère que c'est un homme bien, répondit tranquillement Jeremiah.

Puis il changea de conversation. Ils allaient bientôt rentrer à Napa et Hannah allait être très occupée pour préparer la maison avant leur arrivée.

Mais, lorsque Camille arriva à Sainte Helena, avec toutes ses valises, ses malles et ses effets, elle n'eut de cesse de prendre Hannah en défaut. La vieille femme fut si mortifiée par la méchanceté de la jeune épouse de Jeremiah qu'un jour, dans une explosion de colère, elle laissa entendre que c'était une honte qu'il l'ait épousée, elle, et non la femme qu'il allait voir jadis à Calistoga, avant qu'elle arrive. Ce qui ne fit qu'augmenter la fureur de Camille. Elle entreprit de savoir qui était cette femme, mais ni Jeremiah, ni Hannah, qui s'en voulait de son indiscrétion et se tut aussitôt, ne lui dévoilèrent qui était cette femme, et ils se refusèrent à lui avouer que c'était vrai. Plus elle cherchait et moins elle trouvait. Jusqu'au jour où, par amusement, elle alla à Calistoga, avec des amies qui y séjournaient pour prendre des bains de boue.

Elle devait les retrouver à l'hôtel, pour le déjeuner. En les attendant, elle aperçut un homme, dans l'uniforme blanc des employés de la source, qui se promenait avec une jolie rousse vêtue d'une robe verte. L'inconnue tenait une ombrelle en dentelle, délicatement posée sur son épaule, et riait en regardant l'homme. Tout à coup, son attention fut attirée au loin par quelque chose et elle se tourna instinctivement vers Camille, sentant son regard posé sur elle. Leurs yeux se rencontrèrent;

Mary Ellen comprit aussitôt qu'il s'agissait de Camille. Elle correspondait exactement à la description que lui en avaient faite Hannah et d'autres personnes qui l'avaient vue.

Au même moment, ce fut comme si quelqu'un soufflait à l'oreille de Camille et lui désignait Mary Ellen. Elle comprit sur-le-champ qui elle était et ce qu'elle avait représenté pour Jeremiah. Elle se leva à demi de son siège puis se rassit, rougissante et haletante. Quant à Mary Ellen, elle s'éloigna rapidement au bras de son ami. Mais le reste de la journée, Camille fut hantée par elle. C'était la plus jolie femme qu'elle ait vue à Napa Valley et elle sut d'instinct que c'était à elle qu'Hannah avait fait allusion... Avec toutes ces allées et venues de Jeremiah durant l'hiver et le printemps, qui sait si leur liaison n'avait pas continué? Elle remua tout cela dans sa tête en rentrant chez elle et lorsque Jeremiah revint de son bureau, ce soir-là, elle se jeta sur lui avec une acrimonie qui l'alarma.

— Je n'ai pas été dupe une minute, Jeremiah Thurston.

Il pensa d'abord qu'elle plaisantait, mais il comprit rapidement qu'il n'en était rien.

— Tous ces voyages cet hiver... je sais ce que tu faisais... Tu es exactement comme mon père avec sa maîtresse à La Nouvelle-Orléans.

Jeremiah faillit s'étrangler. Il n'avait pas regardé une autre femme depuis qu'il avait épousé Camille, il n'en avait pas eu envie, ce qu'il tenta de lui expliquer.

— Je ne te crois pas, Jeremiah. Et cette rousse de Calistoga?

Il pâlit. Qui le lui avait dit? Et lui avait-on parlé du bébé aussi?

Camille perçut son trouble. Elle s'assit avec un air de froide satisfaction.

— Je vois à ton visage que tu sais à qui je fais allusion.

— Camille... s'il te plaît... Il n'y a eu personne depuis que nous sommes mariés, ma chérie. Absolument personne. Je ne t'aurais pas fait ça. J'ai trop de respect pour toi et pour notre mariage.

— Alors, qui est-elle?

Il aurait pu nier, mais il n'osa pas. Elle ne l'aurait jamais cru.

— Quelqu'un que j'ai connu.

Elle sut qu'il disait la vérité.

— Tu la vois toujours?

LA MAISON DES JOURS HEUREUX

Sa question le mit en colère et elle s'en aperçut. Il n'avait pas l'habitude d'être interrogé par une jeune fille de dix-huit ans.

– Certainement pas. Et je considère cette question comme tout à fait déplacée. Je pense aussi que toute cette conversation est indigne d'une femme bien élevée, Camille.

Il décida de frapper un grand coup.

– Ton père n'approuverait pas ta conduite.

Elle rougit, sachant parfaitement qu'il aurait été horrifié s'il avait su qu'elle connaissait sa maîtresse et, pis, qu'elle en parlait.

– J'ai le droit de savoir.

Elle était pourpre, consciente d'être allée trop loin.

– Tous les hommes ne seraient pas d'accord là-dessus, mais moi, il se trouve que si. Laisse-moi t'assurer, avant de clore ce détestable chapitre, que tu n'as rien à craindre de moi, Camille. Je te suis fidèle, et cela depuis le jour de notre mariage, et j'ai l'intention de le rester jusqu'au jour de ma mort. Es-tu satisfaite, Camille?

Il lui parlait d'un ton sévère et désapprobateur, comme un père, et elle était sincèrement gênée.

Elle ne revint sur le sujet qu'une seule fois, le soir, une fois couchée.

– Elle est très jolie, Jeremiah.

– Qui?

Il était à moitié endormi.

– Cette femme... cette rousse de Calistoga...

Il se redressa sur son séant et lui lança un regard furieux.

– Je ne parlerai plus de cela avec toi.

– Je suis désolée, Jeremiah, répondit-elle d'une toute petite voix.

Il se recoucha et ferma les yeux. Elle posa une main minuscule sur son épaule et, bientôt, il ne put résister à la passion qui l'ensorcelait. Il était comblé depuis son mariage et il savait qu'il en était de même sur ce plan pour Camille. Sa seule déception était l'absence d'enfant. Mais Hannah éclaira sa lanterne, vers la fin du mois d'août, un matin qu'il prenait son petit déjeuner avant de partir pour les mines.

– J'ai à vous parler, Jeremiah.

Elle parlait comme une mère poule en colère, et il leva les yeux de son assiette, surpris.

– Quelque chose qui ne va pas?

– Cela dépend de votre point de vue.

Elle jeta un coup d'œil vers l'escalier.

– Elle est levée?

– Non.

Elle verrouilla la porte de la cuisine de l'intérieur, ce qu'elle n'avait jamais fait, s'approcha de Jeremiah, plongea la main dans la poche de son tablier et en sortit un anneau large et doré qui ressemblait au pourtour d'une poignée de commode ou encore à une sorte d'anneau de rideau; mais c'était plus doux, plus délicat et très bien fini.

– J'ai trouvé ça, Jeremiah.

– Qu'est-ce que c'est?

Tout ce mystère ne semblait pas l'intéresser et cela l'agaçait de jouer aux devinettes si tôt le matin.

– Vous ne savez pas, Jeremiah?

Hannah parut surprise. Celui-ci était plus perfectionné, certes, mais elle en avait déjà vu de plus rudimentaires, quant à elle. Il secouait la tête, mi-intrigué, mi-ennuyé. Elle s'assit en face de lui.

– C'est un anneau...

– Je le vois bien.

– Vous savez... un anneau...

Elle était gênée soudain d'avoir à le lui expliquer, mais il le fallait.

– Les femmes l'utilisent pour ne pas... pour ne pas...

Elle rougit, puis poursuivit :

– Pour ne pas avoir d'enfant, Jeremiah.

Il mit un certain temps à saisir la portée de ce qu'elle venait de lui dire, puis la vérité l'écrasa comme un immeuble entier s'abattant sur lui.

Sa voix se mit à trembler et il se saisit de l'objet honteux. Peut-être la vieille femme avait-elle inventé cette histoire de toute pièce pour causer du tort à Camille? Ce n'était pas son genre, mais tout était possible, étant donné la haine qui les opposait.

– Où as-tu trouvé ça?

Il se leva comme s'il ne supportait plus de rester assis.

– Dans la salle de bains.

– Comment sais-tu ce que c'est?

– Je vous l'ai dit... j'en ai déjà vu avant... On dit que c'est vraiment efficace, Jeremiah. Tant qu'on en prend soin. Il était enveloppé dans un mouchoir, j'avais pris le mouchoir pour le laver et... c'est tombé par terre.

Elle se demanda s'il lui en voulait mais passa outre.

– Je suis désolée, Jeremiah, mais j'ai pensé que vous aviez le droit de savoir.

Il la foudroya du regard, incapable de la rassurer. Il était tellement furieux contre Camille, si blessé et si déçu aussi...

– Je ne veux pas que tu lui en parles. Est-ce clair? dit-il d'une voix rauque.

Elle acquiesça. Il traversa la cuisine à grands pas, déverrouilla la porte et sortit seller Big Joe. Quelques instants plus tard, il partit pour les mines, au galop, l'objet d'opprobre dans sa poche.

CHAPITRE XV

JEREMIAH FUT TROUBLÉ toute la journée par ce que lui avait appris Hannah, et il ne parvint pas à se concentrer un seul instant sur son travail. L'anneau, dans sa poche, avait enflammé son cœur comme une torche, et pour finir, en milieu d'après-midi, il partit trouver le médecin qui avait mis au monde l'enfant de Mary Ellen. Il lui montra l'anneau et lui demanda de lui en expliquer l'utilisation. En l'écoutant, Jeremiah frissonna presque d'horreur.

— Je lui en ai donné un moi-même. Elle ne vous l'a pas dit?

— Ma femme?

C'était au tour du praticien d'être étonné. Il ne pensait pas que Jeremiah et Mary Ellen s'étaient mariés, mais comment savoir avec ces hommes riches?

— Je ne savais pas que vous l'aviez épousée...

Sa voix se perdit dans un murmure et Jeremiah comprit.

— Non.

Il s'expliqua :

— Il était dans la salle de bains de ma femme, Camille.

— Est-elle enceinte maintenant?

— Non.

— Je vois... et vous vouliez qu'elle soit enceinte. Eh bien, ce n'est pas près de lui arriver. Ils marchent très bien.

Il haussa les épaules et regarda Jeremiah droit dans les yeux.

— C'est utile dans certains cas, comme celui de Mary Ellen. Elle est obligée de l'utiliser. Une nouvelle grossesse serait suicidaire, je le lui ai assez répété.

Jeremiah approuva mollement; ce n'était plus son problème. Seule Camille le préoccupait.

– Votre femme vous a-t-elle dit qu'elle utilisait cela?

– Non.

Il y eut un long silence durant lequel le médecin fit le point sur la situation, tandis que Jeremiah restait pensif.

– Pas très bien de sa part, n'est-ce pas?

Jeremiah secoua la tête et se leva.

– Non, on ne peut pas dire.

Ils se serrèrent la main et Jeremiah repartit pour Sainte Helena. Camille n'était pas encore habillée et s'éventait dans sa chambre. Il lui lança sans préambule l'anneau doré. Elle n'y jeta qu'un rapide coup d'œil d'abord, peu sûre de ce que c'était, et espérant qu'il s'agissait d'un bijou. Lorsqu'elle comprit, elle recula comme si elle avait vu un serpent et pâlit. Elle le cherchait depuis plusieurs jours et craignait de l'avoir perdu. C'était l'un de ceux qu'elle avait ramenés d'Atlanta. Le médecin de sa cousine le lui avait donné.

– Où l'as-tu trouvé?

Il la toisait de toute sa hauteur, et pour une fois, il n'y avait aucune gentillesse dans son regard.

– Ce serait plutôt à moi de te poser cette question, Camille. Pourquoi n'en ai-je rien su?

– Je suis désolée... je...

Ses yeux se remplirent de larmes et elle se détourna. Il aurait voulu rester en colère, mais ne le pouvait pas. Il s'agenouilla à côté d'elle et la força à le regarder.

– Pourquoi as-tu fait ça, Camille? Je pensais que quelque chose n'allait pas... que nous n'arrivions pas...

Elle secoua la tête, pleurant de plus belle, et cacha son visage dans ses mains.

– ... Je ne voulais pas d'enfant maintenant... je ne veux pas grossir... et... et Lucy Anne dit que c'est si douloureux...

Le souvenir de Mary Ellen s'imposa à lui, mais il se força à chasser cette pensée.

– Je ne peux pas... je ne peux pas...

Il voyait bien qu'elle n'était qu'une enfant, mais c'était une femme aussi, et surtout sa femme. Il n'était plus tout jeune, il ne pouvait pas attendre encore cinq ou dix ans, lui expliqua-t-il d'une voix douce, tout en lui reprochant de s'être protégée de lui en secret.

– Je n'ai pas pu m'en empêcher, Jeremiah... J'étais terrorisée... et je savais que tu serais mécontent...

– Je le suis. Mais cela m'a fait aussi beaucoup de mal. Je veux que tu sois toujours honnête avec moi.

– J'essaierai.

– Dis-moi maintenant, en as-tu d'autres?

Elle commença par secouer la tête, puis, mortifiée, acquiesça.

– Où?

Elle le conduisit jusqu'à la salle de bains et lui montra une boîte soigneusement dissimulée. Il y en avait deux autres.

Il s'en empara.

– Que vas-tu faire, Jeremiah?

Elle était paniquée, mais il resta imperturbable.

Il écrasa les trois anneaux dans ses mains puissantes, les rendant inutilisables, puis les brisa avant de les jeter dans une poubelle. Elle se mit à sangloter.

– Tu ne peux pas faire ça!... Tu ne peux pas... Tu ne peux pas!

Elle se mit à lui marteler la poitrine et il la tint serrée contre lui tout le temps qu'elle pleura. Ensuite, il la prit doucement dans ses bras et la déposa sur le lit, la laissant à ses pensées, et alla faire une promenade dans le jardin. Le sentiment d'avoir été trahi était encore très vif en lui. La nuit venue, ils se couchèrent calmement; la découverte de l'anneau avait beaucoup atteint Jeremiah, et Camille garda le silence lorsqu'il éteignit la lumière.

Elle resta de son côté, ce qui était inhabituel; c'était toujours elle, le plus souvent, qui s'approchait de lui. L'anneau lui donnait toute liberté d'aimer à sa guise. Mais à présent, elle se tenait immobile, gardant ses distances. Cette nuit-là, ce fut Jeremiah qui vint la trouver. Elle trembla et tenta de le repousser. Mais, il resta impitoyable, en partie à cause de ce qu'elle lui avait fait, mais aussi parce qu'il avait un droit sur elle. Il lui écarta les jambes de force et la prit. Cette nuit-là, elle ne gémit pas de plaisir mais se mit à pleurer doucement. Lorsqu'elle s'arrêta, il la prit à nouveau. Et une fois encore, le lendemain matin.

CHAPITRE XVI

En septembre, Camille et Jeremiah retournèrent en ville, comme l'avait promis Jeremiah, et Camille reprit aussitôt la ronde habituelle de ses réceptions. Mais vers la mi-septembre, un matin qu'il venait lui dire bonjour, il la trouva assise, alanguie, dans son cabinet de toilette, sa brosse de cheveux à la main. Elle était blême.

– Qu'est-ce qu'il y a?

– Rien...

Mais il était évident qu'elle se sentait souffrante. Une semaine plus tard, Jeremiah crut savoir la nature de son mal. Elle finit par lui dire, sans aucun enthousiasme, qu'elle pensait être enceinte. Il l'avait déjà deviné, mais la nouvelle le combla. Il avait attendu en retenant son souffle qu'elle le lui annonce. Cet après-midi-là, il rentra à Thurston House avec un superbe coffret à bijoux qui ne capta même pas l'attention de Camille. Elle se sentait dans un état effroyable. Les deux mois suivants, elle put à peine sortir et ne donna aucune réception. Ce n'était pas ainsi qu'elle avait projeté de passer la « saison » à San Francisco.

Lorsque Amelia vint rendre visite à sa fille, en octobre, Jeremiah lui apprit la nouvelle. Elle fut ravie pour eux, et leur annonça que sa fille attendait son troisième enfant pour le printemps prochain, ce que Camille, comme elle le dit plus tard à Jeremiah, trouva écœurant. La jeune femme avait eu trois enfants en trois ans, ce qui n'était pas dans les projets de Camille. Elle regretta silencieusement les précieux anneaux que Jeremiah avait détruits. Si cette vieille sorcière d'Hannah n'avait rien dit, se plaignait-elle, elle ne serait pas dans l'état où elle se trouvait maintenant et qu'elle haïssait tant.

– C'est donc ainsi que tu le prends? lui demanda-t-il tristement.

Il était heureux d'avoir un enfant et attristé de la voir si malheureuse. Il espérait qu'une fois qu'elle aurait vu le bébé, elle changerait d'avis. Il était facile de comprendre qu'elle se montre si partagée à présent, tant elle se sentait mal.

Sa grossesse, en effet, ne fut pas agréable; elle eut des vomissements, des nausées, et tomba évanouie plusieurs fois lorsqu'elle sortit. Il refusa catégoriquement de la ramener à l'opéra, malgré ses protestations. Elle ne rentrait plus dans ses robes et détestait la façon dont elle devait s'habiller. Elle enviait les jeunes femmes qui se targuaient de pouvoir dissimuler leur état jusqu'au septième ou huitième mois; sa petite constitution lui interdisait un tel espoir, et vers Noël, lorsque Jeremiah organisa une petite réception pour son anniversaire, sa grossesse était plus que visible. Il lui offrit un nouveau manteau de zibeline pour dissimuler son état et une très belle montre sertie de diamants.

– Et quand ce sera fini, ma chérie, nous irons à New York t'acheter des tas de nouvelles robes. Ensuite, nous partirons pour Atlanta.

Elle mourait d'impatience d'arriver à cette époque-là.

La grossesse était encore pire que ce qu'elle avait imaginé. Elle détestait se voir grossir, elle détestait avoir des malaises et tout ce qui s'y rapportait, et surtout Jeremiah, qui l'avait mise dans cet état. En février, sa colère empira lorsqu'il lui annonça qu'ils partaient pour Napa jusqu'à son accouchement.

– Mais ce n'est pas avant mai!

Ses yeux s'emplirent de larmes et elle cria :

– Et puis je veux accoucher à San Francisco.

Il secoua doucement la tête. Ce n'était pas ainsi qu'il voyait les choses. Il voulait qu'elle mène une vie paisible à la campagne et qu'elle abandonne l'idée de s'épuiser à courir d'une réception à un thé ou à un bal, avec la crainte constante de s'évanouir dans la foule. Il voulait pour elle une existence tranquille et lui assura que ses parents l'approuveraient certainement. Il fallait qu'elle se repose à une telle période de sa vie, qu'elle respire le bon air et qu'elle ait peu d'activité. Mais Camille était persuadée qu'il agissait pour la tourmenter. Elle se mit à l'invectiver et claqua la porte de son cabinet de toilette en criant :

– Je te hais!

Elle était irascible et rebelle depuis le premier jour de sa grossesse, et il se demanda si les choses auraient été différentes s'il lui avait permis de continuer à utiliser ses anneaux.

Camille lui en voulait toujours lorsqu'ils partirent pour Sainte Helena, au moment des pluies d'hiver. Les collines verdissaient déjà et l'herbe était drue, hérissée et luisante sur les monts accidentés; Camille trouvait déprimants ces après-midi pluvieux où elle n'avait personne à qui parler, excepté Hannah, qu'elle détestait toujours.

S'efforçant de la distraire le plus possible, Jeremiah rentrait plus tôt des mines, lui parlait de son travail, des ouvriers, et lui rapportait de petites babioles pour l'amuser. Mais elle se sentait mal, elle était malheureuse et elle s'ennuyait. Sa seule consolation était que, selon le médecin de Napa, sa santé était bonne. Jeremiah l'avait choisi pour assister Camille lors de l'accouchement parce qu'on le lui avait chaudement recommandé. Mais Camille répétait sans cesse qu'il la rudoyait et qu'il sentait l'alcool. Vers le huitième mois, elle était en larmes la plupart du temps et voulait à tout prix rentrer à Atlanta.

— Dès que l'enfant sera né, mon petit amour. Je te le promets. Tu te reposeras ici tout l'été, et en septembre, nous irons à New York et à Atlanta.

— Septembre! lui jeta-t-elle à la figure, prête à exploser. Tu ne m'as jamais dit que je devrais rester ici tout l'été!

Elle se remit à sangloter et lui lança un regard assassin.

— Mais nous avons passé l'été dernier ici, Camille. Le temps est affreux à San Francisco, en été, et tu seras fatiguée après ton accouchement.

— Certainement pas! J'aurai été cloîtrée ici tout l'hiver. Et j'ai cela en horreur.

Avant de quitter la pièce, elle jeta un vase, qui se brisa en mille morceaux. Hannah vint aider Jeremiah à les ramasser.

— On ne peut pas dire qu'elle apprécie d'être enceinte, commenta sèchement la vieille servante.

Vers le mois d'avril, Camille manqua les rendre fous. Le temps était meilleur et le printemps particulièrement agréable, mais elle ne semblait pas y faire attention et passait ses journées à arpenter la maison en ruminant et en se plaignant.

Même la préparation de la chambre d'enfant ne sembla pas lui procurer beaucoup de plaisir. Elle broda quelques chemises et acheta le tissu pour les rideaux, mais Hannah fit tout le reste. Elle tricota, cousit et fabriqua même un magnifique berceau pour le bébé. Tous les soirs, Jeremiah se faisait une joie de pénétrer dans la jolie chambre et de toucher les chaussettes et les chemises minuscules. Il s'émerveillait de voir que tout était prêt. Mais plus le temps passait, plus il songeait sans cesse à l'accouchement de Mary Ellen. Il éprouvait une terreur indicible à l'idée que l'enfant serait peut-être mort-né.

Camille, de plus, le torturait en faisant tout ce qu'il lui interdisait; elle allait se promener seule le long du ruisseau, se balançait sur une vieille balançoire derrière la maison, et trois semaines avant la naissance prévue, elle horrifia Hannah, lorsque, folle de rage et prétextant qu'elle s'ennuyait et qu'elle était fatiguée de marcher, elle monta sur une mule que Jeremiah avait depuis longtemps ramenée des mines et laissée dans les vignes. Hannah, bouleversée, en fit part à Jeremiah dès son retour. Il se précipita dans l'escalier, avec l'intention de la gronder, mais lorsqu'il entra dans la chambre, il comprit que ce n'était pas le moment. Elle était étendue sur le lit, étrangement pâle. Quand il s'approcha et se pencha pour l'embrasser, il la vit grimacer de douleur et serrer les dents.

— Tu te sens bien, petit amour?

Il s'inquiéta sur-le-champ. Elle transpirait un peu.

— Ça va.

Elle voulut absolument descendre dîner avec lui mais elle mangea à peine. Jeremiah et Hannah l'observaient. Il l'envoya ensuite se reposer; pour une fois, elle ne s'y opposa pas et parut même soulagée de quitter la table. Mais dans l'escalier, elle tomba à genoux en gémissant. Il se précipita et la prit délicatement dans ses bras. Hannah le suivit.

— Elle va accoucher. Je l'ai su cet après-midi. Mais quand je lui ai demandé, elle m'a dit qu'elle ne souffrait pas. C'est d'être montée sur cette vieille mule...

— Oh, tais-toi donc, répliqua-t-elle à Hannah, sans y mettre pourtant sa conviction habituelle, et Jeremiah pensa qu'Hannah avait raison.

Il étendit Camille sur le lit et l'observa. Elle était d'une pâleur mortelle, serrait les poings et son visage avait une expression étrange. On aurait dit qu'elle souffrait mais qu'elle refusait de l'admettre. Elle essaya d'ailleurs de se lever mais dès qu'elle mit le pied par terre, ses genoux se dérobèrent et elle se mit à crier, se raccrochant à Jeremiah, qui la soutint et la recoucha.

Il se tourna vers Hannah.

– Prends Big Joe et va chez Danny. Il m'a dit qu'il irait chercher le docteur à Napa.

Tout à coup, Jeremiah regretta d'avoir choisi un médecin si éloigné. Il ne serait d'aucun secours, malgré sa compétence, s'il n'arrivait pas rapidement.

Hannah sortit sans faire de bruit et revint une demi-heure plus tard. Danny était parti pour Napa. Ce qui voulait dire que le médecin serait là dans cinq ou six heures. Hannah descendit faire chauffer de l'eau, rassembla des chiffons propres et prépara du café très fort pour elle et pour Jeremiah. Elle ne s'apitoyait pas sur Camille; elle était jeune et, même si c'était très douloureux, elle y survivrait. Et puis, il y avait une sorte d'excitation dans l'air. Cet enfant que Jeremiah attendait depuis si longtemps arrivait enfin. Lui aussi était heureux. Il regardait Camille et lui souriait tendrement, tandis qu'elle s'agrippait à son bras.

– Ne me laisse pas avec Hannah... Elle me déteste...

Elle se mit à pleurer, visiblement effrayée. Mary Ellen n'était pas ainsi, mais elle avait déjà eu trois enfants et elle était plus âgée que Camille, qui ressemblait à une petite fille, se tordant de douleur à chaque contraction.

– Oh, fais que ça s'arrête, Jeremiah!... Je n'en peux plus...

Il posa un linge mouillé sur son front, mais elle le rejeta et s'accrocha à son bras. Danny était parti pour Napa depuis quatre heures et Jeremiah se mit à prier pour que le médecin arrive rapidement. Il n'y en avait plus pour longtemps. Tout à coup, il se souvint avec horreur de Mary Ellen, qui avait souffert durant trois jours. Mais cela ne pouvait pas arriver à Camille. Il ne le permettrait pas. Il se mit à regarder sa montre presque constamment. Camille s'agrippait toujours à son bras et tenait de l'autre main le montant de cuivre du lit. Les contractions se rapprochaient et elle criait presque sans cesse.

Hannah remonta avec une autre cafetière, mais Camille ne sembla même pas la voir.

– Vous ne voulez pas que je reste avec elle? murmura-t-elle. Vous ne devriez pas être là.

Elle le regardait avec désapprobation, mais Jeremiah avait promis à Camille de rester jusqu'à l'arrivée du médecin et de ne pas la laisser seule avec Hannah. Et puis il voulait être là. Cela le soulageait d'être dans la chambre et de savoir ce qui se passait. Il serait devenu fou s'il avait attendu dehors.

Lorsque Danny revint, trois heures plus tard, Jeremiah avait l'air tendu et épuisé.

— Le docteur est à San Francisco, dit-il à Jeremiah.

En haut, Camille s'agrippait aux mains d'Hannah et criait qu'elle ne pourrait supporter une telle douleur plus longtemps. Hannah essayait de l'apaiser.

— Sa femme a dit que le bébé était en avance.

— Je le sais bien, répliqua-t-il, excédé. Mais que diable fait-il à San Francisco?

L'adolescent haussa les épaules.

— Ma maman m'a envoyé chercher le docteur de Sainte Helena, mais il est à Napa pour un accouchement.

— Mon Dieu... il n'y a donc personne qui puisse venir?

Il se souvint alors du médecin de Calistoga et envoya Danny chez lui. Mais cela prendrait sans doute une heure encore, et lorsque Jeremiah bondit dans l'escalier, il entendit hurler Camille. C'était un cri de douleur horrible et guttural qui ressemblait à celui d'un animal blessé. Il ouvrit la porte à toute volée et regarda Hannah d'un œil sombre.

— Où est le docteur? murmura-t-elle, le regard inquiet.

— Il ne vient pas. J'ai envoyé le gosse à Calistoga chercher l'autre. Bon Dieu, j'espère qu'il est chez lui.

Hannah opina et Camille se remit à gémir, déchirant sa chemise de nuit et se tordant de douleur dans la nuit moite. La tension les faisait transpirer tous les trois.

— Jeremiah... je crois qu'il y a quelque chose d'anormal. Avec les contractions qu'elle a, l'enfant devrait arriver. J'ai regardé, mais je n'ai rien vu.

Jeremiah pinça les lèvres. Sa femme se débattait sur le lit et il n'y avait personne pour venir à son secours, du moins pour l'instant. Il n'avait pas le choix; il devait l'aider. Entre deux contractions, il lui écarta doucement les jambes. Elle voulut l'en empêcher, mais elle oublia sa présence dès qu'une nouvelle contraction arriva. Il se pencha et regarda, espérant voir le crâne du bébé.

Mais ce qu'il vit le laissa sans souffle : là où aurait dû se trouver la tête, sortait une main minuscule. Le bébé était tourné à l'envers, comme celui de Mary Ellen, et il était peut-être déjà mort. Il se souvint de ce qu'avait fait le médecin à Calistoga. Il donna calmement des instructions à Hannah, qui força Camille à rester étendue. Elle hurlait comme si elle allait mourir et Jeremiah savait qu'il augmentait encore sa souffrance, mais il devait faire tout ce qui était en son pouvoir pour sauver leur enfant. Et lentement, lentement, par pressions, il sentit la tête du bébé à l'intérieur et parvint à le retourner. Le lit était baigné de sang, et Camille, malgré sa faiblesse, cria encore lorsque le nouveau-né sortit lentement d'entre ses jambes, et se retrouva, vagissant, dans les mains de son père.

Jeremiah ne vit pas bien d'abord le sexe de son enfant. Puis, à travers ses larmes, il distingua plus clairement. « C'est une fille! » cria-t-il à Camille, qui se mit à pleurer. Mais ses larmes étaient le contrecoup de la souffrance plutôt que la joie d'avoir un enfant. Elle resta étendue sur le lit, se lamenta lorsque Hannah essaya de la nettoyer et refusa de prendre l'enfant dans ses bras. Le médecin, qui arriva quelques instants plus tard, félicita Jeremiah et donna des sédatifs à Camille. Hannah chantonnait une berceuse au nouveau-né.

— Vous vous êtes débarrassé des anneaux, je parie, plaisanta le médecin en partant.

L'heureux père se mit à rire, le remercia et lui tendit une pièce d'or. Il avait prévu de la donner au médecin de Napa, mais après tout ce qui s'était passé, il pensait que celui-ci l'avait bien gagnée. C'était grâce à ce qu'il l'avait vu faire pour Mary Ellen que Jeremiah avait su retourner le bébé. Le médecin ne lui cacha pas qu'il avait sauvé la vie de son enfant, mais qu'il avait par là même beaucoup fait souffrir la mère.

Lorsque Camille s'éveilla, il l'apaisa et tenta de lui expliquer qu'il n'avait pu faire autrement. Encore très secouée par ce qu'elle avait enduré, elle ne voulut toujours pas prendre son enfant. Jeremiah glissa à son doigt une émeraude qu'il avait achetée pour l'occasion et lui montra le collier, les boucles d'oreilles et la broche assorties. Mais elle n'y prêta aucune attention. Elle ne voulait qu'une chose : sa promesse qu'elle n'accoucherait plus jamais. Elle lui dit en sanglotant qu'elle avait vécu la pire expérience de sa vie et que rien ne serait arrivé s'il ne l'avait pas prise de force. Sa réaction attrista Jeremiah mais il se dit qu'elle se remettrait dans quelques jours. Hannah n'en était pas si sûre; elle n'avait jamais vu une femme qui refuse de prendre son enfant dans ses bras. Camille n'accepta que quatre jours plus tard. Il fallut trouver une nourrice en ville, Camille refusant catégoriquement d'allaiter.

— Comment allons-nous l'appeler, ma chérie?
— Je ne sais pas.

Elle était indifférente et rien de ce qu'il pouvait lui dire ne semblait la réconforter. Elle refusa de chercher un prénom et ne prit jamais l'enfant auprès d'elle. Jeremiah s'en occupait constamment. Que ce ne fût pas un garçon n'avait aucune importance pour lui; l'essentiel était que ce bébé attendu depuis si longtemps soit le sien, la chair de sa chair. Il comprit à ce moment-là ce qu'avait voulu dire Amelia en le poussant à se marier et à avoir des enfants. C'était l'expérience la plus enrichissante de sa vie, il adorait ce petit être qu'il prenait dans ses bras dès qu'il le pouvait. Il s'asseyait, fasciné et émerveillé par la petitesse de ses mains et la délicatesse de ses traits. Il ne pouvait pas dire à qui elle ressemblait, mais, lorsqu'elle eut une semaine, il voulut l'appeler Sabrina. Camille n'éleva aucune objection. Elle fut baptisée à Sainte Helena : Sabrina Lydia Thurston.

C'était la première sortie de Camille. Elle portait son émeraude et une robe d'été verte, mais elle se sentait encore faible et elle était furieuse de ne pouvoir entrer dans la plupart de ses robes. Hannah, pour essayer de la consoler, lui dit qu'il était encore trop tôt, mais Camille lui coupa la parole et lui ordonna de sortir de sa chambre en emportant le bébé avec elle.

L'atmosphère fut lourde durant tout l'été. Camille se sentait comme une lionne en cage dans la maison de Sainte Helena. Jeremiah l'avait imaginée à tort en train de chanter des berceuses à leur enfant... Nerveuse, elle ne songeait qu'à rentrer en ville, comptant les semaines qui s'étiraient sans fin. Il lui avait promis un voyage à New York et à Atlanta. Mais la mère de Camille tomba malade en juillet et son père écrivit en leur conseillant de ne venir que pour Noël. Camille, comme à son habitude, piqua une colère et brisa une lampe avant de quitter la pièce en claquant la porte. Elle détestait tout et tout le monde, la maison, la région, les gens, Hannah, l'enfant; même Jeremiah faisait les frais de sa mauvaise humeur. Le soulagement fut général lorsqu'ils partirent pour San Francisco en septembre. Camille allait enfin retrouver la vie citadine qui lui avait si désespérément manqué. Il lui semblait sortir de prison.

– Sept mois! soupira-t-elle, incrédule, en arrivant devant leur maison. Sept mois!

– Tu nous as manqué, lui dirent ses amis.

– Ça a été l'époque la plus affreuse de ma vie, leur répondit-elle. Un cauchemar!

Elle se rendit chez le médecin, à l'insu de Jeremiah, puis se procura plusieurs anneaux, ainsi qu'une lotion spéciale et une provision d'armoise, qui était également un contraceptif très

efficace. Rien de ce qu'il pourrait lui dire ne l'empêcherait
d'avoir recours à toutes ces précautions. De toute façon, elle
n'avait pas eu de relation sexuelle avec lui depuis la naissance
de Sabrina et elle n'était pas pressée de recommencer. Elle ne
voulait prendre aucun risque.

Sabrina avait quatre mois à présent. Elle était gaie, jolie et en
bonne santé. Elle avait de beaux cheveux bouclés et les yeux
bleus de Camille et de Jeremiah. Mais Camille allait rarement
voir sa fille; elle avait d'ailleurs décidé de ne pas utiliser la jolie
chambre d'enfant qui se trouvait à côté de leurs appartements
et avait relégué le bébé au troisième étage.

– Elle fait trop de bruit, avait-elle expliqué à Jeremiah, qui
avait été déçu de ne plus avoir sa fille près de lui.

Mais il ne se cachait pas pour monter la voir. Il adorait sa
fille et n'en faisait pas mystère. Seule Camille ne semblait pas
partager cet amour et elle coupait court lorsque Jeremiah
abordait le sujet. Quand l'enfant eut six mois, il s'inquiéta.
Camille ne lui avait jamais témoigné aucune affection et la
petite s'en apercevrait en grandissant. Tout ce qui lui importait,
c'étaient ses amis, les réceptions et les fêtes qu'elle donnait à
Thurston House lorsque Jeremiah était à Napa. Comme il lui
avait dit qu'il n'appréciait pas ses amis, elle les voyait sans lui,
et depuis cette grossesse ses sentiments pour lui semblaient
s'être refroidis. Il se demandait par moments si elle lui
pardonnerait jamais.

– Attendez un peu, lui avait dit Amelia lors d'une autre
visite, lorsqu'il lui fit part de la situation.

Elle prit Sabrina dans ses bras, lui parla et rit avec elle.
Jeremiah fut frappé de la différence qui existait entre les deux
femmes.

– Peut-être a-t-elle peur des bébés.

Elle saisit son regard.

– J'ai trois petits-enfants, après tout.

Sa fille avait enfin eu un garçon, ce qui avait réjoui toute la
famille. Amelia avait malgré tout trouvé le temps d'aller voir
Jeremiah et Camille, bien que Camille ne fût pas là cette fois-là,
comme c'était souvent le cas à présent. Elle semblait ne pas
avoir une minute à consacrer à son mari et à sa fille. Les seules
fois où elle était chez elle, c'était lorsqu'elle donnait une
réception ou organisait un bal. Jeremiah était las de tout cela.
Elle aimait tenir le rôle public de Mme Jeremiah Thurston,
appréciant le confort et l'aisance qui s'y rattachaient, mais elle
négligeait les devoirs privés qui lui incombaient. Jeremiah en

avait assez de ne plus dormir avec sa femme. Prétextant qu'elle se sentait encore malade, elle dormait dans son cabinet de toilette, et cela depuis leur retour de Napa. Mais elle n'était jamais assez souffrante pour manquer une réception. Jeremiah n'osa parler de tout cela à Amelia, mais elle comprit ses silences et en fut désolée. Il méritait mieux... Elle aurait été heureuse de lui offrir davantage si la situation avait été différente. Mais elle était trop âgée pour lui, du moins le pensait-elle, et elle était heureuse qu'il ait eu une fille.

Vers Noël, Jeremiah mit les choses au point. Camille lui avait dit, en novembre, qu'elle désirait donner un immense bal qui rassemblerait six ou sept cents personnes; « le plus grand bal jamais donné à San Francisco », lui avait-elle dit, folle de joie.

Il la regarda et secoua la tête.

— Non.

— Pourquoi?

Ses yeux s'assombrissaient peu à peu.

— Nous allons à Napa pour Noël.

La mère de Camille n'était toujours pas remise et son père leur déconseillait de venir à Atlanta. Camille ne semblait pas très préoccupée par sa mère. Tout le monde savait qu'elle ne l'aimait pas. Mais elle aurait voulu aller à Atlanta pour jouer la grande dame et toiser tout le monde.

— Napa? s'écria-t-elle, Napa? Pour Noël? Plutôt mourir!

Cette perspective en aurait peut-être réjoui certains, mais Jeremiah n'en était pas encore là.

— Je dois m'occuper des mines. Il y a eu encore des inondations...

John Harte venait de perdre vingt-deux des cent six hommes qui travaillaient pour lui et Jeremiah était allé l'aider. Harte, qui commençait enfin à s'adoucir, lui en était reconnaissant.

Elle l'interrompit.

— Eh bien, tu vas à Napa. Moi, je reste là

— Pour Noël? Je veux que nous soyons tous les trois ensemble.

— Qui? Toi, moi et Hannah? Ne compte pas sur moi, Jeremiah.

— Je faisais allusion à notre fille! Ou as-tu oublié que nous en avons une?

— C'est une remarque inutile. Je la vois tous les jours.

— Quand? Lorsque tu sors et qu'elle revient du jardin?

— Je ne suis pas une nourrice, Jeremiah.

Elle le regarda d'un air hautain et Jeremiah ne put se contenir.

– Tu n'es pas une mère non plus. Ni une épouse, d'ailleurs. Tu es quoi exactement?

A ces mots, elle leva la main et le gifla. Il resta immobile à l'observer. Ni l'un ni l'autre ne bougea. C'était la fin de leur mariage qui s'annonçait, et ils le savaient tous deux. Camille fut la première à parler, mais pas pour s'excuser. Quelque chose s'était brisé en elle, des mois auparavant, lorsqu'elle avait accouché, ou bien lorsqu'elle avait été cloîtrée à Napa. A dire vrai, elle ne lui pardonnerait jamais Sabrina.

Mais il y avait plus que cela. Elle avait voulu prendre part à ses activités professionnelles, mais elle avait découvert qu'il n'y avait pas de place pour elle à Napa. C'était un monde exclusivement masculin et il ne lui en parlait même pas. En échange, elle avait voulu qu'il participe à toutes ses réceptions, mais il l'avait laissée, se tenant à l'écart de la vie mondaine, comme il l'avait toujours fait, refusant de se montrer avec elle. Elle n'avait rien de ce qu'elle désirait, excepté la grandeur de Thurston House et tout ce que cela signifiait pour elle.

– Je ne vais pas à Napa, Jeremiah. Si tu passes Noël là-bas, tu seras tout seul.

Elle en avait assez de cet endroit, et il lui rappelait trop les pires moments de son existence.

– Non, je n'irai pas seul. Je serai avec ma fille, ajouta-t-il tristement.

Il tint parole. Le 18 décembre, il partit pour Napa avec Sabrina et sa nourrice. Hannah fut heureuse de les accueillir à Sainte Helena. Elle ne se risqua à évoquer l'absence de Camille que deux jours plus tard, mais elle comprit aussitôt que Jeremiah ne voulait pas en discuter. Les agissements de Camille l'atteignaient beaucoup.

S'il avait su le reste, il aurait souffert bien davantage. Elle avait donné effectivement un bal. Les invitations furent lancées sans qu'il le sache. Il l'apprit par les journaux, deux jours plus tard. Il supposait, avec raison, qu'elle le rendait responsable de la situation. Et au lieu de passer Noël avec son mari et sa fille, elle avait préféré s'entourer d'amis. Pas un de ses invités n'aurait plu à Jeremiah. Camille était aux anges, jouant la grande dame de Thurston House, du haut de ses vingt ans, essayant d'oublier qu'on ne l'avait pas toujours prise pour une aristocrate à Atlanta, ou qu'on l'avait obligée à avoir un enfant qu'elle ne voulait pas et à vivre à Napa Valley, qu'elle détestait avec tant de force.

Elle savait que, si Jeremiah l'obligeait à nouveau à avoir un bébé, elle se tuerait. Camille pensait quant à elle que Jeremiah méritait tout ce qui arrivait à présent, à cause de ce qu'il lui avait infligé. Dans son esprit, être enceinte était le pire cauchemar, et l'accouchement, une torture indescriptible. Elle se souvenait de tous les instants de sa douleur chaque fois qu'elle le voyait ou qu'il semblait vouloir s'approcher d'elle. Et Sabrina était le symbole vivant de neuf mois d'enfer. Il était beaucoup plus simple de l'éviter. Ce qu'elle fit, fermant son cœur à tout ce qui l'avait attirée autrefois chez Jeremiah et à tout ce qu'elle aurait pu ressentir pour sa fille.

CHAPITRE XVII

Contrairement aux suppositions de Camille, Jeremiah ne rentra pas tout de suite après Noël; il fit mieux, en lui écrivant qu'il ne serait pas de retour avant le milieu du mois suivant mais qu'il serait heureux qu'elle le rejoigne à Napa. Cela suffit à la contrarier. Elle n'avait aucune envie de se rendre à Napa et de manquer du même coup les bals et les soirées en ville. Elle expliqua l'absence de son mari avec désinvolture et continua à assister à toutes les réceptions, dont l'une fut donnée par un couple que Jeremiah détestait particulièrement, des nouveaux riches venus de l'Est qui s'étaient installés l'année précédente et dont les soirées avaient mauvaise réputation. Camille, qui n'aurait jamais pu s'y rendre si Jeremiah avait été là, profita de l'occasion et se rendit à un bal qu'ils offraient pour le Nouvel An. Les gens qu'elle y rencontra la surprirent agréablement.

Ils étaient beaucoup plus amusants que tous ceux qu'elle fréquentait d'habitude avec Jeremiah, en particulier un jeune homme qui venait juste d'arriver en ville. C'était un comte français, nommé Thibaut du Pré, qui semblait incarner à lui seul l'aristocratie européenne décadente. Il correspondait aux hommes que Camille se serait attendue à rencontrer à Paris, si elle s'y était rendue avec son père : un jeune homme grand, beau, blond aux yeux verts, le teint clair, les épaules larges, la taille fine, avec un accent délicieux et la parole aisée. Il passa toute la soirée à embrasser Camille dans le cou, ce qui ne choqua aucun invité. Il parlait l'anglais aussi bien que le français et possédait un château dans le nord de la France ainsi qu'un palais à Venise, du moins le prétendait-il, mais il restait

très vague quant à des détails plus précis. Il s'attacha aux pas
de Camille dès le début de la soirée et resta presque constamment à ses côtés. Il lui dit avoir appris qu'elle possédait une
magnifique demeure; il souhaitait la visiter simplement pour
la comparer à la sienne, bien entendu; les Américains avaient
des idées si différentes concernant l'architecture, insista-t-il
tout en la faisant valser, le bras étroitement serré autour de sa
taille et les yeux rivés aux siens.

C'était un homme étonnamment beau, plein de charme,
ouvert, franc. Camille ne vit aucun mal à lui montrer sa maison
le lendemain. Elle n'y vit aucun mal, jusqu'à ce qu'il la serre
contre lui et se mette à l'embrasser, alors qu'ils se trouvaient
dans son boudoir où elle lui montrait le papier venu de France,
peint à la main.

Mais lorsqu'il la toucha, son corps se mit à frémir sous ses
doigts et elle mesura depuis combien de temps un homme ne
l'avait pas caressée. Elle eut un élan de passion pour le
langoureux comte français qui faisait vibrer son corps et la
suppliait presque de faire l'amour avec lui. Se reprenant
soudain, elle le pria de cesser, mais les mots moururent sur
ses lèvres et il l'embrassa à nouveau, certain qu'elle avait
parfaitement saisi ses intentions lorsqu'il lui avait demandé
de venir chez elle.

Il avait compris la nuit précédente que son mari ne se
trouvait pas là et que c'était souvent le cas. Mais elle le
repoussa enfin et lui ordonna presque de redescendre avec elle.
Elle l'amusait avec ses prunelles enflammées, ses jolies lèvres
et ses cheveux de jais.

Les semaines suivantes, il la couvrit de cadeaux, de colifichets et de bouquets de fleurs, l'invita à déjeuner, l'emmena
faire des promenades; pendant tout ce temps, Jeremiah resta
absent. Elle répétait que la conduite de du Pré était presque un
affront, mais elle le disait à la façon traînante des gens du Sud,
et elle devait s'avouer que grâce à lui elle ne s'était jamais
autant amusée depuis des mois. Jeremiah était si sérieux, et elle
était si fatiguée de l'entendre parler des inondations de ses
mines... Il était encore retenu à Napa, à cause de quatre
hommes qui venaient de mourir dans une autre inondation.
Thibaut ne lui parlait pas de ce genre de choses. Il lui disait
simplement combien elle était belle, combien il était étonné
qu'elle ait eu un enfant, ce à quoi elle répondait qu'elle avait
détesté cet épisode de sa vie. Il gagna son cœur par la ferveur
de ses propos.

– Je pense qu'il est très cruel de demander à une femme d'avoir un enfant. Barbare, même!

Il paraissait outré.

– Je ne demanderai jamais une telle chose à la femme que j'aimerai, ajouta-t-il avec un regard entendu qui la fit rougir.

– Je ne recommencerai jamais, avoua-t-elle. Plutôt mourir.

Il lui fit plaisir en admettant que les enfants ne l'avaient jamais attiré.

– Ces petits morveux sont effroyables... et en plus ils sentent mauvais!

Elle se mit à rire et il l'embrassa. Elle ne comprit pas comment elle se retrouva sur le divan de son propre cabinet de toilette, en train de faire l'amour avec lui. Ils avaient bu une bouteille de champagne provenant de la cave de Jeremiah. Camille se félicita seulement de porter un anneau. Elle en avait remis un après le Nouvel An, simplement pour voir s'il convenait, s'était-elle dit... et elle l'avait laissé, au cas où Jeremiah serait revenu, s'était-elle répété pour se justifier. Mais cela n'avait rien à voir avec Jeremiah; cela concernait Thibaut du Pré, à présent.

Ils continuèrent à se voir en cachette durant six semaines, jusqu'au retour de Jeremiah. Du Pré venait à Thurston House, ou bien elle allait à son hôtel, même si elle savait très bien que cela ne se faisait pas, mais c'était moins dangereux que de le laisser venir chez elle, où il n'arrivait que tard dans la nuit. Ils riaient et montaient l'escalier sur la pointe des pieds, se cachaient dans ses appartements, buvant du champagne et faisant l'amour jusqu'à l'aube. Avec lui, elle retrouva la passion qu'elle avait connue avant la naissance de Sabrina. Mais surtout, il lui semblait beaucoup plus attirant que Jeremiah. Il était grand, mince, fascinant, il lui parlait français, il était libertin et il n'avait que trente-deux ans. La plupart du temps, il paraissait beaucoup plus jeune, plus jeune encore que Camille, qui n'en avait que vingt. Il ne pensait qu'à jouer, à folâtrer et à faire l'amour du matin au soir et il ne voulait pas qu'elle ait d'enfant. Il était très satisfait de son anneau et lui parla même d'autres méthodes inconnues qui existaient en France. C'est à ce moment-là qu'il commença à envisager de l'emmener avec lui en Europe.

– Tu pourrais venir avec moi dans le sud de la France... et nous irions voir mes amis... Il y a des soirées qui durent toute la nuit...

Il commença par l'appâter en lui disant ce qu'ils aimaient y

faire. Mieux encore, il le lui montra. Au fil des jours, elle se
sentit envahie par une sensation étrange, comme si elle avait
découvert une drogue ; elle ne pouvait plus vivre sans lui. Elle
lui était totalement assujettie et, nuit et jour, elle brûlait de le
sentir contre elle. Cette présence lui était devenue nécessaire
pour combler son âme. S'arracher à sa chair, lorsqu'il quittait
son lit, était presque douloureux ; elle avait besoin de son corps
contre le sien, de ses mains, de ses lèvres, de sa langue... une
sorte de parfum entêtant émanait de ses gestes et elle en arriva
au point où elle ne parvint plus à être rassasiée de lui. Elle
commençait à souffrir du retour de Jeremiah. Lorsqu'il rentra,
elle parvint juste à temps à renvoyer du Pré. Tandis que
Jeremiah était monté voir sa fille, elle trouva une bouteille de
champagne vide sous le lit, qu'elle cacha précipitamment dans
son boudoir. Elle se sentait négligée, corrompue, déroutée, et
elle mesurait son imprudence. Lorqu'elle vit Jeremiah elle se
mit à pleurer ; et il mit ses larmes sur le compte du soulagement. Mais elle pleurait parce qu'elle était complètement
perdue. Durant un instant, un instant seulement, en prenant sa
fille dans ses bras, pour la première fois depuis six semaines,
elle eut la vision fugitive de ce qu'aurait pu être sa vie, une vie
centrée autour de Jeremiah et de Sabrina, et elle regretta
soudain de n'être pas allée à Napa avec lui. Elle aurait été en
sécurité là-bas. Au lieu de cela, elle était partie à la dérive. Elle
s'était promenée dans le jardin de l'Eden et ne se souvenait
plus du chemin qui menait chez elle, ou ne voulait même plus
le trouver. Elle se retrouva allongée au côté de Jeremiah cette
nuit-là, désespérément immobile, torturée par ses propres
pensées, et lorsque enfin il posa une main sur sa cuisse, elle se
mit à trembler. Le plus terrible dans la situation était qu'elle ne
le désirait plus. Elle se morfondait déjà en songeant à Thibaut,
le lendemain matin. Ils se rencontrèrent en secret dans sa
chambre d'hôtel. Lorsqu'elle rentra chez elle, cet après-midi-
là, elle eut l'impression que son esprit et son âme étaient
possédés par lui de façon presque démoniaque. Elle ne pouvait
même pas imaginer ce que son père aurait pensé de cet
homme, mais, pour la première fois de sa vie, peu lui
importaient l'opinion de son père, celle de Jeremiah ou de
quiconque.

   Il projetait de rester à San Francisco quelques mois et elle
comprit qu'à la fin de ce séjour la situation serait si compliquée
qu'elle en deviendrait à moitié folle. Déjà, ne sachant que dire à
Jeremiah le soir, elle avait regagné son cabinet de toilette. Elle

n'avait plus le temps de voir Sabrina et, lorsqu'elle sortait avec Jeremiah, elle regardait partout pour entrevoir le comte, qui la dévorait des yeux et qui osa même un jour lui caresser la poitrine alors qu'elle le croisait en entrant dans un restaurant. Tout son corps se mit à trembler de désir, à tel point que Jeremiah crut qu'elle avait froid. Durant un instant, elle se sentit malade de culpabilité. Et de nouveau Thibaut parla de la ramener en France avec lui.

— Mais je ne peux pas! Tu ne comprends pas!

Il la rendait folle avec son regard passionné et ses propos tentateurs.

— Je suis mariée! J'ai une petite fille!

Et beaucoup plus que cela : toute une façon de vivre, la sécurité, Thurston House. Elle était quelqu'un d'important, ici. Elle ne pouvait pas abandonner tout cela.

— Tu as un mari qui t'ennuie à pleurer et tu te fiches bien de ta fille. Alors, qu'y a-t-il d'autre, mon amour? Tu ne veux pas être ma comtesse, dans un château français?

— Bien sûr... bien sûr..., sanglotait-elle.

Elle ne savait que faire. Au bout d'un mois ou deux, Jeremiah avait remarqué sa pâleur. Il pensa que c'était encore le contrecoup de son accouchement et la pressa d'aller revoir le médecin. Mais elle remettait toujours. Elle rencontrait du Pré dans sa chambre d'hôtel... où il lui parlait de ses châteaux... de son père... de ses amis... tous marquis, comtes, princes et ducs... La tête lui tournait lorsqu'elle l'écoutait lui parler des bals que donnaient ses amis dans leurs châteaux, en France. Cela ressemblait au rêve que lui avait promis son père avant l'arrivée de Jeremiah. Elle pouvait être comtesse si elle le désirait, tout ce qu'elle avait à faire était d'en finir avec sa vie ici, lui murmurait sans cesse Thibaut.

— Je n'en peux plus, lui dit-elle une fois. Je suis trop désorientée.

Mais cela lui était égal. Tout comme elle, il ne pouvait plus se passer de sa présence, il la voulait entièrement pour lui. Il ne renoncerait pas avant qu'elle ait cédé. Il voulait la ramener en France et il supposait quand même qu'elle possédait un peu de la fortune dont elle faisait étalage.

Tous les jours, Jeremiah la voyait partir, sans savoir où elle allait. Jusqu'au mois d'avril où un ami lui dit avoir vu Camille sortir du *Palace Hotel* avec un grand jeune homme blond; ils s'étaient embrassés avant qu'il arrête une calèche où elle était montée. Jeremiah sentit son cœur se briser, il voulut croire que

c'était faux mais, en observant Camille, jour après jour, il se
mit à penser que son ami avait raison. Lorsqu'il lui parlait, son
regard était toujours distant et elle insistait pour qu'ils sortent
tous les soirs. Elle semblait soulagée lorsqu'il partait pour
Napa et elle ne dormait plus avec lui.

Il fut encore plus déprimé lorsque le printemps arriva et
craignit ce qui se passerait lorsqu'il essaierait de la ramener à
Napa en juin. Il ne voulait pas l'affronter, de peur qu'elle ne
rompe, car ensuite il ne serait plus maître de rien.

Un après-midi qu'il quittait son banquier avec lequel il avait
parlé affaires, il vit un attelage passer lentement et aperçut
Camille dans les bras d'un homme blond. Jeremiah resta
immobile pendant une demi-heure, comme si son univers
venait de voler en éclats. Il eut une explication calme avec elle,
ce soir-là, dans son cabinet de toilette.

— Je ne sais pas comment cela a commencé, Camille.

Il avala les sanglots qui montaient dans sa gorge.

— Et je ne veux pas le savoir. Quelqu'un t'a vue il y a quelque
temps et j'ai voulu croire que c'était faux, mais je pense que
c'est la vérité.

Les larmes lui vinrent aux yeux lorsqu'il la regarda. Il
l'aimait tant, il se demandait s'il allait la perdre à cause de
l'homme qui l'embrassait dans la calèche. Peu lui importait ce
qu'elle avait fait, du moment qu'elle arrêtait. Ils pouvaient
encore sauver leur couple, si elle le désirait. Cela dépendait
d'elle plus que de lui. Il voulait lui pardonner, continuer à
vivre avec elle. Mais il ne réalisait pas l'extrême confusion dans
laquelle elle se trouvait.

— Comment sais-tu que c'était moi?

Elle le regarda tristement, nullement combative pour une
fois.

— Inutile de revenir là-dessus. L'important, c'est que je veux
que tu cesses.

Sa voix était aussi tendre que l'amour qu'il lui portait.

— Il le faut, Camille. J'aimerais que nous partions pour Napa
la semaine prochaine; peut-être pourrions-nous recoller les
morceaux là-bas, avec Sabrina, lui dit-il, le regard embué.

Elle ferma les yeux. En la menaçant de la noyer, il l'aurait
moins démoralisée qu'en lui proposant d'aller à Napa la
semaine suivante. Cette pensée lui était insupportable et elle ne
pouvait pas encore rompre avec Thibaut. Pas encore. Elle avait
besoin de lui. Jeremiah poursuivit, dans un simple murmure,
venu du fond du cœur :

– Je t'en prie...

Elle rouvrit les yeux.

– Je verrai...

Mais elle avait l'impression qu'une main lui serrait la gorge. Cette nuit encore, elle courut dehors simplement pour le rencontrer dans la rue, l'embrasser, lui parler un peu. Jeremiah la crut en bas avec la cuisinière et ne sut jamais la vérité, tandis qu'elle se tenait immobile, désespérée, derrière les jardins, parlant à l'oreille de du Pré qui la suppliait de le rejoindre à son hôtel. C'était un homme sans aucune conscience, prêt à faire n'importe quoi pour l'emmener avec lui. Pourquoi pas, après tout? Elle était belle, sensuelle, presque aussi débauchée que lui, à présent, et experte dans l'art de l'amour, bien qu'elle n'eût que vingt ans.

Il savait de plus, d'après ce que tout le monde disait, qu'elle était très riche, et puis il y avait bien sûr tout ce que Thurston lui avait donné, ce qui devait être considérable, à voir ses fourrures et ses bijoux. Mais, lorsqu'elle retrouva Thibaut le lendemain dans sa chambre d'hôtel, elle lui dit en sanglotant que leur liaison était terminée. Elle avait bien réfléchi. Elle ne voulait pas tout abandonner pour lui.

– Ai-je fait quelque chose de mal? demanda-t-il, l'air choqué.

L'immoralité de la situation ne l'avait jamais dérangé.

Il jouait depuis des années à ce jeu fort amusant avec les femmes des autres et celle-ci était sa plus belle conquête. Il n'avait aucune intention de la laisser partir. Pas elle. Elle était trop délicieuse, trop jolie. Et maintenant, elle lui appartenait, il le sentait.

– C'est moi qui me suis mal conduite, expliqua-t-elle. Je ne pouvais pas m'en empêcher, mais maintenant je dois rompre. Mon mari sait la vérité.

Elle s'attendait à le voir sursauter et s'étonna qu'il n'en fasse rien. Il parut seulement inquiet.

– Il t'a battue, mon amour?

– Pas du tout. Mais il veut que je l'accompagne à Napa la semaine prochaine.

Elle eut du mal à poursuivre, tant cette perspective l'oppressait.

– Nous resterons là-bas presque quatre mois et... et tu seras parti lorsque nous reviendrons.

– Je ne peux pas venir avec toi à Napa? Loger dans un hôtel tout près...

C'était une pensée saugrenue, mais elle ne lui en fit pas le reproche. Elle le voulait à ses côtés.

— Non, ce n'est pas possible là-bas.

Il secoua la tête, lui sécha ses larmes puis la regarda.

— Donc, tu dois partir avec moi. Il faut choisir. Maintenant. Cette semaine.

Il paraissait décidé.

— Nous devons regagner la France. Il est temps pour moi de rentrer, de toute façon, nous passerons l'été dans mon château et nous irons peut-être à Venise pour les bals d'été, puis nous rentrerons à Paris.

Ces projets l'attiraient beaucoup plus que d'aller à Sainte Helena, mais elle n'y avait pas droit. Elle était la femme de Jeremiah et elle devait mener sa vie en Californie. De plus, il y avait des avantages.

— Je ne peux pas partir.

Elle était à peine capable de sortir les mots de sa bouche.

— Et pourquoi? Tu serais ma comtesse, ma chérie, penses-y!

Et c'était bien cela qui lui déchirait le cœur. Son père lui avait toujours fait cette promesse.

— Et mon mari? Et ma fille?

— Tu t'en fiches. Je le sais, et toi aussi.

— Ce n'est pas vrai...

Mais la vie que Thibaut lui faisait miroiter lui convenait tellement mieux! Elle ne voulait pas d'autres enfants, elle ne voulait pas être une épouse respectable... elle n'avait jamais voulu être mère... la seule chose qu'elle aimait à travers Jeremiah, c'était Thurston House, et Thibaut lui offrait deux châteaux... et tout à coup, elle eut un mouvement de recul. Est-ce que cela revenait au même? Qui avait la maison la plus grande?... elle fut soudain épouvantée. Qu'allait-il advenir? Elle se sentait déchirée...

— Je ne sais pas quoi faire.

Elle s'assit en sanglotant. Il lui versa une coupe de champagne.

— Tu dois choisir, mon amour. Mais choisir bien et avec sagesse. Quand tu pourriras à Napa pour le restant de ta vie, tu regretteras la chance que tu as laissée passer... Quand il te prendra de force et te fera un autre enfant...

Il vit bien que cette perspective la faisait frémir d'horreur.

— Penses-y! Je ne te demanderai jamais une chose pareille.

Elle savait que, tôt ou tard, Jeremiah le ferait. Il voudrait un fils. Mais ce n'était pas bien de le quitter simplement à cause de cela... Elle était sa femme... Elle but un peu de champagne et se remit à pleurer. Thibaut la prit dans ses bras et lui refit l'amour.

Lorsqu'elle rentra chez elle, elle monta l'escalier, entra dans la chambre d'enfant et contempla sa fille en train de jouer. Sabrina avait un an, disait quelques mots et avait commencé à marcher, mais Camille ne faisait pas partie de sa vie. Et c'était elle qui l'avait voulu ainsi. Elle eut envie de prendre sa tête dans ses mains, parce qu'elle ne savait quoi faire. Lorsque Jeremiah lui rappela qu'ils partaient cinq jours plus tard, elle pensa devenir folle. Elle retrouva Thibaut le lendemain, mais cette fois il la persuada. Il lui accrocha sur sa robe une énorme broche de diamant, qu'il lui dit être un bijou de famille, et déclara qu'ils étaient engagés l'un envers l'autre avant de lui faire l'amour une demi-douzaine de fois. Lorsqu'elle rentra chez elle, elle était abattue. Elle savait qu'en dépit de la gentillesse de Jeremiah, elle ne pourrait pas retourner à Napa avec lui, qu'elle ne supporterait pas un autre enfant et ne pourrait même pas donner un peu d'elle-même à leur seule fille. Ce n'était pas en elle, tout simplement. Thibaut le lui avait démontré, non pas grâce à la broche de diamant, mais avec ses mots, et maintenant, elle partait avec lui pour Paris. Elle allait être comtesse. Peut-être était-ce là son destin.

Jeremiah l'écouta, incrédule et bouleversé. Lorsqu'elle eut fini de parler, il se rendit dans la chambre de Sabrina, marcha sur la pointe des pieds pour ne pas réveiller la nourrice et regarda son enfant dormir. Il trouvait inconcevable qu'une mère abandonne son enfant, plus douloureux encore que de songer qu'elle allait le quitter. Il songea à la douleur poignante qu'elle avait connue en accouchant et il eut l'impression de ressentir la même chose. Il se souvenait de John Harte lorsqu'il avait perdu sa femme et son fils, plusieurs années auparavant. Il comprenait à présent ce qu'il avait enduré. Il n'avait jamais été aussi malheureux. Il se demanda si Mary Ellen l'avait été autant lorsqu'il l'avait quittée. Peut-être payait-il pour ses péchés. Il se prit la tête dans les mains et pleura en silence avant de quitter la pièce et de rejoindre sa chambre solitaire.

Camille mit deux jours à faire ses malles et un voile de tristesse tomba sur la maison lorsqu'on sut la nouvelle. Jeremiah ne dit rien à personne. Le matin de son départ, il l'agrippa et la pressa contre lui en pleurant.

— Tu ne peux pas faire ça, Camille. Tu es une enfant irréfléchie. Tu te réveilleras et tu te demanderas ce que tu as fait. Ne pense pas à moi. Songe à Sabrina... tu ne peux pas la laisser maintenant. Tu le regretteras toute ta vie. Et pour quoi? Pour un fou qui a un château? Tout cela est à toi.

Il fit un geste vers Thurston House, mais elle secoua la tête, pleurant elle aussi.

— Je n'étais pas faite pour être ici... pour être ta femme...

Elle hoqueta dans un sanglot :

— Je ne suis pas digne de toi.

C'était la première parole gentille qu'elle lui adressait.

— Bien sûr que si... Je t'aime... ne t'en va pas... oh, mon Dieu, je t'en supplie, ne t'en va pas...

Elle se contenta de secouer la tête, se précipita dehors et courut à travers les jardins, sa robe flottant derrière elle, vision de soie bleue et blanche aux cheveux épars que Jeremiah regarda aveuglément du haut des escaliers. Thibaut l'attendait dans un carrosse, devant le portail. Un cocher viendrait cette nuit prendre ses affaires. Jeremiah trouva un simple mot, avec ses bijoux : « Pour Sabrina... un jour », et un autre dans son cabinet de toilette : « Adieu. » Elle ne s'était pas doutée, en laissant ses bijoux, que Thibaut serait furieux contre elle.

Jeremiah se sentit comme un homme mort en allant de pièce en pièce. Il n'arrivait pas à croire qu'elle était partie. C'était insensé. Elle changerait d'avis, reviendrait et lui enverrait un câble de New York. Il retarda son départ pour Napa de trois semaines, espérant qu'elle reviendrait, mais elle ne réapparut jamais. Il ne la revit pas, si ce n'est dans ses rêves. Il écrivit à tout hasard à son père et lui expliqua le peu qu'il avait compris lui-même. Ce dernier répondit que c'était une enfant pervertie et que toute la famille la considérait comme morte, et il engageait Jeremiah à adopter la même attitude. C'était une solution bien désagréable, mais que faire d'autre? Elle ne lui écrivit même pas, disparaissant dans la nuit avec un inconnu qui l'emmenait en France avec lui.

Son père n'éprouvait aucune indulgence pour elle, même s'il était en partie responsable de sa conduite. Il lui avait appris à vouloir trop, à trop compter sur les biens matériels. Il avait peuplé ses rêves de princes et de ducs. Mais la différence était que, lorsqu'il avait vu Jeremiah, il l'avait jugé comme un homme bien, qui ferait un bon mari pour sa fille. Camille était allée trop loin et son père ne pouvait lui pardonner. Elle se hasarda à lui écrire, mais il lui répondit qu'elle était morte pour lui. Elle n'hériterait d'aucun de ses biens, ni de ceux de sa mère, qui était trop souffrante pour renouer des relations avec elle. Seul restait Hubert mais, égoïste de nature, il n'avait jamais porté beaucoup d'intérêt à Camille.

En Californie, Jeremiah annonça à tout le monde qu'elle était morte de la grippe, que l'on redoutait encore beaucoup. Camille avait été assez avisée pour ne rien dire de son départ. Personne ne semblait au courant de leur fugue. Thibaut, comme il laissait une énorme note impayée au *Palace Hotel*, tenait beaucoup à ne pas dévoiler sa destination future et n'avait dit à personne qu'il partait avec Camille Thurston. Ils disparurent purement et simplement; au bout d'une semaine, Jeremiah annonça que sa femme était dans un état désespéré. Puis on entoura le heurtoir de crêpe noir et tout le monde fut consterné. Un entrefilet parut dans les journaux, la maison fut fermée à double tour et Jeremiah partit pour Napa. Tout le monde là-bas crut aussi qu'elle était morte de la grippe. Il expliqua que son corps avait été transféré à Atlanta pour être enterré dans le caveau familial. Il y eut un petit service funèbre à Sainte Helena, auquel peu de monde assista avec une réelle tristesse. Les rares personnes qui la connaissaient ne l'avaient jamais trouvée très sympathique. Hannah vint, compassée dans sa robe noire, ainsi que quelques-uns des hommes qui travaillaient dans les mines de Jeremiah, par respect pour lui. Jeremiah fut touché de voir que John Harte s'était déplacé lui aussi. Il n'avait jamais oublié que Jeremiah avait été là lorsque sa femme et ses enfants étaient morts. Il ne s'était pas remarié et appréhendait toujours le soir de regagner la maison vide sur la colline. Il serra la main de Jeremiah, sincèrement compatissant.

– Soyez heureux d'avoir votre petite fille.

– Je le suis.

Jeremiah l'observa. Harte avait vingt-neuf ans mais il paraissait plus vieux, plus mûr. Beaucoup de responsabilités reposaient sur ses épaules, et, étrangement, Jeremiah l'aimait beaucoup. Il lui serra la main avec effusion puis rentra chez lui avec Sabrina. Il ne comprenait toujours pas ce qu'avait fait Camille et pourquoi. Mais une chose était sûre dans l'esprit de Jeremiah : il n'y aurait pas de divorce. Il voulait que personne ne sache que Camille n'était pas morte. Rien ne devait le laisser deviner. Il perpétuerait le mythe de sa mort aussi longtemps qu'il vivrait, particulièrement pour sa fille. Pour tout le monde, Camille Beauchamp Thurston était morte. Seuls Jeremiah et

Hannah savaient la vérité. Tous les serviteurs de Thurston House avaient été congédiés, et la maison fermée pour de bon.

Peut-être la vendrait-il un jour, ou la garderait-il pour Sabrina, mais il n'y revivrait jamais. Quelques vêtements, dont Camille n'avait pas voulu, étaient restés dans la penderie. Elle avait emporté tous ceux qui avaient du prix, ainsi que ses robes du soir et ses belles zibelines. Elle avait bien rempli ses malles en partant, et si jamais elle revenait un jour, elle serait toujours mariée avec lui. Et Sabrina grandirait en croyant que sa mère était morte de la grippe, comme beaucoup d'autres, ces dernières années. Elle ne trouverait rien qui puisse démentir cette légende, aucun indice qui puisse lui suggérer la vérité. Pas de lettre, pas d'explication, pas de divorce. Rien de tout cela. Camille Beauchamp Thurston s'en était allée, tout simplement. Qu'elle repose en paix. A jamais.

LIVRE II

SABRINA THURSTON HARTE

CHAPITRE XVIII

L A CARRIOLE S'ARRÊTA devant les mines, juste avant le déjeuner, et une frêle petite fille en descendit d'un bond. Ses cheveux noirs et soyeux étaient sagement retenus par un ruban de satin bleu. Sa jupe bleu pâle et sa vareuse la faisaient paraître encore plus jeune que ses treize ans. Elle traversa la cour et fit des signes à l'homme qui sortait du bureau. Il s'arrêta un instant, se protégeant les yeux du soleil, puis secoua la tête. Mais il souriait en même temps. La semaine précédente encore, il lui avait dit de ne pas prendre ses meilleurs chevaux pour galoper n'importe où dans les collines. Elle avait donc sorti la voiture et l'avait conduite elle-même. Il n'était pas sûr d'en être amusé ou mécontent; il savait seulement qu'il faisait en général vite le choix. Sabrina n'était pas une enfant que l'on contraignait facilement, et cela depuis toujours.

Elevée seule, elle avait contracté certaines particularités. Elle adorait l'odeur de ses cigares, connaissait ses goûts et ses désirs, qu'elle cherchait toujours à satisfaire, montait à cheval aussi bien que lui et connaissait par leur nom tous les hommes qui travaillaient dans ses mines. Elle en savait même plus long que lui sur la façon de faire du vin avec le raisin de sa vigne. Et rien de tout cela ne déplaisait à Jeremiah. Il était fier de sa fille unique, plus fier qu'il ne voulait bien le montrer, mais elle le savait au fond d'elle-même.

Il ne l'avait pas bridée ni battue une seule fois en treize ans. Il lui avait appris tout ce qu'il savait et l'avait toujours gardée auprès de lui. Lorsqu'elle était toute petite, il quittait très peu Sainte Helena, restant constamment avec elle, lui lisant des histoires pour l'endormir, la soignant lorsqu'elle était malade, la berçant lorsqu'elle était triste, préférant s'occuper d'elle au lieu de la laisser aux bons soins d'Hannah ou des servantes qu'il avait engagées exprès.

– Ce n'est pas naturel, Jeremiah! ronchonnait souvent Hannah, surtout les premières années. C'est une enfant, presque un bébé, laissez-moi m'en occuper avec les autres femmes.

Mais il n'y parvenait pas, il ne supportait pas de la savoir loin de lui plus d'un instant.

Quelque temps après, il se mit à l'emmener avec lui. Il rassemblait quelques jouets, prenait un tricot chaud, une couverture, quelquefois un oreiller. Elle jouait dans un coin de son bureau et se couchait douillettement sur la couverture devant le feu lorsqu'elle s'endormait l'après-midi. Quelques-uns trouvèrent cela choquant, mais la plupart étaient touchés. Même les hommes les plus durs avec lesquels traitait Jeremiah ne pouvaient résister au petit visage rose à moitié enfoui sous la couverture, aux boucles noires étalées sur l'oreiller. Elle se réveillait toujours avec un sourire et un petit bâillemment, et courait embrasser son père. L'amour qui les unissait en frappait plus d'un et provoquait même l'envie. C'était une passion rare et dévorante, une totale compréhension mutuelle. En treize ans, elle ne lui avait causé aucun chagrin. Elle était sa joie, son rayon de soleil, sa seule affection. Et la prodigalité de l'amour de Jeremiah faisait que l'enfant ne souffrait pas de l'absence de sa mère. Il lui avait simplement dit un jour qu'elle était morte quand elle était bébé.

– Est-ce qu'elle était jolie? demanda-t-elle.

Son cœur se serra un peu.

– Oui, elle l'était, chérie. Comme toi.

En réalité, Sabrina ressemblait davantage à son père. Elle avait la finesse des traits de Jeremiah. Il fut rapidement évident qu'elle aurait aussi sa taille. Si elle avait pris quelque chose de sa mère, c'était assurément son espièglerie. Elle faisait souvent des farces à Jeremiah, terriblement taquine, mais c'était toujours gentil. Elle ne s'était jamais montrée irritable ni capricieuse.

Durant toutes ces années, personne ne lui laissa entendre que sa mère n'était pas morte. Cela ne lui aurait apporté que trouble et chagrin, comme Jeremiah l'avait expliqué à Hannah longtemps auparavant. Depuis sa naissance, Sabrina n'avait connu que la joie. Elle menait une existence heureuse et accompagnait partout son père. Quand elle fut en âge d'apprendre, il loua les services d'un précepteur. Elle attendait patiemment toute la journée, feignant de s'intéresser à ses leçons, puis courait jusqu'à la mine pour retrouver son père et passer le reste de la journée à le suivre. C'est là-bas qu'elle apprenait tout ce qu'elle désirait savoir.

— Je veux travailler avec toi, plus tard, papa.

— Ne sois pas sotte, Sabrina.

Mais secrètement, il aurait voulu que ce soit possible. Elle était tout à la fois sa fille et son fils, et elle avait déjà le sens des affaires. Mais elle ne pourrait pas travailler dans les mines; personne ne l'aurait compris.

— Tu permettais bien à Dan Richfield de travailler pour toi quand il était petit. Il me l'a dit lui-même.

Il avait vingt-neuf ans à présent, il était marié et avait cinq enfants. Il était loin, le temps où il avait commencé à travailler pour Jeremiah, tous les samedis matin.

— C'était différent, Sabrina. C'était un garçon. Toi, tu es une jeune fille.

— Certainement pas!

Dans ses rares moments de colère, elle ressemblait à sa mère et il se détournait pour ne pas voir cette ressemblance.

— Ne me tourne pas le dos, papa! J'en sais autant sur les mines que n'importe quel homme ici!

Il s'asseyait et lui prenait la main avec un doux sourire.

— C'est vrai, ma chérie, mais ce n'est pas suffisant. Cela nécessite la poigne d'un homme, la force d'un homme et la détermination d'un homme. Et tu ne possèdes pas cela.

Il tapota la joue qu'il aimait tant.

— Tout ce que tu as à faire, c'est de trouver un bon mari.

— Je ne veux pas de mari!

Même à dix ans, cette pensée la révoltait; à treize ans, il en était toujours de même.

— Je veux vivre avec toi pour toujours.

Dans un sens, il en était heureux. Il avait cinquante-huit ans et restait vigoureux, fort, en bonne santé, et toujours plein d'idées pour faire prospérer ses mines et ses vignes, mais le chagrin dû à Camille avait fait son œuvre; il n'était plus un jeune homme, il se sentait vieux, usé, fatigué, et il y avait une partie de lui-même qu'il n'ouvrirait plus, comme il n'ouvrait plus la maison magnifique de San Francisco. Plusieurs acqué-reurs lui avaient fait des offres importantes, durant ces derniè-res années; l'un d'entre eux voulait même la transformer en palace. Mais Jeremiah ne souhaitait pas la vendre. Il n'avait jamais remis les pieds à l'intérieur et ne le ferait probablement jamais. Il lui aurait été trop douloureux de voir ces pièces qu'il avait fait construire pour Camille, cette maison qu'il avait espéré voir se remplir d'une demi-douzaine d'enfants. Il la laisserait à Sabrina et, si elle se mariait, il la lui donnerait. Au lieu d'être destinée à ses propres enfants, elle servirait à ceux de Sabrina. Cela semblait un destin approprié pour une maison qui avait été construite avec tant d'amour.

— Papa!

Elle l'appela et traversa la cour en courant, après avoir soigneusement attaché la voiture. Elle avait beau en savoir plus sur les mines, les chevaux et les attelages que la plupart des garçons, sa féminité était restée intacte, comme si des siècles de tradition d'élégance et de distinction sudistes étaient enfouis en elle jusqu'à en faire partie intégrante. C'était une femme jusqu'au bout des ongles. Mais dans le bon sens du terme, à l'inverse de sa mère.

— Je suis venue dès que j'ai pu.

Elle accourut vers lui, essoufflée, faisant s'agiter ses longs cheveux bouclés. Il se mit à rire et secoua la tête, la mine faussement désespérée.

— Je le vois bien, Sabrina. Quand je t'ai suggéré de venir cet après-midi, après le départ de ton précepteur, je ne voulais pas dire que tu dérobes ma meilleure voiture pour le faire.

Elle parut tout à coup prise de remords et jeta un coup d'œil par-dessus son épaule.

— Tu m'en veux vraiment, papa? J'ai conduit très prudemment.

— J'en suis sûr. Ce n'était pas cela qui me préoccupait. Mais c'est que tu te donnes en spectacle en conduisant une voiture comme ça. Hannah te flanquera sûrement une fessée. Si tu fais la même chose à San Francisco, ils te renverront chez toi par le train en te disant que tu es « émancipée » et que tu te conduis d'une façon bien peu convenable.

— Eh bien, ils seront idiots. Je conduis mieux que toi, papa.

Il fronça les sourcils, l'air outragé.

— Voilà qui est vraiment dur à entendre, Sabrina. Je ne suis pas encore au bout du rouleau, tu sais.

— Je sais bien, je sais bien... Je voulais seulement dire...

— Aucune importance. La prochaine fois, prends ton alezan pour venir ici. Ce sera un peu moins voyant.

— Mais tu m'as dit de ne pas aller au triple galop dans

les collines et de prendre une voiture, comme une dame.

Il se pencha et lui murmura à l'oreille :

— Les dames ne conduisent pas les carrioles.

Sabrina se mit à rire. Elle avait éprouvé un immense plaisir en venant jusque-là. Et elle n'avait à la vérité pas grand-chose à faire à Sainte Helena. Elle ne connaissait aucun enfant de son âge et n'avait ni frère, ni sœur ni cousin. Elle passait donc tout son temps avec son père. Quand elle s'ennuyait, elle faisait des farces ou montait jusqu'aux mines. De temps en temps, il l'emmenait à San Francisco. Ils séjournaient toujours au *Palace Hotel* et il prenait une chambre pour elle à côté de la sienne. Lorsqu'elle était plus petite, il emmenait Hannah avec eux mais à présent la pauvre femme était trop handicapée par son arthrite et ne cherchait pas à cacher qu'elle détestait aller en ville. Sabrina était assez grande pour partir seule avec son père.

Ils étaient passés souvent devant Thurston House; une fois, il avait déverrouillé la porte et ils s'étaient promenés dans les jardins, mais il ne l'avait jamais emmenée à l'intérieur et elle croyait en savoir la raison. C'était trop pénible pour lui depuis la mort de sa mère. Sabrina avait questionné Hannah et avait été déçue d'apprendre que la vieille femme n'y avait jamais pénétré. Elle l'avait pressée de questions au sujet de sa mère, sans obtenir beaucoup de renseignements, et en avait rapidement conclu qu'Hannah ne l'avait guère aimée. Sans bien savoir pourquoi, elle n'osa jamais interroger son père. Son regard prenait une expression si ravagée, si triste et si courroucée lorsque le nom de sa mère était prononcé, qu'elle avait préféré ne pas lui causer de la peine. Il y avait des mystères et des trous dans sa vie, une maison qu'elle n'avait jamais vue, une mère qu'elle n'avait jamais connue... et un père qui l'adorait.

— Est-ce que tu as terminé tout ton travail, papa? insista-t-elle tandis qu'ils se dirigeaient vers la voiture, bras dessus, bras dessous.

Il avait finalement accepté de la laisser conduire jusqu'à la maison. Ils accrochèrent le cheval de Jeremiah derrière la voiture en frissonnant à l'idée de ce que diraient les gens, si on les voyait.

— Oui, j'ai terminé, petite polissonne! Quelle affreuse petite fille!

Il essaya de lui décocher un regard sévère en s'asseyant à côté d'elle.

– Si quelqu'un nous voit, il pensera que je suis fou de te laisser faire ça.

– Ne t'inquiète pas pour ça, papa. Je conduis très bien, assura-t-elle en lui tapotant la main d'un geste maternel.

– Et tu es une effrontée, intrépide avec ça!

Sabrina réitéra ses questions au sujet de son travail. Elle avait un motif secret, qu'il soupçonnait très bien.

– Oui, j'ai vraiment terminé, et je sais pourquoi tu me poses des questions. Eh bien, oui, nous allons à San Francisco demain. Est-ce que cela te satisfait?

– Oh oui, papa!

Elle se tourna vers lui, le visage resplendissant, et prit un virage sans regarder. La voiture faillit verser. Jeremiah poussa un cri, cherchant à s'emparer des rênes, mais elle reprit rapidement et adroitement le contrôle de la voiture. Elle se mit à sourire d'un petit air modeste. Jeremiah éclata de rire.

– Un jour ou l'autre, tu me feras mourir!

Elle n'aimait pas qu'il parle ainsi, même pour plaisanter. Son visage s'assombrit, comme toujours dans ces moments-là, et il regretta ce qu'il avait dit.

– Ce n'est pas drôle, papa. Tu es tout ce que j'ai, tu le sais.

Il essaya de détendre l'atmosphère.

– Et bien, sois assez gentille d'essayer de ne pas me tuer avec ta manière de conduire.

– Tu sais bien que je commets peu d'erreurs.

A ces mots, elle prit un tournant, cette fois avec une précision de professionnelle.

Elle lui adressa un regard joyeux.

– Voilà qui est mieux.

– Sabrina Thurston, tu es un monstre.

Elle s'inclina poliment sur son siège.

– Tout comme mon père.

Mais elle se demandait à présent si ce n'était pas plutôt comme sa mère. Comment était-elle? A qui ressemblait-elle? Pourquoi était-elle morte si jeune?... Des milliers de questions restaient sans réponse. Il n'y avait pas un seul portrait d'elle chez eux, pas une miniature, une esquisse, une photo, rien. Et son père avait seulement dit qu'elle était morte de la grippe quand Sabrina avait un an. Il l'avait beaucoup aimée, ils s'étaient mariés la veille de Noël à Atlanta, Georgie, en 1886, et Sabrina était née un an et demi après, en mai 1888; un an plus tard, sa mère était morte, le laissant fou de chagrin.

Il lui expliqua aussi qu'il avait fait construire Thurston House avant de se marier et maintenant, quelque quinze ans plus tard, Sabrina savait que c'était encore la plus grande demeure de San Francisco, mais que c'était une relique, un tombeau, un endroit où elle pénétrerait « un jour », mais pas maintenant, pas avec lui. Souvent, lorsqu'ils se trouvaient à San Francisco, elle était dévorée de curiosité. A tel point qu'elle avait préparé un plan et qu'elle allait essayer de le mettre à exécution la prochaine fois qu'elle irait en ville.

— Est-ce que nous allons toujours à San Francisco demain, papa?

— Oui, petite coquine, nous y allons. Mais j'ai des réunions à la banque du Nevada toute la journée, et il faudra que tu trouves à t'occuper. En fait, j'ai dit à Hannah que je ne pensais pas qu'il faille t'emmener cette fois-ci... mais, comme je savais que tu protesterais, je lui ai répondu que je t'emmènerais, pour mon propre repos et ma propre tranquillité. Il faudra que tu rattrapes les heures perdues avec ton précepteur, la semaine prochaine. Je ne veux pas te faire manquer des leçons en t'emmenant avec moi.

Il parlait d'un ton sévère, mais il n'était pas vraiment inquiet. Elle avait toujours été une excellente élève, et ils savaient tous deux qu'elle apprenait souvent davantage de choses en étant avec lui. En fait, il aurait même pu lui proposer de venir avec lui à la banque, mais une journée entière de réunions aurait été trop longue pour elle.

— Emporte quelques livres. Tu pourras étudier un peu à l'hôtel. Il y a une nouvelle pièce de théâtre qui se joue en ce moment; comme j'ai pensé que tu aimerais la voir, j'ai écrit au secrétaire du directeur de la banque de nous réserver des places.

Sabrina tapa dans ses mains, puis tira sur les rênes pour ralentir les chevaux.

— C'est merveilleux, papa.

Elle savait déjà exactement ce qu'elle allait faire pendant qu'il serait à ses réunions.

— Tu ne peux pas te plaindre. Je t'ai ramené à la maison sans dommage.

Il lui lança un regard menaçant et tira sur son cigare.

— La prochaine fois que tu prends ma nouvelle voiture, je te serais reconnaissant d'avoir la gentillesse de me demander la permission.

Elle sauta prestement à terre en souriant, humant avec délices l'odeur âcre du cigare.

– Oui, monsieur.

Elle se précipita dans la maison et se rua sur Hannah en criant qu'ils allaient en ville le lendemain.

– Je sais, je sais... Baisse un peu la voix. Mon Dieu, tu hurles, ma fille. Ton père n'a même pas besoin d'envoyer des câbles. Tu n'as qu'à te mettre à la fenêtre et crier les messages à sa place jusqu'à Philadelphie.

– Merci, Hannah.

Elle fit la révérence, l'air taquin, embrassa la joue tannée de la vieille femme et monta l'escalier en courant jusqu'à sa chambre pour se laver les mains avant le dîner. Elle était toujours impeccable et instinctivement bien habillée, sans que personne l'ait jamais conseillée. Hannah la regarda s'éloigner et dit à Jeremiah :

– Vous aurez fort à faire avec elle, dans quelques années, Jeremiah.

Il lui sourit et accrocha son manteau.

– Elle m'a dit qu'elle allait rester avec moi pour toujours et travailler pour les mines.

– Voilà l'avenir d'une jeune fille!

– C'est ce que je lui ai dit.

Il soupira et suivit Hannah dans la cuisine. Il aimait toujours parler avec elle; ils étaient liés depuis plus de trente ans, et d'une certaine façon, elle était son amie la plus intime, comme il l'était pour elle. Et puis, elle adorait Sabrina.

– A vrai dire, elle ferait merveille si elle s'occupait des mines. Quel dommage qu'elle ne soit pas un garçon!

Il disait rarement cela.

– Peut-être épousera-t-elle un jeune homme intelligent à qui vous pourrez apprendre le métier, et vous pourrez tout léguer à vos petits-enfants.

– Peut-être.

En fait, il n'était pas encore prêt à y songer, le mariage de Sabrina n'était pas pour tout de suite. Mais d'un autre côté, il n'était plus tout jeune et il avait eu une alerte cardiaque, l'année précédente. Sabrina avait été terrifiée lorsqu'elle l'avait trouvé, inconscient, dans son cabinet de toilette. Il s'était bien remis, et on avait essayé d'oublier l'incident. Mais le médecin rappelait souvent à Jeremiah qu'il devait se ménager, conseil qui le faisait sourire. Il se demandait qui pourrait bien mettre les bouchées doubles si lui ralentissait son rythme de travail.

– Vous vieillissez, Jeremiah. Vous feriez mieux de commencer à songer à votre avenir et aussi au sien. Vous tenez toujours à cette maison en ville, n'est-ce pas?

Il sourit tristement.

– Oui. Et je sais que tu me crois fou, comme depuis le début. Mais j'ai construit cette maison avec amour et je la donnerai à Sabrina avec amour. Elle peut la vendre si elle veut. Mais je ne veux pas qu'elle me fasse des reproches en me disant : « Pourquoi n'as-tu pas gardé cela pour moi, papa? »

– Qu'est-ce qu'elle fera d'une maison dix fois trop grande, et à San Francisco, par-dessus le marché?

– On ne sait jamais. Je suis heureux ici. Mais peut-être voudra-t-elle vivre en ville lorsqu'elle sera plus grande. Comme ça, elle aura le choix.

Il resta silencieux et tous deux songèrent à Camille. Elle n'avait pas mérité toute la bonté qu'il lui avait témoignée, et il n'avait plus eu de nouvelles d'elle, pas un mot, pas un signe, pas une lettre. Mais il était toujours marié légalement avec elle. Son père lui avait écrit quelquefois; elle avait apparemment vécu un temps à Venise avant de gagner Paris. Elle était restée avec l'homme avec lequel elle s'était enfuie, se faisant appeler comtesse et se prétendant sa femme. Comme ils n'avaient pas d'argent et que l'hiver était rude en France, Orville Beauchamp, rompant la promesse qu'il s'était faite, était allée la voir. Sa femme était morte. Hubert avait épousé une fille du Kentucky. Jeremiah était décidé à ne jamais lui laisser voir Sabrina. Personne ne devait raconter à Sabrina autre chose que ce qu'il lui disait depuis des années. Mais Orvillle Beauchamp n'avait plus que sa fille; il était seul. Il alla donc la voir et comprit qu'elle vivait manifestement dans des conditions précaires, aux environs de Paris. Elle avait accouché d'un garçon mort-né. Lorsqu'il tenta de la ramener aux États-Unis, elle refusa de le suivre. Il la décrivait comme « aveuglée par une passion impossible à comprendre. Elle s'accroche à son vaurien d'amant et refuse de le quitter. » Jeremiah lut aussi entre les lignes qu'elle s'était mise à boire et qu'elle abusait probablement de l'absinthe, mais quels que fussent ses problèmes, ce n'étaient plus les siens. Orville Beauchamp était mort quelques années plus tard et Camille n'était jamais revenue. Jeremiah ne reçut plus aucune nouvelle par la suite et en fut soulagé. Il ne voulait pas gâcher la vie de Sabrina. La porte était close et Camille ne la rouvrirait jamais.

D'autres femmes servaient à satisfaire ses sens lorsqu'il le désirait. Il se rendait dans une maison close à San Francisco quand Sabrina n'était pas avec lui et dînait de temps à autre avec une institutrice de Sainte Helena. Mary Ellen était mariée depuis longtemps et habitait Santa Rosa. Quant à Amelia Goodheart, elle venait voir Jeremiah et Sabrina, qui l'adorait, chaque fois qu'elle séjournait en ville chez sa fille.

Bien qu'elle eût la cinquantaine, Amelia était la femme la plus éblouissante que Sabrina eût jamais vue. Elle venait à San Francisco une fois par an voir sa fille et ses six petits-enfants, qu'elle avait emmenés à Sainte Helena un jour, pour leur faire connaître Jeremiah et Sabrina. Elle portait toujours des vêtements d'une extraordinaire beauté et des bijoux qui laissaient Sabrina bouche bée.

— C'est la femme la plus charmante du monde, n'est-ce pas, papa? avait dit Sabrina, impressionnée.

Son père souriait. Il y avait des moments où il regrettait de ne pas avoir insisté pour qu'elle l'épouse. Cela n'aurait pas été plus insensé que d'épouser Camille Beauchamp à Atlanta. En fait, des années après le départ de Camille, lors d'un voyage à New York avec Sabrina, il avait redemandé à Amelia de l'épouser, et elle l'avait éconduit avec beaucoup de gentillesse.

— Comment serait-ce possible, Jeremiah? Je suis trop vieille... J'ai mes habitudes, ma vie ici à New York... ma maison...

Il lui avait dit qu'il rouvrirait Thurston House pour elle, mais elle avait tenu bon. Il finit par se demander si elle n'avait pas raison. Ils avaient chacun leur vie, leurs enfants, leurs maisons. Il était trop tard pour rassembler tout cela sous un même toit, d'autant qu'elle n'aurait jamais été heureuse loin de New York, le centre de son existence. Ils continuaient à se voir, chaque fois qu'elle venait à San Francisco et lorsqu'il se rendait à New York pour ses affaires, une ou deux fois par an. Lors de son dernier voyage, il avait séjourné chez elle, à l'insu de Sabrina.

— A notre âge, Jeremiah, où est le mal? Qui pourra dire du mal de nous, si ce n'est murmurer avec admiration que nous sommes encore des passionnés; et tu ne peux pas me faire d'enfant, ajoutait-elle en riant comme une petite fille.

Jeremiah avait passé quinze jours merveilleux avec elle, les plus heureux dont il eût le souvenir; il lui avait offert une broche de saphir et un tour de cou avec un fermoir de diamant. L'inscription, gravée au dos, la fit éclater de rire : « A Amelia, passionnément, J.T. »

– Que diront mes enfants, lorsqu'ils se partageront mes bijoux, Jeremiah?

– Que tu étais manifestement une femme très passionnée.

– Ce n'est pas si mal.

Elle l'avait accompagné à la gare; c'était elle, cette fois, qui se tenait sur le quai, agitant son énorme manchon de zibeline, tandis que le train s'éloignait lentement. Elle portait un manteau rouge magnifiquement coupé, garni de fourrure, ainsi qu'un chapeau assorti. Il n'avait jamais vu de femme plus belle. L'aurait-il rencontrée à nouveau dans le train, il aurait été aussi ébloui que la première fois, avant de connaître Camille.

– A quoi souriez-vous, Jeremiah?

Il pensait à elle en buvant son café, tandis qu'Hannah préparait le dîner.

– C'est cette femme de New York, je parie.

– Eh bien, tu as gagné.

Il songeait souvent à elle, et il était aussi excité qu'un écolier lorsqu'elle venait le voir. Mais elle ne devait pas se rendre à San Francisco avant six mois et lui-même ne reviendrait à New York que dans trois ou quatre.

– C'est une belle femme, je vous l'accorde.

En réalité, fait remarquable, non seulement Hannah l'appréciait, mais elle l'aimait. Amelia avait fait sa conquête lorsqu'elle avait retroussé ses manches et aidé à préparer le repas pour Jeremiah, Sabrina et ses petits-enfants. En fait, elle avait confectionné à peu près tout le dîner, qui était bien meilleur qu'Hannah n'avait voulu l'admettre... Ses diamants étincelaient tandis qu'elle s'activait, ses mains virevoltaient, elle avait mis un tablier sur sa jolie robe, « et elle n'avait même pas fait attention lorsque de la sauce jaillissait dessus ». Amelia avait gagné l'admiration d'Hannah pour toujours.

– Elle est davantage, Hannah. C'est une personne vraiment exceptionnelle.

– Vous auriez dû l'épouser, Jeremiah.

Elle lui envoya un regard chargé de reproche. Il haussa les épaules.

– Peut-être. Mais c'est trop tard, maintenant. Nous avons chacun notre vie, nos enfants. Nous sommes bien comme ça.

Hannah acquiesça. Le temps des folies était passé. C'était le tour de Sabrina, ou cela le serait bientôt. Hannah espérait seulement qu'elle serait prudente dans son choix, plus prudente que son père.

– Vous allez en ville demain? C'est décidé?

– Juste pour deux jours.

– J'espère qu'il n'arrivera rien à Sabrina pendant que vous serez occupé.

– Je lui ai fait la leçon moi-même. Mais tu connais Sabrina.

Il n'aurait pas été surpris de la voir conduire une voiture à cheval empruntée dans Market Street, brandissant le fouet et lui faisant signe, avec un sourire éclatant, avant de disparaître.

CHAPITRE XIX

Jeremiah et Sabrina partirent tôt le lendemain afin de prendre le train pour Napa, comme ils le faisaient toujours, et de là, l'habituel bateau à vapeur, que Sabrina aimait beaucoup. C'était une véritable aventure pour elle. Elle ne cessa de taquiner et de faire rire son père tandis qu'ils traversaient San Francisco, où ils arrivèrent à la tombée du jour. Le voyage durait moins longtemps que jadis. Ils dînèrent tard dans la salle à manger du *Palace Hotel*. Jeremiah observait Sabrina. Elle serait belle plus tard, lorsqu'elle aurait grandi. A treize ans seulement, elle était déjà presque aussi grande que la plupart des femmes, même plus grande que quelques-unes. Mais elle avait encore l'air enfantin, sauf lorsqu'elle fronçait ses sourcils délicats et se mettait à lui parler affaires. Si quelqu'un l'avait entendue discuter avec lui sans la voir, il aurait pu croire qu'elle était un de ses associés.

A cette époque-là, elle était très préoccupée par un parasite qui semblait s'attaquer aux vignobles de Jeremiah. Celui-ci s'amusait du sérieux avec lequel elle lui exposait ses théories, mais les mines monopolisaient beaucoup plus son attention, ce qu'elle lui reprochait.

— Les vignobles sont aussi importants pour nous, papa. Ils rapporteront autant que tes mines, un jour, souviens-toi de ce que je te dis.

Elle avait répété la même chose à Dan Richfield le mois précédent, et il s'était moqué d'elle. Il y avait effectivement des vignobles dans la vallée qui commençaient à rapporter mais cela ne pouvait se comparer aux mines, tout le monde le savait.

— Ce ne sera peut-être plus vrai dans quelques années. Regarde les vins fins qu'ils produisent, en France. Tous nos pieds de vigne viennent de là-bas.

— Fais seulement attention à ne pas devenir une petite poivrote, jeune demoiselle. Tu me sembles particulièrement intéressée par les raisins, plaisanta-t-il.

Mais elle lui envoya un regard sévère, avec tout le sérieux de ses treize ans.

— Tu devrais t'y intéresser davantage, toi aussi.

— Je te laisserai t'en occuper, puisque les vignes semblent t'attirer tant.

C'était un peu moins incongru que de la laisser prendre part aux affaires de la mine, même s'il regrettait vivement que ce ne soit pas possible; elle avait un remarquable sens des affaires.

Il eut l'occasion de s'en rendre compte le lendemain matin, au petit déjeuner, avant de partir pour la banque du Nevada. Sabrina le harcela de questions au sujet des affaires qu'il allait traiter, et il était évident qu'elle aurait souhaité l'accompagner; elle semblait pourtant moins le regretter que d'habitude.

— Qu'est-ce que tu vas faire aujourd'hui, ma chérie?

— Je ne sais pas.

Elle regarda pensivement par la fenêtre pour qu'il ne voie pas ses yeux. Il la connaissait trop bien, il aurait vu qu'elle avait une idée derrière la tête.

— J'ai apporté quelques livres. Je pense que je lirai cet après-midi.

Il l'observa un moment puis regarda sa montre.

— Si j'avais le temps de songer à ce que tu me dis, je crois que je m'inquiéterais. Ou tu es malade, ou tu es en train de me mentir. Mais tu as de la chance. Je suis en retard et je dois partir.

Elle lui sourit tendrement et l'embrassa.

— A ce soir, papa.

— Sois sage.

Il lui tapota l'épaule puis la serra doucement.

— Et ne commets pas d'imprudence, Sabrina Thurston.

— Papa! s'écria-t-elle en l'accompagnant jusqu'à la porte. Je n'en fais jamais!

— Ha! s'écria-t-il en sortant, et elle se mit à tournoyer sur un seul pied, en riant.

Sabrina était libre pour toute la journée et elle savait exactement ce qu'elle allait faire. Elle avait amené un peu d'argent de Napa, et son père lui donnait toujours suffisamment pour qu'elle puisse déjeuner et faire des achats pendant son absence. Elle mit son porte-monnaie dans la poche de sa jupe grise et troqua son chemisier rose contre une vieille blouse de coton. Elle mit une paire de vieux bottillons qu'elle ne craignait pas d'abîmer, et une demi-heure plus tard, elle était confortablement installée dans une carriole qui se dirigeait vers Nob Hill. Elle paya la course au cocher et resta sans souffle devant le portail, le cœur battant. L'excitation l'empêchait presque d'y croire : elle avait attendu ce moment des mois, non, des années. Elle ne savait pas ce qu'elle ferait une fois qu'elle aurait atteint le portail.

Sabrina n'avait pas vraiment l'intention d'entrer. S'en approcher serait suffisant. Mais elle était inexorablement attirée par cette maison que son père avait construite pour sa mère. Thurston House se tenait là, silencieuse, ensevelie dans son parc, et Sabrina la contempla un long moment. Puis, prenant son courage à deux mains, elle se mit à escalader la grille, cachée dans son ascension par un grand arbre. Elle pria pour qu'aucun passant ou voisin ne la dénonce à un policier. Mais elle était encore très habile pour escalader les grilles et les arbres; quelques minutes plus tard, elle glissa de l'autre côté, sentant son cœur battre encore plus vite. Elle se laissa tomber par terre et resta immobile, savourant sa réussite : elle était dans le sanctuaire de Thurston House. Elle s'enfonça rapidement dans les jardins pour ne pas être vue depuis la rue. Les buissons et les arbres avaient tellement poussé qu'elle se serait crue dans la jungle. Elle suivit, hors de toute vue, le chemin qui menait à la maison, attirée par un aimant.

Il lui était impossible de ne pas songer à sa mère en marchant. Comme il avait dû l'aimer pour lui faire construire cette maison, et comme elle avait dû y être heureuse! Sabrina ne pouvait s'empêcher de se demander quelle avait dû être la réaction de sa mère la première fois qu'elle l'avait vue; elle savait que son père lui en avait fait la surprise et elle ne pouvait imaginer quelque chose de plus beau. Cela l'attristait de voir les immenses heurtoirs, ternis par le temps, presque méconnaissables, les fenêtres condamnées, les mauvaises herbes qui poussaient entre les marches du perron et qui lui arrivaient jusqu'à la taille. La maison était vide depuis douze ans, et Sabrina la trouva lugubre. Elle aurait voulu coller son nez à une fenêtre, pour regarder à l'intérieur, contempler les pièces où ils avaient évolué, dansé et vécu ensemble. Elle avait un peu l'impression de venir voir sa mère, comme si, en étant là, elle pouvait mieux saisir ce qu'elle avait été. Son père parlait peu d'elle, et Hannah était encore moins loquace à son sujet. Tout à coup, Sabrina éprouva le besoin désespéré de trouver le moindre détail susceptible de lui en dire plus sur Camille Beauchamp Thurston.

Lentement, sans en savoir elle-même la raison, Sabrina fit le tour de la maison, en examinant les volets et en enjambant les herbes folles. Elle distingua les contours des anciens parterres de fleurs et découvrit une jolie statue italienne représentant une femme tenant son enfant dans ses bras, derrière la maison, puis un banc de marbre sur lequel elle s'assit en se demandant si ses parents s'y étaient assis eux aussi, la main dans la main, ou si sa mère était venue s'y reposer avec elle, les jours ensoleillés. Elle ressentait beaucoup plus la présence de sa mère ici qu'à Napa, et pour cause. La maison de Sainte Helena faisait en quelque sorte partie de son père, mais ici, tout était différent. Ce palais avait été construit par amour pour sa mère. Elle continua d'avancer, pourtant légèrement déçue. Elle avait espéré davantage en venant là et même si elle trouvait très excitant de se trouver tout près de la porte d'entrée, elle regrettait de ne pouvoir distinguer quelque chose à travers une fenêtre.

Tout à coup, alors qu'elle allait rebrousser chemin, elle s'aperçut qu'un des volets était cassé. Il y avait une large fente et l'un des panneaux pendait dans les buissons. C'était l'occasion rêvée; elle se faufila dans les buissons jusqu'à pouvoir coller son visage sur la vitre. Mais la fenêtre donnait sur un corridor sombre. Elle s'acharna sur le volet et finit par le briser. Elle ne savait même pas pourquoi elle agissait ainsi, mais elle comprit qu'elle pourrait ainsi ouvrir les deux volets en grand. Sans réfléchir, elle poussa sur la fenêtre qui, à son grand étonnement, céda sous son poids et s'ouvrit dans une grande secousse. Sabrina resta un instant immobile, abasourdie. Un instant seulement. Sans hésiter davantage, elle grimpa sur le rebord et sauta à l'intérieur, refermant la fenêtre derrière elle. Le corridor était aussi noir que tout à l'heure, mais elle se trouvait dans la maison dont elle rêvait et qui l'intriguait depuis toujours. Thurston House. Elle y était.

Elle hésita à se diriger à gauche ou à droite, jusqu'à ce qu'elle se rende compte qu'elle se trouvait dans une sorte d'office. Tout était parfaitement rangé, mais il faisait très sombre à cause des volets fermés. Personne n'avait dû entrer depuis douze ans, mais la maison était si bien fermée qu'il y avait très peu de poussière. Pendant un instant, Sabrina avait eu peur que l'endroit ressemble à une maison hantée, mais les lieux lui paraissaient seulement vides et déserts. Elle ne pouvait plus rebrousser chemin; elle avait attendu ce moment trop longtemps.

Elle gagna à pas de loup le bout du couloir, tourna la poignée, ouvrit la porte et poussa un cri d'admiration. Ce qu'elle voyait au-dessus d'elle ressemblait à la porte du paradis. Elle venait de pénétrer dans le grand hall et, au-dessus de sa tête, se dressait l'extraordinaire dôme en vitrail que Jeremiah avait imaginé pour Camille. Les teintes irisées alliées aux motifs compliqués renvoyaient une myriade de reflets multicolores aux pieds de Sabrina, émerveillée et stupéfaite. Elle monta ensuite le grand escalier et gagna les chambres.

Elle trouva sa nursery, mais elle était vide. Tout avait été transporté à Napa. Dans la chambre à coucher de ses parents elle s'assit sur une chaise et regarda autour d'elle. Ici, elle avait l'impression de ressentir le chagrin qui avait submergé son père, douze ans plus tôt. La pièce était tellement à l'image de sa mère, si féminine, si jolie! Les soies roses avaient pâli avec le temps, mais la chambre ressemblait encore à un interminable parterre de fleurs par une journée de printemps. Malgré une odeur de renfermé, la fragrance d'un parfum persistait encore, poursuivant Sabrina qui venait d'entrer dans le cabinet de toilette de sa mère et commençait à ouvrir les placards. Il n'avait rien jeté avant de quitter la maison. Camille avait laissé de jolis petits souliers, des escarpins de satin rouge qu'elle mettait pour aller à l'opéra avec Jeremiah, une vieille cape de fourrure et des rangées de robes. Sabrina les prit, tâtant les tissus précieux et humant le parfum qu'elle reconnaissait à présent. Les larmes lui vinrent aux yeux. Elle avait l'impression de rendre visite à une mère qu'elle n'avait jamais connue pour découvrir finalement qu'elle était partie pour toujours. Mais elle savait, immobile dans la jolie chambre tendue de soie rose, que c'était pour cette raison qu'elle était venue; pour découvrir la femme qui avait été sa mère, pour trouver une pièce du puzzle, un fragment de ce qu'elle avait été.

En grandissant et en devenant une femme elle aussi, elle avait eu l'envie irrésistible de trouver quelque chose de sa mère, pour s'y accrocher. Elle parcourait, écrasée, la maison où ils avaient vécu, la maison où elle était arrivée à quatre mois et qu'elle avait quittée, à jamais, lorsqu'elle avait eu un an, après la mort de sa mère.

Elle se rendit aussi dans le bureau de son père, s'assit à son bureau, fit pivoter la chaise et se demanda pourquoi il avait laissé tous les objets : de jolies gravures au mur, des bibelots de prix sur le bureau et des étagères entières de cristal précieux, de porcelaines et d'argenterie. Il avait tout laissé, se contentant de fermer la porte derrière lui, et était retourné à Napa. Il lui avait dit souvent que cette maison serait la sienne un jour, mais elle l'avait imaginée pleine de vieux meubles recouverts de housses poussiéreuses. Elle n'avait pas pensé une seconde trouver une maison qui semblait avoir été quittée à la hâte et dont les propriétaires seraient morts avant d'avoir pu trier leurs affaires. Il y avait même quelques livres sur la table de nuit de sa mère et une pile de mouchoirs de dentelle dans les tiroirs. Elle avait envie, par-dessus tout, d'ouvrir tous les volets et de laisser entrer la lumière du soleil, mais elle n'osa pas. Elle avait un peu l'impression d'avoir pénétré dans un monde qui n'était pas le sien, d'avoir fait intrusion dans le chagrin de quelqu'un d'autre et elle comprenait à présent pourquoi il ne voulait pas revenir ici. Cela équivalait à visiter la tombe de sa femme. Ici, il lui faudrait contempler ses vêtements, sentir sa présence, humer son parfum; les joies, les peines, le chagrin qu'il avait dû éprouver après sa mort, tout lui reviendrait en mémoire, elle en était persuadée. Elle se mit à pleurer en songeant à son père, puis descendit solennellement l'escalier, l'air digne. La maison amplifiait encore la tendresse qu'elle éprouvait déjà pour son père, tout en lui faisant sentir avec plus d'acuité la délicatesse et la beauté de sa mère. Comme à Napa, on ne trouvait ici aucun portrait d'elle mais elle découvrait quelque chose de beaucoup plus fort : la sensation de savoir où avait vécu cette femme et comment.

Sabrina, à nouveau immobile sous le dôme, savait que sa mère s'était tenue là, des années auparavant, et qu'elle avait peut-être levé les yeux de la même façon. Elle avait touché les mêmes poignées de porte, regardé dehors par les mêmes fenêtres. C'était une pensée un peu terrifiante, comme un voyage dans le temps où l'on sent les mains de ceux qui ont vécu jadis effleurer la sienne. Sabrina, ressentant la présence oppressante de ces fantômes, même s'ils étaient bienveillants, ouvrit presque avec soulagement la fenêtre au bout du couloir et remit en place le volet cassé.

Elle traversa, pensive, les jardins abandonnés, lentement cette fois, s'imprégnant de ce qu'elle avait vu. Elle se retourna une ou deux fois pour regarder la maison. C'était une demeure magnifique, qu'elle aurait aimé voir comme elle était jadis, avec ses jardins bien tenus et la calèche de sa mère roulant rapidement dans l'allée. Sabrina était émue d'être allée là-bas, elle aussi, d'avoir partagé un peu de leur vie et de la beauté de cette maison. Elle lui appartiendrait un jour, mais ce ne serait plus comme avant... la jolie jeune fille d'Atlanta partie depuis longtemps, et avec elle, l'homme qui l'avait aimée plus que tout. Non, ce ne serait plus pareil, et cette pensée l'attrista. Elle escalada à nouveau la grille et retomba sur ses pieds.

Elle s'aperçut qu'elle ressemblait à un épouvantail; elle avait déchiré sa jupe, sa blouse était tachée, ses cheveux en désordre, ses mains sales et elle avait une grande égratignure sur le bras. Mais elle ne regrettait rien, tandis qu'elle regagnait rapidement le *Palace Hotel*. Ce n'était pas très loin et elle avait besoin d'air après être restée si longtemps dans l'atmosphère confinée de la maison. Elle avait presque l'impression d'en avoir trop vu, mais elle en était heureuse. Elle se glissa discrètement dans l'hôtel et monta prendre un bain avant le retour de son père.

Elle mourait de faim, ce soir-là, puisqu'elle n'avait rien mangé de la journée. Il l'emmena chez *Delmonico*, où ils commandèrent chacun un steak. Jeremiah remarqua qu'elle était étrangement calme, malgré son solide appétit.

– Qu'y a-t-il?

– Rien.

Elle lui sourit en évitant de le regarder. Si elle lui avait fait face, elle se serait mise à pleurer. Elle était obsédée par la tristesse de la maison vide, par toutes les affaires de sa mère qu'il avait si scrupuleusement laissées à leur place.

– Qu'est-ce qui te tracasse, Sabrina?

Il la connaissait trop bien. Mais elle secoua la tête, se forçant à sourire et à repousser les sombres pensées qui l'agitaient. Elle resta absente toute la soirée, mais se décida enfin avant d'aller au lit à taper à la porte de Jeremiah. « Bonne nuit, ma chérie », lui dit-il en l'embrassant. Il remar-

qua tout de suite la tristesse de ses yeux. Ce regard l'avait
inquiété toute la soirée. Il l'invita à s'asseoir, ce qu'elle fit,
visiblement heureuse. Elle était venue tout lui avouer. Elle ne
lui avait jamais menti et répugnait à le faire.

— Qu'est-ce qui ne va pas, Sabrina?

— J'ai quelque chose à te dire, papa.

Dans sa chemise de nuit et sa robe de chambre, son petit
pied dépassant à peine de l'ourlet de dentelle, elle semblait
avoir encore cinq ans.

— J'ai fait quelque chose aujourd'hui, papa.

Elle ne dit pas « quelque chose de mal », parce qu'elle
pensait que cela ne l'était pas, mais elle savait qu'il en serait
bouleversé. Mais ils avaient trop confiance l'un dans l'autre
pour commencer à se mentir maintenant.

— Qu'est-ce que c'était, chérie?

— Je suis allée...

Elle s'étrangla, regrettant presque d'être venue, mais il
fallait poursuivre.

— Je suis allée... à Thurston House, finit-elle par dire dans un
murmure à peine audible.

Jeremiah l'imagina, dehors, en train de regarder par-dessus
la grille. Il sourit et caressa la chevelure soyeuse, sagement
nattée.

— Ce n'est pas un péché, ma chérie. C'était une maison
magnifique autrefois...

Il s'assit à côté d'elle, songeant à la demeure qu'il avait
construite il y avait si longtemps.

— Oui, c'était une très belle maison.

— Elle l'est toujours.

Il sourit tristement.

— Malheureusment à l'abandon, j'en ai peur. Mais un jour,
elle sera à toi et à ton mari. Je la remettrai complètement en
état.

— Elle n'est pas du tout abîmée pour l'instant répondit-elle
avec assurance.

— Depuis le temps, les choses ont dû s'abimer à l'intérieur, et
il doit y avoir une bonne couche de poussière.

Elle secoua la tête en le regardant bien en face. Il parut
surpris.

— Tu as regardé à l'intérieur?

Il poursuivit, troublé :

— Les portes étaient ouvertes?

Il faudrait prendre des dispositions si c'était le cas; il ne voulait pas que des curieux aillent rôder dans les jardins, ou pis encore, que quelqu'un s'introduise dans la maison. Il avait engagé un homme qui faisait des rondes de temps en temps.

Sabrina respira profondément.

— J'ai escaladé le portail, papa.

Voilà donc ce qui la chagrinait tant. Dieu merci, elle le lui avait avoué.

Il la regarda gravement.

— Ce n'est pas ainsi que se conduit une demoiselle comme il faut, Sabrina.

— Je sais, papa.

Elle poursuivit, voulant tout lui dire :

— Et il y avait un volet cassé...

Elle pâlit et continua dans un murmure apeuré :

— Alors je suis rentrée... j'ai regardé...

Ses yeux se remplirent de larmes.

— Oh... et papa... c'est une maison si belle et tu as dû tellement l'aimer...

Elle se mit à sangloter et cacha son visage dans ses mains. Il passa un bras autour de ses épaules, abasourdi.

— Mais pourquoi? Pourquoi es-tu allée là-bas, Sabrina? demanda-t-il doucement, bouleversé.

Qu'est-ce qui l'avait attirée là-bas? Il ne parvenait pas à comprendre. Elle ne pouvait se souvenir des quelques mois qu'elle y avait passés. Cette maison ne lui rappelait rien. Il s'agissait d'autre chose qu'une espièglerie sans conséquence.

— Dis-moi... n'aie pas peur, Sabrina. Tu as eu du courage de m'avouer la vérité et je suis content que tu l'aies fait.

Il l'embrassa et lui prit la main. Cela le surprenait lui-même de ne pas être en colère.

— Je ne sais pas. J'ai toujours voulu savoir... savoir où vous viviez... comment elle était... Je pensais qu'il y aurait peut-être un portrait de...

Elle s'arrêta, craignant de le blesser, mais il acheva la phrase.

— De ta mère.

Cela l'attristait que ce soit si important pour elle. Camille n'en valait pas la peine. Mais il n'avait aucun moyen de le faire comprendre à Sabrina.

— Ma pauvre enfant...

Il la prit dans ses bras et la serra tandis qu'elle pleurait.

— Tu n'aurais pas dû aller là-bas.

– Oh, mais, papa... c'est si beau... ce dôme...

Elle leva les yeux vers lui, craintive, et il sourit. Il n'avait plus songé à ce dôme depuis très, très longtemps, mais elle avait raison. Il était magnifique, et d'une certaine façon, Jeremiah était heureux qu'elle l'ait vu.

– C'était une très belle maison dans le temps, Sabrina.

Elle poursuivit, à son grand étonnement :

– J'aimerais bien que nous vivions là-bas.

– Tu n'aimes pas Sainte Helena, bout de chou?

Il la regarda, se demandant si, comme sa mère, elle en viendrait à ne plus aimer Napa, où elle avait toujours vécu, pourtant.

– Oh! si, bien sûr... Mais Thurston House, c'est... c'est très beau. Ça doit être très chic de vivre là-bas.

Sa façon de s'exprimer le fit rire. Elle lui sourit à travers ses larmes.

– Quand tu seras plus grande, tu pourras vivre là-bas. Je te l'ai déjà dit.

– Tu sais que je ne veux pas me marier, papa.

Une idée était venue à l'esprit de Jeremiah.

– Eh bien alors, peut-être que nous t'y emmènerons pour une autre occasion.

– Qu'est-ce que tu veux dire? Quand?

Elle ouvrait de grands yeux.

– Nous pourrions donner un bal là-bas pour tes dix-huit ans. Tu as toujours vécu à la campagne et cela ira encore pour quelques années. D'ailleurs, mademoiselle, cela vous a peut-être empêchée de commettre trop de bêtises, ajouta-t-il en brandissant un doigt vers elle, mais quand tu auras dix-huit ans, il faudra que tu rencontres la bonne société de San Francisco.

– Pourquoi? demanda-t-elle.

– Parce qu'un jour tu décideras peut-être d'élargir un peu tes horizons.

Il ne refit pas allusion au mariage; elle était de toute façon trop jeune pour s'en préoccuper. Mais, dans quelques années, un bal à San Francisco serait approprié. Il fut frappé du fait qu'elle aurait le même âge que Camille, lorsqu'il l'avait rencontrée. Mais ce serait lui, cette fois, qui serait le père fier de sa fille. Il se força à revenir au présent.

– Tu sais, je crois que ce serait une très bonne idée. Nous pourrions venir à San Francisco et ouvrir Thurston House pour toi. Qu'en penses-tu?

Un bal tout exprès pour elle? Ouvrir la maison...

– ... Nous pourrions organiser la soirée dans notre salle de bal.

Elle l'avait vue le matin même et s'y était attardée, essayant d'imaginer ses parents en train de danser, son père avec quatorze ans de moins tenant dans ses bras la jolie jeune fille d'Atlanta.

– Comment était-elle, papa?

Elle avait déjà oublié le bal. A beaucoup d'égards, il aurait préféré qu'elle n'entre pas dans la maison. Il se demandait ce qu'elle avait découvert et avec quelle ardeur elle avait cherché un indice sur leur vie passée.

– Elle était très jolie, Sabrina.

Il décida de lui révéler alors une petite partie de la vérité.

– Et très gâtée aussi. Les filles du Sud le sont très souvent. Son père voulait qu'elle ait tout.

– Est-ce qu'il a vu la maison?

Jeremiah secoua la tête.

– Ses parents ne sont jamais venus ici. Sa mère est tombée malade après notre mariage, elle est morte peu de temps après... la mort de ta mère.

– Ils auraient adoré la maison.

Elle leva les yeux vers lui avec une expression de ferveur enfantine.

– Elle a dû l'aimer, elle aussi.

– Je le pense.

Tout à coup, il se souvint de la ronde continuelle des soirées.

– Elle adorait recevoir là-bas.

Il se rappela le bal qu'il lui avait interdit de donner, et ensuite les soirées où elle avait dû aller avec du Pré lorsqu'il était à Napa.

– Elle aimait aussi beaucoup sortir.

– C'est certain, elle avait de si jolies robes.

Il fronça les sourcils.

– Comment le sais-tu, Sabrina?

Elle parut ennuyée un instant.

– J'ai vu ses vêtements aujourd'hui, papa. Ils sont tous là-bas.

Ils n'étaient pas « tous » là-bas, mais elle ne pouvait pas le savoir et il ne dit rien.

– Évidemment, j'aurais dû m'occuper de tout ça quand... quand elle est morte.

Sabrina avait remarqué qu'il avait du mal à prononcer ces mots, comme s'ils lui faisaient encore trop de mal.

— Tu n'aurais pas dû aller là-bas, Sabrina.

— Je suis désolée, papa. C'était juste pour... J'avais envie d'y aller depuis si longtemps.

— Mais pourquoi? Tu as une vie agréable à Sainte Helena.

— Je sais.

Elle baissa la tête, mais ses pensées s'envolèrent instantanément vers la magnifique demeure. Lorsqu'elle regarda son père, ses yeux étaient pleins d'espoir.

— Est-ce que tu donneras vraiment une soirée là-bas? Est-ce que nous pourrons y rester?

— Je te l'ai dit.

Il sourit et tira doucement sur une des longues nattes.

— Si cela te fait plaisir, princesse, eh bien, c'est une promesse. Pour tes dix-huit ans.

— Ça serait merveilleux.

Ses yeux brillaient dans la douce lumière.

— Alors, je te le promets.

Ils savaient tous deux qu'il tenait toujours ses promesses. Il ne lui demanda rien d'autre sur ce qu'elle avait fait dans la maison, mais il parla à son ami de la banque du Nevada, qui s'occupa d'envoyer quelques hommes pour vérifier les volets et renforcer les fermetures si besoin était. En revenant à Napa, il arracha une promesse à Sabrina.

— Je ne veux pas que tu retournes là-bas, bout de chou. C'est clair?

— Oui, papa.

Elle était surprise qu'il n'ait pas été davantage en colère.

— Mais est-ce que je pourrai y aller avec toi, un jour?

— Je n'ai aucune raison de retourner là-bas, Sabrina.

Il ajouta en souriant :

— Du moins avant le bal de tes dix-huit ans. Je t'ai fait une promesse et tu sais que je la tiendrai. A ce moment-là, nous irons à San Francisco tous les deux et nous y séjournerons quelque temps au printemps, si tu veux. Mais en attendant, je n'ai aucune envie que tu escalades les clôtures, que tu entres par les fenêtres et que tu fouilles dans les vieux placards et les affaires des autres.

Elle rougit violemment. En vérité, ce qui l'ennuyait le plus, c'était ce besoin irrésistible de trouver quelque chose de Camille, même à travers les vêtements de sa penderie. Il se demanda si elle était allée là-bas pour cette seule raison, ce qui le blessa à vif. A tel point qu'il poursuivit d'un ton dur :

– Tu aurais pu tomber et te faire mal, et personne n'aurait su où te trouver. C'était idiot de faire ça.

Il prit un air sombre et regarda dehors par la fenêtre du train. Sabrina n'ouvrit pas la bouche jusqu'à ce que le train entre en gare de Sainte Helena.

CHAPITRE XX

— Bᴏɴ, ʜᴀɴɴᴀʜ, ᴏᴄᴄᴜᴘᴇ-toi bien de la maison pendant notre absence.

La vieille femme descendit péniblement l'escalier en grommelant. La voiture était chargée de bagages qui contenaient toutes les nouvelles robes de Sabrina. Jeremiah avait voulu emmener la vieille servante, mais elle avait refusé catégoriquement. A quatre-vingt-trois, ans, elle avait le droit de décider ce qu'elle voulait. Elle trouvait ce départ insensé. « Mais ce n'est que pour deux mois », avait répondu Jeremiah. Et puis il avait promis, jadis. « Après tout, elle tient peut-être un peu de sa mère », avait-il plaisanté lorsque Amelia était venue en ville. Mais Amelia trouvait l'idée excellente; elle était seulement désolée de ne pouvoir revenir à San Francisco pour assister au bal. Elle était déjà venue deux fois cette année, une fois pour le mariage de sa petite-fille aînée avec un Flood, et la seconde pour rester auprès de sa fille après la mort de son gendre. Comme la famille était encore officiellement en deuil, elle ne pouvait pas décemment assister à un bal, mais elle avait donné une foule de conseils à Jeremiah à propos de la soirée.

Elle l'avait même accompagné la première fois qu'il avait ouvert la maison et elle avait senti le frisson qui avait parcouru Jeremiah à ce moment-là.

— Tu n'es pas obligé de faire ça, tu sais. L'hôtel *Fairmont* va bientôt être terminé. Tu pourrais donner le bal là-bas, Jeremiah.

Elle s'était souvent demandé pourquoi il n'avait pas vendu la maison.

— Je veux faire ça ici.

Amelia avait vu sa mâchoire se contracter, puis ils avaient parcouru la maison avec des domestiques nouvellement engagés. Il y avait énormément de choses à faire; il fallait réparer, redécorer, nettoyer, peindre, mais la maison, dans l'ensemble, avait été quand même incroyablement préservée. Amelia eut beaucoup de peine lorsqu'ils pénétrèrent dans la chambre à coucher. Jeremiah semblait souffrir tellement qu'elle osa l'exhorter à dormir dans une autre pièce, ce dont il lui fut reconnaissant. Elle se tenait derrière lui lorsqu'ils ouvrirent la penderie de Camille. Elle allait lui suggérer de tout jeter, mais il ordonna aux domestiques de ranger les vêtements dans des boîtes au sous-sol.

— Pourquoi donc garderais-tu ces affaires? Elle n'en a même pas voulu lorsqu'elle est partie.

Amelia était perplexe en redescendant l'escalier. Ce serait un travail de titan de remettre la maison en état pour le bal de Sabrina, mais c'était tout de même un projet excitant.

— Sabrina pourrait vouloir les affaires de sa mère un jour.

Il lui raconta ensuite son escapade, cinq ans auparavant, lorsqu'elle avait treize ans, quand elle avait escaladé la grille et était entrée dans la maison par une fenêtre de derrière.

— J'ai compris qu'il lui manquait quelque chose, parce qu'elle n'a jamais connu Camille et que je ne lui ai jamais dit grand-chose d'elle. Je pense que Sabrina sent que le sujet est tabou; elle croit que je suis toujours attristé par sa mort.

Il soupira et regarda Amelia en souriant. Ils se connaissaient depuis vingt ans maintenant et il prenait toujours plus de plaisir à la voir. Elle était toujours aussi vivante, aussi gentille et d'aussi bonne compagnie. Même à soixante ans, c'était encore une femme superbe, il le lui disait chaque fois qu'il la voyait.

— Quels mensonges éhontés, Jeremiah! Mais comme je suis heureuse que tu me les dises!

Elle se mit à rire et il l'embrassa. Elle avait offert à Sabrina un beau collier de perles, avant la soirée, et lui avait redit combien elle regrettait de ne pouvoir y assister.

— Vous nous manquerez aussi, tante Amelia.

Sabrina l'avait embrassée avec effusion en promettant de porter le collier pour son bal. Amelia l'avait aidée à choisir une exquise robe de satin blanc, incrustée de perles. Par la même occasion, Amelia l'avait conseillée pour trois autres modèles qu'elle porterait lors des réceptions où elle accompagnerait son père. Sabrina était ravie, surtout de l'une d'entre elles; de toutes les robes qu'elle avait eues, c'était assurément la plus raffinée. Amelia et elle en avaient débattu longuement lors de sa conception. C'était un tissu lamé or, délicat, qui convenait parfaitement à son teint laiteux et à ses cheveux noirs; elles avaient choisi volontairement un modèle assez simple et pas trop décolleté. Lorsque la robe arriva à Sainte Helena, Sabrina poussa un cri de joie mais ne laissa pas son père la voir avant le soir où elle la porterait. Elle avait déjà décidé de l'étrenner lorsqu'elle irait à l'opéra avec lui. La compagnie du New York Metropolitan Opera venait à San Francisco et donnait *Carmen* avec Fremstadt et Caruso. La perspective de cette soirée la mettait au comble de la joie, autant que la nouvelle robe qu'elle allait porter.

Pour l'instant, la robe était pliée dans l'une des malles et la carriole roulait dans les allées de Thurston House. Durant quelques secondes, elle se souvint de la première fois où elle était venue. Aujourd'hui elle faisait une entrée solennelle, dans la nouvelle voiture de son père. Pendant la dernière demi-heure, ils avaient discuté du parasite qui s'était abattu sur les vignes de Napa Valley et avait ruiné les récoltes pour plusieurs années. Mais tout à coup, elle ne put songer à rien d'autre qu'à la vie qu'elle allait mener dans l'élégante demeure.

Sabrina resta un instant dans le hall d'entrée, sous le dôme magnifique. Il n'y avait plus lieu de se cacher; la maison était impeccable, on trouvait des fleurs partout, l'argenterie avait été fourbie et les cuivres étincelaient. Lorsqu'elle se tourna vers son père, il eut l'impression qu'on lui perçait le cœur. Elle ressemblait tellement à sa mère dans cette attitude... Il se rappela la première fois qu'il l'y avait emmenée, sa joie lorsqu'il lui avait annoncé que la maison était la sienne.

Jeremiah avait donné des ordres pour que Sabrina occupe la grande chambre à coucher. Il ne voulait plus y dormir. Avec les tissus neufs, les drapés de soie rose, c'était une chambre pour elle. Elle avait le même âge que sa mère lorsque celle-ci vivait là; la seule différence était qu'elle n'était pas mariée et qu'elle ressemblait bien peu à Camille Beauchamp, moralement.

– Papa, tout est adorable!

Elle ne savait où poser ses regards. Amelia et lui avaient réalisé des miracles. La salle de bal était fraîchement repeinte et tout brillait. La réception avait lieu dans trois semaines et Sabrina brûlait déjà d'impatience, mais il y avait beaucoup à faire entre-temps. Ils allaient à l'opéra dans deux jours et, la

semaine suivante, les Crocker, les Flood et les Tobin les avaient
invités à dîner. Son père avait renoué des relations qu'il
négligeait depuis des années, dans l'idée de présenter Sabrina à
toutes ses connaissances. Il voulait qu'elle passe deux mois
éblouissants à San Francisco avant de repartir pour Napa
durant l'été. En octobre, il la ramènerait à San Francisco
jusqu'à Noël. Ce n'était guère différent de la vie qu'il avait
menée avec Camille mais, à l'inverse de celle-ci, Sabrina était
aussi heureuse en ville qu'à Sainte Helena. Elle s'intéressait
activement aux mines et se désolait de la maladie qui avait
frappé les vignes. Partant du fait que le fléau avait principale-
ment endommagé les vignobles d'Europe, elle soutenait une
théorie selon laquelle leurs propres vignes résisteraient mieux
ensuite à ce parasite dévastateur. Son père admettait de bon
cœur qu'elle s'y connaissait beaucoup mieux que lui à présent.
Les vignobles la passionnaient depuis des années mais les
mines l'intéressaient tout autant. Il lui disait souvent en
plaisantant qu'elle saurait parfaitement faire marcher les
affaires quand il serait mort.

— C'est affreux de me dire ça, papa, grondait-elle chaque
fois.

Elle n'aimait pas songer à cela. A soixante-trois ans, Jeremiah était encore en assez bonne santé, bien que de temps à
autre son cœur lui donnât un peu de souci. Mais Amelia et
Hannah prenaient soin de lui et le médecin avait déclaré qu'il
vivrait encore vingt ans.

— Et il faudra que tu vives tout ce temps si tu veux me voir
mariée et mère de six enfants.

De grands bouquets de roses ornaient sa chambre, et dès le
lendemain, elle se sentit chez elle. Durant un instant, étendue
sur son lit, elle s'était dit que sa mère avait dormi là autrefois,
contemplé le même plafond, regardé par les mêmes fenêtres,
s'était assise dans la même baignoire. Elle se sourit à elle-
même. Cela lui donnait un sentiment de parenté avec cette
mère qu'elle n'avait jamais connue. Les mois précédents, elle
s'était rendue plusieurs fois dans la maison, discutant avec son
père des améliorations à effectuer. Beaucoup de choses avaient
changé depuis la construction, vingt ans auparavant, et si elle
restait la demeure la plus vaste de la ville, elle n'était plus la
plus moderne, malgré son confort.

Sabrina avait étalé la robe en lamé sur le lit, à côté des
chaussures assorties. Elle porterait le collier de perles qu'Amelia lui avait offert avant de partir, ainsi que les boucles

d'oreilles dont son père lui avait fait cadeau pour Noël. Après avoir pris son bain, elle se peigna les cheveux avec soin et mit un peu de fard, de la poudre et du rouge à lèvres qui rehaussèrent la beauté de son teint. Puis elle enfila précautionneusement la robe, aidée d'une des femmes de chambre. Un instant, elle eut comme l'impression que sa mère l'observait et elle se demanda si elle aurait approuvé sa toilette. Sabrina était sûre qu'elle avait été très belle. Elle sut ce qu'éprouvait son père lorsqu'il la vit marcher doucement sous le grand dôme en verre. Les larmes aux yeux, il la regardait sans mot dire.

– Où as-tu donc acheté cette robe, mon petit?

Elle sourit en s'entendant appeler ainsi; elle avait beaucoup grandi, mais elle avait su s'arrêter à temps. La robe qu'elle portait mettait en valeur le cou gracieux et les bras longs et minces.

– Tu as vraiment l'air d'une princesse, chérie.

La ferveur de son amour la fit rayonner de joie.

– Je suis contente que tu l'aimes. Amelia m'a aidée à choisir le tissu lorsqu'elle est venue. Je l'ai fait faire tout exprès pour ce soir.

Lorsqu'elle arriva à l'opéra avec son père, elle ne regretta pas son choix. Les lamés et les paillettes multicolores étaient à la mode et la robe de Sabrina, plus élaborée que beaucoup d'autres, resplendissait. Les femmes de San Francisco avaient sorti pour l'occasion leurs plus gros bijoux, leurs plus jolies robes et leurs plus beaux atours. La première de l'opéra avait eu lieu la veille, mais la participation de Caruso dans *Carmen*, ce soir-là, constituait un événement exceptionnel; des bals étaient prévus après la représentation au *Palace*, au *Saint Francis* et chez *Delmonico;* les Thurston devaient rejoindre un groupe d'amis au *Saint Francis*. Sabrina, rien qu'en regardant les toilettes superbes des femmes qui entraient, était déjà au comble de l'excitation. Sa vie tranquille à Sainte Helena était bien éloignée des moments intenses qu'elle savourait à San Francisco.

Lorsqu'ils quittèrent l'opéra, quelques heures plus tard, elle pressa doucement le bras de son père, qui se tourna vers elle, déjà inquiet. Mais le visage de Sabrina rayonnait et elle ressemblait à une princesse de conte de fées.

– Merci, papa.

– Merci de quoi? demanda-t-il tandis qu'ils approchaient de leur voiture.

– Merci pour tout cela. Je sais que tu ne voulais pas revenir en ville et rouvrir la maison. Tu l'as fait pour moi et chaque instant est un bonheur pour moi.

– Alors je suis content que nous soyons venus.

Le plus amusant était qu'il était vraiment heureux. Il trouvait excitant d'être à nouveau dans le monde, ayant oublié combien cela pouvait être agréable si cela ne se répétait pas trop souvent. Et puis c'était merveilleux de présenter sa fille unique à toutes ses connaïssances. Elle était gracieuse, intelligente, aimable, pondérée, adorable... les mots manquaient pour la décrire. Sur le chemin qui les menait à l'hôtel *Saint Francis*, il regardait, heureux, son visage tourné vers la vitre, perdu dans la contemplation de ce qu'elle voyait.

Le bal auquel ils assistèrent fut absolument splendide. Toute la haute société était présente, y compris Caruso lui-même. Une atmosphère de fête régnait dans toute la ville et les gens allaient d'un bal à un autre pour rejoindre ensuite des amis réunis dans des réceptions plus intimes. La représentation à l'opéra ayant constitué un événement majeur dans la vie mondaine, Sabrina se félicitait que son bal n'ait lieu que dans trois semaines; d'ici là, les gens auraient le temps de se reposer et de se préparer à une autre grande soirée. Il aurait été impossible de rivaliser avec l'étincelante représentation de *Carmen*.

Il était trois heures du matin lorsqu'ils rentrèrent chez eux et Sabrina eut du mal à réprimer un bâillement tandis qu'elle montait lentement le grand escalier de Thurston House en compagnie de son père.

– Quelle belle soirée, papa.

Il acquiesça, puis Sabrina se mit à rire.

– Si Hannah nous voyait en ce moment, rentrant chez nous à trois heures du matin...

Ils éclatèrent de rire, imaginant ses réprimandes. Elle aurait trouvé cela dépravé et indécent.

– Et elle m'aurait dit que je ressemble tout à fait à ma mère. Chaque fois que je fais quelque chose qui ne lui plaît pas, c'est ce qu'elle me dit. Elles devaient vraiment se détester, toutes les deux.

Jeremiah sourit. Pourtant, ce n'était pas agréable autrefois. Camille avait rarement fait des choses plaisantes.

– Elles se détestaient. Elles ont eu des querelles terribles la première fois que j'ai amené ta mère à Napa.

Puis, pour la première fois depuis vingt ans, il se souvint de l'anneau qu'avait trouvé Hannah. Heureusement, car Sabrina n'aurait jamais existé. Mais, comme beaucoup d'autres, c'était une anecdote qu'il ne pouvait pas raconter à sa fille.

Le père et la fille s'embrassèrent et se souhaitèrent bonne nuit puis Sabrina entra dans sa chambre. Elle regarda par la fenêtre les jardins merveilleusement entretenus. Comme ils étaient différents, cinq ans plus tôt, lorsqu'elle avait escaladé les grilles! Une vraie jungle. Elle songea à sa mère regardant par les mêmes fenêtres, tard dans la nuit, lorsqu'elle rentrait d'un bal ou d'une soirée. Il lui semblait être revenue presque vingt ans en arrière, et elle avait l'impression que sa mère était là, à présent, rendue à la vie en même temps que la maison. Elle sourit à son image, dans le miroir, puis ôta le collier de perles et la robe de lamé qu'elle avait pris tant de plaisir à porter. En regardant le réveil sur la table de nuit, elle s'aperçut qu'il était déjà presque quatre heures du matin et un petit frisson la parcourut; elle n'avait jamais veillé aussi tard, sauf peut-être une fois, lors d'une inondation dans la mine, quand son père n'était rentré qu'au matin, mais jamais pour s'amuser, en tout cas. Et elle venait de vivre la soirée la plus divertissante de sa vie.

En éteignant la lumière, elle mourait déjà d'impatience de donner son bal. Elle resta allongée, essayant de trouver le sommeil pendant près d'une heure sans y parvenir, encore trop excitée par ce qu'elle venait de vivre. Elle se demanda si son père était éveillé lui aussi et finit par se lever pour entrer dans le petit cabinet de toilette. Elle ne voulait pas retourner au lit, préférant rester éveillée et regarder l'aurore. Elle voulait profiter de tout, car elle sentait en elle une soif de vivre qu'elle n'avait jamais éprouvée auparavant.

Elle s'enveloppa d'une robe de chambre de satin blanc et chercha ses pantoufles, puis décida de descendre prendre une tasse de lait chaud. Mais, à mi-chemin, elle éprouva une étrange sensation de balancement, comme si elle se trouvait sur un paquebot pris dans la houle. La maison semblait continuer à tanguer interminablement, et ce qui arrivait devint tout à coup évident: c'était un tremblement de terre. Au moment où elle se précipitait vers la porte d'entrée, le dôme se brisa en milliers d'éclats de verre multicolores qui manquèrent la déchiqueter. Elle resta immobile, tremblante, dans l'enca-drement de la porte, ne sachant que faire. Son père lui avait souvent parlé des tremblements de terre de 1865 et de 1868. Elle se souvenait seulement lui avoir entendu dire qu'il fallait se tenir dans l'encadrement d'une porte. Tandis qu'elle demeurait là, grelottant de froid, la maison se remit à trembler, moins longtemps cette fois.

Tout était sens dessus dessous; les guéridons étaient tombés, les verres avaient volé en éclats et l'argenterie s'était renversée par terre. Tout en regardant les gravats qui s'amoncelaient, elle se rendit compte qu'un morceau de verre l'avait coupée lorsque la fenêtre s'était brisée à côté d'elle. Une tache de sang se répandait sur l'épaule de sa robe de chambre. Tout à coup, elle entendit une porte s'ouvrir en haut, et la voix de son père qu'il l'appelait dans l'obscurité. Il l'avait déjà cherchée dans sa chambre sans pouvoir la trouver.

– Sabrina! Sabrina, tu es là!

Il la vit dans l'encadrement de la porte ouverte et courut la rejoindre au moment où les domestiques fuyaient leurs chambres sous les toits. Deux femmes étaient comme hystériques, les autres criaient, les hommes semblaient bouleversés. La panique s'empara d'eux lorsqu'une nouvelle secousse se fit sentir. Des bruits divers leur parvenaient maintenant du dehors. Des gens hurlaient; on aurait dit que des pans de murs s'écrasaient dans les rues. Sabrina comprit ensuite que c'étaient les cheminées de brique qui s'effondraient. Lorsqu'elle s'aventura dehors avec son père, après qu'il lui eut fait un pansement, elle distingua des corps ensevelis sous les briques des cheminées. C'était sa première vision de la mort et elle en fut bouleversée. On apercevait des gens partout dans les rues et, comme le tremblement de terre avait déjà causé beaucoup de dégâts, des blessés gisaient autour d'eux.

Au milieu de la matinée, le problème le plus préoccupant fut les incendies provoqués par le tremblement de terre. Comme la plupart des canalisations avaient été détruites, les pompiers n'avaient pas d'eau pour éteindre les feux. Pis encore, les systèmes d'alarme ne fonctionnaient plus; le chef des pompiers lui-même avait été tué lors de la destruction d'une caserne. Un vent de panique circulait dans toute la ville mais on espérait encore que les incendies seraient rapidement circonscrits. Le feu sévissait surtout au sud de Market, au-delà du *Palace Hotel*, qui put, grâce à ses réserves d'eau, combattre les foyers qui le menaçaient.

Mais les colonnes de fumée qui commencèrent à s'élever au-dessus de la ville, le mercredi après-midi, plongèrent San Francisco dans la terreur. Le maire, M. Schmitz, demanda au général Funston de lui venir en aide. L'armée allait intervenir le soir même. Le couvre-feu avait été décrété, personne ne devait se promener dans les rues, du crépuscule jusqu'à l'aube. Des consignes strictes interdisaient de faire la cuisine dans les maisons.

A Nob Hill, Jeremiah et Sabrina avaient ouvert en grand les grilles de la propriété et tout le monde pouvait venir camper dans leurs jardins, utiliser leur maison et faire la cuisine dans un espace aménagé plus à l'écart, pour satisfaire les besoins de tout le voisinage. Jeremiah se trouvait au vieux Palais de Justice avec le Comité des Cinquante, qui tentait de mettre sur pied l'organisation des secours. Le lendemain, ils durent trouver un autre lieu et s'installèrent à Portsmouth Square. Cette fois, Sabrina insista pour l'accompagner.

– Tu restes ici.

– Il n'en est pas question!

Elle le regarda avec détermination.

– Je veux être avec toi, papa.

Elle semblait si décidée qu'il capitula. D'autres femmes siégeaient au sein du comité; tous allaient faire leur possible pour venir en aide à la cité dévastée. Ce fut une époque effroyable dans l'histoire de San Francisco. Jeremiah avait du mal à en croire ses yeux lorsqu'il regardait tout autour de lui. Plus tard dans la journée, il apprit, incrédule, que toutes les demeures situées d'un côté de Van Ness avaient été dynamitées pour permettre de sauver l'extrême Ouest de la ville. Le Comité dut quitter Portsmouth Square et établir son quartier général à l'hôtel *Fairmont*, qui venait d'être construit. Ils y restèrent jusqu'à ce que les incendies atteignent Nob Hill. Lorsqu'ils partirent, l'hôtel était déjà la proie des flammes et le feu gagnait la maison des Flood.

Jeremiah fit venir le Comité à Thurston House, où ils se réunirent une dernière fois avant de devoir abandonner définitivement Nob Hill. La colline était en flammes et le feu avançait selon son bon vouloir, détruisant des maisons et en épargnant d'autres. Lorsque le Comité quitta la maison au soir du troisième jour, Thurston House était encore intacte. Les jardins étaient carbonisés et les arbres qui longeaient la propriété étaient tombés, mais la façade de la maison avait été à peine endommagée par les flammes. Les dégâts à l'intérieur de la maison avaient été causés par le tremblement de terre et non par l'incendie. Sabrina, contemplant l'intérieur de la belle maison, avait peine à croire au désastre. C'était comme un cauchemar qui refusait de finir, depuis les premières secousses qu'elle avait ressenties dans l'escalier.

Là où se dressait le dôme, il n'y avait plus qu'un trou béant par lequel elle voyait un ciel obscurci par la fumée. Elle s'étonnait que le soir soit déjà tombé. Elle avait perdu la notion du temps. Elle savait seulement que l'holocauste durait depuis des jours, que les rues retentissaient de cris et de plaintes et que partout gisaient des cadavres et des mourants. Elle avait pansé des centaines de bras, de visages et de jambes, conduit des enfants perdus dans les abris, aidé des femmes à chercher leurs enfants introuvables.

Elle se laissa tomber sur les marches de Thurston House, épuisée. Tous les domestiques avaient fui, soit pour porter assistance, soit pour aller à la recherche de leur famille ou de leurs amis. Elle savait que son père était en haut. Il lui avait paru exténué.

Elle monta voir comment il se portait. Peut-être désirait-il un cognac ou quelque chose à manger, auquel cas elle devrait se rendre à Russian Hill, où se trouvaient les cuisines collectives. Il n'était plus un jeune homme et les quelques jours qui venaient de s'écouler avaient été terriblement éprouvants pour tout le monde.

— Papa! appela-t-elle en montant l'escalier avec peine, tant ses jambes étaient raidies par la fatigue.

Elle entendait encore des cris provenant de Nob Hill : les incendies n'étaient pas encore éteints. Le seraient-ils d'ailleurs un jour? se demanda-t-elle soudain.

— Papa!

Il était assis dans son salon privé, lui tournant le dos, mais à le regarder ainsi, tassé sur sa chaise, elle comprit qu'il était aussi fatigué qu'elle. Elle ne l'avait pas vu ainsi depuis la dernière inondation dans les mines. Elle s'approcha doucement et se pencha pour l'embrasser.

— C'est moi, papa.

Elle poussa un profond soupir et s'assit par terre à ses pieds, tendant la main pour attraper la sienne. Que n'avaient-ils enduré depuis l'autre nuit et comme, d'une certaine façon, ils avaient été épargnés! Ni l'un ni l'autre n'était blessé, la maison avait été endommagée mais elle était encore debout, alors que le lustre de l'opéra s'était écrasé sur le sol. Que serait-il advenu si le tremblement de terre avait eu lieu la nuit précédente?

— Tu veux manger quelque chose, papa?

Elle leva la tête et s'immobilisa soudain. Il la regardait fixement, les yeux vides. Un sentiment de terreur la prit à la gorge et, se mettant à genoux, elle lui toucha le visage.

– Papa! Papa! Parle-moi!

Mais il n'y avait plus ni son, ni voix, ni mot, ni vie en lui. Papa!

Le cri déchirant emplit un instant la maison vide et silencieuse. Elle se mit à le secouer mais le corps glissa sur le sol et elle le serra contre elle en sanglotant. Il était mort. Tranquillement, sans un mot, il était entré dans cette pièce, s'était avancé vers cette chaise, s'était assis... et était mort, à soixante-trois ans, laissant Sabrina orpheline, livrée à elle-même.

Elle demeura de longues heures, prostrée, anéantie, à le regarder. Les incendies faisaient rage, anéantissant presque tout sur leur passage et épargnant miraculeusement Thurston House. Sabrina ne voulut pas le quitter. Elle resta assise, sanglotant, la main de son père dans la sienne. Les flammes atteignirent la porte d'entrée puis changèrent tout à coup de direction. Lorsque le jour se leva, elle était toujours assise au même endroit, serrant la main de cet homme qui avait été son père. La plupart des incendies avaient été éteints et le tremblement de terre était terminé. Mais la vie ne serait plus jamais la même pour Sabrina.

CHAPITRE XXI

Sabrina ramena le corps de son père à Napa, sur le bateau à vapeur, puis à Sainte Helena en un sombre cortège. Quelques mineurs, le visage grave, ayant revêtu pour l'occasion leur unique costume, étaient venus les attendre sur le quai. Ce n'est que lorsque la voiture atteignit la route privée qui menait chez Jeremiah qu'elle les vit tous. Ils étaient bien cinq cents alignés le long de la route sur plusieurs rangs, attendant calmement le passage de l'homme qu'ils avaient aimé et pour lequel ils avaient travaillé si durement. Pendant des années, il s'était battu pour eux, les sauvant des inondations et des pires incendies, pleurant lorsqu'ils mouraient... et c'étaient eux à présent qui versaient des larmes. Certains ne cherchaient même pas à les dissimuler, lorsque le cortège passait lentement devant eux et qu'ils ôtaient leur chapeau. Hannah se tenait sous le porche, son visage usé inondé de larmes, ses yeux éperdus de chagrin. On sortit le cercueil de la voiture, puis huit hommes le transportèrent dans l'entrée, et enfin dans le salon, où Jeremiah avait dormi pendant dix-huit ans lorsqu'il n'était pas marié.

Sabrina s'avança sans un mot vers Hannah et la prit dans ses bras. La vieille femme se mit à sangloter sur son épaule. Puis Sabrina sortit rapidement pour serrer la main de quelques-uns des hommes et les remercier d'être venus. Ils disaient peu de choses, incapables de trouver les mots susceptibles de traduire ce qu'ils ressentaient. Ils restaient immobiles puis finissaient par se détourner et partaient en groupes silencieux. Leurs cœurs accompagneraient dans la tombe l'homme qu'ils avaient respecté et aimé. Aucun autre ne pourrait le remplacer.

Sabrina regagna lentement la maison et sa gorge se serra lorsqu'elle vit le cercueil d'acajou déposé dans le salon. Des hommes étaient en train de le recouvrir avec précaution d'une couverture tressée de fleurs des champs, ces fleurs qu'il avait tant aimées, et qu'Hannah avait confectionnée pour lui. Sabrina, soudain incapable de soutenir cette vue plus long-temps, se détourna et cacha son visage dans ses mains. Elle fut surprise lorsqu'elle sentit deux bras puissants l'empoigner. Elle leva les yeux et reconnut Dan Richfield, qui s'occupait des mines depuis des années et dont Jeremiah avait toujours apprécié la valeur.

– Nous ressentons tous atrocement cette perte, Sabrina. Et nous voulons que vous sachiez que nous ferons tout ce qui est possible pour vous aider.

Son regard était aussi désespéré que le sien et il ne cherchait pas à cacher qu'il avait pleuré. Il la prit à nouveau dans ses bras et l'étreignit, mais, quelques instants plus tard, elle se dégagea et alla contempler par la fenêtre la vallée que Jeremiah avait aimée si profondément. Le parfum lourd des fleurs des champs envahissait la pièce et on entendait distinc-tement Hannah qui pleurait dans la cuisine. Sabrina parlait comme pour elle-même.

– Nous n'aurions jamais dû aller à San Francisco, Dan.

Elle lui tournait le dos et il contemplait sa silhouette agréable.

– Ne vous torturez pas, Sabrina. Il voulait vous emmener là-bas.

– Je n'aurais pas dû le laisser faire.

Elle se retourna et fit face à cet homme que son père avait presque considéré comme son fils. Il avait trente-quatre ans et travaillait pour les mines Thurston depuis vingt-trois ans. Il devait tout à Jeremiah, sans lequel il aurait passé sa vie à faire la plonge quelque part. Grâce à lui, il était à la tête des mines les plus importantes de tout l'État et avait sous ses ordres cinq cents hommes. Et, comme l'avait souvent dit Jeremiah, il faisait très bien son travail.

– Ses racines étaient ici, comme pour moi.

Sa voix se brisa à nouveau. Un sentiment de culpabilité la dévorait depuis le moment même où elle l'avait trouvé mort.

– Je n'aurais jamais dû le laisser m'emmener en ville. Sans cela, il serait encore vivant aujourd'hui...

Elle se remit à sangloter et Dan s'empressa encore de la consoler, la serrant contre lui. Mais, comme chaque fois, Sabrina avait l'impression de ne plus pouvoir respirer. Il la serrait trop fort, même si elle savait qu'il voulait bien faire. Peut-être était-ce son propre chagrin qui l'oppressait ainsi.

– Mon Dieu...

Elle fit quelques pas dans la pièce puis se retourna vers Dan, le regard brisé.

– Que vais-je devenir sans lui?

– Nous avons du temps pour y songer. Pourquoi ne prenez-vous pas un peu de repos?

Elle n'avait pas dormi depuis deux jours et cela se voyait. Son visage était ravagé par le chagrin, et les larmes qui coulaient de ses yeux semblaient ne jamais vouloir s'arrêter.

– Vous devriez monter et vous étendre. Dites à Hannah de vous apporter à manger.

Sabrina secoua la tête et essuya les larmes qui coulaient sur ses joues.

– Ce serait plutôt à moi de m'occuper d'elle. Son état est encore pire que le mien et je suis plus jeune.

– Il faut prendre soin de vous.

Il se tut et la regarda un long moment. Leurs yeux se rencontrèrent. Dan avait envie de lui poser plusieurs questions mais il fallait attendre. Il était trop tôt et son père était encore étendu dans le salon.

– Allons. Voulez-vous que je vous accompagne en haut? proposa-t-il d'une voix douce.

Sabrina sourit et secoua la tête. Elle pouvait à peine parler tant le trouble qui l'envahissait était grand. Elle ne pouvait pas imaginer de vivre sans son père.

– Je vais très bien, Dan. Pourquoi ne rentrez-vous pas chez vous?

Il avait une femme et des enfants, et n'était d'aucune utilité ici. Toutes les dispositions avaient été prises pour l'enterrement, le lendemain. Sabrina voulait que son père soit enterré sans tarder et que la cérémonie soit discrète et simple, comme il l'aurait souhaité lui-même. Nul doute qu'il aurait été ému à la vue de tous ces hommes venus l'attendre à son arrivée, et par ceux qui vinrent un par un, cette nuit-là, pour se recueillir devant le cercueil d'acajou, les yeux humides. Sabrina ne cessa de descendre pour leur serrer la main et les remercier. Hannah prépara de grandes cafetières et d'énormes plateaux de sandwiches.

Il était plus de neuf heures du soir lorsqu'un homme, vêtu d'un costume noir et d'une cravate, gravit les marches du perron. Il avait un visage anguleux aux traits marqués, et les yeux noirs. Il sembla hésiter avant d'entrer. Hannah le reconnut tout à coup et alla prévenir Sabrina.

— John Harte est là.

Il était toujours resté le principal rival de Jeremiah, bien qu'il n'y eût pas d'inimitié personnelle entre eux. John Harte gardait ses distances avec tout le monde, c'était là sa manière d'être mais, même s'il ne perdait jamais de vue qu'il était en perpétuelle concurrence avec les mines Thurston, il n'avait jamais oublié non plus la gentillesse de Jeremiah.

Lors de leurs rares rencontres, ils s'étaient toujours observés avec calme et lorsqu'une catastrophe survenait dans une des mines de l'un ou de l'autre, ils s'aidaient toujours mutuellement. John Harte n'avait rencontré Sabrina que peu de fois durant toutes ces années, mais elle savait très bien qui il était. Elle s'avança vers lui, vêtue d'une robe noire qui la faisait paraître plus grande, plus mince et beaucoup plus vieille que son âge. Elle était pâle, les cheveux coiffés en chignon; ses yeux paraissaient immenses. Il lui serra la main.

— Je viens présenter mes respects à votre père, mademoiselle Thurston, lui dit-il d'une voix profonde et douce.

Ils se regardèrent un long moment. Sa propre fille, si elle avait vécu, aurait été à peine un peu plus âgée qu'elle. Elle était morte à trois ans, deux ans avant la naissance de Sabrina. Il ne s'était jamais remarié, même si tout le monde savait qu'il vivait avec la même femme depuis dix ans, une Indienne de la tribu de Mayakma. Quelqu'un, une fois, l'avait montrée à Sabrina. Elle avait à peu près vingt-six ans et deux enfants à elle, mais aucun de John Harte. Il ne voulait plus ni enfant ni épouse. Il avait mis une croix sur cette partie de sa vie, mais Sabrina crut déceler dans ses yeux la trace encore visible d'un chagrin qui durait toujours. Elle ne se trompait guère lorsqu'elle se disait que le fait de se retrouver là, aujourd'hui, le ramenait plusieurs années en arrière. Sa voix n'était qu'un murmure tandis qu'ils se tenaient dans le salon, côte à côte, regardant le cercueil. Cela lui rappelait des souvenirs pénibles et l'émotion lui serrait la gorge lorsqu'il parla.

— Il était avec moi... quand mon petit garçon est mort...

Il jeta un coup d'œil à Sabrina, se demandant si son père lui en avait parlé, mais elle était évidemment au courant.

– Je sais... il me l'a dit... cela l'avait bouleversé.

Il aimait ce qu'il lisait dans ses yeux. C'était une jeune fille volontaire, intelligente, simple dans ses manières et dont les yeux semblaient capter tout ce qui l'entourait. Il avait l'impression qu'elle le sondait tandis qu'il se demandait quel âge elle pouvait bien avoir; pas plus de dix-huit ans certainement, puisque Thurston n'était pas encore marié lorsque Matilda et les enfants étaient morts.

– Je n'oublierai jamais qu'il est resté près de moi... Je le connaissais à peine, à l'époque. Mais je l'admirais. Et ses hommes le tenaient en grande estime, eux aussi. Tous les gens de la vallée ne parlent qu'en bien de Jeremiah Thurston.

Le cœur de Sabrina se brisa à ces paroles; sentant qu'elle allait pleurer, elle se détourna pour essuyer des larmes qui coulaient déjà.

– Je suis désolé... Je n'aurais pas dû...

– Pas du tout...

Elle lui sourit à travers ses larmes et inspira profondément. C'était si inconcevable qu'il soit mort. Comment était-ce possible? Elle l'aimait tant... Elle dut réprimer un sanglot et se souvint qu'elle n'était pas seule. Elle leva les yeux vers John Harte. Il était presque aussi grand que son père et ses cheveux étaient aussi noirs que ceux de Jeremiah, autrefois, mais beaucoup grisonnaient déjà. Il avait quarante-six ans et il était encore très beau, tout comme l'avait été Jeremiah jusqu'à la fin... la fin... la fin... elle ne pouvait supporter ce mot.

– Voulez-vous un peu de café, monsieur Harte? Hannah en a fait dans la cuisine, ajouta-t-elle en désignant la porte d'un geste vague.

– Non, merci, je ferais mieux de vous laisser vous reposer. Je sais que vous êtes rentrée de San Francisco aujourd'hui. Est-ce aussi terrible qu'on le dit?

– Pire que cela. Partout les gens font la queue pour trouver à manger, les rues sont pleines de murs écroulés, de cheminées décapitées, les maisons sont détruites...

Les sanglots l'étouffèrent et elle secoua la tête, incapable de continuer à parler.

– C'était affreux. Et mon père...

Elle se força à poursuivre, tandis que John Harte la regardait, peiné.

– Il faisait partie du Comité des Cinquante, pour venir en aide à la ville... c'était trop pour lui... son cœur, vous savez...

Elle ne savait pas pourquoi elle lui disait tout cela. Mais elle avait soudain impérativement besoin de parler à quelqu'un, même si elle connaissait à peine son interlocuteur. Il l'attrapa aux épaules, de ses puissantes mains de mineur.

— Il faut vous reposer. Je sais par où vous passez. J'ai agi comme vous. J'ai ruminé ma tristesse et j'ai voulu continuer à rester debout jusqu'à en devenir presque fou. Cela ne fait qu'empirer les choses, mademoiselle Thurston, croyez-moi. Reposez-vous un peu. Vous en aurez besoin pour demain.

Elle acquiesça, sans plus chercher à ravaler ses larmes. Il avait raison. Elle était épuisée, à moitié folle de chagrin. Elle ne pouvait tout simplement croire que son père était mort mais, lorsqu'elle regarda dans les yeux de John Harte, elle y vit une expression qui la réconforta. Il était gentil, même si on disait de lui qu'il était réservé, orgueilleux et un peu débauché parce qu'il avait une maîtresse indienne. Peut-être était-ce pour cette raison que son père le voyait si rarement.

— Monsieur Harte, je crains que vous n'ayez raison. Ces quelques jours ont été affreux.

Elle allait devoir rassembler ses forces pour l'enterrement, le lendemain.

— Puis-je faire quelque chose pour vous demain?

— Non, merci. Notre régisseur me conduira à l'enterrement.

— C'est un homme bien. Je connais Dan Richfield.

— Mon père aurait été perdu sans lui, du moins c'est ce qu'il disait. Dan travaille pour lui depuis l'âge de onze ans.

John lui sourit tristement. Comme les choses allaient changer pour elle! Il voulait lui parler mais il pensa que c'était encore trop tôt. Il en avait déjà touché deux mots à Dan, mais ils étaient convenus d'attendre une semaine ou deux. Elle était encore trop sous le choc pour songer aux mines. Richfield pourrait s'en occuper à sa place entre-temps.

— S'il y a quelque chose que je puisse faire pour vous, mademoiselle Thurston...

— Je vous remercie, monsieur Harte.

Il partit sur un grand cheval rejoindre sa mine et sa maîtresse indienne.

Après son départ, Sabrina se surprit à songer à lui et à se demander comment était sa maîtresse. Elle se souvenait seulement d'une jeune fille aux cheveux de jais, au visage fin et foncé, emmitouflée dans des fourrures blanches. Sabrina avait été intriguée et son père avait pressé l'allure, abrégeant les salutations et ignorant complètement la présence de la jeune Indienne. Sabrina se rappelait encore les questions qu'elle avait posées à son père.

— Qui est-ce, papa?

— Personne... Une squaw...

— Mais elle est belle...

Sabrina avait été fascinée par elle, même si elle savait que cette liaison était bien sûr illicite et inconvenante, à ceci près que John Harte n'en faisait plus mystère depuis plus de neuf ans. Il considérait qu'il ne devait rien à personne et qu'il pouvait faire ce qu'il voulait.

— Elle était si jolie, papa...

— Je ne l'ai pas remarqué.

— Oh si! Je t'ai vu la regarder.

— Sabrina!

Il voulait paraître agacé, mais Sabrina n'était pas dupe.

— Oui, tu l'as regardée. Je t'ai vu. Et c'est vrai qu'elle est belle. Où est le mal?

— Laisse-moi te dire deux choses qu'il faut t'ancrer dans la tête : ils ne sont pas mariés et elle n'est pas blanche. C'est pourquoi nous sommes supposés faire comme si elle n'existait pas et, si nous la voyons, trouver qu'elle n'est pas belle. Mais le fait est qu'elle l'est. C'est une jolie fille, et si elle convient à John Harte, grand bien lui fasse. Peu m'importe avec qui il dort.

— Pourquoi ne pas les inviter à la maison?

Sabrina était étonnée qu'il ne l'ait jamais fait. Il est vrai que son père et lui n'étaient pas très liés.

— C'est hors de question, répondit-il avec détermination, sans pourtant se mettre en colère.

— Et pourquoi donc?

— A cause de toi, bout de chou. Voilà pourquoi. Ce ne serait pas convenable. Si j'étais seul, je pourrais le faire, parce que je l'ai toujours estimé. C'est un homme droit et il possède une mine prospère, même si, ajouta-t-il en riant, elle n'est pas si prospère que la nôtre...

Sabrina se mit à rire.

— Est-ce que tu crois qu'elle est intelligente? questionna encore Sabrina, toujours fascinée par l'Indienne.

— Je n'en ai aucune idée.

Il se mit à rire tout à coup de la naïveté de sa fille et lui pinça la joue en souriant.

— Je ne pense pas que ce soit ce qu'il apprécie en elle,

Sabrina. Toutes les femmes ne sont pas intelligentes et toutes n'ont pas besoin de l'être.

– Je crois qu'elles devraient au moins essayer, tu ne penses pas?

– C'est vrai, répondit-il, touché comme toujours par la conviction de ses propos.

C'était vrai, après tout, qu'elle tenait aussi de sa mère. Camille était intelligente, et attirée par le monde des affaires. Elle aurait aimé en savoir davantage sur la mine, s'il l'avait laissée faire. Mais il n'avait pas jugé approprié de l'impliquer dans ses transactions. Avec Sabrina, tout avait été différent. Il lui avait tout appris, tout montré, fier que les vignes, les mines, les marchés qu'il effectuait dans l'Est n'aient aucun secret pour elle. Les temps avaient changé; il avait vieilli et s'était senti seul sans Camille. Sabrina était restée près de lui pendant dix-huit ans...

Et maintenant elle était seule, évoquant le passé... entendant le son de sa voix. Couchée dans son lit, cette nuit-là, elle ne parvenait toujours pas à croire qu'il l'avait quittée.

Elle dut pourtant se rendre à l'évidence, le lendemain, lorsque les porteurs transportèrent le cercueil jusqu'au cimetière puis le firent descendre dans la fosse. Les cinq cent six mineurs et la centaine d'amis qui s'étaient déplacés jetèrent, chacun à leur tour, une poignée de terre sur son cercueil. Même Mary Ellen, qui se tenait à l'écart et pleurait doucement, était venue. Sabrina s'avança enfin devant la fosse, droite, la tête haute et le visage mouillé de larmes. Elle garda les yeux fermés un long moment, tout en agrippant la main de Dan Richfield, jeta une poignée de terre dans la tombe de son père puis s'éloigna. Tous la regardèrent, immobiles, regagner sa maison. Elle gravit lentement les marches du perron et s'assit sur sa chaise de cuisine préférée, avec l'impression que le monde venait de s'écrouler autour d'elle. Elle se sentait complètement vide. Dan Richfield l'observait. Sa femme, encore enceinte, n'était pas venue à l'enterrement. Sabrina l'avait vue à de rares occasions; c'était une femme terne et sans attrait, enceinte chaque année. Sabrina n'avait jamais eu l'impression qu'elle était particulièrement amoureuse de Dan. Ils continuaient à avoir des enfants et à vivre ensemble, voilà tout.

Sabrina se tourna vers lui lorsqu'ils furent rentrés.

– Je n'arrive toujours pas à croire qu'il est mort, Dan. Je m'attends toujours à entendre ses pas sous le porche, dans l'escalier et le galop de son cheval...

Ses yeux s'embuèrent et elle continua à l'observer, le regard vide.

– J'ai peine à croire que je ne le reverrai plus.

– Si, vous le reverrez. En pensée. Il fait tellement partie de nous tous qu'il ne disparaîtra jamais vraiment.

Elle fut sensible à ces quelques mots et lui effleura la main avec un petit sourire découragé.

– Merci, Dan. Pour tout.

– C'est bien peu de chose. Un de ces jours, il faudra que nous parlions, mais ce n'est pas le moment.

– Quelque chose ne va pas à la mine? Je veux dire : est-il arrivé quelque chose de spécial cette semaine? Je ne me suis préoccupée que de moi depuis...

– Non, bien sûr que non. Rien de grave, si ce n'est qu'il va y avoir des changements, bien sûr, et qu'il faudra que vous me disiez vos intentions.

Il avait bien entendu supposé qu'il continuerait à faire marcher la mine, à moins qu'elle ne la vende, mais il avait déjà assuré ses arrières en parlant de cette éventualité avec John Harte. Quoi qu'il arrive, il continuerait à diriger les mines Thurston, que John Harte les achète ou non, même s'il pensait, quant à lui, qu'elle avait tout intérêt à vendre. La situation allait s'améliorer pour lui. Jeremiah était toujours resté au premier plan, continuant à diriger lui-même son empire, mais Dan avait travaillé en étroite collaboration avec lui. Il était prêt pour prendre la relève et diriger les mines à la place de Sabrina.

– A quels changements faites-vous allusion, Dan? demanda-t-elle d'une voix douce mais le regard froid.

Il crut revoir son père et cela le fit sourire.

– Vous ressemblez tout à fait à votre père lorsque vous êtes comme ça.

Elle lui sourit mais l'expression de son regard resta la même.

– Je voulais dire que tôt ou tard nous devrons parler de ce que vous comptez faire, si vous voulez garder les mines ou les vendre.

Abasourdie, elle se redressa sur son siège.

– Qu'est-ce qui a bien pu vous faire croire que j'avais l'intention de vendre? Bien sûr que je garde les mines, Dan.

– Très bien, très bien.

Il essaya de la calmer mais elle lut quelque chose dans ses yeux qui lui déplut.

– Je ne comprends pas que vous vous mettiez dans cet état et il est vraiment trop tôt pour prendre une décision.

Elle plissa les yeux et le fixa.

– Qu'avez-vous en tête au juste, Dan? Que je vende les mines... à vous, par exemple?

Ses yeux lançaient des éclairs. Il s'empressa de secouer la tête.

– Mon Dieu, non. Je ne pourrais jamais vous les acheter, vous le savez bien.

– Vous êtes-vous arrangé avec quelqu'un?

Son regard implacable semblait vouloir le percer à jour.

– Bien sûr que non. Par Dieu, votre père est mort il y a à peine deux jours. Comment pourrais-je...

– Aucune importance. Les vautours sont rapides quelquefois et je voudrais être sûre que vous n'en faites pas partie.

Elle parlait tout à coup avec la maturité d'une grande personne, et lorsqu'elle se mit à arpenter la pièce tout en réfléchissant et en le regardant de temps en temps, elle paraissait beaucoup plus vieille que son âge.

– Je veux que les choses soient bien claires pour vous. Je ne vendrai pas les mines de mon père. Jamais. Vous comprenez? Et je vais les diriger moi-même désormais, comme lui.

Dan parut sur le point de s'évanouir sous le choc, mais le visage de Sabrina ne se radoucit pas.

– Je viendrai lundi et je verrai tout point par point mais, à la vérité, il m'a préparée à cela depuis des années. C'est presque comme s'il avait su que je serais obligée de diriger les mines moi-même.

Elle se tenait devant lui, les mains sur les hanches, et il la regarda comme si elle était devenue folle.

– Avez-vous perdu l'esprit? Vous venez juste d'avoir dix-huit ans, vous êtes une enfant... une petite fille, voilà tout, et vous allez diriger les mines Thurston? Ce sont les mines de mercure les plus importantes de tout l'État, et votre père voulait qu'elles le demeurent. Vous serez la risée de tous ses clients, et en moins d'un an vous aurez détruit tout ce qu'il a édifié, Sabrina. Vous vous égarez. Vendez, je vous en prie. Mettez l'argent à la banque, trouvez-vous un mari quelque part et ayez des enfants, mais pour l'amour de Dieu, ne vous mettez pas dans la tête que vous pourrez diriger les mines de votre père, parce que vous ne le pourrez pas. Il m'a fallu vingt-trois ans pour apprendre tout ce que je sais. Laissez-moi au moins diriger les mines à votre place.

– Je ne peux pas, Dan. J'ai effectivement besoin de votre aide. Mais j'en prendrai la direction moi-même. Tel est mon destin.

Il la regarda avec une expression qu'elle ne lui avait jamais vue auparavant. La jalousie et la certitude que son plan avait échoué l'avaient rendu fou furieux. Il bondit vers elle en brandissant le poing.

– Vous êtes née pour vous coucher sous l'homme que vous épouserez, et rien d'autre! Vous comprenez?

Les yeux de Sabrina se firent meurtriers.

– Ne me parlez plus jamais de cette façon! Maintenant, sortez de ma maison et j'oublierai ce que vous venez de me dire. Je vous verrai à mon bureau lundi.

Elle continua à le fixer, tremblante. Elle savait combien il était déçu, mais il fallait qu'elle tienne bon. Elle ne pouvait laisser personne faire pression sur elle. Et, comme il hésitait un peu trop longtemps, elle ajouta :

– Et s'il vous arrive encore de vous rebeller, vous irez travailler dans une autre mine, Dan.

Il lui lança un coup d'œil mauvais et franchit la porte d'entrée à grands pas.

– C'est peut-être justement ce dont j'ai besoin. Et cela pourrait bien vous rendre service à vous aussi.

Il claqua la porte derrière lui, et pour la première fois de sa vie, Sabrina se servit un verre de cognac, pur, qu'elle avala d'un trait. Elle se sentit mieux, puis monta lentement jusqu'à sa chambre. Elle savait désormais contre quoi il lui faudrait lutter... « Vous êtes née pour vous coucher sous votre mari... » Était-ce là ce qu'ils pensaient tous? Comment réagiraient-ils? Dan... John Harte... les hommes qui travaillaient pour elle à présent... Elle savait combien le combat serait rude.

Le lundi matin, elle arriva à la mine dès six heures, voulant avoir un peu de temps devant elle avant de parler aux ouvriers. Elle lut tous les documents qui se trouvaient sur le bureau de son père mais, comme elle était parfaitement au courant de ses affaires, elle ne fit aucune découverte surprenante, si ce n'est une lettre, encore fermée, qui provenait d'une fille travaillant dans une des « maisons » de Chinatown, à San Francisco. Elle remerciait Jeremiah du généreux cadeau qu'il lui avait offert, la dernière fois qu'il était allé là-bas. Sabrina n'en fut pas choquée. Il avait le droit de faire ce qu'il voulait. Et il avait laissé tout en ordre pour elle, à la mine.

Son fondé de pouvoir lui avait lu son testament, la veille.

C'était un document très simple, qui léguait tout ce qu'il possédait à sa fille unique, Sabrina Thurston : ses titres, ses biens immobiliers, ses maisons, ses terres et ses mines. Il avait fait spécifier que nulle autre personne ne devait hériter de ses biens ou de sa fortune. L'insistance avec laquelle il affirmait tout léguer à sa fille avait beaucoup frappé Sabrina. Qui d'autre aurait bien pu tenter d'hériter quelque chose de lui? Il n'avait qu'elle au monde. Il avait en outre laissé de coquettes sommes à Hannah et à Dan, qui en avaient été très touchés. Elle espérait que Dan serait suffisamment calmé pour bien se tenir aujourd'hui. Elle avait besoin de son soutien ici. Ce serait un choc pour tous les hommes d'apprendre qu'elle comptait prendre la place de son père. Sabrina savait qu'elle s'en sortirait mais le tout était d'en persuader les mineurs.

Elle savait ce qui l'attendait, du moins le croyait-elle. Car les hommes réagirent beaucoup plus vivement qu'elle ne l'avait pensé. Elle fit retentir la grosse cloche de la mine, ce qui signifiait qu'on allait faire une annonce au bureau. Trois coups annonçaient un cas d'urgence dans la mine; quatre, un incendie; cinq, une inondation; six, un décès. Elle se contenta de faire sonner la cloche une seule fois et les attendit tranquillement sous le porche du bureau. Elle patienta un moment, puis fit retentir à nouveau la cloche. Ils finirent par arriver par petits groupes, tout en bavardant, pioches et outils à la main. Même si tôt le matin, ils étaient déjà sales de la tête aux pieds. Ils étaient maintenant plus de cinq cents, prêts à l'écouter. La vue de tous ces hommes lui coupa un peu le souffle et un frisson lui parcourut l'échine. Cet empire était le sien à présent... les mines Thurston...

— Bonjour, messieurs.

Une vague de sympathie pour ces hommes l'envahit. Sabrina ferait tout ce qui serait en son pouvoir pour eux. Elle ne les laisserait jamais tomber.

— J'ai quelque chose à vous dire.

Elle tenait la corne de taureau dont s'était servi son père et les hommes se rapprochèrent pour entendre. Dan Richfield l'observait de là où il se trouvait. Il connaissait d'avance leur réaction : ils ne la croiraient pas, du moins l'espérait-il.

— Je veux vous remercier d'avoir tous été là lorsque j'ai ramené mon père à la maison la semaine dernière. Cela l'aurait beaucoup touché.

Elle s'interrompit, refoulant ses larmes.

– Vous comptiez tous beaucoup pour lui et il aurait fait n'importe quoi pour vous.

L'assemblée opina.

– Je vais vous annoncer quelque chose qui va peut-être vous surprendre.

Elle vit de la tristesse dans les yeux de ceux qui se trouvaient le plus près d'elle et comprit tout de suite à quoi ils songeaient.

Un homme cria :

– Vous vendez les mines.

Elle secoua la tête.

– Non. Je ne vends pas les mines.

Ils parurent heureux. Ils aimaient leur travail et se plaisaient aux mines Thurston. Les choses allaient très bien se passer. Richfield prendrait la direction des mines. Beaucoup d'entre eux l'espéraient et il y avait eu pas mal de discussions à ce sujet, dans les bars de la ville, ces derniers jours. Quelques-uns avaient même parié gros.

– La mine va continuer exactement comme auparavant, messieurs. Rien ne va changer pour vous. J'y veillerai moi-même et, d'ailleurs, je vous le promets.

Des acclamations montèrent dans la foule et ils la regardèrent, éperdus de reconnaissance. Elle leva la main et sourit. Les choses se passaient beaucoup mieux qu'elle ne l'avait craint.

– Je vais diriger moi-même les mines, tout comme mon père. Avec l'aide de Dan Richfield, de la même façon qu'il secondait mon père. Ma ligne de conduite sera la même et...

Ils ne l'écoutaient plus : ils s'étaient mis à crier et à se moquer d'elle.

– ... Travailler pour une femme ?... Elle doit être cinglée !... Bon Dieu, mais ce n'est qu'une gamine...!

Le brouhaha devint assourdissant.

– Écoutez-moi, s'il vous plaît... mon père m'a appris tout ce qu'il savait...

Ils éclatèrent de rire et quelques-uns seulement restèrent à l'écouter, plus par incrédulité que par respect.

– Je vous promets...

Elle sonna à nouveau la cloche, mais le désordre était à son comble et Dan Richfield se mêla à la foule. Elle les contempla tous avec désespoir, puis, après avoir bataillé avec eux encore un quart d'heure, elle les laissa partir et rentra dans le bureau de son père, où elle s'assit, en larmes.

– Je n'abandonnerai pas! Je ne... Qu'ils aillent tous au diable, murmura-t-elle.

Elle refusait de s'avouer vaincue, même s'ils donnaient tous leur congé.

C'est exactement ce que firent la plupart d'entre eux, le lendemain. Ils jetèrent leurs pics et leurs pioches à travers les fenêtres du bureau où elle travaillait et elle découvrit un tas de débris tout autour de son bureau. Sur une simple feuille, ils avaient écrit : « Nous partons. Nous ne travaillerons pas pour une femme. » Trois cent vingt-deux d'entre eux avaient signé, ce qui laissait cent quatre-vingt-quatre hommes pour exploiter trois mines, tâche de toute évidence impossible. Ce nombre était nécessaire pour en exploiter une seule. Sabrina résolut, si cela se révélait indispensable, de fermer temporairement les deux autres. D'autres mineurs avaient besoin de travailler et entre-temps, ils se rendraient compte qu'elle savait diriger une mine : ils reviendraient ou bien d'autres prendraient leur place. Mais cela l'effrayait tout de même.

Elle appela cinq hommes pour mettre de l'ordre dans son bureau et fut assiégée toute la journée par une file continue d'ouvriers venus chercher leur dernière paie. C'était là une façon cauchemardesque de débuter, mais elle ne renoncerait jamais. Elle n'était pas ce genre de femme – elle était la fille de son père. Il n'aurait pas battu en retraite à sa place, même si elle supposait qu'il aurait été surpris de la voir agir ainsi. Et Dan le savait aussi. A six heures, il se planta devant elle, les bras croisés et l'air mécontent.

– C'est une bonne chose que votre père ne soit plus en vie pour voir ce que vous avez fait.

– S'il était là, il serait fier de moi.

Du moins l'espérait-elle. Mais c'était discutable. S'il avait été encore en vie, tout cela ne lui serait pas arrivé.

– Je fais du mieux que je peux, Dan.

– Et vous faites mal. Je pensais qu'il ne vous faudrait pas longtemps pour nous mener à la catastrophe. En fait, deux jours vous ont suffi. Bon Dieu, mais que pensez-vous faire avec cent quatre-vingts hommes, Sabrina?

– Fermer deux des mines pour l'instant. Nous aurons bientôt beaucoup plus d'hommes qui voudront travailler ici.

Elle semblait nerveuse mais pleine de courage. Et elle avait raison : son père aurait été fier d'elle.

– Félicitations, ma petite. Vous avez réussi à faire de la plus grande mine de l'Ouest la plus petite affaire de la ville. Et vous êtes-vous seulement demandé qui étaient les ouvriers qui continuent de travailler pour vous? Quelques vieux que Jeremiah gardait par bonté d'âme, mais il pouvait se le permettre, parce qu'il y en avait des centaines d'autres derrière; des gosses qui n'en savent pas plus long que vous et une poignée de poltrons qui ne peuvent pas se permettre de laisser tomber parce qu'ils ont trop d'enfants à nourrir...

Elle le regarda droit dans les yeux.

— Faites-vous partie de ceux-là, Dan?

Touché.

— Alors pourquoi restez-vous donc? Peut-être est-il temps de vous expliquer.

Il rougit violemment et la regarda avec colère.

— J'ai une dette envers votre père.

— Eh bien, imaginons que cette dette est payée... Vous avez travaillé durant vingt-trois ans pour lui. C'est suffisant pour s'acquitter de n'importe quelle dette. Je vous libère, comme Lincoln avec les esclaves. Vous voulez partir? Vous pouvez sortir par cette porte et ne jamais revenir mais, si vous restez, j'attends de vous que vous soyez avec moi, pour m'aider à diriger cette affaire et pour m'aider à rouvrir les deux autres mines. Je ne veux pas avoir à me battre avec vous.

Il alla droit au but, n'ayant plus aucune raison de feindre. Elle ne le laisserait jamais diriger les mines. C'était une imbécile, aussi entêtée et assoiffée de pouvoir que son père. Il s'était accroché pendant plus de vingt ans à l'espoir de diriger un jour les mines, et en l'espace de deux jours, elle avait tout fait échouer. Maintenant, il fallait qu'elle vende. John Harte lui laisserait la direction de l'affaire, il le lui avait promis, s'il arrivait à passer un marché avec elle.

— Vendez à John Harte, Sabrina. Jamais ils ne vous laisseront diriger. Vous perdrez tout ce que vous possédez.

— Non, certainement pas. Mon père m'a appris beaucoup plus que vous ne voulez bien l'admettre. Et je suis désolée que la situation prenne cette tournure. J'avais pensé que nous pourrions travailler ensemble, vous et moi, comme vous le faisiez avec lui.

— Et pourquoi donc croyez-vous que j'aie fait ça, petite idiote? Parce que je l'aimais? Bon Dieu, je pensais que ce serait moi qui dirigerais ces mines un jour, pas vous!

Il n'allait pas mâcher ses mots. Il détestait son cran. C'est lui qui aurait dû être l'enfant de Thurston et non cette gosse. Et qui était-elle, d'ailleurs? La fille de cette putain qui s'était enfuie et l'avait abandonnée dix-sept ans auparavant. On avait dit qu'elle était morte, mais il ne l'avait jamais cru. Il avait même entendu des rumeurs au sujet de son amant, en ville. Mais il n'était qu'un enfant à l'époque et n'y avait pas prêté attention.

Il regardait Sabrina, les yeux pleins de haine.

— Je suis désolée que vous le preniez comme ça, Dan.

— Vous êtes cinglée. Vendez à John Harte.

— Vous l'avez déjà dit et vous savez que je ne le ferai pas. Je ne vendrai à personne. Je dirigerai ces mines moi-même, même s'il faut que je descende dans les puits pour ça. Je travaillerai jusqu'à ce que je tombe, mais je garderai ce que mon père possédait et les mines Thurston seront encore là dans cent ans, s'il reste encore du mercure. Je ne laisserai pas quelqu'un comme vous me faire abandonner maintenant et je ne vais pas vendre les mines à John Harte ou renoncer à cause d'une bande de crétins qui m'ont donné leur congé. Faites ce que bon vous semble, Dan, mais moi, je reste là.

Elle était exactement comme son père et il eut soudain envie de la gifler. Il s'était promis de rester calme et de la presser doucement de vendre, mais elle l'avait mis hors de lui. Elle lui coupait l'herbe sous le pied et montrait à tout le monde qu'il n'était rien de plus qu'un employé. Cela, il ne pouvait le laisser passer. Et soudain, dans le silence du bureau, il bondit sur elle et l'attrapa par les cheveux, perdant le contrôle de lui-même. Il la secoua jusqu'à ce que ses dents se mettent à claquer, mais elle ne cria pas; entortillant ses cheveux tout autour de sa main, il la força à se mettre à genoux.

— Petite putain... petite salope... tu n'es même pas capable d'être la maîtresse en ce moment...

Il l'agrippa à la gorge et sut exactement, tout à coup, ce qu'il avait envie de faire. Empoignant le col de sa blouse, il la déchira de part en part, laissant apparaître le corset. Elle resta immobile, le fixant toujours droit dans les yeux, et il se mit à la lorgner et à lui caresser les seins d'une main, tandis que l'autre l'agrippait toujours par les cheveux.

— Laisse-moi, Dan.

Sa voix semblait beaucoup plus calme que son esprit ne l'était intérieurement. En fait, elle était terrifiée et il n'y avait personne pour lui venir en aide. Ils étaient seuls à la mine, les derniers ouvriers étaient partis et le veilleur de nuit serait trop loin pour entendre ses cris, d'autant qu'elle ne voulait pas qu'on la voie dans cette situation. Il lui fallait gagner le respect

de tous et si on la voyait se faire violer par Dan, c'en serait fini
pour elle.

— Si tu abuses de moi, on te jettera en prison pour le reste de
tes jours... Si tu me tues, tu seras pendu.

— Est-ce que tu le diras, si je te touche, Sabrina chérie?
gémit-il, les yeux à moitié fous.

Il comprit à quoi elle songeait. Si jamais il la violait,
comment pourrait-elle l'avouer? Ils n'auraient plus aucun
respect pour elle... on dirait que c'était sa faute à elle... et Dieu
sait qui essaierait ensuite...

Tout à coup, elle se dégagea de toutes ses forces, courut à
travers la pièce et ouvrit en grand le tiroir du bureau. Elle
savait, tout comme Dan, ce que son père mettait toujours là. Ils
se disputèrent le petit pistolet, qui finit par tomber par terre, et
soudain ils s'immobilisèrent, comme s'ils réalisaient enfin ce
qui était en train de se passer. Il la regarda, subitement
horrifié, et elle le contempla, manifestement dégoûtée et
honteuse pour lui. Il avait voulu la violer, alors qu'il était
encore leur ami une semaine auparavant, le sien et celui de son
père. Tenant le pistolet d'une main tremblante et le fixant droit
dans les yeux, elle lui dit :

— Je veux que tu partes sur-le-champ et définitivement. Tu
es renvoyé.

Il parut surpris, l'espace d'un instant, comme s'il venait
seulement de réaliser ce qu'il avait fait, acquiesça, puis se
dirigea vers la porte. Il aurait voulu l'aider à se couvrir un peu,
mais il n'osa pas. C'était pourtant simple : elle avait détruit le
rêve qu'il s'était forgé depuis vingt ans. Mais ce n'était pas une
excuse et il ne parvenait pas à comprendre ce qu'il avait fait.

— Je suis désolé, Sabrina, vraiment...

Il la regarda, désespéré, et ce qu'il avait failli faire le rendit
malade. Et pourtant, elle avait tort d'essayer de diriger les
mines.

— Il faut que vous vendiez, vous savez. Cet incident se
reproduira. Si ce n'est pas moi, ce sera quelqu'un d'autre. Et la
prochaine fois, il ne saura peut-être pas se reprendre à
temps.

Elle se tourna vers lui, peu soucieuse de ses cheveux en
bataille et de ses épaules dénudées.

— Je ne vendrai jamais, Dan. Jamais. Et tu peux dire ça aussi
à ton ami John Harte.

— Dites-le-lui vous-même. Je suis sûr que vous en aurez
l'occasion.

– Je n'ai rien à dire à personne. Et je vais engager tous les hommes que je pourrai trouver.

Dan irait sans doute travailler pour Harte, mais elle s'en moquait. Elle ne voulait plus jamais le revoir. C'était un homme mauvais et Jeremiah l'aurait tué pour ce qu'il avait manqué lui faire. Dieu merci, il s'était arrêté à temps. Il la regarda une dernière fois, immobile dans la pièce mal éclairée, et la trouva particulièrement belle avec ses cheveux défaits et ses immenses yeux tristes...

Après son départ, elle rajusta lentement son chemisier déchiré, replaça le pistolet dans le bureau, mit de l'ordre dans la pièce, puis ferma enfin les lumières et partit. L'air frais sur son visage lui fit du bien, mais, tout à coup, elle se mit à trembler de tous ses membres. Elle avait failli être violée par un homme qu'elle connaissait depuis toujours. Incapable de continuer à marcher, elle fut obligée de s'asseoir sous l'auvent du bureau pendant près d'une demi-heure avant de pouvoir reprendre son chemin. Ce n'est qu'une fois en selle, en route vers la maison, qu'un immense sanglot la submergea et qu'elle se mit à pleurer dans la nuit.

Pour la première fois, elle était subitement en colère contre son père. Comment avait-il pu l'abandonner? Elle avait envie de galoper aussi loin et aussi longtemps que possible, mais sa fidèle monture la ramena à la maison. Elle se laissa glisser à terre dans l'écurie et blottit son visage dans l'encolure du cheval, se demandant encore comment Jeremiah avait pu la laisser si seule lorsqu'elle avait tant besoin de lui.

– Dan Richfield a raison.

Elle sursauta au son de la voix familière. Hannah l'avait vue entrer dans la stalle et l'avait rejointe.

– Tu as perdu la tête.

– Merci.

Sabrina se détourna pour qu'Hannah ne voie pas son visage mouillé de larmes.

– J'y étais obligée.

– Ton père n'a jamais souhaité que tu diriges ces mines.

– Eh bien, il aurait dû prévoir autre chose. Mais puisqu'il ne l'a pas fait, il faut que je m'en sorte toute seule.

Elle ne pouvait plus supporter d'entendre toutes ces sottises.

– Tu as Dan.

– Plus maintenant.

– Il a donné son congé? demanda Hannah, outrée.

– Je l'ai fichu à la porte.

Elle n'ajouta pas qu'il l'avait presque violée; sa jaquette dissimulait la blouse déchirée.

– Alors tu es encore plus folle que je ne pensais.

– Écoute-moi bien.

Sabrina rangea la selle, puis se tourna vers cette femme qui l'avait élevée depuis sa naissance.

– Tu t'occupes de la maison, et moi, je m'occupe des mines. Cela semblait bien marcher comme ça lorsque papa était vivant. Alors pourquoi ne pas continuer?

– Parce qu'il n'était pas une fille de dix-huit ans. Mon Dieu, qu'est-ce que les gens penseront si tu essaies de diriger ces mines?

– Je ne sais pas et je m'en fiche. D'ailleurs, ce n'est pas moi qui irai le leur demander.

Sur ce, elle éteignit la lumière dans l'écurie et gagna la maison d'un pas décidé.

CHAPITRE XXII

Lorsque SABRINA regagna son bureau le lendemain, les mines semblaient étrangement calmes. Le départ des trois cent vingt-deux hommes se faisait sentir; vers le milieu de la matinée, elle sonna la cloche et ordonna que l'on ferme les deux mines les plus petites. Elle réaffecta tous les hommes à la mine principale et leur dit exactement ce qu'elle attendait d'eux. Il y avait subitement en elle une dureté qui n'existait pas auparavant et une expression différente dans ses yeux. Un des hommes en fit la remarque, tandis qu'ils repartaient travailler, mais les autres haussèrent les épaules. Comme ceux qui continuaient à s'occuper des vignes de Jeremiah, ils se moquaient de ce qui se passait dans la tête de Sabrina, du moment qu'elle payait toujours les salaires à temps. C'était la raison pour laquelle ils étaient restés, non par amour pour elle ou par dévotion pour son père; ils avaient besoin de travailler et le salaire était bon. Ils ne se souciaient pas du reste, même si, lorsque la nouvelle se répandit que Dan Richfield était parti lui aussi, ils commencèrent à s'inquiéter.

— Tu crois qu'elle peut s'en tirer ici?
— Est-ce qu'elle sait signer un chèque?
— Je suppose.

Les hommes se mirent à rire.

— Alors je reste. Elle paie mieux que John Harte, du moins si elle fait comme son père.

Aucune allusion n'avait été faite à une diminution de salaire. Au contraire, elle projetait de leur accorder une augmentation la semaine suivante. Son père l'avait prévu au printemps et elle pouvait se le permettre à présent, avec les deux tiers des hommes partis. Il fallait qu'elle concentre tous ses efforts pour trouver de nouveaux mineurs.

Tandis qu'elle écrivait quelques notes à ce sujet, cet après-midi-là, la porte de son bureau s'ouvrit en grand et John Harte pénétra dans la pièce. Elle le regarda entrer sans bouger et ne lui sourit pas lorsqu'il s'approcha du bureau.

– A moins que vous ne soyez venu m'acheter du mercure, monsieur Harte, vous allez nous faire perdre du temps à tous les deux.

– Voilà une des choses que j'aime en vous, répondit-il, pas déconcerté le moins du monde. C'est la chaleur de votre accueil. Je l'ai remarqué la première fois que je vous ai rencontrée.

Elle ne put s'empêcher de sourire et avança une chaise de l'autre côté de son bureau.

– Je suis désolée. J'ai eu deux jours très pénibles. Asseyez-vous.

– Merci, dit-il en s'exécutant, et il sortit un cigare de sa veste de peau.

Sabrina se souvint tout à coup de l'Indienne. Bien que cela ne la concernât pas, elle se demanda s'il vivait toujours avec elle. Sa délicatesse et sa sensualité prouvaient la finesse de cet homme par ailleurs bourru, presque revêche.

– J'ai entendu dire que vous avez eu une semaine intéressante. Ça vous gêne si je fume? demanda-t-il après coup.

Il lui était difficile de penser qu'il avait une demoiselle devant lui. Même si elle était particulièrement jolie, elle était dans un monde d'hommes et il se serait presque attendu à lui voir allumer elle aussi un cigare.

– Ça ne me gêne pas. Vous avez raison, ces quelques jours ont été très intéressants.

– J'ai su que les deux tiers de vos hommes étaient partis.

Il lui semblait inutile de prendre des gants avec elle. Elle eut un sourire las.

– Il paraît. J'imagine que la plupart travaillent pour vous désormais.

– Quelques-uns. Tous ne m'étaient pas nécessaires. J'ai pris ceux que j'ai pu. Ce sont de bons ouvriers.

– Apparemment non.

Elle le regarda avec défiance et il admira son cran.

– Vous avez décidé d'apprivoiser un cheval particulièrement rebelle, mademoiselle Thurston.

– Je le sais. Mais il appartenait à mon père et désormais il m'appartient. Je briserai ce cheval, même s'il me tue avant, monsieur Harte.

– Cela en vaut-il la peine pour vous?

Son regard était bienveillant, mais elle n'avait nul besoin de sa bienveillance, ni de celle de quiconque. Elle mènerait son propre combat sans l'aide de personne, même si elle bousculait les convenances.

– C'est important pour moi, monsieur Harte. Je n'abandonnerai pas.

– Alors, je pense que vous aviez raison, soupira-t-il.

– Au sujet de quoi?

– Je perds mon temps.

Il éteignit son cigare et se pencha vers elle. Il voulait tenter de lui faire comprendre qu'il n'essayait pas de la gruger, mais qu'elle devait se montrer raisonnable. Elle se trompait, et même son père l'aurait désapprouvée.

– Mademoiselle Thurston, vous êtes une jeune fille très bien, très intelligente et tout à fait charmante, et, d'après ce que j'ai compris, vous étiez tout pour votre père.

Le visage de Sabrina se durcit.

– Vous perdez votre temps...

– Écoutez-moi! coupa-t-il. Vous savez ce que je veux. Je veux acheter cette mine, toutes les mines, d'ailleurs, cela est clair pour nous deux, et je vous en donnerai un très bon prix. Si vous refusez, je n'en mourrai pas, parce que mon affaire me rapporte déjà beaucoup. Ce n'est donc pas vraiment un problème, mais ce que je déteste, en revanche, c'est le gaspillage. Vous allez gaspiller cette mine en la dirigeant comme vous le faites, d'ailleurs vous avez été déjà obligée d'en fermer deux. Mais le plus grave, c'est que vous vous gaspillez vous-même. Vous êtes jeune. Que faites-vous donc dans ce bureau défraîchi? Est-ce ainsi que vous voulez mener votre vie? Vous n'êtes pas un homme, vous êtes une jeune fille. Qu'essayez-vous de prouver?

Il se renversa sur sa chaise en soupirant et secoua la tête.

– D'après le peu que je le connaissais, je peux vous dire que ce n'est pas cela que votre père aurait souhaité pour vous. Personne de sensé ne le pourrait. C'est une vie solitaire, affreuse, sale, où il faut turbiner sans cesse, récupérer les hommes morts dans la mine, combattre les incendies, les inondations, tenir en respect ceux qui se saoulent. De quelle façon pensez-vous donc vous en tirer, maintenant que vous n'avez même plus Dan Richfield?

– Comment le savez-vous?

Dan n'était parti que la veille.

– Je l'ai engagé aujourd'hui. C'est un bon ouvrier.

Elle eut un sourire méprisant.

– Au moins, il ne vous manquera pas de respect.

Il y eut un silence soudain entre eux et le regard de Harte s'enflamma.

– Il a fait ça?

Elle hésita puis acquiesça. Elle n'avait plus aucune raison de le protéger, et elle savait que John Harte n'imiterait pas Dan Richfield. Il n'était pas ce genre d'homme, et, de plus, il avait son Indienne.

– Oui, il l'a fait. Par chance, il s'est ressaisi à temps.

John Harte secoua la tête, se cacha les yeux, puis lui dit en la regardant à nouveau :

– Si vous étiez ma fille, je le tuerais pour ça.

Elle sourit avec reconnaissance, puis se rappela qui il était.

– Je ne le suis pas et mon père est mort. Le résultat est que vous avez un nouveau contremaître, monsieur Harte.

Elle serait dure avec tout le monde désormais. Elle se leva et tendit une main, ne voulant plus l'écouter davantage.

– Merci pour votre vote de confiance et pour l'intérêt que vous portez à mes mines. Si jamais je décide de vendre, soyez certain que je vous le ferai savoir.

– Ne vous infligez pas une telle punition, lui dit-il en la regardant droit dans les yeux, visiblement sincère. Vous allez vous briser le cœur et toute votre vie passera là-dedans.

Il semblait parler en connaissance de cause, mais cela n'était pas son problème. Elle avait assez des siens.

– Ne revenez plus me voir, monsieur Harte. Vous n'avez rien à faire ici. Mes mines ne sont pas à vendre, elles ne le seront pas avant longtemps, très longtemps.

– Vous abandonnez donc toute idée de vous marier et de fonder une famille.

– Cela ne vous concerne absolument pas!

Ses yeux lançaient des éclairs.

– On ne peut pas faire les deux, vous savez.

– Je ferai ce que bon me semblera! hurla-t-elle et elle

contourna son bureau. Et maintenant, faites-moi le plaisir de sortir, Harte!

– Oui, madame.

Il souleva son chapeau et gagna rapidement la porte. Il devait admettre qu'elle avait du cran, mais il continuait à penser qu'elle commettait une lourde erreur et se désolait qu'elle ne veuille pas lui vendre la mine; il aurait aimé réunir les mines Thurston et les siennes. Mais ce qui le chagrinait le plus, c'était ce qu'elle lui avait dit à propos de Dan... « Au moins, il ne vous manquera pas de respect »... Avait-il essayé de la violer? L'imbécile... Il faudrait prévenir Lune de Printemps.

Lorsqu'il retourna à son propre bureau, il se montra particulièrement dur envers Dan, à la grande surprise de ce dernier, qui ne comprit pas ce qu'il avait pu déjà faire pour encourir la colère de son nouveau patron.

John Harte voulait lui interdire d'approcher Sabrina, mais il ne voulait pas qu'il sache ce qu'il avait appris; il se contenta d'avertir Lune de Printemps, qui se moqua de lui.

– Je n'ai pas peur de lui, John Harte.

Elle l'appelait toujours ainsi; mais cette fois, au lieu d'en rire, il resta sérieux.

– Bon Dieu, écoute ce que je te dis. Il a une femme laide et un tas d'enfants... peut-être a-t-il envie d'un joli brin de fille comme toi. Je ne sais pas quelle sorte d'homme c'est. Je sais seulement qu'il a travaillé dur aux mines Thurston pendant vingt-trois ans, mais je ne veux pas qu'il te crée d'ennui. Compris? Fais attention à lui, Lune de Printemps.

– Je n'ai pas peur.

Elle sourit et sortit de sa manche un long couteau pointu qu'elle mania avec une extraordinaire dextérité. John Harte se mit à rire à son tour.

– J'oublie parfois combien tu es rusée, ma chérie.

Il l'embrassa dans le cou et repartit travailler sans plus songer à sa maîtresse. Il pensait à la jeune fille, presque une enfant encore, qui essayait de faire marcher les mines de son père avec une poignée d'hommes, et il regrettait presque de ne pouvoir lui céder quelqu'un pour l'aider. Mais cela ne correspondait pas à son plan, dont il avait déjà discuté avec Dan plus d'une fois. Il allait attendre les événements, la laisser échouer puis racheter les mines; ce ne serait pas long, même si elle se croyait capable de diriger les mines de son père.

Deux semaines plus tard, elle eut dix-huit ans. Elle avait augmenté les ouvriers, comme promis, et ceux-ci continuaient à lui parler très peu ou pas du tout. Les deux mines les plus petites étaient toujours fermées, mais la plus importante marchait à plein régime. Sabrina avait promu l'un de ses nouveaux ouvriers contremaître pour remplacer Dan. Il ne l'aimait pas plus que les autres, mais le salaire était intéressant et il était son arme maîtresse : elle lui promettait des augmentations s'il parvenait à recruter de nouveaux ouvriers grâce auxquels elle pourrait rouvrir la mine numéro deux, ce qu'elle fit au mois de novembre.

Mais une inondation survint immédiatement et tua cinq de ses nouveaux hommes. Ce fut elle qui aida à les sortir, elle qui s'agenouilla et leur ferma les yeux, elle encore qui partit, trempée jusqu'aux os, prévenir leur femme et qui aida à les enterrer comme l'avait fait son père, elle enfin qui rouvrit la troisième mine au printemps suivant. Il lui avait fallu un an pour se remettre du départ en force de plus de trois cents hommes; mais, à présent, les mines tournaient à plein rendement. Dan Richfield en était malade chaque fois qu'il y songeait.

– Il faut lui accorder ça, Dan : elle est aussi tenace que son père et deux fois plus intelligente.

Quand il voyait ce qu'elle avait fait, John Harte n'y croyait pas.

– Petite putain..., rétorqua Dan Richfield en claquant la porte derrière lui.

Harte le regarda partir. Dan avait certes beaucoup appris en travaillant vingt-trois ans pour les mines Thurston, mais il n'avait rien d'agréable ni de sympathique, et John Harte s'étonnait que Thurston l'ait gardé si longtemps. Peut-être tenait-il sa langue en ce temps-là, poussé par l'idée qu'il avait en tête.

John Harte alla rendre visite à Sabrina une deuxième fois.

Il entra dans son bureau en la prenant complètement au dépourvu. Depuis l'année précédente, elle n'avait même plus songé à lui et elle était fière de sa réussite. Elle savait que les hommes ne l'aimaient pas, et ne l'aimeraient probablement jamais, mais ils travaillaient dur pour elle, encouragés par un bon salaire.

– Êtes-vous venu me serrer la main, monsieur Harte, ou pour travailler dans mes mines? lui demanda-t-elle, les yeux rieurs, tandis qu'ils s'approchait de son bureau.

– Ni l'un ni l'autre, je suis plus audacieux que ça. Mais pas autant que vous.

Il l'admirait beaucoup plus qu'elle ne le pensait, et il vit qu'elle était contente d'elle. Elle avait le droit de l'être, car, si elle n'avait pas encore gagné la guerre, elle avait remporté la première bataille. La mine produisait au maximum mais il doutait, tout comme Dan, que cela puisse durer longtemps. Il regretta un instant d'être revenu la voir si tôt, sans attendre son échec, mais il avait un projet d'agrandissement qui passait par l'achat d'au moins une de ses mines, peut-être deux.

– Vous pouvez vous en passer. Vendez-moi la plus petite.

Elle lui lança un coup d'œil meurtrier.

– Non. Aucune. Rien. En revanche, continua-t-elle avec un sourire, je serais heureuse d'acheter les vôtres, monsieur Harte.

Elle venait d'avoir dix-neuf ans et faisait beaucoup plus femme. L'année avait été longue et pénible pour elle, et elle devait continuer à se battre, sans personne pour l'aider.

– Oui, je serais heureuse d'acheter votre mine, monsieur Harte. Y avez-vous songé?

– J'ai peur que non.

– Eh bien, nous sommes quittes, n'est-ce pas?

– Vous êtes une petite entêtée. Étiez-vous ainsi du vivant de votre père?

– Je suppose que oui.

Elle sourit en songeant à l'année précédente, qui lui paraissait déjà si loin.

– Peut-être avais-je seulement moins de raisons de l'être.

Lorsqu'elle rentrait chez elle, le soir, elle devait subir les réprimandes d'Hannah, si bien qu'elle détestait regagner sa maison. Mais, comme elle n'avait pas le cœur de renvoyer Hannah, après toutes ces années, elle restait tard à la mine, tous les soirs, ce qui avait contribué à lui faire perdre beaucoup de poids. Même John Harte le remarqua mais n'en souffla mot. Il s'en désolait seulement, se répétant qu'il aurait été plus sage pour elle de vendre la mine.

– Je regrette que vous ne vouliez pas revenir sur la question, cette année.

– Je vous l'ai dit. Je ne reviendrai pas là-dessus. Les mines Thurston seront mises en vente à ma mort, et pas avant, monsieur Harte. Bien sûr, si j'annonçais ça à la ronde, je suis certaine que beaucoup seraient heureux de vous rendre service.

C'était un triste constat, qui était pourtant vrai. Elle n'avait pas d'amis, même si quelques-uns, encore trop peu nombreux, commençaient peut-être à la respecter. Plus de cinq cents hommes travaillaient pour elle, mais une poignée seulement se souciaient de savoir si elle était morte ou toujours vivante; c'était ceux qui s'étaient trouvés avec elle lors de l'inondation, ou bien dans les mines où elle faisait tout son possible pour comprendre tous les aspects de leur travail. Mais jamais ils ne l'aimeraient comme ils aimaient Jeremiah.

Elle serra la main qu'il lui tendit, mais il n'y avait aucune chaleur dans son regard. Trop de gens avaient essayé de lui faire du mal l'année passée, à commencer par Dan, dont Harte lui-même n'était plus très satisfait. La femme de Dan était morte en couches et depuis, il faisait la noce toutes les nuits, délaissant ses enfants, affamés, sales et déguenillés. John avait encore mis en garde Lune de Printemps, mais elle s'était contentée de rire en sortant son couteau.

– Je suis désolé que vous le preniez comme ça.

Puis il ajouta, après une hésitation :

– Je ne peux m'empêcher de penser que vous seriez mieux sans ce poids sur vos épaules.

Pour elle, ce genre de remarque n'était rien d'autre qu'une manière douce de la faire renoncer à ses mines. Il saisit le regard las qu'elle lui envoya.

– Je comprends, dit-il.

Elle pensait justement qu'il lui était impossible de comprendre, impossible de comprendre qu'elle lutterait jusqu'au bout pour atteindre son but.

Les vignes prospéraient elles aussi et Sabrina s'était associée à la coopérative des viticulteurs, l'année précédente, avec la ferme résolution de les aider et d'améliorer leurs vins, mais là encore, les hommes la toléraient difficilement. Mais elle s'y était faite. Elle était habituée à être indésirable partout où elle allait, à ce qu'on ne lui adresse que rarement la parole, à ce qu'on l'évite, à ce qu'on la berne, à être la première à subir la fureur des autres propriétaires, mais elle le leur rendait bien lorsque c'était nécessaire. La tension continuelle dans laquelle elle vivait lui avait forgé le caractère et John Harte le voyait sur son visage, en même temps qu'il admirait sa beauté, encore plus frappante.

Quelque chose en elle lui donnait envie de la prendre dans ses bras, mais cela n'avait aucun sens. C'était une femme qui ne

244 LA MAISON DES JOURS HEUREUX

voulait de l'aide de personne; elle gravirait seule la montagne et s'y assiérait lorsqu'elle l'aurait décidé. Bien que cela l'attristât, il se rendait compte qu'elle avait choisi la même destinée que la sienne et celle de son père. Ni lui ni Jeremiah n'avaient désiré se remarier, ils avaient dirigé leurs mines seuls. Lui avec Lune de Printemps à ses côtés, et Jeremiah avec sa fille. Tandis qu'il songeait encore à elle, en regagnant ses mines, Sabrina était bien loin de penser à lui; elle avait du travail. Elle se laissait rarement aller à la rêverie, passant sa vie à combattre, et ce n'était pas un hasard si elle avait rouvert les deux mines : elle avait peiné des jours entiers et des nuits pour y parvenir.

Elle travaillait avec autant d'acharnement pour améliorer le rendement des mines. Elle venait de vendre sept cents barils de mercure à une firme de l'Est en promettant une prime aux hommes une fois la cargaison expédiée. Forte de la conception que son père avait de la gestion, elle partageait avec ses hommes une partie des bénéfices gagnés grâce à leur dur labeur. Et, s'ils ne l'aimaient pas, ils savaient au moins qu'elle était correcte avec eux. Si un homme était impoli avec elle, il était renvoyé sur-le-champ. Elle pouvait se permettre d'être plus dure avec eux, et ils la respectaient pour cela.

— C'est toujours une putain, cette sale petite morveuse, déblatérait un soir Dan Richfield dans un bar en compagnie de quelques-uns des ouvriers de Sabrina.

Dan ne vit pas entrer John Harte, qui resta au fond du bar.

— Elle pense que, si elle porte longtemps la culotte, elle deviendra un mec.

Les hommes se mirent à rire lorsque John Harte demanda tranquillement, depuis le fond du bar :

— Était-ce ce que tu voulais vérifier lorsque tu as essayé de la violer, l'année dernière?

Il y eut un brusque silence puis Dan pâlit et se retourna, ébahi de voir son patron, et, plus encore, que Harte sache la vérité.

— Qu'est-ce que vous entendez par là?

— Je ne pense pas que tu devrais parler de Sabrina Thurston de cette façon. Elle travaille aussi dur que nous tous, et les hommes qui sont ici travaillent toujours pour elle, que je sache.

Tout à coup, un des hommes parut avoir honte. John n'était

pourtant pas un ami de Sabrina, mais il avait raison; elle travaillait effectivement très dur, il fallait lui rendre cette justice. Les hommes sortirent lentement du bar et Dan Richfield resta, les yeux étincelant de colère et les poings crispés par l'envie de se battre, mais il n'osa pas. Il but un whisky en lançant un regard hargneux à John; mais c'était Sabrina qu'il aurait voulu empoigner. Elle avait ruiné tous ses rêves. Maintenant que sa femme était morte, il aurait pu profiter d'une fille comme elle. Il en brûlait d'envie, surtout lorsqu'il songeait à ce qu'elle avait dû dire à John, si bien que le lundi suivant, dans la soirée, tandis qu'il buvait un verre dans le même bar, il décida de passer par les mines Thurston où il s'arrêta lorsqu'il vit le cheval de Sabrina.

Il était neuf heures du soir et il crut d'abord qu'elle avait oublié son cheval. Il s'arrêta, attacha sa propre monture et fut bien étonné de l'apercevoir par la fenêtre, à son bureau, la tête inclinée, les cheveux tirés en arrière, en train d'écrire. Elle était là jusqu'à minuit, presque chaque soir. Il eut un petit rire car, sans même s'en rendre compte lui-même, il était revenu achever ce qu'il n'avait pas terminé l'année précédente. Mais, tandis qu'il s'avançait, une planche craqua. Sans même relever la tête, elle ouvrit le tiroir du bureau et pointa son revolver avant même qu'il atteigne la porte. La première balle transperça le carreau et siffla près du bras de Dan, qui resta pétrifié, tandis qu'elle lui disait, assez fort pour qu'il l'entende :

– Si tu passes cette porte, tu es un homme mort, Dan.

Il voyait bien qu'elle ne plaisantait pas; elle ne semblait ni surprise ni effrayée. Elle se leva et visa la tête. Alors, sans dire un mot, il fit demi-tour et partit. Elle sonna ensuite la cloche pour appeler l'un des gardiens afin qu'il s'assure que Dan ne se trouvait plus dans les parages.

Le lendemain, elle envoya un avertissement à John Harte où elle lui suggérait de mieux surveiller ses hommes. Si elle en découvrait à nouveau un sur ses terres, elle considérerait qu'il était envoyé par Harte, dans le but de la harceler jusqu'à ce qu'elle vende ses mines, et elle tirerait donc sans sommation. Elle informait Harte qu'elle avait choisi d'épargner Richfield pour cette fois, mais que ce serait la dernière. Mécontent d'apprendre que Dan était allé une nouvelle fois ennuyer Sabrina, John Harte réprimanda Richfield, qui, les dents serrées, ne répondit rien. Après coup, John se mit à rire tout seul; elle n'était pas comme Lune de Printemps, qui avait toute confiance dans son couteau, mais elle avait l'air de savoir très bien tirer. Il regrettait seulement qu'elle eût besoin de se servir d'un revolver, bien que ce fût obligatoire dans un monde d'hommes. Cette année-là, John Harte ne lui fit aucune offre pour racheter ses mines.

CHAPITRE XXIII

– Eh bien, ma fille, tu as vingt et un ans, qu'est-ce que tu vas faire maintenant?

Hannah la regardait par-dessus le gâteau qu'elle venait de faire cuire et le visage de Sabrina lui donnait envie de pleurer. C'était une belle jeune femme à présent, mais dure comme le roc. Elle dirigeait un complexe minier de près de six cents hommes et avait pris la succession de son père, mais pour y gagner quoi? Elle menait une vie solitaire, travaillant tous les soirs jusqu'à minuit, donnant des ordres à ses ouvriers et les congédiant à la moindre incartade, alors qu'elle était suffisamment riche à la mort de son père. Alors quoi? Hannah la voyait se détruire et perdre sa douceur. Amelia avait fait la même remarque lorsqu'elle était venue la voir l'année précédente, mais elle s'était aussi rendu compte qu'il était impossible de la faire changer d'avis. Elle avait dit à Hannah de laisser faire et de lui donner du temps. « Elle s'en fatiguera, avait déclaré en souriant Amelia, et peut-être tombera-t-elle amoureuse. » Mais de qui? De son cheval? Elle était déjà amoureuse de son travail et, lorsqu'elle ne se tuait pas à la mine, elle était à la coopérative où elle devait lutter avec d'autres hommes.

– Je ne comprends pas pourquoi tu es comme ça.

Hannah la regardait, l'air désespéré.

– Ton père lui-même ne chérissait pas ses mines autant que toi. Tu étais plus importante pour lui.

– C'est bien pour cette raison que j'ai une dette envers lui, répliqua-t-elle d'une façon définitive.

Hannah secoua la tête et lui coupa une tranche du gâteau d'anniversaire au chocolat qu'elle préparait religieusement depuis vingt et un ans. Sabrina eut un sourire à l'adresse de sa vieille amie.

– Tu es très bonne pour moi, Hannah.

– Eh bien, j'aimerais mieux que tu le sois avec toi-même, pour changer. Tu travailles même plus dur que ton père et lui au moins il rentrait à la maison pour te voir. Pourquoi ne songes-tu pas à vendre cette fichue mine et à te marier?

Sabrina se contenta de rire. Qui épouser? Un des mineurs? Le nouveau contremaître? Son banquier en ville? Personne ne l'attirait et elle avait trop à faire.

– Peut-être est-ce que je tiens plus de Papa que tu ne le penses.

Elle avait dit la même chose à Amelia : « Après tout, il ne s'est marié qu'à quarante-quatre ans. »

– Tu ne peux pas attendre si longtemps, grommela Hannah.

– Pourquoi?

– Tu ne veux pas des enfants, un jour?

Sabrina haussa les épaules... des enfants... quelle étrange idée... Tout ce qui la préoccupait, c'étaient les sept cents barils qu'elle devait expédier dans l'Est, dans deux semaines... et les deux cent cinquante à envoyer dans le Sud... les papiers à préparer, les hommes qu'elle devait maîtriser, les inondations et les incendies possibles... Des enfants? Comment les intégrer dans cet univers? Elle ne pouvait s'imaginer avec des enfants et cela ne lui manquait pas; elle avait trop de choses en tête. Dès qu'elle eut terminé sa tranche de gâteau, elle monta préparer ses affaires. Elle avait déjà annoncé à Hannah qu'elle allait à San Francisco pour quelques jours.

– Toute seule?

Hannah posait toujours la même question.

– Qui voudrait m'accompagner? Tu veux qu'une douzaine d'ouvriers me chaperonnent sur le bateau?

– Ne fais pas l'insolente, ma fille.

– Très bien, répondit-elle comme elle l'avait déjà fait une centaine de fois, je t'emmène avec moi.

– Tu sais bien que ce fichu bateau me donne le mal de mer.

– Alors, je partirai seule, d'accord?

Cela ne la gênait pas du tout. Le voyage jusqu'à San Francisco lui permettait de réfléchir et lui donnait l'occasion de visiter Thurston House. Il lui était toujours douloureux de pénétrer dans la pièce où son père était mort, mais la maison était magnifique et Sabrina trouvait dommage de ne pouvoir y vivre. Comme il n'y avait personne là-bas, elle devrait ouvrir la maison elle-même et s'occuper de tout durant son séjour.

– Dis-toi bien, Hannah, que si ma conduite peut paraître étrange à présent, tout le monde la trouvera normale dans quelques années. Je serai cette vieille folle qui dirige ses mines depuis des années. Et personne ne s'étonnera que je voyage seule, que je prenne le bateau ou que j'aille en ville sans domestique. Je pourrai faire absolument tout ce que je veux, ajouta-t-elle en riant. Il me tarde déjà...

– Ce ne sera pas long.

Hannah la regarda d'un air désolé. Ce n'était pas ce qu'elle avait désiré pour l'enfant qu'elle avait élevée.

– Tu seras vieille bien assez tôt et tu auras gaspillé toutes ces précieuses années.

Ce n'était pas l'avis de Sabrina, qui se sentait victorieuse et satisfaite de ce qu'elle avait fait, même si elle recevait rarement l'approbation des autres, qui la prenaient pour une femme arriviste, indépendante et très étrange. Mais elle était habituée à tout cela désormais. Elle levait son menton un peu plus haut, sa langue était plus acérée et elle était devenue plus rapide pour riposter et tirer au pistolet. Au fond de son cœur, elle savait qu'elle avait bien agi et s'en félicitait tout en songeant secrètement que son père aurait fait de même. Même s'il avait désiré autre chose pour elle, il n'aurait pu que respecter le chemin qu'elle avait parcouru durant ces trois longues années.

– Je serai de retour dans trois jours.

Elle embrassa Hannah sur la joue et la remercia encore pour le gâteau d'anniversaire. Hannah la regarda partir, les larmes aux yeux. Malgré sa force et son indépendance, Sabrina ne savait pas ce qu'elle avait manqué; il y avait un trou énorme dans cette vie qui n'était pas pour elle.

Sabrina roula jusqu'à Napa et laissa sa voiture aux écuries près du quai, comme elle le faisait toujours. Elle avait été la première à Napa à posséder une voiture, ce qui avait suscité bien des commentaires pendant des mois. Mais elle ne s'en souciait pas, d'autant que cette voiture lui était extrêmement commode. Elle continuait la plupart du temps à prendre son vieux cheval pour se rendre aux mines, mais elle appréciait d'avoir une voiture lorsqu'elle allait un peu plus loin et particulièrement quand elle se rendait à Napa pour attraper le bateau à vapeur, car elle gagnait beaucoup de temps.

Elle embarqua sur le bateau et resta les quatre heures dans sa cabine, à lire des papiers qu'elle avait emmenés avec elle.

Sabrina voulait parler à ses banquiers d'une terre qu'elle désirait acheter, et elle savait déjà qu'elle devrait écouter leurs conseils habituels : il serait plus sage de vendre les vignes et les mines, ou au moins d'engager un homme pour s'en occuper. Il ne leur était jamais venu à l'esprit que très peu d'hommes auraient pu faire ce qu'elle faisait. Elle se contentait de sourire poliment puis exposait son projet, qui provoquait chaque fois leur étonnement. « Qui vous a conseillé ça ? » ou : « Est-ce une idée de votre contremaître ? » demandaient-ils. Inutile de leur expliquer que l'idée venait d'elle, cela dépassait leur entendement. De toute façon, ils finissaient par accéder à sa volonté. Ils avaient appris, durant ces trois années, à avoir confiance en elle, tout comme ses ouvriers, même s'ils ne comprenaient que rarement la nature de ses motivations.

Elle ferma son porte-document lorsqu'elle sentit le bateau accoster, impatiente d'arriver à Thurston House et de se détendre grâce à un bain chaud. L'eau prendrait du temps à chauffer dans le réservoir mais en attendant elle pourrait s'assurer que tout était en bon état dans la maison. Elle n'était pas venue en ville depuis plusieurs mois et seule la banque, qui possédait un double des clés, était habilitée à y venir de temps à autre.

Elle descendit de la carriole et ouvrit d'abord la grande grille, puis le cocher la conduisit devant la porte d'entrée. Comme il faisait noir, elle dut chercher à tâtons l'interrupteur, puis elle posa son sac et referma la porte. Elle était fatiguée ce soir-là ; tout en regardant autour d'elle, elle eut les larmes aux yeux pour la première fois depuis longtemps. Elle avait vingt et un ans, personne à ses côtés, et elle se retrouvait dans la maison où son père était mort. La tristesse l'envahit et Jeremiah lui manqua encore plus qu'à l'accoutumée, si bien qu'elle regretta presque d'être venue.

Plus tard dans la soirée, assise dans sa baignoire, elle songea combien ces trois dernières années avaient été difficiles, et à tous ces gens qui lui avaient donné tort, avaient souhaité sa perte, lui avaient fait du mal, jusqu'à Hannah qui s'était souvent montrée désagréable avec elle. Personne n'avait mesuré le sentiment du devoir et l'énergie qui la poussaient à diriger les mines ; au lieu de ça, ils avaient tous souhaité sa perte et cherché à profiter d'elle.

Au moins John Harte avait-il cessé de vouloir lui racheter ses mines, ce qui était un soulagement. Elle se demanda si Dan Richfield travaillait toujours pour lui; en tout cas, il n'était plus revenu l'ennuyer depuis la fois où elle lui avait tiré dessus à travers la vitre. A cette pensée, elle jeta un coup d'œil sur le petit lavabo de marbre rose où elle avait posé son pistolet d'argent. Elle l'avait toujours à portée de main et le laissait sur sa table de nuit lorsqu'elle dormait. Elle aurait pu le mettre sous son oreiller, mais la détente était trop rapide, comme Dan en avait fait l'expérience.

A bien des égards, elle vivait constamment sous pression et elle y était habituée, mais lorsqu'elle venait à San Francisco, elle se détendait. San Francisco était une ville cosmopolite, civilisée, où presque personne ne la connaissait. Personne ne s'arrêtait pour la montrer du doigt, comme à Napa, à Calistoga ou à Sainte Helena... Regardez... c'est celle qui dirige les mines!... la fille Thurston... complètement écervelée... elle dirige les mines, vous savez!... une vraie bourrique... et mesquine avec ça... Les qualificatifs désobligeants ne manquaient pas. Mais ici, personne ne lui prêtait attention.

Elle pouvait même se permettre de se faire passer pour une autre, se promenant dans Market Street ou dans Union Square et s'arrêtant pour acheter une rose et la piquer à sa boutonnière, un bouquet de violettes blanches pour mettre dans ses cheveux. Elle pouvait passer pour n'importe qui.

En revenant de la banque, elle regagna tranquillement à pied sa maison, et en chemin acheta un bouquet de fleurs odorantes pour décorer sa chambre. D'un geste soudain, elle ôta les épingles qui retenaient ses cheveux et les laissa flotter librement dans la brise d'été puis continua à marcher, le sourire aux lèvres. Il lui était plus agréable d'être à San Francisco; elle avait le temps de penser à elle et elle adorait Thurston House, malgré la tragédie encore récente. Elle gravissait Nob Hill tout en chantonnant joyeusement, plus heureuse qu'elle ne l'avait été depuis longtemps, lorsqu'elle vit tout à coup une voiture s'arrêter juste devant elle. Le conducteur la contempla et se mit à rire.

– Mon Dieu, mademoiselle Thurston. Je ne vous aurais jamais reconnue. Est-ce bien vous?

C'était John Harte, qui semblait de joyeuse humeur, lui aussi.

– C'est moi. Venez-vous de voler cette voiture, monsieur Harte?

– Absolument. Vous voulez faire un tour?

Comme ils étaient en terrain neutre, elle le regarda en souriant puis se décida tout à coup. S'il offrait à nouveau d'acheter ses mines, elle pourrait toujours descendre et continuer à pied. Il n'allait pas la kidnapper, d'autant que personne ne paierait la rançon.

– Bien sûr.

La voiture qu'il avait achetée l'amusait. C'était le même Modèle T qu'elle avait depuis deux ans, mais celle-ci était plus neuve et un peu plus perfectionnée. Les constructeurs rajoutaient une armée de gadgets chaque année.

– Appréciez-vous votre nouvelle voiture?

– Je crois que j'en suis amoureux.

Il regarda les garde-boue puis le capot, puis se tourna vers elle.

– Jolie, n'est-ce pas?

Sabrina se mit à rire, incapable de résister à l'envie qu'elle avait de lui crever son ballon.

– Presque aussi jolie que la mienne.

Il parut abasourdi puis éclata de rire.

– Vous en avez une comme ça?

– Oui. Mais je ne l'utilise pas à Sainte Helena. Mon cheval me semble plus approprié.

Elle avait fini par vendre l'étalon que son père avait tant aimé. Elle ne le montait plus et il était devenu vieux.

– Mais je conduis dès que je me rends plus loin.

Il la regarda comme s'il la voyait pour la première fois.

– Vous êtes vraiment une jeune fille hors du commun. Dommage que nous soyons rivaux, dans un sens. J'imagine que nous serions amis, autrement.

– Si vous arrêtiez d'essayer de m'acheter mes mines chaque fois que je tombe sur vous, nous pourrions peut-être le devenir.

Elle se demanda ensuite si sa maîtresse y verrait une objection, mais elle ne pouvait se permettre de le lui demander.

– Vous n'êtes toujours pas décidée à vendre, n'est-ce pas? lui demanda-t-il en souriant.

Il semblait, désintéressé pour une fois. Elle secoua la tête.

– Je vous l'ai déjà dit. Les mines Thurston ne seront jamais en vente jusqu'à ma mort.

– Et vos vignes, comment ça se passe?

La curiosité l'avait gagné. Il aimait l'étincelle qui brillait dans ses yeux, ses cheveux défaits, et il venait de se rendre compte qu'elle avait des fleurs parfumées dans les cheveux. Elle était extrêmement jolie, ce qu'il n'avait pas remarqué auparavant, et on devait la considérer comme un bon parti, ce qui devait être un handicap pour elle à bien des égards. Il se demanda ce qu'elle faisait lorsqu'elle ne travaillait pas aux mines.

— Mes vignes iront aussi avec moi dans la tombe.

— L'idée de les léguer à des héritiers ne semble pas vous effleurer.

Elle haussa les épaules.

— On ne peut pas tout avoir dans la vie, monsieur Harte. J'ai ce que je désire... les mines, les vignes, la terre. Mon père adorait tout cela et j'aurais l'impression de le trahir si j'abandonnais quelque chose. C'est ce qu'il aimait le plus au monde. En vendre une partie reviendrait à vendre une partie de lui.

C'était donc la base de tout. S'il l'avait su, il aurait compris depuis longtemps le peu de chance qu'il avait d'acquérir ses biens.

— Vous deviez être profondément attachée à lui.

— Oui. Et il était très bon pour moi. Ce n'est que justice que je continue maintenant pour lui.

— Mais comme cette charge doit être pénible à porter, quelquefois...

Elle opina lentement, ressentant le besoin soudain d'être honnête avec lui. Il fallait qu'elle le dise à quelqu'un.

— Oui, de temps en temps. Ça a été difficile. Mais je suppose qu'il y a un certain sentiment de victoire lorsqu'on réussit. C'était effrayant la première année... Quand tous les hommes sont partis, et puis Dan... Mais c'était il y a trois ans, et tout va bien, à présent ; alors, conclut-elle en souriant, n'espérez plus acheter quelque chose.

— Peut-être essaierai-je encore de temps en temps, mademoiselle Thurston. C'est là mon tempérament, je le crains, lui répondit-il en riant.

Elle le dirigea vers Thurston House.

— Même si vous savez que vous échouerez encore?

— Je crois que j'y suis habitué.

— Bien. Voilà, nous y sommes.

Elle lui indiqua le portail qu'elle alla ouvrir, puis revint et le regarda dans les yeux. Comme leur rencontre ici lui paraissait étrange... Leurs rapports étaient beaucoup moins tendus. Ils n'étaient plus des rivaux, mais seulement deux personnes parcourant la vie sans animosité. Elle avait des fleurs dans ses cheveux et il avait acheté une nouvelle voiture dont il était ravi. Sabrina avait le cœur léger en le regardant.

— Inutile de me conduire. Je peux marcher.

— Pourquoi ne pas me laisser vous conduire jusqu'à votre porte dans ma nouvelle voiture, mademoiselle Thurston?

Il se montrait galant avec elle, ce qui n'avait pas été le cas jusqu'à présent. Et voilà qu'ils se retrouvaient là, tous les deux, sans avoir aucune envie de se fâcher ou de penser aux mines. Napa était trop loin et Sabrina avait vingt et un ans. Elle savourait la vie.

— Très bien, si vous insistez, monsieur Harte.

Elle l'autorisa à avancer jusqu'à la porte d'entrée puis lui dit avec un sourire :

— Si vous me promettez solennellement de ne pas parler de mes mines une seule fois et de ne faire une offre d'aucune sorte, je serai très heureuse de vous inviter à prendre une tasse de thé ou un porto. Mais il faut promettre d'abord!

Il éclata de rire et promit tout en la suivant à l'intérieur. Il ne s'attendait pas à un tel spectacle. Thurston House était la maison la plus splendide qu'il ait jamais vue et, comme tous ceux qui le découvrait pour la première fois, le dôme le laissa médusé. Sabrina l'avait fait réparer trois ans auparavant, ainsi que tous les dommages causés par le tremblement de terre. Elle avait même dû remplacer la porte d'entrée, très endommagée par les flammes avant que l'incendie change miraculeusement de direction.

— Mon Dieu, mais comment pouvez-vous vivre loin d'ici?

Elle eut un petit rire. Ils avaient juré de ne pas parler des mines et elle était décidée à ne pas rompre leur pacte la première.

— J'ai d'autres chats à fouetter.

Il se mit à rire.

— C'est certain. Mais je crois que, si je possédais cette maison, j'abandonnerais tout pour y vivre.

Elle arbora une mine désespérée. Elle se sentait particulièrement de bonne humeur.

— Essayez-vous de rompre votre promesse et de me faire une offre, monsieur Harte?

— Non, mais je n'ai rien visité d'aussi magnifique que cette maison. Quand a-t-elle été construite?

Il se rappelait vaguement en avoir entendu parler, mais il ne l'avait jamais vue de ses yeux. Sabrina lui montra les caractéristiques les plus originales et lui en raconta l'histoire.

– Mon père l'a fait construire en 1886, deux ans avant ma naissance.

Soudain, John Harte sursauta.

– Qu'y a-t-il? s'étonna-t-elle.

– Rien... je le sais pourtant, mais c'est le fait de vous l'entendre dire... Vous rendez-vous compte de ce que c'est pour un homme de mon âge, de réaliser que son concurrent le plus important a vingt et un ans! Vous avez vingt et un ans, n'est-ce pas?

– Depuis hier, lui répondit-elle avec un sourire.

– Bon anniversaire, alors.

– Merci.

Sabrina l'emmena au salon, où ils s'assirent et prirent un sherry. Elle n'avait rien de plus fort à lui proposer mais il sembla s'en contenter. Il paraissait même parfaitement heureux, beaucoup plus que depuis des années, et elle aussi. Leur rivalité paraissait avoir pris fin.

– Qu'avez-vous fait pour votre anniversaire?

Il y avait tant de choses en elle, tant de force, tant de douceur et une profondeur qu'il n'avait pas soupçonnée auparavant...

– Rien de particulier. Je suis allée en ville. Vous attendiez-vous à ce que les hommes à la mine me préparent un gâteau d'anniversaire?

Il se mit à rire, mais tristement; cette jeune fille n'avait véritablement personne, à part les hommes qui travaillaient pour elle, mais qui, il le savait, ne l'aimaient pas et ne l'aimeraient jamais. Il lui aurait fallu mourir héroïquement à la mine, dans un incendie, pour qu'ils pensent vraiment du bien d'elle. Le reste n'y suffirait pas.

John Harte la regardait calmement.

– Vous êtes si jeune et vous avez tant de responsabilités, mademoiselle Thurston! Ça ne vous arrive jamais d'avoir envie de tout laisser tomber?

– Si, répondit-elle honnêtement. Lorsque je viens ici. Vous devez ressentir la même chose, quelquefois.

Il opina en souriant. Sa vie avait été plus longue et plus remplie que la sienne. Il trouva injuste qu'elle doive être enchaînée à ses mines en ayant à subir l'animosité de tous.

De temps à autre, un ouvrier qu'elle avait renvoyé ou refusé d'embaucher venait chez lui, mais ils allaient toujours d'abord

aux mines Thurston, parce qu'elle payait très bien. Elle y était
obligée, tant ils répugnaient à travailler pour elle, blessés dans
leur amour-propre d'être employés par une femme, et si jeune
qui plus est. A nouveau, il eut envie de la protéger, même là,
dans sa grande et belle maison. Elle avait sa demeure en ville,
ses vignes, tout et rien à la fois. Sa petite squaw, Lune de
Printemps, possédait davantage : la tranquillité, le respect, la
sécurité et un homme auprès d'elle.

— C'est drôle que nous soyons obligés d'être concurrents,
vous ne trouvez pas?

Elle sourit et haussa les épaules :

— Je suppose que tout est comme ça dans la vie. Tout relève
du hasard, de l'inattendu. Comme notre rencontre aujourd'hui.

— Je vous ai à peine reconnue, coiffée ainsi.

— Je ne peux pas porter mes cheveux longs à la mine, les
hommes m'en feraient trop voir... Vous imaginez les
réflexions?

Elle se mit à rire plus fort. Par moments, elle n'était qu'une
très jeune fille, merveilleusement simple, très terre à terre,
sans que toutes les facettes de son caractère qu'il découvrait
avec ravissement enlèvent rien à sa personnalité modeste et
franche.

— Vous savez, je vous aime comme ça.

Il lui sourit, et, sans prendre le temps de réfléchir, s'approcha et lui toucha les cheveux. A Napa, il n'aurait jamais osé
mais ici elle était presque une autre et son geste ne lui semblait
pas déplacé. Pendant un instant, il en oublia même Lune de
Printemps.

— Merci, dit-elle en rougissant.

Sa main glissa des cheveux jusqu'à la joue mais Sabrina se
retira soudain, peu habituée à sentir quelqu'un si proche d'elle
depuis la mort de son père. Elle se leva et lui versa un autre
verre; il ne la quittait pas des yeux.

— Je ne voulais pas vous effrayer.

— Ça va très bien... je... ça n'a aucune importance.

Elle se rassit et le regarda, sérieuse.

— C'est difficile d'être deux personnes à la fois. Je crois qu'il
m'a fallu m'endurcir pour diriger les mines... j'ai certainement
oublié que j'étais aussi quelqu'un d'autre... et avant cela, je
n'étais à proprement parler qu'une enfant.

Il se rendit compte qu'elle l'était encore et sentit combien
elle était candide et étourdie, surtout lorsqu'il comprit qu'il n'y

avait personne d'autre qu'eux dans la maison. Elle qui savait se
montrer si prudente, elle lui avait accordé sa confiance, ce
qu'elle n'aurait jamais dû faire.

– Êtes-vous seule dans cette maison, mademoiselle Thurston?

– Ça ne me fait pas peur. J'aime être seule ici.

Il la trouvait étrange, solitaire, mais surtout imprudente.

– Vous n'êtes pas à la campagne, ici. Je pense que c'est très
dangereux.

– Je peux me défendre moi-même.

– Je n'en jurerais pas. Et si vous ne trouvez pas votre
pistolet?

– Il n'est jamais très loin de moi, monsieur Harte.

– C'est rassurant.

Elle se mit à rire.

– Je suis désolée... je ne voulais pas sous-entendre que...

– Et pourquoi pas? Vous n'aviez pas à avoir confiance en
moi, vous savez, répondit-il avec sérieux.

– J'ai été plusieurs fois en colère contre vous, mais vous ne
vous êtes jamais conduit de façon incorrecte avec moi. Je me
trompe rarement sur les gens.

– Vous devriez vous méfier de votre intuition. Pourquoi ne
pas emmener votre gouvernante avec vous en ville?

– Elle a le mal de mer sur le bateau, et puis je suis très bien
ici. Puisque je suis en sécurité aux mines, lorsque j'y suis seule
jusqu'à minuit tous les soirs, que peut-il m'arriver ici?

– Est-ce que vos hommes savent ça?

Elle haussa les épaules.

– Quelques-uns. J'ai toujours travaillé tard, comme mon
père. Il y a beaucoup à faire dans une journée et je n'aime pas
prendre du retard.

Il faisait lui-même la même chose, mais il trouvait cela
dangereux pour elle de rester seule. C'était heureux que Dan
ne soit pas revenu, du moins Harte le supposait-il sans vouloir
le lui demander.

– Je pense simplement que vous devriez être plus prudente.
Emmenez donc du travail chez vous.

Elle sourit, touchée. Personne, à part Hannah, ne s'était ainsi
préoccupé d'elle depuis longtemps.

– Je vous assure que cela se passe très bien. Mais j'apprécie
votre sollicitude.

– Ce serait beaucoup plus facile pour vous si vous me
laissiez racheter un jour.

Une lueur de mécontentement passa dans le regard de Sabrina. Il leva la main.

— Ce n'était pas une offre. C'était une constatation. Ce serait plus facile, et vous le savez. Mais la facilité n'est apparemment pas ce que vous recherchez.

Il se leva et poursuivit en s'inclinant :

— Je me plie donc à vos désirs.

Elle se mit à rire et lui répondit, à nouveau espiègle :

— Vraiment dommage que vous ne l'ayez pas fait avant, monsieur Harte.

— Je devais essayer, après tout. Et, à présent, je me retire.

L'enfant de cet homme était mort dans les bras de son père, elle s'en souvenait. Ce n'était pas qu'un simple mineur, avide de lui racheter ses mines. Mais elle n'était pas encore sûre de lui ; elle savait seulement qu'elle le respectait parce qu'il était intelligent et faisait marcher son affaire avec compétence et honnêteté.

— J'aimerais être votre ami, mademoiselle Thurston.

Elle approuva en le regardant tristement. Elle n'avait jamais eu d'amis, à part les petites filles avec qui elle allait à l'école à Sainte Helena. Mais elles étaient toutes mariées, à présent, elles avaient des enfants et ne lui parlaient plus. Elle avait besoin d'un ami, de quelqu'un à qui parler, mais elle se demandait quelle serait la réaction de l'Indienne si elle se rendait aux mines de Harte pour discuter avec lui de temps en temps. Elle pesa le pour et le contre, puis le regarda avec prudence.

— J'aimerais beaucoup, moi aussi, monsieur Harte. Mais je me demande si ce sera possible une fois que nous aurons regagné nos mines respectives.

— Nous pourrions essayer, je viendrai vous voir. Est-ce que cela vous irait ?

Il n'y avait personne d'autre à qui demander la permission. Pas de mère, de père, de tante ou de chaperon. Et il était en train de lui demander quelque chose qu'elle ne comprenait pas et qu'il n'était même pas sûr de comprendre lui-même. Mais il l'avait vue marcher dans la rue, elle lui avait coupé le souffle, et voilà qu'ils étaient assis depuis deux heures comme deux personnes qui se rencontrent pour la première fois.

Elle lui plaisait tellement qu'il ne voulait pas la perdre, même si la jeune fille qu'il avait vue ce soir devait laisser place à une autre lorsqu'elle regagnerait ses mines. Il ne voulait pas oublier celle qu'il avait vue ; même si elle n'avait rien dit d'extraordinaire, son regard l'avait touché jusqu'au plus profond de lui, en lui rappelant un peu celui de Matilda, qui n'était pas tout à fait aussi belle ni aussi intelligente. Maintenant qu'il était assis auprès d'elle, il trouvait étonnant que cette jeune fille de vingt et un ans dirige les mines les plus importantes de la région.

Il la trouvait exceptionnelle à tant d'égards qu'il dut se forcer à partir; quant à elle, une fois qu'elle eut refermé la porte et entendu la voiture s'éloigner, elle se trouva en proie à une émotion qu'elle n'avait jamais ressentie auparavant. Elle garda en elle son regard, ses paroles, et sa présence la hanta encore le lendemain, tandis qu'elle était assise dans le jardin. Elle prenait le bateau à vapeur pour Napa le soir même.

Elle l'avait vu des douzaines de fois, même lorsqu'elle était petite, elle l'avait détesté pendant trois ans, et voilà que soudain... elle avait du mal à le chasser de son esprit. Une force subtile et tranquille émanait de lui, une puissance, une chaleur qui faisait que l'on se sentait en sécurité à ses côtés. Elle avait déjà ressenti cela auparavant mais elle était trop occupée à se mettre en colère contre lui pour y prêter une plus grande attention. Elle jugeait d'autant plus ridicule de penser constamment à lui. Il occupa son esprit tout l'après-midi, puis sur le bateau, puis encore lorsqu'elle rentra chez elle et gagna les mines le lendemain. Elle pensait à lui tout comme il pensait à elle.

Il apprit de la bouche de Dan la nouvelle qu'elle découvrit au même moment, lorsqu'elle entra dans son bureau. C'était écrit sur une ardoise posée sur son bureau : il y avait eu une explosion au fond de la mine, qui avait peu endommagé le matériel mais avait tué une trentaine d'hommes. Trente et un exactement, comme elle le confirma elle-même à John Harte quand il vint la voir le lendemain.

— Ils auraient au moins pu m'envoyer un télégramme, au lieu de ne rien faire, et pendant ce temps, j'étais assise avec des fleurs dans les cheveux...

Elle avait les yeux rouges et elle était furieuse contre elle-même.

— Vous avez droit à un peu plus que cela dans votre vie, vous savez. Ils rentrent chez eux, eux aussi le soir. Ils ont des enfants, des femmes et ils se soûlent. Et vous, que faites-vous donc?

Il lui en voulait d'être aussi dure envers elle-même.

— Je suis responsable d'eux, lui cria-t-elle.

Il lui agrippa le bras.

– Vous êtes aussi responsable de vous, bon Dieu, Sabrina!
C'était la première fois qu'il l'appelait par son prénom et cela
lui plut.

– Vous êtes beaucoup plus importante que tout ce ramassis
de boue. Comprenez-vous ça, petite entêtée?

Elle lui sourit. Quelque chose d'étrange leur était arrivé
tandis qu'ils discutaient à Thurston House. Après toutes ces
années, ils étaient devenus amis.

Le regard de Sabrina s'assombrit.

– Ce que je comprends, c'est que trente et un de mes
hommes sont morts et que je n'étais pas là.

– Est-ce que cela aurait changé quelque chose?

– Cela aurait pu changer l'opinion des autres.

Mais elle savait que c'était faux. Rien n'y ferait; au lieu de le
lui dire, Harte se contenta de secouer la tête.

– Vous leur avez donné suffisamment. Vous leur avez donné
trois ans de votre vie et personne n'est en droit de vous en
demander davantage. J'ai fait la même chose et ils ne me
remercieront pas. Quand vous mourrez, ils n'en seront même
pas affectés.

Sabrina ne voulait pas le croire; elle se souvenait des
hommes alignés le long de la route lorsqu'elle avait ramené le
corps de son père.

– Ils s'en souviennent, murmura-t-elle tristement.

– Oui, mais c'est trop tard alors. Qui s'en soucie? Même pas
votre père. Cela ne signifiait rien pour lui. Vous savez ce qui
était important à ses yeux? Vous. Voilà peut-être à quoi vous
feriez mieux de songer. Vous étiez tout pour lui... comme mes
enfants étaient tout pour moi.

Elle le regarda, compatissante.

– C'est pour ça que vous ne vous êtes jamais remarié? A
cause d'eux?

Il ne chercha pas à nier. Il voulait être honnête avec elle; il
l'aimait trop pour lui mentir.

– C'est vrai.

Il savait qu'elle devait avoir entendu parler de Lune de
Printemps mais, comme il respectait Sabrina, il ne voulait
pas discuter avec elle de cette relation par trop inconvenante.

– Je ne voulais même plus me soucier de ça. Je désirais
seulement ne pas souffrir mais je ne pouvais plus supporter
l'idée de perdre à nouveau un être cher.

Ses yeux se remplirent de larmes lorsque lui revinrent en

mémoire Matilda, Jane et Barnabé, morts vingt-trois ans auparavant.

– Je crois que mon père a ressenti la même chose après la mort de sa première fiancée. C'est ce que m'a dit Hannah. Pendant dix-huit ans, il a refusé de se marier.

– Et moi, je crois que je continuerai à refuser. Mais au moins, poursuivit-il durement, j'ai vécu cette expérience. Vous non, et ça ne se produira jamais si vous vous enfermez ici.

– Vous essayez encore de me reparler des mines, c'est cela?

– Non, bon Dieu, non! J'essaie de vous parler de quelque chose qui est important pour vous, ou du moins qui devrait l'être. Ils ne vous seront jamais reconnaissants de votre dévouement. Offrez-le à quelqu'un qui en soit digne... Offrez-le à quelqu'un que vous aimez... trouvez un homme qui vous soit cher. Profitez de votre belle maison de San Francisco et vivez votre vie. Ne la gaspillez pas ici. Votre père n'aurait pas voulu ça pour vous, mon petit, parce que ce n'est pas bien.

Elle acquiesça lentement, touchée autant par son regard que par ses mots, puis partit rejoindre ses hommes, l'esprit encore plein de ce qu'il venait de lui dire.

CHAPITRE XXIV

LE PIRE INCENDIE JAMAIS enregistré en plus de cinquante années d'histoire minière dévasta les mines Harte en août 1909. Les dommages causés par le feu furent indescriptibles et le brasier continua à brûler sous terre durant cinq jours. Les équipes de secours, obligées sans cesse de reculer à cause des vapeurs toxiques, éprouvèrent les pires difficultés à extraire les mineurs retenus prisonniers. Pourtant, pendant cinq jours, John Harte lutta de toutes ses forces, se brûlant grièvement aux deux mains et dans le dos, et Sabrina Thurston, le deuxième soir, se joignit aux équipes et aux médecins des environs venus prêter main-forte, tandis que Lune de Printemps appliquait des baumes et des onguents sur les plaies des rescapés. Lorsque l'incendie fut enfin éteint, au bout de cinq journées interminables, tout le monde était épuisé et affamé. Les blessés et les cadavres avaient été évacués. Sabrina, qui s'était brûlé la main en tirant un mineur du brasier, était assise sur une bûche de bois carbonisée, le visage noirci par la suie, les yeux rougis par la fumée, les traits épuisés. John Harte s'avança vers elle en souriant.

— Je ne pourrai jamais assez vous remercier de ce que vous avez fait.

— Vous auriez agi de la même façon pour moi, n'est-ce pas, John?

Elle avait envoyé plusieurs centaines de ses hommes pour lui venir en aide et aucun d'eux n'avait émis la moindre protestation, car ils étaient toujours prêts à aider dans les moments désespérés.

— Vos hommes ont été merveilleux.

Lune de Printemps l'avait été aussi ; elle était douce et savait s'y prendre avec les hommes, et Sabrina l'avait souvent observée tandis qu'elle allait de blessé en blessé. Mais Lune de Printemps, de son côté, avait elle aussi remarqué quelque chose, quelque chose qui grandissait entre Sabrina et John et qu'ils n'avaient pas encore saisi eux-mêmes. Elle avait vu leurs regards chargés de compassion et de tendresse, qui n'étaient autres, selon elle, que les prémices de l'amour, et elle se demandait dans combien de temps cet amour éclaterait au grand jour.

John considéra Sabrina avec sollicitude.

– Rentrez chez vous et reposez-vous, mon petit. Je viendrai vous voir un peu plus tard. Je veux être sûr que vous n'avez rien de grave à cette main.

Elle lui adressa un sourire las. Il semblait posséder une énergie inépuisable ; il n'avait pris aucun repos depuis cinq jours. Sabrina, quant à elle, avait été obligée de rentrer une fois chez elle pour se changer, mais elle était à nouveau souillée de la tête aux pieds et il lui tardait de prendre un bain et de se coucher dans des draps propres.

Sur le chemin du retour, elle eut du mal à rester éveillée, mais elle ne cessa de songer à lui, admirative. A quarante-neuf ans, il était l'un des hommes les plus beaux qu'elle eût jamais vus ; lorsqu'elle se laissa tomber sur son lit, cet après-midi-là, elle envia tout à coup Lune de Printemps. Quand Hannah frappa à sa porte, plus tard dans la soirée, elle était encore en train de rêver de lui. Sabrina s'assit sur son lit, les cheveux ébouriffés, mécontente.

– Est-ce que le feu a repris ?

Dans son rêve, elle avait vu l'incendie, John Harte, Lune de Printemps et tous les blessés. Hannah secoua la tête. Elle paraissait fatiguée elle aussi, car elle s'était activée aux fourneaux et elle avait effectué de constants aller et retour entre les mines et la maison, se privant de dormir.

– John Harte est en bas. Il dit qu'il est venu voir comment était ta main. Je lui ai dit que tu dormais et il a voulu que je vienne jeter un coup d'œil.

Elle regarda la main de Sabrina, qui lui sembla aller au mieux. Hannah trouvait amusant qu'il se fasse tant de souci pour une brûlure si superficielle alors que les siennes étaient bien plus graves. Elle n'avait pas beaucoup d'estime à son égard, pour la bonne raison qu'il vivait avec cette Indienne depuis des années, et tant qu'elle pourrait donner son avis, il n'était pas question que Sabrina subisse le même sort. Mais elle pensait plutôt qu'il s'agissait d'une tactique pour racheter les mines de Sabrina.

– Tu veux que je lui dise simplement que tu vas bien?

Sabrina sauta de son lit et, après avoir attrapé sa robe de chambre, descendit rapidement l'escalier et gagna le salon. John semblait complètement épuisé, mais il sourit lorsqu'il l'aperçut.

– Vous allez bien, Sabrina?

– Très bien. Vous voulez boire quelque chose?

Il commença par secouer la tête puis se ravisa.

– Je prendrais bien un petit coup d'alcool fort pour me retaper.

L'expression la fit sourire. Elle lui versa un whisky sec et le lui tendit.

– Vous devriez dormir au lieu de vous « retaper ».

– J'ai trop à faire.

Ce leitmotiv revenait souvent dans leurs conversations.

– Et si vous tombez de fatigue, que se passera-t-il?

– J'ai l'impression de m'entendre vous sermonner, plaisanta-t-il.

– C'est cela même, répondit-elle en riant.

Puis son visage se rembrunit lorsqu'elle songea aux morts. Malgré l'ampleur de la catastrophe, ils avaient sauvé un nombre remarquable de mineurs.

– J'aurais aimé que nous en sauvions davantage, John.

– Impossible, Sabrina. Nous avons essayé... nous tous...

La violence des explosions et des vapeurs avait rendu les conditions insupportables pour n'importe quel être humain.

– Nous avons eu de la chance de ne pas en perdre davantage. C'est ma consolation.

– Eh bien, John, maintenant que c'est vous qui avez des problèmes, pourquoi ne pas me laisser racheter?

– J'ai une meilleure idée.

Il eut un sourire énigmatique.

– Pourquoi ne pas m'épouser?

Le cœur de Sabrina cessa de battre. Elle savait qu'il plaisantait, mais elle trouvait étrange qu'il lui parle ainsi... et avant qu'elle ait pu lui répondre, il l'embrassa doucement sur les lèvres. Aucun homme ne l'avait embrassée auparavant et l'émotion s'empara d'elle lorsqu'il la prit dans ses bras. Quand il relâcha son étreinte, qui lui parut avoir duré une éternité, elle le dévisagea, abasourdie. Il se contenta de lui sourire et de l'embrasser encore mais Sabrina se dégagea pour reprendre son souffle.

– Les vapeurs de gaz vous ont tourné la tête?

– Ce doit être ça, répondit-il en riant et en l'embrassant à nouveau.

– Mais que faites-vous, John Harte?

Elle voulait croire qu'il plaisantait mais son regard lui disait clairement qu'il était sincère.

Sabrina, franche comme toujours, lui demanda sans ambages :

– Et Lune de Printemps?

Il parut hésiter un bref instant, mais il ne détourna pas le regard.

– Je regrette que vous soyez au courant de cette affaire, Sabrina, car j'aurais voulu ne pas en parler avec vous, mais je suppose que vous avez le droit de savoir. Après notre rencontre à San Francisco et lorsque j'ai commencé à vous rendre visite, j'ai demandé à Lune de Printemps de partir, il y a deux mois. Elle vit dans une cabane séparée près des mines et elle rejoint les siens, dans le Dakota du Sud, à la fin du mois. Je voulais attendre et vous demander ensuite... mais après ces cinq derniers jours, je ne pouvais plus tenir. Je n'avais qu'une envie : vous prendre dans mes bras et vous garder en sécurité, et ce soir... je ne peux plus vivre sans toi.

Ses yeux s'embuèrent tout à coup et Sabrina se demanda si c'était à cause de la fumée.

– Je ne pensais pas avoir un jour envie de recommencer. Après la mort de Matilda, je ne voulais plus jamais tomber amoureux.

Le souvenir de sa femme et de ses enfants plana un instant entre eux, puis il continua doucement :

– C'était il y a vingt-trois ans, Sabrina... je ne peux pas fermer mon cœur à cause d'eux, et Lune de Printemps a été bonne pour moi durant toutes ces années, mais il y a davantage que cela dans la vie.

C'était exactement ce qu'avait découvert Jeremiah vingt-trois ans auparavant lorsqu'il avait rencontré Camille et quitté Mary Ellen Browne. Mais Sabrina n'avait toujours pas répondu à John, qu'elle regardait avec incrédulité.

– Elle comprend.

Ils avaient eu une longue discussion à cœur ouvert cette nuit-là, juste avant qu'il vienne demander la main de Sabrina. Il voulait dire d'abord à Lune de Printemps qu'il ne reniait en rien les années qu'il avait passées avec elle. Ils avaient pleuré tous les deux mais il était sûr du sentiment qui le poussait vers Sabrina et Lune de Printemps le savait aussi. La jeune Indienne l'aimait suffisamment pour lui souhaiter tout le bien possible et accepter de le voir partir.

— Pourquoi vouloir m'épouser?

Elle paraissait surprise, beaucoup plus que Lune de Printemps ne l'avait été. Pendant un court instant, elle songea à ses mines... maintenant que celles de John avaient brûlé... mais elle chassa cette pensée de son esprit.

— Je ne sais que dire... Comment vais-je...

Il imaginait toutes les questions qui devaient trotter dans sa tête. Il l'attira doucement à lui.

— Je pourrais diriger les mines pour toi, mais tu pourras tout aussi bien continuer à le faire toi-même, si c'est ce que tu veux. Je ne te contrecarrerai pas et je ne profiterai jamais de toi. Les mines Thurston resteront les tiennes jusqu'à ta mort, comme tu me l'as dit toi-même. Je n'essaierai jamais plus de revenir là-dessus, car ce que je désire est bien plus important que ta mine, Sabrina.

Il la regarda du haut de sa taille imposante et la serra plus fort. Leurs vêtements étaient imprégnés de l'odeur de la fumée, mais ils n'y prêtaient même pas attention.

— C'est toi que je veux, petite fille chérie, et c'est tout ce que je désire pour le reste de ma vie. Peut-être suis-je trop vieux pour toi, et je sais que tu mérites bien davantage, mais tout ce que je possède est à toi, Sabrina Thurston, mes terres, mon cœur, ma mine, mon âme... ma vie...

Les yeux de Sabrina se remplirent de larmes et elle se mit tout à coup à l'embrasser, sans se soucier que sa barbe ait goût de fumée. Puis elle se mit à rire, presque incapable de parler.

— J'ai toujours pensé que tu étais mon ennemi... et maintenant... regarde-nous...

Il l'embrassa à nouveau et la souleva dans ses bras au moment où Hannah entrait avec du thé et des gâteaux. La vieille servante les considéra avec désapprobation.

— Je te serais reconnaissante de bien te tenir dans cette maison, Sabrina.

Elle renifla et agita un doigt dans sa direction.

— Je me fiche que tu diriges une mine et cinq cents hommes mais j'entends que tu te conduises comme une dame dans cette maison et que tu fasses preuve d'un peu de dignité.

– Oui, madame. Est-ce que ce sera encore valable lorsque je serai mariée? demanda-t-elle avec une expression angélique.

La vieille femme s'approcha.

– Après ton mariage, tu pourras faire ce que bon te semblera, si...

Elle s'arrêta brusquement et les regarda.

– Quoi?

Elle interrogea du regard John, qui acquiesça joyeusement, et elle poussa un long cri perçant.

Sabrina la prit dans ses bras et John les enlaça toutes les deux.

– Une minute, s'il vous plaît.

Hannah mit les mains sur ses hanches et le scruta.

– Et l'Indienne?

John rougit puis se mit à rire.

– C'est un plaisir de voir comme nous sommes tous tellement discrets.

– Discrets, mon œil. Si vous croyez que vous allez la garder et épouser ma fille...

L'expression toucha Sabrina, qui se mit à rire et répondit à la place de John :

– Elle part pour le Dakota du Sud la semaine prochaine.

– Ce n'est pas trop tôt. Ça fait même dix ans qu'elle aurait dû le faire, si vous voulez mon avis. Je croyais que je ne verrais jamais ce jour. Je m'étais résignée quand tu t'es mise à diriger ta fichue mine.

– Elle va diriger les miennes à présent, plaisanta John.

Sabrina se mit à rire, mais Hannah s'écria :

– Pas question! Elle va rester à la maison et élever vos enfants, John Harte. Plus de cette fichue mine ici!

– Qu'en penses-tu? murmura-t-il à sa future femme.

Sabrina lui sourit et répondit :

– Nous verrons. Peut-être pourrais-tu diriger les mines à ma place. J'aurais plus de temps pour mes vignes.

Mais l'idée d'Hannah la séduisait particulièrement... rester à la maison, élever ses enfants... cette perspective piquait sa curiosité. Il saisit son regard et se pencha pour l'embrasser.

– Tout viendra en son temps, mon amour... tout viendra en son temps.

CHAPITRE XXV

Aprês le départ de John, Hannah et elle parlèrent des heures, presque comme des sœurs; la vieille femme pleura et enlaça Sabrina à maintes reprises. Jeremiah aurait été si heureux de la voir se marier, et qui plus est avec John Harte.

— J'avais abandonné tout espoir, ma petite fille... Je n'aurais jamais pensé assister à cet événement.

— Je ne pensais pas que tu le verrais, moi non plus, répondit Sabrina en souriant.

Elle paraissait heureuse, mais elle sentait des frissons lui parcourir l'échine. Elle espérait qu'elle avait bien fait, elle en était même sûre, mais c'était un énorme pas à franchir et il y avait beaucoup de décisions à prendre au sujet des mines. On pouvait évidemment fusionner les deux entreprises, mais Sabrina préférait que les deux affaires restent indépendantes; elle l'épousait mais n'unissait pas ses biens aux siens. Cependant, un des grands avantages pour Sabrina était que, s'il dirigeait les mines à sa place, comme il le lui avait proposé, elle aurait plus de temps pour se consacrer à ses vignes et à ses vins, ce qu'elle désirait depuis très longtemps.

— Ne penses-tu pas que tu pourrais simplement rester à la maison et coudre? demanda-t-il pour la taquiner, un soir qu'ils étaient assis dans la véranda.

— Où allons-nous vivre?

Elle y avait songé auparavant et ne craignait pas d'habiter la maison où sa femme et ses enfants étaient morts et où il avait vécu avec Lune de Printemps pendant plus de dix ans. La jeune Indienne partait pour le Dakota du Sud dans quelques jours et

Sabrina prit soin de ne faire aucune allusion à elle. Elle ne voulait pas se montrer indélicate avec lui, d'autant qu'elle trouvait déjà déplacé d'être au courant.

– Pourquoi pas ici?

Il y réfléchit un moment, tout en lissant sa barbe, puis lui répondit :

– Je suis un peu vieux pour vivre dans la maison d'un autre homme, Sabrina. Pour moi, quoi qu'il arrive, ce sera toujours la maison de ton père.

Elle comprenait ses raisons mais le problème restait entier. Puis John la regarda tout à coup avec un sourire juvénile. Il paraissait beaucoup plus jeune que son âge et il était difficile de croire qu'il avait vingt-huit ans de plus qu'elle.

– Et si nous vivions à Thurston House? Ce serait agréable, tu ne crois pas?

Devant cet air d'enfant espiègle, elle se mit à rire.

– Ce serait agréable, en effet. Mais que vont devenir les mines?

Sans parler des vignes.

– Nous pourrions nous arranger. Nous ne sommes pas obligés de vivre constamment en ville. Mais cela nous changerait agréablement, une fois que j'aurai repris tes mines en main. Dieu seul sait combien ta gestion a été mauvaise.

Elle le frappa, et il se mit à rire. Il avait déjà compulsé quelques-uns de ses registres et avait été surpris de constater à quel point elle dirigeait magistralement son affaire. Il se demandait, très impressionné, comment elle avait réussi à apprendre tant de choses, d'autant qu'elle avait trouvé le moyen de lui donner quelques bonnes idées auxquelles il n'avait jamais songé, alors qu'il dirigeait maintenant sa mine, au bout de vingt-sept ans, presque les yeux fermés.

– Tu n'es pas ce qu'on peut appeler une épouse ordinaire, ma chérie.

Il l'embrassa sur la joue et prit sa petite main dans la sienne, puis tous deux s'enlacèrent. Durant toutes ces années, Sabrina n'avait jamais imaginé qu'elle pourrait l'aimer et, maintenant qu'il était à ses côtés, il lui semblait qu'elle était née pour vivre auprès de lui.

Ce fut après le dîner, plus tard dans la soirée, qu'elle amena la conversation sur Dan.

– J'y ai déjà songé l'autre jour, répondit John en fronçant les sourcils. Je ne nie pas le fait qu'il soit très compétent dans son travail, mais je ne veux pas qu'il s'approche de toi.

– Compte-t-il beaucoup pour toi, John?

– Beaucoup moins que toi, mon amour.

La profondeur des sentiments qui l'entraînaient vers elle l'étonnait lui-même. C'était arrivé d'un seul coup, après toutes ces années, alors même qu'il était certain de ne plus jamais ressentir ces sortes d'élans.

– Je vais lui dire de partir.

– Es-tu sûr de le vouloir?

– Oui, répondit-il avec fermeté. Je n'ai pas à lui donner d'explication, d'autant qu'il ne travaille pas pour moi depuis très longtemps. Je lui donnerai son congé la semaine prochaine.

Sabrina fronça les sourcils.

– Ça va être dur pour lui.

– Il aurait dû y songer plus tôt, lorsqu'il a essayé d'abuser de toi.

Elle se mit tout à coup à rire.

– Le plus drôle, c'est que tout a commencé parce qu'il voulait que je te vende les mines, et au lieu de cela, voilà que nous nous marions. Il n'a jamais eu qu'une envie : diriger les mines de papa, sans personne pour le commander.

– Je ne l'ai pas laissé moi non plus prendre la direction des affaires. Je ne suis pas ce genre d'homme et je m'en occupais moi-même depuis déjà trop longtemps.

Elle savait qu'il lui serait difficile de passer la main à John, mais elle avait heureusement confiance en lui. Ils avaient déjà décidé qu'elle continuerait à travailler une partie du temps pendant les six premiers mois pour mettre John au courant de ses méthodes et le présenter aux ouvriers. Elle ne pouvait pas tout laisser tomber d'un seul coup. Quant à John, il se partagerait entre ses propres mines et celles de Sabrina; il était certain d'y parvenir.

– Et avec tout ça, tu veux vivre à Thurston House?

Elle se demandait comment ils trouveraient le temps de quitter Napa, mais il n'en démordait pas et un long baiser finit de la persuader.

Il fallut plusieurs semaines pour réparer les dégâts causés par l'incendie; même Lune de Printemps changea ses projets et décida de rester quelques semaines de plus.

Elle se tenait à l'écart et semblait accepter son destin, sachant que sa liaison avec John Harte était terminée. Elle n'adressait jamais la parole à Sabrina lorsqu'elles se rencontraient, mais son regard se fixait rapidement sur Sabrina, qui de son côté ne ressentait aucune hostilité à son égard et, fascinée, luttait pour ne pas l'observer. Chaque fois, John arrivait brusquement et emmenait Sabrina, mal à l'aise.

– Je ne veux pas que tu t'approches d'elle, gronda-t-il.

– Elle est si belle! répondit-elle timidement. Je l'ai toujours pensé. Et je crois que mon père aussi.

John eut un sursaut.

– Est-ce qu'il t'a dit quelque chose?

Elle secoua gaiement la tête.

– Non. J'ai essayé de poser des questions une fois mais il n'en parlait pas et il disait qu'il ne voulait pas discuter de cela avec moi.

– J'espère bien! Tu es beaucoup plus belle qu'elle, ma chérie.

– Comment peux-tu dire ça? C'est la plus jolie femme que j'aie jamais vue.

– Non, mon amour, c'est toi.

Elle était même encore plus jolie que sa première femme; il contempla, attendri, sa sombre chevelure et ses grands yeux bleus. Côte à côte, lui avec ses larges épaules, ses cheveux encore noirs, son regard étincelant et sa barbe imposante, ils formaient un très beau couple. John regarda Sabrina avec fierté; il attendait avec une impatience grandissante le jour de leur mariage. Ils avaient commencé à annoncer la nouvelle à leurs amis et Hannah s'était chargée de la répandre dans toute la ville, si bien que les ouvriers de John finirent par l'apprendre, puis ceux de Sabrina. C'était devenu l'unique sujet de conversation, surtout dans les mines Thurston, où les mineurs se demandaient quelles seraient les répercussions d'une telle union.

L'un d'entre eux fut particulièrement furieux de ce mauvais coup du sort, lorsque John lui annonça qu'il ne pouvait plus rester. John ne lui avait pas donné la raison de son renvoi, mais Dan Richfield était certain de la connaître. Sabrina l'avait eu, encore une fois. Mais il n'allait pas la rater. John Harte lui avait donné deux semaines pour s'organiser et faire ses valises; Dan savait qu'il devrait quitter la ville, car, hormis les mines de Sabrina et celles de John, il n'y en avait aucune autre dans les environs. A trente-sept ans, Dan n'avait nulle part où aller et il ne voulait pas emmener ses enfants, qu'il parlait de laisser chez des amis à Sainte Helena. Il se mit à errer de bar en bar et à se soûler tout en tenant au courant les autres mineurs des rumeurs qu'il avait entendues. « Elle couche avec lui, maintenant... bon Dieu, peut-être même qu'ils font ça avec sa squaw, vous avez remarqué qu'elle est pas encore partie... » Au bout d'une semaine, les horreurs qu'il racontait avaient fait le tour des deux mines.

– Vous parlez de ma future femme?

John Harte l'attrapa par le col un soir, alors qu'il allait partir. Sabrina était débordée de travail, encore plus qu'avant, car elle se mariait dans deux mois et devait tout mettre en ordre pour lui, si bien qu'ils se voyaient très peu pour l'instant.

Dan, l'haleine chargée d'alcool, fixa John Harte, nullement effrayé.

– Je ne dis rien de plus que ce que je disais avant, monsieur Harte. Elle n'a pas été gentille avec moi.

– Ce n'est pas tout à fait ce que j'ai entendu dire.

– Ou ce que vous avez cru.

Dan Richfield était ivre, et il se demanda durant un instant ce que John Harte allait lui faire, mais ce dernier, d'un geste brusque, le laissa aller.

– Fous le camp, Dan. D'après mes souvenirs, il te reste deux jours.

– Je serai parti.

Et personne ne s'en plaindrait, John moins qu'un autre. Il se félicitait de l'avoir congédié; et puis il ne s'était jamais rendu compte auparavant que Dan buvait autant.

– Où vas-tu aller?

– Au Texas, je pense. J'ai un ami qui a un ranch et quelques puits de pétrole là-bas. Je crois que ça me fera un changement agréable à côté de ces mines pourries.

– Tu prends tes enfants?

Richfield haussa les épaules. John lui envoya un coup d'œil mécontent.

– Fais en sorte de partir à temps.

Il était évident que Dan détestait Sabrina. Il était donc grand temps de l'obliger à partir. John, chassant Dan de ses pensées, regagna son bureau et se replongea dans ses papiers. Il avait encore énormément de choses à faire.

Sabrina, qui travaillait elle aussi sans relâche aux mines Thurston, regarda avec terreur sa montre qui indiquait déjà sept heures. Elle avait promis à John de dîner avec lui. Il lui semblait étrange quelquefois que sa vie ait tellement changé. Quelqu'un l'attendait à présent tous les soirs, quelqu'un qui partageait ses ennuis, ses victoires, quelqu'un qui prenait soin d'elle lorsqu'elle était fatiguée, qui lui massait le cou et l'embrassait. Elle se demandait maintenant pourquoi elle avait refusé si longtemps de se marier, sans doute parce qu'elle croyait que c'était impossible et qu'elle avait toujours évité John en pensant qu'il n'en voulait qu'à ses mines.

Il dirigerait ses mines à sa place, mais elles continueraient de lui appartenir. Il ne parlait même plus d'une association éventuelle, de peur de la heurter, et préférait attendre, sans toutefois y attacher beaucoup d'importance. Elle avait beaucoup, beaucoup plus de prix à ses yeux, et elle le savait.

Sabrina monta en selle tout en songeant à John. Elle galopa dans la nuit, empruntant les chemins les plus courts, qu'elle connaissait si bien. Elle passa tout près de chez elle et gagna les mines Harte en un rien de temps. Juste au moment où elle dépassait le puits le plus important, son cheval perdit un fer et comme il se mit à boiter, elle fut obligée de mettre pied à terre. Elle pensa d'abord à l'attacher à un arbre, mais elle se ravisa, trouvant plus sûr de l'emmener avec elle jusque chez John, qui pourrait la ramener dans sa voiture ou lui prêter un autre cheval.

– Besoin d'une promenade?

En entendant une voix qui provenait de derrière un arbre, Sabrina sursauta. Un instant plus tard, Dan Richfield apparut. Il était ivre et la reluquait.

– Ou vous préférez que je mène votre cheval à votre place?

Dan voulait à l'évidence faire le malin. Sabrina n'avait aucune envie de lui répondre mais elle ne voulait pas entamer une discussion. Elle savait qu'il partait dans un jour ou deux et il valait mieux pour elle se tenir tranquille.

– Bonsoir, Dan.

– Garde tes politesses, espèce de putain.

Elle était au moins certaine qu'il n'avait pas changé d'opinion à son égard. Elle le regarda puis tira sur la bride de son cheval et s'éloigna, mais il la suivit. Elle remarqua qu'il n'avait ni cheval ni voiture. Il devait certainement être assis plus loin, en train de boire derrière un arbre.

– Pourquoi tu ne t'en vas pas, Dan? Nous n'avons rien à nous dire.

Elle se demanda comment il avait pu devenir si corrompu et si déloyal, se félicitant que son père n'ait pas eu à voir cette évolution. Elle se tourna vers lui pour ne pas le perdre de vue.

— C'est à cause de toi que je perds encore mon travail, hein, petite salope?

— Je ne t'ai rien fait du tout.

Ce n'était plus une petite fille et elle parlait durement comme elle le faisait avec les mineurs. Elle avait compris la leçon depuis longtemps, lorsque la plupart d'entre eux l'avaient laissée tomber, et elle ne les traitait plus en amis. Ils n'étaient que des ouvriers travaillant pour elle, rien de plus. Sa fermeté dissimulait la douceur de sa personnalité profonde, que seul John connaissait mais que Dan avait toujours ignorée.

— C'est toi qui es responsable de tout ce qui t'est arrivé et si tu ne t'arrêtes pas de boire, tu vas encore tout perdre.

— Foutaises. Ça n'a rien à voir avec le fait que Harte me renvoie. Et tu le sais aussi bien que moi.

Il trébucha, effrayant le cheval, qui fit un écart, entraînant Sabrina avec lui. Elle tira d'un coup sec sur la bride mais Dan se redressa et continua à la suivre sans relâche. Elle approchait de la première cabane mais personne ne semblait avoir remarqué leur présence; la maison de John était encore loin. Elle aurait voulu qu'il survienne et la débarrasse de Dan, mais l'endroit était désert. Dan continuait toujours à la suivre, haletant.

— Il me renvoie à cause de toi.

— Je ne suis au courant de rien, répondit-elle en le regardant dans les yeux.

Il l'agrippa par le bras et faillit la faire tomber.

— Ben voyons! Je sais ce que t'as fait avec lui et cette putain d'Indienne... J'imagine comment ça se passe... vous trois...

L'horreur se peignit sur le visage de Sabrina, qui resta bouche bée.

— Comment oses-tu dire une chose pareille! C'est dégoûtant de...

Il se mit à rire et poursuivit :

— Qu'est-ce qu'il te donne en cadeau de mariage, putain? Lune de Printemps?

— Arrête de m'appeler comme ça! s'écria-t-elle, la voix tremblante. Et ne parle pas de lui de cette façon. Tu as eu de la chance qu'il t'engage après que je t'aie renvoyé.

Il la regardait, triomphant, les yeux étincelant de rage. Il attendait ça depuis trois ans.

– Tu ne m'as pas renvoyé. C'est moi qui suis parti. Tu l'as oublié? Moi et presque trois cents hommes.

– Peut-être bien, mais d'après mes souvenirs, tu t'es conduit d'une façon insensée.

Il était inutile de lui en rappeler les raisons, même s'il ne semblait éprouver aucun remords.

– Tu devrais filer maintenant. Tout cela n'a aucun intérêt, Dan.

– Pourquoi? Tu as peur?

Il s'approcha d'elle, lui barrant la route. Elle sentit son haleine chargée de whisky et faillit chanceler.

– Je n'ai aucune raison d'avoir peur de toi.

Elle était décidée à paraître calme mais il y avait un endroit particulièrement sombre sur le chemin qui menait chez John. Comme on n'apercevait personne alentour, elle se sentit tout à coup très mal à l'aise, d'autant que c'était une des rares fois où elle n'avait pas emporté son pistolet avec elle. Partie précipitamment, elle l'avait oublié dans son bureau.

– Ah bon? Comment c'est possible, petite putain? Ou alors c'est que tu aimes ça?

Il empoigna sa ceinture, comme pour l'enlever, et au même moment Sabrina perçut, sur sa droite, un léger bruissement dans les arbres. Elle se demanda si c'était un animal et sentit son cheval remuer à côté d'elle, mais elle ne détacha pas ses yeux de Dan.

– Tu ne m'impressionnes pas, Dan. Et si tu ne me laisses pas passer, je foncerai droit devant moi, dit-elle en souriant.

Elle lui avait tiré dessus une fois et elle savait qu'il s'en souvenait; même si elle n'avait pas son pistolet, il ne pouvait pas le savoir. Elle glissa la main dans la poche de sa jupe, faisant mine de tenir son arme.

– Tu ne m'effraies pas. T'auras jamais le cran de me tirer dessus de si près, hein? Bon Dieu, non!

Il se mit à rire et lui attrapa le bras. Lorsqu'il vit qu'elle n'avait rien dans la main, il la poussa de force contre un arbre et se mit à se frotter contre sa jupe. Sabrina, si apeurée qu'elle avait l'impression d'entendre battre son cœur, tenta de lui donner un coup de genou entre les jambes, mais Dan, comprenant ce qu'elle allait faire, agrippa son chemisier et la renversa par terre en lui déchirant ses vêtements. Comme elle se mettait à crier, il la fit taire en la giflant si violemment que le sang se mit à couler le long de sa joue. Sentant sa main entre ses jambes, elle le regarda avec des yeux agrandis par la terreur et

tenta se dégager de son étreinte, mais il l'immobilisa sur le
sol.

– J'aurais dû faire ça depuis longtemps, petite putain. Tu
m'as bousillé ma vie, eh bien, c'est moi maintenant qui vais t'en
faire voir... J'ai travaillé pour ton salaud de père pendant des
années, depuis mon enfance, et ma récompense... c'est toi, toi,
petite salope, et tu vas faire tout ce que je veux, cria-t-il tout en
continuant à lui déchirer sa jupe.

Sabrina, tout en se débattant, s'était remise à hurler, mais
personne ne pouvait l'entendre et Dan l'agrippa à nouveau. Sa
poitrine, jeune et ferme, était transie de froid; le bout de ses
seins qu'il empoignait avec violence se durcissait sous l'effet de
la terreur; comme elle luttait pour se remettre à genoux, il
l'attrapa par les cheveux et, tout en maintenant son visage qui
mordait la poussière, il lui déchira son pantalon, faisant
apparaître une ouverture largement suffisante pour lui, et
entreprit de se débarrasser de sa ceinture. Tout à coup, il
s'immobilisa, comme s'il hésitait à s'exécuter. Il fixa Sabrina,
les yeux vides, lâcha ses cheveux puis sa propre ceinture en
continuant de la fixer. Sabrina le regarda sans comprendre,
puis il tomba lentement sur le sol, la tête la première. Sabrina,
dans un cri, en saisit la raison... La lame tranchante d'un
couteau au manche d'ivoire délicatement sculpté était plantée
dans son dos, et derrière, Lune de Printemps regardait Sabrina
en silence.

– Oh!

Elle se couvrit la poitrine avec ses mains et se remit debout
avec peine. Il était mort, Sabrina le voyait dans ses yeux. Elle
resta immobile devant l'Indienne, à moitié nue, les vêtements
déchirés, le visage ravagé par les larmes, le sang coulant sur sa
poitrine nue. Lune de Printemps lui fit signe d'approcher mais
ne s'avança pas et prit garde de ne pas toucher la jeune femme
tremblante. Sabrina, des sanglots dans la gorge, était incapable
de parler et n'émettait que des sons incompréhensibles et
inquiétants. Lune de Printemps ramassa la jupe de Sabrina et
la lui tendit pour qu'elle se couvre, puis prit doucement les
rênes du cheval et lui fit signe.

– Venez. Il fait froid ici. Je vais vous emmener chez John.

Sabrina la suivit d'un pas mal assuré, tout en se demandant
ce qu'ils allaient faire et ce qu'il adviendrait du corps de Dan.
Elle ne pouvait même pas songer un tant soit peu à ce qu'il
venait de lui arriver, à ce qu'avait fait Lune de Printemps et à
l'heureux hasard qui l'avait mise sur la même route. Elle se

rendait seulement compte que c'était elle qu'elle avait dû entendre derrière l'arbre, et non pas un animal. Songeant à Dan, elle se mit à trembler de la tête aux pieds alors que Lune de Printemps venait de s'arrêter dans un coin sombre et se tournait vers elle.

— Je vais aller chez John Harte et l'amener ici. Restez là.

Mais Sabrina se mit à trembler plus fort, suffoquée par les larmes.

— Ne me laissez pas ici... Je ne peux pas... Ne... S'il vous plaît...

Elle tendit la main vers elle.

— C'est là-bas.

Lune de Printemps lui désignait une maison distante de quelques mètres, mais elle ne voulait pas risquer que des mineurs les voient. Elle préférait amener John puis disparaître ensuite. Lune de Printemps était la discrétion incarnée.

— Si jamais quelqu'un vient vers vous, nous vous entendrons. Vous êtes en sécurité.

Le visage de Lune de Printemps était si bienveillant, sa voix si douce que Sabrina avait envie qu'elle la berce dans ses bras. Elle comprenait aisément le réconfort que John avait dû trouver auprès d'elle durant toutes ces années; puis, se souvenant des allusions de Dan, elle se demanda si quelqu'un d'autre avait fait les mêmes suppositions. Elle se remit à pleurer. Elle n'était plus qu'une enfant terrorisée et elle ne voulait pas que John la voie dans un tel état. Elle se laissa tomber à genoux sur le sol en sanglotant, enroulée dans sa jupe, et Lune de Printemps s'agenouilla auprès d'elle.

— Vous êtes en sécurité maintenant. Vous serez toujours en sécurité avec lui.

Sabrina releva la tête, frappée par l'intensité de ses paroles.

— Il faudra être toujours bonne pour lui.

Sabrina la regarda avec des yeux immenses et acquiesça à travers ses larmes.

— Je le serai. Je vous le promets.

Puis sa voix se brisa et elle ne parvint plus à parler. Cette soirée avait été la plus dure de sa vie, excepté celle durant laquelle son père était mort.

— Je serai bonne pour lui... Je suis désolée... vous devez partir...

Lune de Printemps leva une main.

— Il est temps pour moi. Je n'ai jamais été sa femme.

Seulement son amie. Vous serez une bonne épouse pour lui. Il a énormément besoin de vous. Maintenant, je vais l'appeler.

Elle disparut avant que Sabrina ait pu l'arrêter. Quelques instant plus tard, des bruits de pas la firent sursauter, puis elle entendit un cri. « Arrêtez, bon Dieu! Arrêtez-vous tous! » Elle reconnut la voix de John puis quelques bribes de mots. « Où?... Très bien, vous, vous retournez... oh, mon Dieu... »

Elle entendit à nouveau des bruits de pas puis il apparut tout à coup et l'aperçut à genoux, tremblant de tous ses membres, recroquevillée dans sa jupe. Il tenait une couverture que Lune de Printemps lui avait donnée avant d'éloigner les hommes auxquels elle avait indiqué l'endroit où se trouvait Dan et qui étaient partis à sa recherche.

— Oh, mon Dieu, répéta-t-il doucement.

Elle baissa les yeux, incapable de le regarder.

— Non, non... s'il te plaît... ne...

Elle voulait lui dire de ne pas la regarder, mais elle n'y parvenait pas. Elle ne pouvait que sangloter et s'accrocher à ses jambes. Il l'enveloppa dans la couverture comme un petit enfant et la prit dans ses bras, puis la berça en lui parlant à voix basse pour la calmer. Il la porta ensuite chez lui et la déposa sur le divan de cuir, dans le salon, où il inspecta les blessures sur son visage; il se dit que si Lune de Printemps ne l'avait déjà fait à sa place, il aurait sûrement tué Dan Richfield. Heureusement, Lune de Printemps avait eu le temps de lui dire que Sabrina n'avait pas été violée. Mais il aurait suffi que le couteau manque sa cible ou qu'il arrive trop tard... cette pensée le fit frissonner. Il s'agenouilla par terre à côté d'elle.

— Mon petit, comment ai-je pu laisser une chose pareille t'arriver? Tu n'iras plus jamais quelque part seule. Je te le promets. J'enverrai un garde du corps. Je serai ton garde du corps... cela n'arrivera plus jamais...

Sabrina eut d'abord un hoquet lorsqu'elle but une gorgée du thé arrosé de whisky que John la força à avaler. Elle essayait de ne pas penser à l'état dans lequel elle se trouvait et se dissimulait sous la couverture qu'il lui avait portée. Lune de Printemps était partie récupérer ses vêtements et les rapporta à John avant de disparaître à nouveau. Il la contemplait comme quelqu'un qui a failli perdre l'être qui lui est le plus cher au monde; l'idée que Dan aurait pu la tuer lui était insupportable et lui faisait venir les larmes aux yeux.

– Rien ne t'arrivera plus. Jamais. Tu comprends? Je ne te quitterai jamais des yeux...

Elle tendit une main tremblante et prit la sienne.

– Ce n'était pas ta faute, c'était la mienne.

Elle commençait à retrouver son sang-froid mais ses genoux tremblaient tellement qu'elle aurait été incapable de se lever.

– C'était une vieille querelle entre lui et moi et cela aurait pu arriver n'importe où. C'est d'ailleurs étonnant qu'il ne m'ait pas cherchée plus tôt aux mines. Il détestait mon cran, voilà tout... et cela avait déjà failli arriver avant, tu le sais bien. J'ai eu de la chance qu'il n'arrive rien, et encore plus que Lune de Printemps soit passée par là.

Elle se tourna vers John, sachant que quelques hommes étaient venus lui parler quelques instants plus tôt.

– Il est mort?

– Oui. Le couteau a transpercé le cœur.

– Que va-t-il arriver à Lune de Printemps?

La jeune femme avait beau l'avoir défendue, elle n'en demeurait pas moins une Indienne et la justice pourrait voir cela d'un mauvais œil, mais John y avait déjà songé.

– Elle partira pour le Dakota du Sud en train cette nuit même. Et on ne retrouvera le corps de Dan que demain... il n'était pas très aimé...

Le ton de John la convainquit et elle comprit que la justice ne l'interrogerait pas. Ils le croiraient sur parole et le couteau aurait disparu.

– Tu n'as aucun souci à te faire, poursuivit-il d'une voix déterminée. Et elle non plus. Vous êtes en sécurité toutes les deux et Dan n'a eu que ce qu'il méritait. Je regrette seulement de lui avoir fait confiance.

– J'ai fait la même chose.

Un flot de souvenirs lui revint en mémoire, puis elle le revit avec horreur en train de lui arracher ses vêtements. Un sanglot l'étouffa et elle garda les yeux fermés, mais John s'approcha d'elle et l'étreignit.

– Je vais te ramener chez toi.

Il la déposa délicatement dans sa voiture, la raccompagna chez elle et la porta jusqu'à sa chambre. Hannah attendait Sabrina et la considéra, affolée.

– Que lui est-il arrivé?

– Elle va bien.

Elle écouta, horrifiée, le récit de John.

— Cet enfant de salaud! J'espère qu'il sera pendu.

Il se garda de lui dire qu'il était déjà mort; elle l'apprendrait bien assez tôt.

— Heureusement qu'on l'a arrêté à temps. Vous avez des hommes sûrs.

— Et des amis sûrs aussi.

D'autres femmes auraient laissé Sabrina se faire violer, mais Lune de Printemps, qui perdait pourtant l'homme qu'elle aimait depuis tant d'années, l'avait protégée comme sa propre fille. John l'avait déjà largement récompensée et la mettrait lui-même dans le train cette nuit, ce qui voulait dire qu'il devrait conduire jusqu'à l'aube pour qu'elle puisse attraper la correspondance, mais il était important qu'elle ait quitté la ville, au cas où quelqu'un parlerait. On ne pourrait plus lui faire aucun mal. Il se tourna vers Hannah et lui tapota le bras.

— Prenez soin de ma petite fille.

Avec ses vingt-huit ans de moins, il la considérait presque comme une enfant, même s'il savait combien elle était forte et capable. Elle se remettrait, il veillerait sur elle pour le restant de sa vie; il le lui avait promis et se l'était promis depuis déjà longtemps.

Il réitéra ce serment deux mois plus tard, le jour de leur mariage, dans l'église de Sainte Helena, qui regorgeait d'ouvriers venus assister à la cérémonie. Certains, par manque de place, regardaient par les fenêtres ouvertes, tout en échangeant des commentaires. Même ceux qui avaient abandonné Sabrina, quelques années auparavant, étaient venus, si ce n'était pour elle, au moins pour John. Hannah sanglota durant toute la cérémonie, et Sabrina et John eurent souvent les larmes aux yeux.

Il y eut une énorme réception en plein air à côté des mines, car aucun autre endroit n'aurait pu contenir tous les invités, Sabrina ayant tenu à inviter les femmes et les enfants des mineurs.

— On ne se marie qu'une fois, tu sais, avait-elle dit à John en souriant joyeusement lorsqu'ils avaient fait leurs projets, même si elle savait que c'était faux pour lui.

Elle avait du mal à réaliser qu'il avait déjà été marié auparavant. Matilda était morte deux ans avant sa naissance. Il était étrange de l'imaginer marié à quelqu'un d'autre et père de deux enfants. Il lui semblait qu'il s'agissait d'un autre homme. Elle se le figurait beaucoup mieux avec Lune de Printemps parce qu'elle les avait vus souvent ensemble, mais même cette époque lui paraissait lointaine. En fait, elle avait l'impression qu'il n'avait appartenu qu'à elle. Ils prirent le bateau à vapeur pour San Francisco, ce soir-là, et John lui sourit en lui prenant la main.

— Qu'ai-je donc fait pour mériter une enfant telle que toi, Sabrina Harte?

— C'est moi qui ai de la chance, John Harte.

— Je suis sûr du contraire.

Il lui avait laissé le choix du voyage pour leur lune de miel, mais elle l'avait étonné en lui répondant que son seul désir était de séjourner à Thurston House. Il s'était arrangé pour pouvoir passer un mois là-bas avec elle, jusqu'aux vacances de Noël. Ils retourneraient ensuite à Napa pour vaquer à leurs affaires.

Ils arrivèrent à Thurston House bien après minuit. Sabrina avait demandé à son banquier d'engager quelques domestiques pour la durée de leur séjour et la maison brillait de mille feux. Dans la grande chambre à coucher, l'énorme lit à baldaquin était préparé et un feu crépitait dans la cheminée. Des chandelles étaient allumées et d'immenses bouquets de fleurs décoraient la pièce. Jamais Sabrina n'avait trouvé la maison aussi belle; en contemplant le lit qui avait été jadis celui de sa mère, et ensuite le sien, elle comprit qu'elle allait y passer la première nuit de son mariage. Elle se tourna vers John, intimidée.

— Bienvenue à la maison, souffla-t-elle dans un murmure.

Il lui prit la main et la conduisit en bas jusqu'au salon, où ils burent du champagne devant la cheminée puis, enfin, lorsqu'il la vit réprimer un bâillement, il la porta dans leur chambre et la déposa sur le lit. Il réapparut quelques instants plus tard en robe de chambre et la contempla avec un doux sourire. Elle ressemblait à une princesse de conte de fées dans son déshabillé de satin rose pâle. Lorsqu'il le fit glisser lentement à terre, ses cheveux, en se répandant sur sa peau satinée couleur d'ivoire, prirent la couleur et les reflets éclatants de l'ébène. Il souffla doucement sur les bougies et seul le feu de bois illumina la chambre.

— Est-ce que cela te paraît étrange d'être ici avec moi? lui demanda-t-il franchement, tandis qu'ils se mettaient au lit.

— Un tout petit peu. J'étais tellement habituée à être seule ici...

Mais il n'y avait pas que cela. Elle n'avait jamais eu de relations avec un homme, n'avait jamais embrassé que lui. A présent qu'elle était la femme de John et que commençait sa nuit de noces, toute son intelligence et toute sa compétence à la mine ne signifiaient plus rien; elle se sentait démunie et vulnérable, assez effrayée par ce qui l'attendait. John, de son côté, se rendit très vite compte que personne n'avait dû lui parler, excepté peut-être Hannah, et il se mit à la bercer dans ses bras comme une enfant, sentant le désir monter en lui.

– Sabrina...

Il ne savait comment lui demander ce qu'il désirait savoir. Il avait connu plusieurs femmes dans sa vie, mais pas de jeune fille... Matilda était vierge, bien sûr... mais, à ce moment-là, ils avaient dix-huit ans tous les deux... à présent il était étendu à côté de cette enfant... cette jeune fille... et elle lui apparte-nait.

Il la regarda tendrement.

– Est-ce que quelqu'un t'a parlé?

– Je crois que je sais, répondit-elle avec un léger sourire.

Elle avait confiance en lui.

– Mais personne ne t'a expliqué?

Comme elle secouait la tête, il lui baisa les lèvres, les joues, les yeux puis à nouveau les lèvres. Il devait se contenir, car elle faisait naître en lui un désir qu'il n'avait jamais éprouvé avec autant d'intensité.

– Sabrina, je t'aime tant, murmura-t-il dans sa chevelure.

Elle cambra son corps vers le sien.

– C'est tout ce que j'ai besoin de savoir.

Lentement, avec une douceur infinie, il embrassa son corps et caressa sa peau satinée, et lorsque le matin arriva, tandis qu'ils reposaient côte à côte dans la chambre à coucher de Thurston House, John lui avait appris tout ce qu'elle pouvait désirer connaître de l'amour.

CHAPITRE XXVI

Ils RETOURNÈRENT À Sainte Helena pour le Nouvel An, ayant décidé que le plus simple serait d'emménager dans la maison que Jeremiah avait construite jadis pour sa première fiancée. La myriade de chambres à coucher, au deuxième étage, conviendrait parfaitement à leurs futurs enfants; Sabrina répétait sans cesse qu'elle en voulait au moins deux ou trois. John grommelait chaque fois en riant :

— A mon âge? Ils me prendront pour leur grand-père! Est-ce que j'arriverai à être à la hauteur?

Elle lui souriait d'un air entendu et lui murmurait à l'oreille :

— Tu m'as paru être à fait à la hauteur la nuit dernière.

— Là n'est pas la question, répondait-il, ravi. J'avais l'impression que ce n'était pas moi!

Ils riaient souvent ensemble et discutaient sans cesse de leurs centres d'intérêts communs. Elle lui fit visiter en détail ses mines et le présenta à tous ses hommes. Ils passaient la moitié de la semaine dans le bureau de Sabrina et l'autre moitié dans ses mines à lui. Il venait d'engager un excellent contremaître pour le seconder et en avait déjà un autre en vue pour diriger les mines de Sabrina, son projet étant de devenir une sorte de surintendant, gardant un œil sur leurs deux domaines.

— Et si ça se trouve, nous pourrons même passer plus de temps en ville.

Cette perspective semblait le séduire autant qu'elle, non qu'elle fût particulièrement attirée par la vie mondaine qu'ils auraient pu mener là-bas, mais parce qu'elle adorait tout ce qui était culturel. Durant leur lune de miel, ils assistèrent à de nombreux spectacles, tout en ne cessant d'apprécier la splendeur de la maison.

— Quand j'y pense, cela me rend toujours triste..., lui dit-elle un soir. Il a construit tout cela pour elle et, deux ans et demi après, elle est morte et la maison est restée vide. Je trouve ça injuste.

John acquiesça, songeant au passé lointain.

— Il m'a énormément aidé lorsque Matilda et les enfants sont morts.

Il ne souffrait plus autant lorsqu'il pensait à eux; beaucoup d'années s'étaient écoulées et il avait Sabrina, sans compter peut-être ses futurs enfants. C'était leur vœu le plus cher.

— J'ai été tellement triste pour lui, lorsque j'ai su ce qui lui était arrivé, mais il ne voyait personne, tu sais. Je suis allé le voir une fois et il m'a fichu dehors. Je crois qu'il avait encore trop de chagrin, et j'ai compris. Je n'étais pas très gentil en ce temps-là, et ton père était un homme si droit... Gentil, avisé, et terriblement modeste, étant donné tout ce qu'il possédait.

Et John s'était rendu compte, bien avant d'épouser Sabrina, qu'il avait inculqué ces mêmes qualités à sa fille.

— J'étais tellement décidé à réussir sans l'aide de personne à cette époque-là que j'ai résolument gardé mes distances avec lui. C'était idiot; j'avais énormément de choses à apprendre.

— Je crois qu'il t'aimait quand même. C'est étrange, mais tu as beaucoup de lui.

Elle l'avait déjà remarqué avant de l'épouser, mais elle s'en rendait mieux compte à présent, en observant sa patience, sa douceur, ses manières tendres, alliées à une intelligence vive. Les mines les passionnaient tous deux et Sabrina essayait de l'initier à la culture des vignes, mais il n'avait pas assez de temps et se contentait d'apprécier le vin de leurs récoltes. Il y eut malheureusement peu de bouteilles cette année-là car le mildiou attaqua la moitié des vignes de Sabrina, faisant des dégâts encore plus considérables ailleurs. Elle en fut très affectée mais dut faire face à bien d'autres préoccupations : la maison de Napa qu'il fallut transformer un peu, les modifications à effectuer dans la gestion des mines, Thurston House pour laquelle il fallut engager quelques domestiques afin d'assurer son entretien et surtout le fait qu'ils devaient apprendre à se connaître l'un l'autre. Ils furent tous deux surpris de constater combien ils s'entendaient bien et leur seule déception fut qu'au printemps suivant, malgré la fréquence de leurs relations amoureuses, Sabrina n'était toujours pas enceinte. Hannah l'interrogea un jour :

— Tu n'utilises rien, n'est-ce pas?

— Qu'est-ce que tu veux dire? demanda-t-elle, ahurie.

Elle était restée très naïve malgré son mariage et ne savait que ce qu'il lui avait expliqué. Jamais personne ne lui avait parlé de ce sujet et Amelia, qui aurait peut-être pu le faire, n'était pas venue voir Sabrina depuis deux ans, ce qui ne l'avait pas empêchée d'envoyer un très beau cadeau de mariage.

— Voyons, tu n'essaies pas de ne pas tomber enceinte?

— C'est possible? demanda-t-elle, abasourdie.

Hannah la regarda attentivement et comprit vite que Sabrina était sincère. Elle en fut heureuse; c'était donc une jeune fille convenable, qui ne ressemblait pas à sa mère.

— Certaines femmes, ici, utilisent de l'écorce d'orme, mais il existe des méthodes plus savantes.

De l'écorce d'orme? Sabrina eut une moue dégoûtée qui fit rire Hannah.

— Celles qui peuvent se l'offrir utilisent des anneaux d'or.

Elle hésita puis décida de foncer. Sabrina était une adulte, à présent.

— Comme le faisait ta mère.

— Ma mère a fait ça? Quand?

— Avant de t'avoir. Ton père pensait qu'elle désirait un enfant autant que lui, mais il était beaucoup plus vieux qu'elle. Elle lui a dit qu'elle ne comprenait pas ce qui n'allait pas. Ils étaient mariés depuis plus d'un an, à cette époque-là, et je les ai trouvés dans sa salle de bains, un jour... ces fichus anneaux... et je les ai donnés à ton père. Après ça, tu es arrivée très vite. Elle était malade comme un chien lorsqu'ils sont repartis pour San Francisco.

D'une certaine façon, Sabrina n'appréciait pas ce que lui révélait Hannah; elle trouvait le procédé méchant. Il lui semblait qu'on avait forcé sa mère à être enceinte. Elle sentit son cœur s'arrêter.

— Qu'est-ce que mon père a dit?

— Il était fou furieux, mais ensuite il n'en a pas reparlé. Il a été satisfait dès qu'il a appris que tu étais en route.

Elle semblait presque fière de ce qu'elle avait fait, et durant un instant, en songeant à la pauvre Camille, victime de sa perfidie, Sabrina eut un sentiment de haine envers la vieille femme. Elle trouvait cela déloyal, jugeant que sa mère aurait dû avoir le droit d'attendre, si tel était son désir. Mais puisqu'elle était morte si peu de temps après, la destinée avait bien fait les choses.

— Comment a réagi ma mère?

— Elle a eu le cafard... elle a boudé... Elle était écervelée, mais il l'avait épousée, après tout, et il avait le droit d'exiger des enfants d'elle... fichus anneaux... il les a cassés et jetés, alors elle s'est mise à pleurer comme une enfant...

Sabrina sentit son cœur chavirer... pauvre fille... Elle en parla à John la nuit même.

— Je trouve que c'était très brutal de sa part. Et Hannah a eu tort d'intervenir. Elle n'aurait pas dû le lui dire. Elle aurait dû lui en parler à elle et la laisser s'expliquer avec lui.

— Peut-être qu'elle se payait sa tête.

— C'est ce qu'a l'air de penser Hannah, mais ce n'est pas certain. Hannah a toujours fait des remarques déplaisantes à propos de ma mère et je pense qu'il devait y avoir une forte jalousie entre elles. Lorsque ma mère est arrivée, elle était déjà au service de mon père depuis dix-huit ans. Cela devait y être pour quelque chose.

— En tout cas, je suis content qu'elle ait trouvé les anneaux. Mais dis-moi, pourquoi t'a-t-elle parlé de ça?

Sabrina se mit à rougir.

— Elle m'a demandé si j'utilisais quelque chose pour ne pas... Je ne savais même pas que c'était possible. Tu ne m'en as jamais parlé.

— Je ne pensais pas que ça t'intéressait, répondit-il, surpris.

— Non, mais c'est instructif.

Il se mit à rire et lui pinça la joue.

— Ma petite innocente! Y a-t-il autre chose que tu veuilles savoir?

— Oui, dit-elle en le regardant tristement quelques instants, mais je crains que tu n'aies pas la réponse, mon amour. Je me demande pourquoi cela n'arrive toujours pas.

— Ça arrivera en son temps. Sois patiente, mon amour. Nous ne sommes mariés que depuis neuf mois.

Elle parut désemparée.

— Je devrais déjà avoir un enfant.

— Tu as moi à la place, lui répondit-il en souriant. Est-ce que ça te va pour l'instant?

— Pour toujours, mon amour.

Il la prit dans ses bras, leurs lèvres se joignirent et elle oublia ce que lui avait dit Hannah, mais elle y songea à nouveau une ou deux fois durant les six mois suivants. Ce ne fut qu'au mois de juillet qu'elle eut un matin, en se levant, une sensation de malaise presque immédiate. Ils étaient mariés depuis dix-neuf mois et Sabrina venait juste d'avoir vingt-trois ans. La chaleur était accablante, ce jour-là, et elle avait travaillé avec John à la mine la veille, s'évertuant toujours à refuser qu'on fusionne les mines Harte et les mines Thurston et à dire qu'ils étaient capables de les diriger séparément. Une querelle avait suivi, dont l'effet, allié à la chaleur étouffante, l'avait tenue éveillée presque toute la nuit.

— Tu te sens bien? demanda-t-il en se levant.

— Plus ou moins.

Ils étaient encore un peu en froid, mais avant qu'elle ait pu ajouter une parole, il la vit s'affaisser doucement sur le sol et la trouva inconsciente.

— Sabrina... Sabrina.... chérie...

Il était horrifié, d'autant que le spectre de la grippe mortelle le hantait toujours. Il envoya chercher le médecin, qui ne trouva aucun symptôme alarmant.

— Elle est probablement simplement fatiguée, ou elle a peut-être trop travaillé.

John la sermonna ce soir-là; il était temps qu'elle laisse la direction des affaires au nouveau contremaître. Elle pourrait toujours se divertir avec ses vignes, même si la situation n'avait rien d'amusant : le mildiou avait progressé. Mais elle ne parut pas l'écouter, mangea à peine et s'endormit aussitôt sur la balancelle. Il la porta au lit sans la réveiller, inquiet de sa mauvaise mine. Il le fut encore davantage le lendemain, lorsqu'elle s'évanouit à nouveau. Cette fois, il l'emmena directement à Napa et loua une cabine sur le bateau à vapeur pour San Francisco. Le lendemain, il l'emmena à l'hôpital, où une équipe de médecins l'examina, tandis que John Harte faisait les cent pas dans le hall.

John bondit sur le premier médecin qui venait de quitter sa chambre.

— Eh bien?

— Pour moi, je dirais mars, même si un de mes confrères penche plutôt pour février.

John resta d'abord interdit, puis, devant le sourire énigmatique du médecin, comprit tout à coup.

— Vous voulez dire...

— Mais oui. Elle est enceinte.

On aurait pu entendre les cris de joie de John dans toute la moitié de la ville. Lorsqu'il ramena Sabrina à Thurston House, il lui offrit le soir même un gros solitaire. Ils avaient déjà décidé de s'installer là dès la naissance du bébé, John voulant qu'elle ait auprès d'elle les meilleurs médecins de la ville. Mais comme on lui avait dit qu'elle n'aurait pas à quitter Napa avant décembre, il leur restait beaucoup de temps devant eux. Fous de joie, ils passèrent la nuit à en parler, évoquant des prénoms pour garçon et pour fille... discutant de la future chambre d'enfant; de temps à autre, elle enlaçait John.

– Je suis la femme la plus heureuse du monde.

– ... marié à l'homme le plus heureux du monde, ajoutait-il gaiement.

Hannah fut ravie pour eux lorsqu'ils revinrent à Napa le lendemain; à partir de ce moment, Sabrina se conforma exactement à ce qu'on lui avait dit. Elle n'alla plus que rarement aux mines et trouva quelqu'un pour faire galoper son cheval. Elle passait de longs après-midi étendue sur son lit et attendait que John rentre à la maison, assise confortablement sur la balancelle. Lorsque l'automne arriva, son ventre commença un peu à s'arrondir; John posait sa tête dessus le soir, espérant sentir le bébé bouger, mais il était encore trop tôt. Il se manifesta une première fois lorsque les feuilles commencèrent à jaunir. C'est vers cette époque qu'un des ouvriers de John se précipita chez lui, une nuit.

– Il y a le feu à la mine!

Les mots résonnèrent dans la nuit et Sabrina, qui avait entendu la première, eut la présence d'esprit de demander :

– Laquelle?

– La vôtre! répondit la silhouette.

Elle se vêtit avec autant de rapidité que John, mais il la saisit fermement par le bras.

– Tu restes ici, Sabrina. Je ne veux pas que tu fasses de bêtises. Je vais m'en occuper.

– Je dois y aller.

Elle n'était jamais restée à la maison lorsqu'on avait eu besoin d'elle. Elle pourrait soigner ses hommes, ou tout au moins être là. Mais John demeura inflexible.

– Non! Reste là!

Et il partit sans attendre, après l'avoir embrassée rapidement. Elle passa six heures à marcher frénétiquement de long en large : mais vers le matin, voyant la fumée noire qui s'élevait dans le ciel et n'ayant aucune nouvelle, elle n'y tint plus. Elle sortit la voiture et fonça vers la mine, tandis que Hannah criait depuis le porche :

— Tu vas te tuer! Pense au bébé!

Mais elle pensait à John et elle voulait s'assurer qu'il allait bien. C'était sa mine après tout, elle en était responsable. Lorsqu'elle arriva, elle constata l'étendue des dégâts mais ne trouva John nulle part. Le contremaître lui apprit qu'il se trouvait dans l'un des puits, avec une équipe d'hommes, en train de secourir des ouvriers depuis plus d'une heure. Tandis qu'elle s'évertuait à regarder si personne ne sortait, une nouvelle explosion eut lieu. Ne pouvant en supporter davantage, elle se précipita dans la mine et vit qu'ils étaient pris au piège. Elle ressortit pour demander de l'aide; une douzaine d'hommes revinrent à l'intérieur pour les aider à sortir. Elle sentait la fumée pénétrer dans ses poumons. Lorsqu'elle aperçut enfin John, la joie la fit tomber à genoux, puis elle s'écroula, asphyxiée. On la transporta dans son bureau et le médecin arriva aussitôt. Elle se remit peu après, mais John lui adressa des reproches et la fit ramener chez eux par l'un de ses hommes.

Il ne rentra lui-même que dans la nuit, sale et imprégné de l'odeur âcre de la fumée; il distingua Hannah sous le porche, la mine défaite, qui lui donna des nouvelles en pleurant. Il se précipita dans l'escalier et trouva Sabrina en sanglots, pâle et le cœur brisé. Elle avait perdu son enfant une heure auparavant.

— Et je sais que je n'en aurai jamais d'autre...

Elle était complètement désespérée. Il la serra contre lui, la couvrant de suie, mêlant ses larmes aux siennes.

— Le docteur t'a dit ça?

Elle secoua la tête et se remit à sangloter.

— Alors, ne crois pas ça, mon amour. Il y en aura un autre. Et la prochaine fois, tu feras ce que je te dis.

Il n'insista pas, sachant combien elle se sentait coupable. Mais il fallut deux mois pour qu'elle redevienne elle-même, pour qu'elle rie à nouveau et que la douleur qui se lisait dans son regard, comme un chagrin lancinant, disparaisse enfin. Noël fut un moment difficile pour eux, mais en janvier il l'emmena à New York. Ils virent plusieurs fois Amelia et s'arrêtèrent à Chicago chez des amis de John avant de rentrer. C'était la première fois que John la revoyait heureuse; il en était soulagé, même s'il souffrait pour elle qu'elle n'ait pas d'autre enfant. Il fallut encore attendre deux ans avant qu'il la retrouve exactement comme elle avait été... pâle et souffrante, sans pour cela être vraiment malade. Ils avaient cessé tous deux d'en parler et Sabrina avait abandonné tout espoir. Ils étaient mariés depuis quatre ans exactement; ce fut au moment où ils fêtaient leur anniversaire qu'il lui trouva une mine bizarre. Lorsqu'il lui offrit une coupe de champagne, elle pâlit et refusa.

— Je crois que c'est quelque chose que j'ai mangé...

Elle le regarda et quitta la pièce, puis le lendemain, alors qu'ils avaient un différend, elle éclata en sanglots et partit en claquant la porte. Il la trouva déjà endormie lorsqu'il se coucha, ce soir-là. Sans en être tout à fait sûr, il lui semblait avoir déjà vu ces symptômes et il ne lui fallut que quelques jours pour savoir instinctivement qu'elle était enceinte. Il le comprit bien avant elle, ou plutôt bien avant qu'elle s'autorise à espérer; lorsqu'il n'y eut plus aucun doute dans son esprit, il finit par le lui dire.

— Je crois que tu te trompes.

Elle essaya de couper court et se plongea dans les rapports qu'il avait ramenés de la mine. Il s'occupait de tout et l'entreprise fonctionnait bien.

— Je ne pense pas.

— Mais je me sens très bien.

Contrariée, elle quitta la pièce. Il attendit le moment où ils se couchaient pour y refaire allusion.

— N'aie pas peur, ma chérie. Pourquoi ne pas nous en assurer? Je viendrai avec toi.

Elle secoua la tête, les yeux pleins de larmes.

— Je ne veux pas savoir.

— Et pourquoi?

Il la tenait serrée contre lui et connaissait déjà la réponse.

— Je ne veux pas reprendre espoir. Et si...

Elle buta sur les mots et des larmes tombèrent sur le bras de John.

— Oh, John...

— Allons, petit trésor. Il faut que nous sachions, tu ne crois pas? Et tout ira bien cette fois.

Le lendemain il la ramena à l'hôpital, où on lui donna raison : le bébé était attendu pour juillet. Ils laissèrent éclater leur joie, tant cette chance leur semblait inespérée. Cette fois, John fit tout pour que Sabrina garde le lit. Comme elle ne voulait prendre aucun risque, elle se montra très coopérative et se laissa dorloter. Ils revinrent à Napa en janvier, mais il la ramena en ville en avril, pour les trois derniers mois, car il voulait savoir les médecins proches d'elle. Pendant qu'il partait pour les mines plusieurs jours par semaine, elle restait confortablement installée à Thurston House et, comme il ne voulait pas qu'elle conduise, il avait acheté une Duesenberg et loué un chauffeur pour la promener en ville. Elle suivait avec anxiété les nouvelles d'Europe et ils se demandaient tous deux si la guerre allait éclater là-bas. La situation était désagréablement tendue, mais John se montrait presque certain que tout rentrerait dans l'ordre.

— Et si ce n'est pas le cas?

Elle était étendue sur leur immense lit, un matin de juin, et le regardait par-dessus le journal. Il lui sourit. Elle ressemblait à un gros ballon rond et il aimait poser sa main sur son ventre et sentir le bébé donner des coups de pied. Il semblait plein de vie et lui rappelait Barnabé, trente-deux ans auparavant. Cette naissance prochaine le rendait tellement fou de joie qu'il lui était difficile d'être sérieux et d'écouter les préoccupations politiques de sa femme.

— Que se passera-t-il s'il y a la guerre?

— Il n'y en aura pas. Pas pour nous, de toute façon. Et puis, ajouta-t-il en souriant, c'est maintenant que tu vas découvrir l'avantage d'être mariée à un vieil homme, mon amour. Je n'ai plus besoin de me faire du souci. Ils ne me prendraient pas.

— C'est parfait. Je veux que tu sois près de moi et de notre fils.

— Qu'est-ce qui te fait penser que c'est un garçon?

Il avait cette sensation lui aussi; et puis ils voulaient tous deux un garçon, du moins pour le premier, et une fille ensuite, si jamais il y en avait un autre. Heureusement, après toutes les craintes qu'ils avaient éprouvées, Sabrina eut une grossesse sans aucun problème. Même si elle se traitait pratiquement de vieux croûton, elle était encore jeune puisqu'elle venait juste d'avoir vingt-six ans. John avait voulu qu'elle aille à l'hôpital, mais elle insistait pour avoir son enfant chez elle; il n'avait pas encore cédé.

Il répéta sa question en souriant :

— Pourquoi un garçon?

— A cause des grands pieds.

Elle lui montra du doigt une protubérance sur le côté droit de son ventre proéminent.

— Tu sais, par moments, je me demande s'il restera là jusqu'à la fin. Il me semble terriblement impatient!

Mais lorsque la date prévue fut passée et que le 21 juillet arriva, elle devint de plus en plus impatiente.

— Pourquoi ne sort-il pas?

Elle se promenait dans les jardins de Thurston House avec John, un soir.

— Il a déjà six jours de retard.

— Peut-être est-ce une fille. Les dames ne sont jamais à l'heure.

Il sourit et tapota la main qui tenait son bras, mais il remarqua qu'elle marchait plus lentement que d'habitude et qu'elle semblait haleter davantage après avoir monté l'escalier. Elle devenait de plus en plus grosse chaque jour et John s'inquiétait pour elle.

— Et si le bébé est trop gros? avait-il demandé en confidence au médecin, la semaine précédente.

— Eh bien, nous le sortirons. C'est très simple, de nos jours.

John se demandait, tout en ne l'espérant pas, s'il ne faudrait pas pratiquer une césarienne, car le bébé paraissait énorme, comparé à la petite constitution de Sabrina, qui avait les hanches étroites. Il craignait que le bébé ne la déchire en sortant. Matilda, qui était pourtant une jeune fille de la campagne, grande et robuste, avait eu du mal à accoucher, trente-deux ans auparavant. Sabrina lui semblait plus frêle. John, de son côté, avait gagné en âge et en prudence; il avait cinquante-quatre ans, adorait sa femme et se faisait donc du souci à propos de tout.

— Tu veux quelque chose à boire?

Elle lisait un livre au lit mais il remarqua qu'elle s'agitait sans cesse. Elle avait été nerveuse toute la journée. Il faisait exceptionnellement chaud et, comme le brouillard n'était pas tombé, pour une fois, les étoiles peuplaient le ciel par milliers. Sabrina regarda son mari en souriant et poussa un soupir.

— Je commence à avoir assez de ça, mon amour.

Elle montrait son ventre énorme qu'il caressa doucement d'une main, suscitant un vigoureux coup de pied à l'intérieur.

— Au moins, il est en forme cette nuit.

— Ce n'est vraiment pas mon cas. Mes reins me font mal, mes jambes sont douloureuses, je ne peux pas me redresser, je ne peux pas m'allonger et je ne peux pas respirer.

Il savait que la plupart des hommes ne partagent plus le lit de leur femme, à ce stade de la grossesse, mais il répugnait à être loin d'elle et elle disait qu'il ne la gênait pas.

– Tu crois que les gens seraient choqués s'ils nous voyaient ainsi?

– Qu'importe! Je suis heureux, pas toi?

– Si, répondit-elle en souriant.

John éteignit la lumière et Sabrina regarda les étoiles. C'était le 27 juillet 1914 et la nuit était belle. Au moment où elle allait s'endormir, couchée inconfortablement sur le côté, tournée vers John, elle sentit une violente douleur puis un long et désagréable élancement. Elle ouvrit les yeux, regarda John qui dormait en ronflant déjà doucement et se blottit plus près de lui. Ses reins la faisaient plus souffrir que d'habitude; lorsqu'elle voulut bouger, elle sentit une autre douleur puis, quelque temps après, des sortes de contractions. Lorsqu'elle se mit sur son séant pour reprendre sa respiration, il y eut un jaillissement soudain entre ses jambes et le lit fut trempé.

Elle avait l'air mortifiée lorsque John se réveilla et ouvrit la lumière.

– Tu as renversé quelque chose?

Lorsqu'il la vit secouer la tête et rougir jusqu'à la racine des cheveux, il comprit tout à coup. Voyant son embarras, il l'attira doucement à lui.

– Ne t'en fais pas pour ça. Tout va bien se passer.

Il se leva, rayonnant, lui apporta une brassée de serviettes de toilette et sonna la bonne tout en s'enveloppant de sa robe de chambre de soie bleue.

– Mary va changer les draps. Pourquoi ne t'assieds-tu pas là?

Il l'aida à s'installer dans un fauteuil, tout près, et observa son visage. Les contractions l'avaient reprise.

– Que ressens-tu, mon amour?

Elle rougit à nouveau, gênée par le caractère direct de ses questions, mais elle se sentait plus en sécurité à ses côtés qu'avec quiconque, même le médecin.

– Comme des crampes.

– Est-ce que c'est normal?

– Je ne sais pas. Je n'en suis pas certaine. Le docteur m'a simplement dit de l'appeler lorsque les douleurs commenceraient. Tu crois que c'est ça?

Il regarda le lit mouillé et lui sourit.

– Je crois que oui. Pense seulement que, dans quelques heures, tu auras notre enfant dans les bras.

Mary entra pour changer les draps et John, après avoir
appelé le médecin, revint dans la chambre avec une tasse de
thé. Le médecin envoyait deux infirmières; il avait recommandé à John de calmer Sabrina, de l'allonger à plat sur le lit
et de ne rien lui donner à manger. Il la trouva adossée contre
une chaise, tenant son énorme ventre à deux mains et claquant
des dents.

– Le docteur arrive, ma chérie. Mets-toi au lit.

La perspective de pouvoir s'étendre et surtout d'accoucher
chez elle la rendit heureuse. Elle attachait beaucoup d'importance au fait d'accoucher à Thurston House, si bien que John
avait cédé, même s'il était prêt à se ruer à l'hôpital avec elle en
cas de besoin. Mais les infirmières, arrivées moins d'une heure
plus tard, déclarèrent que tout se présentait bien et le chassè-
rent de la chambre. Sabrina se mit à pleurer lorsqu'il partit.

– Tu ne peux pas rester?

– Je ne pense pas, répondit-il en la regardant avec douceur.

Son visage était moite, ses yeux avaient déjà perdu de leur
éclat et les douleurs, d'après ce qu'il voyait, semblaient se
succéder très rapidement. Il l'entendit crier au moment où il
quittait la chambre et il commença à faire les cent pas,
écoutant les bruits, puis il resta rivé au même endroit jusqu'au
moment où, une heure plus tard, il l'entendit hurler.

Il cogna nerveusement à la porte, ce qui lui attira les foudres
des deux infirmières.

– Il ne lui faut aucun bruit! murmura d'une voix cassante le
visage sévère sous la coiffe empesée.

– Et pourquoi? Elle ne souffre pas des oreilles.

Mais il l'entendit gémir à nouveau; n'y tenant plus, il se
fraya un chemin dans la chambre. Il la trouva étendue sur le
lit, sa chemise de nuit relevée laissant voir le ventre énorme.
Loin de trouver cela choquant, il s'approcha du lit, prit sa
main et se mit à lui parler doucement. Les infirmières étaient
consternées. Lorsque le médecin arriva peu après, il parut
plus qu'étonné de trouver John dans la chambre avec sa
patiente.

– Eh bien, comment ça se passe ici?

Il voulait voir partir John, qui, de son côté, n'était pas pressé
de s'en aller, d'autant que Sabrina semblait s'agripper à lui
sans se soucier du drap qui la recouvrait à peine et tombait à
chaque nouvelle contraction. Elle avait le regard d'une bête
traquée et poussait des cris désespérés. Dans une secousse et

avec une grimace horrible, elle voulut se redresser, mais les infirmières l'en empêchèrent, et le médecin, oubliant totalement la présence de John, tira le drap et l'examina, tandis qu'elle se mettait à hurler le nom de son mari. En voyant l'état de sa femme, John se mit à transpirer et voulut la serrer contre lui, mais il ne pouvait rien pour elle. Le médecin réussit à lui faire comprendre qu'il voulait lui parler et ils quittèrent la pièce. Mais Sabrina fut prise de panique et John dut attendre qu'une autre contraction fût passée pour rejoindre le médecin.

Celui-ci lui annonça d'une voix tranquille :

– Tout se passe très bien, monsieur Harte. Mais il va falloir que vous nous laissiez seuls avec elle. C'est trop dur pour vous. Je ne peux pas vous laisser faire ça, dans son intérêt et dans le vôtre. Vous devez quitter la chambre et nous laisser faire.

– Faire quoi ? demanda-t-il en colère. C'est elle qui fait tout et ça ne la gêne pas que je sois auprès d'elle. Vous ne comprenez pas. Je suis sa seule famille, je suis l'être qui lui est le plus proche... et elle est tout pour moi. J'ai été dans des fermes, je sais comment naissent les veaux et les poulains.

Le médecin parut choqué.

– Il s'agit de votre femme, monsieur Harte.

– J'en suis parfaitement conscient, docteur Snowe. Et je ne veux pas l'abandonner.

– Alors, laissez-nous avec elle. C'est pour cette raison que vous nous avez fait venir, je crois.

John hésita : il voulait rester avec Sabrina, si elle le désirait, mais non pas si cela devait la gêner. Il était trop vieux pour se soucier de l'opinion des autres. Au diable le Dr Snowe !

– Si elle me réclame, je rentrerai. Je suis dans ma maison, elle est ma femme et c'est mon enfant qui est en train de naître.

Le médecin, l'air outré, se contenta de pincer les lèvres.

– Très bien.

– Est-ce que tout se passe bien ?

– Je pense que oui, mais je crois aussi que ce ne sera pas pour tout de suite. Il faut qu'elle ménage ses forces. La nuit pourrait bien être longue ; plutôt la journée, devrais-je dire. Je ne pense pas que votre bébé naîtra avant l'heure du dîner.

– Comment pouvez-vous dire ça ?

– Parce que je sais comment ça se passe et que je sais aussi comment les enfants naissent.

Et pas vous, sous-entendait la phrase.

– Mais cela fait déjà si longtemps...

John était inquiet tout à coup.

– Je crains que non.

John pensa se cogner la tête contre le mur lorsque le médecin disparut à nouveau. Durant les cinq heures qui suivirent, il arpenta la maison de haut en bas, à moitié fou. Il prit deux cognacs et un whisky, puis, vers deux heures de l'après-midi, finit par s'asseoir sur les marches de l'escalier, désespéré, la tête basse. Les infirmières étaient sorties et rentrées à plusieurs reprises, et le médecin n'était venu le voir qu'une seule fois pour lui dire que tout se déroulait bien mais que ce serait encore long.

Enfin, vers quatre heures de l'après-midi, il crut entendre la voix de Sabrina, forte et aiguë, puis, percevant un cri, il se précipita à la porte de la chambre, d'où lui parvinrent un gémissement affreux et un nouveau cri plus étouffé. Il voulait frapper à la porte, l'appeler, le désir de la prendre dans ses bras l'emportant sur la crainte de l'effrayer; tandis qu'il restait immobile, il entendit cette fois un cri perçant. N'y tenant plus, il entra doucement dans la pièce, où personne ne l'aperçut d'abord.

Les stores étaient baissés et les rideaux tirés, empêchant la lumière du jour de pénétrer dans la chambre. Une lampe était allumée sur la table à côté du lit et une autre se trouvait à ses pieds. Il régnait dans la pièce une atmosphère étouffante. Sabrina était étendue sur leur lit, les jambes écartées, couverte d'un drap, le visage trempé de sueur, les cheveux emmêlés, les yeux dans le vague, les mains agrippées au drap. Comme elle se mettait à hurler, le médecin souleva le drap. John, distinguant tout à coup des cheveux et une minuscule tête ronde, resta bouche bée, observant en silence. Il avait envie de l'encourager, tandis qu'elle poussait instinctivement, et, malgré le sang qui coulait entre ses jambes, il ne songeait qu'à cette tête minuscule et à cette femme miraculeuse que les infirmières encourageaient, tandis que le médecin dégageait les épaules du nouveau-né.

Et tout à coup il apparut... parfait petit garçon sanguinolent et mouillé dans les bras de sa mère. John s'approcha et les enlaça tous les deux en pleurant. Le médecin, d'abord choqué, n'avait plus aucune raison de l'être en les regardant. C'était

l'accouchement le plus inhabituel qu'il ait pratiqué, mais
peut-être ces deux êtres n'étaient-ils pas vraiment dans leur
tort, après tout. Cet enfant avait été le fruit de leur amour, un
jour, et maintenant qu'il était né, qu'il vivait dans leurs cœurs
et au creux de leurs mains, ils le serraient tous deux ensemble,
en ce 28 juillet 1914, alors même que l'Europe entrait en
guerre.

CHAPITRE XXVII

Jonathan Thurston Harte fut baptisé dans l'ancienne église Sainte-Marie à l'âge de six mois, en janvier 1915, alors que toute l'Europe était en guerre. Ses parents donnèrent pour l'occasion une petite réception à laquelle furent conviés les Crocker, les Flood, les Tobin et les Devine. Le soir même, John et Sabrina sablèrent le champagne dans la chambre où était né Jonathan.

— Comme nous avons de la chance, ma chérie! lança John en souriant joyeusement à sa femme.

— C'est bien vrai.

La jeune femme ne désirait plus rien d'autre dans sa vie. Elle avait un mari qu'elle aimait, un enfant qu'elle adorait et leurs mines respectives marchaient bien, bien qu'elle refusât toujours de les fusionner.

— Mais tout le monde sait que nous sommes mariés, et je dirige les deux mines, alors quelle différence cela fait-il?

— Cela fait une différence pour moi.

Elle appartenait à John, mais pas les mines, et pour une raison bien ancrée en elle, qu'elle ne pouvait s'expliquer, elle préférait que les choses continuent ainsi, même si John dirigeait la mine à sa place et accomplissait un travail prodigieux. Elle n'avait aucun motif de s'en plaindre; la mine ne l'intéressait plus depuis qu'elle avait le petit Jon et Sabrina prenait même avec beaucoup plus d'insouciance le fait que le mildiou continue à dévaster ses pieds de vigne. Elle ne songeait qu'au bonheur et répétait que Jon ressemblait à son père. Il avait les cheveux noirs et de grands yeux violets, mais en réalité il ne ressemblait ni à l'un ni à l'autre.

Hannah savait : il était le portrait de Camille, mais elle ne le leur dit jamais.

Ils séjournèrent à Napa la plus grande partie du printemps et allèrent au Grange Dance pour le vingt-septième anniversaire de Sabrina. L'été qui suivit fut le plus agréable dont elle se souvînt depuis son enfance. John fêta ses cinquante-cinq ans et le seul événement triste fut une lettre qui leur apprit que Lune de Printemps était morte dans un accident, en tombant d'un pont. Elle s'était fracassé la tête sur les rochers et était morte sur le coup. Son frère avait fait écrire la triste nouvelle à John, qui en fut affecté. Sabrina en fut attristée elle aussi car elle n'oubliait pas que Lune de Printemps, six ans auparavant, lui avait sauvé la vie et assurément sa virginité. Elle avait du mal à croire que six années s'étaient déjà écoulées : elles semblaient s'être envolées, mais, en même temps, elle ne pouvait plus concevoir sa vie sans John. Elle avait l'impression d'avoir passé toute son existence avec lui.

Le jour de la naissance de Jonathan, l'Europe entra en guerre, mais même deux ans plus tard, rien ne pouvait laisser craindre que les États-Unis y seraient impliqués, du moins aux dires des politiciens, que Sabrina ne crut pas, une fois de plus.

— Comment ne pas entrer en guerre, John ? Ils meurent par milliers là-bas. Est-ce que tu penses réellement qu'on ne va pas leur venir en aide ? L'ennui, c'est que si nous le faisons, nous sommes fous, mais que si nous ne le faisons pas, nous sommes les créatures les plus insensibles qui aient jamais existé. Je ne sais que penser.

— Tu te tracasses trop à propos de la politique. C'est l'ennui des femmes qui ont l'habitude de travailler ; elles ne savent plus quoi faire après.

Il aimait la taquiner sur son esprit curieux. Sabrina avait beaucoup à faire avec le petit Jon, tellement que malgré son désir de voyager, elle décida de ne pas accompagner John à New York. Il avait des affaires à traiter à Detroit et quelques placements à voir à New York.

— Nous pourrions revenir doucement par le Sud, si tu veux.

Il la tentait, détestant voyager seul et parce qu'il adorait sa compagnie. Ils étaient la plupart du temps inséparables.

— Combien de temps serions-nous partis ?

— Probablement trois semaines. Peut-être quatre.

Sabrina secoua la tête.

– Ce n'est pas possible. On pourrait emmener Jon?

John réfléchit un instant, puis :

– Est-ce que tu te vois dix jours avec lui dans le train?

Elle grommela et ils se mirent à rire.

– C'est possible, mais je crois que j'y laisserais ma santé mentale.

Jon avait deux ans et il fallait le surveiller constamment. C'était un enfant vivant, en bonne santé, gai, et Sabrina regrettait de ne pas en avoir d'autre. Elle l'avait espéré dès sa naissance mais sans succès. Ils s'en souciaient moins, maintenant qu'ils avaient Jon. Pour quelque raison que le médecin ne s'expliquait pas, elle avait du mal à commencer une grossesse.

– Je n'aime pas du tout te voir partir seul, chéri, surtout si longtemps.

– Moi non plus. Tu es sûre que tu ne veux pas laisser Jon avec Hannah ici?

– Je ne pense pas que je puisse. Il est trop impétueux pour elle, à l'âge qu'elle a.

Et il n'y avait personne à Thurston House en qui elle ait confiance pour le garder.

– Je ne peux vraiment pas, cette fois.

– Très bien.

Il partit faire ses préparatifs et, le 19 septembre, Sabrina et le petit Jon l'accompagnèrent à la gare et l'embrassèrent avant qu'il monte dans son wagon privé. Jon et Sabrina regagnèrent Thurston House, où ils l'attendraient jusqu'à son retour.

Elle avait quelques affaires à traiter en ville avec sa banque et voulait commander de nouveaux rideaux, des tissus d'ameublement et des tapis pour Thurston House. Elle avait suffisamment à faire pour rester occupée durant son absence mais elle se sentit terriblement seule dès qu'il fut parti. Elle s'agitait sans cesse dans l'immense maison, impatiente de recevoir de ses nouvelles, et plus impatiente encore de le voir revenir, alors qu'il lui faudrait attendre plusieurs semaines.

Elle s'assit dans le jardin pour jouer avec Jon et descendit en ville choisir quelques-uns des tissus dont elle avait besoin, le lendemain, se demandant où se trouvait John en ce moment. Elle ralentit l'allure lorsqu'elle vit le petit vendeur de journaux, et son cœur s'arrêta tout à coup. Elle lut, en gros titre : CATASTROPHE FERROVIAIRE SUR LA LIGNE CENTRAL PACIFIC. DES CENTAINES DE MORTS. Chancelante, elle se fraya un chemin à travers la foule pour lire le journal, l'arracha des mains de l'enfant auquel elle laissa un billet d'un dollar, et resta là, tremblante. Il n'y avait aucun nom, aucune liste de victimes, mais c'était bien le train où se trouvait son mari. La catastrophe s'était produite dans l'Echo Canyon, à l'est d'Ogden, dans l'Utah. Glacée d'effroi, la tête vide, elle retourna à sa banque, sans trop savoir comment elle y était revenue, puis elle resta figée, des larmes de terreur coulant sur ses joues, jusqu'à ce que quelqu'un la reconnaisse.

– Madame Harte... puis-je vous aider?...

Elle fut introduite dans le bureau du directeur, auquel elle tendit le journal avec un regard horrifié.

– John est parti par ce train hier. N'y a-t-il aucun moyen de...

Elle n'osait même pas poursuivre. Il pouvait très bien être indemne ou se trouver parmi les victimes. Si tel était le cas, elle partirait le rejoindre sur-le-champ. Jonathan resterait avec la gouvernante jusqu'à son retour, il n'y avait aucune hésitation à avoir maintenant. Son esprit courant à toute vitesse, elle implora du regard le directeur de la banque.

– Ne pouvez-vous pas vous renseigner?

Il acquiesça, préoccupé.

– Nous allons câbler à notre agence d'Ogden et leur demander de s'informer pour nous.

Le convoi s'était arrêté à cet endroit et n'avait pu repartir, trop endommagé. Un train vide était parti de San Francisco dans l'après-midi pour recueillir les survivants.

– Et si nous appelions les chemins de fer? Ils doivent avoir une liste des victimes.

– Nous ferons tout notre possible, madame Harte. Où serez-vous?

– J'attendrai les nouvelles chez moi. Ou vaudrait-il mieux que je reste?

– Non, l'un de mes adjoints va vous reconduire chez vous et je vous ferai prévenir quand nous saurons quelque chose.

Il était bouleversé. Les Harte étaient leurs plus gros clients, comme l'avait été le père de Mme Harte jadis, et son seul espoir était que M. Harte soit sorti indemne de la catastrophe. Il aida Sabrina à monter dans la voiture du directeur adjoint, veilla à ce qu'on la ramène chez elle puis se précipita à son bureau pour donner des ordres.

Des câbles furent envoyés à la Central Pacific avec demande de réponse immédiate, un commissionnaire se rendit à la direction du bureau des chemins de fer sur ordre du directeur, qui attendit lui-même les nouvelles.

John Harte se trouvait sur la liste des victimes. Il avait été tué dans l'un des six wagons qui avaient été écrasés lorsque le train avait basculé sur la voie ferrée et était tombé dans un ravin, plusieurs dizaines de mètres plus bas. Son corps avait été découvert et ramené quelques heures auparavant, sans être d'abord identifié, mais il ne faisait aucun doute que c'était bien lui.

L'agence bancaire faisait part de ses regrets en envoyant la nouvelle et assurait la famille de sa sympathie. Rien qui puisse calmer les nerfs du directeur de la banque lorsqu'il franchit les grilles de Thurston House, tard dans l'après-midi, et demanda à voir si possible Mme Harte. Elle arriva aussitôt, au moment même où le visiteur fut annoncé; laissant Jon avec l'une des domestiques, à l'étage, elle se précipita dans l'escalier, le regard plein d'espoir. Ils avaient sûrement découvert John en train de porter secours à quelqu'un. Il était si habitué aux désastres miniers qu'il se surpassait toujours dans ces moments-là. Sabrina s'approcha en souriant nerveusement, mais le regard de l'homme la cloua sur place.

— John..., mumura-t-elle. Il... il va bien, n'est-ce pas?

Elle avança un peu, puis comme l'homme secouait la tête, elle accourut vers lui.

— Il n'est pas...

Il aurait voulu lui dire le contraire, il aurait préféré la voir assise pour qu'elle ne s'évanouisse pas dans ses bras. Et pour rien au monde il n'aurait voulu être celui qui devait lui annoncer la nouvelle, mais il n'avait pas le choix. Il la regardait à présent, en proie à la douleur. Une chose pareille n'aurait pas dû arriver à un tel couple, qui s'aimait tant, qui menait une vie si honnête et qui avait mis tant de temps à se rencontrer.

— Je suis désolé, madame Harte. Nous venons juste de savoir.

Il avala une grande bouffée d'air et poursuivit :

— Il a été tué la nuit dernière dans la catastrophe. On a découvert son corps dans un ravin, cet après-midi seulement.

Elle laissa échapper un cri presque animal, comme lorsqu'elle avait accouché de Jon, mais ce qui arrivait n'avait pas de commune mesure. Maintenant, John n'était plus. Jamais le directeur ne vit une douleur plus intense dans le regard de quelqu'un. Ne trouvant rien à lui dire, il resta immobile, tout comme elle, dans l'escalier, ne voyant plus que ses yeux qui se remplissaient de larmes. Alors, elle le raccompagna doucement vers la porte. Elle ne cria pas, ne pleura pas, ne s'évanouit pas et n'eut pas non plus une crise de nerfs dans ses bras. Elle se contenta de l'accompagner jusqu'à la porte d'entrée, avec l'apparence de quelqu'un pour qui le monde vient d'être anéanti. Et pour Sabrina Harte, il l'était.

LIVRE III

SABRINA :
LES ANNÉES DIFFICILES

CHAPITRE XXVIII

Il N'EXISTAIT AUCUN moyen de faire comprendre à Jonathan, qui n'avait que deux ans et parlait à peine, que son père était mort, mais à part lui, tout le monde fut au courant. On organisa une cérémonie commémorative dans l'ancienne église Saine-Marie, lorsqu'on ramena le corps à San Francisco, et l'enterrement eut lieu à Napa. Sabrina avait l'impression qu'elle était morte aux côtés de John. Elle avait fait ouvrir le cercueil, à son arrivée, et elle était restée assise, seule, dans la bibliothèque de Thurston House, l'observant, regardant les contusions, la nuque brisée, essuyant le sable qui était resté sur son visage, s'attendant à le voir se réveiller à son contact, pour lui dire que tout cela était une erreur.

Mais il n'y avait pas d'erreur. John Harte ne bougeait pas et sa brève vie conjugale avec lui était finie. Ils étaient mariés depuis sept ans et elle ne pouvait imaginer comment elle continuerait sans lui. Jamais elle ne s'était sentie aussi anéantie. Elle restait assise de longues heures devant sa maison, fixant le ciel, et Hannah venait lui tapoter le bras pour lui rappeler quelque chose qu'elle avait à faire ou lui dire que Jonathan avait besoin d'elle. Mais c'était comme si son âme s'était vidée depuis la mort de John. Elle ne ressentait rien, ne voyait rien, ne disait rien à personne et n'était même pas capable de se consacrer à son fils. On lui avait déjà répété plusieurs fois qu'il y avait quantité de choses dont elle devait s'occuper aux deux mines, mais elle ne pouvait se résoudre à aller ni à l'une ni à l'autre, ne voyant plus à présent les raisons pour lesquelles elle s'était opposée à la fusion qu'il avait souhaitée si longtemps.

Quels avaient pu être ses motifs, ses arguments? Elle ne parvenait plus à s'en souvenir.

— Madame Harte, il faut que vous veniez, l'avait supplié son contremaître, qui s'était arrêté une demi-douzaine de fois à Sainte Helena.

Elle acquiesçait, mais le lendemain et le surlendemain, elle n'y était toujours pas allée. Un mois passa et, en désespoir de cause, les deux contremaîtres vinrent la voir ensemble; elle sut cette fois qu'elle ne pouvait plus repousser l'échéance.

Elle monta dans la voiture de John avec eux et se rendit d'abord à sa propre mine. Mais en entrant dans le bureau qui avait été le sien si longtemps auparavant, elle eut la soudaine impression d'être revenue en arrière. Elle se souvenait du premier jour où elle y était venue, après la mort de son père, de son courageux discours devant les ouvriers qui l'avaient laissée tomber par centaines, de la scène abominable avec Dan... et elle éprouva tout à coup ce même sentiment d'abandon, comme si cette douleur datait d'hier, alors que dix ans avaient passé. Elle regarda les deux hommes qui l'avaient amenée là, son visage se décomposa, et elle se mit à pleurer puis à sangloter. Son contremaître la prit gauchement dans ses bras.

— Madame Harte... Je sais qu'il est pénible pour vous de venir ici... mais...

— Non, non. Vous ne saisissez pas. Je ne peux plus... Je ne peux vraiment plus... Je n'ai tout simplement plus la force que j'avais avant...

Il ne comprenait pas ce qu'elle voulait dire. Elle soupira, essaya de se dominer puis finit par s'asseoir sur la chaise que John avait occupée souvent lorsqu'il travaillait à la mine.

— Je ne peux plus diriger cette mine. J'ai un enfant dont je dois m'occuper à présent.

— Nous le pensions bien, madame Harte.

Elle parut surprise et en même temps soulagée, tout en réalisant que c'était cela qu'elle craignait depuis un mois, cela, et le sentiment de solitude qui l'envahirait en contemplant ces mines où John avait travaillé si dur. Cette pensée lui était insupportable.

— Je veux que vous continuiez comme vous l'avez fait, dit-elle en se levant. Nous nous réunirons régulièrement et je veux être tenue au courant de tout. Enfin, je veux faire fusionner nos mines.

Elle aurait dû le faire du vivant de John, et elle se sentait coupable de lui avoir résisté si longtemps, comme si elle ne lui faisait pas confiance. Cela la rendait malade d'y penser, mais elle allait réparer maintenant.

— Tout le monde sait que ces deux mines n'en font qu'une, en fait. Je veux qu'on les appelle les Mines Thurston-Harte.

— Oui, madame.

Ils savaient tous qu'il faudrait du temps pour établir les papiers, mais c'était toujours un début. Sabrina, sentant resurgir un peu son ancienne personnalité, prit quelques notes sur un bloc qu'elle leur tendit.

— A part cela, je veux que les mines soient dirigées comme avant. Agissez exactement comme le faisait mon mari. Rien ne doit changer dans l'une ou l'autre mine.

Mais elle découvrit les mois suivants qu'il y avait des difficultés dans les deux mines, et particulièrement dans celle de John. Les bénéfices avaient chuté considérablement les années précédentes, mais il ne s'en était jamais plaint. Honnête à l'excès, il n'avait jamais fait porter les bénéfices des mines Thurston sur les siennes pour combler les pertes. Sa reconnaissance pour lui n'en fut que plus vive mais elle se désola des tracas qu'il avait dû avoir.

Ces soucis disparurent lorsque les États-Unis entrèrent dans la Grande Guerre en 1917; tout à coup, la demande en munitions et en matériel militaire engendra un besoin énorme en cinabre et les affaires de Sabrina firent un bond en avant. Les mines Thurston-Harte étaient connues; Sabrina amassa une fortune sans y porter une réelle attention. Son fils Jon était sa seule préoccupation et elle ne s'était pas encore remise de la mort de l'homme qu'elle avait tant aimé.

Alors, comme pour retrouver quelque chose de lui, elle se remit à travailler aux mines plusieurs jours par semaine. Son esprit était ainsi monopolisé. Une fois que Jon alla en classe, elle put s'occuper durant son absence. Par la suite, les commandes étant de plus en plus nombreuses, elle commença par rester au bureau chaque jour plus longtemps, puis se remit à travailler comme avant, tard le soir, trop fatiguée lorsqu'elle rentrait chez elle pour manger ou faire quoi que ce soit ou pour voir son fils, déjà couché.

Elle allait rarement à San Francisco. Thurston House était à nouveau fermée et, toutes les fois qu'elle y séjournait quelques jours avec Jon, elle se débrouillait seule, comme jadis. Le Noël qu'ils y passèrent lui fut insupportable car elle se revoyait au même endroit avec John et se souvenait de la nuit où son fils était né. Elle se hâta de rentrer à Napa, où elle se plongea dans son travail.

Peu à peu, elle s'aperçut combien son fils détestait cela.

— Tu ne fais que travailler pour ces mines déprimantes! Tu n'es *jamais* là!

Elle savait qu'il lui en voulait, mais on était en 1926 et la demande de cinabre diminuant, des difficultés resurgirent, si bien qu'elle dut licencier beaucoup d'ouvriers et fermer quelques puits. En outre, la Prohibition était en vigueur depuis sept ans, rendant ses vignes inutiles; pour la première fois de sa vie, ses finances la préoccupaient. Elle désirait tout faire pour Jon, qui avait douze ans et auquel elle voulait offrir tout ce qu'elle avait eu. C'était un enfant difficile sous certains aspects, qui lui reprochait non seulement de travailler comme un homme, mais semblait aussi la rendre responsable de la mort de son père.

— Ce n'est pas ma faute, Jon!

Elle le lui avait dit chaque fois qu'il lui avait fait des reproches, mais l'ennui était qu'elle se sentait d'une certaine façon coupable de la mort de John, comme si son devoir avait été de se trouver dans le train et de mourir avec lui. Mais que serait devenu Jon?

— Mes amis pensent tous que tu es toquée. Tu travailles plus dur que leurs pères.

— Je n'y peux rien. Je suis responsable de toi, mon fils, et pour le moment les temps sont durs.

En 1928, le cœur brisé, elle vendit ce qui avait été la mine de John et racheta avec la somme des titres et des valeurs, espérant voir grossir son capital et offrir un jour une fortune à son fils. Mais le rêve se transforma en cauchemar en octobre 1929, lors du jeudi noir de Wall Street. Elle perdit tout ce que lui avait rapporté la vente de la mine de John, et un sentiment de culpabilité la rongea longtemps. Trois ans après, elle dut faire face à la nécessité d'envoyer Jon à l'université, ce qui lui donna des sueurs froides. Elle ne lui avait rien dit de l'argent qu'elle avait perdu, et lui parlait sans cesse d'aller à Princeton ou à Harvard, et peut-être en Europe avec elle. Il voulait surtout une voiture avant de partir. Il lui réclamait constamment quelque chose, sans s'apercevoir qu'elle avait une vie difficile. Il avait toujours agi ainsi parce qu'elle l'avait laissé faire, lui donnant tout ce qu'il voulait comme pour s'acquitter de quelque crime, comme pour compenser le fait qu'elle travaillait trop dur et que son père était mort lorsqu'il avait

deux ans. Mais passer tous ses caprices à Jon ne faisait pas
revenir son père; cela ne réussit qu'à rendre l'existence
impossible à Sabrina, à mesure que la rentrée approchait, et
bien plus encore lorsqu'on l'accepta à la fois à Harvard, à
Princeton et à Yale.

Elle retint sa respiration en essayant de paraître parfaitement à l'aise, malgré la panique qui l'envahissait.

— Eh bien, où comptes-tu aller?

Et comment penses-tu que je vais payer? La mine continuait
à s'épuiser et elle songeait depuis longtemps à vendre la
maison de Sainte Helena. Ils s'étaient établis à San Francisco
lorsque Jon avait commencé son année préparatoire et ils
avaient même forcé Hannah à les suivre, mais la vieille femme
avait maintenant regagné Napa, où elle était plus heureuse.
Elle inspirait des scrupules à Sabrina, qui n'avait pourtant pas
le choix : il lui faudrait vendre la maison de Napa pour pouvoir
envoyer Jon à l'université cet automne.

— Je songe peut-être à Harvard, maman.

Il la regarda avec une expression d'autosatisfaction qui
amusa Sabrina.

— Tu es content de toi, n'est-ce pas?

C'était un garçon bien, malgré tout, et s'il était gâté, c'était sa
faute à elle, elle le savait parfaitement.

— Moi aussi, je suis vraiment contente de toi, tu sais. Tu
as fait d'excellentes études et tu mérites d'être admis dans
toutes ces universités. Tu es bien sûr que Harvard te convient
le mieux?

— Je crois.

Il fronça les sourcils. Il avait failli se décider pour Yale, mais
New Heaven lui paraissait presque aussi sinistre que Sainte
Helena. Il recherchait un endroit plus animé et tout le monde
disait justement que Boston était une ville fabuleuse, dont
Cambridge constituait la proche banlieue. Sa vie mondaine
était aussi importante pour lui que son désir de faire de bonnes
études, ce qui n'était ni surprenant ni déraisonnable chez un
jeune homme de son âge. En revanche, la requête qu'il adressa
à Sabrina, peu de temps avant la fin de son année scolaire, fut,
elle, déraisonnable.

Il avait presque dix-huit ans, et Sabrina en avait quarante-
quatre, mais son âme aurait tout aussi bien pu en avoir mille ou
deux mille. Elle était lointaine et réfléchie, souvent préoccupée
par des causes qu'elle ne dévoilait jamais.

— Ça ne te fait rien si j'achète une voiture et si je l'expédie par le train, maman? Je vais en avoir besoin tout le temps à Cambridge, ajouta-t-il avec un sourire angélique.

Il ne lui était jamais venu à l'idée qu'elle pourrait refuser. Elle le faisait rarement, même si elle devait se priver, ce qui arrivait souvent. Mais, cette fois, acheter une voiture était impensable. Elle n'avait toujours pas vendu la maison de Sainte Helena, ce qui la désespérait. Elle devait payer l'année universitaire à venir, le 1er juillet, et si elle ne vendait pas la maison de Napa, elle n'avait aucune idée de ce qu'elle allait faire.

– Je pense à une petite Model A, décapotable. C'est vraiment la voiture idéale, et s'il fait trop froid...

Elle leva une main avec une expression de panique dans les yeux qu'il ne lui avait jamais vue. Il n'y prêta pas attention, tout occupé de lui-même, tandis qu'elle songeait avec désespoir à l'argent qui s'en allait.

– Je ne pense pas qu'une voiture soit une très bonne idée pour l'instant, Jon.

– Et pourquoi? demanda-t-il, surpris. J'en ai besoin.

Quelque chose au fond d'elle l'empêchait de lui dire la vérité. L'orgueil, probablement.

– Tu peux bien te déplacer sans voiture au début, Jon. Tu n'auras que dix-huit ans en juillet et tout le monde n'arrive pas à l'université avec une Model A toute neuve!

Sous l'effet de la nervosité, sa voix était devenue perçante et il la regarda, horrifié.

– Je suis prêt à parier que la plupart arriveront avec ce style de voiture. Mon Dieu, comment espères-tu que je vais me déplacer?

– A bicyclette, pour le premier trimestre, ou à pied. Nous reparlerons d'une voiture l'an prochain.

Peut-être la situation se serait-elle améliorée, même si elle avait peu d'espoir. Comme ses vignes étaient inutilisées depuis treize ans, elle avait cessé de s'en occuper et songeait à vendre le terrain. Ce dont elle était sûre, c'était qu'elle ne vendrait jamais Thurston House. Elle désirait vendre le moins de terre possible, sachant le prix qu'y attachait son père lorsqu'il avait édifié son empire et souhaitant en léguer le plus possible à Jon.

– Je ne te comprends pas, lança-t-il, furieux, en arpentant la pièce. De quoi vais-je avoir l'air sur une bicyclette? Tout le monde va se moquer de moi!

– Tu es ridicule.

Elle fut tentée de lui dire la vérité, tout en sachant qu'elle ne pourrait s'y résoudre.

– Jon, la moitié du pays n'a pas de travail. Les gens économisent partout. Personne ne s'offusquera de cette petite économie. En fait, ce serait beaucoup plus choquant d'arriver avec une voiture flambant neuve. Nous sommes en crise et tu ne veux tout de même pas passer pour un de ces péquenots de l'Ouest qui se pavanent en voiture.

– Maintenant, c'est toi qui es ridicule. Qu'est-ce que ça peut nous faire qu'il y ait la crise? Nous n'en avons pas souffert, n'est-ce pas? Alors quel intérêt?

En l'écoutant, elle comprit qu'elle avait eu tort de lui peindre tout en rose car elle l'avait rendu d'une certaine façon irréaliste, insensible et incapable de comprendre leur situation. Comment l'aurait-il pu? Elle ne lui avait rien expliqué et continuait à ne rien lui dire. Elle avait poussé trop loin pour s'arrêter maintenant.

– C'est une attitude irresponsable, Jon. Notre devoir est de nous en soucier...

Il l'interrompit.

– Eh bien, moi, non. Tout ce qui m'intéresse, c'est ma voiture.

Il lui faisait encore la tête lorsqu'il prit le train pour l'université. Comme chaque fois qu'il partait en train, elle avait le cœur serré. Elle aurait voulu l'accompagner, mais il y avait trop à faire à la mine à cette époque. Dieu merci, elle avait vendu la maison de Napa juste à temps pour payer les deux premières années d'études de Jon à Harvard et elle priait seulement pour que la situation s'améliore. Vendre la maison lui avait fendu le cœur. Elle avait appartenu à sa famille pendant plus de soixante ans, c'était la maison que Jeremiah avait fait construire pour sa première fiancée, c'était là qu'il avait amené Camille après leur mariage, là que Sabrina était née. Jonathan ne parut guère éprouvé car il trouvait de toute façon Napa ennuyeux, et Sabrina se félicita que Hannah soit morte deux ans auparavant; la vieille femme ne vit pas dans d'autres mains la maison qu'elle adorait. Malgré sa douleur, Sabrina ne laissa rien paraître devant Jon. Elle voulait lui donner la meilleure éducation possible, qu'il y ait la crise ou non, et c'est pourquoi elle s'irrita contre lui lorsqu'elle lut ses notes de moitié de trimestre. Il échouait à tous ses examens et assistait visiblement aux cours le moins possible. Elle l'en réprimanda lorsqu'il l'appela pour la fête de Thanksgiving.

Amelia l'avait invité à venir à New York, mais il était resté à Cambridge avec ses amis.

Amelia avait quatre-vingt-six ans, mais Sabrina la trouvait toujours aussi élégante alors que Jonathan la jugeait assommante. « Elle est si vieille, maman! » Sabrina regrettait qu'il fût encore trop jeune pour apprécier toutes ses autres qualités. Il était cependant inutile de vouloir discuter avec lui. Elle le prévint pourtant au sujet de ses études :

— Si tu ne t'y mets pas sérieusement, je te supprimerai ta pension.

Ce serait assurément un soulagement pour elle, et elle savait qu'elle l'avait alarmé et ne lui permettait plus pour l'instant de revenir à la charge, comme il en avait l'intention, au sujet de la voiture.

— Tu ferais mieux d'aller à tous tes cours ou bien tu seras obligé de revenir et de travailler aux mines avec moi.

Un sort pire que la mort à ses yeux, elle le savait. Il détestait tout ce qui avait trait aux mines, excepté l'argent qu'elles rapportaient afin qu'il puisse acheter ce qui lui donnait l'impression d'être quelqu'un d'important, à l'abri du besoin, comme cette voiture pour laquelle il faisait tant d'histoires.

— Je veux que tu travailles sérieusement et nous verrons tes résultats quand tu reviendras à la maison, jeune homme.

Elle allait le faire rentrer pour passer les vacances avec elle, même si cela lui causait des dépenses : elle ne voulait pas qu'il soit seul pour Noël, d'autant que c'était pour elle sa seule perspective heureuse.

Elle ne possédait rien d'autre dans sa vie, à part Jon, et elle avait dû s'avouer avec une infinie tristesse qu'elle ne pourrait plus s'accrocher à ses mines bien longtemps. Elle aurait volontiers vendu ses vignes si elle avait reçu une offre. Mais qui en aurait voulu? Elles ne serviraient à personne. Elle avait produit des prunes et des noix pendant un temps, sans en tirer de bénéfice, pommes... raisins de table... son rêve à elle était de produire des vins fins. Mais ce rêve ne s'était jamais réalisé et il lui semblait maintenant presque impossible.

Lorsqu'elle revit Jon en décembre 1932, elle fut frappée de constater, sans savoir ni où, ni quand, ni comment cela avait eu lieu, qu'il était devenu un homme. Il semblait étonnamment mûr, lorsqu'il parlait, et tout paraissait avoir grandi en lui, y compris son goût pour les filles; elle remarqua qu'il restait absent très tard dans la nuit lorsqu'il sortait avec des amis. Certains de ses comportements n'avaient pourtant pas encore changé. Il attendait toujours d'elle qu'elle satisfasse tous ses besoins, ses désirs, ses plaisirs et ses envies, ne payant de sa poche que ce qu'il dépensait pour ses petites amies.

Ses résultats universitaires s'étaient améliorés et Sabrina en fut soulagée, tout en sachant qu'il pourrait à nouveau aborder le sujet qui l'effrayait tant. Deux jours seulement après son retour, il se mit à la harceler.

— Parfait, maman. Et cette voiture?

— Les clés sont en bas, chéri.

Elle ne voyait aucune objection à ce qu'il conduise sa voiture et cela depuis toujours. Mais l'expression de son visage la surprit.

— Pas cette voiture-là. Une neuve, pour moi.

Son cœur se serra. Elle venait juste d'examiner les chiffres; il n'y avait plus d'espoir. Même si elle se sentait coupable de penser cela, elle se disait, comme d'ailleurs tout le monde dans le pays, que seule une bonne guerre pourrait les sortir de l'ornière et elle commençait à penser sérieusement qu'il lui faudrait fermer la mine. Elle avait déjà puisé dans ce que lui avait rapporté la vente de la maison de Napa, pour faire face aux dépenses, et le reste servirait à payer les études de Jon, l'année suivante. Sabrina n'avait pratiquement besoin de rien pour elle; elle ne s'achetait rien, n'avait gardé qu'une voiture, et vivait sans domestique à Thurston House.

— Je ne pense pas qu'il te faille absolument une voiture pour l'instant.

— Et pourquoi donc?

Il la regardait, furieux, du haut de ses dix-huit ans et demi, certain d'être devenu un homme.

— Faut-il en discuter maintenant? Ça ne peut pas attendre?

— Pourquoi? Tu files travailler comme toujours?

Elle allait effectivement à Sainte Helena pour voir quelqu'un à la mine.

— Ce n'est pas très gentil de dire ça, Jon. J'ai toujours été là quand tu as eu besoin de moi, répondit-elle, malheureuse.

— Quand? Quand je dormais? Quand tu étais trop fatiguée pour me parler, lorsque tu rentrais à la maison?

Ce qu'il lui dit l'atterra. Pendant le reste des vacances, il continua à la harceler, mais sans résultat. Lorsqu'il repartit enfin, elle était épuisée par ses attaques permanentes et elle se sentait encore plus coupable qu'auparavant de ne pas lui offrir ce qu'il voulait. Pour se venger, il lui écrivit qu'il ne reviendrait pas avant le mois de juillet. Il avait été invité à Atlanta par un de ces « hommes » qu'il avait rencontrés à l'université, mais il ne mentionnait pas le nom du jeune homme et ne disait rien de sa famille. Elle comprit son jeu : il la punissait de ne pas lui avoir donné le jouet qu'il convoitait.

Il revint vers la mi-juillet, mais ils n'avaient nulle part où aller cette année-là. Sabrina avait vendu la maison de Napa : il ne lui restait plus que Thurston House. Elle parla d'aller avec lui au lac Tahoe, mais il fut tellement fâché contre elle, lorsqu'il découvrit qu'elle ne voulait toujours pas lui acheter sa voiture, qu'il partit sans elle sur le lac avec des amis. Il avait dix-neuf ans, après tout, elle ne pouvait pas toujours être derrière lui, mais elle fut déçue de l'avoir vu si peu et de se retrouver seule à Thurston House.

Pas pour longtemps. La situation devint tout bonnement trop dure pour elle, cet hiver-là. Sabrina ne tira plus aucun revenu de la mine pour affronter ses propres dépenses et celles de Jon. Lorsque celui-ci rentra chez lui, pour Noël, il trouva quatre autres personnes qui vivaient à Thurston House, car sa mère avait pris des pensionnaires. Lorsqu'il s'en rendit compte, il faillit devenir fou.

— Mon Dieu, mais tu es cinglée ? Que vont penser les gens ?

Sa réaction l'humilia, mais, poussée au désespoir, elle n'avait su quoi faire d'autre. Les vignes étaient en vente, mais personne ne les avait encore achetées et il n'y avait aucune rentrée d'argent. Il fallait bien finir par lui expliquer.

— Je ne peux plus y arriver, Jon. Les mines sont presque fermées. Il a fallu faire quelque chose pour trouver de l'argent. Tu sais cela toi-même. Et tes dépenses sont beaucoup plus importantes que les miennes.

Sa vie n'était qu'une fête permanente à Cambridge, en compagnie de ses amis habitués au luxe.

— Est-ce que tu te rends compte que je ne pourrai plus emmener un seul de mes amis ici, maintenant ? Bon Dieu, on se croirait dans un bordel.

Elle ne put en supporter davantage.

— Je présume, d'après tout l'argent que tu dépenses, que tu as dû en fréquenter pas mal là-bas.

— Ce n'est pas le moment de me faire la morale. Tu es devenue la tenancière de Thurston House, n'est-ce pas ?

Elle le gifla, même si cela la rendit malade, mais la situation était devenue impossible entre eux.

Elle fut presque soulagée, l'été suivant, lorsqu'il lui dit qu'il ne viendrait pas à la maison. Il retournait à Atlanta chez des « amis ». Elle souffrit de cette absence, tout en sachant qu'elle aurait été trop préoccupée pour prendre plaisir à sa compagnie et qu'elle n'aurait pas supporté qu'il la harcèle au sujet de la voiture. Même si cela lui fendait le cœur, elle s'était résignée à vendre la mine, qui, ce qui était pire, avait perdu presque toute sa valeur. Elle la vendit au prix du terrain, ce qui lui permit de payer les études de Jon, seulement pour un an cette fois, et de renvoyer ses pensionnaires, si bien que lorsque Jon vint y passer les vacances de Noël l'atmosphère fut plus détendue. Mais il semblait s'être éloigné d'elle et ne parla plus de la voiture. Il avait un autre projet en tête, qui n'embarrassa pas moins Sabrina : il voulait aller en Europe avec une bande d'amis, en juin. Elle se demandait vraiment comment elle pourrait lui payer ce voyage. Tout avait été vendu, excepté les bijoux de sa mère, qu'elle gardait pour payer la dernière année d'études de Jon. Mais ce voyage paraissait d'une importance capitale pour lui.

— Avec qui pars-tu?

Il était normal à vingt et un ans qu'il ne veuille plus l'associer à ses projets, mais cela l'agaçait par moments de ne connaître aucun de ses amis; elle espérait seulement qu'ils étaient respectables. Elle savait si peu de choses de lui; nul doute que son père l'aurait questionné, alors que Sabrina n'osait pas s'immiscer dans sa vie et que Jon, de son côté, n'avait nulle envie de lui faire des confidences, de même qu'il ne lui témoignait plus d'affection. Cela manquait à Sabrina, qui se souvenait du petit garçon blotti dans son giron.

— Bon, je peux partir?

— Où?

Elle était si fatiguée qu'elle avait oublié ce dont ils parlaient. Elle ne possédait absolument plus rien, excepté la maison où ils se trouvaient, ses vignes et les bijoux de Camille, mais elle n'avait aucun revenu et aucun espoir de jours meilleurs. Un temps elle avait pensé travailler, puis elle avait eu une autre idée : des promoteurs voulaient acheter les terres autour de Thurston House pour construire d'autres maisons. Ce serait peut-être une solution.

Jonathan la regardait, exaspéré. Bon Dieu, elle ne pouvait pourtant pas être sénile : elle n'avait que quarante-six ans.

— En Europe, maman.

— Tu ne m'as pas dit avec qui.

– Quelle différence? Tu ne connais pas leurs noms, de toute façon.

– Et pourquoi?

– Parce que je n'ai plus dix ans.

Il grommela et bondit de sa chaise.

– Est-ce que tu me laisses partir, oui ou non? J'en ai assez de jouer à ce jeu avec toi.

– De quel jeu parles-tu? demanda-t-elle d'une voix toujours aussi calme.

Elle ne laissait rien voir de son chagrin passé, de la tension dans laquelle elle vivait. Elle ne montrait rien, si ce n'est la douleur qui était là, dans ses yeux, dans son cœur, dans son âme et qu'Amelia avait perçue, à son grand désespoir, la dernière fois qu'elles s'étaient vues. Il n'y avait eu aucun homme dans la vie de Sabrina depuis la mort de John Harte, dix-huit ans auparavant, et personne, de l'avis de Sabrina, ne pourrait jamais l'égaler à ses yeux.

Elle leva son regard vers Jon. Il ne ressemblait ni à son père ni au sien, ni à elle. Il lui manquait la discipline et la passion nécessaires à tous ceux qui travaillent avec acharnement. Lui aimait s'amuser et avoir ce qu'il voulait sans se fatiguer, ce qui inquiétait souvent Sabrina. Il fallait qu'il apprenne à obtenir lui-même ce qu'il désirait, et le moment était peut-être venu.

– Jonathan, si tu tiens tellement à aller en Europe, pourquoi ne prends-tu pas un travail à Cambridge pour quelque temps?

Il la regarda, abasourdi, les yeux furibonds.

– Pourquoi tu ne prends pas plutôt un travail, toi, au lieu de pleurnicher tout le temps que nous sommes pauvres?

– C'est ce que je fais?

Ses yeux se remplirent de larmes. Il l'avait piquée au vif. Elle qui s'évertuait à ne jamais se plaindre! Mais il savait toujours frapper aux endroits sensibles. Elle se leva, épuisée; la journée avait été longue, trop longue, et peut-être avait-il raison lorsqu'il lui conseillait de travailler.

– Je suis désolée que tu aies cette impression. Peut-être devrions-nous travailler tous les deux, après tout. Les temps sont durs pour tout le monde, Jon.

– Ça n'a pas l'air d'être le cas à l'université. Tous mes amis ont ce qu'ils veulent, sauf moi.

Encore la voiture. Elle ne lui avait pourtant refusé rien d'autre, et il avait beaucoup d'argent de poche. Mais il n'avait pas de voiture... et maintenant, c'était ce voyage en Europe... il fallait vraiment qu'elle trouve de l'argent.

– Je verrai ce que je peux faire.

Mais lorsqu'il repartit pour l'université, elle cherchait encore en vain. Il était presque impossible de trouver un emploi à cette époque-là. On était en 1935 et l'économie était en baisse constante. De plus, elle ne tapait pas à la machine, ne prenait pas en sténo, n'avait aucun don pour être secrétaire, et on ne trouvait plus tous les jours des mines de mercure ayant besoin d'un directeur. Elle se mit à rire en y songeant, pour ne pas pleurer. En mars, elle reçut une lettre d'Amelia, écrite d'une main que l'âge faisait trembler, lui expliquant qu'un de ses amis, nommé Vernay, venait en Californie pour acheter un terrain. Ses vins étaient les meilleurs de France et maintenant que la Prohibition était levée, il désirait apporter quelques-uns de ses pieds de vigne aux États-Unis et faire du vin. Elle s'excusait d'ennuyer Sabrina avec tout cela, mais comme elle connaissait si bien la région, Amelia se demandait si cela ne l'ennuierait pas trop de le conseiller.

Sabrina n'y voyait en fait aucun inconvénient, mais elle se demanda tout à coup s'il voudrait acheter ses propres vignes. Elle ne pouvait plus rien en faire, à présent. La Prohibition avait duré trop longtemps et ces quatorze années avaient anéanti son rêve de produire un jour son propre vin. John l'avait d'ailleurs toujours taquinée, à propos de cette idée insensée, même s'il avait admit une fois que les vignes étaient bonnes. Pendant un temps, elle avait été très savante sur ce sujet, mais elle avait presque tout oublié. Son domaine, c'était le cinabre, mais qui s'en souciait maintenant? De temps à autre, elle s'autorisait à penser aux jours anciens, à l'époque où elle avait dirigé les mines Thurston, où tous les hommes l'avaient abandonnée et où elle avait repris l'affaire en main... Puis elle se grondait : elle était encore trop jeune pour se réfugier ainsi dans le passé. Elle allait avoir quarante-sept ans ce printemps, et malgré la vie qu'elle avait eue, elle ne les paraissait pas.

Et tandis qu'elle songeait aux années qui passaient, ce jour-là, tout en taillant les haies de son jardin avec d'énormes cisailles, elle remarqua un homme grand, grisonnant, qui lui faisait des signes. Pensant d'abord qu'il s'agissait d'un livreur, elle s'approcha en se protégeant les yeux du soleil avec l'un de ses gros gants. Elle remarqua alors qu'il était bien habillé, ce qui n'était pas son cas : elle portait de vieux vêtements de son fils et avait enroulé le bas de ses pantalons, ce qui lui donnait une allure épouvantable. Ses cheveux étaient retenus par un chignon haut et de longues mèches s'en échappaient. Elle regarda l'homme en se demandant ce qu'il venait faire et pensa, en s'approchant de la grille, qu'il s'était peut-être perdu.

– Puis-je faire quelque chose pour vous?

Il parut surpris puis amusé, et lorsqu'il se mit à parler, elle nota qu'il avait un accent français.

– Madame Harte?

Elle acquiesça en souriant.

– Je suis André de Vernay, un ami de Mme Goodheart. Je crois qu'elle vous a écrit.

Elle chercha un instant dans son esprit, puis se souvint de la lettre d'Amelia. Elle se mit à rire en le regardant dans les yeux, qui avaient presque la même couleur que les siens.

– Entrez, s'il vous plaît.

Elle ouvrit la grille et il entra tout en regardant la grande étendue de jardins autour de la maison.

– J'avais presque oublié... cela fait plusieurs semaines...

– J'ai été retardé en France.

Il était extrêmement poli, élégant et soigné. Sabrina le fit entrer chez elle, tandis qu'il s'excusait de ne pas lui avoir d'abord téléphoné. Puis il ne put s'empêcher de lui demander :

– Vous entretenez tout cela vous-même?

– Absolument tout, répondit-elle avec une pointe de fierté. Je crois que c'est bon pour moi, ajouta-t-elle gaiement. Ça forme le caractère! Les biceps aussi. Et c'est nécessaire.

Elle jeta sa veste sur une chaise et, considérant son pantalon ridicule, se remit à rire.

– Je crois que vous auriez dû m'appeler, en fin de compte. Voulez-vous une tasse de thé?

– Oui. Non... je veux dire...

Il la regardait fiévreusement. Il avait dû parcourir tout ce chemin uniquement pour lui parler et il était manifestement surexcité par son projet, qu'il brûlait de lui livrer. Il s'assit sur une chaise de cuisine, tandis qu'elle préparait le thé.

– J'attends de vous que vous me conseilliez, madame. Mme Goodheart m'a dit que vous connaissiez la région de Napa mieux que personne.

– C'est vrai.

– Je veux produire l'équivalent des meilleurs vins français ici.

Elle lui sourit avec gentillesse, tout en lui versant une tasse de thé, et s'assit pour se servir.

– Moi aussi, je voulais faire ça.

– Et qu'est-ce qui vous a fait changer d'avis?

Elle se demanda la vraie raison pour laquelle Amelia le lui avait envoyé. Son physique attirait les regards; il était beau, aristocratique, visiblement intelligent, mais elle éprouvait l'étrange sensation, tandis qu'il était assis dans cette cuisine, en train de boire son thé, qu'il était venu pour un motif précis qu'elle ne connaissait pas encore et qu'elle cherchait à découvrir tout en lui parlant.

– Je n'ai pas changé d'avis, monsieur de Vernay, j'ai simplement fait autre chose. Le mildiou a dévasté les vignes de la vallée il y a quelques années, puis la Prohibition est arrivée et, pendant quatorze ans, il n'a plus été question de faire du vin... maintenant mon terrain est à l'abandon... et... je ne sais pas... je crois que c'est trop tard pour moi. Mais je vous souhaite de réussir. Amelia m'a dit que vous vouliez acheter de la terre. Je devrais donc essayer de vous vendre la mienne.

Il leva un sourcil intéressé et reposa sa tasse de thé mais elle secoua la tête et reprit :

– Je ne le ferai pas. Il y a tant de mauvaises herbes qu'il faudrait de la dynamite pour y voir clair. Je me suis consacrée à mes mines de Napa durant des années et je crains que mes vignes n'en aient souffert. Je n'avais jamais le temps de faire ce que je voulais. J'ai produit quelques bons vins mais rien de plus.

– Et maintenant?

Il semblait vouloir que tout le monde partage son enthousiasme débordant.

Elle haussa les épaules en souriant.

– J'ai vendu les mines. Cette époque est révolue.

– Quel genre de mines?

Amelia lui avait dit peu de choses d'elle. Elle s'était montrée presque mystérieuse en la lui décrivant. «C'est une fille prodigieuse et elle en sait plus que n'importe qui sur la vallée. Parlez-lui, André. Ne la laissez pas s'échapper.» Cet avertissement lui avait d'abord paru étrange, mais il se rendait compte à présent qu'elle avait quelque chose d'insaisissable en elle, comme si elle cherchait à se dérober.

– Quelle sorte de mines possédiez-vous, madame Harte? insista-t-il.

– Mercure.

– Cinabre, reprit-il avec un sourire. Je m'y connais très peu. Quelqu'un les dirigeait à votre place?

Elle secoua la tête en riant et parut tout à coup très jeune. C'était une jolie femme, même dans cet accoutrement, et il était difficile de deviner son âge. Sabrina eut la même pensée en le regardant.

— Je les ai dirigées moi-même pendant un peu moins de trois ans, après la mort de mon père.

André de Vernay en fut impressionné. Ce n'était pas une mince tâche pour une femme. Amelia avait raison : c'était une femme prodigieuse.

— Puis mon mari a dirigé les mines à ma place ensuite, jusqu'à sa mort. Alors j'ai repris les deux affaires, puis j'ai fini par vendre il y a quelques années.

— Le travail doit vous manquer.

— C'est vrai, avoua-t-elle.

Il but une gorgée de thé, puis demanda en souriant :

— Quand me montrerez-vous votre terre, madame Harte?

Elle se mit à rire.

— Oh non, je ne vous infligerai pas ça! Mais je serai heureuse de vous indiquer à qui vous adresser pour acheter un bon terrain. Beaucoup sont à vendre. Les gens souffrent beaucoup de la crise économique, ici.

— C'est partout pareil, madame Harte.

La situation n'était pas meilleure en France. Il n'y avait qu'en Allemagne, sous le régime d'Hitler, que l'économie avait l'air de se redresser, mais Dieu seul pouvait savoir les intentions de ce dément. André, comme beaucoup, ne lui faisait pas confiance et désapprouvait les Américains qui ne le trouvaient pas dangereux.

— Voilà des années que je veux faire ça. Et pour moi, il est temps. Je viens juste de vendre mes vignes en France et je veux en replanter ici.

— Pourquoi?

— Ce qui se passe en ce moment en Europe ne me dit rien de bon. Hitler constitue un danger réel d'après moi, même si peu de gens partagent mon opinion. Je crois que nous approchons d'une autre guerre et je préférerais être ici.

— Et s'il n'y a pas la guerre? Vous repartirez?

— Peut-être. Peut-être pas. J'ai un fils et j'aimerais qu'il vienne me rejoindre ici.

— Où est-il en ce moment?

— En train de skier en Suisse. Ah, que les jeunes ont la vie dure!

— Quel âge a-t-il?

– Vingt-quatre ans. Il travaille avec moi dans les vins depuis deux ans. Il est allé à la Sorbonne et puis il est revenu à Bordeaux pour me seconder. Il s'appelle Antoine.

Il semblait fier de son fils et Sabrina en fut émue.

– Vous avez beaucoup de chance. Mon fils aura vingt et un ans cette année, il est à l'université, dans l'Est, et je me demande vraiment s'il reviendra vivre un jour à San Francisco. Je crois qu'il est tombé amoureux de l'Est.

– Ça lui passera. Antoine était comme ça au début à propos de Paris. Et maintenant il me soutient que Paris est une ville effroyable, il est plus heureux à Bordeaux. Il est tellement provincial qu'il ne viendrait même pas à New York avec moi. Ils ont tous leurs idées à eux, mais, en fin de compte, ils redeviennent humains, acheva-t-il en riant. Mon père disait toujours qu'il appréciait vraiment ses enfants... une fois qu'ils avaient trente-cinq ans. Nous avons encore quelques années à attendre.

Elle se mit à rire et servit une seconde tasse de thé, puis une idée la traversa subitement et elle regarda la pendule.

Il la vit faire, et lui demanda, soudain confus :

– Je vous retarde peut-être, madame Harte ?

– Sabrina, s'il vous plaît. Non, pas du tout. Je me disais simplement que nous avons peut-être le temps de partir pour Napa maintenant. J'aimerais vous montrer moi-même quelques terrains. Quel est votre emploi du temps, aujourd'hui ?

Il parut touché.

– J'en serais très heureux, mais je vous empêche certainement de vaquer à vos occupations.

– Simplement de tailler la haie. Je ne suis pas allée à Napa depuis longtemps et je serais vraiment très contente de vous accompagner.

Elle pouvait au moins faire cela pour la vieille amie de son père ; Amelia s'était montrée si gentille avec elle durant toutes ces années !

– A propos, comment va Amelia ?

Elle posa les tasses dans l'évier et André la suivit dans le hall.

– Très bien. Elle vieillit et devient un peu plus fragile, bien sûr, mais si l'on songe qu'elle vient d'avoir quatre-vingt-neuf ans, elle se porte comme un charme. Son esprit est aussi aiguisé que la lame d'une épée. Je prends toujours plaisir à discuter avec elle. Je ne gagne jamais, mais c'est un défi qui me plaît. Nos idées politiques sont très différentes.

Il sourit en rougissant et Sabrina sourit à son tour.

– Je crois que mon père a toujours été secrètement amoureux d'elle. Et elle m'a été très chère durant mon enfance. Elle était un peu une mère pour moi. La mienne est morte quand j'avais un an.

Il opina, comprenant à demi-mot, et Sabrina, après s'être excusée, monta se changer. Lorsqu'elle redescendit, elle portait un joli tailleur de tweed gris et bleu, avec un chandail de la couleur de ses yeux, de confortables chaussures plates, et elle avait ramené ses cheveux en arrière.

Elle avait une distinction naturelle qui l'avait tout de suite frappé; en la voyant ainsi transformée, l'expression « fille prodigieuse » lui traversa à nouveau l'esprit. Amelia avait raison. Comme toujours, en toute chose... à part en politique, se dit-il en riant intérieurement.

Il suivit Sabrina jusqu'au garage, caché par les arbres et les haies, à côté du portail. Elle sortit sa Ford bleue, vieille de dix ans, lui ouvrit la portière et, une fois dans la rue, referma le portail à clé derrière eux. Elle le regarda, amusée, tandis qu'ils filaient vers le Nord.

– Et dire que je pensais tailler mes haies aujourd'hui!

Elle se réjouissait d'être en route pour Napa avec lui.

CHAPITRE XXIX

LORSQU'ILS ARRIVÈRENT à Sainte Helena, deux heures et demie plus tard, Sabrina aspira profondément une bouffée d'air pur et, regardant les collines d'un vert lumineux, elle eut l'impression de renaître enfin. Depuis qu'elle avait vendu la maison et les mines, elle n'était pas revenue à Napa et elle sentait maintenant combien ce paysage faisait partie d'elle et combien il était agréable d'être de retour. André de Vernay l'observait; elle se tourna vers lui en poussant un soupir. Elle n'avait pas besoin de parler; il semblait comprendre parfaitement.

— Je sais ce que vous ressentez. Je ressens précisément la même chose à propos de Bordeaux... et du Médoc.

Tout en donnant des indications à André, Sabrina se sentit ragaillardie. Elle lui montra Oakville, Rutherford, quelques-uns des nouveaux vignobles, puis les collines où se trouvaient autrefois ses mines, et arrêta la voiture devant une vaste étendue de terre qu'elle lui indiqua. C'était un terrain envahi de broussailles, en friche depuis des années. Un panneau qui indiquait « A VENDRE » avait été renversé. Sabrina avait abandonné l'idée et ne savait plus quoi en faire. Elle avait pourtant échafaudé de beaux rêves à propos de cette terre et des raisins qu'elle y ferait pousser. Elle se tourna vers André, fixant ses prunelles d'un bleu profond, et haussa les épaules comme pour s'excuser.

— C'était beau ici, avant.

Elle agita la main d'un geste vague, lui indiquant les différents cépages, et lui reparla des ravages du mildiou et de la Prohibition.

— Je ne pense pas en faire à nouveau quelque chose.

Elle possédait là des centaines d'hectares de terre et des vignes encore, plus loin. Ils marchèrent tous deux dans les champs, écartant les broussailles pour se frayer un passage. André, presque muet, observait tout, et il se pencha plus d'une fois pour tâter le sol. Enfin, il la regarda avec une expression si sérieuse qu'elle ne put s'empêcher de sourire.

— Vous avez là une mine d'or, madame Harte.

— Avant, oui, c'est possible, mais plus maintenant. C'est comme tout, ça a perdu sa valeur.

Elle songeait aux mines qu'elle avait dû vendre et à ces vignes, jadis si bien entretenues, méconnaissables à présent. Ce voyage était une arme à double tranchant car, si son âme revivait à la vue de cette terre que son père et elle avaient tant aimée, ce spectacle lui évoquait tout ce qui n'était plus, son père, John, et même Jonathan, qui avait presque disparu de sa vie. Elle sentait tout le poids de sa jeunesse perdue en regagnant lentement sa voiture; et elle regretta soudain d'être venue. Cela changeait-il quelque chose? A quoi bon revenir pour pleurer sur le passé?

— Je devrais vraiment vendre tout ça, un de ces jours. Je ne viens plus ici et cette terre ne fait rien.

— Je pourrais vous l'acheter mais cela reviendrait à voler un enfant. Je ne pense pas que vous ayez une idée précise de la terre que vous possédez là.

C'était la même terre grasse que dans le Médoc, et en évaluant rapidement le climat, l'ensoleillement, la qualité du sol et les pieds de vigne, il sut instinctivement qu'il ferait là des merveilles.

— Je veux acheter de la terre ici, Sabrina.

Il leva les yeux au-delà des collines. Ce n'était pas Bordeaux, mais c'était magnifique et il pourrait être heureux ici. Si Antoine venait, et quelques-uns de ses meilleurs hommes, il pourrait accomplir des prodiges. Mais il lui fallait d'abord trouver un terrain.

— Vous parlez sérieusement?

Elle lut la réponse dans ses yeux.

Comme elle connaissait tout le monde dans la région, elle le conduisit chez la meilleure agence spécialisée dans la vente de terrains. Après avoir discuté avec plusieurs personnes, il découvrit qu'un terrain de mille cinq cents hectares, contigu à celui de Sabrina, était à vendre. Le prix était bas mais il y avait beaucoup de travail à faire et, comme André était impatient d'aller le voir avant le crépuscule, Sabrina le ramena là-bas. Il arpenta le terrain, regardant alentour, tâtant à nouveau le sol, cassant des branches de vigne, touchant les feuilles, et Sabrina eut presque l'impression qu'il humait l'air. Son comportement l'amusa tout à coup; il se montrait si scrupuleux, si sérieux dans tout ce qu'il faisait que même la malice de son regard disparaissait lorsqu'il discutait vins et récolte avec elle. Une fois revenu à l'agence, il se tourna vers elle en souriant, fou de joie, et Sabrina se sentit gagnée par l'enthousiasme qui faisait étinceler ses yeux.

— Que diriez-vous, Sabrina, si je vous demandais de me vendre votre terre?

— A la place de celle que nous venons de voir? demanda-t-elle, surprise.

— Non, en plus de celle-là. Et j'ai une bien meilleure idée encore. Nous pourrions nous associer, vous et moi. Je cultiverais aussi votre terre. Nous aurions ainsi un vignoble fantastique.

Les yeux de Sabrina se mirent à danser; c'était ce qu'elle avait toujours désiré.

— Vous êtes sérieux?

— Bien sûr, voyons.

A ce moment, le vendeur les rejoignit et, en un clin d'œil, André négocia le prix et conclut l'affaire, au grand soulagement de l'employé; la commission qu'il allait toucher lui permettrait de nourrir convenablement ses quatre enfants.

André se tourna vers Sabrina.

— Alors, qu'avez-vous décidé?

Il y eut un silence interminable, durant lequel ils retinrent tous deux leur respiration. Pour la première fois depuis longtemps, Sabrina sentit un frisson la parcourir; l'excitation de traiter des affaires, d'entamer des transactions, d'acheter, de vendre, l'avait gagnée à nouveau. Elle secoua la tête d'un air solennel.

— Je ne vendrai pas, André.

Il avait prévu d'instinct cette réponse.

— Me laisserez-vous cultiver votre terre et devenir votre associé?

Cette fois, elle acquiesça, les yeux aussi brillants que les siens.

— J'accepte.

Ils échangèrent alors une poignée de main. Ce n'est qu'après avoir versé des arrhes à l'agence que lui vint à l'esprit la nécessité de trouver un logement.

Il n'y avait même pas songé auparavant, mais il se contenterait d'une petite maison, pour lui et pour son fils. Il quittait ainsi l'élégant château qu'il possédait sur ses terres, dans le Médoc. Chaque fibre de son âme lui disait que l'Europe courait à la catastrophe. Cette nouvelle région, ce pays nouveau lui donnaient une nouvelle chance. Ce serait bien plus exaltant pour lui et pour Antoine que le confort rassurant dans lequel il s'était enfermé depuis longtemps.

Peu après huit heures, Sabrina et lui s'arrêtèrent dans une auberge où ils avalèrent goulûment un hamburger arrosé de bière. Sabrina, rassemblant ses souvenirs, lui fit l'historique de Napa Valley.

– Je suis née ici, à Sainte Helena, dans la maison de mon père.

– Vous l'avez toujours?

– Je l'ai vendue pour pouvoir faire face aux études de mon fils. Lorsque la Bourse s'est effondrée en 29, il avait quinze ans, et, trois ans après, je l'ai envoyé dans l'Est. J'avais perdu tous mes investissements, mes mines n'étaient plus rentables et je n'avais plus besoin de la maison de Napa, puisque nous vivons à San Francisco depuis des années.

Elle n'était pas très fière de lui avouer ses problèmes, mais c'était un homme aux manières très simples. Depuis qu'ils s'étaient serré la main pour sceller leur association future, elle percevait un lien particulier avec lui. Elle avait l'impression qu'ils étaient devenus immédiatement amis et, à cause d'Amelia, elle lui faisait confiance.

– Mon fils a encore une année d'études à faire, reprit-elle. Ensuite, je saurai au moins qu'il a eu tout ce qu'il était de mon devoir de lui donner.

– Et vous? Que vous donne-t-il?

Elle voulait lui répondre « de l'amour » mais elle n'en était pas certaine. Il lui donnait probablement quelque chose, un sentiment de réconfort lorsqu'il venait à la maison et la sensation que quelqu'un l'aimait, quelque part dans le monde, mais il ne le lui montrait assurément jamais. Il était davantage intéressé par ce qu'elle était susceptible de lui donner.

– Vous savez, André, je ne sais pas, mais je ne suis pas sûre que les enfants vous donnent quelque chose, si ce n'est la satisfaction de savoir qu'ils sont à vous.

– Ah, fit-il en lui souriant et en reposant son verre. Donnez-lui quelques années.

Elle se mit à rire, se souvenant de leurs querelles passées.

— Il faudra au moins ça. Maintenant, parlons de cette terre.
Qu'allons-nous faire?

Elle était fascinée par le sérieux dont il faisait preuve chaque
fois qu'ils en discutaient.

— Pensez-vous réellement que la situation va se gâter, en
France, André?

— Pire que ça, j'en suis absolument sûr. J'en ai discuté avec
Amelia toute la nuit à New York. Elle dit que les Français sont
trop intelligents pour être battus, mais je pense qu'elle pourrait
bien avoir tort, cette fois. Politiquement, nous sommes malades, économiquement nous ne sommes pas forts et il y a ce fou
à l'Est qui agite devant nous le drapeau nazi. Je crois
sincèrement qu'il est temps de partir, au moins quelques
années.

Sabrina se demanda s'il n'était pas en train de s'affoler. Il lui
avait dit un peu plus tôt avoir cinquante-cinq ans et elle se
souvenait que John, au même âge, même s'il était plus
conservateur, s'était mis lui aussi à s'inquiéter de la politique,
comme Jeremiah jadis. Elle ne faisait pas donc pas grand cas
de ce qu'il lui disait.

Il continua à parler, d'abord avec hésitation.

— Vous savez, Sabrina, vous me croyez peut-être fou, mais je
continue à penser à ce morceau de terre. Le vôtre et le mien.
C'est parfait pour ce que je veux faire et vous m'avez laissé
entendre que les vignes vous intéressaient aussi, autrefois. Au
lieu de me laisser cultiver votre terre, pourquoi ne pas
participer et commencer l'affaire avec moi?

— Je crois que cette époque est finie pour moi. Je ne suis plus
une femme d'affaires, André.

Et elle l'avait payé assez cher avec les colères de son
fils.

— Je ne sais pas. Je vous sens pourtant aussi impliquée que
moi. Est-ce que cela vous paraît insensé?

— Un petit peu, répondit-elle en souriant tandis que la
serveuse leur servait une nouvelle tasse de café.

André semblait en consommer beaucoup; il avait murmuré
avec beaucoup de tact qu'il ne ressemblait pas tout à fait
au café français, euphémisme qui avait beaucoup fait rire
Sabrina.

— A quoi pensez-vous, André? demanda-t-elle, intriguée.

Il prit rapidement son souffle et reposa sa tasse.

– Que diriez-vous d'acheter avec moi juste la part de terrain nécessaire pour que nous soyons associés à égalité et que ce soit vraiment fifty-fifty?

Elle éclata de rire en l'entendant employer l'expression américaine.

– Acheter avec vous? André, vous ne comprenez pas. J'ai déjà du mal à garder mon fils à l'université et il ne me reste presque plus rien, à part ma maison en ville et ce morceau de jungle que vous avez vu à Napa. Comment pourrais-je acheter une partie de ces vignes avec vous?

Il parut déçu mais pas vaincu.

– Je ne savais pas... Je pensais simplement... Vous n'avez aucune autre ressource, alors?

Il était direct, mais sans méchanceté; il voulait désespérément faire débuter son affaire avec elle. Il soupçonnait que, si elle parvenait encore à se maintenir à flot, c'était uniquement grâce à ses capacités personnelles. D'une certaine façon, il avait le sentiment que, si elle le voulait, elle pourrait trouver un moyer d'acheter cette terre avec lui. Et elle en savait beaucoup plus sur la façon de produire du vin qu'elle ne voulait bien l'admettre.

– Cela fait si longtemps, André! Lorsque j'étais jeune, je m'imaginais que j'allais produire de bons vins français ici, mais c'était il y a combien d'années? Quinze? Vingt-cinq? Je ne vous serais d'aucune utilité.

Elle s'étonnait même qu'il lui ait proposé une association, même si elle devait admettre que ce projet éveillait sa curiosité, beaucoup plus que de lui louer son terrain actuel.

– Vous savez, cela ne me déplairait pas de tenter cela avec vous. Mais je devrais plutôt vendre mon terrain et non en acheter un autre.

Elle soupira, songeuse. Il lui faudrait dans quelques mois payer la prochaine année de Jon à l'université et tout ce qui lui restait à vendre était son terrain de Napa, les jardins autour de Thurston House et les bijoux de sa mère, qu'elle n'avait jamais portés. Elle remua tout cela dans sa tête un long moment et y songea à nouveau cette nuit-là, couchée dans son lit. André retournait à Napa le lendemain pour inspecter de plus près le terrain qu'il venait d'acheter, discuter avec les propriétaires et découvrir un logement.

Tout en pensant à lui, Sabrina se dit qu'elle le trouvait sympathique et qu'elle souhaitait le voir réussir. On ne pouvait qu'admirer un homme de cet âge qui abandonnait une région où il vivait confortablement après avoir acquis tout ce qu'il désirait, pour venir s'installer à quatre ou cinq mille kilomètres de là et repartir de zéro. Il fallait une bonne dose de courage pour cela et Sabrina l'admirait. Presque autant qu'il l'admirait lui-même. Il avait perçu la force extraordinaire qui se trouvait en elle et à laquelle Amelia avait fait allusion. Il supposait avec raison qu'elle avait à assumer une situation difficile, même si elle l'avait seulement laissé entendre.

Le lendemain matin, Sabrina réfléchissait toujours, regrettant de ne pouvoir participer à son projet, lorsqu'elle s'assit d'un bond sur le lit... si elle vendait tous les jardins autour de Thurston House, elle pourrait non seulement payer la dernière année d'études de Jon mais il lui resterait encore de l'argent. Elle avait pensé le mettre de côté pour elle et peut-être investir, mais quel meilleur investissement que la terre? Son père le lui avait toujours répété. Bien sûr, si elle s'associait à André pour l'achat de ce terrain, il ne lui resterait plus un sou, mais s'il savait ce qu'il faisait, ils gagneraient de l'argent assez vite. C'était un risque énorme à courir, surtout compte tenu de la situation économique, mais à l'idée de ce projet, elle sentait son sang courir plus vite dans ses veines, comme du temps où elle tirait le meilleur profit de ses mines. Et puis, c'était ce qu'elle avait toujours eu envie de le faire; même étant enfant, elle préférait encore la vigne aux mines. Elle passa la journée à peser le pour et le contre, se demandant si André avait acheté autre chose, puis fit quelques appels au sujet des terrains qu'elle voulait vendre. Lorsqu'il lui téléphona le soir, elle était tellement excitée qu'il comprenait à peine ce qu'elle disait.

— Je peux faire l'affaire avec vous, André!

Le courtier pensait avoir une offre pour ses terrains de Nob Hill le lendemain. Deux promoteurs attendaient depuis des années, prêts à payer un bon prix. Cela signifiait qu'elle devrait vivre au milieu des travaux pendant un temps et qu'elle n'aurait plus la même tranquillité qu'auparavant, mais cela lui était indifférent si elle pouvait s'associer avec lui...

— Quoi?... quoi?... que dites-vous?... doucement, doucement...

Il riait avec elle, certain qu'il s'agissait d'une bonne nouvelle, mais sans en comprendre le contenu.

— Bon, très bien, excusez-moi. D'abord, comment ça s'est passé aujourd'hui?

— Merveilleusement bien. Et j'ai eu cette idée géniale. J'achète le terrain, je vous vends les quatre cents hectares et vous me paierez quand vous voudrez, dans cinq ans si ça vous arrange. D'ici là, nos vignes nous auront enrichis.

Sabrina répliqua, rayonnante :

– C'est inutile. J'ai eu une idée.

Elle se ravisa presque aussitôt.

– J'en ai encore une meilleure. Pourquoi ne viendriez-vous pas prendre un cognac? Je veux vous parler de quelque chose.

– Ah, ah..., fit-il, intrigué. Vous êtes sûre qu'il n'est pas trop tard? Il est déjà dix heures passées.

Mais comme elle n'aurait pas pu attendre le lendemain pour lui annoncer la nouvelle, il accepta de prendre un taxi et, cinq minutes plus tard, il frappait à sa porte. Elle dévala l'escalier et courut lui ouvrir. Une bouteille de cognac et un verre à liqueur l'attendaient déjà en haut, dans la bibliothèque devant un feu de bois. Lorsqu'il la vit monter l'escalier aussi vite qu'un jeune chien, il se mit à rire.

– Mais qu'est-ce que vous avez mijoté, Sabrina?

Elle rit à son tour, lui versa un cognac et lui indiqua un fauteuil confortable en face du sien.

– J'ai eu une idée... à propos du terrain de Napa.

Il la regarda, osant à peine espérer. Il se demandait si c'était pour cela qu'elle l'avait fait venir. Peut-être allait-elle opérer un miracle.

– Sabrina, ne me tenez pas comme ça en haleine, murmura-t-il.

Elle le regarda et sut instinctivement que sa vie allait changer, comme cela s'était déjà produit... lorsque son père était mort et qu'elle avait dû diriger les mines... lorsqu'elle avait épousé John... lorsque Jonathan était né... tout à coup son existence prenait à nouveau un tournant exceptionnel. Elle avait cru l'époque de sa puissance révolue, mais elle savait que ce temps était revenu. Son plus grand désir était de s'associer avec lui et son sens aigu des affaires lui disait que cet homme était hors du commun. André de Vernay était entré dans sa vie et elle allait maintenant marcher à ses côtés, en sachant, en raison de son amitié avec Amelia, qu'elle pouvait avoir confiance en lui.

– Je veux acheter le terrain avec vous.

Leurs yeux se rencontrèrent.

– Vous pouvez? Je croyais...

– J'y ai pensé toute la nuit et j'ai fait quelques appels aujourd'hui. Je n'ai qu'à vendre les terres qui entourent

Thurston House. Il me faut encore de l'argent pour payer les études de Jon l'an prochain.

Il lui était pénible d'être aussi franche avec lui, mais elle n'avait aucune raison de lui cacher quoi que ce soit, surtout s'ils devenaient associés.

— Si j'en tire un bon prix, poursuivit-elle, et je pense que c'est possible, je crois que je pourrai arriver tout juste à acheter une partie de ce terrain avec vous. Nous pourrions être de véritables associés, dès le début.

Il contempla ses yeux étincelants, comme s'il savait que quelque chose d'important allait commencer pour eux.

— Je vois tout ça très bien, ajouta-t-elle en plissant les yeux.

— Moi aussi.

Il la contempla un long moment puis leva son verre.

— A notre succès, madame Harte.

Elle leva son verre à son tour, puis fronça les sourcils, consciente de la quantité de travail à fournir; mais cela la motivait.

— Qui cultivera les vignes? Amènerez-vous des gens de France?

— Je ferai venir trois de mes hommes et mon fils. A nous cinq, cela suffira. Nous pourrons toujours engager des ouvriers agricoles en cas de besoin. Pourquoi? Vous êtes volontaire pour ramasser le raisin?

Il lui prit la main en souriant.

— Est-ce que tout cela représente vraiment quelque chose pour vous?

— Je n'ai jamais été aussi sérieuse. J'ai l'impression que je revis.

Les eaux trop calmes de son existence allaient s'agiter et elle mesurait à présent combien le travail, le plaisir de diriger ses mines, d'entreprendre quelque chose lui avaient manqué. Ces dernières années, elle n'avait fait qu'assister à l'anéantissement des derniers vestiges de son passé. A présent, tout à coup, elle se retrouvait au cœur de l'action, grâce à lui.

— Si ça marche, j'aurai une énorme dette envers vous, André.

— Ah, non! fit-il, courroucé. Là, vous n'y êtes pas du tout, Sabrina. C'est moi qui vous serai toujours redevable si nous achetons cette terre.

Il plissa les yeux et vit son rêve prendre forme dans sa tête.

– Nous aurons du succès un jour... j'en ai l'intuition... les meilleurs vins du monde... peut-être même un champagne ou deux...

Elle avait envie de crier, tant elle était heureuse de l'écouter. Tout ce qu'elle avait désiré depuis des années, il le lui offrait. Amelia le lui avait envoyé, comme un messager du destin, pour lui redonner la vie. Il était son plus beau cadeau.

Les trois jours suivants, ils vécurent comme des fous, entre leurs banquiers et leurs bureaux de vente respectifs, discutant avec les propriétaires puis avec la banque et enfin avec les deux promoteurs qui voulaient acquérir les terrains de Nob Hill. Et miraculeusement, en une semaine, les deux affaires furent conclues. Sabrina avait tout vendu, excepté la maison elle-même et un minuscule bout de jardin situé derrière. André et elle avaient acheté deux mille hectares de terre à Napa, en plus de son terrain de mille hectares, ce qui leur en faisait trois mille à eux deux, chacun étant légalement propriétaire de la moitié. Sabrina, qui ne savait où donner de la tête entre ses notaires et ses banquiers, et qui appela aussi deux fois Amelia pour la remercier, vécut la semaine la plus mouvementée de sa vie. Lorsqu'elle accompagna André au train de New York, à la fin de la semaine, ils se serrèrent la main et cette fois, il l'embrassa sur les deux joues.

– Vous savez, je crois que nous sommes complètement fous.

Elle se sentait rajeunie moralement et physiquement; lui, il était encore plus beau depuis qu'il passait ses après-midi à arpenter leur terrain sous le soleil de Napa. Mais elle était si enthousiasmée par leurs projets qu'elle n'y prêtait même pas attention. Elle devait trouver une maison assez grande pour lui et pour son fils, avec si possible un bungalow à côté pour les trois vignerons qu'ils ramèneraient de France.

– Quand serez-vous de retour, André?

Il avait promis de l'appeler de New York et de lui envoyer un câble de Bordeaux. Il avait beaucoup à faire là-bas mais il espérait être de retour dans un mois.

– Dans quatre semaines. Cinq tout au plus.

– Je vous trouverai une maison d'ici là; au pire, vous habiterez à Thurston House.

– Ce serait certainement très agréable.

Il se mit à rire en imaginant ses trois ouvriers viticoles en train de déambuler dans l'élégante demeure de Nob Hill.

– Je crois pourtant qu'on en ferait vite une ferme.

– Ça ne me gêne pas du tout.

Elle agita le bras et lui souhaita bonne chance tandis que le train s'éloignait. Durant un instant, elle eut le cœur serré en songeant au train qui, dix-neuf ans auparavant, n'avait jamais atteint Detroit.

La vie ne pouvait se montrer à nouveau aussi cruelle. Cinq semaines plus tard, jour pour jour, Sabrina retournait à la gare pour accueillir André, Antoine et les trois ouvriers viticoles. Elle avait trouvé une petite ferme toute simple en location juste à côté de leur terrain. André et Antoine auraient toujours le temps, un jour, de construire une maison. Ils partirent directement pour Napa Valley et tous les hommes se mirent à discuter avec animation en français lorsqu'ils virent le terrain acheté par André et Sabrina.

Sabrina fut surprise de constater combien Antoine était charmant. C'était un très beau jeune homme, grand et très mince, avec les mêmes yeux bleus que son père et une crinière blonde. Il avait les traits fins, un sourire doux et les jambes démesurément longues de son père, avec lequel il se montrait gentil et prévenant. Son anglais n'était pas très bon, mais il réussit à parler correctement à Sabrina. Le surlendemain, dans la soirée, alors qu'ils avaient passé leur temps à examiner les vignes, elle eut l'impression qu'ils étaient devenus amis. Il était diamétralement différent de son fils, ce qu'elle mettait sur le compte de sa maturité, mais elle était surtout frappée par son bon caractère. Il essayait de venir en aide à tout le monde, détendait l'atmosphère lorsque c'était nécessaire, semblait apprécier la compagnie de son père et se montrait excessivement poli avec elle tout en restant plein d'humour. Elle se demanda comment il s'entendrait avec Jon lorsque celui-ci rentrerait à la maison. Elle voulait qu'ils deviennent amis.

Jon n'arriva qu'au mois de juin. André et Antoine étaient là depuis six semaines et séjournaient quelques jours à Thurston House, car ils avaient rendez-vous à la banque dans l'espoir d'obtenir quelques prêts. Le chantier, autour de la maison, faisait un vacarme insupportable. Le béton volait partout, des nuages de poussière s'abattaient sur eux et des grues arrachaient les arbres. Ce spectacle peinait Sabrina, qui s'efforçait de ne pas y penser. Mais elle se consolait en songeant à l'aventure exaltante qu'elle vivait avec André et Antoine. Elle avait pu payer la dernière année d'études de Jon mais elle se retrouvait presque sans le sou, ayant tout réinvesti dans les vignes. Elle allait à Napa plusieurs fois par semaine et effectuait le tour de leur domaine avec une joie évidente. André de son côté venait en ville au moins une fois par semaine et logeait dans les appartements réservés aux invités de Thurston House.

C'est là qu'ils étaient tous réunis lorsque Jon arriva. Il leur décocha un regard franchement hostile tout en posant ses bagages dans l'entrée.

— D'autres pensionnaires, chère mère?

Elle eut envie de lui reprocher ce ton agressif et le regarda avec colère.

— Sûrement pas, Jon. Voici André et Antoine de Vernay. Je t'ai parlé des vignes dans lesquelles nous avons investi à Napa.

— Tout ça, c'est du chinois pour moi.

Son attitude contrastait avec celle d'Antoine, qui avait fait un si bon accueil à Sabrina. Mais Jon était manifestement ennuyé par ces inconnus. Sa mère flirtait à nouveau avec les affaires et il se rappelait combien il avait détesté la voir travailler, quand il était jeune. Antoine lui tendit une main qu'il serra avec désinvolture. Il avait d'autres chats à fouetter maintenant qu'il était en ville. Deux de ses amis de Harvard arrivaient la semaine suivante, puis il se rendrait au lac Tahoe et à La Jolla avec des amis. Ce n'était pas ce qu'il avait d'abord projeté : il aurait préféré aller en Europe avec son ami Dewey Smith, mais, puisque sa mère avait insisté pour qu'il rentre à la maison, il allait se venger en la forçant à l'envoyer en Europe après son diplôme, l'an prochain. Il estimait que, tout le monde ne sortant pas tous les jours diplômé de Harvard, il méritait amplement ce grand voyage. Il comptait d'ailleurs embarquer sur le *Normandie*. Mais il ne lui en souffla mot, estimant qu'il avait tout son temps pour la tarabuster. Dans l'immédiat, il aurait besoin d'une voiture quand ses amis arriveraient.

— Tu peux prendre la mienne quand je suis là, chéri. Je prendrai le tramway.

André les écoutait d'une oreille tout en passant quelques coups de téléphone dans la bibliothèque. Il s'étonnait qu'elle se montre aussi patiente avec lui, mais c'était son fils unique et cela expliquait beaucoup de choses. Sabrina avait confié une nuit à André qu'elle s'était toujours sentie coupable de toutes les heures qu'elle avait passées à la mine.

— Mais vous l'avez fait pour lui. J'ai eu le même problème

avec Antoine lorsque Eugénie est morte, et il a bien fallu qu'il comprenne. Je n'étais qu'un homme. Et vous avez hérité d'une énorme responsabilité, Sabrina. Il doit sûrement comprendre cela maintenant.

– Quand ça l'arrange, oui.

Elle savait que son fils était gâté, mais cela la contrariait qu'il la tourmente ainsi au sujet de la voiture devant André.

– Bon Dieu, mais on ne peut pas en acheter une autre?

– Tu sais que je ne peux pas me le permettre pour l'instant, Jon.

– Et pourquoi, bon sang? Tu achètes bien autre chose, de la terre à Napa, des vignes et qui sait quoi encore!

– Jon, tu es injuste. Mais prends donc ma voiture, pour l'amour de Dieu.

– Et comment espères-tu que nous puissions vivre ici avec tout ce bruit? hurla-t-il par-dessus le vacarme.

– Je suis désolée, Jon, mais ça ne durera pas toujours et tu seras parti la plupart du temps. Dans un an, quand tu reviendras, les travaux seront terminés.

Il soupira bruyamment et la regarda.

– Bon, pour la voiture, je peux la prendre cet après-midi?

– Bien sûr que tu peux.

Il voulait sortir une fille, l'amie d'un ami, étudiante en seconde année à Mills.

– Aimerais-tu dîner avec nous, ce soir?

Elle voulait que Jon fasse mieux connaissance avec André et Antoine, mais il se leva en secouant la tête.

– Désolé, je ne peux pas.

Il jeta un coup d'œil vers l'ami de sa mère et, voyant que André était encore au téléphone, il se dit qu'il ne l'entendrait pas.

– C'est un nouvel amant? demanda-t-il à sa mère d'un air sarcastique.

Elle rougit violemment et il vit à l'expression de sa bouche qu'elle n'était pas contente.

– Certainement pas, Jon. C'est mon associé. Mais j'aurais aimé que tu fasses plus ample connaissance avec lui et avec son fils.

Jonathan haussa les épaules. Au premier abord, ces deux péquenots arrivés de France ne l'intéressaient pas. Il les jugeait ainsi à cause du fait qu'ils travaillaient la terre, venaient de Bordeaux et étaient habillés sans aucune recherche. Qu'ils fussent tous deux de naissance noble lui était complètement sorti de la tête, d'autant qu'on n'avait jamais mentionné le nom du château qu'ils venaient de vendre. Mais Jon avait d'autres préoccupations, surtout maintenant qu'il avait la voiture de sa mère; il repartit une demi-heure après pour ne rentrer que tard dans la nuit.

Le lendemain matin, Sabrina partit très tôt pour Napa avec André et Antoine et ne regagna San Francisco que dans la soirée. Elle passait la plus grande partie de son temps en voiture, effectuant des aller et retour continuels entre Thurston House et son nouveau vignoble.

– Mais pourquoi as-tu fait une chose aussi insensée? lui demanda Jon lorsqu'ils se retrouvèrent le soir.

Sabrina vit son œil accusateur, comme si elle avait mal agi. Mais elle n'avait que quarante-sept ans et elle n'avait pas l'intention de se laisser aller et de mourir, maintenant qu'il était devenu un adulte.

– Jon, tout va bien se passer, je te le promets. Nous produirons les meilleurs vins des États-Unis.

Il haussa les épaules.

– Et alors? Je préfère le whisky, de toute façon.

Elle eut un soupir d'exaspération. Il était impossible, quelquefois.

– Heureusement, tout le monde ne partage pas ton opinion.

A ce moment, une idée lui revint et il se tourna vers elle avec un air particulièrement nonchalant.

– A propos, j'ai des amis qui viennent en ville la semaine prochaine.

– Mais tu ne vas pas à Tahoe? demanda-t-elle en fonçant les sourcils.

– Si. Je pensais simplement qu'ils pourraient peut-être s'arrêter et te rendre visite.

C'était la première fois qu'il lui faisait une telle suggestion et elle se demanda tout à coup s'il s'agissait d'une jeune fille. Elle lui sourit timidement.

– Est-ce quelqu'un qui te touche de près?

– Oui.

Puis, comprenant ce à quoi elle pensait, il s'empressa de secouer la tête :

– Non, non, pas de cette façon... c'est juste une connaissance... ne t'en fais pas, tu verras...

Elle crut apercevoir une lueur coupable dans ses yeux mais sans en être sûre.

Il était déjà sur le départ et elle dut le rappeler.

– Comment s'appellent-ils?

– Du Pré.

Elle ne savait pas s'il s'agissait d'un homme ou d'une femme, et elle oublia de le lui demander avant qu'il parte pour Tahoe, la semaine suivante.

CHAPITRE XXX

Une fois jon parti avec ses amis pour le lac Tahoe, Sabrina passa presque tout son temps à Napa avec André, Antoine et leurs trois vignerons. Il fallait défricher et, sur l'ancien terrain de Sabrina, tailler les pieds de vigne, en effaner d'autres, sans compter ceux qu'André avait rapportés de France.

Une année entière serait nécessaire avant que le terrain leur donne entière satisfaction, mais ils s'y étaient préparés et leur projet se présentait bien. Ils avaient déjà choisi les désignations de leurs futurs vins : Harte-Vernay pour les vins courants et Château de Vernay pour les plus grands crus. Sabrina était folle de joie. Elle revint à San Francisco après avoir passé une semaine sous le soleil étincelant de Napa, bronzée, les yeux pareils à deux taches de ciel bleu, et une longue tresse dans le dos. Elle portait les espadrilles qu'André lui avait rapportées de France, ainsi qu'un pantalon, et elle venait tout juste de se plonger dans son courrier, dans son bureau de Thurston House, lorsque le téléphone sonna. Une voix de femme, inconnue, demanda à lui parler.

— C'est elle-même.

Elle se demandait qui c'était, tout en se préoccupant davantage de la pile de factures qu'elle avait en main. Il semblait y en avoir toujours davantage, et leur nombre prouvait que Jon ne s'était rien refusé ces dernières semaines... trois restaurants... son club... son tailleur préféré...

— Je suis la comtesse du Pré. Votre fils m'a suggéré de vous appeler...

Sabrina fronça les sourcils puis se souvint tout à coup de ce nom. Du Pré... mais il n'avait pas parlé d'une comtesse. Peut-être la mère d'une jeune fille dont il était particulièrement amoureux? Sabrina éloigna le combiné et soupira, peu encline à faire la conversation, surtout avec une femme qui s'annonçait de cette façon-là. Elle parlait un américain impeccable, avec une pointe d'accent du Sud, mais son nom était typiquement français. Sabrina regretta l'absence d'André et d'Antoine.

— Jonathan vous a peut-être dit que j'appellerais.

— Absolument.

Sabrina, tout en se débattant avec l'énorme pile de factures, faisait des efforts pour se montrer aimable.

— C'est un garçon charmant.

— Merci beaucoup. Ainsi, vous visitez San Francisco?

Sabrina ne savait vraiment pas quoi lui dire et cherchait la raison de son appel.

— C'est cela.

— C'est dommage que Jon soit absent. Il est à la montagne avec des amis.

— Je m'en réjouis pour lui. Peut-être le verrai-je lorsqu'il rentrera.

— Oui...

Sabrina s'arma de courage. Elle devait faire son devoir pour Jon.

— Voudriez-vous venir prendre le thé un jour de cette semaine?

Avec tout ce qu'elle avait à faire, c'était la dernière chose dont elle avait envie, mais elle n'avait pas le choix. Jon l'avait prévenue, et cette personne avait appelé.

— Avec grand plaisir. J'aimerais faire votre connaissance, madame Harte.

Elle parut s'attarder bizarrement sur le nom de Sabrina, qui s'en fit la remarque. Autant en finir au plus vite.

— Cet après-midi peut-être?

— Ce serait parfait.

— J'en suis ravie, mentit Sabrina. Voici notre adresse...

Mais il y eut un charmant éclat de rire dans le téléphone.

— Oh, c'est inutile... Jon me l'a donnée il y a déjà long-temps.

Sabrina ne parvint pas à savoir si elle était jeune ou vieille et ce qu'elle représentait exactement pour Jon. C'était vraiment le pire de tout. Lorsque André l'appela pour qu'elle coure à la banque pour une commission, elle fut obligée de lui dire qu'elle ne pourrait s'y rendre.

– Jon m'a malheureusement collé une de ses connaissances. Elle passe quelques jours en ville et elle vient prendre le thé.

Elle consulta sa montre; le plateau était déjà préparé et elle avait mis pour l'occasion une robe de flanelle grise avec un col de velours et un collier de perles que son père lui avait offert lorsqu'elle était jeune.

– Elle doit arriver dans une dizaine de minutes, et j'ai l'impression qu'elle ne partira pas assez tôt pour que je puisse sortir. Je suis vraiment désolée, André.

– Ce n'est pas grave. Ça peut attendre.

– Je ne sais pas ce qu'elle veut, mais Jon avait l'air d'y tenir, alors j'ai fait ce qu'il fallait. Franchement, j'aimerais mieux être avec vous tous. Comment ça se passe?

– Très bien.

Avant qu'il ait pu poursuivre, elle entendit frapper à la porte d'entrée et la sonnette retentit.

– Mon Dieu, la voilà! Il faut que j'y aille. Appelez-moi s'il arrivait quelque chose.

– D'accord. A propos, quand revenez-vous?

– Demain soir, je pense. Je pourrai rester à la ferme avec vous?

Elle était la seule femme là-bas, mais elle s'accommodait très bien du manque de confort et de leur mode de vie assez rudimentaire. Le soir, elle aidait à faire la cuisine, même si ce n'était pas son point fort. « Je sais mieux diriger une mine que faire la cuisine », avait-elle confié en riant, un matin qu'elle avait fait brûler les œufs au plat. A partir de ce jour, elle fut dispensée de cuisine et travailla comme les hommes. Et André ne l'en admira que davantage.

– Bien sûr que vous pouvez rester. Il faudra vraiment que nous construisions une maison convenable bientôt. A demain soir, alors. Et conduisez prudemment.

– Merci.

Elle raccrocha et se précipita dans l'escalier pour ouvrir la porte à sa visiteuse. Celle-ci portait un ensemble de lainage noir qui moulait sa silhouette; ses cheveux, d'un noir profond, étaient certainement teints, de l'avis de Sabrina, mais elle avait un beau visage et des yeux d'un bleu intense qui semblaient l'examiner centimètre par centimètre. Elle entra et leva les yeux vers le dôme, comme si elle avait su qu'il se trouvait là.

– Bonjour... Je vois que Jon vous a parlé du dôme.

– Non.

Elle regarda Sabrina et sourit. Et Sabrina éprouva une étrange sensation tout à coup, qu'elle ne put définir, comme si elle avait déjà vu cette femme quelque part, sans pouvoir se rappeler où.

– Tu ne te souviens pas de moi, n'est-ce pas?

Ses yeux ne quittaient pas Sabrina, qui secoua lentement la tête.

– C'est vrai que ce n'est pas possible.

Sabrina perçut à nouveau l'accent du Sud.

– Je pensais que tu avais peut-être vu une photo... un portrait...

Pétrifiée, Sabrina sentit un frisson la parcourir. La voix de la femme n'était plus qu'un murmure à présent.

– Je m'appelle Camille du Pré... Camille Beauchamp...

Une vague de peur submergea Sabrina, tandis que la femme poursuivait toujours :

– Camille Thurston, d'abord, mais pas très longtemps...

Ce n'était pas possible. Sabrina l'observait, clouée sur place. C'était une plaisanterie. Ça ne pouvait être que ça. Sa mère était morte. Sabrina eut l'impression d'avoir reçu une gifle.

– Il faut vous en aller...

Elle se sentait suffoquer, parlait avec effort, mais elle ne pouvait faire un mouvement, tandis que Camille continuait à l'observer, presque incapable d'imaginer ce qu'elle ressentait ou de mesurer la force du coup qu'elle venait de lui assener. Sabrina croyait voir une revenante, mais, maintenant qu'elle contemplait celle dont elle n'avait jamais vu les traits auparavant, elle comprenait à qui ressemblait son fils. C'était le portrait de sa grand-mère... les cheveux... le visage... les yeux... la bouche... les lèvres... Sabrina éprouva un besoin irrésistible de hurler, mais elle se contenta de se reculer.

– C'est une plaisanterie très cruelle... ma mère est morte...

Elle était presque hors d'haleine mais quelque chose l'empêchait de jeter cette femme dehors, une sorte de fascination; elle se demandait depuis tant d'années à quoi ressemblait sa mère, et à présent... peut-être était-il possible... sa mère lui avait tellement manqué... et cette femme qui était là tout à coup... comment était-ce possible? Sabrina se laissa tomber lourdement sur une chaise, tandis que Camille Beauchamp Thurston la regardait calmement, contente de son effet.

— Je ne suis pas morte, Sabrina, dit-elle. Jon m'a dit que c'était ce que t'avait raconté Jeremiah. Ça n'a pas été très bien de sa part.

— Qu'est-ce qu'il aurait dû me dire?

Sabrina ne pouvait pas détacher ses yeux d'elle. Il lui était presque impossible de comprendre ce qui lui arrivait. Sa mère était sortie de la tombe pour entrer dans sa vie et se tenait maintenant calmement devant elle.

— Je ne comprends pas.

Camille agissait comme si elle se trouvait dans une situation parfaitement normale. Elle se mit à déambuler lentement sous le dôme en expliquant à Sabrina, qui ne la quittait pas des yeux, ce qui était arrivé.

— Ton père et moi, nous nous sommes brouillés, il y a très longtemps.

Elle eut un sourire d'excuse, presque charmant, mais Sabrina était trop sous le choc pour s'y laisser prendre.

— En fait, je n'ai jamais été vraiment heureuse ici. Surtout dans l'autre maison. Je n'ai jamais été folle de Napa, à vrai dire, et je suis repartie pour Atlanta parce que ma mère est tombée malade.

Sabrina la regarda, interloquée; elle n'avait jamais entendu parler de cette histoire auparavant. Pourquoi son père lui aurait-il menti?

— Nous avons eu des discussions terribles parce que je rentrais chez moi et, une fois que j'ai été là-bas, il m'a écrit de ne jamais revenir. J'ai découvert ensuite qu'il avait une maîtresse ici.

Les yeux de Sabrina s'ouvrirent encore plus grands. Cela pouvait-il être vrai?

— Il m'a interdit de rentrer, ou de te revoir...

Elle se mit à pleurer.

— Ma seule enfant... J'étais si désespérée que je suis partie pour la France.

Elle renifla et se détourna pendant un instant. Si cette femme lui mentait, elle était très forte, car elle aurait convaincu n'importe qui de la sincérité de son chagrin.

— J'ai mis des années à m'en remettre. Ma mère est morte... je suis restée en France pendant plus de trente ans et depuis j'ai erré sans but...

En réalité elle avait « erré » jusque chez son frère Hubert, dès que Thibaut du Pré était mort, et elle y vivait depuis lors, beaucoup plus confortablement d'ailleurs que tout le temps où elle était avec du Pré, mais le destin avait fait entrer Jonathan dans leurs vies.

Le nom de Beauchamp ne signifiait rien pour lui. Il savait que sa grand-mère s'était appelée ainsi, mais elle était morte depuis longtemps, du moins le croyait-il. Durant sa première année à Harvard, lorsqu'il s'était rendu à Atlanta avec le petit-fils d'Hubert, il avait découvert que sa grand-mère vivait là et, pendant deux ans, Camille avait parlé de l'accompagner en Californie. Il avait pensé au début que cela ferait plaisir à sa mère, puis, instinctivement, il comprit que ce ne serait pas le cas. Mais quelque chose le poussait à arranger cette rencontre, quelque chose qu'il combattit longtemps, puis qui finit par triompher. Il était en colère contre elle. Il la trouvait exigeante et peu accommodante, et elle ne lui avait pas offert la voiture qu'il désirait depuis si longtemps. Comme il jugeait qu'il ne lui devait rien, il finit par dire à Camille que le moment était venu. Sabrina méritait cette épreuve pour toutes les fois où elle l'avait laissé seul pendant qu'elle s'occupait de ses mines. Il savait ce que Camille avait en tête; et elle lui avait promis qu'il pourrait vivre aussi longtemps qu'il le voudrait dans la maison, une fois qu'elle y serait revenue. C'était sa maison, après tout, pas celle de Sabrina Harte. Elle avait aussi promis une voiture à Jon. Elle ne fit aucune allusion à tout cela devant Sabrina, bien décidée à attendre quelques jours.

Sabrina la fixait avec suspicion.

– Pourquoi mon père m'aurait-il menti?

– L'aurais-tu aimé si tu avais su qu'il avait chassé ta mère? Il te voulait pour lui, Sabrina, toi et cette vieille sorcière qui t'a élevée.

Jon l'avait comblée en lui apprenant que l'horrible Hannah était morte.

– Et il ne voulait pas que je prenne part à ses affaires. Il avait une maîtresse à Calistoga, tu sais.

Tout à coup, Sabrina se posa des questions. Elle avait entendu des histoires sur lui et Mary Ellen Browne, mais elle croyait que cette liaison datait d'avant son mariage avec Camille. On disait même qu'ils avaient eu un enfant, mais elle n'y avait pas ajouté foi.

– Et il en avait une autre à New York.

Sabrina, songeant à Amelia, se dit qu'il y avait là un peu de vrai, même si elle ne pensait pas que son père ait eu une liaison avec elle... peut-être vers la fin de sa vie, mais pas avant.

Leurs relations paraissaient si chastes... mais si chaleureuses aussi...

Sabrina, en proie à une grande confusion, dévisagea la femme.

— Je ne sais vraiment que penser. Pourquoi revenez-vous maintenant? Pourquoi maintenant?

— Il m'a fallu tout ce temps pour te retrouver.

— Je n'ai été nulle part. Je vis toujours dans la maison qu'il avait construite pour vous.

Camille feignit de ne pas noter l'accusation sous-jacente. Elle était toute douceur.

— Vous auriez pu me trouver depuis longtemps.

— Je ne savais même pas si tu étais en vie. Et Jeremiah pouvait très bien être encore là et m'empêcher de te voir.

Sabrina eut un sourire cynique.

— J'ai quarante-sept ans. Vous auriez pu m'approcher si vous l'aviez voulu, que mon père soit vivant ou non.

Il aurait eu quatre-vingt-douze ans cette année-là, il n'aurait constitué une menace pour personne, encore moins pour cette femme pleine d'impudence. Sabrina ne parvenait pas à éprouver un quelconque sentiment pour elle, excepté de la suspicion. Pourquoi Jon avait-il conduit Camille jusqu'à elle sans la prévenir? La détestait-il à ce point? Ou était-ce une simple plaisanterie à ses yeux?

— Pourquoi êtes-vous revenue ici?

— Sabrina, tu es mon seul enfant, ma chérie.

Camille paraissait au bord des larmes.

— Nous avons dépassé tout cela. Et je ne suis plus une enfant.

— Je n'ai nulle part où aller, répondit-elle en souriant avec ingénuité.

— Où viviez-vous jusqu'à maintenant?

— Avec mon frère, mais il est mort, alors j'ai suivi son fils, le père de l'ami de notre Jonathan.

Cette marque de possessivité envers son fils lui déplut.

— Mais ce n'est pas très commode, poursuivit Camille. Je n'ai plus de chez moi depuis que mon mari est mort... enfin... mon ami... je veux dire.

Elle rougit mais rattrapa son faux pas comme elle put. Sabrina le releva tout de suite.

— Vous vous êtes remariée, madame du Pré?

Elle appuya sur le nom et releva un sourcil en attendant la

réponse qu'elle redoutait déjà malgré elle. Camille réussit à l'étonner encore.

– Mais tu n'y penses pas, ma chérie... ton père et moi n'avons jamais divorcé. Je suis toujours sa femme et je l'étais quand il est mort.

Jonathan lui avait assuré que Jeremiah ne s'était pas remarié, pas à sa connaissance en tout cas.

– En terme de droit, reprit Camille avec un sourire diabolique, cette maison est à moi.

– Quoi?

Sabrina sauta sur ses pieds comme si elle venait de recevoir une décharge électrique.

– Mais c'est vrai. Nous sommes restés mariés jusqu'à la fin et il a construit cette maison pour moi, tu le sais.

– Pour l'amour de Dieu, comment pouvez-vous dire une chose pareille?

Sabrina eut envie de l'étrangler. Après tout ce qu'elle avait enduré, voilà que cette femme voulait la laisser sans rien.

– Où étiez-vous lorsque j'avais besoin de vous? Lorsque j'avais cinq ans, dix ans, douze ans? Où étiez-vous quand mon père est mort? Quand j'ai dû diriger les mines à sa place? Quand...

Sa voix s'étrangla et pendant un moment, elle ne put continuer.

– Comment osez-vous revenir? Je restais souvent éveillée la nuit en me demandant comment vous étiez, je pleurais parce que je vous croyais morte, et je me souviens encore de son immense chagrin... et maintenant vous venez ici me dire que vous êtes partie soigner votre mère et qu'il ne vous aurait pas laissée revenir! Eh bien, je n'en crois pas un mot, vous m'entendez? Pas un traître mot! Et cette maison ne vous appartient *pas*, elle m'appartient, *à moi*, et un jour elle sera à Jonathan. Mon père me l'a laissée et je la laisserai à Jonathan quand je mourrai. Mais rien de tout cela ne vous concerne.

Elle pleurait, tremblait, sous l'œil attentif de Camille.

– Est-ce que vous comprenez? Ceci est *ma* maison, et pas la vôtre, bon Dieu! Et ne me dites pas du mal de mon père dans cette maison. Il est mort ici il y a presque trente ans et cet endroit était sacré pour lui... Vous avez raison, il l'avait construite pour vous, mais, pour une raison que je ne connais apparemment pas, vous avez disparu, et il est trop tard pour revenir.

Camille semblait malgré tout étrangement calme. Elle s'était préparée à cette scène, même si la violence de Sabrina la surprenait.

— Tu te rends compte, n'est-ce pas, que tu ne peux pas me forcer à partir? demanda-t-elle, l'air doucereux.

Sabrina fut saisie de rage.

— C'est ce que nous allons voir. J'appellerai la police si vous ne partez pas.

— Très bien, et je leur montrerai ce certificat de mariage, et quelques documents que je possède. Je suis la veuve de Jeremiah Thurston, que cela te plaise ou non, et Jonathan et moi allons faire réouvrir son testament. Après ça, c'est toi qui seras obligée de me demander si tu peux rester ici, et pas le contraire. En attendant, tu ne peux pas m'obliger à partir.

— Vous n'êtes pas sérieuse!

— Je le suis. Et si tu portes la main sur moi, c'est moi qui appellerai la police.

— Et qu'est-ce que vous comptez faire exactement? Vivre ici pendant les cinquante prochaines années? répliqua-t-elle, sarcastique.

Mais Camille n'était pas inquiète; elle avait l'habitude de n'en faire qu'à sa tête et elle était extraordinairement douée pour arriver à ses fins; elle avait tout combiné depuis longtemps avec Jonathan. Il avait mis du temps à se décider mais, sachant que cela finirait par arriver, elle avait attendu son heure patiemment. Sabrina aurait du mal à se débarrasser d'elle.

— Je vais vivre ici aussi longtemps que ça me plaira.

Elle avait un autre plan en tête, dont elle n'avait pas parlé à Jonathan. Il fallait d'abord mettre Sabrina dans une situation désagréable. Elle n'en éprouvait aucun sentiment de culpabilité puisque Sabrina, après tout, était une étrangère pour elle. Alors, où était le mal? Elle resterait avec Sabrina quelques mois pour prendre possession de la maison et la mettre vraiment mal à l'aise, et peut-être cela aboutirait-il à un agréable petit arrangement financier qui lui permettrait de revenir dans le Sud la tête haute et de s'acheter une maison.

Elle n'avait aucun désir particulier de retourner dans le Sud mais cela servait merveilleusement ses projets. D'autant qu'elle était pleinement dans son droit. Vérifications faites, Jeremiah n'avait jamais déposé de demande de divorce. Ils étaient donc

encore mariés lorsqu'il était mort, et, si jamais Sabrina atta-
quait son testament, même maintenant, la procédure prendrait
du temps. Assez pour qu'elle soit parvenue à ses fins.

– Il n'est pas question que vous vous installiez ici! Je ne vous
laisserai pas faire!

Au même moment, Camille se dirigea vers la porte et fit
signe à un homme qui attendait dehors et qui apparut, chargé
de bagages. Deux malles attendaient encore dehors. Sabrina se
précipita vers lui.

– Sortez-moi tout ça! cria-t-elle, indiquant la porte et faisant
allusion non seulement aux bagages mais aussi à Camille. Tout
de suite!

C'était le ton dur qu'elle employait autrefois à la mine. Mais
cela n'avait aucun effet sur l'homme, que Camille avait l'air de
terroriser davantage.

– Je ne peux pas... Excusez-moi, madame.

Il tremblait de peur tandis que Camille lui indiquait nonchalamment l'escalier. Elle se souvenait encore de tout, de la
chambre à coucher, de la bibliothèque de Jeremiah, de son
cabinet de toilette, de son boudoir. Elle fit déposer ses bagages
dans son cabinet de toilette et, voyant Sabrina les jeter dehors,
elle la considéra avec désapprobation, comme si elle avait
affaire à un enfant.

– C'est inutile. Je reste là. Je suis ta mère, Sabrina, que ça te
plaise ou non.

La mère dont elle avait rêvé si souvent et si tendrement...
C'était inconcevable. Des larmes de rage coulèrent de ses yeux
et elle se sentit toute petite, ne parvenant pas à croire ce qui lui
arrivait. Pas étonnant que son père ne l'ait pas laissée revenir.
C'était une sorcière, un monstre; mais comment allait-elle s'en
débarrasser? Sabrina alla dans la bibliothèque de son père et
composa frénétiquement le numéro d'André, à qui elle exposa
la situation.

– Elle est folle?

– Je ne sais pas, sanglota-t-elle. Je n'ai jamais rien vu d'aussi
incroyable. Elle s'est installée dans la maison exactement
comme si elle revenait d'un voyage de quelques jours.

Il l'entendit se moucher et regretta de ne pas être auprès
d'elle pour la consoler.

– Et mon père ne m'a rien dit... Je ne comprends pas... il m'a
affirmé qu'elle était morte quand j'avais un an...

– Peut-être s'est-elle enfuie. Nous finirons par savoir. Quelqu'un doit être au courant.

Et ils pensèrent tout de suite à la même personne.

– Amelia, reprit-il. Appelez Amelia à New York! Elle vous dira tout. Et en attendant, fichez-la dehors.

– Comment? Par la force? André, elle s'est installée dans mon cabinet de toilette!

– Alors, enfermez-la à clé. Enfin, elle n'a pas le droit de s'imposer comme ça, voyons!

Voulant au moins savoir ce qui s'était passé entre son père et cette femme qui se disait toujours mariée avec lui, Sabrina était maintenant impatiente d'appeler Amelia.

– Vous voulez que je vienne?

– Non, pas pour l'instant. Je vous rappellerai. Je veux téléphoner à Amelia puis à mon avocat.

Ce fut sans succès. Amelia avait une terrible angine, apprit-elle de la gouvernante, et son avocat était en vacances. « Il sera de retour dans un mois », s'était contentée de répondre la secrétaire. Sabrina se sentit devenir à moitié folle. Elle retourna affronter Camille.

– Madame du Pré... comtesse... qui que vous soyez, il n'est pas question que vous restiez ici. Si vous avez vraiment des droits sur les biens de mon père, alors nous pourrons en discuter avec mon avocat dès son retour, le mois prochain. Mais, en attendant, il vous faudra vivre à l'hôtel.

Camille regarda sa fille par-dessus son épaule tout en accrochant ses affaires dans la penderie. Elle avait déjà empilé une partie des vêtements de Sabrina sur une chaise. Sabrina, prise d'une soudaine envie de l'étrangler, la bouscula et attrapa les affaires qu'elle jeta par terre en hurlant :

– Sortez d'ici! C'est ma maison, pas la vôtre!

Camille la scruta comme une enfant dévoyée.

– Je sais que c'est dur pour toi. Nous ne nous sommes pas vues depuis très, très longtemps. Mais il faut que tu prennes sur toi. Quand Jon reviendra, il voudra nous trouver heureuses ici. Il nous aime toutes les deux, tu vois, et il a besoin d'un foyer paisible.

– Je ne peux pas y croire! Il *faut* que vous partiez d'ici.

– Mais pourquoi? D'ailleurs, qu'est-ce que ça fait? Cette maison est immense. Il y a bien assez de place pour tout le monde.

Voyant le regard meurtrier que lui lançait Sabrina, elle prit de bonne grâce une sage décision.

– Très bien, je vais m'installer dans la chambre d'amis,

alors, et tu ne te rendras même pas compte que je suis là, ma chérie.

Elle sourit gaiement, rassembla ses affaires; le porteur, que Sabrina avait complètement oublié, courut derrière Camille, avec tous les bagages et les malles.

Lorsque André appela Sabrina plus tard dans l'après-midi, il la trouva toujours aussi agitée.

– Qu'est-ce qu'a dit Amelia?

– Elle n'a pas encore pu me parler. Elle a la fièvre et une terrible angine.

– Oh... décidément... Vous avez fichu cette femme dehors? Vous savez, elle se fait peut-être passer pour votre mère. J'ai réfléchi à ça après votre appel.

– Je ne pense pas, André. Elle connaît parfaitement la maison, même après toutes ces années.

– Quelqu'un l'a peut-être mise au courant? Un de vos anciens domestiques qui voudrait se venger?

Sabrina avait une autre raison de croire qu'il s'agissait réellement de Camille Beauchamp : sa ressemblance frappante avec Jon. Elle en fit part à André.

– Pourquoi croyez-vous qu'elle est revenue?

– Elle ne s'en est pas cachée. Elle veut la maison, André.

– Thurston House?

Il connaissait Sabrina depuis peu, mais il avait tout de suite compris ce que cette maison, qu'il s'était mis à aimer lui aussi, signifiait pour elle.

– Mais c'est absurde! s'écria-t-il.

– J'espère que le tribunal sera de votre avis. Et mon avocat est en vacances pendant tout le mois! Mais qu'est-ce que je vais bien pouvoir faire? Elle est têtue comme une mule et elle s'est installée dans la chambre d'amis comme si j'avais attendu sa visite. Comment peut-elle me faire une chose pareille?

– Ça n'a pas l'air de lui poser de problème... Quel est le rôle exact de Jon dans cette affaire?

Elle ne voulait pas accuser son fils sans preuve, mais, d'après le peu qu'avait dit Camille, elle soupçonnait quelque chose de très laid dans toute cette affaire.

– Je ne le sais pas encore.

Il devina que Sabrina ne voulait pas lui en dire plus pour le moment.

– Puis-je faire quelque chose pour vous?

– Oui, répondit-elle avec un sourire malheureux. Chassez-

la. Faites-la disparaître. Faites qu'elle ne soit jamais revenue.

— J'aimerais en être capable.

Il y eut un silence.

— Vous savez, j'ai rêvé d'elle pendant tant d'années...
j'essayais de l'imaginer... une fois, quand j'avais douze ou
treize ans, je me suis introduite dans cette maison et j'ai
fouillé dans des affaires à elle que j'avais trouvées... et maintenant voilà qu'elle surgit d'un seul coup et c'est une
femme effroyable, diabolique, intéressée... J'aurais préféré ne
jamais la connaître, André, si elle est bien ce dont elle a
l'air.

— Il faut espérer que non.

... A moins que cet événement n'ait eu pour effet de faire
disparaître un fantôme obsédant. C'était dur à admettre mais
de toute façon inutile d'en discuter; elle était là, et bien là, et
Sabrina devait la faire partir. Elle y songea toute la nuit dans sa
chambre, avec l'envie de courir dans la chambre d'amis et de
sortir cette femme de son lit.

Le lendemain matin, elles se retrouvèrent dans la cuisine
pour le petit déjeuner. Sabrina dut s'avouer que Camille,
pour une femme de son âge, était encore belle; elle avait dû
être ravissante cinquante ans auparavant, lorsque son père
l'avait épousée... Sabrina resta assise un long moment à la
contempler, se demandant ce qui s'était passé, pourquoi elle
était partie, pourquoi elle n'était jamais revenue et qui était
ce Dupré, peut-être la clé de tout. Mais elle ne lui adressa
pas la parole et se contenta de l'observer en buvant son thé.
Elle n'avait toujours pas compris ce qui lui était arrivé.

Elle avait l'impression, comme lorsque John était mort, que
le monde s'était écroulé autour d'elle. Camille, de son côté,
tournait gaiement autour de la table, comme si elle était
heureuse d'avoir fini par rentrer chez elle. Sabrina leva à
nouveau les yeux vers elle avec ébahissement et Camille s'assit
enfin. Les deux femmes se regardèrent, la mère et la fille, que
les circonstances ou peut-être la cupidité réunissaient enfin,
après une séparation vieille de quarante-six ans. Sabrina se
demanda à quoi ressemblait Camille alors, puis elle se souvint
tout à coup de ce que lui avait dit Hannah longtemps
auparavant, à propos des anneaux d'or que Camille utilisait
comme moyen de contraception. Hannah les avait trouvés... et
son père avait été furieux... puis Sabrina était arrivée. Elle eut
tout à coup envie de lui demander s'ils l'avaient désirée, mais

elle connaissait la réponse. D'ailleurs, à quoi bon? Elle avait quarante-sept ans, un enfant qui était adulte, son père l'avait adorée, et sa mère était... morte. Non, elle n'était pas morte; elle était partie.

– Pourquoi l'avez-vous quitté? Dites-moi la vérité là-dessus.

– Je te l'ai dit. Ma mère était malade. Elle est morte peu après.

Camille ne semblait pas redouter la conversation.

– Vous étiez auprès d'elle quand elle est morte?

– J'étais en France à ce moment-là.

Pourquoi lui mentir? Elle était rentrée chez elle et elle était toujours la femme de Jeremiah Thurston. Jon avait eu raison. Camille était encore plus tenace que Sabrina. Elle avait investi la citadelle sans avoir pour ainsi dire à combattre. Elle était très fière d'elle; tout s'était déroulé mieux que prévu. Lorsque Jon serait de retour, ce serait encore plus facile. Il lui avait promis son aide, et un allié lui serait d'un grand secours.

– Vous avez vécu longtemps en France?

– Trente-quatre ans.

– C'est long, en effet. Vous vous êtes remariée?

Elle essayait de piéger sa mère, mais celle-ci se contenta de sourire.

– Non, même si je portais un autre nom.

– Vous n'êtes pas comtesse de naissance... Et ce du Pré?

– C'était mon protecteur en France.

– Je vois. Vous étiez donc sa maîtresse. Je crains que cela ne nuise à vos prétentions. C'est long, trente-quatre ans.

– Durant lesquels je suis restée légalement mariée à Jeremiah Thurston, et je le suis toujours. Tu ne peux rien y changer, Sabrina, malgré tous tes efforts.

– Je trouve seulement intéressant que vous ayez passé votre vie avec votre... comment dire... protecteur...

Elle appuya particulièrement sur le terme, dans l'espoir de faire rougir Camille, mais en vain.

– Et maintenant, vous revenez prendre possession de cette maison? Eh bien, on peut dire que c'est commode. Vous avez déjà des projets pour Thanksgiving? Ou alors, allez-vous refaire la décoration? Après tout, tant que nous y sommes, pourquoi perdre une minute?

André arriva peu avant midi. Camille, qui était en train de

balayer en bas de l'escalier, lui adressa un sourire. C'était un homme extrêmement séduisant et elle fut ravie d'apprendre qu'il était français, même si son enthousiasme tomba lorsqu'elle réalisa qu'il était du côté de Sabrina et qu'il allait tout faire pour la mettre dehors. Elle essaya de discuter de la France avec lui; elle semblait avoir vécu la plupart du temps dans une toute petite ville du Sud, mais elle avait séjourné aussi un peu à Paris, où elle prétendit avoir mené une vie brillante. Mais il savait que c'était faux et il coupa court. Il voulait parler à Sabrina seul à seul.

— Est-ce que vous avez mis l'argenterie et les bijoux sous clé? Elle a peut-être monté toute cette mise en scène pour vous voler, vous savez.

Sabrina se mit à rire.

— Les seuls bijoux que je possède sont les siens, pour la plupart, et si jamais elle s'installe ici, elle les exigera de toute façon.

— Eh bien, ne les lui donnez pas. Et puis je crois que vous devriez appeler la police.

Mais lorsqu'il s'y risqua et qu'il essaya d'expliquer la situation, on lui répondit que la police ne se mêlait pas des affaires de famille et leur conversation téléphonique avec un autre avocat qu'ils connaissaient ne fut pas plus encourageante. Il leur confirma qu'ils devraient se battre devant le tribunal et que maintenant qu'elle s'était installée il serait pratiquement impossible de la déloger avant le verdict, à moins qu'André ne le fasse de force, auquel cas elle pourrait porter plainte.

— Vous n'auriez pas dû la laisser entrer hier, dit André.

— Vous êtes fou? Comment étais-je supposée savoir? Elle est entrée ici comme un boulet de canon et, avant que j'aie pu me retourner, elle jetait déjà mes affaires sur une chaise. Encore heureux qu'elle ait bien voulu s'installer dans la chambre d'amis, parce que c'est moi qui y dormirais en ce moment.

— Quoi? s'écria-t-il, essayant tant bien que mal de détendre l'atmosphère. Elle dort dans ma chambre! Chassez-la!

Sabrina se mit à rire mais ses yeux se remplirent de larmes.

— Vraiment, je ne comprends pas, André. Pourquoi mon père ne m'a-t-il rien dit?

— Dieu seul sait ce qui s'est passé entre eux! A la voir et à l'entendre, ce n'est pas une cliente facile! Je ne crois pas à son histoire. C'est vraiment dommage que nous n'ayons pas pu avoir Amelia.

Il essaya tout de même de rappeler; cette fois, la voix affreusement cassée, et tout en se plaignant de sa gorge, Amelia les éclaira en leur racontant la liaison de Camille avec du Pré puis sa fuite avec lui.

— Je suis désolée qu'elle soit revenue troubler ta vie. Elle était déjà épouvantable, égoïste et sans cœur quand elle était jeune, et j'ai l'impression qu'elle ne s'est pas améliorée en vieillissant.

— Moi aussi, répondit tristement Sabrina.

Puis elle repensa à ce qu'Amelia venait de dire au sujet de la fuite de Camille.

— Mon père a dû en avoir le cœur brisé.

Elle comprenait à présent beaucoup mieux et pourquoi il ne voulait pas lui en parler : il ne s'en était jamais remis.

— Il a beaucoup souffert. Heureusement qu'il t'avait. Tu étais le bonheur de sa vie. A la fin, je crois qu'elle ne lui manquait plus beaucoup. Il s'y était fait. Mais les premières années... ça été très dur.

— Est-ce vrai qu'il avait une maîtresse et que c'est peut-être pour ça qu'elle est partie?

— Absolument pas! s'écria Amelia, outrée. Il a toujours été fidèle à Camille, je peux en répondre. Le fait est qu'il a été très déprimé que tu mettes tant de temps à arriver. Il se trouve que Camille y était pour quelque chose et ton père en a eu du chagrin, mais nous ne parlerons pas de ça maintenant, ma chérie. Il faut te calmer, à présent, ne pas te laisser perturber par cette affaire. Tu n'as qu'à la mettre dehors.

— J'aimerais bien. Mais il faudra manifestement aller devant le tribunal d'abord.

— Quelle affreuse épreuve pour toi, ma pauvre enfant! Il faut absolument se débarrasser de cette femme. Jeremiah aurait dû y songer à l'époque. La situation serait beaucoup plus simple pour toi aujourd'hui.

— Effectivement. Je vous tiendrai au courant.

— J'y compte bien. A propos, comment va André? J'ai cru comprendre que vous étiez en train de refaire le monde tous les deux et que vous aviez idée de le peupler d'ivrognes!

— Ça viendra, répondit Sabrina en riant. Comment va votre santé?

— Bien. A part cette gorge. Je crois que je suis condamnée à rester en vie, malgré moi.

— Tant mieux. Nous avons besoin de vous.

— En attendant, débarrassez-vous d'elle le plus vite possible.

— Entendu.

Sabrina le remercia et se tourna vers André. Ils ne pouvaient rien avant d'aller au tribunal, et la perspective de devoir vivre avec elle jusque-là rendait Sabrina presque folle. Le retour de Jon, le lendemain, n'arrangea pas la situation. Il ne cacha pas son plaisir de retrouver Camille, qu'il traitait comme sa grand-mère bien-aimée et son amie de toujours.

Sabrina alla droit dans la chambre de Jon, où elle attendit qu'il la rejoigne. Il ne semblait pas d'humeur à discuter, mais elle ne lui laissa pas le choix.

— Je veux te parler, Jon.

— A propos de quoi?

Il le faisait exprès, sachant qu'il la mettrait ainsi en colère. Et après? Elle ne lui avait jamais offert ce qu'il voulait, son grand voyage, la voiture qu'il lui réclamait depuis trois ans. Elle passait son temps à clamer qu'ils étaient pauvres et à pleurnicher à propos de Thurston House.

Eh bien, maintenant, grand-mère allait la lui reprendre, sa maison, et elle pourrait aller vivre à Napa avec son fermier français et planter ses fameux raisins qui l'occupaient tant! Lui vivrait dans le luxe à Thurston House avec sa grand-mère qui lui avait promis une voiture, une fois que les choses seraient arrangées. Il lui tardait déjà, d'autant que grand-mère lui avait promis son voyage en Europe pour le récompenser de son diplôme. Il partirait ensuite pour New York afin de trouver un emploi, si bien qu'il se moquait de savoir qui habiterait à Thurston House, de toute façon. Il n'envisageait pas de se fixer à San Francisco, qu'il considérait comme une petite ville de province désespérante. Il se sentait prêt à affronter New York, après trois années à Cambridge, même si d'autres villes l'attiraient... Boston... Atlanta... Philadelphie... Washington...

— Je veux que tu t'expliques! Quel rôle as-tu joué exactement dans cette affaire?

— Qu'est-ce que tu veux dire?

— N'essaie pas de ruser avec moi. Elle m'a dit qu'elle te connaissait depuis presque trois ans. Pourquoi ne m'en as-tu jamais parlé?

– J'ai pensé que ça te ferait de la peine, dit-il en détournant les yeux.

Sans prévenir, elle se leva d'un bond et le gifla.

– Ne me mens pas!

Il leva les yeux vers elle, scandalisé.

– Bon sang, mais en quoi ça te regarde, les gens que je connais? Faut-il que je te tienne au courant de tous mes faits et gestes?

– C'est ma mère, Jon, et tu l'as rencontrée il y a trois ans. Pourquoi l'as-tu aidée à faire ça?

– Je n'ai rien fait du tout. Peut-être qu'elle a autant droit que toi à cette maison. Elle dit qu'elle était mariée à grand-père quand il est mort.

– Tu aurais pu m'avertir, tu ne crois pas? Tu ne crois pas? Tu sais ce qui est le plus grave dans cette affaire, Jon? C'est ce que tu m'as fait. Elle n'a jamais été une mère pour moi, et toi qui es mon fils, non seulement tu étais au courant, mais c'est elle que tu as aidée. Quelle opinion as-tu de toi-même après ça?

Il la regarda droit dans les yeux, avec le même regard hostile et belliqueux.

– Très bonne.

– Alors je suis désolée pour toi.

– Je n'ai besoin de rien venant de toi, ajouta-t-il alors que Sabrina quittait la pièce.

Elle ne pouvait plus prendre sur elle et ce qu'elle voyait lui était insupportable. Elle savait enfin à qui il ressemblait; il était exactement comme Camille, aussi profondément méchant. Il n'éprouvait aucune reconnaissance pour Sabrina, après tout ce qu'elle avait fait pour lui. Sa nature s'était peu à peu pervertie et il était trop tard pour que Jon redevienne un homme droit, surtout avec Camille qui avait encouragé ses mauvais penchants.

Les jours suivants, Sabrina les vit conspirer et parler ensemble à voix basse. Elle se sentit abandonnée par son fils. Elle ne parvenait pas à se concentrer et n'osait pas quitter la maison pour aller voir André à Napa. Elle avait peur, si elle partait, qu'ils pillent la maison, volent ses affaires et peut-être changent les serrures pour l'empêcher de rentrer.

– Vous ne pouvez pas rester ici plusieurs mois dans cet état, s'inquiéta André.

– Vous croyez que ce sera si long?

– C'est possible. Vous savez ce qu'a dit l'avocat.

– Je crois que je serai devenue folle avant.

– Pas avant d'être allée à Napa prendre quelques dispositions au sujet des vignes. Écoutez, j'ai une idée. Je vais faire
venir Antoine ici et il pourra rester et garder un œil sur la
maison pendant que vous serez à Napa. Et lorsque vous
reviendrez, il repartira.

C'est ce qu'ils firent pendant deux mois. Puis l'avocat de
Sabrina revint et prit connaissance de l'affaire. Il estima lui
aussi qu'il n'y avait pas grand-chose à faire et qu'il faudrait
aller devant les tribunaux, ce qui pouvait prendre encore deux
mois. Entre-temps, Jon était reparti pour l'université, toujours
aussi en froid avec sa mère. Rien ne pourrait plus les
rapprocher et Sabrina avait quelquefois l'impression qu'elle
avait perdu son fils. Et c'était Camille qui l'avait récupéré. Elle
lui promettait la lune, une fois qu'ils auraient délogé Sabrina
de la maison.

Sabrina, quant à elle, continuait à penser qu'il se vengeait
d'elle de cette façon, parce que son père était mort et qu'elle
avait travaillé aux mines. C'est ce qu'elle confia à André, un
jour qu'ils se promenaient au milieu des vignes.

– Il a dû se sentir abandonné, soupira-t-elle. Si son père
avait vécu, je n'aurais pas recommencé à travailler, c'est
certain. Et encore, je ne travaillais pas tout le temps, mais je
crois qu'il voulait plus que ce que je lui donnais.

– Peut-être fait-il partie de ces gens qui exigent trop. On n'y
peut rien.

– Je voudrais le sortir des griffes de Camille, maintenant. Il
ne la voit pas comme elle est réellement mais, un jour, il se
rendra compte et il aura une bien mauvaise surprise.

André n'en était pas fâché car il pensait que Jon méritait
d'être puni pour sa perfidie. C'était un gosse pourri, qu'André
n'avait pas apprécié dès le début, même s'il ne voulait pas
l'avouer à Sabrina. C'était son fils unique et elle l'aimait
toujours.

Sabrina trouva aussi du réconfort auprès d'Antoine. Sachant
par quoi elle passait, il se montrait particulièrement gentil et
attentionné avec elle; il lui apportait des fleurs, des paniers de
fruits et lui offrait de temps en temps de petits cadeaux.
Sabrina en était très touchée et le répétait souvent à André,
qu'elle félicitait d'avoir un fils si délicat. Il était fier de lui et
elle enviait leur complicité. Elle voulait espérer que Jon,
lorsqu'il aurait le même âge qu'Antoine, aurait mûri et se
rapprocherait d'elle, mais quelque chose lui disait que cela ne

se produirait pas. Alors elle chassait cette pensée de son esprit et se préoccupait du vignoble qu'elle était en train de créer avec André et de son procès contre Camille.

Celle-ci savait que la date approchait mais ne semblait pas s'en émouvoir; elle jouait fin et serré. Une semaine avant la date, elle frappa à la porte de Sabrina. C'était le 9 décembre et le procès avait lieu le 16.

– Oui?

Sabrina, vêtue de sa robe de chambre, s'approcha de la porte, pieds nus. Elle avait encore du mal à croire à ce que lui avait fait endurer Camille, qui était là depuis cinq mois à présent; Sabrina avait l'impression de vivre un cauchemar sans fin, un rêve affreux sans parvenir à se réveiller. Camille était constamment là, déambulant dans la maison avec un air de propriétaire. Sabrina avait entendu dire qu'elle allait plastronner en ville vêtue de ses vêtements bon marché et de ses fourrures râpées.

De temps en temps, un objet de prix disparaissait et Camille soutenait qu'elle n'y était pour rien, mais Sabrina n'était pas dupe. Comme elle l'avait prédit à André, Camille tenta de récupérer ses bijoux mais elle ne céda pas. Un mauvais coup du sort l'obligeait à tolérer la présence de cette femme chez elle, mais c'était tout ce qu'elle voulait bien concéder. Lorsque les factures de Camille et de Jon commencèrent à affluer, elle prit le parti de ne pas les payer. Ils semblaient tout essayer pour la ruiner, ce qui serait arrivé si elle s'était acquittée de leurs dettes vertigineuses. Mais Sabrina laissa les factures de Camille s'accumuler sans y toucher et envoya celles de Jon à son université. Il avait vingt et un ans à présent, et, comme elle le lui disait, s'il voulait mener un tel train de vie, c'était à lui d'en assumer la responsabilité.

Mais, comme sa grand-mère lui avait promis de s'occuper de tout lorsque Sabrina aurait quitté la maison, Jon laissa lui aussi les factures impayées s'empiler par centaines sur son bureau. Il les donnerait à grand-mère lorsqu'il la reverrait, comme il le faisait avant avec Sabrina.

– Que voulez-vous?

– J'ai pensé que nous pourrions discuter.

Elle retrouvait toujours son accent du Sud lorsqu'elle avait une idée dans la tête.

– Discuter de quoi? Je n'ai rien à vous dire.

– Ne voudrait-il pas mieux discuter plutôt que d'aller devant le tribunal?

– Pas nécessairement.

Sabrina se sentait plus forte; elle pouvait relever le défi. Son avocat lui avait en effet confié qu'il était de plus en plus certain que Camille perdrait le procès. Le testament de Jeremiah était rédigé de telle manière qu'il la privait de tout héritage, sans pourtant la nommer vraiment. « Toute personne avec laquelle j'ai pu être marié... » Sabrina se souvenait d'avoir trouvé cette phrase étrange à l'époque de sa mort, mais elle était si bouleversée à ce moment qu'elle ne s'y était pas attardée.

– Ça ne me gêne pas d'aller devant le tribunal.

Camille la regarda en souriant.

– Je ne veux pas te prendre ta maison, mon enfant.

Sabrina eut envie de la gifler. Elle la torturait depuis six mois, avait envahi sa vie, lui avait dérobé son fils, et voilà maintenant qu'elle ne voulait pas lui prendre sa maison? Et elle osait l'appeler « mon enfant »!

– Je vais sur mes cinquante ans et je ne suis pas votre enfant. D'ailleurs, je ne l'ai jamais été. Je n'ai rien à voir avec vous. Vous m'avez rendue malade, et, s'il ne dépendait que de moi, je vous jetterais dehors cette nuit.

– Je partirai cette semaine, dit-elle d'une petite voix insidieuse, si tu acceptes mon prix.

Sans un mot, Sabrina claqua la porte de sa chambre, qu'elle ferma à clé.

André souffrait de toutes les épreuves qu'endurait Sabrina depuis six mois, mais il ne pouvait rien pour elle. Il l'accompagna au tribunal le 16 décembre; pour la première fois, Camille semblait vraiment pâle et inquiète.

Se rendant compte qu'elle était allée trop loin, elle essaya d'amadouer le juge, que sa conduire passée ainsi que son impudence choquèrent beaucoup. La déposition d'Amelia avait été enregistrée. Malgré son âge, elle avait gardé une excellente mémoire; elle fit un récit plus que détaillé des événements qui s'étaient déroulés quarante-six ans auparavant. Camille, tremblante, regarda autour d'elle; elle était seule et sa conduite avait été insensée. Elle qui avait cru que Sabrina paierait pour la voir partir se voyait maintenant sur le point de devoir acquitter des dommages et intérêts et de rembourser les frais qu'elle avait occasionnés durant les six mois précédents. On évoqua aussi ses dépenses ahurissantes et celles qu'elle avait encouragé Jon à faire. Quand tout fut terminé, elle s'estima heureuse de n'avoir à subir qu'une sévère réprimande de la part du juge, qui avait menacé de la mettre en prison. Il lui donna exactement une heure, en présence d'un adjoint du shérif, pour faire ses valises et quitter Thurston House.

Sabrina n'arrivait pas à croire que le cauchemar était enfin terminé. Lorsqu'elle vit Camille descendre pour la dernière fois l'escalier de Thurston House, il n'y avait plus de haine dans ses yeux. Elle avait perdu trop de choses pour éprouver un quelconque sentiment à l'égard de Camille. Elle avait perdu le repos de l'esprit, et surtout Jon.

– Je pensais que nous pourrions être amies quand tout serait fini.

Camille parlait d'une voix nerveuse et hésitante. Elle avait trop joué avec le feu et elle avait fini par s'y brûler. Il allait falloir regagner Atlanta et retourner vivre avec le jeune Hubert, qu'elle n'avait pas quitté en très bons termes, certaine qu'elle n'aurait plus besoin de lui.

Sabrina répliqua d'une voix forte :

– Je ne veux plus jamais vous voir ni entendre parler de vous et si cela arrive, j'appellerai la police et je le communiquerai au tribunal. Est-ce clair ? Et ne vous approchez pas de mon fils.

Mais elle avait perdu cette bataille-là car, lorsqu'elle appela Jon le lendemain, après avoir retrouvé son calme, il lui annonça qu'il ne viendrait pas pour Noël. Il avait décidé de prendre le train vers le 18 et se rendait à Atlanta. Il parlait d'un ton accusateur.

– J'ai parlé à grand-mère hier. Elle dit que tu as acheté le juge.

Sabrina, bouleversée, eut les larmes aux yeux.

Était-il possible que Jon ne comprenne pas et qu'il la haïsse toujours ? Ressemblait-il tant à sa grand-mère ?

– Jon, comment aurais-je pu faire une chose pareille ? Le juge était un homme honnête et il a bien vu qui elle était.

– C'est une vieille femme qui cherche un endroit où vivre, et Dieu seul sait où elle va aller maintenant.

– Où était-elle avant ?

– Elle vivait à droite et à gauche de la charité des gens. Elle va retourner s'installer chez son neveu.

– Je n'y peux rien.

– Et tu t'en fiches.

– Absolument. Elle a essayé de me prendre cette maison, Jon !

Il raccrocha en l'injuriant. Cette nuit-là, allongée dans son lit, dans cette maison qui était enfin redevenue la sienne, elle se dit qu'elle n'avait pas gagné, en fin de compte. Camille Beauchamp Thurston était victorieuse. Elle avait réussi à éloigner Jon de Sabrina.

CHAPITRE XXXI

SABRINA AURAIT PASSÉ un Noël bien solitaire sans Jon, cette année-là, si Antoine et André n'étaient venus lui tenir compagnie. Ils se présentèrent sur le perron de Thurston House avec un arbre de Noël et du lait de poule préparé par Antoine. Ils la taquinèrent, la divertirent et furent aux petits soins pour elle, puis se rendirent à la messe de minuit où ils chantèrent des cantiques. André, voyant des larmes couler sur les joues de Sabrina, passa le bras autour de ses épaules en lui souriant. Ils faisaient tous trois une joyeuse équipe, et Sabrina, qui sans eux serait restée chez elle à pleurer sur les malheurs qu'avait causés Camille, ne put rester insensible à leur entrain et retrouva sa bonne humeur. Antoine regagna ensuite Napa, mais André resta avec elle pour qu'ils puissent se rendre à la banque le lendemain. Ils voulaient obtenir un autre prêt pour acquérir du matériel. Tout se déroulait bien pour eux; André s'occupait des vignes de main de maître. Le terrain avait été entièrement déblayé.

— Même ma jungle est superbe, avait plaisanté Sabrina. J'ai du mal à la reconnaître.

— Attendez d'avoir goûté notre vin!

Mais il avait apporté à la place une bouteille de Moët et Chandon qu'ils burent assis devant l'arbre de Noël, après le départ d'Antoine. André regardait Sabrina avec admiration; elle avait prouvé, à travers les épreuves, toute la force de son caractère. Il se disait qu'il n'avait jamais rencontré une femme aussi extraordinaire, aussi gentille, aussi courageuse. Sabrina, songeuse, restait à contempler l'arbre de Noël et pensait à sa mère.

– Nous avons vécu une année bien surprenante, vous ne trouvez pas?

– C'est le moins qu'on puisse dire.

– Il y a eu du bon et du mauvais. Mais Antoine et vous avez été mes plus beaux cadeaux.

De plus, André lui avait offert un merveilleux chandail en cachemire rouge, un chapeau assorti, une veste et des gants chauds.

– Tout n'a pas été mauvais.

– Je l'espère bien.

Mais ils savaient tous deux qu'elle était triste à propos de son fils et qu'elle avait trop de peine pour pouvoir en parler. Elle plaisanta avec André pour ne pas y penser.

Après s'être rendus à la banque le lendemain, ils partirent tous deux pour Napa et Sabrina passa le reste de la semaine là-bas. Elle ne craignait plus de laisser Thurston House inhabitée car elle avait fait modifier les serrures le jour du départ de Camille et même Jon n'avait pas la nouvelle clé. Sabrina, qui avait une chambre à elle dans la grande ferme qu'Antoine avait louée, y était heureuse. Les hommes s'étaient liés d'amitié avec elle, et elle commençait à bredouiller quelques mots de français.

Après le Nouvel An, André la ramena chez elle en voiture car il voulait passer un jour ou deux en ville et régler quelques affaires avec Sabrina. Ils passèrent de longues heures dans la bibliothèque, ce soir-là, à examiner des documents, car ils étaient tous deux responsables de l'affaire et, d'une certaine manière, cela rappelait les jours anciens à Sabrina, lorsqu'elle s'était consacrée aux mines après la mort de son père.

– Ça a dû être difficile pour vous.

– Oui. Mais j'ai beaucoup appris.

– Je m'en rends compte. Mais les conditions n'étaient pas idéales pour apprendre.

– Je crois que ça n'a jamais été mon destin, dit-elle en songeant à nouveau à Camille et à Jon.

André lui posa alors une étrange question, qui le préoccupait depuis longtemps. Ils étaient amis depuis dix mois à présent, mais il y avait certaines choses dont ils ne parlaient jamais. Elle faisait rarement allusion à John Harte, et lui parlait très peu souvent de sa femme qui était morte lorsque Antoine avait cinq ans. Il était tombé amoureux d'une femme en France mais leur relation avait cessé et il venait d'apprendre par une lettre qu'elle avait rencontré quelqu'un d'autre. Cette rupture ne l'avait pas bouleversé car il s'y attendait déjà lorsqu'il avait quitté la France; elle n'avait pas voulu venir en Amérique avec lui. A présent, il se posait des questions sur la vie de Sabrina et se sentait assez à l'aise pour l'interroger.

– Comment était votre mari?

– Merveilleux, répondit-elle en souriant. En fait, nous ne nous aimions pas beaucoup au début. Il s'entêtait à vouloir me racheter les mines. Il possédait la mine rivale. Mais peu à peu... Nous nous sommes calmés. Vous savez, je n'ai jamais voulu d'une association, même à la fin. Après, je l'ai regretté. Je lui ai causé des soucis... et pour gagner quoi? Après sa mort, j'ai tout fusionné, mais j'ai été stupide de ne pas le faire avant.

– Pourquoi ne vouliez-vous pas?

– Je pense que je voulais lui prouver que j'étais toujours indépendante. Et lui acceptait mon caprice, même s'il savait que cela compliquait les choses. Il était si patient! C'est grâce à lui que j'ai pu faire une associée convenable pour vous.

– Vous avez été merveilleuse... excepté en ce qui concerne la cuisine et le français!

– Comment pouvez-vous dire ça! J'ai fait une omelette pour tout le monde la semaine dernière.

– Oui, mais vous n'avez pas vu comme ils ont été malades!

André adorait la taquiner. Il tira doucement l'une de ses nattes. Elle lui paraissait très jeune et c'est vrai qu'on pouvait lui donner une douzaine d'années de moins.

– Vous savez, vous ressemblez à une squaw.

A ce mot, elle se souvint tout à coup de Lune de Printemps et raconta à André sa fascination pour elle et l'épisode où la jeune Indienne l'avait sauvée des griffes de Dan.

– Vous n'avez pas dû avoir une vie ennuyeuse, ma chère. Vous êtes sûre que les vignes ne vont pas être ternes pour vous?

– Ça me convient parfaitement. Je ne crois pas que je pourrais mener une vie aussi agitée à présent. Un jour, plus de trois cents hommes ont quitté ma mine, vous savez. Je n'ai plus envie de revivre une chose pareille.

– Ça n'arrivera pas. Vous aurez une vie paisible à partir de maintenant. Je vous le promets.

– J'aimerais que vous disiez vrai, pour nous tous.

Elle pensa de nouveau à Jon.

– Et vous, André? Qu'attendez-vous de la vie, à part le fait d'acquérir une immense fortune avec nos bons vins?

Il lui pinça l'oreille et tira à nouveau sur sa natte.

— Ne faites pas l'insolente avec moi... Ce que j'attends? Je ne sais pas. J'ai tout ce que je désire. Il me manque une seule chose, ici.

— Qu'est-ce que c'est?

— De la compagnie. Il me manque quelqu'un pour partager ma vie. J'entends quelqu'un d'autre qu'Antoine, parce que ça ne durera pas toujours. Un jour, il partira, c'est obligé.

Au contraire de lui, Sabrina était habituée depuis longtemps à être seule. Elle n'avait connu aucun homme depuis John, ce qu'elle avait confié à André. Il n'en avait pas été surpris car il la connaissait trop bien pour ne pas s'en être rendu compte lui-même. Cela l'impressionnait car, deux ans après la mort de sa femme, il avait eu une liaison sérieuse, puis d'autres par la suite.

— Comment avez-vous pu rester seule si longtemps? Vous ne trouvez pas la solitude insupportable?

— Non. A dire vrai, c'est plus simple et plus agréable, quelquefois. C'est aussi pesant. Mais, au bout d'un moment, on n'y pense plus. Vous savez, plaisanta-t-elle, c'est un peu comme d'être religieuse.

— Quel dommage!

Il la regarda avec un tel air qu'ils éclatèrent de rire tous les deux.

— Je suis sérieux, vous savez. Vous êtes une si jolie femme, Sabrina, et vous êtes encore jeune...

— Je n'irai pas jusque-là, mon ami. J'aurai quarante-huit ans en mai. Ce n'est pas ce qui s'appelle une jeune fille.

— Vous êtes dans la fleur de l'âge.

— Je suis convaincue que vous êtes fou, André.

— Mais ce n'est pas vrai!

La femme avec laquelle il avait eu une liaison, en France, était plus âgée qu'elle et loin d'être aussi belle. André savait que tout homme aurait rêvé d'une femme aussi exceptionnelle que Sabrina. Elle lui était bien trop précieuse pour qu'il ose lui faire des avances uniquement pour s'amuser.

Ils se séparèrent à deux heures du matin et se retrouvèrent le lendemain au petit déjeuner, déjà habillés et tout à leurs affaires. Mais ils se sentaient plus proches depuis leur conversation de la veille, si bien que Sabrina se mit à parler soudain plus facilement de John, et André plus librement de quelques-unes de ses amies; ils s'étudiaient l'un l'autre, sans même s'en apercevoir, au point que Sabrina fut étonnée lorsqu'il **décida** de ne pas rentrer à Napa le vendredi soir, comme il l'avait prévu, mais plutôt de l'inviter à dîner.

– Fêtons-nous quelque chose?

Elle se sentait fatiguée car la semaine avait été longue et elle se remettait à peine de son épreuve de force avec Camille, le mois précédent. Elle n'était pas beaucoup sortie depuis et il pensait que cela pourrait lui faire du bien.

– Pourquoi ne pas sortir uniquement pour le plaisir?

– Quel signe de décadence!

Mais l'idée lui plaisait et, après s'être retirée dans ses appartements pour se changer, elle le rejoignit en bas de l'escalier, sous le dôme, vêtue d'une robe noire qu'il ne lui avait jamais vue.

– Vous êtes très élégante, madame, dit-il avec enjouement et elle remarqua à nouveau combien il était beau.

Ils se côtoyaient tellement qu'elle n'y faisait plus tellement attention mais, ce soir, elle se sentait féminine et séduisante.

Ils partirent pour le restaurant, où ils burent un verre au bar avant de se mettre à table, et ils passèrent une soirée délicieuse, André parlant de ce qu'il avait fait en France et elle lui racontant d'autres épisodes de sa vie. Puis ils regagnèrent Thurston House mais, au lieu de le faire asseoir dans la bibliothèque, Sabrina l'invita dans son salon privé, plus petit, plus confortable et plus intime, et fit un feu dans la cheminée tandis qu'André descendait chercher à boire. Il servit deux petits verres de cognac qu'ils dégustèrent devant le feu, en contemplant les flammes rougeoyantes.

– Merci pour cette soirée, André... merci pour tout. Vous avez été bon pour moi et vous m'avez fait beaucoup de bien.

André, touché, s'approcha et lui effleura la main.

– Je ferais n'importe quoi pour vous, Sabrina. J'espère que vous le savez.

– Vous avez déjà tout fait.

Puis, comme s'ils s'y étaient attendus l'un et l'autre, il se pencha et embrassa ses lèvres, et ils restèrent ainsi à s'embrasser devant le feu, les mains enlacées, nullement étonnés, tant cela leur semblait naturel. Au bout d'un moment, Sabrina se mit à rire.

– C'est comme si nous étions redevenus des enfants, vous ne trouvez pas?

– Ne le sommes-nous pas? demanda-t-il en souriant.

– Je ne sais pas...

Il l'empêcha de continuer en l'embrassant et Sabrina sentit monter en elle un désir ardent. Il la prit dans ses bras et, étendu devant le feu, il perçut la chaleur de son corps contre le sien et ses mains se mirent à courir sur sa peau. Sabrina se rendit compte avec surprise qu'elle était consentante, comme si, tout comme lui, elle s'était sentie prête pour ce qui arrivait ce soir.

Il lui parlait doucement à voix basse, ne voulant rien faire qu'ils puissent regretter tous deux, surtout elle, car elle représentait trop pour lui.

— Dois-je m'en aller, Sabrina?

— Je ne sais pas. Qu'est-ce que nous sommes en train de faire?

— Je crois que je suis amoureux de vous, murmura-t-il.

Bizarrement, cela ne la surprit pas et elle s'aperçut qu'elle était amoureuse de lui depuis très, très longtemps, peut-être même depuis le premier jour de leur rencontre. Ils avaient bâti ensemble quelque chose de beau, avec leurs cœurs et avec leurs mains, en y mettant tout leur courage et toute leur énergie. Grâce à lui, Sabrina avait retrouvé le goût de vivre; ce qui arrivait maintenant n'était que le prolongement normal de ce cheminement. Il la porta sur son lit et ils firent l'amour comme s'ils l'avaient toujours fait, puis ils restèrent somnolents dans les bras l'un de l'autre, jusqu'à ce qu'André, caressant ses cheveux soyeux, finisse par s'endormir, les lèvres sur les siennes.

Lorsqu'ils s'éveillèrent le lendemain, il était visible qu'ils ne regrettaient rien. André l'embrassa sur les yeux, les lèvres, le bout du nez, ce qui fit rire Sabrina, et ils refirent l'amour. C'était un peu comme une lune de miel et Sabrina avait du mal à croire que tout cela soit arrivé si facilement. Elle qui n'avait pas fait l'amour depuis presque vingt ans éprouvait avec lui un bonheur sans mélange. Quant à André, il était à l'évidence fou d'elle. Une porte s'était ouverte et l'amour s'engouffrait en lui comme un torrent.

— Qu'est-ce qui nous est arrivé? lui demanda-t-elle, ensommeillée, une fois qu'ils eurent fait l'amour.

On était samedi et ils n'avaient rien à faire. Ils étaient seuls, heureux et amoureux.

— C'est quelque chose que nous avons dû manger ou boire hier soir...

— Peut-être le champagne... il faudra prendre soin de produire le même...

Puis elle se détourna et se rendormit jusqu'à midi. André entra dans la chambre avec un plateau chargé de victuailles.

– Pour vous redonner des forces, mon amour.

Et elle en avait besoin car il la posséda juste après qu'ils eurent fini leur repas.

– Grands dieux, André!

Elle riait, heureuse.

– Êtes-vous toujours comme ça?

– Non, lui répondit-il honnêtement, en se serrant davantage contre elle, avec l'impression de n'être jamais rassasié d'elle. Je vis quelque chose de merveilleux grâce à vous.

– Puis-je vous retourner le compliment?

Ils dormirent et firent l'amour tout l'après-midi, puis, vers six heures, ils se levèrent enfin, se lavèrent, s'habillèrent et retournèrent au restaurant. C'était vraiment une lune de miel.

– Comment tout cela nous est-il arrivé?

Elle souriait par-dessus la bouteille de champagne qu'ils avaient commandée avec le dessert.

– Je ne sais pas. Je pense que nous l'avons peut-être mérité, mon amour. Nous avons travaillé très dur cette année.

– Quelle belle récompense!

Et ils continuèrent à faire l'amour la nuit et le jour suivant. A un moment, André devint pensif et lui demanda :

– Trouveras-tu mal élevé que je te demande si tu prends des précautions pour ne pas avoir d'enfant, mon amour?

Il s'aperçut qu'il ne s'en était pas préoccupé depuis ces deux jours, mais Sabrina ne semblait pas inquiète.

– Ça ne m'arrive pas facilement, c'est le moins qu'on puisse dire. Il m'a fallu deux ans, chaque fois. Je suis la femme la moins dangereuse qui existe et je le suis probablement encore moins à mon âge.

– Voilà qui est commode, au moins. Mais tu en es sûre?

– Absolument. Je pense d'ailleurs que je ne peux même plus avoir d'enfant, maintenant.

Elle n'avait pas encore eu son retour d'âge, mais elle avait remarqué des indices avant-coureurs.

– Tu ne peux pas en être sûre.

– Je m'en occuperai la semaine prochaine. Et en attendant...

André n'y pensait déjà plus, et ils étaient si heureux qu'ils décidèrent de passer une autre nuit à Thurston House avant de regagner Napa. Ni l'un ni l'autre n'était pressé d'abréger ce bonheur inattendu. Leurs vies s'étaient transformées en l'espace de deux jours; loin de le regretter, ils trouvaient que cet amour ajoutait une dimension supplémentaire à tout ce qu'ils avaient fait auparavant.

Lorsqu'ils furent en route pour Napa, Sabrina, les cheveux défaits, les yeux aussi brillants que ceux d'une jeune fille, et qui portait le chandail rouge qu'il lui avait offert avec un pantalon de flanelle grise, se mit à rire et demanda :

— Comment allons-nous faire à Napa, maintenant? Les hommes seront choqués.

Elle songeait surtout à Antoine; il était trop tôt pour le mettre au courant.

— J'ai comme l'impression qu'il va falloir que je construise ma maison un peu plus tôt que prévu. Demain, j'appelle l'architecte!

Cette nuit-là, il la rejoignit dans sa chambre sur la pointe des pieds et regagna la sienne à l'aube, un sourire heureux sur le visage. Il avait cinquante-cinq ans et il ne s'était jamais senti aussi heureux de sa vie.

CHAPITRE XXXII

Ils se retrouvèrent ainsi chaque nuit durant les semaines suivantes et restèrent à Napa tout en retournant au moins une fois par semaine à San Francisco. Sabrina et André échangeaient à présent des regards de connivence et de compréhension muette qui semblèrent ne pas échapper à Antoine. Elle crut le voir s'éloigner rapidement un jour, de peur de les déranger, et une autre fois, sourire en les voyant.

— Tu crois qu'il a compris? demanda-t-elle à André, une nuit qu'ils bavardaient à voix basse dans sa chambre à Napa.

Il était allé voir l'architecte et la construction de la nouvelle maison débuterait au printemps. Leurs allées et venues sur la pointe des pieds, le soir, promettaient de durer encore longtemps.

— Je ne sais pas, répondit André en caressant son visage dans le clair de lune.

Il n'avait jamais aimé une femme avec autant de force et Sabrina éprouvait pour lui un sentiment qu'elle n'avait jamais ressenti, même pour John. Elle était beaucoup plus jeune à cette époque-là; son amour pour André était plus profond.

— Je pense qu'il serait content pour nous, s'il savait. J'ai failli le lui dire hier.

Elle acquiesça. L'annoncer à Jon aurait été impensable. Il l'avait déjà accusée d'avoir une liaison avec André et elle ne voulait pas lui donner raison, même s'il n'y avait eu aucun autre homme dans sa vie depuis la mort de John. Il ne comprendrait pas. Elle n'avait reçu aucune nouvelle de lui depuis presque un mois, ni de Camille, qui s'était retirée à Atlanta. Mais, comme elle ne voulait plus entendre parler d'elle et qu'elle préférait songer à autre chose, elle ramena ses pensées vers Antoine.

— Tu ne crois pas que cela va le contrarier?

— Et pourquoi serait-il contrarié? Non, il sera heureux pour nous.

Sabrina le pensait d'autant plus, elle aussi, qu'il se montrait d'une gentillesse inhabituelle avec elle, l'aidant dans les champs, où ils travaillaient côte à côte, pour le plus grand plaisir de Sabrina. Ce fut lui, quelques semaines plus tard, après une journée passée sous un soleil de plomb, qui, la voyant chanceler tout à coup, la reçut presque évanouie dans ses bras. Elle s'assit à côté de lui, honteuse, et Antoine lui confectionna une compresse avec un mouchoir et de l'eau.

— Vous auriez dû mettre un chapeau, lui dit-il en la grondant comme une petite fille.

Sabrina se sentait très mal. Tout tournait autour d'elle et son estomac se soulevait, mais elle réussit à prendre sur elle et regagna lentement la maison à ses côtés un peu plus tard.

— Antoine... ne dis rien à ton père... Je t'en prie, lui demanda-t-elle d'un air implorant.

Il fronça les sourcils.

— Pourquoi? Je pense qu'il devrait être au courant, non?

Puis, tout à coup, il eut peur pour elle. Sa mère était morte d'un cancer lorsqu'il avait cinq ans, mais il se souvenait encore d'elle et du chagrin de son père. Il regarda Sabrina, inquiet.

— Je ne le lui dirai pas si vous me promettez d'aller voir tout de suite un médecin.

Comme elle semblait hésiter, il l'agrippa par le bras et lui dit, l'œil menaçant :

— J'y tiens absolument, Sabrina, sans ça je lui parle tout de suite.

— Très bien, très bien. Mais c'était juste le soleil.

Il remarqua pourtant qu'elle ne se portait pas mieux et qu'elle mangeait très peu. Lorsqu'il lui reparla d'aller voir le médecin, elle ne voulut rien entendre.

— Mais je vais bien, Antoine.

— Ce n'est pas vrai! cria-t-il.

Lorsqu'elle faillit s'évanouir à nouveau, un jour qu'André

n'était heureusement pas là, il la ramena tant bien que mal et lui dit :

— Maintenant, allez-vous appeler le médecin, Sabrina, ou dois-je le faire?

— Pour l'amour de Dieu...

Mais il tint bon.

Il se planta à côté du téléphone, en la regardant d'un air furieux, et Sabrina finit par répondre en riant :

— Heureusement que tu n'es pas mon fils, Antoine, parce que je ne pourrais rien contre toi.

Elle décrocha le téléphone en le regardant avec reconnaissance. C'était bon de savoir qu'André et Antoine prenaient soin d'elle. Elle obtint rendez-vous pour le lendemain après-midi.

— Et sais-tu ce qu'il va me dire?

— Oui, répondit fermement Antoine. Que vous travaillez trop. Regardez papa, il travaille dur lui aussi, mais il fait la sieste tous les jours.

Une habitude ramenée de France qui le maintenait jeune et en bonne santé.

— Je n'ai pas la patience.

— Eh bien, vous devriez. Voulez-vous que je vous amène en ville demain?

— Non, c'est gentil. J'ai quelques courses à faire, de toute façon.

Elle ne voulait pas qu'André se doute de quelque chose.

— Vous me raconterez?

Elle vit de la crainte dans ses yeux et s'approcha de lui, rassurante :

— Ce ne sera rien de sérieux, Antoine. Je suis en parfaite santé et je te promets que je me sens très bien. Je crois que toute cette affaire avec ma mère m'a beaucoup éprouvée. C'est le contrecoup.

Elle faillit mentionner aussi Jonathan.

— J'ai été tellement triste qu'ils vous fassent une chose pareille...

— Moi aussi. Mais peut-être cela a-t-il eu le mérite d'éclaircir la situation. Et, à présent, je veux que tu t'arrêtes de t'inquiéter pour moi. Et je promets de te dire tout ce que le docteur m'aura dit.

Lorsqu'elle se retrouva dans le cabinet du médecin qu'elle connaissait depuis des années, le lendemain, elle sut qu'elle ne pourrait pas tenir sa promesse. Elle le contempla, bouleversée et incrédule.

– Mais ce n'est pas possible... la dernière fois, ça a pris des mois... et je pensais qu'à mon âge...

Le médecin lui sourit avec gentillesse.

– C'est la vérité, Sabrina. Ce test ne trompe pas. Du moins quand il est positif. Et il l'est. Vous êtes enceinte, ma chère.

– Mais ce n'est pas possible. J'ai commencé à avoir mon retour d'âge, l'an dernier, et je n'ai pas eu mes règles depuis... Oh, non...

Cela datait de deux mois, il avait raison, mais elle n'avait pas fait le rapprochement avec André. Elle s'était seulement réjouie de ne plus être ennuyée.

– Je n'y ai pas pensé... Mon Dieu, si je ne m'étais pas presque évanouie l'autre jour...

Elle aurait mis des mois à comprendre. Mais elle insista, toujours incrédule :

– Mais les autres fois, j'ai mis des années, et...

Le médecin fit le tour de son bureau et lui tapota la main.

– Ça ne se passe pas toujours comme ça et, d'après ce que nous savons, le problème venait donc de John.

– Oh, mon Dieu!

Elle paraissait si désemparée qu'une affreuse idée vint à l'esprit du médecin.

– Vous savez qui est le père, n'est-ce pas?

– Bien sûr! Mais je me demande bien ce qu'il va en penser... nous travaillons ensemble et nous sommes amis, mais... à notre âge... nous n'avions pas le projet de... nous...

Des larmes jaillirent de ses yeux et coulèrent sur ses joues. Comme le destin était cruel! Si encore elle l'avait rencontré quinze ans auparavant, alors peut-être...

– Que vais-je faire?

Elle pleurait tout son soûl dans le mouchoir qu'il lui avait tendu. Après s'être mouchée, elle demanda :

– Pourrez-vous vous en occuper?

C'était une démarche bien choquante, d'autant qu'ils savaient tous deux que la loi l'interdisait, mais c'était le seul médecin qu'elle connaissait et elle ne voyait pas d'autre issue.

– Je ne peux pas faire ça, Sabrina. Vous le savez.

– J'ai quarante-huit ans. Vous ne vous attendez pas à ce que j'aie cet enfant? Je ne suis même pas mariée avec le père.

– Est-ce que vous l'aimez?

Elle acquiesça et se moucha à nouveau.

– Alors, pourquoi ne pas l'épouser et avoir l'enfant?

– Je ne peux pas faire ça. Nous avons tous deux des garçons déjà grands. Nous serions ridicules. Il a cinquante-cinq ans et j'en ai quarante-huit. Lui peut encore faire accepter la chose parce qu'il a l'air jeune, mais moi, pensez que je pourrais être grand-mère!

– Et alors? D'autres femmes l'ont fait avant vous. J'ai eu une patiente il y a deux ans qui avait cinquante-deux ans. Il lui est arrivé la même chose, sauf bien sûr qu'elle était mariée. Sa fille et elle se sont retrouvées à l'hôpital où elles ont accouché en même temps. Vous ne serez pas la première, Sabrina.

– Mais ça me paraît insensé! Et je refuse de le forcer à m'épouser... C'est tellement ridicule à mon âge, ajouta-t-elle, riant et pleurant à moitié, d'obliger un homme à se marier parce qu'on est enceinte...

Elle se remit à pleurer et lança au médecin un regard pathétique.

– Je suis désolée de me donner ainsi en spectacle.

– C'est compréhensible. C'est un choc pour n'importe qui. Et je dois admettre que ce n'est pas facile dans votre situation, Sabrina. Est-il gentil au moins? Pourriez-vous vivre avec lui?

– Oui, je le pourrais.

Mais ils n'avaient jamais parlé mariage et il n'avait aucune raison de l'épouser. La situation présente leur convenait très bien.

– Mais tout de même... un enfant à notre âge...

C'était inconcevable, décidément. Elle savait ce qu'il lui restait à faire, mais il lui manquait seulement une adresse.

– Pouvez-vous m'aider à trouver un avorteur? Je ne peux pas rester comme ça. Ce n'est pas bien.

– Vous n'êtes pas à même d'en juger, lui répondit-il d'un air désapprobateur. Si cela arrive, peut-être que c'est bien. Et un jour, qui sait, vous vous rendrez compte que vous avez eu là la plus grande chance de votre vie.

Il refusa de lui communiquer une adresse et se leva pour lui faire comprendre que la visite était terminée.

– Maintenant, Sabrina, je veux vous revoir dans trois semaines. Et essayez de vous ménager le plus possible. Il n'y a aucune raison, à votre âge, pour que vous n'ayez pas un enfant bien portant, mais vous devez être plus prudente que vous l'auriez été il y a vingt ans.

Vingt ans... comme elle trouvait ridicule que cela doive lui arriver maintenant! Elle en voulut tout à coup au médecin, à elle-même et à André de se retrouver dans cette situation. Dire que, lorsqu'elle aurait quarante-huit ans, en mai prochain, elle serait alors enceinte de quatre mois! Quelle malchance!

Elle quitta le cabinet du médecin, l'esprit tout occupé de ce qu'il lui avait dit... à propos de l'enfant... d'André... cet événement qui était peut-être une bénédiction pour eux... mais elle se refusait à y penser. Il fallait qu'elle trouve quelqu'un pour avorter, et vite. Elle savait que cela deviendrait très dangereux pour elle dans peu de temps. Mais comment faire, où se renseigner? Le souvenir de l'enfant qu'elle avait perdu se mit alors à harceler son esprit. Elle se rappela son chagrin et celui de John. Comment pouvait-elle songer à tuer un enfant, à présent, car c'était bien cela, purement et simplement... Mais que faire d'autre? Elle s'étendit sur son lit, souffrante, et elle réfléchissait à tout cela lorsque le téléphone sonna. C'était Antoine.

— Qu'a dit le médecin?

Il n'avait cessé de s'inquiéter pour elle et il avait profité d'une absence de son père pour se ruer sur le téléphone.

— Rien, Antoine. Je vais bien. Je te l'ai dit, c'est juste de la fatigue.

Sa voix était tendue, elle s'en aperçut elle-même et Antoine ne parut pas convaincu.

— Vous êtes sûre qu'il a dit ça?

— Je te le promets. Je reviendrai demain ou après-demain.

— Je pensais que vous seriez rentrée ce soir.

Il semblait aussi alarmé que s'il avait été son propre fils et elle en fut émue aux larmes. Brusquement, tout la faisait pleurer.

— Il se trouve que j'ai quelques petites choses à faire ici. Tout va bien là-bas, Antoine?

— Oui, très bien. Vous êtes sûre qu'il n'y a rien, alors?

Il se sentait soulagé. Ce n'était donc pas le cancer, comme il l'avait craint.

— Absolument.

A ce moment, André, qui était revenu, prit le téléphone.

— Que fais-tu là-bas, m'amie?

Il l'appelait ainsi quelquefois, sauf quand ils étaient seuls et qu'il l'appelait chérie ou mon amour.

– Rien de spécial. J'ai trouvé une pile de courrier en arrivant, dont il faut bien que je m'occupe.

Réconfortée d'entendre sa voix, elle eut envie soudain de tout lui révéler, mais elle savait que c'était impossible. Il ne fallait pas exercer cette sorte de pression sur lui. Que se passerait-il s'il se sentait obligé de l'épouser? Cela pourrait tout briser. Il valait mieux ne rien dire et régler cette affaire sans qu'il le sache.

– Quand rentres-tu?

L'impatience qu'elle perçut dans sa voix la fit sourire. Elle l'aimait toujours, peut-être même plus.

– J'essaierai de rentrer demain ou après-demain. C'est ce que je viens de dire à Antoine, j'ai vraiment des tas de choses à régler dans mon courrier.

– Tu ne peux pas l'apporter ici?

Elle ne s'attardait jamais en ville d'habitude.

– Sabrina, quelque chose ne va pas?

– Non, non, tout va bien. Sincèrement.

Elle dut à nouveau refouler ses larmes.

– Tu as eu des nouvelles de Jon?

– Non, rien. Je crois qu'il a beaucoup de travail. C'est la fin de sa dernière année...

Elle lui trouvait toujours des excuses.

– Et de Camille?

– Non, rien, Dieu merci.

Elle sourit; il lui manquait déjà terriblement, alors qu'elle ne l'avait quitté que depuis quelques heures. Elle avait l'impression d'avoir encore plus besoin de lui, à présent, mais elle ne devait pas le laisser voir.

– Alors, dépêche-toi de rentrer.

Il lui aurait bien proposé de venir, mais il avait trop de choses à faire.

– Tu me manques, chérie, murmura-t-il dans le téléphone, alors que des larmes coulaient sur les joues de Sabrina et qu'elle dut se forcer à garder une voix normale.

– Toi aussi.

Sabrina passa la plus grande partie de la nuit éveillée, tantôt en larmes, tantôt résolue à tout. Le lendemain matin, elle prit l'annuaire et choisit le nom d'un médecin qui exerçait dans un quartier pauvre de la ville. Lorsqu'elle arriva devant chez lui en taxi, vers midi, deux ivrognes dormaient dans la rue. Elle entra avec précaution dans l'immeuble, qui empestait l'urine et le chou, et gravit l'escalier grinçant.

Elle fut soulagée de constater que la salle d'attente était impeccable. Lorsqu'une vieille infirmière l'introduisit dans le cabinet, elle découvrit un petit homme gros et chauve en blouse blanche, impeccable lui aussi. Elle ne savait pas si elle était déçue ou rassurée, et elle inspira profondément avant de lui parler.

— Docteur... Je... Laissez-moi m'excuser d'avance si vous considérez ce que je vais vous demander comme un affront... Je suis venue vous voir parce que je suis désespérée...

Il la regarda, attendant la suite. Il avait vu de tout en quarante ans.

— Oui? Je ferai tout mon possible.

— J'ai besoin de me faire avorter. Et j'ai choisi votre nom au hasard dans l'annuaire. Je ne sais pas à qui m'adresser ni où aller...

Les larmes coulèrent sur ses joues et elle s'attendit à le voir bondir sur ses pieds et lui indiquer la porte. Mais il la regarda avec compassion et parut peser longuement ce qu'il allait dire.

— Je suis désolé. Désolé que vous ayez le sentiment que vous ne pouvez pas garder cet enfant, madame Smith.

Elle se rappela soudain qu'elle avait pris rendez-vous sous ce nom.

— Êtes-vous certaine de n'avoir aucune possibilité de mener cette grossesse à terme?

Voyant qu'il ne l'avait pas rejetée, elle reprit peu à peu espoir. Peut-être avait-elle sonné à la bonne porte.

— J'ai quarante-huit ans, je suis veuve et j'ai un grand fils qui va avoir son diplôme cette année.

Ces arguments qui lui semblaient suffisants ne parurent pas satisfaire le médecin.

— Et le père de cet enfant?

— Il est mon associé. Nous sommes bons amis, bien sûr, ajouta-t-elle en rougissant. Il a sept ans de plus que moi et son fils est encore plus âgé que le mien. Nous n'avons aucune intention de nous marier... c'est tout à fait impossible...

— Lui en avez-vous parlé?

Elle hésita puis secoua la tête.

— Je m'en suis rendu compte seulement hier. Mais je ne veux pas l'influencer. Je veux simplement régler cette affaire et rentrer chez moi.

– Vous vivez ailleurs?

– Une partie du temps.

Elle resta volontairement vague, ne voulant pas qu'il découvre son identité.

– Ne pensez-vous pas que vous lui devez au moins d'en discuter avec lui?

Elle hocha la tête et il la regarda d'un air bienveillant. Ce n'était pas la première fois qu'on lui demandait cette sorte d'assistance et ce ne serait sûrement pas la dernière.

– Je crois que vous êtes dans l'erreur, madame Smith. Je pense qu'il a le droit de savoir lui aussi. Et votre âge ne constitue pas un handicap valable à mes yeux. D'autres femmes de votre âge ont eu des enfants. Le risque est à peine plus élevé et, comme ce n'est pas votre première grossesse, il est encore réduit. Je pense que vous devriez beaucoup réfléchir avant de faire ça. Vous pensez être enceinte de combien?

– Deux mois.

Cela ne pouvait être plus, car elle partageait le lit d'André seulement depuis un peu plus de huit semaines. Elle avait recompté très précisément la nuit précédente.

– Alors nous n'avons pas beaucoup de temps.

– Vous allez m'aider, alors?

Il hésita. Il avait fait cela longtemps auparavant, mais depuis qu'une jeune femme avait failli en mourir, il s'était promis de ne jamais recommencer. De plus, il avait le sentiment qu'il aurait eu tort dans ce cas précis.

– Je ne peux pas, madame Smith.

Sabrina s'écria, presque avec colère :

– Mais alors pourquoi m'avez-vous... pourquoi... J'ai cru, quand vous m'écoutiez...

– J'aurais préféré vous convaincre d'avoir cet enfant.

– Eh bien, je ne l'aurai pas! Je le ferai moi-même, bon Dieu, si vous ne le faites pas.

La voyant prête à tout, il prit peur.

– Je ne peux pas vous aider, dans votre intérêt et dans le mien.

Il pouvait perdre sa licence, ne plus jamais pratiquer, se retrouver en prison. Mais il existait une autre solution.

Il avait donné un nom à une femme qui en avait été satisfaite. Il prit son stylo et son bloc en soupirant, arracha une feuille blanche, sans en-tête, y griffonna un nom et un numéro de téléphone et la lui tendit.

– Appelez cet homme.

– Il le fera? demanda-t-elle, les yeux menaçants.

Il acquiesça d'un air sombre.

– Oui. Il est à Chinatown. C'était un grand chirurgien autrefois, mais il s'est fait pincer. Je lui ai déjà envoyé quelqu'un... Mais je continue à penser que vous devriez garder cet enfant. Ce n'est pas comme si vous étiez sans rien... ou malade... ou droguée... ou qu'on vous ait violée... vous me paraissez une femme bien et votre ami l'est certainement aussi. Vous pourriez donner à cet enfant un foyer heureux.

Il avait remarqué la belle étoffe de son tailleur noir, usé mais qui avait dû coûter cher. Même si elle était moins à l'aise à présent, une femme comme elle devait pouvoir trouver un moyen.

– Songez-y, madame Smith. Vous n'aurez peut-être jamais plus une occasion comme celle-là. Qui sait si vous ne regretterez pas toujours par la suite de ne pas avoir eu cet enfant? Songez-y. Songez-y sérieusement avant d'appeler ce numéro.

Il fit un geste vers le morceau de papier qu'elle tenait d'une main tremblante.

– Après, on ne peut plus revenir en arrière. Et même si jamais vous avez un autre enfant, vous regretterez peut-être toujours celui-ci.

Sabrina se souvint de l'enfant qu'elle avait perdu. Même la venue de Jon n'avait pas tout à fait comblé ce vide. Mais elle ne pouvait se permettre de songer à cela. Elle n'avait pas le choix. Elle se leva et lui serra la main.

– Merci pour votre aide.

Elle se sentait soulagée. Elle savait au moins où aller à présent.

– Réfléchissez bien.

Elle rentra chez elle et resta assise un long moment à son bureau, prise d'un malaise et tremblant violemment. Elle dut refaire trois fois le numéro avant de le composer correctement.

Une femme avec un accent étranger lui répondit.

– Je voudrais un rendez-vous avec le docteur, s'il vous plaît.

– Qui vous a donné son nom?

La voix était suspicieuse. Sabrina, tenant le combiné d'une main hésitante, prit sa respiration et donna le nom du médecin qu'elle venait de quitter. Il y eut un long silence, comme si quelqu'un d'autre prenait connaissance de l'appel, puis la femme reprit :

– Il vous verra la semaine prochaine.

– Quand?

Un silence encore.

– Mercredi soir. A six heures. Attendez à la porte de derrière. Frappez deux fois, puis frappez à nouveau. Et apportez cinq cents dollars avec vous, en liquide.

La voix était aussi rude que les paroles. Sabrina faillit pousser un cri, non pas à cause de la somme demandée, mais à l'évocation de cette scène.

– Il le fera ensuite?

– Oui. Mais si vous êtes malade, ensuite, ne nous rappelez pas. Il ne vous aidera pas.

Sabrina se demanda qui elle appellerait en cas d'urgence. Peut-être le médecin qui l'avait envoyée là, car elle ne pourrait pas appeler le sien, à moins que... une foule de questions se mit à tournoyer dans sa tête et elle raccrocha, se sentant l'envie de vomir, ce qui ne tarda pas à se produire. Prise d'un violent malaise, elle tomba à genoux sur le sol de la salle de bains et songea à son rendez-vous. A six heures. Dans six jours. Elle était morte de peur mais elle ne pouvait plus revenir en arrière.

Elle repartit en voiture pour Napa le lendemain et fit croire qu'elle se portait à merveille. Elle parla beaucoup, travailla trop dur, comme à son habitude, et proposa même de faire la cuisine, ce qui provoqua l'hilarité générale. Elle ne mangea d'ailleurs presque rien ce soir-là ni le lendemain et vit Antoine l'observer une ou deux fois, mais il ne lui reparla plus du médecin.

André semblait ne se douter de rien. Ils firent l'amour presque toutes les nuits sauf le jeudi soir, où Sabrina se tourna et fit mine de dormir. Lorsqu'il s'éveilla le lendemain avant l'aube, elle avait quitté la chambre; il la trouva en bas, assise, fixant les champs et les collines, plongée dans ses pensées. Il s'approcha d'elle sur la pointe des pieds, et elle sursauta lorsqu'il s'assit à côté d'elle. Elle se tourna vers lui avec un sourire paisible.

– Qu'est-ce que tu fais debout, André?

– J'allais te le demander, m'amie.

Elle jeta un coup d'œil à la pendule de la cuisine. Il était six heures cinq et dans douze heures elle serait à Chinatown en train de payer cinq cents dollars en liquide pour tuer l'enfant d'André... Elle sentit la tête lui tourner.

— Qu'est-ce qui ne va pas?

Il se rapprocha d'elle et pressa doucement les doigts sur ses lèvres.

— Je sais que tu es déprimée depuis quelques jours et je n'ai pas voulu chercher à savoir avant que tu sois décidée à me parler.

Elle semblait encore plus faible que les jours précédents et elle était presque blême.

— Qu'est-ce qu'il y a, mon amour? C'est cette femme qui te tourmente à nouveau?

Sabrina secoua la tête, ne sachant trop que dire, refoulant ses larmes. Elle ne voulait pas lui mentir, mais elle ne pouvait pas non plus lui avouer ce qui se passait.

— Quelquefois, André, il y a des choses qu'il faut régler soi-même, et c'est justement l'une de ces choses.

C'était la première fois qu'elle le tenait ainsi à l'écart et cela le peina, mais il se contenta d'approuver d'un air entendu.

— Je ne peux pas croire qu'il y ait quelque chose que je ne puisse pas comprendre, m'amie, et je ferais n'importe quoi pour t'aider si c'était en mon pouvoir. Il s'agit de Jon?

Elle secoua la tête.

— Encore des ennuis d'argent?

Elle secoua à nouveau la tête.

— C'est quelque chose que je dois régler toute seule.

Puis elle ajouta avec un soupir, tout en se redressant pour éviter son regard :

— Je vais en ville pour quelques jours.

Il s'écria alors, effrayé :

— C'est de nous qu'il s'agit, Sabrina? Tu dois me le dire, si c'est ça. Regrettes-tu que nous ayons...

Mais elle chassa vite ses craintes en l'embrassant et en lui caressant la joue.

— Jamais. Ce n'est pas ça. C'est quelque chose qui ne concerne que moi.

— Je ne vois pas quoi. Nous partageons absolument tout.

— Pas cette fois.

— Tu es malade?

— Non, je suis déprimée, mais je serai bien quand je rentrerai samedi.

Elle s'était donné trois jours pour récupérer et elle espérait que ce serait suffisant. Trois jours pour souffrir et pleurer amèrement sur son enfant mort... pour cinq cents dollars en espèces.

– Pourquoi pars-tu si longtemps?

– Parce que je vais me faire pousser la barbe et raser la tête.

– Pourquoi ne pas me dire ce qu'il y a?

– Parce qu'il faut que je m'en occupe moi-même.

– Pourquoi? Je veux tout partager avec toi.

Elle était du même avis, mais pas pour cette fois, et elle se força à ne plus songer aux paroles des deux médecins... il a le droit de savoir... demandez-lui... dites-lui... donnez-lui une chance...

– André, laisse-moi m'occuper de ça. Je reviendrai samedi et tout reprendra comme avant.

Elle se demanda si c'était vrai et regretta qu'il ait pu soupçonner quelque chose, malgré tous ses efforts. Au même moment, les deux vignerons descendirent l'escalier et Sabrina remonta s'habiller. Pris par des occupations urgentes, André ne la revit qu'au moment où elle s'apprêtait à partir. Il était deux heures. Elle arriverait juste à temps pour s'arrêter à Thurston House, prendre un bain, se changer et se rendre à Chinatown. Elle embrassa André et Antoine, feignant une gaieté qui ne trompa personne, et monta dans sa voiture.

– A samedi... soyez sages...

– Je t'appellerai ce soir.

André semblait mécontent; il avait passé une matinée épouvantable et Sabrina n'arrangeait pas les choses. Elle lut dans ses yeux qu'il était très inquiet pour elle et s'en voulut terriblement.

– Ne t'en fais pas. Je t'appellerai.

Elle espérait seulement qu'elle serait capable de parler en rentrant chez elle. Elle n'avait aucune idée du temps que durerait l'opération, de l'état dans lequel elle serait après et même de la façon dont elle reviendrait chez elle; comme elle avait projeté de se rendre là-bas avec sa voiture, il lui faudrait bien rentrer par ses propres moyens.

Tandis qu'elle s'éloignait, André dit tout haut, presque pour lui-même :

– Quelque chose ne va pas.

A ce moment-là, Antoine, n'en pouvant plus, répondit :

– Je crois qu'elle est malade.

André se tourna brusquement vers son fils.

— Qu'est-ce qui te fait dire ça?

— Elle a failli s'évanouir dans mes bras il y a plus d'une semaine, dans les champs.

— Pourquoi ne me l'as-tu pas dit?

— Elle m'a fait jurer le silence. Je lui ai ordonné d'aller voir le médecin.

— Dieu merci. Et alors...?

— Elle m'a dit qu'il l'avait trouvée en bonne santé.

Mais Antoine, les yeux embués, osa faire part de ses doutes à son père. Il était encore un enfant et son menton tremblait lorsqu'il se tourna vers son père.

— Je ne pense pas que ce soit vrai, papa... Elle a eu des malaises, je l'ai vu, et elle a vomi... elle a failli s'évanouir encore...

André pâlit.

— Tu sais où elle est partie?

— Peut-être se faire faire des examens? Ou revoir le médecin. Je ne sais pas. Elle m'a simplement dit que tout allait bien.

— Menteuse! Tu vois bien que c'est faux. Elle a été mal toute la semaine et elle n'a rien voulu me dire.

Tout à coup, il sut ce qu'il lui restait à faire. Il jeta l'outil qu'il tenait et se dirigea vers sa voiture.

— Où vas-tu? cria Antoine en courant derrière lui.

— Je vais la suivre.

André fit démarrer la voiture, les mains encore pleines de terre, mais il ne s'en souciait pas. Seule lui importait la femme qu'il aimait.

— Vas-y, papa...

Antoine se sentit soulagé. Elle n'avait que vingt minutes d'avance et il avait confiance en son père.

Durant le trajet, André garda le pied sur l'accélérateur, il traversa à toute allure Bay Bridge et il éprouva un immense soulagement lorsqu'il aperçut la voiture de Sabrina garée devant Thurston House; il allait la trouver là-bas et savoir toute la vérité.

Mais, juste au moment où il tournait le coin de la rue, il la vit sortir précipitamment de la maison, vêtue d'un vieux manteau sombre qu'il ne lui connaissait pas, un foulard sur la tête et en chaussures plates. Elle remonta dans sa voiture et André se tint en arrière. Puis, poussé par une intuition, il la suivit dès qu'elle eut démarré, en se tenant à bonne distance de la voiture. Ils se dirigèrent vers l'est de la ville. André, à sa grande surprise, la vit s'arrêter à Chinatown. C'était l'heure du dîner, et son attitude lui semblait incompréhensible. Durant un instant, son cœur se serra; il se demanda si elle n'avait pas une liaison, mais elle ne semblait pas habillée pour un rendez-vous.

Elle gara sa voiture, traversa la rue en courant et s'arrêta devant un immeuble misérable. Elle frappa, hésita ensuite, puis frappa à nouveau; la porte s'ouvrit, il y eut une conversation rapide et elle tendit une enveloppe à quelqu'un qui se tenait derrière la porte. Même de là où il se trouvait, André voyait qu'elle était d'une pâleur mortelle et il comprit immédiatement qu'elle courait un danger. Quelque chose allait lui arriver, quelque chose qui la terrifiait, un maître chanteur peut-être. Il bondit hors de sa voiture, après l'avoir garée dans une rue latérale, et se précipita devant la porte où elle avait disparu. S'il se trompait, tant pis. Si quelqu'un cherchait à faire du mal à Sabrina, il n'hésiterait pas à le tuer. Il frappa à la porte, une fois, deux fois et, comme il n'y avait pas de réponse, il se mit à cogner dessus, prêt à l'enfoncer. Il regretta de ne pas avoir emmené Antoine. Mais, juste à ce moment, la porte s'entrouvrit.

— Merci, dit-il à la femme, prise de court, et il entra.

Il faisait sombre. André distingua un escalier étroit. La femme lui bondit pour ainsi dire dessus.

— Vous ne pouvez pas entrer.

— J'ai vu ma femme entrer ici. Elle m'attend.

Il dévisagea la femme vêtue d'un immonde peignoir, sans comprendre pourquoi Sabrina était venue là, mais il sentit qu'il était indésirable. On la faisait chanter, à n'en pas douter.

— C'est Mme Harte. Où est-elle?

— Je ne sais pas... il n'y a personne ici... vous vous trompez...

André, sans un mot, saisit la femme et la poussa contre le mur.

— Où est-elle? Allons! hurla-t-il.

Saisissant son regard, il se précipita dans l'escalier sans lui laisser le temps de le devancer et elle lui emboîta le pas en criant. Elle essaya de l'empêcher d'ouvrir la première porte du premier étage, mais sans succès.

Il se retrouva dans une pièce de la taille d'une cellule, où trônait une longue table crasseuse sur laquelle était posé un plateau contenant des instruments. Sabrina, qui se tenait à moitié dévêtue dans un coin de la pièce, poussa un cri en même temps que la femme, et un homme grand, d'aspect minable, s'empara d'un revolver qu'il pointa vers André, qui s'immobilisa en jetant un coup d'œil à Sabrina.

— Tu vas bien?

Elle acquiesça et il tourna son regard vers l'homme qui le menaçait.

— Pourquoi est-elle ici?

Mais il s'en doutait déjà.

— Elle est venue de son plein gré. Êtes-vous de la police?

— Non, répondit André d'une voix étrangement calme. C'est ma femme, et elle ne va pas avoir besoin de vous. Elle s'est trompée. Vous pouvez garder votre argent, mais je vais la ramener à la maison.

Il était obligé de lui parler comme à un enfant car il supposa avec raison que l'homme qui le menaçait était ivre. Cela le rendait malade de songer à ce qu'il aurait fait à Sabrina. Il se tourna vers elle et lui dit d'une voix encore plus dure :

— Habille-toi.

Il savait pourquoi elle était venue; il avait vu un endroit comme celui-là à Paris, une fois, lorsqu'il était très jeune et qu'il y avait emmené une jeune fille dont il était tombé amoureux. Elle s'en était sortie, mais il s'était juré qu'aucune femme qu'il aimerait ne passerait par là. Voyant du coin de l'œil que Sabrina était rhabillée, il lui fit signe de le rejoindre puis regarda l'homme.

— Je vous assure que je ne connais pas votre nom et je ne désire pas le savoir. Nous ne dirons à personne que nous sommes venus ici.

Après une hésitation, le médecin baissa son arme et laissa passer Sabrina, puis, comme il admirait le courage d'André, il voulut tout de même les aider et lui dit :

— Je peux le faire pendant que vous restez dehors, si vous voulez. Ce ne sera pas long.

André eut envie de le faire taire, mais il le remercia poliment et entraîna Sabrina dans l'escalier, sans un mot. Il ouvrit la porte de la rue à toute volée et, après avoir inspiré une grande bouffée d'air, il tira Sabrina jusqu'à la voiture, toujours sans un mot, et la poussa à l'intérieur sans ménagement.

– André..., dit-elle d'une voix tremblante... j'ai ma voiture, je peux...

Il se tourna vers elle, pâle comme un mort.

– Ne me dis rien! répliqua-t-il durement.

Elle était tellement terrorisée durant le trajet qu'elle ne pouvait même pas pleurer. André, voyant qu'elle ne parvenait pas à ouvrir la porte de la maison tant elle tremblait, lui prit les clés des mains. Dès qu'elle fut entrée, une fois la porte refermée, il se mit à hurler :

– Mon Dieu, mais qu'est-ce que tu allais faire? Te rends-tu compte que tu aurais pu mourir dans ce trou infect? Tu n'as pas vu qu'il était soûl? Est-ce que tu te rends compte?... Écoute-moi...

Il l'agrippa aux épaules et la secoua jusqu'à ce que ses dents s'entrechoquent.

– Lâche-moi!

Elle se dégagea et se mit à sangloter.

– Est-ce que j'avais le choix? Qu'est-ce que tu voulais que je fasse? Que je m'en sorte toute seule, voilà ce que j'ai pensé! Je ne sais pas comment...

Elle tomba à genoux, face contre terre, écrasée par le poids de son acte. Elle leva les yeux vers lui, le visage inondé de larmes, la voix entrecoupée de sanglots, et, tout à coup, il se baissa, l'attira dans ses bras, pleurant à son tour, et la pressa contre lui de toutes ses forces.

– Comment as-tu pu faire une chose pareille? Pourquoi ne m'as-tu rien dit?

C'était donc cela... Il la fixa, bouleversé qu'elle ne lui ait pas fait suffisamment confiance.

– Pourquoi ne m'as-tu rien dit? Depuis quand le savais-tu?

Il l'attira vers une chaise et la prit sur ses genoux. Elle semblait sur le point de s'évanouir et il ne se sentait guère mieux qu'elle.

– Je m'en suis rendu compte la semaine dernière, dit-elle d'une petite voix triste. J'ai pensé... Je devais résoudre ce problème moi-même... Je ne voulais pas que tu te sentes pris au piège...

André pleurait toujours.

– C'est aussi mon enfant. Tu ne penses pas que j'avais le droit de savoir?

Elle acquiesça, consternée.

– Je suis désolée, je...

Elle ne put continuer et il la serra plus étroitement contre lui.

— C'est parce que... je suis trop vieille... nous ne sommes pas mariés... je ne voulais pas que tu croies...

Il se dégagea brusquement.

— Pourquoi crois-tu que je fais construire cette maison? Pour Antoine? Qu'est-ce que tu croyais?

— Mais tu ne m'as jamais dit...

— Je ne te savais pas aussi sotte... bien sûr que je veux t'épouser! Je pensais que nous prendrions notre temps et que nous ferions ça cette année. Je croyais que tu avais compris.

— Mais comment aurais-je pu? Tu ne m'as jamais rien dit.

— Ça alors! s'écria-t-il, incrédule. Tu es la femme la plus intelligente que je connaisse, mais quelquefois aussi la plus stupide.

Elle lui sourit à travers ses larmes et il lui baisa les paupières puis redevint sérieux. Ni l'un ni l'autre ne voulait se souvenir de l'heure précédente. Sabrina, et peut-être André, venait de vivre l'expérience la plus affreuse de leur existence. Une vie qui leur était chère à tous deux avait manqué disparaître. André frissonna à cette idée.

— Dis-moi maintenant... tu voulais tant que ça t'en débarrasser?

— Non. Mais je pensais que j'y étais obligée par rapport à toi...

— Tu as fait ça pour moi? Tu aurais pu mourir! Tu t'en rends compte? Sans parler de notre enfant, que tu aurais tué.

— Ne dis pas ça.

Elle ferma les yeux et des larmes se remirent à couler sur ses joues.

— Je pensais seulement...

André l'arrêta. Il était inutile de poursuivre.

— Tu t'es trompée. Veux-tu de notre enfant?

— Oui. Mais tu ne penses pas que c'est ridicule à mon âge?

Elle eut un sourire timide qui le fit rire.

— Je suis encore plus vieux que toi, et je ne me sens pas ridicule. En fait, ajouta-t-il en l'embrassant dans le cou, je me sens très jeune et très fort.

Elle sourit et ils s'embrassèrent.

– Tu veux cet enfant, André?

– Absolument. Mais je me demande bien pourquoi tu étais si certaine que c'était impossible. Il me semble t'entendre encore me dire que ça n'avait aucune chance d'arriver... hmmm..., dit-il pour la taquiner.

– J'avais tort.

– Apparemment. Je parierais que tu as été surprise. C'est bien fait!

– C'est le moins qu'on puisse dire.

– Écoute, Sabrina, quoi qu'il arrive, que ce soit laid, effrayant, sordide ou triste, je veux que tu m'en parles. Il n'y a rien que tu doives me cacher. Rien. C'est clair?

– Oui. Je suis désolée...

Elle se remit à pleurer et il la serra contre lui.

– J'ai failli...

Elle recommença à trembler et il la berça comme une enfant.

– N'y pense pas. Nous avons eu de la chance. Je t'ai suivie depuis la maison. Je ne sais pas pourquoi. J'ai sauté dans la voiture quelques minutes après ton départ. J'avais le sentiment que quelque chose n'allait pas du tout, et j'avais raison. Nous allons avoir un enfant, mon amour. Est-ce que tu ne te sens pas fière?

– Si, et un peu bête aussi. J'ai l'impression d'être une grand-mère.

– Eh bien, ce n'est pas vrai.

– Tu ne penses pas que ça va déplaire à Jon et à Antoine?

A Jon certainement, pensa-t-il, mais peut-être pas à Antoine. En fait, ce qui lui importait à présent, c'était elle et leur enfant.

– Si c'est le cas, tant pis pour eux. C'est notre vie et notre enfant. Ils sont grands et ils ont leur propre vie à mener. Quand ils auront des enfants, ils ne nous demanderont pas notre avis. Donc nous n'avons pas besoin du leur.

– C'est assez simple, en effet. Eh bien, je crois que tout est réglé.

– Pas tout à fait, rétorqua-t-il. Tu oublies un détail, un petit, j'en conviens, mais tout de même... Peut-être pourrions-nous faire à notre enfant la faveur d'être légitime. Sabrina, ma chérie, veux-tu m'épouser?

– Tu es sérieux?

Il se remit à rire et pointant un doigt sur son ventre encore plat, il demanda :

– Et ça, c'est sérieux?

Les yeux de Sabrina étaient encore rougis par les larmes mais elle semblait plus heureuse à présent.

– Oui. Très sérieux.

– Alors moi aussi. Eh bien?

Elle jeta les bras autour de son cou :

– Oui, oui, oui... oui!...

Il l'embrassa avec passion et la porta dans sa chambre, où il la déposa sur le lit.

– Quand veux-tu te marier, mon amour?

Il lui souriait, les bras croisés, et elle se dit qu'elle ne l'avait jamais trouvé aussi beau.

– Je ne sais pas... pourquoi ne pas attendre les vacances de Pâques pour Jon? Ce serait bien qu'il soit là.

A ces mots, Antoine éclata de rire, et pointa à nouveau un doigt sur son ventre.

– Tu n'attends pas quelque chose?

Elle se mit à rire elle aussi.

– Hmmmm... tu as peut-être raison... Je ne pense pas qu'il faille attendre.

– Quand va-t-il naître?

– Le médecin a dit octobre.

C'était dans sept mois, mais ils pourraient toujours prétendre que le bébé était prématuré, ce qui était plausible à l'âge de Sabrina; mais il ne fallait pas tarder davantage.

– Que dirais-tu de samedi?

Elle posa la tête sur les oreillers et lui sourit.

– Ça me semble merveilleux... tu es bien sûr que tu as envie?

– J'en ai envie depuis le jour de notre rencontre. Je regrette seulement que nous ayons attendu si longtemps, comme je regrette que nous ne nous soyons pas rencontrés vingt ans plus tôt.

Elle avait songé la même chose.

– Allons-nous appeler Antoine et lui dire?

– Je l'appellerai tout à l'heure et je lui dirai que tout va bien, mais d'abord, gronda-t-il, je veux que tu te reposes. Pour une future maman, tu n'as pas eu ce qu'on peut appeler une journée idéale. Maintenant, je vais prendre soin de toi, tu comprends?

Il consulta sa montre; huit heures passées.

– Je vais te préparer quelque chose à manger, poursuivit-il. Tu manges pour deux maintenant, tu sais.

Il se pencha, l'embrassa encore et courut en bas lui préparer une de ses omelettes préférées, à la française, mais lorsqu'il remonta, elle ne toucha à rien; épuisée par ce qu'elle avait vécu et par l'enfant qu'elle portait, elle était étendue sur le lit, profondément endormie.

CHAPITRE XXXIII

SABRINA ET ANDRÉ REGAgnèrent Napa le jeudi après-midi, après avoir laissé la voiture de Sabrina dans le garage qu'ils louaient tout près de Thurston House. Antoine, qui s'apprêtait à rentrer, les vit arriver de loin, par une très belle journée ensoleillée. Sabrina se dirigea vers lui, aussi heureuse qu'une jeune fille. Il était difficile de croire que c'était la même femme qui était partie la veille, mais Antoine avait déjà perçu le soulagement dans la voix de son père, la nuit précédente, quand il avait appelé. Il n'avait donné aucune explication mais Antoine avait compris immédiatement que tout allait bien. Il en eut la confirmation, le soir, tandis qu'André lui versait une coupe de champagne.

— Nous avons quelque chose à te dire.

Antoine les regardait, amusé ; on aurait dit deux enfants.

— Est-ce que je dois deviner ? plaisanta-t-il. Voyons voir...

Sabrina se mit à glousser comme une petite fille et André eut un large sourire.

— Très bien, petit futé, ça ne fait rien... Nous nous marions samedi.

— Si tôt ?

C'était la seule chose qui le surprenait : il pensait qu'ils allaient lui annoncer leurs fiançailles, mais il eut tout à coup une intuition et détailla attentivement Sabrina sans pouvoir rien distinguer. Peut-être était-ce trop tôt, pensa-t-il, mais si c'était vrai, il était heureux pour eux. Il n'avait même pas songé à cette éventualité lorsqu'elle avait été si malade. Il les embrassa chaleureusement sur les deux joues et André lui demanda d'être leur témoin. Le samedi suivant, Antoine se retrouva au côté d'André, tandis que Sabrina s'avançait seule dans la nef. Après la cérémonie, ils firent un repas somptueux que les ouvriers agricoles avaient préparé eux-mêmes, arrosé de champagne.

Antoine prit Sabrina à part et l'étreignit avec effusion.

– Je suis heureux pour vous et pour papa. Vous serez formidable pour lui.

– C'est moi qui ai de la chance de vous avoir tous les deux.

Elle aurait tant voulu que Jonathan soit aussi gentil que lui... Lorsqu'elle l'avait appelé pour le lui annoncer, il y avait eu un long silence, puis il avait demandé, glacial :

– Pourquoi si vite?

– Nous avions pensé... Chéri, j'aurais tellement voulu que tu sois là...

Elle était au supplice, oubliant tout le chagrin qu'il lui avait causé avec Camille.

– Eh bien, pas moi. Pourquoi diable épouser un fermier?

– Ce n'est pas très gentil de dire ça, Jon.

– Bonne chance quand même.

– Merci. Veux-tu venir à la maison pour Pâques, mon chéri?

Elle était prête à lui envoyer l'argent du voyage.

– Non, merci. Je vais à New York avec des amis. Mais, si tu veux, tu peux m'envoyer à Paris, en juin.

– Ce n'est pas tout à fait la même chose, tu ne crois pas? J'avais simplement pensé que tu aimerais venir à la maison pour voir tout le monde.

– Je préfère voir la France. Tout notre groupe va en Europe après les examens. Qu'en dis-tu?

– Nous en discuterons une autre fois.

– Pourquoi pas maintenant? Je dois prendre mes dispositions si je pars avec eux.

– Je ne veux pas être bousculée. Nous en parlerons plus tard, Jon.

– Pour l'amour de Dieu...

– Il te faudra bien travailler lorsque tu auras ton diplôme. Tu y as pensé?

Puisqu'il la malmenait, elle allait faire de même. Elle ripostait donc, pour une fois, parce qu'elle était furieuse de sa remarque à propos d'André... un fermier français, eh bien oui... quel sale gosse!

– Je suis pratiquement sûr que le père de Johnson va me trouver du travail à New York.

Le cœur de Sabrina se serra, mais elle s'y attendait.

– Nous allons louer une maison à cinq, en ville, reprit-il.

– Ça va coûter cher. Tu pourras te l'offrir?

– Quelle question! Tu as bien Thurston House.

– Je ne paie pas de loyer. A propos, comment va ta chère grand-mère?

– Bien. J'ai reçu une lettre d'elle la semaine dernière.

Sabrina ne répondit rien et se contenta de soupirer. Cela l'ennuyait qu'elle entretienne toujours des relations avec Jon; il semblait avoir tant d'affinités avec elle...

– Bon, eh bien, nous te verrons à ta remise de diplôme.

Elle espérait que Camille n'y serait pas, car elle ne voulait pas la revoir, mais comme son petit-neveu passait ses examens lui aussi, Camille viendrait peut-être. Sabrina ne posa pas la question à Jon, qui revint à la charge à propos de son voyage.

– Je vais y repenser et je te dirai.

– Décide-toi vite.

– Et si je dis non?

– Je trouverai un autre moyen pour partir.

– C'est ce qui arrivera peut-être, répondit-elle d'une voix calme.

Elle touchait du doigt toutes les erreurs qu'elle avait commises et qu'elle ne referait plus avec son enfant à venir. Son cœur se réchauffa à cette pensée.

– Mon Dieu, maman, j'ai besoin de ce voyage.

– Pas exactement. Tu veux le faire, c'est différent.

A ces mots, il raccrocha, sans la féliciter ni envoyer ses amitiés à André, et elle resta sans nouvelles de lui pendant un mois. Il la rappela ensuite pour la harceler encore à propos de son voyage; cette fois, elle en discuta avec André, dont le point de vue, il le savait, ne serait pas du goût de Jon.

– Tu veux vraiment savoir ce que j'en pense?

Il s'était contenu jusque-là, estimant qu'elle était seul juge et ne voulant pas s'engager sur ce terrain brûlant.

– Oui, vraiment. Il veut me forcer la main pour ce voyage et je ne suis pas sûre que ce soit bon pour lui, si j'accepte. D'un autre côté, il sera diplômé d'Harvard en juin, et ce serait un beau cadeau...

– Un trop beau cadeau, je crois. Je pense que si c'est

vraiment ce qu'il veut faire, il n'avait qu'à économiser. Il ne se demande pas combien c'est difficile pour toi; il croit que ça lui est dû. Cette manière de penser est dangereuse pour un homme et, tôt ou tard, la réalité ne le ménagera pas. Tu ne seras pas toujours là pour lui mettre de l'argent dans la main. Dès qu'il aura quitté l'école, il faudra qu'il se débrouille tout seul.

– Tu as raison. Et le voyage?

– Je refuserais, à ta place.

Elle soupira.

– C'est bien mon idée mais je redoute de le lui dire.

André acquiesça, compatissant; il savait combien Jon lui menait la vie dure et il en était désolé pour elle. C'était un sale gosse, mal élevé, égoïste, et André ne croyait pas que c'était simplement parce qu'il avait été trop gâté. Il y avait autre chose : il avait le même caractère que sa grand-mère et il était certainement né ainsi.

Il était totalement différent d'Antoine. Celui-ci avait presque vingt-six ans et fréquentait assidûment une jeune fille en ville; chaque fois qu'il regardait Sabrina, il se disait que ses soupçons étaient fondés. Il n'était au courant de rien et ne voulait pas poser de questions, jusqu'à un jour du mois de mai, où il se décida enfin.

– Je peux vous demander quelque chose?

– Bien sûr.

Elle l'aimait comme son propre fils, et, à bien des égards, il se faisait aimer beaucoup plus facilement que Jon. Le différend à propos du voyage avait fait qu'elle ne lui avait pas parlé depuis un mois, quoi qu'elle projetât toujours de se rendre à Cambridge en juin pour la remise des diplômes.

– Je sais que c'est mal élevé de demander...

Son visage hâlé s'empourpra et elle remarqua à nouveau combien il était beau. Elle se demanda où en étaient ses relations avec cette fille assez ordinaire et crut qu'il voulait parler de cela avec elle. C'est pourquoi elle fut prise de cours lorsqu'il reprit :

– Vous n'êtes pas... Je ne vais pas avoir un petit frère ou une petite sœur?...

Elle opina, rougissant à son tour, et il la souleva de terre de ses bras puissants, l'embrassa sur la joue et la reposa en demandant :

– Quand?

Elle lui répondit d'abord ce qu'André et elle étaient convenus de dire, puis se ravisa; elle pouvait lui avouer la vérité.

Dans un sens, il avait été le premier à savoir, lorsqu'elle avait manqué s'évanouir dans les champs. Antoine n'était pas stupide, il pourrait s'en rendre compte tout seul. Simplement, ils ne voulaient pas que les autres sachent.

— C'est pour octobre, mais officiellement, c'est prévu deux mois après.

Il sourit, appréciant son honnêteté.

— C'est bien ce que je pensais, mais je ne voulais pas demander.

Il avait l'intime conviction que son père l'aurait épousée, de toute façon.

— Est-ce que Jon est au courant?

— Pas encore. Nous le lui dirons le mois prochain, quand nous irons le voir.

— Papa est aux anges, je le vois bien. Il est heureux comme un enfant depuis que vous êtes rentrés de San Francisco, quelques jours avant votre mariage.

Il ne lui demanda pas ce qui s'était passé, mais il savait que tout avait changé depuis ce jour-là, et pour le mieux, comme s'ils avaient compris tous deux la profondeur de leurs sentiments. Et il les enviait car il n'avait pas encore rencontré une jeune fille qui puisse lui inspirer l'amour que son père éprouvait pour Sabrina. La fille qu'il fréquentait pour l'instant était amusante et il tenait à elle, mais il savait déjà que cela ne durerait pas. Elle n'était pas assez intelligente, et plus important encore, elle ne riait pas des mêmes choses que lui.

— Je suis content pour vous deux. J'espère que ce sera une fille!

— Moi aussi, lui murmura-t-elle tandis qu'ils se dirigeaient vers la maison, main dans la main.

Leur nouvelle maison devait être terminée dans deux mois et elle voulait s'y installer avant la naissance du bébé, mais elle irait accoucher à San Francisco. André n'en démordait pas; il voulait qu'elle bénéficie des meilleurs soins. Mais sa grossesse se déroulait sans problèmes et même le voyage en train jusqu'à Cambridge ne l'affecta pas.

Dès qu'ils furent chez Jon, l'atmosphère devint tendue. Il ignora André et regarda sa mère avec hostilité.

— Je suppose que tu es contente des dernières nouvelles.

— Quelles nouvelles?

— Je t'ai écrit la semaine dernière.

— Je n'ai rien reçu. La lettre a dû arriver après notre départ.

Abasourdie, elle l'entendit lui dire, les larmes aux yeux :

— Grand-mère a été renversé par un bus la semaine dernière, et elle est morte sur le coup.

Il lui fallut un moment pour réaliser qu'il s'agissait de Camille, puis elle contempla Jon, étonnée du chagrin qu'il semblait éprouver. Elle ne ressentait rien, si ce n'est un certain soulagement.

— Je suis désolée de l'apprendre, Jon.

— Non, ce n'est pas vrai. Tu la haïssais.

Il prenait à nouveau son ton enfantin. André, assis sur le rebord de la fenêtre de sa chambre, l'observait. Sabrina était installée sur le lit. Elle prenait ostensiblement des formes et ne pouvait plus porter ses anciens vêtements. Elle avait dû acheter quelques robes amples, comme celle qu'elle avait en ce moment, en soie bleue, de la même couleur que ses yeux. André, en la regardant, se disait qu'elle n'avait jamais été aussi belle.

— Je ne la haïssais pas, Jon. Je la connaissais à peine et je crois qu'elle ne gagnait pas à être connue. Tu admettras qu'elle ne s'est pas particulièrement bien conduite avec moi. Elle a essayé de me chasser de ma maison après m'avoir abandonnée bébé et n'avoir donné aucun signe de vie pendant quarante-six ans.

Il haussa les épaules ; c'était une accusation difficile à réfuter. Puis, tout à coup, il considéra sa mère avec stupeur.

— Tu as vraiment engraissé. Le mariage doit te réussir.

Elle se mit à rire.

— Oui, c'est vrai, mais ce n'est pas ce qui m'a fait prendre du poids. Je sais que tu vas être surpris et, pour être honnêtes, nous l'avons été nous aussi.

Elle prit sa respiration et poursuivit :

— Nous attendons un enfant pour Noël, Jon.

— Vous quoi ?

Il les regarda tour à tour et bondit sur ses pieds.

— Ce n'est pas possible ! cria-t-il, l'air horrifié.

— Si. Je sais que cela peut surprendre au début, mais...

— Mais vous êtes complètement cinglés ? Bon sang... Mais tout le monde va se fiche de moi en ville ! Tu as cinquante ans et Dieu sait quel âge il a, lui...

Il était tout juste poli, mais Sabrina ne put s'empêcher de sourire : Jon était tellement furieux qu'il avait l'air d'un petit garçon. Sa réaction était à l'opposée de celle d'Antoine, qui avait couru acheter au bébé son premier ours en peluche.

– Vous savez, mon garçon, ce sont des choses qui arrivent, ajouta André pour tenter de le calmer.

Il était désolé de le voir réagir si mal, mais cela ne le surprenait guère. Jon était immature, archigâté, et il lui fallait toujours un motif pour se plaindre de sa mère.

– Vous vous y ferez, petit à petit, comme nous et comme Antoine. Il a même quatre ans de plus que vous.

– Mais qu'est-ce qu'il sait, lui, à part planter des vignes? Je suis un homme, nom d'un chien!

André bondit sur ses pieds, prêt à exploser.

– Mon fils aussi. Et il est votre frère, désormais. Je vous demanderai de parler de lui avec respect, Jonathan.

Les deux hommes s'observèrent un long moment, puis Jonathan battit en retraite. Il n'était pas fou, il savait qu'André pesait chacun de ses mots. Il regarda sa mère et fit signe qu'il était l'heure de partir. Jon avait sa soirée prise, mais ils se verraient le lendemain pour la remise des diplômes. Ils dîneraient ensemble ensuite en compagnie d'un ami de Jon, avant de partir tous les trois pour New York. Il embarquait sur le *Normandie* trois jours plus tard, ayant réussi à financer son voyage, ce qui impressionna Sabrina.

– Nous nous verrons demain, Jon.

Elle s'avança pour l'embrasser mais il l'évita et garda le dos tourné lorsqu'ils quittèrent la chambre.

– Je suis désolée qu'il l'ait si mal pris, dit-elle à André tandis qu'ils regagnaient l'hôtel en taxi.

– Tu t'attendais vraiment à autre chose? Il est encore très jeune, et ça compte beaucoup, quatre ans, à cet âge-là. Antoine est déjà un homme. Jon, pas tout à fait encore. Ça viendra. Il se sent certainement menacé pour l'héritage... la maison... les terres de Napa...

– Tu as peut-être raison. C'est étrange pour Camille, non?

– C'est aussi bien. C'était une méchante femme, avide et inutile. Elle aurait dû mourir il y a des années, comme ton père le faisait croire.

– C'est bizarre. Je ne ressens rien du tout.

C'était un constat étrange à admettre : elle venait juste d'apprendre que sa mère était morte et cela la laissait indifférente.

– Jon a certainement de la peine, lui.

– Il la connaissait depuis quatre ans, et, apparemment, ils avaient des « atomes crochus ».

L'expression la fit rire; malheureusement, il avait raison.

La remise des diplômes se déroula le lendemain sans anicroche et Sabrina fondit en larmes lorsqu'elle vit Jon récompensé. Bien qu'il ne fût pas facile, elle était fière de lui. Elle lui avait permis de faire ses études en vendant les mines, la maison de Napa, les jardins autour de Thurston House... elle avait réussi, et lui aussi. Ils dînèrent dehors et Jon but plus que de raison mais Sabrina et André fermèrent les yeux, d'autant qu'il se montra plus gentil que d'habitude, beaucoup plus gentil que dans le train qui les menait à New York, le lendemain; il était gêné d'être vu en compagnie de sa mère.

– Mon Dieu, mais qu'est-ce que les gens vont penser? lui murmura-t-il.

Et elle lui répondit à voix basse, en souriant :

– Tu n'as qu'à leur dire que je mange beaucoup.

Sabrina et André l'interrogèrent sur ses projets et il annonça qu'il allait travailler, à son retour en septembre, pour le père d'un ami, William Blake, que Jon présenta à Sabrina avant de prendre le bateau. Il était accompagné d'une ravissante jeune fille qui ne quittait pas Jon des yeux. Sabrina apprit qu'elle avait seulement dix-huit ans et qu'elle était la sœur de Bill Blake. Elle semblait manifestement très éprise de Jon et elle se présenta elle-même dès qu'elle sut qui étaient Sabrina et André.

– Bonjour, je m'appelle Arden Blake.

Elle serra la main de Sabrina, puis d'André, regarda distraitement la robe lâche de Sabrina et se mit à leur vanter les mérites de Jon, qui semblait ne lui prêter aucune attention.

– Et papa pense qu'il fera merveilleusement l'affaire. C'est pour ça qu'il l'envoie en Europe avec Bill, comme une sorte de gratification avant même qu'il débute...

Sabrina fut mécontente mais n'en laissa rien paraître. Jon lui avait dit qu'il s'était procuré l'argent par ses propres moyens, et non qu'il allait voyager en première classe sur le *Normandie* aux frais de quelqu'un d'autre, sans compter les hôtels où ils descendraient. Elle savait, comme tout le monde dans le pays, qui était William Blake Senior : le plus gros banquier de New York. Elle avait eu affaire à lui avant de vendre les mines de John, au sujet d'investissements qu'il avait contractés. Elle eut envie de réprimander Jon, mais, comme il était trop tard, elle se contenta de poursuivre avec Arden une conversation anodine, tout en songeant avec amusement qu'au même âge elle dirigeait les mines de son père. C'était étrange de penser à cela, surtout en face de cette douce et innocente jeune fille, si entichée de Jon.

— Maman, papa et moi partons le mois prochain et nous allons les retrouver dans le sud de la France.

Elle défaillait presque de plaisir à cette pensée, ce qui fit sourire Sabrina.

— Veillez à ce qu'il se conduise bien, dit-elle à la jolie petite blonde. Je ne fais pas toujours confiance à mon fils.

— Maman dit que c'est le plus gentil garçon qu'elle connaisse. Il sera mon cavalier à ma première soirée en décembre.

Elle exultait littéralement et, lorsque la sirène du bateau retentit pour annoncer le départ, Sabrina vit Jon l'embrasser sur les lèvres, ainsi que trois autres filles après elle. Ils étaient quatre à embarquer sur le bateau, tous compagnons d'études à Harvard. Sabrina préférait ne pas penser à toutes les bêtises qu'ils allaient commettre. L'idée que quelqu'un d'autre paie le voyage de Jon lui déplaisait encore plus. Il lui avait forcé la main et elle allait être obligée d'envoyer un gros chèque à William Blake pour couvrir les dépenses du voyage. Elle ne pouvait permettre que Jon voyage aux crochets de quelqu'un d'autre. Dieu sait quelle histoire il leur avait racontée pour les apitoyer.

— Je veux en discuter avec toi à ton retour.

Elle lui envoya un regard entendu et lui tendit une enveloppe qu'elle lui avait destinée pour le récompenser de son diplôme. Elle avait été si fière qu'il payât lui-même son voyage qu'elle lui avait donné mille dollars d'argent de poche; mais ce n'était plus à présent qu'une dépense supplémentaire pour elle.

— Sois gentil avec Arden Blake, lui murmura-t-elle, c'est une jeune fille délicieuse.

Sabrina avait le désagréable pressentiment qu'il allait se servir d'elle.

— Elle est mon brevet de réussite, lui chuchota-t-il en clignant de l'œil, et Sabrina se sentit encore plus mal à l'aise.

Elle la vit agiter frénétiquement la main et eut presque envie de la mettre en garde, mais comment faire une chose pareille? Jon se tenait sur le pont, souriant, et Sabrina le trouva beau. C'était un jeune homme grand, mince, au regard ardent, avec des cheveux de jais, des yeux bleus pareils à ceux de Camille, et un visage pour lequel n'importe quelle femme aurait voulu mourir. Il était d'une beauté presque douloureuse à voir.

Une fois le bateau parti, Sabrina se tourna vers André en soupirant et lui rapporta ce qu'avait dit Jon à propos d'Arden Blake, lui apprenant aussi de quelle façon il avait financé le voyage.

– Tu es au moins sûre qu'il ne mourra jamais de faim. Il est trop malin pour ça.

– Trop malin pour être honnête.

– Quelquefois, je voudrais qu'Antoine soit comme ça. Il manque tellement de sens pratique qu'il serait capable de ne pas trouver d'eau à une fontaine. La plupart du temps, il est perdu dans ses principes, ses idéaux et tout ce fatras intellectuel.

Sabrina sourit tendrement; André exagérait à peine, mais Antoine était un garçon bien. Il était intelligent, mais vivait en quelque sorte au-delà des réalités de la vie. Il aurait pu se plonger dans un ouvrage philosophique et en oublier de manger, poursuivre quelque vague idée abstraite plutôt que de réaliser un projet concret. C'était un rêveur, dans un sens, mais un brillant rêveur.

– C'est un homme adorable, André. Tu devrais être fier de lui.

– Tu sais bien que je le suis.

Il l'aida à monter dans un taxi et regarda en souriant son ventre rebondi.

– Et comment se porte notre petite amie?

Le bébé avait bougé pour la première fois quelques semaines auparavant et comme il remuait beaucoup, André demanda, ravi :

– Elle fait des sauts périlleux?

– Je crois qu'elle sera danseuse. Elle n'arrête pas de sauter.

– A moins que ce soit un joueur de football, ajouta-t-il en souriant.

L'après-midi, ils allèrent rendre visite à leur vieille amie Amelia, qui fut ravie pour eux. Elle trouvait ridicule qu'ils soient complexés à cause de leur âge.

– Si je pouvais, j'en aurais un maintenant!

Elle avait exactement quatre-vingt-dix ans, Sabrina la trouva terriblement faible.

– Profitez bien de chaque instant... c'est le plus beau des cadeaux. Le cadeau de la vie.

Et, en la regardant, ils savaient que c'était vrai; elle avait eu une vie pleine, merveilleuse, enrichissante et altruiste. C'était un exemple pour chacun... l'antithèse de Camille. Sabrina parla un peu d'elle à Amelia, puis ils prirent congé lorsque son infirmière entra. C'était l'heure de sa sieste et ils remarquèrent son air fatigué. Au moment de les embrasser, elle plongea son regard dans celui de Sabrina et lui dit :

— Tu es exactement comme ton père, Sabrina. C'était un homme adorable et tu es une femme adorable. Tu n'as rien d'elle. Remerciez le ciel d'avoir cette enfant. Et puisse-t-elle vous apporter beaucoup de joie. Je crois que ce sera une fille, ajouta-t-elle en riant, puis elle mit la main sur le ventre de Sabrina et les embrassa de nouveau.

Le lendemain, ils reprirent le train pour rentrer. Sabrina s'installa à Napa pour l'été, puis, leur nouvelle maison étant finie, ils emménagèrent en août. Le mois suivant, ils revinrent à San Francisco pour que Sabrina soit à proximité de l'hôpital. Ils appelèrent Jon à son retour; il avait eu un voyage merveilleux et fit une ou deux allusions à Arden Blake. Il avait déjà commencé à travailler sans rencontrer aucun problème, grâce à M. Blake.

Sabrina avait bien sûr envoyé un très gros chèque avec ses remerciements pour couvrir les frais du voyage de Jon, et le banquier, après quelques réticences, l'avait finalement accepté. Il lui avait dit qu'il était très attaché à Jon, comme toute la famille, et Jon semblait également les apprécier.

— Je vais à Palm Beach avec eux pour les vacances, se vanta-t-il bruyamment, et Sabrina fut déçue.

— Je pensais que tu serais venu à la maison. Le bébé sera né...

Cela ne l'intéressait nullement.

— Je n'aurai pas le temps. J'ai seulement deux semaines. Je viendrai l'été prochain, sans doute. Les Blake louent une maison à Malibu et je resterai probablement avec eux quelque temps.

— Ne dois-tu pas travailler?

— Pas plus que Bill. Je prends les mêmes congés que lui, c'était convenu comme ça.

— Ça me paraît de tout repos.

— Non, pourquoi? Je travaille aussi dur que lui.

— Je crois qu'il a sa carrière toute tracée, tu ne crois pas?

— Moi aussi, peut-être. Arden est folle de moi et M. Blake me porte aux nues.

– Eh bien, je crois que tu t'es trouvé un travail sur mesure!

Lorsqu'elle voulut lui parler de ses procédés discutables pour pouvoir aller en Europe, il la coupa net.

– Tu n'avais pas besoin de payer. M. Blake l'aurait fait, il l'avait dit.

– Je ne pouvais pas le laisser payer et tu n'aurais pas dû accepter.

– Bon Dieu, si c'est pour me faire une leçon de morale, maman, je raccroche.

– Peut-être devrais-tu y songer, Jon, particulièrement en ce qui concerne Arden Blake. N'abîme pas cette fille. Elle est gentille et très naïve.

– Mais elle a dix-huit ans, bon sang...

– Tu sais très bien ce que je veux dire.

– Ne t'en fais pas, je ne vais enlever personne.

– Il y a plus d'une façon de se mal conduire.

Elle s'inquiétait beaucoup pour lui, même s'il paraissait heureux à New York, d'après les cartes qu'ils recevaient de temps en temps. A la fin du mois d'octobre, Sabrina ne s'occupa plus que d'elle et se sentit de plus en plus mal à l'aise au fur et à mesure que son bébé grossissait. Lorsque la date approcha, elle pouvait à peine gravir l'escalier de Thurston House; comme le bébé ne descendait toujours pas, André et elle entreprirent de longues promenades.

– Elle doit se plaire où elle est, soupirait Sabrina. J'ai "impression qu'elle ne sortira jamais.

Elle regarda tristement André, qui se mit à rire : elle pouvait à peine marcher, à présent, et devait s'asseoir tous les dix pas. Elle avait l'impression d'avoir cent ans et de peser cent cinquante kilos mais elle conservait sa bonne humeur.

– Qu'est-ce que tu vas faire si c'est un garçon? Tu n'arrêtes pas de dire « elle ».

– Eh bien, il faudra qu'il s'y habitue, le pauvre petit.

Trois jours après la date de naissance présumée du bébé, elle réveilla André, qui dormait profondément, à quatre heures du matin, avec un grand sourire sur les lèvres.

– Ça y est, mon amour.

– Comment le sais-tu?

Il était encore à moitié endormi et espérait un délai, jusqu'au lendemain, ou du moins jusqu'au matin.

– Crois-moi, j'en suis sûre.

– D'accord.

Il s'arracha du lit puis se réveilla d'un seul coup lorsqu'il la vit brusquement se plier en deux. Il la prit dans ses bras et la conduisit doucement jusqu'à une chaise.

— Je crois que j'ai trop attendu... mais je ne voulais pas te réveiller... et je n'étais pas sûre au début... ohh...

Elle lui agrippa le bras et il fut pris tout à coup de terreur.

— Oh, mon Dieu... Tu as appelé le docteur?

— Non... tu ferais mieux... oh, André... mon Dieu... téléphone...

— Qu'est-ce qui se passe?

Il la reconduisit au lit, paniqué, et s'empara du téléphone.

— Je lui dis quoi?

Sabrina gémit et retomba sur le lit.

— Dis-lui que je sens la tête...

Elle continua d'haleter et poussa tout à coup un petit cri. Il n'avait jamais vécu une telle expérience auparavant; quand Antoine était né, il avait attendu poliment dans le couloir de l'hôpital.

André répéta ce qu'avait dit Sabrina au médecin, qui lui demanda précipitamment :

— Est-ce qu'elle sent l'enfant descendre?

André essaya de lui poser la question, mais elle ne l'écoutait pas; elle s'accrochait à sa manche, le visage tordu par la douleur.

— Sabrina, écoute-moi... il veut savoir... Sabrina... je t'en prie...

Le médecin, qui entendait les gémissements de Sabrina dans le téléphone, cria à André :

— Appelez la police. J'arrive tout de suite.

— La police?

André parut horrifié, mais il n'avait plus le choix; Sabrina se tordait littéralement de douleur sur le lit et s'était mise à sangloter.

— Mon Dieu... André... s'il te plaît...

— Qu'est-ce que je peux faire?

— Aide-moi... s'il te plaît...

— Chérie...

Les larmes aux yeux, André n'avait jamais été aussi désespéré de sa vie. Il avait été plus facile de l'arracher aux mains de l'avorteur, sept mois plus tôt, cela lui avait demandé seulement un peu de sang-froid et de bravoure, mais la situation présente exigeait des connaissances qu'il n'avait pas. Pourtant, lorsqu'il la vit sur le lit, luttant contre la douleur, il oublia tout à coup toutes ses lacunes, s'approcha d'elle et lui prit les mains en lui parlant doucement.

Il savait qu'il n'aurait pas le temps de l'emmener à l'hôpital; elle l'avait réveillé trop tard, tout allait trop vite. Elle avait enlevé ses vêtements, seul le drap la recouvrait, et pour la première fois depuis qu'elle l'avait réveillé, elle regarda André en esquissant un sourire. Son visage était humide, ses yeux sombres, et elle poussa tout à coup de toutes ses forces, tandis qu'il la tenait par les épaules. Lorsqu'elle s'arrêta, elle leva les yeux vers André en souriant pour de bon.

— Je te l'avais dit... Je voulais... que le bébé... naisse à la maison...

A ces mots, elle poussa à nouveau et il la reprit dans ses bras pour la maintenir en arrière, mais il ne savait pas vraiment ce qui allait se passer; il ne voyait rien et ne sentait que l'immense effort qu'elle faisait pour pousser. Elle laissa échapper une longue plainte.

— André... non... André...

Il la prit dans ses bras, essayant de l'apaiser, le visage mouillé de larmes; cette fois, elle poussa un cri perçant, puis un autre. Elle retombait sur lui chaque fois que la douleur déclinait puis se retendait; tout à coup, il perçut une accélération des contractions. Il savait... il comprenait exactement ce qu'elle faisait, et il lui dit :

— Vas-y... vas-y... vas-y, chérie... c'est ça, oui, tu peux...

— Je ne peux pas!

Elle criait de douleur et il aurait voulu arracher le bébé de son corps pour faire cesser sa souffrance.

— Mais si, tu peux!

— Mon Dieu... non... André...

Elle arracha le drap et poussa de toutes ses forces; c'est à ce moment-là qu'il vit une tête ronde apparaître.

— Oh, Sabrina! cria-t-il.

Il n'en croyait pas ses yeux. Alors, comme s'il avait toujours su ce qu'il fallait faire, il alla au pied du lit et maintint la petite tête tandis que Sabrina continuer à pousser. Les épaules apparurent, le bébé se mit à pleurer et André l'aida à sortir complètement du ventre de sa mère. Il prit l'enfant et, tout en regardant sa femme comme s'il venait d'assister à un miracle, le souleva en criant :

— C'est une fille!

Il pleurait sans honte, n'ayant jamais rien contemplé de plus beau que ce nouveau-né qu'il tenait dans ses bras, et cette femme qu'il aimait. Il s'approcha de Sabrina et, après l'avoir recouverte, car elle commençait à grelotter, il déposa leur enfant dans ses bras.

– Elle est si belle... et toi aussi, tellement...

– Je t'aime tant...

Le cordon ombilical palpitait encore entre la mère et l'enfant; Sabrina, qui était épuisée, regarda André amoureusement. Le père embrassa d'abord la mère puis l'enfant.

– Tu es extraordinaire.

C'était une expérience qu'ils n'oublieraient jamais. En la regardant, il sut qu'il ne l'aimerait jamais autant qu'en ce moment. Rien n'était plus émouvant que de la voir ainsi, son enfant dans les bras.

Elle lui sourit lentement, tremblant toujours, mais l'air heureuse, et dit :

– Ce n'est pas si mal pour une vieille femme comme moi, tu ne trouves pas, André?

André était fou de joie. Lorsque le médecin arriva avec l'ambulance dix minutes plus tard, il lui ouvrit la porte avec un grand sourire.

– Bonsoir, messieurs.

Il avait l'air si fier qu'ils comprirent qu'ils étaient arrivés trop tard. Le médecin se précipita dans l'escalier pour trouver Sabrina en train de pouponner son enfant.

– C'est une fille! lui annonça-t-elle joyeusement, et André et le médecin éclatèrent de rire.

Puis le médecin ferma la porte, examina la mère et l'enfant, coupa le cordon et s'assura que Sabrina allait bien. Il la regarda, médusé.

– Je dois dire que je ne m'attendais pas à ça de vous, ma chère.

– Moi non plus.

Elle se mit à rire, prit la main d'André et ajouta en le regardant avec gratitude :

– Je n'y serais jamais arrivée sans toi.

– Mais je n'ai fait que regarder. C'est toi qui as tout fait.

Sabrina regarda le nouveau-né qui dormait paisiblement à côté d'elle :

– Non, c'est elle qui a tout fait.

Le médecin l'examina, satisfait et le bébé se portait bien. A première vue, elle pesait bien trois kilos et demi, peut-être plus.

– Je devrais vraiment vous emmener à l'hôpital pour que vous vous reposiez, qu'en dites-vous?

Sabrina se rembrunit.

– J'aimerais mieux rester ici.

– Je le savais. Bon. Écoutez-moi. Je veux bien que vous restiez chez vous, mais s'il y avait un quelconque problème, une fièvre, un symptôme qui vous semble inhabituel, alors appelez-moi tout de suite. Et n'attendez pas qu'il soit trop tard cette fois!

– J'ai pensé que je pouvais attendre un peu. Je n'avais pas envie de réveiller tout le monde au milieu de la nuit.

Les deux hommes se regardèrent et se mirent à rire; elle l'avait tout de même fait, et bien plus dramatiquement. Il était seulement cinq heures et quart du matin, il faisait encore noir et Dominique Amélie de Vernay avait fait son entrée dans le monde. Ils s'étaient mis d'accord depuis longtemps sur le deuxième prénom, mais le premier avait été difficile à trouver.

Après le départ du médecin, avec l'ambulance, André apporta à Sabrina une tasse de thé. La bonne, qui attendait patiemment la naissance du bébé, vint le chercher pour le laver et le ramener à Sabrina le plus vite possible. Les draps furent changés, Sabrina prit un bain; une fois qu'elle fut à nouveau étendue sur le lit, tout en buvant son thé, Dominique à son sein, André la regarda, encore incrédule, tandis que le ciel pâlissait et que le soleil se levait.

– Eh bien, qu'allons-nous faire aujourd'hui, mon amour?

Ils se mirent à rire sans pouvoir s'arrêter. L'attente avait été si longue et la délivrance si rapide! Sabrina, tout en glissant dans le sommeil, se remémorait l'endroit hideux où elle s'était rendue à Chinatown... elle revoyait encore André parler calmement à l'homme qui tenait le revolver... et leur course dans l'escalier... et tout à coup elle se trouvait là, avec son bébé à côté d'elle et son mari.

Ils appelèrent Antoine lorsque Sabrina se réveilla. Le jeune homme allait partir travailler et répondit distraitement au téléphone. André déclara sans préambule :

– C'est une fille!

– Déjà? Mon Dieu, c'est merveilleux!

– Elle s'appelle Dominique, elle est très belle, elle a deux heures et... quatorze minutes.

– Mon Dieu... Papa... c'est formidable! Comment va Sabrina?... Elle est à l'hôpital?

André se mit à rire.

— Les trois réponses sont respectivement : oui, bien, et non. C'est vrai, c'est formidable et Sabrina va bien, mais elle n'est pas à l'hôpital. Le bébé est né à la maison.

— Quoi? A la maison? Mais je pensais...

— Moi aussi. Mais ta belle-mère m'a pris de court. Elle n'a pas voulu me déranger dans mon sommeil; du coup, elle m'a réveillé trop tard. Et... voilà. Mademoiselle Dominique est arrivée vingt minutes après. Et le médecin n'est arrivé, lui, que dix minutes plus tard.

— C'est incroyable!

— Eh oui, mon vieux, c'est incroyable. C'est la plus belle chose que j'aie jamais vue.

Il souhaitait le même bonheur à Antoine plus tard : une femme qu'il chérirait et la naissance d'un enfant bien-aimé, à laquelle il pourrait assister si possible. André était heureux d'être resté auprès d'elle maintenant que tout allait bien; cela lui semblait à la fois plus difficile et plus facile qu'il ne l'avait imaginé. C'était une épreuve plus dure, plus effrayante mais aussi plus belle que tout ce qu'il avait connu.

— Tu t'es très bien débrouillée, plaisanta-t-il.

Ils étaient étendus côte à côte sur le lit, cet après-midi-là. Sabrina prenait son déjeuner tandis que Dominique dormait à poings fermés dans le berceau qui avait été celui de Jon, garni d'organdi et de rubans de satin neufs.

— Peut-être devrions-nous recommencer bientôt, suggéra-t-il.

— Une minute, s'il te plaît... ça n'a pas été si facile que ça...

Elle était très éprouvée, ce qui était compréhensif, mais aucun symptôme alarmant ne s'était déclaré.

— Je ne pense pas que j'aie envie de recommencer, acheva-t-elle.

Comme ils savaient tous deux qu'elle n'aurait probablement plus aucune chance à son âge, ils étaient d'autant plus heureux de ce cadeau.

Ils furent déçus que Jon soit parti déjeuner au moment où Sabrina l'appela. Elle laissa un message à la secrétaire qu'il partageait avec le jeune Bill Blake et il la rappela plus tard dans l'après-midi. Il semblait avoir un peu bu et ne parut pas très désireux de connaître la raison de son appel; lorsqu'il apprit la nouvelle, il se tut si longtemps que Sabrina crut qu'ils avaient été coupés.

– Jon?... Jon?... Jon?... Mince... André, je crois que...

Il rompit enfin le silence.

– Je n'arrive pas à croire que tu l'as vraiment eu. Je ne sais pas pourquoi, mais je pensais que tu reprendrais tes esprits avant qu'il soit trop tard. Tu as l'air d'en être dingue, je me trompe?

Il se mit à rire bruyamment, ce qui contraria Sabrina.

– Elle s'appelle Dominique, elle est toute petite et très jolie. Nous espérons que tu viendras la voir bientôt, poursuivit-elle, comme s'il était aussi heureux qu'eux, mais Jon, en comptant sur ses doigts, se rendit compte de quelque chose.

– Dis donc, ça me vient, tu ne devais pas l'avoir en décembre? Il me semble bien que tu ne t'es mariée qu'en avril, ou par là...

– Oui, par là. Elle est arrivée deux mois en avance.

– Ne me dis pas qu'il t'a engrossée avant que tu l'épouses. Pas étonnant que vous ayez été surpris, en juin... Je comprends...

Il partit d'un grand rire et Sabrina eut envie de l'étrangler.

– Viens vite à la maison pour voir ta sœur, Jon.

– Bien sûr, maman. Oh... et toutes mes félicitations...

Sa voix sonnait faux au téléphone. Quelle différence avec la réaction d'Antoine! pensa-t-elle en raccrochant. Antoine avait été fou de joie, alors que Jon s'était montré cynique, détestable, lui faisant remarquer que l'enfant avait été conçu avant leur mariage. Sabrina ressentit à nouveau une grande déception et regarda André, les larmes aux yeux.

– Il n'a pas été gentil.

– Il est jaloux. Il est resté fils unique trop longtemps.

André lui trouvait toujours des excuses pour la consoler, mais elle les acceptait de moins en moins souvent.

– Antoine aussi. Tu sais, Jon est un sale petit égoïste et, un jour, ça lui retombera dessus. On ne peut pas continuer à traiter les gens comme ça sans le payer.

A ces mots, elle se souvint d'Arden Blake, en espérant que Jon ne lui ferait pas trop de mal.

Ils ne le revirent pas jusqu'à l'année suivante; il arriva en juin, quand Dominique avait huit mois. Il la regarda à peine et déambula dans Thurston House avec un air de propriétaire, sous l'œil de sa mère. Il était encore plus beau que l'année précédente, lors de la remise des diplômes. Il allait avoir vingt-trois ans dans un mois et il avait une apparence si sophistiquée que cela lui donnait presque l'air décadent.

Sabrina l'entoura de ses bras et le regarda en souriant. Cela faisait un an qu'elle l'avait vu partir sur le *Normandie* et elle était heureuse de le revoir. Elle prit dans ses bras sa petite fille qui gazouillait et riait en regardant Jon, mais lui parut à peine la remarquer.

— Eh bien, que penses-tu de Mademoiselle Dominique?

— Qui? Oh... ça...

Il voulait rester sérieux et sa mère le gronda.

— Maintenant, ça suffit. Ne joue pas à l'adulte avec moi. Je me souviens, quand tu avais son âge, il n'y a pas si longtemps que ça.

Il lui sourit d'un air plus amène.

— D'accord.. d'accord... elle est mignonne. Mais elle n'a pas l'âge que je préfère chez les filles.

— Et c'est quel âge?

Ils montaient l'escalier pour se rendre dans la chambre de Jon; rien n'avait changé, Sabrina l'ayant gardée intacte, malgré le peu de fois où il venait.

— Oh, entre vingt et un et vingt-cinq.

— Je suppose que cela élimine Arden Blake.

Sabrina ne l'avait pas oubliée, ni la façon dont Jon en avait parlé.

— Elle ne doit pas avoir plus de dix-neuf ans, maintenant.

— Tu as une très bonne mémoire, maman. Elle les a. Mais, pour elle, je fais une exception.

— Pauvre enfant.

— Ne t'en fais pas. Elle et Bill reviennent de Malibu la semaine prochaine. Est-ce qu'ils peuvent venir ici?

— Si vous vous conduisez bien. Vous pouvez même venir à Napa, si tu partages une chambre avec Bill. Nous avons deux jolies chambres d'amis que vous pouvez utiliser. Nous serions vraiment contents que vous veniez, ajouta-t-elle en souriant.

— Si je comprends bien, vous ne vivez plus dans cette casemate.

— Jon!

— Pourtant, c'en était une.

— C'était temporaire. Non, André nous a construit une jolie maison. Et Antoine a un petit pavillon séparé.

— Il traîne toujours par là, celui-là?

– Il s'occupe des vignes avec André. Ce n'est pas une petite propriété et ça commence à bien marcher. André n'y arriverait pas sans lui.

– Peut-être viendrons-nous passer quelques jours si nous avons le temps. Ils veulent surtout séjourner à San Francisco.

– Il y a beaucoup de choses à voir, mais Napa leur plairait peut-être aussi.

Ils furent enchantés dès leur arrivée. Jon affichait un air blasé mais Bill se montra fasciné par les immenses vignobles. Il raconta que son père avait à un moment donné fait de gros investissements dans les vins de France et qu'il avait réalisé une fortune.

– Je sais, lui dit André en souriant, votre père et moi avons mené à bien cette transaction.

Bill fut tout content de découvrir qui il était et expliqua à Jon qu'André et son père se connaissaient depuis des années. Ils ne s'étaient pas vus, car le père de Bill n'était venu ni à la remise des diplômes ni le jour du départ du bateau.

– La prochaine fois que je serai à New York, je l'appellerai. Mais, en attendant, transmettez-lui mes amitiés, s'il vous plaît.

– Je n'y manquerai pas.

Après cela, Jon parut soudain s'intéresser davantage à André, mais il continua à ignorer Antoine. Sabrina et Arden, qui étaient parties avec Dominique faire une longue promenade dans un buggy que Sabrina avait déniché chez un antiquaire, trouvèrent à leur retour les quatre hommes étendus autour de la piscine.

Arden serra la main d'André et d'Antoine, qu'elle ne connaissait pas encore, et Sabrina vit son trouble lorsqu'elle s'approcha de lui. Antoine ne la quitta pas des yeux de tout l'après-midi. Le soir, pendant que Bill et Jon jouaient au billard en ville, Arden et lui discutèrent pendant des heures. Jon et Bill avaient l'habitude de laisser Arden à la maison et ils trouvaient cela normal. Bill avait demandé à Antoine s'il voulait se joindre à eux mais ce dernier avait répondu qu'il avait du travail à faire à la maison, ce qu'il avait paru oublier dès qu'ils étaient partis.

Sabrina le raconta en souriant à André ce soir-là, après avoir mis Dominique au lit. Antoine et Arden, assis sous le porche, avaient entamé une conversation très sérieuse.

– Il est subjugué par elle. Tu l'as remarqué?

– Oui. Jon ne va pas faire des difficultés? Je pensais qu'il avait un penchant pour elle.

– Je n'en suis pas si sûre. L'an dernier, il m'a dit quelque chose sur elle qui ne m'a pas plu. Il m'a dit qu'elle était son « brevet de réussite », mais j'espère qu'il n'était pas sérieux. S'il l'épousait, il aurait un poste définitif à la banque de Bill Blake, mais je ne veux pas qu'il profite d'elle de cette façon.

– Je ne pense pas qu'il ait de mauvaises intentions. Il disait certainement ça pour faire le malin.

– J'espère que ce n'est que ça. Elle n'a pas l'air de l'intéresser beaucoup.

Il s'était empressé avec Bill de partir jouer au billard ce soir-là.

– Ce n'est pas le cas d'Antoine, ajouta André en souriant.

Antoine venait juste de rompre avec cette fille en ville et il avait paru très seul ces derniers mois, sauf ce soir-là, en compagnie d'Arden Blake; tous deux avaient joué longtemps avec Dominique.

Le lendemain, Arden prit le bébé avec elle dans la piscine et s'en occupa avec beaucoup de soin; lorsque Antoine revint d'un rendez-vous en ville avec d'importants concessionnaires, il mit son maillot de bain et rejoignit Arden dans la piscine. Ils bavardèrent gaiement en jouant tranquillement avec Dominique, qu'ils rendirent enfin à sa mère avant de reprendre leurs interminables conversations. On aurait pu les croire mariés, tandis qu'ils jouaient avec le bébé.

Une même chaleur et une même sérénité émanaient d'eux; ils semblaient presque sortis du même moule; même leurs cheveux étaient du même blond. Personne ne parut remarquer qu'ils formaient en apparence un couple parfaitement assorti, à part Jon qui, dès qu'il eut plongé dans la piscine, nagea tout droit entre eux deux.

Le soir, Bill et lui emmenèrent Arden au cinéma, mais ils ne proposèrent pas à Antoine de les accompagner. Sabrina le trouva assis sous le porche, tout seul, perdu dans ses pensées, fumant une cigarette et buvant un verre de vin de leur propre récolte.

– Tu n'as rien de mieux à boire que cette bibine? plaisanta-t-elle tout en s'asseyant à côté de lui dans un rocking-chair. Est-ce que tout va bien pour toi, mon chéri?

Elle se faisait toujours du souci pour lui; il était si discret qu'on ne savait jamais si quelque chose le troublait. Il ne voulait jamais faire de la peine aux autres et il assumait trop de responsabilités à lui seul, ce qui en faisait par là même un remarquable administrateur pour André.

– Ça va.

Il avait gardé le même accent français qu'à son arrivée.

– Elle est jolie, n'est-ce pas?

Ils savaient tous deux qu'il était question d'Arden Blake.

– Plus que ça. C'est une fille exceptionnelle pour son âge. Elle a beaucoup de sensibilité et de réflexion. Est-ce que tu sais qu'elle a travaillé avec un missionnaire au Pérou, l'an dernier, pendant six mois? Elle a dit à son père que, s'il l'empêchait de le faire, elle partirait quand même. Il a été obligé de céder. Elle parle couramment espagnol et très bien français. Il y a beaucoup de choses dans cette jolie tête blonde, plus que Jon ne le soupçonne, j'en ai peur.

– Je ne crois pas qu'elle l'intéresse vraiment.

Sabrina continuait à le penser, mais Antoine ne se méprenait pas.

– Je crois que tu te trompes. Il attend son heure. Pour l'instant, il s'en amuse et elle est encore très jeune.

Antoine la regarda avec une expression d'homme grave qu'elle ne lui connaissait pas et qui l'attrista.

– Je pense qu'il l'épousera un jour, reprit-il. Elle ne le sait pas encore, mais j'en suis sûr. Il veut la garder en réserve, et si quelqu'un s'approche trop...

Ils pensaient tous deux à la façon dont Jon l'avait littéralement enlevée ce soir-là, même s'il ne tenait pas particulièrement à ce qu'elle l'accompagne.

Sabrina lui répondit honnêtement :

– S'il l'épouse, ce ne sera pas pour la bonne cause, Antoine.

– Je le sais. C'est étrange de pouvoir prévoir ainsi l'avenir. Il est si facile de prédire quelquefois ce que les autres vont faire. On voudrait les arrêter, mais c'est impossible.

– Tu le pourrais, dans le cas présent.

Pour une fois, elle aurait voulu qu'il réalise ce qui lui tenait à cœur dans la vie, sans s'occuper des autres. Il ne devait rien à Jon, et Jon n'avait jamais été ne serait-ce que gentil avec lui. Et puis, d'une certaine façon et sans qu'elle puisse se l'expliquer, elle ne voulait que Jon ait Arden Blake. Pour son bien à elle.

– Insiste, si c'est ce que tu désires.

– Elle est trop jeune, soupira-t-il, et elle est absolument folle de lui, depuis l'âge de quinze ans, j'ai l'impression. C'est une bataille difficile à gagner. Il faudra qu'elle s'en guérisse, mais ce n'est pas pour tout de suite.

— Elle y parviendra à force. Il n'est pas très gentil avec elle.

— Ça ne fait que renforcer. Il y a du masochisme chez les filles de cet âge-là.

— Pourquoi ne restes-tu pas avec elle?

— Je l'ai fait aujourd'hui. Mais elle ne va pas être là très longtemps, je crois.

Cela donna une idée à Sabrina, et elle en parla à André plus tard dans la soirée.

— Tu ne crois pas que tu devrais envoyer Antoine à New York pour discuter de ce marché dont nous avons parlé?

— Pourquoi? Je croyais que nous y allions à l'automne.

— Pourquoi ne pas l'envoyer?

— Tu ne veux pas y aller?

— On ira une autre fois.

Il se mit subitement à rire.

— Tu es encore enceinte?

— Non. Je pensais simplement que ça lui ferait du bien.

— Il y a autre chose. Tu ne m'auras pas. Qu'est-ce que tu manigances?

Il la prit dans ses bras, et elle arrêta son jeu.

— Écoute, je suis sérieuse.

— Je sais, mais qu'est-ce qu'il y a?

— Très bien, très bien...

Elle lui parla de l'attirance d'Antoine pour Arden Blake.

— Mais pourquoi ne le laisses-tu pas se débrouiller tout seul? Il a vingt-sept ans, il peut s'occuper de ses affaires. S'il veut aller à New York, il peut se payer le voyage.

— Alors, il n'ira pas. Il est trop bien élevé et il ne voudra pas doubler Jon.

— Peut-être qu'il a raison. Tu ne crois pas que tu devrais rester en dehors de tout ça?

— André, elle est parfaite pour lui.

— Alors, laisse-le faire.

— Seigneur, tu es impossible!

Mais il avait compris ce qu'elle lui avait dit. Le lendemain, il parla négligemment d'Arden avec Antoine et ne fit aucune remarque lorsqu'il disparut tout l'après-midi et revint bruni et heureux après un pique-nique au bord d'un ruisseau qu'ils avaient découvert quelque part. Antoine lui avait fait goûter quelques-uns de leurs vins, l'avait vraisemblablement embrassée deux ou trois fois. Il l'emmena faire une promenade tranquille le soir, tandis que Bill et Jon étaient occupés en ville à courir après une troupe de girls de music-hall dont on leur avait parlé.

Lorsque Arden quitta Napa avec Bill, pour retourner à Malibu, elle déclara qu'elle espérait revoir Antoine bientôt ; Jon quant à lui ne resta que quelques jours de plus et partit rejoindre Arden et Bill. Puis lui et Bill regagnèrent New York par le train, depuis Los Angeles.

C'est alors qu'Antoine s'aperçut qu'il avait quelque chose à faire là-bas. Il alla voir Arden à Malibu, avant qu'elle en parte avec sa mère.

A son retour, il ne parla pour ainsi dire pas de son séjour.

– Eh bien, est-ce que tu l'envoies à New York ?

– Oui, répondit André avec un sourire mystérieux, mais seulement parce qu'il me l'a demandé. Il cherche un alibi pour la voir à New York, bien qu'il ne l'ait pas présenté de cette façon.

Lorsque Jon les appela, la fois suivante, il semblait s'intéresser de nouveau à Arden, et il parla beaucoup d'elle. Il l'avait emmenée ici et là, à un cocktail, au théâtre. Il voulait la garder en réserve pour lui et elle était assez jeune pour tomber dans le panneau. Mais Antoine partit tout de même la voir à New York ; quand il revint, il semblait déprimé.

– Qu'est-ce qui s'est passé ? Il t'a dit quelque chose ?

André venait d'avoir une conversation avec son fils ; Sabrina se jeta sur lui pour avoir des nouvelles.

– Oui. Qu'elle est amoureuse de Jon.

– Mais ce n'est pas possible ! Elle avait l'air folle d'Antoine quand elle était là !

– Jon n'a pas arrêté d'être aux petits soins pour elle depuis, et elle pense même qu'ils pourraient se fiancer. Elle a jugé qu'il aurait été déloyal de ne pas le dire à Antoine. Elle ne l'a même pas embrassé cette fois, mais ne lui dis pas que je t'en ai parlé.

– Bien sûr que non. Mon fils n'est qu'un sale petit intrigant.

– C'est du joli de dire ça de ton fils ! Écoute, ne t'en mêle plus. C'est une affaire entre eux trois. Si Antoine tient à elle à ce point, il se battra pour l'avoir. Si Jon ne fait que s'amuser, il finira peut-être par se lasser. Et si elle a un brin de jugeote, elle choisira celui qu'elle veut. Le mieux que tu puisses faire, c'est de les laisser tranquilles.

– Je ne supporte pas l'incertitude.

Durant les mois suivants, Antoine ne fit plus allusion à Arden, et Sabrina ne vit aucune lettre d'elle arriver, à moins qu'Antoine n'en ait reçu pendant qu'elle était en ville. Mais, lorsqu'elle appela Jon au moment de Noël, elle crut qu'elle allait lui tordre le cou.

– Comment va Arden, chéri?

– Qui?

– Arden Blake.

La fille que tu tenais éloignée d'Antoine avec tant de soin, petit monstre. Mais elle se contint.

– La sœur de Bill, ton ami.

– Oh... oui, bien sûr. Elle va bien. Je sors avec une fille qui s'appelle Christine, maintenant.

– D'où est-elle?

Il rit.

– De Manchester, je crois. C'est une Anglaise, elle est mannequin ici, à New York, et elle est très grande, sexy et blonde.

Contente qu'il ait laissé tomber Arden, Sabrina avait bien l'intention de faire circuler l'information.

– Est-ce que tu vois encore Arden?

– De temps en temps. J'irai la voir quand je serai à Palm Beach avec eux cette semaine.

– Quand est-ce que tu viens?

– Certainement l'été prochain. Peut-être que j'amènerai Christine.

Sabrina était ravie; les affaires de cœur d'Antoine étaient en bonne voie.

– Ce serait formidable. Transmets-lui toutes mes amitiés.

Lorsqu'elle raccrocha, André la regarda, outré.

– Mais dans quel camp es-tu exactement?

– D'après toi?

Elle voulait qu'Antoine parvienne à ses fins. Cela servirait de leçon à Jon, et elle savait qu'au fond de lui il n'en serait pas affecté. Elle ne voulait pas qu'il souffre, bien entendu, mais elle ne voulait pas non plus qu'il fasse du mal à quelqu'un d'autre, ce qui risquait d'arriver avec Arden. Le lendemain, elle révéla à Antoine que Jon fréquentait quelqu'un d'autre.

– C'est bien

Il semblait ne pas entendre.

– Antoine!

Elle chercha une façon délicate de lui dire qu'Arden était libre, puis se lança carrément :
– Il ne voit plus Arden.
– C'est bien aussi.
Il lui sourit, mais il n'y avait nulle trace de joie sur son visage.
– Elle ne t'intéresse plus?
Décidément, les enfants, elle ne les comprenait pas. Elle le regarda, déconcertée, et Antoine l'embrassa sur la joue.
– Elle m'intéresse beaucoup, chère maman.
Il l'appelait souvent ainsi à présent.
– Mais elle est très jeune et elle n'est pas encore sûre d'elle, reprit-il. Je ne veux pas me fourrer dans cette affaire.
– Et pourquoi?
– Parce que je souffrirais.
– Et alors? La vie n'est faite que de ça. Bats-toi au moins pour avoir ce que tu désires.
Elle se sentit furieuse contre lui, tout à coup, mais il était impossible de le convaincre.
– Non, je ne gagnerai pas cette partie. Crois-moi, je le sais. Elle ne voit aucun de ses défauts. Plus je la poursuivrai, plus elle courra vers lui.
Il avait raison, mais Sabrina ne supportait pas la vérité.
– Comment peut-elle être aussi aveugle?
– Cela s'appelle la jeunesse. Elle grandira.
– Et après?
– Elle épousera probablement Jon. Ça se passe comme ça, quelquefois.
– Ça ne te fait rien?
– Bien sûr que si. Mais je ne peux strictement rien faire. Je m'en suis rendu compte quand je suis allé à New York. C'est pour ça que j'ai été si mal les semaines suivantes. Mais, vraiment, je ne peux rien faire. Je suis battu. Il est très astucieux, très persuasif, et elle croit tout ce qu'il lui dit, du moins superficiellement. Au fond d'elle-même, elle est bourre-lée de craintes et de soupçons à son sujet, et même maintenant qu'il lui ment constamment à propos de ses autres conquêtes, elle se persuade elle-même qu'elle croit ce qu'il lui dit. Mais je pense qu'il y a une part d'elle-même qui n'est jamais convain-cue. Elle n'est pas assez mûre pour faire confiance à ses intuitions et écouter son instinct. Cela viendra un jour. Proba-blement longtemps après leur mariage, quand ils auront déjà deux enfants. Ça se passe souvent comme ça dans la vie.

– Et toi, alors?

Si Arden était aussi butée, elle n'aurait que ce qu'elle méritait, après tout, et Jon s'en sortirait... Mais Antoine...

– Qu'auras-tu gagné dans tout ça?

– Une petite cicatrice et de quoi me servir de leçon pour l'avenir. De toute façon, j'ai d'autres chats à fouetter. Nous avons une affaire à faire tourner ici et je veux retourner en Europe, le printemps prochain.

Mais il revint de son voyage encore plus déprimé, certain que la guerre allait éclater. Hitler devenait bien trop puissant et l'inquiétude régnait partout. Il en discuta des semaines avec André, à son retour; pour une fois, même André prit peur.

– Et tu sais ce qui m'effraie le plus? confia-t-il à Sabrina un soir. Eh bien, c'est lui. Il est encore assez jeune pour se lancer dans la guerre, avec la conviction qu'il agit noblement, par patriotisme et tout ce qui s'ensuit, et se faire tuer...

– Tu crois réellement qu'il irait?

– Je n'ai aucun doute là-dessus. Il me l'a laissé entendre.

– Mon Dieu, non...

Elle songea alors à Jon. Elle ne pouvait même pas l'imaginer à la guerre. Mais lorsqu'elle en parla à Antoine, il ne la détrompa pas, au contraire.

– C'est toujours mon pays... et ça le sera toujours.... peu importent les années que j'ai passées ici. Si on attaque la France, je pars. C'est aussi simple que ça.

Rien n'était aussi simple, et, chaque fois qu'ils écoutaient les nouvelles, Sabrina et André avaient peur. Elle aurait souhaité qu'il courtise Arden Blake, en se disant que, s'il l'épousait, il serait moins tenté de partir. Mais ce qu'il avait prédit commençait à devenir réalité; la guerre semblait presque inévitable en Europe. Ils ne pouvaient que prier pour qu'elle n'éclate pas trop tôt, le temps qu'Antoine ait changé d'avis. Peut-être pourraient-ils le convaincre qu'ils avaient absolument besoin de lui ici. Pourtant, Sabrina soupçonnait qu'il partirait quand même et André était de son avis.

Pour leur changer les idées, André offrit à Sabrina une magnifique soirée à Thurston House, pour ses cinquante ans. On reçut quatre cents personnes, et parmi elles, des gens qu'elle aimait, d'autres qu'elle estimait et quelques-uns qu'elle connaissait à peine, mais la soirée fut exquise de bout en bout. La nurse amena Dominique, qui trottina partout dans sa robe d'organdi rose, ses boucles blondes attachées par un petit

ruban de satin rose, en promenant son sourire angélique et ses
grands yeux bleus sur tout le monde. Elle faisait le bonheur de
leur vie, et Sabrina et André l'aimaient davantage chaque jour;
quant à Antoine, il était également fou d'elle. Il amena une
fille très bien à la soirée d'anniversaire de Sabrina, une
Anglaise qui faisait des études de médecine pendant un an à
San Francisco. C'était une jeune fille très sérieuse, mais il lui
manquait la chaleur, le cœur et la fraîcheur d'Arden Blake.
Sabrina ne put s'empêcher de se demander ce qu'elle devenait.

Jon fit justement allusion à elle, lorsqu'il vint l'été suivant. Il
se contenta de dire qu'il la revoyait, ainsi que Christine, mais il
y avait également une jeune Française, mannequin elle aussi, et
une juive allemande absolument fabuleuse qu'il venait juste de
rencontrer et qui avait fui l'Allemagne avant que la situation se
gâte. Jon eut à ce propos une vive discussion avec Antoine, sur
la politique, la veille de son départ. Il soutenait qu'Hitler était
le sauveur de l'économie allemande et qu'il ferait certainement
beaucoup de bien à l'Europe, si tout le monde y mettait du
sien, ce qui rendit Antoine tellement furieux qu'il brisa deux
verres et une tasse. Sabrina s'inquiéta en les entendant s'insul-
ter.

— Laisse-les tranquilles.

André l'empêcha d'entrer dans le salon.

— Ça leur fait du bien, poursuivit-il. Ce sont des adultes, tous
les deux.

— Mais ils sont ivres! Ils vont s'entre-tuer.

— Mais non.

Pour finir, Antoine quitta la pièce dans un accès de fureur et
Jon alla dormir sur le canapé. Le lendemain ils se séparèrent
bons amis, bien plus d'ailleurs qu'ils ne l'avaient jamais été.
Antoine ajouta même qu'il appellerait Jon à la banque s'il
retournait à New York, ce qu'il n'avait jamais proposé auparavant. Sabrina s'en étonna et reconnut qu'André avait raison.

— Tu sais, les hommes sont vraiment bizarres.

Même après avoir accompagné Jon à la gare, elle était
encore interloquée.

— J'ai vraiment cru qu'ils allaient s'entre-tuer la nuit dernière.

— Espérons que ça n'arrivera jamais!

Ils eurent beaucoup à faire durant l'été; les raisins poussaient à merveille et Antoine et André furent très occupés par

les vendanges à l'automne. Dominique fêta son deuxième anniversaire peu après, puis Noël arriva et Jon séjourna de nouveau à Palm Beach avec les Blake. Antoine, de son côté, ne faisait plus aucune allusion à Arden. Le printemps revint, puis encore l'été, et Jon téléphona en juillet pour dire qu'il arriverait le mois suivant, probablement autour du 18 août. Sabrina eut l'impression qu'il hésitait à lui parler et s'en étonna jusqu'à ce qu'elle le voie descendre du train, suivi de la plus jolie blonde qu'elle ait jamais vue. Mais lorsqu'elle s'approcha, elle eut un autre choc; c'était Arden Blake, sortie de sa chrysalide. Elle avait vingt et un ans à présent; Sabrina ne l'avait pas vue depuis deux ans.

Comme elle avait changé! Elle était belle à couper le souffle, ses cheveux étaient peignés avec recherche, elle était maquillée avec soin, et son corps était plus élancé, plus assorti à celui de Jon; côte à côte, ils formaient un couple spectaculaire. Et Arden était restée aussi charmante qu'auparavant.

– Es-tu contente de ma surprise? demanda-t-il en souriant, ce soir-là, tout en regardant tour à tour sa mère et Arden, tandis qu'ils dînaient à Thurston House.

Antoine s'était joint à eux, et Sabrina l'avait vu plusieurs fois regarder attentivement Arden, mais il semblait très réservé. Sabrina était sûre que le dîner n'était pas facile pour lui.

– Très contente. Nous ne voyons pas suffisamment Arden.

La jeune fille la regarda avec un grand sourire et rougit en songeant à la robe noire très sexy qu'elle portait et qui révélait juste ce qu'il fallait de ses seins laiteux. Ce spectacle avait été aussi très douloureux pour Antoine, même si Jon ne semblait pas y prêter attention, et Sabrina se prit à espérer en silence qu'il ne dormait pas avec elle, sans savoir pourquoi.

– Eh bien, nous avons une autre surprise pour toi, maman.

Arden le contempla en retenant sa respiration et Sabrina crut que son cœur allait cesser de battre. Elle comprit d'un seul coup et regarda instinctivement Antoine, avec le désir de le protéger. Jon saisit son regard et poursuivit :

– Nous allons nous marier en juin prochain. On vient juste de se fiancer.

Sabrina jeta un coup d'œil vers la main gauche d'Arden, qui fit tourner à son doigt un très beau saphir entouré de diamants, qu'elle avait caché jusqu'à ce que Jon annonce la nouvelle. Elle rayonnait de bonheur.

– Tu es d'accord?

Sabrina garda le silence un instant de trop, ne sachant que dire, et André prit les devants.

– Bien sûr que nous sommes d'accord. Nous sommes ravis pour vous.

Antoine n'avait plus aucune chance, mais il ne laissa rien paraître sur son visage, tandis qu'il trinquait avec eux; ce fut même lui qui alla chercher une bouteille de leur meilleur champagne.

– Je vous félicite et vous souhaite longue vie, et un amour éternel...

André renchérit, tandis que Sabrina essayait de se remettre, mais la soirée fut une terrible épreuve pour elle. Elle ne se sentit soulagée que lorsque chacun regagna sa chambre respective et qu'elle put enfin se retrouver seule avec André pour lui dire ce qu'elle en pensait.

– Antoine avait raison.

Il avait exactement prédit ce qui arrivait. Mais il avait aussi prédit un divorce dans cinq ans et elle pensait qu'il aurait à nouveau raison.

– Jon ne l'aime pas. Je le sais. Je le vois dans ses yeux.

– Sabrina, tu n'y peux rien. Le mieux est que tu t'en accommodes. S'ils commettent une erreur, laisse-les s'en apercevoir. Ils ne se marient pas avant dix mois. Les fiançailles sont faites pour ça. On pourrait paver une route d'ici jusqu'au Siam avec les bagues de fiançailles rendues à leurs propriétaires.

– J'espère qu'elle ouvrira les yeux et fera de même.

Elle l'espéra encore davantage durant leur séjour lorsqu'elle apprit que Jon était de nouveau sorti avec deux girls de music-hall, la nuit précédente. Elle ne lui fit aucune remarque. Il avait seulement dit qu'il sortait avec quelques amis et il avait laissé Arden à la maison. Mais Sabrina n'était pas d'accord. Il était resté le même, tout comme Antoine, vis-à-vis d'Arden.

Antoine lui envoyait toujours des regards enflammés et, lorsque leurs yeux se rencontraient, ils ne se quittaient plus, si bien qu'Arden était obligée de se détourner. Mais le grand choc se produisit le 3 septembre, la veille du jour où ils devaient repartir pour New York. En revenant d'une réunion en ville, Antoine avait entendu les nouvelles à la radio et ses prédictions s'étaient révélées exactes, une fois de plus. L'Europe était en guerre. Lorsque Antoine entra dans la maison, Sabrina se tenait immobile, pétrifiée. Elle venait juste d'apprendre la nouvelle.

– Antoine...

Comme il ne répondait pas, elle se mit à pleurer. Lorsque André arriva, à la suite de son fils, il avait une mine sinistre.

– Tu as entendu les nouvelles?

La question était inutile. Ils acquiescèrent et le regardèrent fixement, craignant le pire. Mais André les surprit lorsqu'il demanda d'une voix brisée :

– Je t'en supplie, ne pars pas.

Il avait été pris de terreur en apprenant la nouvelle et s'était précipité à la maison. Il ne pouvait pas le laisser partir à la guerre... c'était un enfant... son fils unique... Ses yeux se mouillèrent de larmes et Antoine l'étreignit, au moment même où Arden descendait doucement l'escalier. Antoine leva les yeux vers elle et Sabrina ne sut jamais s'il se mit à parler pour eux ou pour elle.

– Il faut que je parte. Il le faut... Je ne pourrais pas rester ici en sachant ce qui se passe.

– Pourquoi? Ici aussi, c'est ton pays, répondit Sabrina.

– Oui, mais la France est d'abord mon pays, ma mère patrie, j'y suis né.

– Mais c'est moi qui t'ai engendré.

C'était un plaidoyer pitoyable, et, pour la première fois depuis qu'elle le connaissait, Sabrina trouva qu'André avait l'air vieux.

– Mon fils...

Les larmes se mirent à couler sur son visage et Sabrina s'aperçut qu'Arden pleurait aussi; ses yeux étaient rivés à Antoine, qui s'approcha d'elle et lui caressa le visage.

– Un jour, je te reverrai.

Il soupira alors, puis se tourna vers eux :

– Je viens juste d'appeler le consulat. Ils se sont arrangés pour me faire partir ce soir. Je vais directement en train jusqu'à New York. De là, je prendrai le bateau. Il y en a déjà d'autres qui partent maintenant. Je n'ai pas le choix, papa.

C'était une affaire de conscience et André en était responsable; il l'avait élevé trop bien, avec trop d'intégrité, trop de fierté. Antoine n'aurait jamais pu rester terré ici avec eux, à des milliers de kilomètres de son pays, où l'on avait besoin de lui.

Ensuite, ce fut le cauchemar. Ils l'accompagnèrent à la gare, cette nuit-là, après qu'il eut empaqueté ses affaires. Il s'était entretenu auparavant deux heures avec son père, sur les affaires en cours, tout en s'excusant constamment d'avoir à lui en laisser la charge, mais il ne voulait à aucun prix attendre un jour de plus. Même Jon trouva que c'était absurde.

— Pourquoi n'attends-tu pas demain, mon vieux, pour partir avec nous, dans un train digne de ce nom? Qu'est-ce que tu y perds?

— Du temps. Ils ont besoin de moi maintenant. Pas après que j'aurai traînassé pendant quatre jours à jouer aux cartes dans un wagon-salon. Mon pays est en guerre.

Jon le scruta d'un air ironique.

— Ils attendront. Ils ne vont pas l'annuler parce que tu as une semaine de retard.

Cela n'amusa pas Antoine ni personne lorsqu'ils se retrouvèrent à la gare, à deux heures du matin, et qu'ils le virent monter dans le train, avec une poignée d'autres Français qui partaient vers l'Est. Sur le quai, c'était une agitation fébrile, une mer de visages gris, une rivière de larmes. Tout à coup, alors qu'ils se disaient au revoir, Antoine prit Arden dans ses bras, l'embrassa sur la joue et lui dit en français, en la regardant dans les yeux :

— Sois sage, mon amie.

Et cette phrase, qui pouvait signifier à la fois « sois obéissante » ou « fais preuve de sagesse », résumait assez bien le choix qu'elle aurait à faire, et vite. Elle parut bouleversée quand il s'écarta et cria son nom alors que le train s'éloignait. Jon la prit par le bras et la tira vers la voiture; quant à André, il sanglotait dans les bras de Sabrina. Ils avaient laissé Dominique à la maison, parce que c'était trop pour une enfant de trois ans et qu'elle n'aurait pas compris ce qui se passait.

— Je n'ai jamais vraiment cru qu'il partirait... même depuis tout le temps qu'il le disait...

André, inconsolable, pleura toute la nuit dans les bras de Sabrina. Et le départ de Jon, le lendemain, fut un autre déchirement; c'était comme si la famille se désagrégeait en l'espace d'un seul jour. Lorsque Sabrina embrassa Arden, elles se mirent à pleurer toutes les deux, sans raison apparente, mais elles pleuraient en réalité sur Antoine, même si elles ne pouvaient pas le dire. Puis Sabrina embrassa à nouveau Jon.

— Prenez bien soin de vous... revenez vite...

André n'était pas venu à la gare car il ne l'aurait pas supporté. Lorsqu'ils repartirent pour Napa, Sabrina conduisit et André resta muet durant tout le trajet.

Antoine les appela une fois de New York, la veille de s'embarquer, puis ils ne reçurent plus aucune nouvelle de lui pendant quatre mois, jusqu'à janvier. Il était sain et sauf, se trouvait à Londres, provisoirement affecté à la Royal Air Force, et il était éperdu d'admiration pour de Gaulle, dont il parlait constamment dans ses lettres.

Tous les jours, Sabrina courait à la boîte, Dominique accrochée à sa jupe et, lorsqu'elle y trouvait un courrier d'Antoine, elle revenait deux fois plus vite et tendait la lettre à André. Tout allait bien tant qu'ils avaient des nouvelles de lui, mais ils vivaient cependant dans une constante appréhension. Même le mariage de Jon et d'Arden perdit de son importance à leurs yeux.

Ce fut pourtant un mariage splendide, qui fut célébré à New York, à la cathédrale Saint-Patrick, le premier samedi de juin. Bill Blake fut le garçon d'honneur de Jon, et Dominique la demoiselle d'honneur de la mariée. Cinq cents personnes assistèrent à la cérémonie, mais Sabrina eut l'esprit ailleurs; elle ne cessait de songer à Antoine, se demandant comment il allait et où il se trouvait. Il leur semblait qu'il était parti depuis plus de cent ans.

Lorsqu'il leur annonça trois mois plus tard qu'il venait en permission, Sabrina s'assit et pleura. Il était parti depuis treize mois et avait survécu; il était en Afrique du Nord avec de Gaulle, mais il avait l'occasion de venir aux États-Unis. Il ne pourrait passer que quelques jours avec eux, mais, avec de la chance, il serait là pour fêter les quatre ans de Dominique.

Et il vint. La joie fut générale et, d'une certaine façon, les adieux furent moins pénibles cette fois-là, même pour André, car sa présence resta tangible longtemps après son départ. Ils avaient eu des discussions interminables au sujet des vignes; Dominique ne l'avait pas quitté une seconde durant son séjour; et il leur avait parlé de la guerre et spécialement de De Gaulle, qu'il vénérait de plus en plus.

— Un de ces jours, les Américains seront en guerre eux aussi.

Il avait été catégorique.

— Ce n'est pas ce que dit Roosevelt, répondit Sabrina.

— Il ment. Il se prépare à la guerre, crois-moi.

Elle sourit.

– Toujours tes prédictions, Antoine?

– Elles ne sont pas toujours justes, répondit-il en souriant à son tour, mais celle-ci le sera.

Il demanda aussi des nouvelles d'Arden et de Jon, mais Sabrina ne put rien déceler sur son visage. Il était trop occupé par la guerre, par de Gaulle et par tout ce qui se passait. Elle lui apprit que le mariage avait été superbe, mais qu'Amelia lui avait manqué; elle était décédée quelques mois après la naissance de Dominique, à l'âge respectable de quatre-vingt-onze ans.

Antoine avait prévu de passer voir Arden et Jon, à New York, mais il n'en eut pas le temps. Sa permission fut raccourcie et il partit trois jours plus tôt, en pleine nuit, sur un bateau de transport de troupes. Il ne put donc que les appeler et trouva seulement Arden, car Jon était sorti.

– Il est à un dîner d'affaires avec Bill. Il sera désolé d'avoir manqué ton coup de fil.

Elle eut envie de lui dire qu'elle aurait été heureuse de le voir, mais elle était mariée à présent, et faisait attention à ce qu'elle lui disait.

– Prends bien soin de toi. Comment vont Sabrina et André?

– Très bien. Ils sont très occupés. C'était bon de les voir. Et Dominique est fantastique.

Il se mit à rire dans le téléphone, imaginant le visage d'Arden, qui ferma les yeux en souriant, remerciant le ciel qu'il soit en vie. Elle pensait souvent à lui, mais elle était heureuse avec Jon et savait qu'elle avait fait le bon choix. Ils étaient mariés depuis quatre mois et elle espérait attendre rapidement un enfant.

– J'aurais voulu que tu voies Dominique au mariage, elle était adorable.

Antoine écourta la conversation, parce que cette pensée lui faisait encore mal et que d'autres attendaient derrière lui pour téléphoner.

– Dis bonjour de ma part à Jon.

– Je n'y manquerai pas... et fais attention...

Elle resta assise près du téléphone longtemps après avoir raccroché et voulut attendre Jon, mais comme chaque fois qu'il sortait avec son frère, il ne rentra pas à la maison avant trois heures du matin.

Elle lui parla du coup de téléphone d'Antoine, le lendemain, mais il avait un affreux mal de tête et ne parut pas s'y intéresser.

— Il est fou de s'être embarqué là-dedans, lui rétorqua-t-il vertement. Dieu merci, ce pays n'est pas aussi stupide.

— La France n'avait pas vraiment le choix.

Elle était fâchée de l'entendre proférer de telles bêtises.

— Peut-être bien, en effet, mais nous, nous l'avons et on est un peu plus malins que ça.

Il reprit le même refrain à Napa, l'année suivante, et Sabrina aurait voulu le gifler.

— Ne te fais pas d'illusions, Jon. Je crois que Roosevelt n'est pas fiable et tu verras que nous serons impliqués dans moins d'un an, si la guerre n'est pas finie avant.

— Je voudrais voir ça!

Il avait bu trop de vin. Pour une fois, il semblait content d'être venu. Arden était déprimée depuis deux mois, car elle avait fait une fausse couche en juin et se conduisait depuis comme si c'était la fin du monde.

Sabrina se souvenait de ce qu'elle avait ressenti en perdant le premier enfant que John et elle avaient conçu.

— Tu t'en remettras... regarde-moi, j'ai eu Jon... et après, Dominique.

Elles échangèrent un sourire et regardèrent Dominique qui jouait sur la pelouse avec un chiot. Elle avait presque cinq ans, c'était la plus douce enfant qui soit, et elle faisait la joie de ses parents.

— Tu en auras un autre, un jour. Mais c'est difficile au début. Pourquoi ne prends-tu pas une occupation pendant quelque temps?

Arden haussa les épaules, les larmes aux yeux. Tout ce qu'elle souhaitait, c'était un enfant, mais les rares fois que Jon se trouvait à la maison il était ou ivre ou fatigué. Il n'y mettait pas beaucoup du sien, mais elle ne voulait pas le dire à sa belle-mère.

— Sois patiente. Il m'a fallu deux ans pour attendre un autre bébé, mais, pour toi, ça prendra moins de temps.

Arden sourit, sans conviction, avec toujours son visage de catastrophe. Jon la laissa à Napa durant tout leur séjour, tandis qu'il se rendait à San Francisco voir des amis. Sabrina trouva qu'il agissait très mal.

— Il fait ça souvent? demanda-t-elle franchement à Arden, un jour.

La jeune femme hésita puis approuva de la tête. Elle était

LA MAISON DES JOURS HEUREUX   427

encore plus jolie, même si elle avait perdu un peu trop de poids, plus belle que les mannequins qui intéressaient tant son mari.

– Lui et Bill sortent très souvent. Mon père en a touché deux mots à Bill il y a quelques mois, car il pensait que si Bill ne sortait pas, Jon se conduirait peut-être mieux. Mais c'est une telle paire d'amis qu'on ne peut pas les séparer, même pour un soir. Ça faciliterait les choses si Bill se mariait, mais il dit qu'il ne le fera jamais, et du train où ça va, ajouta-t-elle en souriant, c'est certainement vrai.

– La différence est que Jon *est* déjà marié. Personne ne s'est chargé de le lui rappeler? dit-elle le soir à André, mais il refusa de prendre parti.

– C'est un adulte maintenant, Sabrina, un homme marié. Et il n'apprécierait pas que je lui fasse la leçon comme à un enfant. Je n'ai aucun droit de lui dire quoi que ce soit, maintenant.

– Alors je le ferai.

– C'est ton affaire.

Mais, lorsqu'elle lui parla, Jon l'envoya au diable.

– Elle est encore venue pleurer dans ton giron? Quelle plaie! Son frère a raison, c'est une petite peste trop gâtée.

Il était furieux et avait encore une horrible gueule de bois.

– C'est une fille très bien, Jon, douce et aimante, et elle est ta femme.

– Je m'en suis aperçu, merci.

– Ah bon? A quelle heure rentres-tu chez toi le soir?

– Mais, dis donc, c'est un interrogatoire, ou quoi? Ça te regarde?

– Je l'aime beaucoup, voilà, et tu es mon fils. Je sais de quoi tu es capable. Tu es marié, maintenant, bonté divine! Alors, agis en conséquence. Tu as failli être père il y a quelques mois.

Il lui coupa la parole.

– Je ne le souhaitais pas. C'était sa faute.

– Tu ne voulais pas de cet enfant, Jon? demanda-t-elle d'une voix radoucie et triste.

Elle se demandait si la prédiction d'Antoine n'était pas vraie; la situation ne s'arrangeait pas.

– Non. J'ai autant envie d'un enfant que d'un cheval éclopé. Bon Dieu, j'ai vingt-sept ans, nous avons tout le temps pour ça.

Il avait raison dans un sens, mais Arden désirait tant un enfant... Tout à coup, Sabrina ne put s'empêcher de lui demander ce qui lui trottait dans la tête.

— Tu es heureux avec elle, Jon?

Il prit un air méfiant.

— Elle t'a dit de me le demander?

— Non. Pourquoi?

— C'est tout à fait le genre de chose qu'elle veut savoir. Elle me pose tout le temps ce genre de question idiote. Eh bien, je ne sais pas, moi! Je l'ai épousée, n'est-ce pas? Qu'est-ce qu'elle veut de plus?

— Peut-être beaucoup. Ce n'est pas seulement une céré-monie. Le mariage demande de l'affection, de la compré-hension, de la patience et du temps. Es-tu souvent avec elle?

Il haussa les épaules.

— Pas beaucoup, je suppose. J'ai plein d'autres choses à faire.

— Quoi par exemple? Voir d'autres filles?

— Peut-être. Et alors? Elle n'en souffre pas. Elle en a sa part. Je lui ai fait un bébé, non?

Son attitude la rendait malade.

— Mais pourquoi donc l'avoir épousée?

— Je te l'ai dit il y a longtemps. Elle m'a mis le pied à l'étrier. En épousant Arden, j'avais un métier pour la vie.

Sabrina faillit pleurer.

— Tu penses ce que tu dis?

Il haussa les épaules et regarda au loin.

— C'est une gentille fille. Je sais qu'elle a toujours été folle de moi.

— Mais tu éprouves quoi pour elle?

— La même chose que pour n'importe quelle fille, parfois plus, parfois moins.

— Et c'est tout?

Sabrina le dévisagea en se demandant qui il était, qui était cet homme hideux, insensible, égoïste et sec qu'elle avait porté dans son sein. Qu'était-il devenu?... Une réincarnation de Camille, une voix intérieure le lui soufflait... mais il faisait aussi partie d'elle... et pourtant, il n'avait pas de cœur.

— Je crois que tu as commis une terrible erreur, poursuivit-elle tranquillement. Cette fille mérite mieux.

— Mais elle est heureuse comme ça.

— Non, elle n'est pas heureuse. Elle est seule et triste et elle sait probablement que tu te soucies autant qu'elle que d'une paire de chaussures.

Jon baissa les yeux puis regarda à nouveau sa mère. Il n'y avait pas grand-chose à ajouter.

– Que veux-tu que je fasse? Semblant? Elle savait qui j'étais quand elle m'a épousé.

– Et elle a été bien sotte, mais elle en paie les conséquences maintenant.

– C'est la vie, maman.

Il se leva avec un petit sourire en coin et elle remarqua à nouveau combien il était beau. Mais cela ne suffisait pas. Elle plaignait encore plus Arden, à présent. Elle étreignit longuement sa belle-fille lorsqu'elle les amena à la gare.

– Appelle, si tu as besoin de moi... Souviens-toi que je suis là et que tu peux venir quand tu veux.

Sabrina avait insisté pour qu'ils reviennent à Noël, même depuis sa conversation avec Jon. Il voulait aller à Palm Beach, parce qu'il s'amuserait davantage et qu'il pourrait faire la fête avec Bill. San Francisco commençait à l'ennuyer à mort; c'était trop provincial après Boston, Paris, Palm Beach et New York.

Arden, pourtant, qui était habituée à tous ces lieux, était plus heureuse à Napa, avec Sabrina, André et Dominique.

– Nous verrons.

Arden s'accrocha à elle et des larmes coulaient sur ses joues lorsque le train s'éloigna. Pendant des semaines, Sabrina sentit un poids sur sa poitrine en songeant à ce que lui avait dit Jon. Il lui fallut du temps pour le confier à André, qui fut horrifié.

– Antoine avait raison.

– Je m'en doutais. Il aurait dû se battre.

– Peut-être qu'il a eu raison, là aussi. Il n'aurait sans doute pas gagné; elle était si entichée de Jon.

– Elle s'est lourdement trompée. Il lui gâche toute sa vie. J'espère seulement qu'elle n'attendra pas d'autre enfant car si elle voit clair un jour, elle sera seule et libre pour recommencer autre chose.

Elle souhaitait réellement que sa belle-fille divorce de son propre fils, même si cela pouvait paraître affreux, mais elle n'en dit mot à Antoine lorsqu'il revint en permission.

Cette fois, il manqua de peu l'anniversaire de Dominique. Il arriva fin novembre et resta une semaine. Ils étaient en chemin vers la gare lorsqu'ils apprirent par la radio la chute de Pearl Harbor.

– Oh, mon Dieu!

Sabrina arrêta la voiture et le dévisagea.

Ils étaient seuls; André ne venait jamais lorsque son fils partait, c'était trop dur pour lui.

– Antoine... qu'est-ce que ça veut dire?

Mais elle connaissait déjà la réponse. Cela signifiait la guerre... c'est-à-dire Jon... Antoine la considéra tristement.

– Je suis désolé, maman...

Elle acquiesça, secouée de sanglots, et remit le contact; elle ne voulait pas qu'il manque le train, même si, au fond d'elle, elle le souhaitait ardemment. Le monde courait à sa perte, la guerre était partout, et ils avaient deux fils, l'un en Afrique du Nord avec de Gaulle, et Dieu seul savait où on enverrait Jon.

Elle l'apprit quelques jours plus tard. Il s'était engagé avec Bill Blake après une saoulerie en apprenant la nouvelle, et Jon ne pensait plus qu'à ça. Bill allait s'embarquer non loin de Fort Dix et Jon était envoyé à San Francisco, où il prendrait le bateau. Il avait emmené Arden avec lui pour qu'elle puisse rester avec Sabrina et André pendant qu'il vivrait à la base.

– Au moins, nous passerons Noël ensemble, cette année.

Cette perspective ne l'enchantait guère. Il était d'une humeur massacrante à son arrivée, tout l'exaspérait, Bill lui manquait. Il s'en prenait constamment à sa femme, même pendant le réveillon, qu'ils passèrent à Thurston House, à tel point qu'Arden finit par quitter la table en pleurs, tandis qu'il jetait sa serviette par terre.

– Elle me rend malade.

Mais pas pour longtemps. Quatre jours plus tard, il reçut son ordre de mission et le lendemain, il s'embarquait.

Sabrina, Arden, André et Dominique allèrent sur la jetée pour le voir partir; il y avait des gens partout, pleurant, sanglotant, agitant des mouchoirs et des drapeaux. Un orchestre jouait de la musique sur le quai. La scène semblait irréelle, mais l'impression cessa lorsqu'ils l'embrassèrent pour lui dire au revoir. Sabrina l'attrapa par le bras.

– Je t'aime, Jon.

Elle ne le lui avait pas dit depuis longtemps et ce n'était pas le genre d'homme à qui l'on confiait facilement ses sentiments, mais en dépit de tout, elle voulait qu'il le sache maintenant.

– Moi aussi, je t'aime, maman, répondit-il, les larmes aux yeux, puis il regarda sa femme, avec son irrésistible sourire en coin : Prends soin de toi, mon petit. Je t'écrirai quand je pourrai.

Arden sourit à travers ses larmes et se serra contre lui. Ils ne parvenaient pas à croire qu'il allait partir. Mais, lorsqu'ils virent le bateau s'éloigner, Arden sanglota à tel point que Sabrina passa le bras autour de ses épaules et l'étreignit, tandis qu'André les regardait, Dominique dans les bras, songeant à son fils qui était si loin. Les temps étaient effroyables pour tout le monde. André se mit à prier pour que les deux garçons reviennent sains et saufs à la maison.

– Allons, rentrons.

Arden avait décidé de rester avec eux quelque temps, mais Thurston House leur parut aussi triste qu'une tombe et ils partirent l'après-midi même pour Napa. D'une certaine façon, la vie était plus facile à supporter là-bas, grâce à la douceur du paysage, à l'herbe fraîche, au ciel bleu; on avait du mal à imaginer qu'ailleurs le monde pouvait être différent.

Et c'est là-bas que le télégramme leur parvint, cinq semaines après son départ. L'homme en uniforme arriva un jour, frappa à la porte d'entrée et le tendit à André. Il sentit son cœur s'arrêter de battre, ouvrit le pli, mais les larmes qui brouillaient ses yeux l'empêchèrent d'abord de lire le nom...

C'était Jonathan Thurston Harte... nous avons le regret de vous informer que votre fils est mort... Sabrina émit un cri animal, le même qu'elle avait poussé à sa naissance, vingt-sept ans plus tôt, et se précipita vers André, tandis qu'Arden, sous le choc, demeurait pétrifiée. Sabrina la rejoignit et tous les trois restèrent enlacés tard, ce soir-là. Même Dominique pleurait, car elle comprenait maintenant; son frère était mort, il ne reviendrait jamais.

– Lequel c'est? ne cessait-elle de demander à André, ne sachant pas très bien de quel demi-frère il s'agissait.

– Jon, ma chérie... ton frère, Jon.

Puis il la serra très fort contre lui, se sentant coupable que ce soit Jon et non Antoine, et en même temps soulagé que ce ne soit pas son propre fils. Il ne put regarder Sabrina de toute la journée, tant cette culpabilité l'écrasait, mais Sabrina le connaissait trop bien pour ne pas comprendre.

– Ne me regarde pas comme ça.

Son visage était presque méconnaissable, tant elle avait pleuré.

– Ce n'est pas toi qui as choisi. C'est Dieu.

A ces mots, il l'enlaça en sanglotant et pria pour que Dieu ne procède pas à un autre choix. André n'aurait pas supporté de perdre Antoine et il se disait que c'était peut-être arrivé à Jon parce que Sabrina était plus forte que lui. Mais de quelque manière qu'on l'envisage, cela n'avait de toute façon aucun sens ; Dieu donnait et prenait, il donnait et reprenait, jusqu'à ce que rien n'ait plus de sens.

CHAPITRE XXXIV

– Qu'est-ce que tu fais, aujourd'hui?

Sabrina regarda par-dessus son épaule sa belle-fille, qui jouait avec Dominique. Arden avait décidé de rester, sans en avoir vraiment pris la résolution. Simplement, elle n'était jamais rentrée chez elle, et elle se trouvait à Napa depuis cinq mois à présent. On était en juin 42 et Antoine devait venir en permission au mois de juillet. Il avait été touché au bras gauche, quelques mois auparavant, mais la blessure était sans gravité. Le seul avantage était qu'il travaillait maintenant dans le bureau de De Gaulle, ce dont ils étaient reconnaissants.

– Tu viens en ville avec moi, ou tu restes là?

Arden hésita, puis sourit à cette femme qu'elle aimait tant.

– Je vous accompagne. Qu'allez-vous y faire?

– J'ai quelques petites choses à régler à la maison...

Elle ne voulait pas la bouleverser maintenant. Arden s'était très bien remise. Après la mort de Jon, ils avaient découvert qu'elle était enceinte, mais elle avait perdu le bébé presque tout de suite.

– Peut-être que ça ne devait pas arriver, s'était forcée à dire Sabrina pour tenter de la consoler.

Elle aurait tant aimé, pourtant, connaître l'enfant de Jon... son seul petit-enfant... mais il était trop tard pour pleurer.

Le soleil continuait à se lever tous les matins, les collines étaient vertes, les raisins magnifiques, tout recommençait chaque jour, et somme toute la vie leur devint supportable, au bout d'un certain temps. Sabrina connut une longue période d'abattement, mais André l'aida à reprendre le dessus, et puis il y avait Dominique pour lui apporter la joie et à qui donner son amour, sans oublier Arden.

— Des nouvelles d'Antoine? demanda celle-ci négligemment tandis qu'elles roulaient vers San Francisco.

Dominique dormait dans ses bras. Elle adorait partir en voiture avec elles et chérissait particulièrement sa tante Arden, comme elle l'appelait.

— Pas grand-chose. Il va bien. Quelques anecdotes amusantes sur de Gaulle, mais je t'ai déjà montré la lettre. Il vient toujours à la date prévue.

Arden contempla le paysage qui défilait, puis l'enfant endormie contre elle.

— C'est un homme tout à fait exceptionnel.

C'était la première fois qu'Arden parlait vraiment de lui depuis la mort de Jon, et Sabrina s'était demandé si elle ne s'était pas sentie coupable de cette mort. Il était indéniable que Jon s'était mal conduit envers elle; peut-être avait-elle même souhaité sa mort une ou deux fois, ce qui avait dû lui rendre l'événement plus dur à supporter.

— J'ai failli tomber amoureuse d'Antoine, il y a longtemps.

— Je le savais, répondit Sabrina en souriant... Je crois qu'il était amoureux de toi, lui aussi, osa-t-elle ajouter.

— Je sais. Mais j'étais folle de Jon.

— Antoine l'avait compris. Il m'a dit que tu épouserais Jon, bien, bien avant que ça se fasse.

— Vraiment? Comment le savait-il?

Sabrina se mit à rire.

— Tu l'as dit toi-même, c'est un homme exceptionnel.

Les deux femmes échangèrent un sourire et traversèrent le nouveau pont qui menait à la ville. Sabrina aimait le Golden Gate, car elle le trouvait plus majestueux que le Bay Bridge. Elle se souvenait du temps des bateaux à vapeur et des trains... comme le temps passait vite... Il était difficile de croire qu'elle avait cinquante-quatre ans. Elle ne se sentait pas cet âge. Où étaient parties toutes ces années? Pourquoi était-ce si rapide, si court?... mais de telles pensées la ramenaient à Jon, et c'était pour lui qu'elle se rendait en ville, car elle venait assister à l'installation de sa plaque funéraire.

Sur le côté de la maison, Jeremiah avait fait creuser une petite niche et donné ses instructions à Sabrina, qui les avait suivies à la lettre, pour lui... puis pour John Harte, et maintenant pour Jon... tous ceux qui avaient vécu à Thurston

House, réunis ici, pour que personne ne les oublie jamais.

Lorsque Sabrina arriva, les ouvriers l'attendaient à côté d'une très belle petite plaque de bronze qu'elle montra à Arden, puis, tandis que les hommes perçaient et fixaient la plaque, Sabrina et Arden se rendirent dans le petit jardin, si grand autrefois. Il y avait trois noms à présent... Jeremiah Arbuckle Thurston... John Williamson Harte... Jonathan Thurston Harte... c'était triste de voir leurs noms inscrits là, avec les dates qui délimitaient leur vie.

— Pourquoi avez-vous fait ça?

Arden la regardait avec de grands yeux tristes.

— Pour que personne n'oublie.

Les ouvriers étaient partis. Arden regarda Sabrina et lui dit :

— Je ne vous oublierai jamais. Vous ferez toujours partie de cette maison, pour moi.

Sabrina sourit et lui caressa doucement la joue, puis elle regarda la plaque qui portaient les noms des hommes qu'elle avait aimés

— Comme ils en font toujours partie pour moi... mon père... John... Jonathan...

Les noms faisaient resurgir leurs visages, ils semblaient presque leur redonner vie.

— Mon nom sera là, un jour... celui d'André... le tien... celui d'Antoine...

Seule Camille avait disparu. Il n'y avait pas de plaque pour elle. Elle avait choisi d'abdiquer et était gommée de toute mémoire.

— Le passé est une chose importante. Il compte pour moi, et il a compté pour cette maison, dans son histoire...

Et Sabrina songea à son père qui l'avait construite, aimée, assurant sa permanence.

— Mais le présent est important aussi, reprit-elle. C'est à toi qu'il appartient, et, osa-t-elle ajouter, peut-être qu'Antoine, peut-être que toi, vous vivrez ici, un jour...

Puis elle regarda Dominique qui gambadait dans les massifs de fleurs et qui s'arrêta soudain, comme si elle savait que sa mère parlait d'elle.

— Et c'est à elle qu'appartient l'avenir. Thurston House sera à elle un jour. J'espère que Thurston House comptera autant pour elle que pour nous. Elle est née dans cette maison, poursuivit Sabrina en souriant, se souvenant de sa naissance, avec André à ses côtés, et mon père y est mort...

Elle se retourna et la contempla, regardant les pièces qu'elle aimait et connaissait si bien, puis sourit à nouveau à Dominique. C'était un héritage qu'elle lui léguait, riche de tous ceux qui avaient vécu là auparavant, laissant leur empreinte, leur cœur, leur amour.